中国诗学史

袁行霈　孟二冬
丁　放　曾祥波
著

人民文学出版社

图书在版编目（CIP）数据

中国诗学史/袁行霈等著. —北京：人民文学出版社，2021
ISBN 978-7-02-015970-3

Ⅰ. ①中… Ⅱ. ①袁… Ⅲ. ①诗学—诗歌史—中国 Ⅳ. ①I207.209

中国版本图书馆 CIP 数据核字(2019)第 297090 号

责任编辑 李 俊
装帧设计 李思安
责任印制 任 祎

出版发行 人民文学出版社
社 址 北京市朝内大街 166 号
邮政编码 100705

印 刷 三河市中晟雅豪印务有限公司
经 销 全国新华书店等

字 数 513 千字
开 本 710 毫米×1000 毫米 1/16
印 张 36.5 插页 1
印 数 1—3000
版 次 2021 年 5 月北京第 1 版
印 次 2021 年 5 月第 1 次印刷

书 号 978-7-02-015970-3
定 价 138.00 元

目　录

绪 论

一、诗在中国文学中的地位

中国文学的长河，是以诗歌为主流的。中国诗歌的历史源远流长，如果从最早一部诗歌总集《诗经》算起，至今已有三千多年了。而古希腊荷马的《伊利亚特》和《奥德赛》大约产生于公元前 9 世纪到公元前 8 世纪之间；古印度蚁垤的《罗摩衍那》则是公元前 3 世纪到公元 2 世纪之间的作品；古印度的另一部史诗《摩诃婆罗多》的成书已在公元纪元以后。它们的时代都比中国的《诗经》晚。《诗经》之后，出现了众多优秀的诗人和优秀的作品，诗歌的优良传统一直没有中断过。唐诗和宋词，是中国诗歌史的两座高峰。那时的诗坛和词坛，恰如“众星罗秋旻”，给人以美不胜收之感。清代康熙年间编纂的《全唐诗》，搜集了两千二百多位诗人的四万八千多首诗。今人唐圭璋先生所编的《全宋词》录入词人一千三百三十余家，词作一万九千九百多首。这并不是唐诗和宋词的全部，但从不完全的统计中已经可以想见唐宋两代诗词繁荣的盛况。所以，中国人常以唐诗和宋词为自己的骄傲。

诗歌对其他文学体裁以及艺术的许多门类都具有重要的影响。诗歌对文章的影响最为明显，中国特有的文体骈文便是在诗歌的影响下产生的。大致说来，骈文发轫于魏晋，在南朝随着新体诗的兴起而臻于完善，并十分盛行，不但叙事、抒情用骈文，议论也用骈文，就连诏令、奏议、书启等应用文也都用骈文。刘勰的《文心雕龙》这样一部文学理论著作竟然也是用骈体文写成的。骈文讲究对偶、声律,句式整齐,带有明显的诗歌的艺术特征,遂亦具有诗歌的美感。

和诗歌的悠久传统相比,中国的小说、戏剧是迟开的花朵。它们很晚才汇入文学的长河之中。小说到唐代出现传奇才算进入了成熟时期,那已经是八世纪的事了。戏剧到宋金时期才渐趋成熟,元代才达到兴盛阶段,那已经是13世纪了,比古希腊的悲喜剧晚了十八个世纪,比中国的《诗经》晚了二十四个世纪。中国小说、戏剧的出现不仅远远地落后于诗歌,而且它们都有一种向诗歌靠拢的倾向,或者说有一种诗化的倾向。从小说的发展史来看,唐代以前的古小说只是粗陈故事梗概的"街谈巷语",还不算自觉的文学创作。是在诗歌高度繁荣的唐代,小说吸取了诗歌的营养,才成长为具有鲜明人物形象和完整故事情节的文学作品。唐代传奇小说那种秀异的意绪,瑰奇的想象,华赡的词采,清新的风格,应当说是受了唐诗的影响和启发而形成的。唐传奇的许多作者本身就是诗人,他们以诗人的眼睛观察生活,用小说的形式抒发感情,达到了前人所不能达到的高度。像《长恨歌传》、《李娃传》、《莺莺传》、《柳毅传》、《霍小玉传》,这些唐传奇的代表作无不洋溢着浓郁的诗意。宋元以后的白话通俗小说,也同诗歌有密不可分的关系。宋代说话分为四家,其中,小说、说经、合生三家都是有说有唱,那些唱词就是诗。所以有的话本又叫"诗话"或"词话"。讲史一家虽然只说不唱,但有的讲史话本中也穿插了许多诗。至于文人创作的白话小说,如《红楼梦》、《镜花缘》,借助诗歌艺术的地方也是不胜枚举的。中国的戏剧本来就起源于民间歌舞。有人指出屈原的《九歌》是中国古代一出原始的歌舞剧,不是没有道理的。唐代诗歌和音乐的高度繁荣,为戏剧的诞生准备了充分的条件。而宋金的鼓子词和诸宫调等说唱文学,则直接导致了元杂剧的产生。在组成戏剧的各种因素中,唱词占有十分重要的地位。有的戏情节相当简单,主要靠唱词取胜。这些唱词就是诗。所以中国的戏剧乃是诗剧，离开诗歌就没有戏剧的存在了。关汉卿、王实甫、白朴、马致远、高明、汤显祖、洪昇、孔尚任等大剧作家，哪一位不是才华横溢的诗人？《窦娥冤》、《西厢记》、《梧桐雨》、《汉宫秋》、《琵琶记》、《牡丹亭》、《长生殿》、《桃花扇》等著名的剧作，哪一部不是华美的诗篇？

诗歌对于散文、小说、戏剧的渗透和影响，说明诗歌在中国文学中居于主导的地位，诗歌是中国文学的主流。①

二、诗与“诗学”的概念

所谓“诗”原来专指《诗三百》而言，后来渐渐成为一种文体的名称，包括了四、五、七言和杂言的古、近体诗。当词兴起之时，它或称曲子词，或称长短句，或称诗余，本来是不和诗相混的，后来也纳入了广义的诗的范围之内。然而在中国，“诗”的概念始终没有像西方那样广泛。所以这部《中国诗学史》的所谓“诗”也就仅仅限于古近体诗和词而已。

至于“诗学”二字，在中国古代具有多种含义。汉代有“经学”，但当时并未将《诗经》之学称为“诗学”。宋代以来，宋人开始将“经学”里关于《诗经》的部分独立出来称为“诗学”。② 大约同时稍晚，在谈到作诗之法时也开始将其称为“诗学”。③ “诗学”的这两种含义一直沿

---

① 袁行霈《中国文学概论（彩图本）》第一节《诗是主流》，第10—17页，高等教育出版社2006年。

② 如北宋《崇文总目》卷一载：“《毛诗正义》四十卷，唐国子祭酒孔颖达撰……诗学之家，此最为详。”南宋陈振孙《直斋书录解题》卷二载：“《诗学名物解》二十卷，知枢密院莆田蔡卞元度撰。”《宋史》卷二百零二《艺文志一》载：“范处义《诗学》一卷。”

③ 如南宋蔡梦弼《杜工部草堂诗笺跋》称赞杜甫“自唐迄今余五百年，为诗学宗师，家传而人诵之”。南宋俞文豹《吹剑录外集》：“近时诗学盛兴，然难得全美，聊随所见，摘录一二。”元刘因《静修集·续集》卷三《叙学》：“学诗当以六义为本，《三百篇》其至者也。……魏晋而降，诗学日盛，曹、刘、陶、谢，其至者也。隋唐而降，诗学日变，变而得正，李、杜、韩，其至者也。周宋而降，诗学日弱，弱而后强，欧、苏、黄，其至者也。”元刘祁《归潜志》卷三：“诗学当自《三百篇》始，其次《离骚》、汉魏六朝、唐人。”

用到清代。此后，随着西方学术进入中国，“诗学”的使用更加普遍，其含义又相应有所变化，例如朱光潜先生翻译亚里士多德的 *Peri Poietikes*，书名就用了这两个字。杜国清先生翻译刘若愚先生的 *The Art of Chinese Poetry* 也译作《中国诗学》。不过大家对“诗学”二字的理解并不一致，例如就有学者指出亚里士多德 *Peri Poietikes* 一书应译为《论诗术》。[①] 在这里有必要对我们所谓“诗学”加以大致的界定，简单地说，“诗学”就是指关于诗的理论与品评，我们写的这部《中国诗学史》是要对中国历代关于诗的理论和品评做一番搜集、爬梳、整理和总结的工作。中国是一个诗的国度，这不但表现在诗的创作上，也表现在诗的理论与品评上。中国有不同于其他国家的独特的诗的传统，也有不同于其他国家的独特的诗学。认真总结中国的诗学，既有助于理解中国的诗，也有助于丰富中国的文学理论，乃至世界的文学理论。这是一项很有意义的工作。

三、中国诗学的特点

要讲中国诗学的特点，当然可以着眼于它的内容，归纳出中国诗学主要是讲了哪些问题，强调了哪些思想。[②] 但我们觉得这只是分解的做法，不是总体概括的做法，还不足以说明中国诗学总体的特点。我们尝试着从总体上看，于是得出以下三点：

（一）实践性。所谓实践性是说诗学批评密切结合诗歌创作和诗歌鉴赏的实践，既是创作活动和鉴赏活动的经验总结，又是可以指导

---

① 关于亚里士多德 *Peri Poietikes* 一书书名翻译的争论，可参见刘小枫《诗学与国学——亚里士多德〈诗学〉的译名争议》（《中山大学学报（社会科学版）》2009 年 5 期）。

② 如李泽厚、刘纲纪主编的《中国美学史》的绪论里讲到中国美学思想的基本特征，有以下几点：第一、高度强调美与善的统一；第二、强调情与理的统一；第三、强调认知与直觉的统一；第四、强调人与自然的统一；第五、富于古代人道主义精神；第六、以审美境界为人生的最高境界。他们是就美学思想而言的，可供我们研究中国诗学参考，但还不是一回事。

创作和鉴赏的。这从我们讲的第一部分所介绍的各类资料就可以看出,中国的诗学多半是就具体的作品展开的,或者是评论其风格,或者是评论其技巧,或者是评论其构思,或者是评论其遣词造句,讲得很具体,读者只要熟悉作品或者有一些创作的经验,就很容易理解。我们前面也指出,“诗学”一词在脱离“《诗经》学”的意义后,一开始就是指的作诗之法。我们甚至可以这样说,中国诗学就其主要部分而言,是为了教人创作和鉴赏的。离开创作和鉴赏实践的抽象理论并不多,即使有也不那么抽象。中国诗学虽有系统的理论,但缺少系统性很强的理论,或者说中国的诗学理论性不很强。最有系统性的就算《文心雕龙》了,它开了一个好头,但后来没有再出现这种水平的著作。即使《文心雕龙》也是密切结合创作和鉴赏实践的,而且是用骈文的体裁写的,骈文容易显示作者的文采而不容易发挥论证,可以说刘勰写作《文心雕龙》也是当成文学创作的实践来对待的。实践性是中国诗学的长处,而理论的不够发达则是其短处。中国诗学的不足之处,需要我们加以补充。研究中国诗学不能满足于只介绍古人的说法,也不能硬是把古人的并不具有系统性的理论说成是系统的理论,避免“其言论愈有条理系统,则去古人学说之真相愈远”(陈寅恪《金明馆丛稿二编·〈中国哲学史〉审查报告》)的情况出现。而应该在介绍古人的说法之后,再结合古人的创作和鉴赏的实践活动由我们重新加以总结,提出我们的超过古人的系统的理论。

(二)直观性。所谓直观的反面是推论和演绎,直观是一种印象式的把握,更多地靠妙悟。在表述时往往略去思考的过程,跳跃式地直接端出结论。说一首诗好,并不做详尽的分析,而是三言两语点到为止,读者也不习惯去看长篇累牍的评论,而是靠了那三言两语的启发,自己领悟其中的三昧。读者的领悟可能和批评家的说法不完全相同,“作者之用心未必然,而读者之用心何必不然”(谭献《复堂词录序》),这也没有关系。举例来说,锺嵘《诗品》评南朝谢灵运说:“譬犹青松之拔灌木,白玉之映尘沙”,用两个比喻,说得很形象,但这话怎讲?锺嵘并没有论证,他只是把自己的感觉说了出来,其中的奥妙全凭读者自己去体会。又如皎然《诗式》说诗有二要:“要力全而不苦涩,要气足而不怒张。”的确是经验之谈,作诗的人会觉得他说得好,但什么是力?什么叫苦涩?什么是气?什么叫怒张?力全和力不全有什么界限?气足和气不足又怎样区分?他都没说。又如《二十四诗品》中有一品叫“典雅”,全文如下:“玉壶买春,赏雨茅屋。坐中佳士,左右修竹。白云初晴,幽鸟相逐。眠琴绿荫,上有飞瀑。落花无言,人淡如菊。书之岁华,其曰可读。”这段文字本身就是一首诗,从各个角度写出典雅的种种表现,让读者从中体会诗的典雅究竟是一种什么况味。又如南宋敖陶孙的《敖器之诗话》评古今名人诗曰:“谢康乐如东海扬帆,风日流丽。”“孟浩然如洞庭始波,木叶微脱。”没读过诗的人摸不到头脑,读过的人觉得说得好,但究竟说的是什么意思只能意会而不可言传。所以也可以说中国诗学批评是一种启示性的批评,研究它没有悟性不行,太死板也不行,把直观的感悟的印象式的语言转换成理论性很强的概念十分确定的语言,要特别小心,很容易失去其原意,也失去了原有的生动活泼的水灵灵的好处。

直观性的侧面其实是暗示性和启发性。冯友兰在《中国哲学简史》中就曾指出,中国哲学的特有表达方式是喜用名言隽语、比喻例证,这造成论证明晰不足而暗示有余,而前者从后者得到补偿。“富于暗示,而不是明晰得一览无遗,是一切中国艺术的理想,诗歌、绘画以及其他无不如此。拿诗来说,诗人想要传达的往往不是诗中直接说了的,而是诗中没有说的。照中国的传统,好诗‘言有尽而意无穷’。所以聪明的读者能读出诗的言外之意,能读出书的‘行间’之意。中国艺术这样的理想,也反映在中国哲学家表达自己思想的方式里。”[①]我们

① 冯友兰《中国哲学简史》,第11页,北京:北京大学出版社1996年第2版。

不妨再补充一句，中国艺术创作——包括诗歌创作——富于暗示性与启发性的理想与实践，自然也影响了中国艺术批评——包括诗学批评——的表达方式是富于暗示性与启发性的。①

（三）趣味性。欧阳修的《六一诗话》是最早的一部诗话，他自称写这诗话的目的是："居士退居汝阴，而集以资闲谈也。"原来是为闲谈提供话题和谈料的。因此，趣味性就成为十分必要的了。中国诗学当然有严肃的探讨，甚至是激烈的辩论，也不乏剑拔弩张之势。但趣味性的闲谈毕竟是其一大特点，一种轻松的气氛，一种读者可接受也可以不接受的豁达态度，我自说我的，说着好玩，信不信由你——这是常见的中国诗学的气度。在中国的诗学资料里有不少趣闻，如贾岛推敲撞上韩愈的故事（《隋唐嘉话》），王安石修改"春风又绿（到、过、入、满）江南岸"的故事（《容斋续笔》）等等，可以举出许多许多。

四、诗学文献概况

研究任何一门学问，首先都会遇到如何搜集文献资料的问题，研究中国诗学当然也是这样。《四库提要》专门列有"诗文评"一类，将这方面文献分为五类，"究文体之源流，而评其工拙"者如刘勰《文心雕龙》，"第作者之甲乙，而溯厥师承"者如锺嵘《诗品》，"备陈法律"者如皎然《诗式》，"旁采故实"者如孟启《本事诗》②，"体兼说

---

① 在这个问题上，西方学者有类似的看法，值得参考，如余宝琳（Pauline Yu）带有述评性的论文 Metaphor and Chinese Poetry（*Chinese Literature*: *Essays*, *Articles*, *Reviews* [CLEAR], Vol. 3, No. 2 [Jul., 1981], pp. 205 – 224）指出，"隐喻是诗人从一点联系（one link）而展开构建的整个世界（an entire world），是系联的网络（a web of correspondences）"，"中国诗学批评开始将兴趣转向隐喻"。她还认为，"高友工和梅祖麟的《唐诗中的意义、隐喻与暗示》（Meaning, Metaphor, and Allusion in T'ang Poetry）的主要旨趣就在于区分隐喻性的语言与分析性的语言。"

② 关于孟启的名字写法，可参见胡可先、童晓刚《〈本事诗〉新考》（《中国典籍与文化》2004 年 1 期）、陈尚君《〈本事诗〉作者孟启家世生平考》（《唐代文学研究》第十二辑，广西师范大学出版社 2008 年）。

部”者如欧阳修《六一诗话》。这的确涵盖了诗学文献资料的相当大部分。

《四库全书总目》的分类中,以“品”、“话”、“式”等命名的诗学书籍是重中之重。“品”是品评的意思,对作家品评高低优劣。“话”本是故事的意思,讲述作家作品的有关掌故,以资闲谈,后来也包括单纯的评论赏析之作,不一定讲掌故了。“式”是法则的意思,主要是从创作的角度讲作诗应当遵循的若干法则。这一大类著作中最早的是锺嵘的《诗品》。而欧阳修的《六一诗话》则是最早的一部取名诗话的书。其他如托名司空图《二十四诗品》、皎然《诗式》、王国维《人间词话》也是著名的著作。张炎的《词源》上卷论乐律,下卷论词的鉴赏和作法,也属于这一大类。这类著作有若干丛书,使用方便,如清人何文焕《历代诗话》,民国丁福保《历代诗话续编》、《清诗话》,今人郭绍虞的《清诗话续编》,今人唐圭璋的《词话丛编》。还有一类书是将各种诗话打乱重新编排,分门别类,便于查阅。如北宋阮阅《诗话总龟》、南宋胡仔《苕溪渔隐丛话》、南宋魏庆之《诗人玉屑》。此外还有诗话的辑佚书,如郭绍虞的《宋诗话辑佚》,将已经失传的宋人诗话辑其佚文而成。

《四库全书总目》“诗文评”中还包含了诗纪事。这类书的编法是记录诗人的生平经历遗闻轶事、选录诗词作品并记载与这作品有关的事情和评论。最早的一部书是孟启《本事诗》,但还不系统。自觉而又系统的著作始自南宋计有功的《唐诗纪事》。后来清人厉鹗编有《宋诗纪事》,清末陈田编有《明诗纪事》,清人叶申芗编有《本事词》。今人钱仲联编有《清诗纪事》。其中都有文学批评的重要资料,是研究文学批评的人必须重视的。

另外还有文学批评的专论和专书,这类著作所论范围不限于诗,然而诗无疑占有重要位置。其中最值得注意的是曹丕的《典论·论文》、陆机的《文赋》、刘勰的《文心雕龙》、叶燮的《原诗》。

但中国诗学的资料是否仅限于“诗文评”呢？这显然是不够的。中国诗学的资料范围要广泛得多,我们还可以补充以下几方面：

（一）诗文集的序跋。有的是作者本人写的,有的是别人写的。在这些序跋里常常表达重要的见解,有的还保留了重要的文学史料。例如《毛诗序》就是一篇十分重要的诗学论文。另外如萧统的《文选序》,高棅的《唐诗品汇总序》,张惠言的《词选序》,魏源的《定庵文录叙》,黄遵宪的《人境庐诗草自序》等,都是重要的以序跋形式写成的诗学论文。

（二）书信。古人常常在书信中谈论文学,因为书信往往是写给朋友看的,所以更容易表达真实的思想和自己创作的甘苦。而且书信的往来还可以互相辩难,不同的文学主张展开争论,是很有趣的资料。如白居易的《与元九书》,苏轼的《答谢民师书》,黄庭坚的《答洪驹父书》。又如何景明的《与李空同论诗书》和李梦阳的《驳何氏论诗书》,是明朝前七子中两个代表人物之间关于如何学习盛唐的争论的第一手资料。清人袁枚标举性灵说,其主张就是在《答沈大宗伯论诗书》、《再与沈大宗伯书》等书信中提出来的。

（三）论诗诗。这是以诗的形式写的诗论,多用绝句,多为组诗。杜甫的《戏为六绝句》时代最早,是六首七言绝句。其中谈论庾信、“四杰”、屈宋、齐梁,都是围绕着对前人创作经验的态度来写的。杜甫之后,学习杜甫写论诗绝句的人相当多,从南宋戴复古,到清代赵执信、赵翼,都是表述诗歌理论。元好问《论诗三十首》则继承杜甫《论诗绝句》的另一面,品评前代诗人,而且是系统地品评,而第一首则笼盖全体树立准则。成组的绝句之外,还有许多单首的论诗之作,如杜甫的《春日忆李白》,韩愈的《调张籍》,陆游的《读近人诗》,也可以视为广义上的论诗诗。

（四）诗选和批注。从编选者的选目往往可以看到他的倾向和爱好,进而可以研究编选者的文学思想,乃至在他背后隐隐呈现出来的该时期的文学风尚。[1] 例如我们要了解唐人对自己那个时代诗坛的看法,而当时还没有产生诗话一类著述,这时一系列“唐人选唐诗”的诗歌选本就成为可以进行研究的系统而集中的资料,如元结《箧中集》、殷璠《河岳英灵集》、芮挺章《国秀集》、高仲武《中兴间气集》、姚合《极玄集》、韦庄《又玄集》、韦縠《才调集》等。各种批注本的批语也是重要的资料,例如,《陶渊明集》的评注本就很多,其中有一些是名家的批语,很值得研究。

（五）哲学和史学著作中的诗学资料。中国早期文史哲之间没有明确的界限,在哲学和史学著作中常有重要的诗学资料。儒家的文学理论见于《论语》、《孟子》等,道家的文学理论见于《老子》、《庄子》。但他们的文学主张散见于一些只言片语之中,有的并不是专讲诗学,往往和修身、修辞等问题混在一起,需要披沙拣金并从哲学和文学相结合的高度上去理解。在《左传》、《史记》、《汉书》、《宋书》,以及唐人刘知几的《史通》、清人章学诚的《文史通义》等书中都有诗学的资料。又如《宋书·谢灵运传论》不仅评论了谢灵运一个人,还评论了历代诗歌,并提出了诗歌主张,就很重要。

还要特别指出的是,对文献资料需要持有一种辨析的态度。首先是文献的真伪问题。例如《二十四诗品》,学术界已经提出所谓作者司空图乃是伪托,这就需要慎重处理,一方面注意不能完全把此书视为晚唐司空图的观点,一方面又要考虑到此书在明清以降的诗学发展过程中造成了较大的实际影响。考虑到古人不重署名的著述习惯(参见余嘉锡《古书通例》),文献真伪问题的考辨,有时候实际上是指对文献的溯源。换句话说,文献本身无所谓真伪,只看阅读者是否把它放在了正确的历史时间点上。将《二十四诗品》置于唐宋如果不确,那么

① 西方学者对中国诗学文献中选本与批评问题的思考,较近的有余宝琳(Pauline Yu)的论文 Charting the Landscape of Chinese Poetry(*Chinese Literature: Essays, Articles, Reviews*[CLEAR],Vol. 20[Dec.,1998],pp. 71 – 87),可以参见。

将它置于元明则成为真材料。又如，元人辛文房以《唐才子传》勾勒出有唐一代诗人群像，兹役甚巨，其开创之功不可没。但此书的传记内容与论赞文字，绝大多数都源于前人著述，辛文房往往只起到梳理缝合、擘绩补苴的作用。了解这一点，对《唐才子传》与辛文房就能有一个较为客观的评价。其次是作者态度的真伪问题。诗歌发展到明清，流派分出，门户之见愈加深重，党同者抬举吹捧，伐异者诋毁贬斥。前者之溢美往往见于诗文集的序跋，读这类资料而不读其作品，常使人误认为文学史遗漏了天才诗人；后者之刻薄常常出自私人书信，结合作品理解，有时候也会觉得偏见中不乏洞见。对这类褒贬趋向极端的资料，要注意体察作者写作态度随着场合不同而有所变化，区别虚伪的客套与真心的推崇、公正的月旦与敌意的排挤。总之，将文献的客观真伪与作者主观态度的真伪结合起来，对文献资料的理解应当可以更贴近历史的真相。

五、诗学史的分期

中国文学批评的分期一向以朝代划分，如先秦两汉的、魏晋南北朝的、隋唐五代的、宋金元的、明代的、清代前中期的以及近代的文学批评等。这不失为一种好的分期法。然而这并不妨碍我们尝试其他的分期法。袁行霈《中国文学概论》就曾以文学体裁的演化作为分期的标准，对中国文学的发展提出了一种新的分期法。中国诗学同样可以不用朝代作为分期的界线，而寻找新的分期法。我们这部《中国诗学史》试着以重要的具有划时代意义的论著来分期，这样可以分为六期：

第一期，从《尚书》到王逸《楚辞章句》，是中国诗学的发轫时期。《尚书》所谓“诗言志”及儒家诗教说，是这个时期诗学理论的核心。

第二期，从曹丕《典论·论文》到刘勰《文心雕龙》，是中国诗学相对独立的时期。随着文学进入自觉的时代，诗学也开始摆脱经学的束缚，总结诗歌本身的发展历史，多方面地深入探讨诗歌本身的特点和规律，提出了一些崭新的概念和理论，如“诗缘情”、“神思”等。

第三期,从锺嵘《诗品》到司空图的诗学观(以及托名司空图的《二十四诗品》),是中国诗学独立发展的时期。这时期诗学虽有所发展,但其发展的速度滞后于诗歌创作。这期间诗歌是创作的黄金时代,肯定积累了许多创作经验,但还来不及从理论上加以总结。这期间能提出比较完整的诗学理论的,当数陈子昂和白居易了。但与唐代诗歌创作的丰硕成果相比,他们的理论成就毕竟显得单薄。然而《诗品》和《二十四诗品》堪称划时代的著作,因为它们接触到诗歌艺术的真髓。

第四期,从欧阳修《六一诗话》到严羽《沧浪诗话》,是中国诗学的高潮期。《六一诗话》问世后,诗话这种极有中国特色的灵活的形式便被诗论家们广泛采用,诗话著作大量涌现。这个时期诗学所包括的内容的深度和广度超过了以往任何一个时期,在诗歌艺术上提出许多精辟的见解,词学作为诗学的一个分支也建立了起来。

第五期,从辛文房《唐才子传》到叶燮《原诗》,是中国诗学建立理论体系的时期。这个时期诗歌流派众多,诗学主张各异,而复古与反复古的论争贯穿始终。

第六期,从王士祯《带经堂诗话》到王国维《人间词话》,是中国诗学理论趋向多元化时期,也是中国古典诗学的终结期。这时的诗学以更具理论性的姿态出现,如格调说、神韵说、性灵说、肌理说、境界说等等。随着社会的变革,新文化运动的冲击,有的学者如王国维尝试吸取西方的文艺理论,构建新的诗学理论,他遂成为总结古典诗学与开创现代诗学的里程碑式的人物。

中国文学批评的内容很复杂,能不能归并一下分成若干类别呢?我们认为是可能的也是必须的。我们参考其他学者的分类法,[①]提出

---

① 刘若愚《中国的文学理论》归纳为六类:形上论、决定论、表现论、技巧论、审美论、实用论。他还强调了这“并不意味有六种不同的批评学派存在。事实上,中国批评家通常是折衷派或综合主义者”。中国大陆做过这方面尝试的是贾文昭、程自信主编的《中国古代文论类编》,分为创作论、文源论、因革论、文用论、鉴赏论、作家论,也是六类。

五类，即：创作论、源流论、鉴赏论、作家论、功用论。

创作论讲文学创作的过程和心理活动，包括创作前的准备、创作构思、技法语言，等等。这都是从作者的角度说的。源流论讲各种文体的起源演变，作家之间的承传，文学流派的演化，文学风格的继承演进，等等。这都是就文学的历史演变而言的。鉴赏论讲文学作品完成之后，读者的阅读过程和心理活动，包括对作品主题、思想的理解，对作品风格的把握，对作品的价值判断，阅读中或阅读后美感的有无与强弱，等等。这都是就读者而言的，鉴赏是读者的事，作者已无权干预。鉴赏是读者的再创作，是作者创作活动的延伸。没有鉴赏，作品的价值就无以实现。作家论是对作家本人的研究与评价，包括人格与诗格，作家的才、学、识对其创作的影响，等等。前三类都是围绕着作品来讲的，作家论则是围绕着作家这个人来讲的。作品和作家当然有很密切的关系，但作品和作家也往往分离或相矛盾。中国文学批评中的作家论往往是对作家的总体品评，而作品论则单就某一作品立论，重点有所不同。以上四类都是就文学本身而言的，第五类功用论则是讲文学对社会所起的作用，这是文学以外的。如儒家所讲的兴观群怨、讽谕教化等等。

至于中国诗学的派别，可以大略分为功利派和非功利派。这当然是很粗略的区分，但似乎比任何别的分法都确切。因为文学史讲的韩孟诗派也好，竟陵诗派也好，格调派也好，还有所谓山水诗派也好，都只是局于一时、一地、一种主张、一种题材，这样分来分去即使分十派二十派也不能囊括所有文学派别。更有概括性的派别区分，就是功利派和非功利派。这是作家对自己创作的两种不同要求，也是批评家对文学的两种不同期望。功利派强调文学的致用，非功利派不大强调文学的致用。前者好像为人生而文学，为文学之外的另一个崇高目的而文学；后者好像为文学而文学，或者为作家自己而文学。儒家属前者，一些偏离儒家的诗学批评往往可以划入后者。

六、研究方法

基于我们对中国诗学的理解，我们认为研究中国诗学需要注意以下几个方面：

（一）要从诗歌创作的实际出发，结合作品理解各种诗歌主张的背景及其针对性，进而把握其真正的含义；而不是从概念到概念，脱离创作实际做无端的演绎。这就要求研究诗学的人必须同时研究诗歌作品和诗歌史。对诗歌作品没有艺术的领悟，对诗歌史没有真正的了解，就不能深入理解诗学理论。反过来说，研究诗歌史的人也应当研究诗学理论，不了解当时的诗学思想、诗学潮流，也不能深入理解诗歌创作。中国诗学理论与诗歌创作并不是同步发展的。在诗歌创作的高潮期诗学理论不一定繁荣，而诗学繁荣的时期诗歌创作的成就又不一定很大。诗学超前或滞后的现象都曾出现过。唐朝诗歌达到繁荣昌盛的顶点，但唐朝三百年诗学理论却比较沉寂；明朝诗歌创作成就不高而诗歌理论却很发达。研究中国诗学不能不注意这类问题。

（二）必须具有中国哲学史、艺术史的修养。许多诗学理论的著作出自哲学家之手，而且是以其哲学思想为根基的，或者说是从其哲学思想引发出来的，其表述的方法也往往是哲学式的；还有许多诗学理论就包含在哲学理论当中，甚至将哲学的命题直接引入诗学，所以如果不了解中国哲学思想和哲学思考的方式，就很难深入了解中国的诗学。中国的诗学理论和艺术理论又有许多相通的地方，诗论、画论、乐论互相参照才能有新的开拓。

（三）要注意中国诗学的特点，也就是要了解中国诗学的特殊思维方式和表达方式。中国诗学可以上溯到《尚书》，其下限到王国维，大都反映着古人的思想。研究者的大忌是将古人现代化！具体地说，就是不顾古人本来的意思如何，用现代人的一些概念比附古人的思想。把古人没有的东西强加给古人，或者把原来并不系统的思想硬是系统化。特别是诗学中的一些概念,“气”、“骨”、“意境”、“兴趣”等等,古人的用法很灵活,并不确定,不同的人有不同的用法,它们的含义相当模糊。我们当然希望有一种明确的解释,但应特别注意别把我们自己的东西加到古人身上。我们可以采用古人的某一概念结合当时的创作实际加以新的阐发,以构建我们自己的理论,但应当说明这是我们自己借鉴了古人的理论而形成的自己的理论。

(四)要有世界文学的眼光,把中国诗学放到世界文学的大格局中来研究。有了世界的眼光才能更清楚地看到中国诗学的特点,包括长处和短处,才能进一步融汇外国的经验来发展中国自己固有的理论。

总之,中国诗学是伴随着中国诗歌发展起来的,有浓厚的中国特点。有一些概念恰恰是西方诗学中没有的,如“意境”、“兴趣”。在借鉴西方的理论和方法以重新审视中国诗学的同时,向西方介绍中国诗学,使之成为全人类的精神财富,正是跨世纪的一代学者的历史任务。

第一章　从《尚书》到《楚辞章句》

——中国诗学的发轫时期

从《尚书》到《楚辞章句》，这期间大体上相当于先秦两汉。中国诗歌的三大源头——《诗经》、《楚辞》、汉乐府，都产生于这个时期。同样，中国诗学也正发轫于此。这时期的诗学主要是围绕着《诗经》、《楚辞》提出各种见解，占统治地位的是儒家诗教，但也逐渐产生了诗、骚并列的倾向。尽管这时期的诗学尚未摆脱经学的束缚而独立发展，但对后世的诗歌创作与诗学理论，却有深远的影响。

第一节　儒家诗学的始建

一、《尚书》与诗的概念起源

> 帝曰：夔，命汝典乐，教胄子，直而温，宽而栗，刚而无虐，简而无傲。诗言志，歌永言，声依永，律和声，八音克谐，无相夺伦，神人以和。（《尚书·舜典》）

作为普遍公认的中国最早的史书，《尚书》首次记载了“诗言志”之说，这一说法也屡屡出现在先秦的其他典籍中，是当时的一种普遍看法。[①]

什么是“志”？从训诂学的角度考察，“志”的最一般的含义，与“诗”是相通的。在汉代，人们即多训“诗”为“志”。[②] 杨树达《释诗》说：“‘志’字从‘心’，‘止’声，‘寺’字亦从‘止’声。‘止’、‘志’、‘寺’古音盖无二。……其以‘止’为‘志’，或以‘寺’为‘志’，音近假借耳。……古‘诗’、‘志’二文同用，故许（慎）径以‘志’释‘诗’。”[③]闻一多在《歌与诗》中也得出“‘诗’与‘志’原来是一个字”的结论，他说：“‘志’从‘止’从‘心’，本义是停止在心上。停止在心上亦可说藏在心里。《荀子·解蔽》：‘志也者，臧（藏）也。’注：‘在心为志。’正谓‘藏在心里’。故《诗序疏》所谓‘蕴藏在心谓之志’，最为确诂。”[④]

进一步，闻一多在《歌与诗》中就“志”的含义做了更为深入系统的论述，他说：“志有三个意义：一、记忆，二、记录，三、怀抱。这三个意义正代表诗的发展途径上三个主要阶段。”首先，“藏在心里”的“诗”或“志”就是记忆，也就是指诗的最初的记诵。其次，文字产生之后，文字便代替了记忆，因而“记载”便是诗或志的第二个意义，也就是诗歌发展的第二个主要阶段。复次，散文应运而生，逐渐倾向于用散文体记录事物和道理，而诗（韵文）则更多地用来抒写“怀抱”，使得诗的“事”的成分渐少，“记”的作用渐微，而“情”的成分渐多，“意”的作用渐大。到了“诗言志”和“诗以言志”这两句话成为人们所公认的定义时，便已经开始用“志”来专指“怀抱”即“情”、“意”了。这便是诗或志

---

① 如《左传·襄公二十七年》文子告叔向的话中有“诗以言志”之语，《礼记·乐记》中也有“诗，言其志也”之说，《礼记·仲尼闲居》记孔子之言有“志之所至，诗亦至焉”，《庄子·天下》有“诗以道志”，《荀子·儒效》称“诗言是其志也”，等等。

② 如许慎《说文解字·言部》：“诗，志也。志发于言，从言，寺声。”郑玄注《尚书·洪范·五行传》：“诗之言，志也。”高诱注《吕氏春秋·慎大览》：“诗，志也。”王逸注《楚辞·九章·悲回风》亦云“诗，志也”。《诗谱序》孔颖达疏引《春秋说题辞》：“诗之为言志也。”

③ 《积微居小学金石论丛》卷一。

④ 《闻一多全集》第10册《文学史编》，第10页，武汉：湖北人民出版社1993年。

的第三个意义，也就是诗歌发展的第三个主要阶段。[①] 关于这一点，《诗大序》的孔颖达《正义》说得较为明确：

> 诗者，人志意之所适也。虽有所适，犹未发口，蕴藏在心，谓之为志。发见于言，乃名为诗。言作诗者，所以舒心志愤懑，而卒成于歌咏。故《虞书》谓之"诗言志"也。包管万虑，其名曰心；感物而动，乃呼为志。志之所适，外物感焉。言悦豫之志则和乐兴而颂声作，忧愁之志则哀伤起而怨刺生。《艺文志》云："哀乐之情感，歌咏之声发。"此之谓也。

"志"与"情"、"意"是完全等同的，诗所要表达的就是诗人内心的情或意。换言之，诗既是诗人内心志意的抒发，也是诗人内心情感的流露，"情动于中"，这就是诗歌产生的本源。[②]

荷马之后古希腊最早的诗人，可能也是我们所知的西方的第一位诗人——因为通常认为"荷马"乃是希腊各族说唱诗人的一个人格化代表，而非真实的历史人物——赫西俄德，在其长诗《神谱》中写道：

---

① 《闻一多全集》第10册《文学史编》，8—14页，武汉：湖北人民出版社1993年。

② 在对《诗大序》的阐释上，西方学者如 Paula M. Varsano 在其论文 Getting There from Here: Locating the Subject in Early Chinese Poetics(*Harvard Journal of Asiatic Studies*, Vol. 56(1996), p. 387) 将《诗大序》所描述的诗歌写作情形命名为"感受—表达"机制("affective - expressive" theory of shi - poetry)。而 Martin Svensson 的论文 A Second Look at the Great Preface on the Way to a New Understanding of Han Dynasty Poetics(*Chinese Literature: Essays, Articles, Reviews*[*CLEAR*], Vol. 21[Dec., 1999], pp. 1 - 33)进一步指出，《诗大序》所说的"言之不足故嗟叹之，嗟叹之不足故永歌之，永歌之不足，不知手之舞之足之蹈之也"，容易使人觉得中国诗人是一种情绪性的作家，他们最热烈的情感只能通过身体动作来宣泄。如此一来，在中国诗歌里就很难找到西方诗歌中那种深思熟虑的、冷静的修辞与风格(deliberated, "cold" tropes and rhetorical tricks)。如果《诗大序》的原文容易引起这类猜疑，那么孔颖达的《正义》谈到"忧愁"、"怨刺"等因素，就阐述得全面多了。

> 宙斯之女，奥林波斯的缪斯，曾对我说出如下的话，我是听到这话的第一人："……我们知道如何把许多虚构的故事说得象真的，但是如果我们愿意，我们也知道如何述说真事。"……来吧，让我们从缪斯开始。她们用歌唱齐声述说现在、将来及过去的事情。①

西方的文艺女神缪斯对于诗歌的看法是"诗言事"，而中国诗学提倡的却是"诗言志"。正是"诗言志"（诗歌抒发内心情怀）——而非"诗言事"（诗歌记载外部事物）——成为了中国诗歌的起源观念，中国诗学的发展才走向了自己的独特道路。首先，从创作的角度看，中国诗歌注重抒情性而非叙事性，这和"诗言志"强调诗要表达作者的内心情怀分不开，中国的诗人极少抛开自己的感受去纯粹客观地状貌外部世界。中国诗歌发展到唐代高峰，杜甫从自身的生活经历出发在唐帝国兴衰之际写下"个人化"的史诗篇章，李商隐以个人的生命体验将诗歌的抒情性以隐喻象征的方式发展到古典诗歌的极致，可以说，中国历代诗人的诗歌几乎都表现为个人的生活史与生命体验，这在本质上都源于"诗言志"的创作理念。其次，从批评的角度看，"诗言志"正是一系列诗学批评如"以意逆志"、体性说、风骨论、境界说等等的理论支点，正因为"诗言志"强调诗歌是诗人个性意志的表达，所以中国的诗歌批评家自然更多关注诗歌作品中创作者的一面，而较少关注诗歌作品中被表现者（现实世界）的一面，中国诗学批评也更多地关心诗歌背后隐含的诗人的神韵、格调、性灵，留心诗人写作的趣味、技巧。相反的，"惟歌生民病"的呼喊，始终不能成为中国诗学的正声大雅，其原因也就在这里。总之，"诗言志"对中国诗学的影响之大是难以估

① （古希腊）赫西俄德撰，蒋平、张竹明译《工作与时日 · 神谱》，第26—27页，北京：商务印书馆1991年。

计的。

除了“诗言志”之外,《尚书·舜典》的这段文字重要的还有两点:一是诗乐不分,二是诗与乐具有教育作用。这也是我国早期诗论的重要内容与特点。

在我国古代,诗、乐、舞最初是三位一体的,“教胄子”就是教育贵族子弟,这段话就记载了当时以音乐和诗歌为基本教育内容,重在陶冶与培养贵族子弟高尚的思想品质与道德情操,即所谓“直而温,宽而栗,刚而无虐,简而无傲”。在这里,音乐和诗歌就显然与人伦道德发生了直接的关系。为什么要用音乐和诗歌来教育后代呢?这与音乐和诗歌自身的重要作用是分不开的。由于音乐具有一种特殊的感化力量,它对人们的思想、道德和情感能够产生潜移默化而又强有力的影响,故能达到移风俗、善民心、天下皆宁、美善相乐的政治功效。相应的,通过音乐,也可以观风俗、察盛衰,知治道。音乐与伦理、政治相通,与“礼、刑、政”并列为治国之根本。古人甚至视乐教为治国之本。[①] 因而音乐的教育就受到了高度的重视。如果一个人不知乐,那么他就没有资格参政。《周礼·大司乐》记载了对“国子”进行乐教的基本内容:

---

① 如《荀子·乐论》云:“乐者,圣人之所乐也,而可以善民心,其感人深,其移风易俗。故先王导之以礼乐,而民和睦。夫民有好恶之情,而无喜怒之应,则乱;先王恶其乱也,故修其行、正其乐,而天下顺焉。……故乐行而志清,礼修而行成,耳目聪明,血气和平,移风易俗,天下皆宁,美善相乐。”《礼记·乐记》云:“乐者,音之所由生也,其本在人心之感于物也。……是故先王慎所以感之者。故礼以道其志,乐以和其声,政以一其行,刑以防其奸。礼乐刑政,其极一也,所以同民心而出治道也。凡音者,生人心者也。情动于中,故形于声;声成文,谓之音。是故治世之音安以乐,其政和;乱世之音怨以怒,其政乖;亡国之音哀以思,其民困。声音之道,与政通矣。……凡音者,生于人心者也;乐者,通伦理者也。……唯君子为能知乐。是故审声以知音,审音以知乐,审乐以知政,而治道备矣。是故不知声者,不可与言音;不知音者,不可与言乐,知乐则几于礼矣。礼乐皆得,谓之有德,德者,得也。……是故先王之制礼乐也,非以极口腹耳目之欲也,将以教民平好恶,而反人道之正也。”

以乐德教国子:中和、祇庸、孝友。以乐语教国子:兴、道、讽、诵、言、语。以乐舞教国子:舞《云门》、《大卷》、《大咸》、《大磬》、《大夏》、《大濩》、《大武》。以六律、六同、五声、八音、六舞、大合乐,以致鬼神祇,以和邦国,以谐万民,以安宾客,以说远人,以作动物。

从"乐德"、"乐语"、"乐舞"的内容上看,乐教实际上是包括了音乐、诗歌和舞蹈这三位一体的综合教育。作为同音乐一体的诗歌来说,《诗》本来就被看作是统治者必须学习的一种历史文献,它同政治、外交有着直接的关系。《汉书·艺文志》说:

传曰:"不歌而诵谓之赋,登高能赋可以为大夫。"言感物造端,材知深美,可与图事,故可以为列大夫也。古者诸侯卿大夫交接邻国,以微言相感,当揖让之时,必称《诗》以谕其志,盖以别贤不肖而观盛衰焉。故孔子曰:"不学《诗》,无以言"也。

"称诗",包括引诗与赋诗两种形式。春秋时期,在政治、外交等场合,当人们发表意见或主张时,往往引用《诗》句,作为自己的论据,以加强议论的权威性与说服力,这就是引诗。赋诗主要是在外交之时,宴飨当中,当事的一方郑重其事地"赋"(不歌而诵)出某首诗,或某首诗的某章甚至某句,并不另加说明,对方就可以根据彼此之间的具体情况,准确地领悟到他的意思。① 人们在严肃的政治与外交场合征引

① 关于《左传》中的"称诗"现象,朱自清《诗言志辨·兴义溯源》做过统计:"《左传》所记赋诗,见于今本《诗经》的,共五十三篇:《国风》二十五,《小雅》二十六,《大雅》一,《颂》一。引诗共八十四篇:《国风》二十六,《小雅》二十三,《大雅》十八,《颂》十七。重见者均不计。再将两项合计,再去其重复的,共有一百二十三篇:《国风》四十六,《小雅》四十一,《大雅》十九,《颂》十七,占全诗三分之一强。""逸诗"尚不在此列,足见当时"称诗"之盛。

古诗，目的并不在于炫耀学问，而是为了“以谕其志”、“微言相感”，达到政治上、外交上之目的。在特定的时间、地点、条件下，这种方法含蓄微妙，带有极大的暗示性，往往能够起到意想不到的效果。尤其是在春秋战国时代，周王朝已失去了“天下宗主”的权威，诸侯争霸，互相牵制，错综复杂。微妙的政治、外交，甚至和战之间，往往取决于片言，这就需要言辞的优雅与含蓄，而《诗三百》那些形象的、多侧面的、可以随意发挥和理解的优美诗句，在当时恰可以起到这种作用。这既是政治、外交场合“称诗”的历史原因，也是“诗教”产生的根源之一。

二、诗歌功用论——“诗教”说

早期诗学的建立与形成，主要是在理论上总结并强化诗的社会功用，形成了“诗教”说，其中的两个关键阶段是孔子的“兴观群怨”说和《礼记》的“诗教”说。

1. 孔子“兴观群怨”说

在东西方诗学发展的早期，对于诗歌的道德功用的要求都是一致的。柏拉图的“理想国”中没有诗人的位置，这是因为当时的诗人不能满足理想国对诗歌的道德功用的要求。这恰好从反面说明了理想国想要的诗歌必须是符合道德的（“思无邪”）。在东方，作为儒家创始人的孔子，同样特别强调文艺与道德（“仁”、“礼”）的联系。孔子以为“有德者必有言”（《论语·宪问》），认为诗和道德修养有着不可分割的关系。《诗三百》的学习，也就成了修养道德的必要手段。《论语·为政》：

> 子曰：“《诗三百》，一言以蔽之，曰：‘思无邪。’”

“思无邪”本是《诗经·鲁颂》中的一句话，孔子借它来作为对全部《诗经》的总体评价。《论语集解》引包咸注“无邪”说：“归于正。”所谓“思无邪”，是把整部《诗经》都看作是对“仁”政、“礼”制的忠实的呈现。在这个意义上，孔子并不是把《诗》只看作是文艺，而是把它视为道德品质修养的教科书。《论语·泰伯》：

> 子曰：“兴于诗，立于礼，成于乐。”

在这里，诗、礼、乐是道德修养的几个必经阶段。所谓“兴于诗”，包咸注：“兴，起也，言修身当先学诗。”在这个基础上还要进一步学礼，以为立身行事的准则。《论语·季氏》记载孔子的话说：“不学礼，无以立。”“立于礼”之后，一个人的道德修养尚未最后完成，还有待“成于乐”，即通过音乐来陶冶性情，所以《论语·宪问》说：“文之以礼乐，亦可以为成人矣。”

围绕着以“礼”为核心的“诗教”，孔子还对“诗”本身的特征及其作用做了比较全面的分析，这就是“兴观群怨”说的提出。《论语·阳货》载：

> 子曰：“小子何莫学夫诗？诗可以兴，可以观，可以群，可以怨；迩之事父，远之事君；多识于鸟兽草木之名。

所谓“兴”，孔安国注为“引譬连类”，朱熹注为“感发志意”，二者并不矛盾，且可以互为补充。“引譬连类”，就是通过个别的、形象的比喻，使人们在联想的作用下，领会到它的普遍道理或意义，即今之所谓通过个别反映一般。但这种个别的、形象的譬喻并不是简单地为了说明某种道理而举出的例证，其目的也不在于诉诸人们的理智，而是同普遍性的道理融为一体，并且通过直观、联想的作用，而诉诸个体的社会情感，作用于人的个性和心理，唤起个体向善的自觉，这也就是朱熹所谓“感发志意”的作用。从“称诗”的角度看，“兴”在赋诗中就是由诗句中领悟出某种外交的意图或想法,使双方的思想得以沟通。从诗的艺术本质来说,以“引譬连类”为特征的“兴”,就是通过联想、想象,达到情感、理智与客观物象的统一,表现为可以直观到的个别形象。正如“感发志意”所阐明的,其目的并不是单纯的、抽象的说理教训,而是用艺术的形象去感染人、教育人。这就是孔子“诗可以兴”的教育作用。

所谓“观”,班固理解为“盖以别贤不肖而观盛衰焉”,郑玄注为“观风俗之盛衰”,朱熹注为“考见得失”。这里实际上包含了两个既有联系又有区别的不同层面。第一个层面,即班固在《汉书·艺文志》中所说:“古者诸侯卿大夫交接邻国,以微言相感,当揖让之时,必称《诗》以谕其志,盖以别贤不肖而观盛衰焉。”这是指政治外交场合的“称诗”。在赋诗者,诗所以“言志”;在听诗者,诗所以“观志”,亦称“知志”。如《左传·昭公十六年》:“郑六卿饯宣子于郊。宣子曰:‘二三君子请皆赋,起亦以知郑志。”观“志”者可以借助“兴”的特点,了解赋诗者的个人之“志”,并进而窥察该国政治、外交等方面的治乱盛衰。第二个层面,即班固所说“观风俗,知得失,自考正”,以佐王政。《汉书·食货志》载:“孟春之月,群居者将散,行人振木铎徇于路,以采诗,献之大师,比其音律,以闻于天子。故曰王者不窥牖户而知天下。”孔子所说诗“可以观”,就是强调了诗中所表现出来的一个国家的人的道德感情和心理状态。社会风俗的好坏盛衰,与人们的道德精神及心理状态密切相关,作为“言志”的诗,恰好就是这种道德精神及心理状态的反映。在谈到与诗密切相关的乐时,这一点也表现得十分明确,如说“郑声淫”(《卫灵公》);“恶紫之夺朱也,恶郑声之乱雅乐也”(《阳货》)等。在孔子看来,郑声表现了一种邪恶的、不雅的道德精神和心理状态,从中便可推知其风俗之衰颓。后来《乐记》所说:“治世之音安以乐,其政和;乱世之音怨以怒,其政乖;亡国之音哀以思,其民困。声音之道,与政通也。”正是对孔子以乐“观风俗之盛衰”的进一步发挥。孔子的这一诗学思想，把握住了艺术反映社会的根本特征，从而进一步总结出诗的社会功用。这在中国诗歌发展史上，具有极其重要的意义。

所谓“群”，在“称诗”的意义上是说，人们可以通过赋诗来交流与沟通彼此的想法，从而协调人际关系，国家内部可以团结起来，国与国之间可以联合起来。如《左传》昭公元年夏四月，郑伯宴享出使郑国的晋赵孟、鲁叔孙豹及曹大夫，赵孟赋《瓠叶》（《小雅》），表示感谢郑的盛情款待；叔孙豹赋《鹊巢》（《召南》），奉承赵孟善于治理晋国；又赋《采蘩》（《召南》），希望晋国保护鲁国；郑大夫子皮赋《野有死麕》（《召南》）之末章，要求晋国不要有非礼之举；赵孟又赋《常棣》（《小雅》），取其“凡今之人，莫若兄弟”，表示大家都是兄弟之邦，应当彼此亲爱，不要相互猜忌。这样一来，他们相互之间便达成了谅解，增进了友谊。这是通过“称诗”而达到“群”的一个显著事例。但是如果我们联系孔子的思想体系，尤其是其“诗教”的思想来看，其“群”的内涵尚不止此。孔子认为真正的“群”，应当建立在人们的互爱互助的基础之上。孔子曾说君子“群而不党”（《卫灵公》），就是说，君子的“群”是以普遍性的“仁”为基础的，而不是少数人的党同伐异。可见这个“群”，与孔子政治思想的核心“仁”又密切相关。孔子曾对他的儿子伯鱼说：“女为《周南》、《召南》矣乎？人而不为《周南》、《召南》，其犹正墙面而立也与？”（《阳货》）《周南》、《召南》是所谓“正始之道，王化之基”（《毛诗序》）。这些诗反映了基于古代氏族血缘关系的君臣、父子、夫妇之间的协和、温情的关系。这些关系的核心也就是“仁”。换言之，达到“群”的根本途径即在于实现“仁”，在情感心理上把个体陶冶成为具有社会责任感、与人们和谐交往、能自觉行“仁”的人，进而达到和谐团结、凝聚群体的目的。这就是诗可以“群”的重要作用和具体的历史含义。

所谓“怨”，孔安国注为“刺上政也”，是说诗可以用来批评不良政治，即肯定了诗具有批判的作用。孔子说过："择其可劳而劳之，又谁怨？"（《尧曰》）意谓如果统治者能爱惜民力，使民以时，民就不会产生怨恨；反之，人们的怨恨便是合理的、正当的。而"事君"的臣子在不良政治的情况下，就应该直言进谏，"勿欺之而犯之"（《宪问》）。然而孔子所说的"怨"，有一个基本的原则，即必须服从于"仁"的要求和"礼"的规范，否则"怨"就是不合理、不正当的。在《论语》中，除了"刺上政"之"怨"，正当的"怨"还有两种：第一种是对违反仁者的怨。孔子说："匿怨而友其人，左丘明耻之，丘亦耻之。"（《公冶长》）对那些该"怨"的人，就不应把自己的怨恨隐藏起来而对之表示友好，否则就是可耻的。孔子明确地肯定"君子亦有恶"（《阳货》），"君子"对一切违反"仁"、"礼"的东西都应加以憎恶。这种"恶"，不仅包括了"怨"，而且比"怨"更为强烈，如孔子说季氏"八佾舞于庭，是可忍也，孰不可忍也"（《八佾》）。第二种是指除君臣关系之外，在父子、兄弟、夫妇、朋友等各种社会关系中，当人们符合于"仁"的情感要求得不到实现，或为此而遭到挫折和打击时，"怨"就是合理的；因而通过诗来表现这种"怨"，也就是合理的。

总之，孔子的"兴观群怨"说，一方面脱胎于当时"称诗"的历史背景，同时又与孔子以"仁"、"礼"为核心的诗教思想密不可分，带有强烈的实用主义色彩。孔子注重通过诗的情感去感染、陶冶个体，从而达到个体与社会的和谐统一。细言之，"兴"和"怨"侧重于个体心理感触抒发的功能，"观"和"群"侧重于通过感染陶冶所达到的社会效果。但孔子在对个体与社会的和谐统一的认识中，却带有狭隘的、封闭性的特征。他把诗的功用仅仅限于"仁"和"礼"的范围之内，并且要服从于"迩之事父，远之事君"这样一个狭隘的目的；而作为诗的艺术与大自然之间的关系，只不过具有"多识于鸟兽草木之名"这样极为肤浅的认识而已。

2.《礼记》“温柔敦厚”的“诗教”说

儒家诗学的核心，乃是“温柔敦厚”的“诗教”说。“温柔敦厚”和“诗教”这两个词，均始见于《礼记·经解》篇：

> 孔子曰：入其国，其教可知也。其为人也，温柔敦厚，《诗》教也；疏通知远，《书》教也；广博易良，《乐》教也；洁静精微，《易》教也；恭俭庄敬，《礼》教也；属辞比事，《春秋》教也。故《诗》之失愚，《书》之失诬，《乐》之失奢，《易》之失贼，《礼》之失烦，《春秋》之失乱。其为人也，温柔敦厚而不愚，则深于《诗》者也；疏通知远而不诬，则深于《书》者也；广博易良而不奢，则深于《乐》者也；洁静精微而不贼，则深于《易》者也；恭俭庄敬而不烦，则深于《礼》者也；属辞比事而不乱，则深于《春秋》者也。

这未必就是孔子的原话，但它反映了以孔子为代表的儒家“中庸”之道的思想，却是毫无疑义的。在这里，《诗》教与《书》教、《乐》教、《易》教、《礼》教、《春秋》教相并列，其核心是由哲学上的“中庸”思想而导出的一种美学原则，即“中和”之美。

“温柔敦厚”，本指人的温和宽厚的品性，即孔颖达《正义》所说的“颜色温润”，“情性和柔”，这里借指诗歌内容对政治的“讽谏”、“怨刺”必须要合乎“礼义”的规范，不能言辞过激。它所体现出来的审美标准，就是“中和”之美。孔子说《关雎》之诗“乐而不淫，哀而不伤”，就体现了“中和”的审美态度。《礼记·中庸》说：“中也者，天下之大本也；和也者，天下之达道也。致中和，天地位焉，万物育焉。”诗能达到“中和”，便符合了“中庸”的思想和“礼义”的规范，便具备了“正”的教育作用。

不过，“温柔敦厚”的“诗教”说与此前的诗教观念相比，其本质却是完全不同的。《尚书·舜典》所记：“帝曰：夔，命汝典乐，教胄子，直而温，宽而栗，刚而无虐，简而无傲。”旨在陶冶与培养高尚的思想品质与道德情操。而以“中庸”、“中和”为核心的“温柔敦厚”，则是“教民”以“颜色温润”，“情性和柔”，“哀而不伤，怨而不怒”。质其实，无非就是教人做“顺民”。后来刘勰在《文心雕龙·明诗》中所说：“诗者，持也，持人情性。”其道理就在于此。“‘温柔敦厚’四字对中国文学的影响是大。它是作家们从事文学创作的准则，也是批评家们从事文学批评的依据。但‘温柔敦厚’这个标准毕竟难以掌握，怎样才算‘温柔敦厚’呢？一触及具体的作品，各人的看法就可能不一致了。淮南王刘安《叙离骚传》云：‘《国风》好色而不淫，《小雅》怨诽而不乱。若《离骚》者，可谓兼之矣。’在刘安看来，《离骚》当然是‘温柔敦厚’了。可是班固《离骚序》说：‘今若屈原，露才扬己，竞乎危国群小之间，以离谗贼。然责数怀王，怨恶椒兰，愁神苦思，强非其人，忿怼不容，沉江而死，亦贬洁狂狷景行之士。’则认为屈原不够‘温柔敦厚’了。王逸《楚辞章句叙》说：‘且诗人怨主刺上，曰：呜呼小子，未知臧否。……匪面命之，言提其耳。（《大雅·抑》）风谏之语，于斯为切。然仲尼论之，以为大雅。引此比彼，屈原之词，优游婉顺，宁以其君不智之故，欲提携其耳乎？而论者以为露才扬己、怨刺其上、强非其人，殆失厥中矣。’又批评了班固的观点，认为屈原‘优游婉顺’，也就是合乎‘温柔敦厚’的诗教了。唐代的白居易写作《秦中吟》和《新乐府》也遇到一个是否符合‘温柔敦厚’的问题。其《与元九书》说：‘闻《秦中吟》，则权豪贵近者相目而变色矣。闻《乐游园》寄足下诗，则执政柄者扼腕矣。闻《宿紫阁村》诗，则握军要者切齿矣。大率如此，不可遍举。不相与者号为沽名，号为诋讦，号为讪谤。苟相与者，则如牛僧孺之戒焉。乃至骨肉妻孥皆以我为非也。其不我非者，举世不过三两人。’白居易的诗歌主张与儒家的诗论一脉相承，他当然认为自己的诗是合乎诗教的。但别人却指责他‘诋讦’、‘讪谤’，不合诗教。这官司也是打不清的。然而不管怎么说，‘温柔敦厚’的诗教既以允许‘讽谏’、‘怨刺’为前提，则为中国文学留出一条活路，作家可以对政治、对现实表示自己的态度，甚至也可以‘讽谏’、‘怨刺’，而不必远远躲开政治，逃避现实中的尖锐问题。这样文学创作才有生气，才能出现杜甫、白居易这样的作家。另一方面因为有了‘温柔敦厚’这四个字的束缚，作家必须婉言微辞，采取比兴寄托的手法，绕着弯子说话，这又形成中国文学的一种传统趣味。一个作家既要关心现实、关心政治，以他的笔去补阙拾遗，而又要不失中庸之道，这真是一件困难而又痛苦的工作。”①

三、诗歌鉴赏论——孟子“以意逆志”与“知人论世”

孟子的主要贡献是提出了“以意逆志”和“知人论世”的批评方法。这对后世的文学批评，尤其是诗歌批评，有很大的影响。“以意逆志”是孟子在批评咸丘蒙对《小雅·北山》一诗的错误理解时提出来的。《孟子·万章上》云：

> 咸丘蒙曰：“舜之不臣尧，则吾既得闻命矣。《诗》云：‘普天之下，莫非王土；率土之滨，莫非王臣。’（按：见《小雅·北山》）而舜既为天子矣，敢问瞽瞍之非臣，如何？”曰：“是诗也，非是之谓也；劳于王事而不得养父母也。曰：‘此莫非王事，我独贤劳也。’故说诗者，不以文害辞，不以辞害志；以意逆志，是为得之。如以辞而已矣，《云汉》之诗曰：‘周余黎民，靡有孑遗。’信斯言也，是周无遗民也。”

赵岐注说：

> 文，诗之文章，所引以与事也；辞，诗人所歌咏之辞；志，诗人

① 引自袁行霈《中国文学概论（彩图本）》，第98—100页，高等教育出版社2006年。

志所欲之事；意，学者之心意也。孟子言说诗者，当本之志，不可以文害其辞，文不显乃反显也。不可以辞害其志，辞曰："周余黎民，靡有孑遗。"志在忧旱灾，民无孑然遗脱；不遭旱灾者，非无民也。人情不远，以己之意逆诗人之志，是为得其实矣。"(《孟子正义》引)

赵岐的这个解释，是符合孟子原意的。孟子认为说诗者不能拘泥于个别字句，从文辞的表面去机械地理解诗的意思，而应该从全诗的内容出发，做全面、具体的分析，只有在对诗歌内容正确理解的基础上，才能真正理解诗人写诗的目的意图。咸丘蒙以断章取义的方法，不顾全诗的内容而仅仅根据个别字句加以机械地理解，自然也就曲解了诗的原意。且看《小雅·北山》原诗：

陟彼北山，言采其杞。偕偕士子，朝夕从事。王事靡盬，忧我父母。

溥天之下，莫非王土。率土之滨，莫非王臣。大夫不均，我从事独贤。

四牡彭彭，王事傍傍。嘉我未老，鲜我方将。旅力方刚，经营四方。

或燕燕居息，或尽瘁事国。或偃息在床，或不已于行。

或不知叫号，或惨惨劬劳。或栖迟偃仰，或王事鞅掌。

或湛乐饮酒，或惨惨畏咎。或出入风议，或靡事不为。

《毛诗序》云："《北山》，大夫刺幽王也。役使不均，己劳于从事，而不得养其父母也。"很显然，诗人有感于王事繁杂，不能奉养父母，而心怀愁苦；同时对执政者安排劳逸不均表示不满：普天之下，均为"王臣"，为什么那些人安逸享乐，而只有我特别劳苦呢？孟子分析为"劳于王事而不得养父母也”,“此莫非王事,我独贤劳也”,的确抓住了全诗的主旨,符合诗人的原意。而咸丘蒙仅取“普天之下”四句诗,向孟子提出:舜既然已经做了天子,而他的父亲瞽瞍却又不是他的臣民,这岂不是和这诗句的意思相矛盾吗?显然是断章取义,曲解原诗的本义。

在春秋战国时代,“称诗”的现象十分普遍,而“称诗”中断章取义亦极为常见。顾颉刚说:“他们对于诗的态度,只是一个为自己享用的态度,要怎么用就怎么用。”①朱自清在《诗言志辨》中也说:“赋诗却往往断章取义,随心所欲,即景生情,没有定准。……断章取义只是借用诗句作自己的话。所取的只是句子的文义,就是字面的意思;而不管全诗用意。”这种方法固然显示出“称诗”者在政治、外交活动中的机智、含蓄与幽默,然其风气之所及,已经影响了人们对于诗的正确的理解。孟子对咸丘蒙的批评,也正表示了他对这种风气的不满态度。所以朱自清说:“‘以意逆志’是以己意己志推作诗之志;而所谓‘志’都是献诗陈志的‘志’,是全篇的意义,不是断章的意义。‘不以文害辞’‘不以辞害志’是反对断章的话。”

那么,怎样才能更好地把握诗人之“志”和正确地理解诗歌的内容呢?孟子提出了“知人论世”的方法,即了解诗人的情况和写诗的时代背景。《孟子·万章下》云:

> 孟子谓万章曰:“一乡之善士,斯友一乡之善士;一国之善士,斯友一国之善士;天下之善士,斯友天下之善士。以友天下之善士为未足,又尚论古之人。颂其诗,读其书,不知其人,可乎?是以论其世也。是尚友也。”

---

① 《〈诗经〉在春秋战国间的地位》,见《古史辨》第三册。

这里孟子虽是谈论“尚友”的问题,但却对文学批评的方法提出了一个有意义的见解。他认为要了解一个人的诗、书,就必须了解其人、其世,就是要了解其生平思想及其所处的时代环境。诗是言“志”的,书是记事的,但同样都表现出作者的思想感情;而作者的思想感情,又无疑地受到社会、时代的影响与制约。所以只有在了解其人、其世的基础上,才能更准确地把握住其诗、其书的主旨所在。由诗以观“志”,这已成为传统的看法,当然孟子也不乏这种见解;但是,由“其人”、“其世”以观其“志”,则是孟子的独到见解。其可贵之处,不仅在于说明孟子已经把诗看作是人的思想感情的表现;而且在于突出了社会环境在阅读理解中的重要作用。后来刘勰、叶燮等人对孟子“知人论世”的说法又做了系统的发挥,并使我国传统的诗学一直保持着历史的观点。

尽管孟子的“以意逆志”和“知人论世”抓住了应如何理解艺术作品的关键,然而他的目的并不是为了把艺术作品当作审美对象来欣赏,而只是为了避免人们对于“志”的误解与曲解。实际上,“以意逆志”的方法,在孟子那里,运用得也并不完全正确。在《孟子》七篇中所引《诗经》中的句子凡三十处,其中就有不少是断章取义、牵强附会的。因为,“以意逆志”不仅是一个如何“以己之意”“逆诗人之志”的方法问题,同时也是一个说诗者以怎样的“意”去“逆诗人之志”的问题,这就牵涉到说诗者的立场及批评标准的问题。例如,《告子下》对于《小雅·小弁》和《邶风·凯风》的评论;《尽心上》对《魏风·伐檀》的解说,就不仅是采用断章取义的方法曲解原意,而且可以清楚地看出孟子是站在贵族的立场,以贵族的伦理道德之“意”,来“逆诗人之志”的。从这里也可以看出,孟子尽管提出了“以意逆志”和“知人论世”的方法,但他并没有把二者有机地加以结合。

有鉴于此,后世不少诗论家就十分强调“以意逆志”必须建立在

“知人论世”的基础之上。如《孟子正义》卷九引清代顾镇《虞东学诗》的“以意逆志说”条说：“然则所谓逆志者何？他日谓万章曰：‘颂其诗，读其书，不知其人，可乎？是以论其世也。’正惟有世可论，有人可求，故吾之意有所措，而彼之志有可通”；“夫不论其世，欲知其人，不得也；不知其人，欲逆其志，亦不得也”；“故必论世知人，而后逆志之说可用之”。王国维在《玉溪生年谱会笺序》中也说：“由其世以知其人，由其人以逆其志，则古诗虽有不能解者寡矣。”这些发挥，对于中国诗学的发展是有益的。

第二节　“发愤”说

“发愤以抒情”，是中国诗歌和中国诗学的一个重要命题，它与儒家“发乎情，止乎礼义”、“怨而不怒，哀而不伤”的诗学主张是对立的，同时与一般“缘情”论者所泛论的“人禀七情，应物斯感”又有所区别。“发愤”说是建立在具有正义感的诗人的创作实践基础之上的理论升华。

“发愤”说早在《诗经》、《楚辞》的时代便已初露端倪。《诗经》中的许多诗篇就表现了作者内心的不满、仇恨和愤怒，如《豳风·七月》、《魏风·伐檀》、《魏风·硕鼠》等诗篇，写出了被压迫者对奴隶主的憎恨，表达了摆脱和消灭剥削制度的理想；如《齐风·东方未明》、《唐风·鸨羽》、《豳风·东山》、《小雅·何草不黄》等诗篇，写出了“征夫”们在外行役的痛苦和怨愤的情绪。还有大、小雅中的那些政治讽刺诗，或抨击政治的黑暗，或指斥权臣的专横。《诗大序》中所说：“乱世之音怨以怒”，“亡国之音哀以思”，以及“至于王道衰，礼义废，政教失，国异政，家殊俗，而变风、变雅作矣。国史明乎得失之迹，伤人伦之废，哀刑政之苛，吟咏情性，以风其上，达于事变而怀其旧俗者也”。也承认了“怨以怒”、“哀以思”和“变风、变雅”这些泄忧抒愤之作存在的事实。

更为可贵的是,《诗经》的作者们在主观上对此已经有了较为明确的认识。朱自清《诗言志辨·诗言志》对《诗经》里明确表达了作诗意图的诗篇做了统计,共有十二处。其中除有三处表示颂美,其余九处就都明确表示:作诗的目的是因为自己在遭受了不公平的待遇之后,或者是在无法忍受政治的暴虐之时,对那些丑恶的、不合理的社会现象作"怨刺",以倾泄胸中的忧愤与不平。从以上诸例中可以看出,《诗经》中不仅存在大量抒愤的作品,而且许多抒情主人翁在主观上对此已经有了较为明确的认识。司马迁《史记·太史公自序》说:"《诗》三百篇,大抵贤圣发愤之所为作也。此人皆意有所郁结,不得通其道也,故述往事,思来者。"这可以说是对《诗经》中"发愤"之作的高度概括与深刻阐述。

一、屈原的"发愤以抒情"

在诗歌理论中第一次明确提出"发愤以抒情"这一观点的,是我国历史上第一位伟大的诗人屈原。由于楚怀王、顷襄王在位时政治黑暗,抱有"美政"理想的屈原屡遭排挤和打击,因而满腔怨愤无所倾诉,故发而为诗。屈原《九章·惜诵》开宗明义地说:

> 惜诵以致愍兮,发愤以抒情。所非忠而言之兮,指苍天以为正。

朱熹《楚辞集注》卷四注云:"愤,懑。抒,挹而出之也。……言始者爱惜其言,忍而不发,以致极其忧愍之心,至于不得已而后发愤懑以抒其情,则又从而誓之曰:所我之言,有非出于中心而敢言之于口,则愿苍天平己之罪而降之罚也。"朱熹的解释恰如其分,完全符合屈原的原意。即以《惜诵》言之,信而见疑,忠而被谤,乃是诗人反复吟诵的主题。“发愤以抒情”的观点在屈原作品中屡见不鲜，如《九章·抽思》[①]、《九章·怀沙》[②]、《九章·思美人》[③]、《九章·惜往日》[④]、《九章·悲回风》[⑤]。屈原的千古名篇《离骚》，也同样是满怀深沉的哀怨和强烈的愤怒，发而为诗，倾诉衷肠的产物。《离骚》一方面以强烈愤怒的情感，鞭挞“党人”的种种丑态与恶行；另一方面又满怀哀怨忧伤之情，悲叹自身的不幸遭遇。屈心抑志，忍尤攘诟，内心积聚的哀怨、悲伤、愤懑之情已不得不迸发而出，一吐为快：

济沅湘以南征兮，就重华而陈词。
跪敷衽以陈辞兮，耿吾既得此中正。
怀朕情而不发兮，余焉能忍与此终古！

这些都足以说明，屈原的“发愤以抒情”，绝非偶然的提及，而是具有明确一贯的自觉性。屈原对自己遭谗受害，要通过赋诗来“抒情”、“陈情”、“白行”，强烈地抒发内心的怨愤与不平，这就已经不只是一般的感性认识，“惜诵以致愍兮，发愤以抒情”的提出，已经从感性认识上升到了理性的认识。在这种认识的指导下，屈原把他那激越的情感、崇高的理想和高尚的人格，同他笔下所表现的宇宙之广大，山川之

① 心郁郁之忧思兮，独永叹乎增伤。思蹇产之不释兮，曼遭夜之方长。悲秋风之动容兮，何回极之浮浮！数惟荪之多怒兮，伤余心之忧忧。愿遥起而横奔兮，览民尤以自镇。结微情以陈词兮，矫以遗夫美人。……兹历情以陈词兮，荪详聋而不闻。……道思作颂，聊以自救兮，忧心不遂，斯言谁告兮！

② 滔滔孟夏兮，草木莽莽。伤怀永哀兮，汩徂南土。眴兮杳杳，孔静幽默。郁结纡轸兮，离愍而长鞠。抚情效志兮，冤屈而自抑。……舒忧娱哀兮，限之以大故。

③ 思美人兮，揽涕而伫眙。媒绝路阻兮，言不可结而诒。蹇蹇之烦冤兮，陷滞而不发。申旦以舒中情兮，志沉菀而莫达。愿寄言于浮云兮，遇丰隆而不将。因归鸟而致辞兮，羌迅高而难当。

④ 心纯庬而不泄兮，遭谗人而嫉之。君含怒而待臣兮，不清澄其然否。……焉舒情而抽信兮，恬死亡而不聊。……愿陈情以白行兮，得罪过之不意。

⑤ 悲回风之摇蕙兮，心冤结而内伤。……介眇志之所惑兮，窃赋诗之所明。

雄伟，草木之瑰丽融合在一起，形成了一股波涛汹涌、气势磅礴的感情巨流，具有震撼人心的力量，给人以崇高的美感。司马迁所说："余读《离骚》、《天问》、《招魂》、《哀郢》，悲其志"（《史记·屈原列传》）；杜牧所说："骚之有感怨刺怼言及君臣理乱，时有以激发人意"（朱熹《楚辞集注》附录"八十四家评《楚辞》"），都指出了屈原作品中哀怨、悲愤之情所产生的强烈的悲剧效果和感染力量。对于屈原"发愤以抒情"的观点和创作实际，司马迁在《史记·屈原贾生列传》中，做了十分精辟的总结：

> 屈平疾王听之不聪也，谗谄之蔽明也，邪曲之害公也，方正之不容也，故忧愁幽思而作《离骚》。离骚者，犹离忧也。夫天者，人之始也；父母者，人之本也。人穷则反本，故劳苦倦极，未尝不呼天也；疾痛惨怛，未尝不呼父母也。屈平正道直行，竭忠尽智以事其君，谗人间之，可谓穷矣。信而见疑，忠而被谤，能无怨乎？屈平之作《离骚》，盖自怨生也。

二、司马迁的"发愤著书"

继屈原提出"发愤以抒情"的主张之后，汉代司马迁结合自身的遭遇，又进一步提出了"发愤著书"的主张，从而使"发愤"说更为发扬光大。司马迁《史记·太史公自序》中说：

> 太史公遭李陵之祸，幽于缧绁，乃喟然而叹曰：是余之罪也夫！是余之罪也夫！身毁不用矣！退而深惟曰：夫《诗》、《书》隐约者，欲遂其志之思也。昔西伯拘羑里，演《周易》；孔子厄陈、蔡，作《春秋》；屈原放逐，著《离骚》；左丘失明，厥有《国语》；孙子膑脚，而论兵法；不韦迁蜀，世传《吕览》；韩非囚秦，《说难》、《孤

> 愤》;《诗》三百篇,大抵贤圣发愤之所为作也。此人皆意有所郁结,不得通其道也,故述往事,思来者。

司马迁在《报任安书》中也有与此大致相同的一段话,且又在“思来者”之后加上了这样几句话:

> 乃如左丘无目,孙子断足,终不可用,退而论书策,以舒其愤,思垂空文以自见。

在极度的悲愤之中,司马迁由自身的不幸遭遇,而想到前人的著述,皆因身罹穷困,遭遇非凡,不得其志,情感郁结,才发愤著书立说。“思垂空文以自见”,即通过诗或文吐露心迹,倾泄愤懑,也就是“以抒其愤”、以“遂其志之思也”。鲁迅先生在《汉文学史纲要》中说:“发愤著书,意旨自激。”此“激”字最能说明“发愤”的本质特征。正如司马迁在《报任安书》中所说:

> 夫人情莫不贪生恶死,念亲戚,顾妻子,至激于义理者不然,乃有不得已也。今仆不幸,……何至自湛溺缧绁之辱哉!且夫臧获婢妾犹能引决,况若仆之不得已乎!所以隐忍苟活,函粪土之中而不辞者,恨私心有所不尽,鄙没世而文采不表于后也。

虽是自述写作《史记》的动机和目的,但对我们理解其“发愤”的理论却很有帮助。“隐忍苟活”四字,饱含了司马迁所遭受的巨大的屈辱,同时也隐含了无限的愤激之情。而“不得已”三字,便是“激”的内涵。司马迁所总结的“发愤”说,也包括诗歌创作在内。“《诗》三百篇,大抵贤圣发愤之所为作也”,明确地概括了《诗经》产生的原因。这与孔子所谓“思无邪”的总结,却是大不相同。“屈原放逐,著《离骚》","故忧愁幽思而作《离骚》","信而见疑,忠而被谤,能无怨乎?屈平之作《离骚》,盖自怨生也",都是说《离骚》乃是屈原遭到打击之后的发愤抒情之作。司马迁结合自身所受残酷迫害的深刻体验,把屈原创作《离骚》的动机归结为由"穷"而"怨"。"穷",是阻塞不通。"怨",是由于"正道直行,竭忠尽智","信而见疑,忠而被谤",受到不公正的打击和压抑之后,"不得已"而发出的惨怛呼号。由人的"穷",到思的"怨",再到诗的"情",这就是司马迁的"发愤"说,它与屈原所说"发愤以抒情"的内涵相同。

司马迁的"发愤"说建立在充分肯定个体人格独立的基础上。他第一次毫不掩饰地强调了个人与黑暗社会的尖锐冲突,并且把它同伟大的文学作品尤其是诗歌的发生联系起来,把诗歌看作是个体独立地抒发情感的产物。在儒家诗论中所谓"怨"、"刺",也包含有揭露个体与社会之间的矛盾的意思,但却是有限度的。"发乎情",还必须"止乎礼义",个人的"情"、"志"意,要符合"中和"的原则,不能超越伦理道德规范。而司马迁却要突破这个限度和规范,毫无顾忌地表现个体与社会的矛盾冲突。这较之于先秦儒家以"诗"为"事父"、"事君"的工具,以"诗"、"乐"作为王道政治教化的工具,都是一个重大的突破。司马迁的发愤说不是为了通过文艺来"净化"人们的感情或为了追求精神的解脱,而是为了通过"不得已"的"发愤"、"抒愤懑"以"遂其志之思",寄希望于未来("思来者"),表现出一种抗争的勇气和积极乐观的精神。中国古代许许多多有正义感的文人,往往在现实生活中受到打击、排斥和压抑,导致义愤填膺或悲愤郁结,于是就发而为诗,泄忧抒愤,这也就必然表现为对黑暗现实的不满和批判,"发愤以抒情"在诗歌创作领域内,是带有普通性的。

总之,"发愤"说在《诗经》、《楚辞》的时代便已初露端倪,再经过司马迁的总结与发展,已使"发愤"说作为一种诗学理论初步建立起来。继司马迁之后,持"发愤"说者代不乏人,如东汉桓谭所说"贾谊不左迁失志，则文采不发”（钱熙祚《指海》辑桓谭《新论》佚文）；梁刘勰所说“志思蓄愤，而吟咏情性”（《文心雕龙·情采》）；唐代韩愈所说“不平则鸣”（《送孟东野序》），“和平之音淡薄，而愁思之声要妙；欢愉之辞难工，而穷苦之言易好”（《荆潭唱和诗序》）；白居易所说“诗人多蹇”（《与元九书》），“诗人尤命薄”（《序洛诗》）；宋代欧阳修所说“非诗之能穷人，殆穷者而后工也”（《梅圣俞诗集序》）；苏轼所说“诗人例穷苦”（《次韵张安道读杜诗》），“身穷诗乃亨”（《次韵徐仲车》）；陆游所说“盖人之情，悲愤积于中而无言，始发为诗，不然无诗矣”（《澹斋居士诗序》），此外，明清时期的李贽、焦竑、归庄等人，也都有进一步的论述和发挥，从而使“发愤”说的理论更加全面、系统。其意义不仅在于大大地丰富了我国的诗学理论，而更重要的是它引导和激励了许许多多优秀的诗人创造出无数可歌可泣的优秀篇章。

第三节　“发愤”说与儒家正统诗学的论争

中国诗歌的源头是《诗经》与《楚辞》。诗、骚并列这一传统，是从汉代开始建立起来的，其间经历了对于屈原及其作品褒贬毁誉，聚讼纷纭，莫衷一是的诸多评议，这一过程的诗学内核，实际上是“发愤”说与儒家正统诗学的论争。

屈原继《诗经》之后开创一代诗风，正所谓“轩翥诗人之后，奋飞辞家之前，……其衣被词人，非一代也”（《文心雕龙·辨骚》）。两汉时期，对于屈原及其作品的评价，存在着两种截然不同的观点，屈原及其作品的思想倾向，即是否合乎“经义”、“经术”的问题，是论争的焦点。更进一步地说，屈原及其作品是否符合儒家的“中庸”之道、“中和”之美、“温柔敦厚”的诗教，及“发乎情，止乎礼义”的规范，乃是汉代关于屈原问题论争的中心。朱自清在《诗言志辨·诗教》中指出：“汉代关于屈原《离骚经》的争辩，也是讨论《离骚经》是否不及中，或

不够温柔敦厚。”(《朱自清全集》第六册)

一、刘安的评价

据现有史料所载,汉武帝时的淮南王刘安是第一位研究屈原的人。[①] 在《史记·屈原传》中有这样一段话:

> 《国风》好色而不淫,《小雅》怨诽而不乱。若《离骚》者,可谓兼之矣。上称帝喾,下道齐桓,中述汤武,以刺世事。明道德之广崇,治乱之条贯,靡不毕见。其文约,其辞微,其志絜,其行廉,其称文小而其指极大,举类迩而见义远。其志絜,故其称物芳。其行廉,故死而不容自疏。濯淖污泥之中,蝉蜕于浊秽,以浮游尘埃之外,不获世之滋垢,皭然泥而不滓者也。推此志也,虽与日月争光可也。

据班固《离骚序》可知,这一段文字乃是淮南王刘安叙《离骚传》之语。[②] 深得汉武帝赏识的刘安既然受诏为《离骚传》,也就势必要迎合汉武帝“独尊儒术”的政策。刘安对屈原人格和《离骚》的艺术特征,做了很有见地的具体分析,首次高度地评价说“推此志也,虽与日月争光可也”,这些应该说是深受司马迁赞同的。但是,刘安的推重主要是依经立论,即按照儒家“中庸”的哲学思想和“怨而不怒”、“温柔敦厚”的诗教来衡量屈原及《离骚》的。当然,我们并不否认在屈原的思想中具有仁义道德的因素,他的忠君爱国、他的“美政”理想,就都含有这种因素。但是,屈原并不是按照儒家的“中庸”之道和“止乎礼

---

① 《汉书》卷四十四《淮南王安传》载:“初,安入朝,献所作《内篇》,新出,上爱秘之。使为《离骚传》,旦受诏,日食时上。”

② 班固《离骚序》说:“昔在孝武,博览古文,淮南王安叙《离骚传》,以‘《国风》好色而不淫,《小雅》怨诽而不乱,若《离骚》者,可谓兼之。蝉蜕浊秽之中,浮游尘埃之外,皭然泥而不滓。推此志,虽与日月争光可也’。”

义”的规范来创作《离骚》的。后来班固等人之所以竭力诋毁屈原，当然也包括刘安的评价在内，其原因也就在于此。而司马迁对于屈原及其作品的推重，则完全是有感于和屈原相同的不幸命运。所以他说“屈平之作《离骚》，盖自怨生也”，并总结出“发愤著书”的理论观点，甚至《诗三百》，他认为也是“贤圣发愤之所为作也”。司马迁对于屈原及其作品的评价，以及“发愤”说的提出，其巨大的意义即在于突破了儒家思想的桎梏和“诗教”观念的束缚。所以，司马迁立论的角度，与刘安是根本不同的。刘安对屈原及《离骚》的高度评价，值得肯定，而且意义非常重大，但他并没有从根本上真正理解屈原的用心。

然而，刘安依经论骚的观点，对后世的影响却很深。刘勰所说“及汉宣嗟叹，以为皆合经术”，就体现了同样的见识。《汉书·王褒传》载：

> 宣帝时，修武帝故事，讲论六艺群书，博尽奇异之好；征能为《楚辞》九江被公，召见诵读。……所幸宫馆，辄为歌颂，第其高下，以差赐帛。议者多以为淫靡不急。上曰：“不有博弈者乎？为之犹贤乎已？辞赋，大者与古诗同义，小者辩丽可喜。譬如女工有绮縠，音乐有郑卫，今世俗犹皆以此虞说耳目。辞赋比之，尚有仁义风谕，鸟兽草木多闻之观，贤于倡优博弈远矣。”

汉宣帝就更加直言不讳地说出包括《楚辞》在内的“辞赋”，“大者与古诗同义”，具有“仁义”的内涵和“风谕”的功效。很明显，汉宣帝是运用了孔子论《诗》的思想和方法来解释《楚辞》的。孔子说：“《诗》可以兴，可以观，可以群，可以怨。迩之事父，远之事君，多识于鸟兽草木之名。”（《论语·阳货》）汉宣帝甚至连“鸟兽草木多闻之观”也未舍弃，看来《楚辞》也当真“与古诗同义”了。刘勰所说“及汉宣嗟叹，以为皆合经术”，是极精彩的总结。

二、扬雄的评价

生活在汉宣帝至新莽时期的扬雄，是我国文学史上继司马相如之后的又一位大辞赋家。如果说他的体物叙事的大赋以学习司马相如为主，那么他的抒情辞赋则更多地受到屈原的影响。《汉书·扬雄传》载：

> 先是时，蜀有司马相如，作赋甚弘丽温雅，雄心壮之，每作赋，常拟之以为式。又怪屈原文过相如，至不容，作《离骚》，自投江而死，悲其文，读之未尝不流涕也。以为君子得时则大行，不得时则龙蛇，遇不遇命也，何必湛身哉！乃作书，往往摭《离骚》文而反之，自岷山投诸江流以吊屈原，名曰《反离骚》；又旁《离骚》作重一篇，名曰《广骚》；又旁《惜诵》以下至《怀沙》一卷，名曰《畔牢愁》。

由此可见扬雄对于屈原及其作品是十分推重的。但是扬雄在具体地评论屈原及其作品的过程中，却又表现出赞扬与批评的两面的态度。扬雄的《反离骚》，为凭吊屈原而作。对屈原的不幸遭遇深表同情，也寄寓着作者自己的身世之感。然而他批评屈原者亦有三：未能及早发觉怀王之不聪，此乃疏忽不慎，一也；既知小人嫉贤妒能，就不应扬蛾眉令众嫉之，此未能藏而不露，二也；不知远祸全身，忿怼沉江，此未能默然守道，三也。平心而论，扬雄在这篇凭吊屈原的《反离骚》中，对屈原的同情与惋惜是主要的方面，他批评屈原，只要求屈原如龙蛇起伏就行了，没有像班固那样，完全本着儒家的思想，要求屈原去尽忠，去实行“君君、臣臣”之道。

扬雄早年对于屈原及其作品的评价以赞扬为主，但是到了晚年，随着政治思想及文艺观念的转变，他对屈原及其作品的评价也发生了变化。《法言·吾子》曰：

> 或问：屈原智乎？曰：如玉如莹，爰变丹青，如其智，如其智。

李轨注："夫智者，达天命，审行废，如玉如莹，磨而不磷。今屈原放逐，感激爰变。虽有文采，丹青之伦尔。"这里的"丹青"，只是取其喻义。《法言·君子》："或问：圣人之言，炳若丹青，有诸？曰：吁，是何言与！丹青初则炳，久则渝，渝乎哉？"是说丹青虽炳，久则变色，这是不可以用来比喻圣人之言的，因为圣人之言虽久却炳而不渝。"如玉如莹，爰变丹青"，是说屈原未能始终如一地"达天命，知行废"；"如其智，如其智"的意思，正如汪荣宝《法言疏记》所说屈原"未足以为智也"。这显然是扬雄对屈原为人所提出的微词。扬雄还说：

> 或问：屈原、相如之赋孰愈？曰：原也过以浮，如也过以虚。过浮者蹈云天，过虚者华无根。然原上援稽古，下引鸟兽，其著意，子云、长卿亮不可及。（《文选·谢灵运传论》李善注引《法言》佚文。）

这里是在基本否定屈原作品的前提下进行评论的，不过对屈原贬得轻一点，对司马相如贬得重一点罢了。他在这里明确指出，屈原作品和司马相如一样，都具有"过"的缺陷。所谓"过"，就是不符合儒家思想的"中庸"之道与"中和"之美，这与他提出的"辞人之赋丽以淫"的"淫"意思完全相同。可见在扬雄看来，屈原作品既然是"过以浮"，那么也就属于"丽以淫"的范围。扬雄晚年既然能"悔其少作"，那么他改变对屈原及其作品的看法，甚至加以否定，也是十分自然的事了。扬雄对屈原及作品看法的转变，与他的文艺思想的转变相一致，在他对屈原评价的问题上，他晚年所主张的明道、征圣、宗经，起了重要的作用。

三、班固的评价

东汉时期著名的史学家与文学家班固,片面地发展了扬雄的错误认识,对屈原更加全面地加以否定和抨击,对后世产生了十分重大的影响。《后汉书·班固传》说班固"博贯载籍,九流百家之言,无不穷究",但他仍以儒家的孔孟之道为正宗,同时又信仰谶纬神学,并把二者结合在一起,可以说是董仲舒以后儒家思想和唯心主义哲学的进一步结合与发展。神化"圣人",宣扬"命天"和伦理纲常,这就是班固世界观的基本倾向和特点。他的这一思想,同样也反映在他的文艺思想之中。在《两都赋序》中,他说:

> 或以抒下情而通讽谕,或以宣上德而尽忠孝,雍容揄扬,著于后嗣,抑亦雅颂之亚也。故孝成之世,论而录之,盖奏御者千有余篇,而后大汉之文章,炳焉与三代同风。

这里对汉代辞赋全面肯定的心态,反映出他"宣上德而尽忠孝"即要为封建统治者歌功颂德、贯彻"忠孝"之道的文艺主张。所谓"通讽谕",就是以儒家的"温柔敦厚"、"怨而不怒,哀而不伤"为原则或界限;"讽谕"不能违背这一原则或者超越这一界限。如果文艺创作违背上述原则,超越上述界限,那就是"淫哇而不可听"、"乖迕而不可通",总之是"非法"的(《答宾戏》)。班固对于屈原及其作品的评论,就建立在上述文艺思想基础之上。《后汉书·班固传》记载班固上东平王刘苍的奏记说:

> 昔卞和献宝,以离断趾;灵均纳忠,终于沉身,而和氏之璧,千载垂光;屈子之篇,万世归善。

班固之所以如此高度地评价屈原的作品，将其同千载垂光的和氏之璧相提并论，说它是“万世归善”之作，很明显是因为屈原“纳忠”于楚怀王的缘故。班固在《汉书·艺文志》中说：

大儒孙卿及楚臣屈原离谗忧国，皆作赋以风，咸有恻隐古诗之义。其后宋玉、唐勒，汉兴枚乘、司马相如，下及扬子云，竞为侈丽闳衍之词，没其风谕之义。

这里对屈原的肯定，则是从“风谕”的角度着眼的。而在《离骚赞序》中，班固又同时从“纳忠”和“风谕”这两个角度来评价屈原和《离骚》。他说：

《离骚》者，屈原之所作也。屈原初事怀王，甚见信任，同列上官大夫妒害其宠，谗之王，王怒而疏屈原。屈原以忠信见疑，忧愁幽思而作《离骚》。……屈原痛君不明，信用群小，国将危亡，忠诚之情，怀不能已，故作《离骚》。上陈尧、舜、禹、汤、文王之法，下言羿、浇、桀、纣之失，以风怀王。……至于襄王，复用谗言，逐屈原。在野又作《九章》赋以风谏，卒不见纳，不忍浊世，自投汨罗。原死之后，秦果灭楚，其辞为众贤所悼悲，故传于后。

所说“屈原以忠信见疑，忧愁幽思而作《离骚》”，是正确的，但这是司马迁的原话，并不能代表班固的看法。班固个人真正的看法是：屈原“忠诚之情，怀不能已，故作《离骚》”，这与他“灵均纳忠”的说法相一致。班固论断的关键意义是，他彻底改变了司马迁关于屈原创作《离骚》的动机的看法。司马迁说屈原“忧愁幽思而作《离骚》”；“屈平之作《离骚》，盖自怨生也”，强调的是屈原内心的“忧愁幽思”和怨愤之情，忧愁怨愤之情郁结于中，“不得已”而后发而为诗，以泄忧抒愤，这也就是屈原“发愤以抒情”的本义。而班固却认为屈原“忠诚之情，怀不能已，故作《离骚》”，强调的是屈原的“忠诚之情”，把《离骚》的创作看成是“纳忠”的表现，这也正是班固“宣上德而尽忠孝”的文艺思想的体现。班固还一再强调屈原作《离骚》“以风怀王”，作《九章》赋以风谏襄王，实际上也是以他“抒下情而通讽谕”的观点来看待屈原作品的创作意图的。所以，当他发现屈原的“纳忠”及其作品的“风谏”并不符合他的道德原则时，于是就对屈原做了全面的否定与抨击。

班固在《离骚序》中，首先对刘安和司马迁为屈原所作的高度评价而加以否定，他说：

> 昔在孝武，博览古文。淮南王安叙《离骚传》，以“《国风》好色而不淫，《小雅》怨诽而不乱，若《离骚》者，可谓兼之。蝉蜕浊秽之中，浮游尘埃之外，皭然泥而不滓。推此志虽与日月争光可也”。斯论似过其真。

如前所论，刘安认为《离骚》兼有《国风》和《小雅》“好色而不淫”、“怨诽而不乱”的特征，符合儒家经典之义和圣人之道。但是在班固看来，《国风》、《小雅》的“不淫”、“不乱”，集中地体现了儒家思想的“中庸”之道与“中和”之美，符合“温柔敦厚”、“怨而不怒、哀而不伤”的原则；而屈原的《离骚》却违背了这一原则，超越了这一界限，所以说“似过其真”。班固这一论断的主要理由就是认为屈原违背了诗道《大雅》“明哲保身”的处世哲学和“怨而不怒，哀而不伤”的诗道原则。《离骚序》说：

> 且君子道穷，命矣。故潜龙不见，是而无闷，《关雎》哀周道而不伤。蘧瑗持可怀之智，甯武保如愚之性，咸以全命避害，不受世患。故《大雅》曰：“既明且哲，以保其身。”斯为贵矣。今若屈原，

> 露才扬己，竞乎危国群小之间，以离谗贼，然责数怀王，怨恶椒兰，愁神苦思，强非其人，忿怼不容，沉江而死，亦贬洁狂狷景行之士。

班固以“明哲保身”的处世哲学来批评屈原，固然受到扬雄《反离骚》的影响，但更为直接地影响，却是来源于其父班彪。班彪有《悼离骚》云：

> 夫华植之有零茂，故阴阳之度也。圣哲之有穷达，亦命之故也。惟达人进止得时，行以遂伸，否则诎而坼蠖，体龙蛇以幽潜。(《艺文类聚》卷五十八)

是说人生处世，必须顺从命运的安排，无论穷达与否，需知进止得时。言外之意就是说屈原不知天命穷达，进止不得其时，未能远祸全身。班固就是持此之见以律屈原，而且更为露骨地抨击屈原“露才扬己，竞乎危国群小之间，以离谗贼”。“露才扬己”之说，是对扬雄《反离骚》观点的片面发展。刘熙载《艺概·赋概》说：“班固以屈原为‘露才扬己’，意本扬雄《反离骚》，所谓‘知众嫭之嫉妒兮，何必扬累之蛾眉’是也。然此论殊损志士之气。”如果说在扬雄那里还有些许曲笔之意的话，那么班固则是正面的指而斥之了。拯救国家于危难之中，抗争于奸贼群小之间，这乃是屈原爱国爱民、顽强不屈的伟大精神所在。班固不但不责难“群小”，反而以此罪责屈原，岂止“损志士之气”，简直是不分正义与邪恶了。屈原的行为有“纳忠”的表现，屈原的作品有“讽谕”的内涵，班固对此并不否认。但是，他认为屈原的“忠”，违背了“宣上德而尽忠孝”的原则；屈原的“讽谕”，也超越了“温柔敦厚”、“怨而不怒，哀而不伤”的界限。他指责屈原“责数怀王，怨恶椒兰，愁神苦思，强非其人”。所谓“责数怀王”，就是指屈原在《离骚》中“怨灵修之浩荡”和屡次揭露怀王的昏庸；所谓“怨恶椒兰”，就是屈原在作品中揭露“党人”,如“椒专佞以慢慆兮”,“兰芷变而不芳”等强烈谴责群小的诗句。屈原“怨主刺上”,揭露君主之过;嫉恶如仇,痛责群小之恶,这正是屈子精神之所在,然而班固却视之为大逆不道之举。所谓“愁神苦思,强非其人”,按照王逸《楚辞章句序》的解释,乃是班固指责屈原“苟欲求进”,而勉强非难楚怀王及椒、兰等人。也就是说,屈原为了“露才扬己”,求取仕进,而无中生有,自取祸端。遭受陷害打击的正直之士,成了诬陷昏君与群小的“狂狷”之士;而抒发哀愁与怨愤之情的《离骚》,也成了“强非其人”的诬蔑之词。

此外,班固在《离骚序》中还批评《离骚》:

> 多称昆仑[悬圃]、冥婚宓妃虚无之语,皆非法度之政、经义所载,谓之兼《诗》风、雅而与日月争光,过矣!

认为《离骚》非唯诬蔑之词,抑亦“虚无之语”,把《离骚》的思想内容和艺术成就一笔抹煞,其唯一的尺度就是儒家的“法度之政、经义所载”。班固在《离骚序》中所唯一称道屈原的,也只是认为屈原具有能为华丽文采的“妙才”。[①] 这个结论是何等的不切实际!

四、王逸的评价

正是针对班固的论调,东汉后期的王逸率先发难,可以说他的《楚辞章句序》就是为此而作。《楚辞章句序》对于班固的批驳主要包括以下几个方面的内容:

第一,批评了班固“明哲保身”、“全命避害”的思想:

---

① 《离骚序》:“然其文弘博丽雅,为辞赋宗,后世莫不斟酌其英华,则象其从容。自宋玉、唐勒、景差之徒,汉兴枚乘、司马相如、刘向、扬雄骋极文辞,好而悲之,自谓不能及也。虽非明智之器,可谓妙才者也。”

> 且人臣之义,以忠正为高,以伏节为贤,故有危言以存国,杀身以成仁。是以伍子胥不恨于浮江,比干不悔于剖心。然后忠立而行成,荣显而名著。若夫怀道以迷国,详愚而不言,颠则不能扶,危则不能安,婉娩以顺上,逡巡以避患,虽保黄耇,终寿百年,盖志士之所耻,愚夫之所贱也。

王逸本着儒家积极入世的态度,以儒家的“忠正”和“仁义”、道德来批驳班固消极的明哲保身思想,正是以其人之道,还治其人之身。班固所宣扬的“蘧瑗持可怀之智,甯武保如愚之性,咸以全命避害,不受世患”,被王逸斥为“怀道以迷国,详愚而不言,颠则不能扶,危则不能安”,尽管这些“明智”们怀有济世安邦之策,但却采取圆滑世故的伎俩,对国家的安危视若无睹。他们的处世态度,就是“婉娩以顺上,逡巡以避患”,为了苟全性命利禄,不问曲直是非,不分邪恶正义,逆来顺受,苟且偷安。尽管他们自保平安,“终寿百年”,但却为“志士之所耻,愚夫之所贱”。王逸的批驳十分有力,的确击中了班固“全命避害”、“明哲保身”的处世哲学的要害。

第二,从正面赞扬了屈原的高风亮节,批驳了班固“露才扬己”之讥:

> 今若屈原,膺忠贞之质,体清洁之性,直若砥矢,言若丹青,进不隐其谋,退不顾其命,此诚绝世之行,俊彦之英也。而班固谓之露才扬己,竞于群小之中,怨恨怀王,讥刺椒、兰,苟欲求进,强非其人,不见容纳,忿恚自沉,是亏其高明而损其清洁者也。昔伯夷、叔齐让国守分,不食周粟,遂饿而死,岂可复谓有求于世而怨望哉!

对屈原高尚的人格、坦荡的胸怀和顽强不屈的精神做了高度的评价，这与班固对屈原的贬抑诋毁之词，形成了鲜明的对比。直斥班固的诋毁"是亏其高明而损其清洁者也"，真正的"屈原之罪人"，乃是班固。为了增强说服力，王逸还抬出了令班固一类儒家之徒不敢有微词的伯夷、叔齐之死来为屈原之死辩护，证明屈原同他们一样，是为正义而死，并非因为个人的私欲不得满足怨恨而死。

第三，以诗道《大雅》"怨主刺上"为依据，批驳班固以"责数怀王"罪责屈原的说法：

> 且诗人怨主刺上，曰："呜呼小子，未知臧否。匪面命之，言提其耳。"风谏之语，于斯为切。然仲尼论之，以为大雅。引此比彼，屈原之辞，优游婉顺，宁以其君不智之故，欲提携其耳乎？而论者以为露才扬己，怨刺其上，强非其人，殆失厥中矣。

这里所引"呜呼小子"云云，是《诗·大雅·抑》中的诗句，《诗序》谓此诗乃卫武公刺周厉王之作。诗中一方面揭示周王朝的衰败已成大厦将倾之势，表达忧国忧民的深切感情，抒发对社稷将倾的感叹；另一方面责数国君德行败坏，昏庸无能，所谓"呜呼小子，未知臧否"，就是以愤激之情和刻薄之词责数国君是非不分、忠奸不辨，以至国将倾危，人民遭殃。正因为国君不聪不明，故诗人才有此"耳提面命"之责。王逸认为，这首诗的情调是怨愤的，言辞是激切的，但孔子既然未"放"之，而且编入《大雅》，可见它是符合孔子的诗"可以怨"的要求的；既然得到了孔子的承认，那就无可非议，而且也是正当合理的。而屈原《离骚》与此相较，则"优游婉顺"得多了，完全符合儒家诗教"怨而不怒"、"温柔敦厚"的规范。屈原之所以"提其耳"，责数怀王的昏庸，也实在是"以其君不智之故"。所以，班固"露才扬己，怨刺其上，强非其人"的说法，则是毫无道理的。王逸在这里对于班固的批驳，的确有理有力，充分显示出机智的才华。

第四，从“依托五经以立义”的角度，批驳了班固认为屈原《离骚》多“虚无之语”，不合经传的说法：

> 夫《离骚》之文，依托五经以立义焉：“帝高阳之苗裔”，则“厥初生民，时惟姜嫄”（《诗·大雅·生民》）也；“纫秋兰以为佩”，则“将翱将翔，佩玉琼琚”（《诗·郑风·有女同车》）也；“夕揽洲之宿莽”，则《易》“潜龙勿用”也；“驷玉虬而乘鹥”，则“时乘六龙以御天”（《周易》）也；“就重华而陈辞”，则《尚书》咎繇之谋谟也；登昆仑而涉流沙，则《禹贡》之敷土也。故智弥盛者其言博，才益多者其识远。屈原之辞，诚博远矣！

认为《离骚》是“依托五经以立义”。这虽然有牵强之处，但屈原在许多地方并不违背五经，则是确凿的事实。王逸抓住这些事实来批驳班固的“虚无”之论，的确很有说服力。

王逸于《离骚》一则云“独依诗人之义而作《离骚》”，符合“诗人怨主刺上”的传统；二则云《离骚》乃“依托五经以立义”，符合儒家经传之义。所以，王逸在这篇《楚辞章句序》中，就反复称《离骚》为“《离骚经》”；《楚辞章句》卷一就径以“《离骚经》章句”为目，其小序亦称：“《离骚经》者，屈原之所作也”；“屈原执履忠贞，而被谗邪，忧心烦乱，不知所诉，乃作《离骚经》”。而于《九歌》、《天问》、《九章》等以下诸篇，王逸仅称之为“传”，不再称“经”。这说明《离骚》在王逸心目中的重要地位。因此在对屈原作品做总体评价及其影响时说：

> 自终没以来，名儒博达之士，著造辞赋，莫不拟则其仪表，祖式其模范，取其要妙，窃其华藻，所谓金相玉质，百世无匹，名垂罔极，永不刊灭者矣。

班固只赞赏了屈原是能为华丽文采的“妙才”，而王逸则是从内容到形式全面肯定了屈原的创作，而且是“金相玉质，百世无匹”。这两种评价是不可同日而语的。所谓“名垂罔极，永不刊灭”，这与刘安及司马迁所说的“虽与日月争光可也”的赞誉完全一致。

然而更为值得注意的是，王逸在阐释屈原的具体作品时，却更多地运用了“发愤”说的文艺观点，可以说是对屈原及司马迁“发愤”说的具体运用和进一步发展。《楚辞章句序》说：

> 其后周室衰微，战国并争，道德陵迟，谲诈萌生。于是杨、墨、邹、孟、孙、韩之徒，各以所知，著造传记，或以述古，或以明世。而屈原履忠被谮，忧悲愁思，独依诗人之义而作《离骚》，上以讽谏，下以自慰。遭时暗乱，不见省纳，不胜愤懑，遂复作《九歌》以下凡二十五篇。

指出了战国时期社会混乱和道德崩溃，是产生诸子散文和屈原作品的现实基础。而屈原的“履忠被谮，忧悲愁思”和“遭时暗乱，不见省纳”，则是产生屈原全部作品的政治思想根源。王逸在这里所强调的“不胜愤懑，遂复作《九歌》以下凡二十五篇”，就是说，屈原的包括《离骚》在内的二十五篇作品，就都是“不胜愤懑”发而为诗的产物。这与屈原所说的“发愤以抒情”、司马迁所说的“不得已”和“故忧愁幽思而作《离骚》”都是一致的。但更为可贵的是，王逸把这一见识贯穿于他对屈原每一篇作品的阐释之中。[①] 王逸在《九章章句・惜诵》中注释“发愤以抒情”一语说：“愤，懑也。抒，渫也。言己身虽疲病，犹

① 如《离骚经章句・序》说：“屈原执履忠贞，而被谗邪，忧心烦乱，不知所诉，乃作《离骚经》。”《九歌章句・序》说：“屈原放逐，窜伏其域，怀忧苦毒，愁思怫郁。出见俗人祭祀之礼，歌舞之乐，其词鄙陋，因为作《九歌》之曲，上陈事神之敬，下见己之冤结，托之以风谏。”《天问章句・序》说：“屈原放逐，忧心愁悴，彷徨山泽，经历陵陆，嗟号昊旻，仰天叹息。……仰见图画，因书其壁，呵而问之，以渫愤懑，舒泻愁思。”

发愤懑,作此辞赋,陈列利害,渫已情思,以讽谏君也。”这个解释已比司马迁更为清楚详尽了。又如《远游章句·序》也说:

> 《远游》者,屈原之所作也。屈原履方直之行,不容于世,上为谗佞所谮毁,下为俗人所困极。章皇山泽,无所告诉,乃深惟元一,修执恬漠,思欲济世,则意中愤然,文采秀发,遂叙妙思。

“意中愤然,文采秀发”,与桓谭所说“贾谊不左迁失志,则文采不发”是相同的,也是“发愤以抒情”的另一种说法,而且其中还包含了后来欧阳修所说的“诗穷而后工”的道理。

王逸提倡诗人可以“怨主刺上”,尤其是紧扣屈原的“发愤”之情来解释屈原的作品,这正是他继承并发扬司马迁文艺思想的表现。他与班固之间的论争,表面是对屈原及其作品评价的分歧,实质上则是汉代儒家进步与保守两种文艺思想的交锋。王逸的文艺思想并未超出儒家之道的范围,如他说《离骚》的创作是“依诗人之义”、“依托五经以立义”,并用“中庸”的思想和“温柔敦厚”的标准衡量屈原的作品的所谓“优游婉顺”、“其词温而雅”等等,就都是儒家思想的反映。但是王逸在同班固的论战中对于这些观点的巧妙运用,也的确见出他的机智。尽管王逸对屈原及其作品的理解和解释还有一定的局限,但他能运用司马迁的进步文艺思想,率先驳斥班固的荒谬论调,极大地维护了屈原及其作品的伟大与崇高,这是十分难能可贵的。刘勰称赞“王逸儒家有功”《文心雕龙·才略》),很有见地。

两汉时期屈原问题的论争,刘勰在《文心雕龙·辨骚》中做了概要性的总结,他说:

> 昔汉武爱《骚》,而淮南作传,以为《国风》好色而不淫,《小雅》怨诽而不乱。若《离骚》者,可谓兼之。蝉蜕秽浊之中,浮游

> 尘埃之外，皭然涅而不缁，虽与日月争光可也。班固以为露才扬己，忿怼沉江；羿浇二姚，与左氏不合；昆仑悬圃，非经义所载；然其文辞丽雅，为词赋之宗，虽非明哲，可谓妙才。王逸以为诗人提耳，屈原婉顺，《离骚》之文，依经立义，驷虬乘翳，则时乘六龙，昆仑流沙，则禹贡敷土，名儒辞赋，莫不拟其仪表，所谓金相玉质，百世无匹者也。及汉宣嗟叹，以为皆合经术；扬雄讽味，亦言体同诗雅。四家举以方经，而孟坚谓不合传，褒贬任声，抑扬过实，可谓鉴而弗精，玩而未核者也。

这说明，经过两汉的论争后，诗学史上诗、骚并列的观念已经开始形成了。

第二章　从《典论·论文》到《文心雕龙》
——中国诗学相对独立的时期

鲁迅先生说:"自近代的文学眼光看来,曹丕的一个时代可说是'文学的自觉时代'。"①所谓"文学的自觉",是指文学尤其是诗赋的创作,摆脱了儒家诗教和经义之学的束缚,而走上独立发展的、具有创作主体个性的道路。随着汉代经学的衰微、文学价值的提高和文学创作的逐步繁荣,特别是乐府诗与文人五言诗的成熟与兴盛,文学创作进入了自觉的时代。同样,这一时期的诗学也开始摆脱经学的束缚。六朝之前,对诗、骚文学价值的讨论,总是伴随在对其道德训诫价值的讨论之后。六朝以降,论者开始系统总结诗歌发展的历史,多方面地深入探讨诗歌自身的特点和规律,提出了一些崭新的诗学概念和理论,并且形成了重性情、重意象、重风骨、重气韵的审美思想。诗歌追求言外之意,音乐追求弦外之音,绘画追求象外之趣,各类文艺形式之间互相沟通的这种自觉美学追求,形成了一股新的文艺思潮。在文学理论中,曹丕的《典论·论文》、陆机的《文赋》、挚虞的《文章流别论》、葛洪的《抱朴子》中的有关篇章、沈约的《宋书·谢灵运传论》、颜之推的《颜氏家训·文章》等,都是这一时期的代表论著;而刘勰的《文心雕

① 《魏晋风度及文章与药及酒之关系》,《鲁迅全集·而已集》。

龙》,则是一部“体大思精”的集大成的著作。本体论、文体论、创作论、风格论、批评论、鉴赏论在这里都得到了充分的发展,并已粗具中国诗学体系的构架,可以说它是对前人及其当代包括诗歌在内的文学创作和文学理论系统总结的成果。

必须指出,从曹丕《典论·论文》到刘勰《文心雕龙》,这一时期的诗学虽然得到了长足的发展,但诗歌的概念常常被包容在文学或“文章”这个大的概念之中,因而诗学理论也往往同其他文学样式或“文章”的理论掺杂在一起,还没有完全走上独立发展的道路。直到锺嵘《诗品》的产生,才标志着我国诗学完全走上了独立发展的道路。

第一节　文学与文学批评的自觉

文学的自觉启发了文学批评的自觉。文学的自觉,主要表现为文学价值的提高,以及创作实绩的繁荣。进而产生的文学批评的自觉,一方面将文学批评与功利评价、道德判断区分开来,厘清了文学批评的本体概念;另一方面又扩大丰富了文学批评的实质,在探索人生与宇宙的层次上进行文学批评的实践。文学及其文学批评也就从经学的藩篱中走出了。

一、文学价值的提高——在人生和宇宙的层面上思考文学

自汉武帝“罢黜百家,独尊儒术”之后,汉代儒生多皓首穷经而轻视文艺。有汉一代的辞赋可谓繁荣昌盛,然而扬雄“雕虫篆刻”“壮夫不为”之语(《法言·吾子》),已道破这种创作的消极性和人们普遍的看法。尽管班固曾誉辞赋为“润色鸿业”之事,但至多也只是为了“宣上德而进忠孝”(《两都赋序》)。在汉代,诗赋往往被视为点缀政教的工具,或者是供帝王娱乐的摆设而已。汉代君主中汉宣帝是比较重视

诗赋的，但他也只是认为诗赋“贤于倡优博弈”，[①]足见诗赋地位之可悲。

到了魏晋之时，随着汉代经学的衰微，人们打破了儒家思想的禁锢，开始重视文学自身的价值，并把文学艺术抬到了高尚的地位。曹丕的《典论·论文》，从理论上首开风气：

> 盖文章，经国之大业，不朽之盛事。年寿有时而尽，荣乐止乎其身，二者必至之常期，未若文章之无穷。是以古之作者，寄身于翰墨，见意于篇籍，不假良史之辞，不托飞驰之势，而声名自传于后。

曹丕认为，“文章”（这里主要指诗赋和散文）有两大功能：一是“经国之大业”，有利于治理国家；二是“不朽之盛事”，有益名垂千古。第一个功能将文章与国家政治相提并论，固然与先秦两汉的儒家“诗教”说有相通之处，但这里的“文章”，却是摆脱了经学束缚的文学。第二个功能则是把文学艺术与对生命个体的价值联系起来。曹丕所说的“不朽”，固然是从《左传》“三不朽”中“立言不朽”的命题中引申而来，但曹丕却赋予了它以崭新的涵义。人们已不满足于生前的建功立业，而是思索和追求死后怎样才能“不朽”。人们终于发现，诗赋是这样一种不必寓教训，而可寄寓自己的思想、欢欣、苦恼和追求的载体。这样，尽管人生易老，生命无常，但个体的精神却可以包孕于“不朽”的诗赋的深层意蕴之中。可见，“经国之大业，不朽之盛事”两者，正体现了文学的功利目的和审美目的两个方面，体现了文学自觉的时代精神。

---

① 《汉书·王褒传》记载汉宣帝的言论说：“辞赋，大者与古诗同义，小者辩丽可喜。譬如女工有绮縠，音乐有郑卫，今世俗犹皆以此虞说耳目。辞赋比之，尚有仁义风谕，鸟兽草木多闻之观，贤于倡优博弈远矣。”

尽管由于政治的迫害，曹植曾不无违心说过“辞赋小道”一类的话，[①]但这并不能说明曹植轻视文学艺术。由于特殊的地位，曹植在政治上倍受猜忌与压抑。他对于自己不能经国建功，而仅以辞赋名家，当然愤懑不平；而他诋辞赋为“小道”，便是这一愤激之辞。杨德祖的复书《答临淄侯笺》，[②]一方面高度赞扬曹植的诗赋创作，另一方面为诗赋辩护，对曹植视诗赋为“小道”的愤激之情给以宽慰。杨德祖认为写作诗赋与经国建功可以并行不废，互不相妨，同样可以“流千载之英名”，所以劝慰曹植不必自视轻薄。从这里可以看出，诗赋文章的价值，已为时人所公认。

晋代的葛洪，则开始把文章与道德相抗衡。《抱朴子》外篇《尚博》云：

> 或曰：德行者本也，文章者末也。故四科之序，文不居上。然则著纸者，糟粕之余事；可传者，祭毕之刍狗，卑高之格，是可识矣。文之体略，可得闻乎？
>
> 抱朴子答曰：筌可以弃，而鱼未获则不得无筌；文可以废，而道未行则不得无文。若夫翰迹韵略之宏促，属辞比事之疏密，源流至到之修短，蕴藉汲引之深浅，其悬绝也，虽天外毫内，不足以喻其辽邈；其相倾也，虽三光熠耀，不足以方其巨细。龙渊铅铤，未足譬其锐钝；鸿羽积金，未足比其轻重。清浊参差，所禀有主；朗昧不同科，强弱各殊气。而俗士唯见能染毫画纸者，便概之一例，斯伯牙所以永思钟子，郢人所以格斤不运也。盖刻削者比肩，

① 曹植《与杨德祖书》（见《文选》卷四十二）：“辞赋小道，固未足以揄扬大义，彰示来世也。昔扬子云先朝执戟之臣耳，犹称‘壮夫不为也’；吾虽德薄，位为藩侯，犹庶几戮力上国，流惠下民，建永世之业，流金石之功，岂徒以翰墨为勋绩、辞赋为君子哉！”

② 其文曰：“今之赋颂，古诗之流，不更孔公，风雅无别耳。修家子云，老不晓事，强著一书，悔其少作。若此仲山、周旦之俦，为皆有愆邪？君侯忘圣贤之显迹，述鄙宗之过言，窃以为未之思也。若乃不忘经国之大美，流千载之英声，铭功景钟，书名竹帛，斯自雅量，素所畜也，岂与文章相妨害哉？”

而班、狄擅绝手之称；援琴者至众，而夔、襄专知音之难；厩马千驷，而骐骥有邈群之价；美人万计，而威施有超世之容，盖有远过众者也。且文章之与德行，犹十尺之与一丈，谓之余事，未之前闻。

这是葛洪论文章与道德关系的重要主张，在《抱朴子·文行》篇中，也有与此大致相同的一段文字。这里所设儒生之问，据《论语·先进》"德行"、"言语"、"政事"、"文学"四科中"文学"居其末的说法，称"德行"为"本"而"文章"为"末"。葛洪则强调"文章"的独立地位，认为"文章"与"德行"同等重要，绝非"道"的附属品，其根本点在"文章"所具有的美的价值。这段文字广为设喻，形容文章奥妙无穷，其音韵之"宏促"，结构之"疏密"、"修短"，意蕴之"浅深"，不同之处如天悬地隔。"文章"有如此微妙难识的美的价值，不是人人都可以写得出来的，因此就不能视之为低于"德行"的无足轻重的东西。葛洪进一步说：

德行为有事，优劣易见；文章微妙，其体难识。夫易见者粗也，难识者精也。夫唯粗也，故铨衡有定焉；夫唯精也，故品藻难一焉。吾故舍易见之粗，而论难识之精，不亦可乎？

葛洪认为"文章"与"德行"有精粗之别，是因为"文章"作为艺术和审美的对象，比"德行"问题要复杂得多，也微妙得多，"文章"有着"德行"所不能替代的美的价值。这种观点是建安以来"文学的自觉"思潮的重要发展。①

① 自马王堆汉墓帛书本《五行》以及郭店楚墓竹简本《五行》出现后，关于"仁、义、礼、智、圣"五种德行的内容范畴不但引起了思想史学者的重视，也引起了文学批评史学者关于文学与德行关系的思考，如 Consummate Artistry and Moral Virtuosity: The "Wuxing 五行"（*Essay and Its Aesthetic Implications*, *Chinese Literature*: *Essays*, *Articles*, *Reviews*[*CLEAR*], Vol. 22[Dec. ,2000], pp. 113 – 146.）尽管葛洪未必受到"五行"思想的影响，但它客观上可以视为葛洪"文章 – 德行"思想的先声。

到了齐梁时期，人们进一步把文学与天道联系起来，“文”的价值遂亦被提到至高无上的地步。梁简文帝萧纲《答张缵谢示集书》云：

> 日月参辰，火龙黼黻，尚且著于玄象，章乎人事，而况文辞可止，咏歌可辍乎？不为壮夫，扬雄实小言破道；非谓君子，曹植亦小辩破言，论之科刑，罪在不赦。

换句话说，“文章”是至高无上、神圣不可轻侮的。扬雄、曹植若处其世，当真要“罪在不赦”，难逃厄运了。萧纲在《昭明太子集序》中又说：

> 窃以文之为义，大哉远矣。故孔称性道，尧曰钦明，武有来商之功，虞有格苗之德。故《易》曰：“观乎天文，以察时变；观乎人文，以化成天下。”是以含精吐景，六卫九光之度，方珠喻龙，南枢北陵之采，此之谓天文。文籍生，书契作，咏歌起，赋颂兴，成孝敬于人伦，移风俗于王政，道绵乎八极，理浃乎九垓，赞动神明，雍熙钟石，此之谓人文。若夫体天经而总文纬，揭日月而谐律吕者，其在兹乎！

视“文”与天道为一，是“体天经而总文纬”的产物，因而也是成就“王道”所必不可缺的。萧纲以其帝王之尊，如此抬举文学的价值与功用，不能不产生巨大的影响。

二、文学创作积累丰富——该时期的诗歌发展状况

由于文学价值的提高，自觉从事文学尤其是诗歌的创作，遂成为一种普遍的社会风气。

建安时期，在曹氏父子周围聚集了许多优秀的诗人，他们一方面

学习汉乐府，描写社会动乱和民生疾苦；一方面歌唱自己的政治理想和抱负，形成一种悲凉慷慨、刚健有力的风格，后人称之为“建安风骨”或“建安风力”。他们的创作为五言诗的发展奠定了坚实的基础。正始年间，嵇康、阮籍在作品中抗议司马氏的残暴统治，揭露礼教的虚伪，与“建安风骨”一脉相承。阮籍的八十二首《咏怀》诗，在运用五言诗抒情和讽喻方面有较高成就，同时也使五言诗完全脱离了模仿乐府的阶段，对五言诗的发展起了很大的推动作用。晋武帝太康前后，西晋文坛呈现繁荣的局面，张载、张协、张亢、陆机、陆云、潘岳、潘尼、左思，各有成就。西晋永嘉初年，刘琨所写爱国诗篇“雅壮而多风”，表现出慷慨悲壮的风格。西晋末年，在清谈玄理的风气影响下，出现了玄言诗。东晋玄佛合流，更助长了它的发展，以致玄言诗统治东晋诗坛达百年之久。东晋末年出现了魏晋南北朝最有成就的诗人陶渊明，他的作品表现出不与统治者同流合污的高尚情操，以及遗世独立的生活态度。他鄙弃荣华富贵，赞美田园生活，诗风朴素自然而又醇厚有味。他的咏怀、咏史诗，继承了阮籍、左思的传统，发扬了建安的精神；他的田园诗具有新颖的思想内容和独特的艺术风格，为诗歌创作开辟了一个新的天地。宋初由玄言诗转向山水诗，谢灵运是第一个大力写作山水诗的人。山水诗的出现，扩大了诗歌题材，丰富了诗歌的表现技巧。南朝著名的山水诗人除谢灵运以外，还有齐代的谢朓。宋代诗人鲍照在学习乐府的过程中，发展了七言诗，不仅以丰富的内容充实了这种形式，而且变逐句押韵为隔句押韵，并可以自由换韵。这就为七言诗的繁荣开拓了宽广的道路。齐梁时期，是我国诗体重大变革的时期。我国诗歌自建安以后，渐重词藻、对偶、用事，以及声音的谐和。随着佛经翻译和声韵学的发展，齐永明年间，周颙发现了汉语的四声，沈约将四声的知识运用到五言诗的声律上，提出“八病”之说，并和其他诗人共同创造了“永明体”，为律诗的形成奠定了基础，开创了我国“近体诗”发展的时代。以梁简文帝为中心的一批宫廷诗人，已不再满足于山水的清音,而要寻求强烈的声色刺激,于是产生了宫体诗。宫体诗主要是以艳丽的词藻表现腐朽的宫廷生活,但对诗歌的表达技巧也不无促进。总的来看,从魏晋至齐梁时代,文学自觉的倾向日趋明显,在文学价值不断上升的呼声中,诗歌创作遂亦呈繁荣之势。诗歌的题材内容是丰富的,形式风格是多样的,加之人们对于艺术技巧的日益重视,尤其是诗体的更新和声律的创变,都为这一时期诗歌的繁荣增添了光彩。诗歌创作的繁荣,为这个时期诗学理论的发展奠定了坚实的基础。唯其如此,人们才有可能深入系统地总结诗歌发展的历史,吸收成功的经验,汲取失败的教训,为诗歌的进一步发展提供有益的借鉴。

三、文学批评的自觉

1. 对文学批评的性质的认识

没有文学批评的自觉,就不可能有诗学的相对独立。可以说文学批评的自觉为这个时期诗学的相对独立奠定了理论基础、提供了良好的气氛。从曹丕《典论·论文》到刘勰《文心雕龙》,构建了我国早期的文学理论体系。其价值不仅在于摆脱了经学的束缚,走向独立发展的道路,而且在于为当时及后世的文学创作和文学批评提供了有益的借鉴。

曹丕《典论·论文》的写作动机,是要纠正“文人相轻”,即“各以所长,相轻所短”的不良风气,曹丕提出:“盖君子审己以度人,故能免于斯累而作《论文》。”曹丕从“文非一体,鲜能备善”和人之禀气不同、风格各异两个方面,说明不应“各以所长,相轻所短”的道理。其“审己以度人”的批评方法无疑是正确的。如此自觉的良好的批评态度,开一代风气之先。

西晋年间,随着文学创作的繁荣,创作构思和言意关系的问题成为人们所普遍关注的美学问题。探讨文学创作的规律,以指导文学创作实践，这是当时的文学家们所面临的问题，陆机的《文赋》作为现存我国文学理论批评史上第一篇系统而完整的论文学创作的专论，正是有鉴于此而作的。他在自叙其创作《文赋》的原委时说：

> 余每观才士之所作，窃有以得其用心。夫其放言遣辞，良多变矣。妍蚩好恶，可得而言。每自属文，尤见其情。恒患意不称物，文不逮意，盖非知之难，能之难也。故作《文赋》以述先士之盛藻，因论作文之利害所由，他日殆可谓曲尽其妙。

结合着创作实践的切身体验和"才士"之作的"用心"所在，重点阐明"意不称物，文不逮意"这样一个文学创作中普遍存在的问题，希望能给当时及后世的作家指以明径。这种意识带有极其鲜明的自觉性。此外，整篇《文赋》完全以优美的赋体写成，把文学理论的文章写得如此富于文学味，《文赋》还是第一次尝试。后来刘勰《文心雕龙》这样的宏篇巨制通体以骈体文写成；杜甫《戏为六绝句》之以诗论诗，以及托名司空图《二十四诗品》以优美的诗境说明不同的风格，不能说没有受到《文赋》直接或间接的启发与影响。应该说，运用文学的语言形式，来阐述文学的理论与批评，这也是文学批评走向自觉的一个表现。

2. 对诗歌史的辨识和总结

随着诗歌创作的逐步繁荣和人们对于诗歌理论认识的不断加深，系统总结诗歌发展的历史，为当世诗歌创作提出可资借鉴的经验与教训，这既是摆在诗学理论家们面前的一项重要任务，也是诗学批评自觉性的一种表现。大体说来有两种：一是时代风格论；一是今古优劣论。从逻辑的先后看，先有对一个时代的风格的总结，然后才能对古今风格的不同加以优劣的判定。

(1)时代风格论

传统的儒家诗论，十分重视诗、乐对时代情绪的反映，认为通过诗、乐即可知风俗之薄厚、政治之得失。孔子所说诗"可以观",就强调了这一特征。《礼记·乐记》说:"治世之音安以乐,其政和;乱世之音怨以怒,其政乖;亡国之音哀以思,其民困。声音之道,与政通矣。"《毛诗大序》也接受了这一观点,并进一步说:"至于王道衰,礼义废,政教失,国异政,家殊俗,而变风、变雅作矣。"古代的"采诗说",就建立在这种认识基础之上。班固《汉书·艺文志》说:"古有采诗之官,王者所以观风俗,知得失,自考正也。"儒家诗论中的这一观点,当然并不是把诗歌自身的特点作为研究的目的,其目的在于助王教、正得失,通过诗来"观",这只是一种手段。但是这种方法,却给魏晋文学自觉之后的诗论提供了一个好的方法,人们已开始透过这个视角来考察和研究诗歌自身的特点与发展规律,并提出了许多至今不废的有价值的理论主张。

挚虞在《文章流别论》中即指出文学创作中"质文时异"的特征,葛洪在《抱朴子·钧世》中也提出过"时移世改,理自然也"的文学发展观。沈约在《宋书·谢灵运传论》中将诗赋发展的状况,进一步同时代的风尚联系起来,他说:

> 自汉至魏,四百余年,辞人才子,文体三变。相如巧为形似之言,班固长于情理之说,子建、仲宣以气质为体,并标能擅美,独映当时,是以一世之士,各相慕习。源其飚流所始,莫不同祖风骚;徒以赏好异情,故意制相诡。

沈约在这里不仅指出了自汉至魏,文体三变,呈现为不同的风格特征,而且进一步强调了"赏好异情",即不同时代具有不同的审美情趣,因而其诗赋创作也就呈现出不同的艺术风貌,这些论断都很有价值。沈约接着还指出:

降及元康，潘、陆特秀，律异班、贾，体变曹、王，缛旨星稠，繁文绮合，缀平台之逸响，采南皮之高韵。遗风余烈，事极江右。有晋中兴，玄风独振，为学穷于柱下，博物止乎七篇，驰骋文辞，义殚乎此。

以潘、陆为代表的西晋诗赋，在吸收汉代梁孝王时期辞赋特点的同时，也受到建安诗人风格的影响，但从总的发展倾向来看，他们毕竟有了新的变化，这与刘勰指出当时诗赋"采缛于正始，力柔于建安"(《文心雕龙·明诗》)的认识正是一致的。对于东晋玄言诗产生的原因，沈约指出是由于"玄风独振，为学穷于柱下，博物止乎七篇"的特殊文化思潮的影响下而出现的一种新变，这一见解，很有价值，同时代的刘勰和锺嵘就都采用了这一说法。① 从一个时代的文化思潮来考察一代诗风的形成，这种方法值得借鉴。

(2)今古优劣论

较早对古今文学加以比较的是西晋挚虞，其《文章流别集》三十卷，已佚。今存其《文章流别论》的佚文，本着儒家诗教和"言志"的观点，对诗赋的发展流变做了较为系统的阐述，并希望通过复古的途径，来拯救时弊。

关于"六诗"之"颂"，挚虞发挥了《诗大序》的说法，认为古之颂是颂美圣帝明王之德的，②但汉代以后即所谓今之颂则发生了变化。③而今之颂诗不及古之颂诗。后来刘勰在《文心雕龙·颂赞》中发挥说：

---

① 见刘勰《文心雕龙·明诗》、锺嵘《诗品序》。

② "颂者，美盛德之形容。……颂，诗之美者也。古者圣帝明王，功成治定而颂声兴。于是史录其篇，工歌其章，以奏于宗庙，告于鬼神。故颂之所美者，圣王之德也，则以为律吕。"

③ "或以颂形，或以颂声，其细已甚，非古颂之意。昔班固为《安丰戴侯颂》，史岑为《出师颂》、《和熹邓后颂》，与《鲁颂》体意相类，而文辞之异，古今之变也。扬雄《赵充国颂》，颂而似雅；傅毅《显宗颂》，文与《周颂》相似，而杂以风雅之意。若马融《广成》、《上林》之属，纯为今赋之体，而谓之颂，失之远矣。"

“马融之《广成》、《上林》，雅而似赋，何弄文而失质乎！”就表明了这种看法。

关于“六诗”之“赋”，挚虞总结说：“古诗之赋，以情义为主，以事类为佐。今之赋，以事形为本，以义正为助。情义为主，则言省而文有例矣；事形为本，则言富而辞无常矣。文之烦省，辞之险易，盖由于此。”总之是形式华美、辞藻淫丽，正如班固所谓“竞为侈丽闳衍之词，没其风谕之义”，所以挚虞亦谓此“四过”“背大体而害政教”。可见今人之赋也是不及古诗之赋的。

关于诗，虞挚专门谈到其体制形式和音声韵节：

> 古诗率以四言为体，而时有一句二句杂在四言之间，后世演之，遂以为篇。古诗之三言者，“振振鹭，鹭于飞”之属是也，汉郊庙歌多用之。五言者，“谁谓雀无角，何以穿我屋”之属是也，于俳谐倡乐多用之。六言者，“我姑酌彼金罍”之属是也，乐府亦用之。七言者，“交交黄鸟止于桑”之属是也，于俳谐倡乐世用之。古诗之九言者，“泂酌彼行潦挹彼注兹”之属是也，不入歌谣之章，故世希为之。夫诗虽以情志为本，而以成声为节。然则雅音之韵，四言为正；其余虽备曲折之体，而非音之正也。

就诗的体制形式和音声韵节而言，挚虞认为“四言为正”，其他三、五、六、七、九言，皆“非音之正”。这就从“言志”的内容和四言的体制上充分肯定了儒家奉为经典的《诗三百》的权威性和典范性。自汉乐府兴盛之后，经过汉末、建安和正始诗人的努力，五言诗已逐步取代了四言诗的地位，而成为诗歌创作的主要形式。这种诗体的新变，是中国诗歌发展的一大进步。同样，七言诗的产生，也标志着人们对于诗歌艺术形式求变创新的积极态度，继曹丕的《燕歌行》之后，西晋初年傅玄、陆机等人都写过完整的七言诗，而在当时的乐府民歌之中，完整的七言诗或以七言为主的诗的数量就更多。[1] 但是挚虞对于已经成为诗坛主流的五言诗和正在酝酿发展中的七言诗，却统统予以否定，同样讥为“于俳谐倡乐多用之”。在今存挚虞的六首诗中，除有一首仅四句的五言诗外，其余皆为四言诗。从这些现象中都可以明显看出挚虞贱今贵古的复古态度。

挚虞的《文章流别论》对于片面追求形式的华美和淫辞丽句的不良风气具有极强的针对性和现实性，因而具有积极的意义。但是为了强调儒家诗教、“言志”和“止乎礼义”，而一概否定历史的进步和艺术的创新，甚至公开倡导复古之风，这则是挚虞持论的偏激之处。

稍晚于挚虞的葛洪，持论恰与挚虞相反。葛洪在《抱朴子》一书中，对于崇古陋今、贵远贱近的偏见极力反对。[2] 同样，对于诗歌的看法，葛洪也反对贵古贱今的偏见，认为诗歌由古之质朴、醇素而至今之雕饰华丽，这是可喜的进步与发展。《钧世》篇云：

> 今诗与古诗，俱有义理，而盈于差美。……若夫俱论宫室，而奚斯路寝之颂，何如王生之赋灵光乎？同说游猎，而《叔畋》、《卢铃》之诗，何如相如之言上林乎？并美祭祀，而《清庙》、《云汉》之辞，何如郭氏《南郊》之艳乎？等称征伐，而《出车》、《六月》之作，何如陈琳《武军》之壮乎？则举条可以觉焉。近者夏侯湛、潘安仁并作《补亡诗》，《白华》、《由庚》、《南陔》、《华黍》之属，诸硕儒高才之赏文者，咸以古诗三百，未有足以偶二贤之所作也。且夫古者事事醇素，今则莫不雕饰，时移世改，理自然也。

---

① 见逯钦立辑校《晋诗》卷九《杂歌谣辞》。

② 如《广譬》篇云：“贵远而贱近者，常人之用情也；信耳而疑目者，古今之所患也。”《钧世》篇云：“然守株之徒，喽喽所玩，有耳无目，何肯谓尔！其于古人所作为神，今世所著为浅，贵远贱近，有自来矣。”又《尚博》篇亦云：“俗士多云今山不及古山之高，今海不及古海之广，今日不及古日之热，今月不及古月之朗；何肯许今之才士，不减古之枯骨？重所闻，轻所见，非一世之所患矣。”

所谓“雕饰”，对于诗歌创作来说，就是追求艺术形式的华美。在葛洪看来，这种雕饰与古之醇素相比，是伴随着时代发展而产生的进步。不同的时代，具有不同的审美观，而不可一味抱残守缺、以古绳今。[①] 葛洪甚至感到不满：“汉魏以来，群言弥繁，虽义深于玄渊，辞赡于波涛，……然时无圣人，目其品藻，故不得骋骅騄之迹于千里之涂，编近世之道于三坟之末也。”古之鄙陋拙诗，经圣人品评后便可以成为经典；然汉魏以来的优秀之作不计其数，只是因为没有圣人品评，便无法成为经典。

挚虞之后，裴子野再次提出复古的主张，强调儒家的诗教，而否定后世之诗赋歌颂。为了强调“君子之志”和诗的教化作用，裴子野对自屈原、司马相如之后的诗赋歌颂做了全面的否定，批评他们“罔不摈落六艺，吟咏情性”；“淫文破典，斐尔为功，无被于管弦，非止乎礼义”，“其兴浮，其志弱”。裴子野旨在彰志显教，而完全无视诗歌艺术的发展，这种见识无疑是片面的。当时偏重文采、注重形式的萧纲等人，对于裴子野的主张极为不满。萧纲《与湘东王书》即云：“但以当世之作，历方古之才人，远则扬、马、曹、王，近则潘、陆、颜、谢，而观其遣辞用心，了不相似。若以今文为是，则古文为非；若昔贤可称，则今体宜弃；俱为盍各，则未之敢许。”将古今之优劣加以绝对化，非此即彼，亦未免片面。萧统《文选》的标准是“事出于沉思，义归乎翰藻”，其实他更重“翰藻”，[②]这个观点与葛洪所说“古者事事醇素，今则莫不雕饰，时移世改，理自然也”的道理相一致，也是在为其推赏华美的艺术形式而寻找理论根据。

---

① 《抱朴子·钩世》：“是以古书虽质朴，而俗儒谓之坠于天也；今文虽金玉，而常人同之于瓦砾也”，“若舟车之代步涉，文墨之改结绳，诸后作而善于前事，其功业相次千万者，不可复缕举也。世人皆知之快于曩矣，何以独文章不及古邪？”

② 《文选序》：“踵其事而增华，变其本而加厉；物既有之，文亦宜然；随时变改，难可详悉。”

第二节　玄学思潮对文学批评的影响

六朝在中国思想史上的独特性是玄学成为了思想界的主流。玄学对文学批评的影响主要表现为对自然之道的崇尚，对言意之辨的强调和对人物品鉴术语的引进。它们分别对应着文学批评的本体论、工具论和应用论。

一、自然之道

宗白华先生所说："魏晋六朝是一个转变的关键，划分了两个阶段。从这个时候起，中国人的美感走到了一个新的方面，表现出一种新的美的理想，那就是认为'初发芙蓉'比之于'错采镂金'是一种更高的美的境界。"[①]换言之，崇尚自然成为魏晋六朝时期审美意识的重要特征，这既是当时人们要求挣脱思想禁锢的社会心理的反映，也是对当时过于华靡的美学趣味的否定。

1. 自然之道溯源

自然之道，是老、庄思想的核心。道家把"道"视为宇宙万物的本原，并在本体论的意义上运用"道"这个概念。而道家学说的精义是"自然无为"，于是"自然"也就成了"道"的核心内容。值得注意的是，在老子那里，与"道"、"自然"同义的概念还有"朴"。"朴"就是真，就是未经加工雕饰的自然状态，它与老子所常用的"素"、"淳"、"实"的概念是一致的。既然"道"是自然的，"道"所生成万物也是自然的，那么对于人性或人之"德"，老子也同样强调其自然的本性，这就是要返朴归真。庄子论"道"，与老子的观点基本一致，并对自然人性和自然之美做了更为充分的论述。庄子认为，美就是保持了朴素自然而未经

---

① 《中国美学史中重要问题的初步探索》，见《美学散步》。

雕刻虚饰：

> “夫吹万不同，而使其自己也。咸其自取，怒者其谁邪？”郭象注：“此天籁也。夫天籁者，岂复别有一物哉？……自己而然，则谓之天然。天然耳，非为也，故以天言之，所以明其自然也。”（《齐物论》）

“天籁”之美，就是自然之美。冯友兰指出：“道家虽没有论艺术的专著，但是他们对于精神自由运动的赞美，对于自然的理想化，使中国的艺术大师们受到深刻的启示。”①

东汉坚持无神论立场的思想家王充，批判儒家神学虚妄之说，主要的武器就是自然之道。在广义的文学问题上，他强调“真美”，而反对“虚妄之语”与“华伪之文”（《论衡·对作篇》），所谓的“真美”，就是纯朴自然之美；“没华虚之文，存敦庞之朴”（《自纪》）。

到了魏晋时代，以道家思想为主要内容的玄学大盛。而“自然之道”则是玄学中一个十分重要的哲学范畴。何谓“自然之道”？王弼有一个漂亮的比喻：

> 自然之道，亦犹树也，转多转远其根，转少转得其本。多则远其真，故曰“惑”也；少则得其本，故曰“得”也。（《老子·二十二章》注）

自然之道就像一棵树，越往上长，则离根越远；长得越少，则离根越近。王弼意在说明要想得到“自然之道”，就必须保持“根”、“本”，即所谓“真”。离开了“根”、“本”就失去了“真”、失去了“自然之道”。

① 《中国哲学简史》，《三松堂全集》第六卷，第23页，河南人民出版社2001年第2版。

而保持“根”、“本”的方法就是自然无为：

> 天地任自然，无为无造，万物自相治理，故不仁也。（《老子·五章》注）

天地万物自然而然地生存着，自然而然地发展变化着，无需任何的“为”与“造”。那么作为万物之灵长的人类来说，得“道”的途径即在于自然而然，返朴归真。

另一位著名的玄学家郭象，对“自然之道”的理解与王弼不尽相同。老、庄认为有一个先天地万物而物的“道”，虽然这个“道”是不可道、不可名的，但“道”总是存在的。而郭象则认为连这样一个“道”也不存在，天地万物并不是道产生的，也不是道使然的，它们自然而然地如此。郭象说：

> 谁得先物者乎哉？吾以阴阳为先物，而阴阳者即所谓物耳；谁又先阴阳者乎？吾以自然为先之，而自然即物之自尔耳。吾以至道为先之矣，而至道者乃至无也，既以无矣，又奚为先？然则先物者谁乎哉？而犹有物无已，明物之自然，非有使然也。（《庄子·知北游》注）

如果说老、庄及王弼强调的是自然之美的“朴”、“纯”、“素”的话，那么郭象则更强调自然本身，即不以绝对的本色朴素为美，而要看美是否合乎自然。他说：

> 苟以不亏为纯，则虽百行同举，万变参备，乃至纯也。苟以不杂为素，则虽龙章凤姿，倩乎有非常之观，乃至素也。若不能保其自然之质而杂乎外饰，则虽犬羊之鞟，庸得谓之纯素哉？（《庄

子·刻意》注)

衡量“纯”、“素”的标准不能以本色朴素与否而论,而要看它是否自然。即使像龙凤那样的多彩多姿、绚烂华美,只要不夹杂外饰,是其自然的呈现,也就可以称为“至素”;相反,去了毛的犬羊之皮,无论看上去如何的朴素无华,但却不能叫做“纯素”,因为它破坏了自然,违背了自然之美的规律。后来刘勰既强调“自然之道”,但又不废“丽辞”、“情采”的观点,就显然受到郭象的影响。

2. 崇尚自然的人生观

魏晋时代,是政治上最混乱的时代,但同时也是思想最活跃、感情最丰富的时代。追求个性的解放、精神的自由和自我的价值,是那个时代士人们所共有的价值取向和生活情趣。而玄学思潮中崇尚老、庄自然之道和自然之美的观念,则为这个时代的士人审美心态提供了哲学依据。①

汉代儒学定于一尊,加之董仲舒所谓君权神授思想的强化,君臣父子之道、仁义道德之律,成为士子们必须克己尊奉的信条。东汉以

---

① 罗宗强先生在《玄学与魏晋士人心态》一书中,结合着玄学思潮的发展,对魏晋时代士人心态的变化做了深入的考察和精辟的论述。书中将魏晋时代士人心态的变化划分为四个阶段:东汉末年之后,士人在政治上失去了忠君的信仰,在精神上摆脱了儒家伦理观念的束缚,而把视野回归到自我:重感情、重个性、重才能、重自我成了一种普遍心理趋向。总之他们从定儒学于一尊时的那个理性的心灵世界,走到一个以自我为中心的感情世界中来了。此其一。正始时期,在玄学思潮的影响下,以嵇康为代表的士子们把人生理想建立在“越名教而任自然”的思想之上,傲视世俗,而以己为高洁,他们的人生旨趣代表着当时激进的崇尚玄风的士人的情绪倾向。此其二。西晋名士不反对名教,又追求任性适情,在名教与自然、出世与入世之间,他们选择了任自然而纵欲的道路,潇洒风流以自适,依阿无心以自全,机心入世以为己,把高雅与庸俗融于一身。他们口谈玄虚,却入世甚深。玄学崇尚自然的旨趣,在西晋士人的生活里,以纵欲、为己的方式得以实现。此其三。南渡之后,士人的心态又一变。他们从国破家亡的悲伤里恢复过来之后,便开始追求一种宁静高雅潇洒的人生。此其四。可以看出,随着社会时代的发展,士人心态也随之发生变化,但这其中一以贯之的,就是崇尚自然,只是他们崇尚的表现方式不同而已。

孝治天下,“孝悌”、“孝廉”就是统治者选用人材的道德标准。众多士子为了博取名声而不惜伤身害性,正可谓“存天理而灭人欲”。忠信仁义道德之理,制约着人情人性,更谈不上个人的价值。汉代末年,统治集团内部宦官与外戚、官僚以及太学生之间异常激烈的政治斗争,已使官方所提供的以名教德行定人品的观念发生了动摇。而曹操在政治和军事的斗争中,则大胆举贤用能,唯才是举,一切道德的标准完全失效,实用与否,就是曹操的标准,甚至对那些名声不佳、不仁不孝而有真才实学之士,也同样大胆启用。这样,就把人的价值由外在的操行转到内在的才性、能力上。唯其如此,士子们才有可能从禁锢一统的牢笼中迈向相对自由的人生天地。曹操用人方略的变革,固然出于政治、军事斗争的实用目的,但这同时与他自身通脱自然、不拘小节的个性也是分不开的。三国时郭嘉曾将曹操与袁绍的政治才能和斗争策略相比较,指出曹操比袁绍有“十胜”,第一胜就是“绍繁礼多仪,公体任自然,此道胜一也”(见《三国志·魏书·郭嘉传》注引《傅子》语)。鲁迅先生在《魏晋风度及文章与药及酒之关系》一文中,曾评价曹操:“力倡通脱,通脱即随便之意。此种提倡影响到文坛,便产生大量想说甚么便说甚么的文章。”魏文帝曹丕,也同样具有通脱自然的个性。《世说新语·伤逝》记载他为王粲送葬,因王粲生前喜听驴鸣,他便让部属都学一声驴鸣,为王粲送行。更见其通脱之性。难怪西晋傅玄说:“近者魏武好法术,而天下贵刑名;魏文慕通达,而天下贱守节。”(见《晋书·傅玄传》)与曹丕相比,曹植则更显恣情任性、通脱随便的自然性情。《三国志·王粲传》注引《魏略》:

> 植初得淳甚喜,延入坐,不先与谈。时天暑热,植因呼常从取水自澡讫,傅粉。遂科头拍袒,胡舞五椎锻,跳丸击剑,诵俳优小说数千言讫,谓淳曰:“邯郸生何如邪?”于是乃更著衣帻,整仪容,与淳评说混元造化之端,品物区别之意,然后论议羲皇以来贤圣

名臣烈士优劣之差，次颂古今文章赋诔及当官政事宜所先后，又论用武行兵倚伏之势。乃命厨宰，酒炙交至，坐席默然，无与伉者。及暮，淳归，对其所知，叹植之材，谓之“天人”。

曹植言行与魏晋名士的任诞之风并无区别，表现出纯任自然的个性。这当然是曹植早期个性的显露，如果不是有这种感受，到后来遭到压制迫害时，他也就不至于那样痛苦万分了。由此可见，曹氏父子通脱自然之性，已开了魏晋士人放荡不羁、恣性自然风气之先了。至于曹氏父子周围的文人集团，也大多具通脱不羁之性，若孔融之“天性气爽”（见《三国志·魏书·崔琰传》注引《汉纪》），刘桢之“禀性自然”（见《水经注》卷十六“谷水注”引《文士传》），吴质之“轻脱”（见《三国志·魏书·王粲传》注引《吴质别传》）等等，都是如此。而当时最著名的“狂人”当数恃才傲逸、毫无顾忌的祢衡了。其击鼓骂曹等狂放不羁的行为，久已传为谈资。

魏正始时期，司马氏集团以儒学世家与汉末世族势力相融汇，高倡名教而欲“以孝治天下”。在当时，名教不但成为束缚人们自然天性的桎梏，而且成为司马氏杀戮名士的口实。但与此同时，以嵇康、阮籍为代表的文人士子，却大倡老、庄自然之道，以对抗司马氏的名教，而争取人性之自由自得。嵇康在《难张辽叔自然好学论》一文中便激烈抨击名教对自然之人性的摧残和压抑：

六经以抑引为主，人性以从容为欢。抑引则违其愿，从欲则得自然。然则自然之得，不由抑引之六经；全性之本，不须犯情之礼律。故知仁义务于理伪，非养真之要术。（见《全三国文》卷五十）

如果说曹氏父子等人还处在客观上摆脱儒学束缚、打破仁、义、礼的禁锢，而表现出个性自然与自足的话，那么嵇康则在主观上，并在理论上公然打出老、庄“自然”之道的旗号，来对抗名教的束缚。为此嵇康在《释私论》中提出“越名教而任自然”的主张，追求自然的人性之美：“夫气静神虚者，心不存乎矜尚；体亮心达者，情不系于所欲。矜尚不存乎心，故能越名教而任自然。”嵇康对于人性自然的崇尚，绝不只是停留于理论的认识，而是要以有限的生命去追求无限的自由。他在《与山巨源绝交书》中自称有“必不堪者七，甚不可者二”，既是对名教的对抗，也是对人性自然的维护与追求。尽管他最终为此触怒了司马氏而惨遭杀害，但他那任真自然的人性人格，却受到了时人的高度赞扬，被称作“方中之美范，人伦之胜业”（《世说新语·容止》）。与嵇康同时的阮籍，对于老、庄自然之“道”有着深刻体认。[①] 阮籍认为“天地生于自然，万物生于天地”，一切都是自然而然，那么“人生天地之中”，便当“体自然之形”、“完太素之朴”而“保性命之和”。阮籍也就是以此为理论根据而执着地追求精神的解脱与个性的自由，并以此来对抗所谓仁义道德和礼法制度。当时有个叫伏义的“礼法之士”，对阮籍如此“弃圣背贤”的“狂狷”行为大为不满，因而写了《与阮嗣宗书》，对阮籍违于礼法的行为进行全面的指责。[②] 为此，阮籍写了《答伏义书》，认为名教乃是束缚人性的网罗，而他又绝不愿“毁质以适检”，所以要冲决名教的网罗，追求与天地为一的自然人性。阮籍还在《大人先生传》中痛斥礼法之士遵循的礼法“诚天下残贼乱危死亡之术耳”，自述其追求的是：

---

① 其《通老论》云：道者，法自然而为化。侯王能守之，万物将自化。《易》谓之“太极”，《春秋》谓之“元”，《老子》谓之“道”。圣人明于天人之理，达于自然之分，通于治化之体，审于大慎之训，故君臣垂拱，完太素之朴，百姓熙怡，保性命之和。（见《全三国文》卷四十五）其《达庄论》亦云：“天地生于自然，万物生于天地。自然者无外，故天地名焉；天地者有内，故万物生焉。……人生地之中，体自然之形。身者，阴阳之精气也；性者，五行之正性也；情者，游魂之变欲也；神者，天地之所以驭者也。（同上）

② 伏义《与阮嗣宗书》，见《全三国文》卷五十三。

> 今吾乃飘飖于天地之外，与造化为友，朝餐旸谷，夕饮西海，将变化迁易，与道周始。此之于万物，岂不厚哉？故不通于自然者，不足以言道。（见《全三国文》卷四十六）

阮籍的《咏怀诗》中也同样以辛辣的笔调批判讽刺礼法之士，如《咏怀诗》第六十七首：

> 洪生资制度，被服正有常。尊卑设次序，事物齐纪纲。容饰整颜色，磬折执圭璋。堂上置玄酒，室中盛稻粱。外厉贞素谈，户内灭芬芳。放口从衷出，复说道义方。委曲周旋仪，姿态愁我肠。

揭示出他们"外厉贞素谈，户内灭芬芳"诸种虚伪丑恶的本质。阮籍去世之后，嵇叔良在为他撰写的碑文中，[①]对阮籍清洁奇伟、自然不屈的高尚人格给予高度的颂扬。

继嵇康、阮籍之后的两晋时代，崇尚自然，追求个性解放和精神自由，已成为普遍的社会风气。仅《世说新语》所载之人之事，已不胜枚举。他们或谈玄证性，忘情庄老；或纵酒放达，狷狂不羁；或鄙弃世俗，纵情山水；或任诞简傲，孤僻易怒；或风流倜傥，潇洒有致；或任性适情，宁静高雅；或真率豪爽，清简通脱。总之是以自然通脱为美，而蔑视礼法制度，这也就是"魏晋风流"的精神所在。然而在当时最能体现天然清真、峻洁高雅的人格之美的，则是东晋杰出的诗人陶渊明。深受玄学思潮影响的陶渊明，并没有遁入老庄、佛理的空门，他热爱生活、热爱生命、热爱自然。但在黑暗污浊的现实之中，他能洁身自好，

① 《魏散骑常侍步兵校卫东平相阮嗣宗碑》："峨峨先生，天挺无欲。玄虚恬淡，混齐荣辱。荡涤秽累，婆娑山足。胎胞造化，韬韫光烛。鼓棹沧浪，弹冠峤岳。颐神大素，简迈世局。澄之不清，溷之不浊。翱翔区外，遗物庶俗。隐处巨室，反真归漠。汪汪渊源，迈迹图录。"（见《全三国文》卷五十三）

保持天真自然的本质，与他崇尚自然的心态是分不开的。陶渊明一向自视为“质性自然，非矫厉所得”（《归去来兮辞序》），自难容于世俗之虚伪。陶渊明认为，上古之“真”、“淳”世风，是“美”的；而后及今之“大伪”世风，是“恶”的。所以当他步入仕途之时，就有如入牢笼之感；而当他返归自然之时，便觉欣慰不已。陶渊明在《连雨独饮》中也说：“试酌百情远，重觞忽忘天。天岂去此哉？任真无所先。”“任真”就是要保持自然的本性而免受世俗的浸染或异化。陶渊明崇尚自然，不与世俗同流合污保持高洁的人格，为后人所景慕。萧统《陶渊明传》称他“颖脱不群，任真自得”。颜延之在《陶征士诔》中赞美陶渊明：“夫璇玉致美，不为池隍之宝；桂椒信芳，而非园林之实。岂其深而好远哉！盖云殊性而已。”

陶渊明之后的谢灵运，崇尚自然的心态亦十分明显。《宋书·谢灵运传》载：“灵运为性褊激，多愆礼度，朝廷唯以文义处之，不以应实相许。”少帝继位后，谢灵运益不得志。“出为永嘉太守。郡有名山水，灵运素所爱好，出守既不得志，遂肆意游遨，遍历诸县，动逾旬朔，民间听讼，不复关怀。所至辄为诗咏，以致其意焉。在郡一周，称疾去职。……遂移籍会稽，修营别业，傍山带江，尽幽居之美。与隐士王弘之、孔淳之等纵放为娱，有终焉之志。”（《宋书·谢灵运传》）政治仕途上的失意，迫使谢灵运只得纵情山水，在山水清音中寄托自己苦闷的精神。谢灵运在《山居赋》中，便每每自道其超然物外的心迹和崇尚自然的情趣：“选自然之神丽，尽高栖之意得。仰前哲之遗训，俯性情之所便。”（见《宋书·谢灵运传》）至于谢灵运那些大量的歌咏山水之美的诗篇，无疑也是这种崇尚自然心态的艺术体现。

总之，魏晋至南朝时期是个性觉醒的时期，哲学上关于“自然”的思考，启悟了文人士子阶层重自我、重才能、重感情、重个性的价值取向和生活情趣。他们崇尚自然、追求个性自由和精神解放，尽管在表现的方式上各有不同，但其哲学底蕴却是一致的，那就是老、庄及玄学中的“自然之道”。哲学上关于“自然”的思考,启悟了人们崇尚自然的价值取向和生活情趣,而这种崇尚自然的价值取向和生活情趣的心态,则又直接导致了人们欣赏自然美的艺术审美情趣。

3. 崇尚自然的艺术观与诗歌审美倾向

随着汉帝国的衰颓和儒家思想禁锢的动摇,人们已无心再去欣赏极尽铺张扬厉、雕饰华美之能事的两汉大赋了。代之而起的是质朴、真切、自然的文人五言诗。大约成于汉末桓、灵之世的《古诗十九首》,便已体现出朴素自然、平易淡远的审美创造情趣。谢榛《四溟诗话》称其“自然过人”,鲁迅先生在《汉文学史纲要》中更说:“不假雕饰,而意志自深。”都是强调了它的情真意切、不事雕饰的自然之美。

以三曹七子为代表的建安文学,继承了《古诗十九首》真率自然的艺术情趣,他们一方面描写社会动乱和民生疾苦,一方面歌唱自己的政治理想和抱负,形成了一种悲凉慷慨、刚健有力、质朴自然的风格,即所谓“建安风骨”或“建安风力”。刘勰《文心雕龙·明诗》篇说他们的五言诗:“慷慨以任气,磊落以使才;造怀指事,不求纤密之巧;驱辞逐貌,唯取昭晰之能;此其所同也。”指出情感的慷慨磊落、文辞的质朴自然和艺术形象的鲜明清晰是其特点。曹丕曾提出过“诗赋欲丽”(《典论·论文》),曹植的诗更有“词采华茂”(锺嵘《诗品》)的特点,但这些必须服从或统一于自然之“质”。曹丕所强调的“文以气为主”,就是强调诗人个性、气质、思想情感的自由抒发。文与质的相统一,是符合“建安风骨”这个总的审美创造与审美欣赏的艺术趣味倾向的。

与建安风骨一脉相承的正始之音,也保持了这种自然真率的艺术情趣。阮籍、嵇康等人不仅以放达自然的人生态度对抗司马氏集团“名教”的约束,而且在艺术审美与创造中也同样表现出崇尚自然的倾向。在音乐审美理论中,他们都十分强调“自然”。阮籍《乐论》的音乐思想的基本精神是“和”,但是这个“和”,却建立在“自然之道”基础之上：

> 夫乐者，天地之体，万物之性也。合其体，得其性，则和……天地合其德，则万物合其生，刑赏不用，而民自安矣。乾坤易简，故雅乐不烦；道德平淡，故无声无味。不烦则阴阳自通，无味则百物自乐。日迁善成化而不自知，风俗移易而同于是乐。此自然之道，乐之所始。

在《论语》、《孟子》里，是不讲“自然”这个概念的，它是来自老、庄的一个哲学概念。很显然，阮籍虽然没有脱离儒家“乐教”的思想，但他却把“自然之道”融入了音乐理论。认为音乐是“天地之体，万物之性”，这完全符合老子“道法自然”的精神；所以乐能“顺天地之体，成万物之性”，而“民可自安”、“阴阳自通”、“百物自乐”。“自”就是自然而然，含有“无为”之意。

同样，倡导“越名教而任自然”的嵇康，在其音乐理论中，也以“自然”为宗。声之有无哀乐，是魏晋玄学中重要的论题之一。先秦儒家乐论中，是肯定声有哀乐的，但嵇康却明确提出“声无哀乐”的命题，旨在追求一种与“自然”合一的、不为物欲所累的超脱、玄远的精神境界。嵇康在《声无哀乐论》中反复强调：

> 若推类辨物，当先求之自然之理。……夫五色有好丑，五声有善恶，此物之自然也。至于爱与不爱，人情之变，统物之理，唯止于此，然皆无豫于内，待物而成耳。……至乐虽待圣人而作，不必圣人自执也。何者？音声有自然之和，而无系于人情。克谐之音，成于金石；至和之声，得于管弦也。

声音之“善”，亦即是“和”。“和”就是声音的本体。儒家乐论中也十分强调“和”，并把“和”的实现同天地联系在一起，认为乐的“和”

也就是天地之“和”的表现。但是儒家所说的天地之“和”,也就是儒家所说的至高无上的伦理道德的完满实现。因此,“乐”表现了天地之“和”,也就表现了与天地相联的仁义道德的完满实现。嵇康虽也强调“和”,但这个“和”在本质上并不同于儒家之“和”。嵇康以“和”为乐的本体,而乐的本体是出于“自然”的,那么声音的“和”与不“和”,或“善与不善”,就是由“自然”所决定的。嵇康在《声无哀乐论》中多次引《庄子·齐物论》“吹万不同,而使其自己”的话,意在强调乐的自然超脱。郭象注庄子之语云:“然则生生者谁哉?块然而自生耳。自生耳,非我生也。我既不能生物,物亦不能生我,则我自然矣。自己而然,则谓之天然。天然耳,非为也。”那么在嵇康看来,这种出于“自然”的乐的本体“和”,也就如同“自然”一样,是自然超脱的、不为物欲所累的,因而也就不可能有“哀乐”之“情”杂乎其间:“声音自当以善恶为主,则无关哀乐。”可见嵇康所强调的这种出于“自然”的乐的本体“和”,追求个体与“自然”的合一,而达到个性精神的超脱自由。这在理论上充分表现了魏晋时代崇尚自然的艺术审美情趣。

阮籍和嵇康在乐论中所表现出来的崇尚自然的审美趣味,也同样体现了他们对于诗歌的审美认识。因为在阮籍《乐论》和嵇康《声无哀乐论》中,都是合诗与乐而相提并论。① 所以他们不仅在诗歌审美理论中表现出崇尚自然的态度,而且在诗歌审美创造中也体现出了自然美的倾向。刘勰《文心雕龙》评阮、嵇云:“嗣宗俶傥,故响逸而调远;叔夜隽侠,故兴高而采烈。”(《体性》)嵇康的“清峻”之志和“隽侠”之气,表现得“兴高而采烈”,明显地带有旷狂不羁、真率自然的特

---

① 如阮籍《乐论》云:“歌谣者,咏先王之德;俯仰者,习先王之容;器具者,象先王之式;度数者,应先王之制。入于心,沦于气,心气合洽,则风俗齐一。圣人之为进退、俯仰之容也,将以屈形体、服心意、便所修、安所事也;歌咏诗曲,将以宣平和、著不逮也。”嵇康《声无哀乐论》云:“和心足于内,和气见于外;故歌以叙志,舞以宣情。然后文之以采章,照之以风雅,播之以八音,感之以太和;导其神气,养而就之;迎其情性,致而明之;使心与理相顺,和与声相应。合乎会通,以济其美。”

征。而“阮旨遥深”(《明诗》),似有悖于自然,其实不然。真正的平淡自然,并不是指内容的一览无余,其妙处正在“含不尽之意,见于言外”。与阮籍相比,嵇康的诗作则质直外露,但亦不乏“峻切清远”之美,同样是自然美的一种表现。王世贞《艺苑卮言》卷三云:“嵇叔夜土木形骸,不事雕饰,想于文亦尔。如《养生论》、《绝交书》,类信笔成者,或遂重犯,或不相续,然独造之语,自是奇丽超逸,览之跃然而醒。”不仅诗、文如此,嵇康的书法艺术也同样体现出一种天然之美。唐张怀瓘《书断》评其书法云:“观其体势,得之自然,意不在乎笔墨;若高逸之士,虽在布衣,有傲然色,故知临不测之水,使人神清;登万仞之岩,自然意远。”(《法书要录》卷九)

至西晋太康年间,由于士族文人代替建安和正始文人登上了文坛,他们把士族追求声色淫靡的审美心理带进了诗赋的创作中,文风华丽雕饰,善于巧构形似之言。陆机、潘岳、张华、张协等人,就都是其中的代表。然而其间陆云却独倡清新自然之美,以矫雕琢华丽之风。刘勰《文心雕龙·熔裁》篇云:“至如士衡才优,而缀辞尤繁;士龙思劣,而雅好清省。及云之论机,亟恨其多,而称清新相接,不以为病,盖崇友于耳。”严可均校辑《全晋文》卷一百零二,收录陆云《与兄平原书》凡三十五首,大多为论诗赋之作,其中便多以“清”(《与兄平原书》第九首)、“清妙”(第九、第十首)、“清工”(第九、第十八、第二五首)、“清利”(第十首)、“清新”(第十一首)、“清美”(第十一首)、“清省”(第十一首)、“清绝”(第十三首)、“清约”(第二十二首)等作为衡量诗赋的审美标准。“清”,就是一种自然清爽、不假雕饰的审美风趣。在《世说新语》中,人们就常用“清”来赞美人物品行风度的通脱自然,试举《赏誉》篇中,即有“清通简畅”、“清通简要”、“清远雅正”、“清真寡欲”、“清伦有鉴识”、“清鉴贵要”、“清畅似达”、“标鲜清令”、“风神清令”、“罗罗清疏”,以及“清贵”、“清才”、“清中”、“清和”等等。“清”可以用来赞美人物品行风度的通脱自然,也同样可以用来赞美言辞的清爽自然，如“林公辩答清析，辞气俱爽”（《文学》篇），“襟怀之咏，偏是许之所长，辞寄清婉，有逾平日”（《赏誉》篇）），皆是如此。陆云以“清”为美，强调诗赋的清爽自然，也是十分自然的事。

西晋时期，左思和刘琨、卢谌等人，在诗歌创作中也表现出质朴自然的艺术风貌。“尽锐于《三都》，拔萃于《咏史》”（《文心雕龙·才略》）的左思，以其侈靡华丽的《三都赋》使得洛阳纸贵，但他那质朴自然的《咏史诗》，却也得到后世批评家的高度赞赏。[①] 锺嵘在《诗品》中评陶渊明时，谓其“又协左思风力”，说明左思的诗不仅与通脱自然、刚健有力的“建安风力”一脉相承，而且又直接影响到了“文体省净”、“笃意真古”的陶渊明。锺嵘《诗品》评刘琨、卢谌诗曰：“其源出于王粲。善为凄戾之词，自有清拔之气。琨既体良才，又罹厄运，故善叙丧乱，多感恨之词。中郎仰之，微不逮者矣。”此论与刘勰所说“刘琨雅壮而多风，卢谌情发而理昭，亦遇之于时势也”（《文心雕龙·才略》）之意相同。相同的时代之感，使得他们的诗作“自有清拔之气”、“雅壮而多风”，这与建安风骨的精神也是一致的。

将以自然为美的人格理想同以自然为美的艺术情趣高度集于一身的，则是东晋杰出的诗人陶渊明。锺嵘《诗品》评陶渊明其人其诗亦云：“其源出于应璩，又协左思风力。文体省净，殆无长语。笃意真古，辞兴婉惬。每观其文，想其人德，世叹其质直。”陶渊明那自然、平淡和真醇的诗风，久已成为后世的楷模，历代诗论家于此亦更有诸多颂美。陶渊明崇尚自然的审美艺术趣味，已昭然于世，故此不必赘言。

如果说陶渊明的诗是纯任自然的话，那么继之而起的谢灵运则融雕琢与自然为一体。鲍照评论说：“谢诗如初发芙蓉，自然可爱。”（见《南史·颜延之传》）梁简文帝萧纲《与湘东王书》云：“谢客吐言天拔，出于自然。”（《全梁文》卷十一）可见时人是颇为赞赏谢诗的清丽自然

① 锺嵘《诗品》评其诗曰：“其源出于公幹。文典以怨，颇为精切，得讽喻之致。虽野于陆机，而深于潘岳。”

之美的。谢诗最根本的特点，即是于雕琢中求自然。这一点古代诗论家多有指出者，元代陈绎曾《诗谱》云："（谢灵运）以险为主，以自然为工。李、杜取深处多取此。"明代王世贞《艺苑卮言》卷一云："三谢固自琢磨而得，然琢磨之极，妙亦自然。"清代沈德潜《古诗源》卷十云："大约经营惨淡，钩深索隐，而一归自然。……陶诗合下自然，不可及处，在真在厚。谢诗追琢而返于自然，不可及处，在新在俊。千古并称，厥有由夫。"这些评论是切中肯綮的。谢诗的雕琢就是讲究艺术技巧，字斟句酌，反复锤炼，旨在创造出符合自然美的清新鲜明的艺术形象，这一点与颜延之的"错采镂金"（锺嵘《诗品》引）、"铺锦列绣，亦雕缋满眼"（见《南史·颜延之传》）根本不同。谢灵运追求清新自然的艺术形象，一方面取决于他所描写的审美对象——江南山水。灵秀无比的江南山水，姿态万千，色彩纷繁，变化无穷。另一方面更重要的是取决于诗人的精神面貌。在政治、仕途上失意的谢灵运，纵情于山水之间，他从自然界中悟出的"道"，冲淡了他内心的抑郁和愤懑，从而能以喜悦的心情来领略自然美。因而他的多数作品中自然景色，不论是幽深还是绚丽，都有新鲜和欢愉的姿态。对于谢灵运来说，描写山姿水态，还是一个新的题材，过去的作品中没有多少现成的技巧可资借鉴，必须苦心经营，自铸新辞，于是"名章迥句，处处间起；丽典新声，络绎奔会"，无不使人感到清新自然而又多姿多彩，从不同角度展示了江南山水蕴含的无限丰富之美。对于当时读厌了"理过其辞，淡乎寡味"（锺嵘《诗品序》）的玄言诗的读者来说，自然会觉得它像"出水芙蓉，自然可爱"了。从谢灵运及其之后一大批山水诗人笔下的山水自然之美，和时人对他们的高度评价之中，可以看出这种崇尚自然的艺术审美情趣和诗歌审美倾向。

二、言意之辨

魏晋玄学中的言意之辨，对诗学理论的发展起了促进的作用。言意之辨讨论的是言辞和意念的关系,而诗是言志的、缘情的,这就存在一个如何将情志用语言完美地表达出来的问题,这是诗歌理论之所以受益于言意之辨的基本前提。言意之辨主要包括三种不同的意见:言不尽意;得意忘言;言尽意。

1. 言不尽意论

言不尽意的认识,早在战国时代就已经被提出来了。《周易·系辞上》云:

> 子曰:"书不尽言,言不尽意。然则圣人之意其不可见乎?"子曰:"圣人立象以尽意,设卦以尽情伪,系辞焉以尽其言。"①

"书不尽言",是由于客观条件所限,"言不尽意",则是主观因素所难。"系辞"固然弥补了"书不尽言"这一客观条件的不足,缩小了文字与语言之间距离,但作为主观因素的语言与意念之间,却还是难以直接地完全沟通。圣人也只能采取变通的方法,借助于"立象"、"设卦"以尽"意"、尽"情伪",变语言为象、卦而通其意。

《庄子·天道》云:

> 世之所贵道者,书也。书不过语,语有贵也。语之所贵者,意也。意有所随,意之所随者,不可以言传也。而世因贵言传书,世虽贵之,我犹不足贵也,为其贵非其贵也。(按郭象注:其贵恒在意言之表。)故视而可见者,形与色也;听而可闻者,名与声也。悲夫!世人以形色名声为足以得彼之情;夫形色名声,果不足以得

① 孔颖达《正义》卷七解释说:"书所以记言,言有烦碎,或楚夏不同,有言无字,虽欲书录,不可尽竭于其言,故云'书不尽言'也。'言不尽意'者,意有深邃委曲,非言可写,是言不尽意也。圣人之意,意又深远,若言之不能尽圣人之意,书之又不能尽圣人之言,是圣人之意其不可见也,故云。"

彼之情。

庄子的本意是要“通乎道，合乎德，退仁义，摈礼乐”（同上），意在蔑视儒家经典，但他却阐明了言不尽意的道理。又《庄子·秋水》云：

夫精粗者，期于有形者也。无形者，数之所不能分也。不可围者，数之所不能穷也。可以言论者，物之粗也；可以意致者，物之精也。言之所不能论，意之所不能察致者不期精粗焉。

郭象注：

唯无而已，何精粗之有哉？夫言意者，有也；而所言所意者，无也。故求之于言意之表而入乎无言无意之域而后至焉。

物之粗者可以言论，物之精者虽不可言论而可以意致，但这还只是在“有形”的范围之内；至于超越了精粗之外的、无形的道，自然也就在言、意之外，是言、意无法“论”之、“察致”之的了。

魏晋时期，言不尽意论十分流行。如西晋前期的欧阳建说：“世之论者以为言不尽意，由来尚矣。至乎通才达识，咸以为然。若夫蒋公论眸子，锺、傅之言才性，莫不引此以为谈证。”（《言尽意论》，见《全晋文》卷一百零九）此所言蒋、锺、傅之论今不详，但《三国志·魏书·荀彧传》注引何劭《荀粲传》中有这样一段记载：

粲字奉倩。粲诸兄并以儒术论议，而粲独好言道。常以为子贡称夫子之言性与天道，不可得闻，然则六籍虽存，固圣人之糠秕。粲兄俣难曰：“《易》亦云圣人立象以尽意，系辞焉以尽言，则微言胡为不可得而闻见哉？”粲答曰：“盖理之微者，非物象之所举也。今称立象以尽意,此非通于意外者也;系辞焉以尽言,此非言乎系表者也。斯则象外之意、系表之言,固蕴而不出矣。”及当时能言者不能屈也。

显然,荀粲对于言不尽意的论述,乃是融合了《周易》与《庄子》两家的说法。荀粲所谓“六籍虽存,固圣人之糠秕”,出自《庄子·天道》中所述“轮扁斫轮”之事。《周易》中认识到“言不尽意”的道理,故采取变通的方法,借助于“立象”、“设卦”以尽“意”、尽“情伪”;而荀粲则将庄子“精”与“粗”、“有形”与“无形”的思想运用其中,进一步提出了“意外”、“象外”和“系表”之说。认为意内、象内、系内可言之,而意外、象外、系表的东西则“蕴而不出”,心或知之而不可尽言之,甚至根本就无从言之。这就把“言不尽意”的道理讲得更深入,也更玄妙了。

从总体上来看,言不尽意论并不否认言辞达意的功能,它只是指出了言辞和意念之间的差距,认识到言辞并不能把意念完全表达出来这样一个特殊规律。

2. 言尽意论

言尽意论的倡导者是西晋时期的欧阳建。《全晋文》卷一百零九录有其《言尽意论》一文,文中申辩其“言尽意论”的主要理由是:

夫天不言,而四时行焉;圣人不言,而鉴识存焉;形不待名而方圆已著;色不俟称,而黑白以彰。然则名之于物,无施者也;言之于理,无为者也。而古今务于正名,圣贤不能去言,其故何也?诚以理得于心,非言不畅;物定于彼,非言不辩。言不畅志则无以相接,名不辩物则鉴识不显。鉴识显而名品殊,言称接而情志畅。原其所以,本其所由,非物有自然之名,理有必定之称也。欲辩其实则殊其名,欲宣其志则立其称。名逐物而迁,言因理而变,此犹声发响应,形存影附,不得相与为二矣。苟其不二,则言无不尽矣。吾故以为尽矣。

“名”与“物”、“言”与“理”之间的关系，是一一对应的（“名逐物而迁，言因理而变”）。不同的“物”即辩之以不同的“名”，不同的“理”即畅之以不同的“言”，二者犹如“声发响应，形存影附”，是不可区分为二的，既没有不可言尽的“理”，也没有不可尽理的“言”，所以说是“言无不尽”。欧阳建“言尽意论”的“意”，在这里包括了“物”与“理”两个方面，“物”是属于客观物质的范畴，而“理”则是指“鉴识”、“情志”，即属于主观意识的范畴，欧阳建把二者混为一谈，显然是没有道理的。而更为重要的是，欧阳建并没有真正理解荀粲、王弼所说不可“言尽”的“意”，并不是一般的“物”或“理”的“意”，而是“无形”、“无名”的、包含了无限可能性的“道”、“玄”、“深”、“大”、“微”、“远”，这些是不可以用“逐物而迁”、“因理而变”的那些有限而固定执一的“名”、“言”去加以指谓和把握的。因此，就对日常事物的表达来说，“言尽意”之说庶几近之，但就那些无限的本体的“意”的表述来说，欧阳建的观点则是难以成立的。从以上所论魏晋玄学中的“言意之辨”中可以看出，玄学家们在探求“道”、“玄”、“深”、“大”、“微”、“远”诸“意”的过程中，已深深意识到“言不尽意”的道理，并通过“忘言”、“忘象”的具体方法，希望由有限的“言”、“象”去领悟无限的“意”。正是在这一点上，玄学和美学贯通了起来。美虽有无限的可能性，但其表现总是具体可感的，又脱离不了有限的，成功的美的作品即在于通过有限表现无限。从艺术家审美创造的角度来看，采取“言不尽意”的方法，通过艺术的形象和艺术的语言，能表达比语言所说出的更多的无尽的情志与感受；从审美把握和鉴赏的角度来看，采取“得意忘象”、“得象忘言”的方法，就可使人们在内心的情感体验中趋向和接近于审美对象的无限。应当承认艺术的语言虽然不能脱离一般日常运用的语言，但前者是“不尽意”的，后者是较能“尽意”的，而这也正说明“不尽意”乃是艺术语言的重要特征。正因为“言不尽意”和“忘言”、“忘象”极其深刻地揭示了审美创造与审美把握的特殊规律，这才使得它对当时及后世的文艺创作及理论，尤其是对诗学和绘画美学产生了广泛而深刻的影响。

文学创作中言与意的关系，晋陆机在《文赋》中就已经提了出来，并有了相当深刻的见识。陆机在自叙其作《文赋》的意图时说：

> 恒患意不称物，文不逮意，盖非知之难，能之难也。

“意不称物”，是说主观的意念不能准确反映客观事物；“文不逮意”，是说言辞不能完全表达意念。这实际上正是玄学中“言不尽意”论在文学创作和文学观念中的反映。

> 若夫随手不变，良难以辞逮。

则十分明确地指出了言辞与意念之间的差距。所以陆机在《文赋》中谈创作体会时，就每每为言辞的不足而慨叹：

> 若夫丰约之裁，俯仰之形，因宜适变，曲有微情。或言拙而喻巧，或理朴而辞轻。……是盖轮扁所不得言，亦非华说之所能精。
>
> 虽濬发于巧心，……患挈瓶之屡空，病昌言之难属。故踸踔于短韵，放庸音以足曲。恒遗恨以终篇，岂怀盈而自足。

作家对于内心的“曲”、“微”之情，或“濬发于巧心”的神来之意，总感有“轮扁所不得言”的体会，心知之而口不能言，只能是“言拙”而辞“屡空”。所以盈怀的情志得不到尽情地抒发，也只得常常“遗恨以终篇”了。这都说明陆机对于文学创作中“言不尽意”的现象有着切身的体会，也更有着明确的认识。更可贵的是，陆机并没有停留在指

出或承认“言不尽意”的事实,而是对如何以有限的言来传达无限的美做了积极的探索。他说:

> 体有万殊,物无一量,纷纭挥霍,形难为状。辞程才以效伎,意司契而为匠,在有无而僶俛,当浅深而不让。虽离方而遁员,期穷形而尽相。

要真实地描写千变万化的事物情状的确太难了！但通过“意”对于“辞”的取舍斟酌,其结果也许是“离方而遁员”,未能再现一切的真实,但至少艺术家还是应该向“穷形而尽相”的方面去努力的。所以陆机反复强调:

> 罄澄心以凝思,眇众虑而为言,笼天地于形内,挫万物于笔端。……课虚无以责有,叩寂寞而求音,函绵邈于尺素,吐滂沛乎寸心。言恢之而弥广,思按之而愈深。

对于以有限的言来传达无限的艺术美,陆机并没有丧失信心。完全真实地再现当然是不可能的,但是通过语言的艺术再现,创造出无限的美,并非没有可能,所以说:“期穷形而尽相。”这与他在自叙中所说“他日殆可谓曲尽其妙”的道理完全一致。“曲尽”二字,不仅说明了“言不尽意”的道理,而且指明了由言达意的最佳途径。可以说“曲尽”二字正是创造艺术美的真言妙谛。玄学所说的“言不尽意”、“忘言”、“忘象”,作为把握无限的方式,正是对艺术审美创造的一种深刻的概括。艺术家解决言与意之间的矛盾,其最好的办法就是“言不尽意”,即虽不能用确定的名言概念把无限说出来,但却能够通过艺术的语言引起比语言所说出的更多的无尽的启示,从而使人们在审美体验中趋向和接近无限。相反,如果一味强求“言尽意”,企图用确定的名言概念去规定无限,那恰恰就失却了无限,从而也就失却了艺术的美。

陶渊明和谢灵运的诗歌创作,就十分明显地表现出"言不尽意"和"言尽意"的两种创作态度和倾向。陶渊明是受到玄学影响的一位诗人。他说自己"好读书,不求甚解,每有会意,便欣然忘食"(《五柳先生传》),这种读书的姿态符合玄学家们"得意忘言"的方法。他的《饮酒》诗说:

山气日夕佳,飞鸟相与还。此中有真意,欲辨已忘言。

诗人主观的情思与客观物象相契合,在日夕归鸟的"象"中突然领悟到人生妙谛的"真意"。既然"真意"已得,"象"可以忘,"言"也可以忘,故"欲辨已忘言",已经没有必要、也更无法用言辞去追述了。这超越了"象"、"言"的"真意",便留给读者去慢慢地体味和领悟了。正因为陶渊明深深地体会到言不尽意的道理,所以他的诗更注重言外的效果,发挥语言的启示性,以调动读者的联想和想象,去体味那些只可意会而不可言传的东西,从而也克服了语言本身的局限性。

而谢灵运的诗则更多地发挥了语言的写实性。尽管他也曾感到语言表达的苦恼,对于山水的姿态万千,变化无穷,有时感到很难形诸笔端,所以他也说"空翠难强名"(谢灵运《过白岸亭》)。因而陶渊明与谢灵运的诗,便存在着天籁与人籁、神似与形似的差别。[①] 而这实际上也就体现出"言不尽意"和"言尽意"两种审美把握的方式之不同。

南朝宋、齐、梁之际,从文学创作和欣赏的角度认识到"言不尽意"和"得意忘言"的还大有人在。[②] 从理论上进一步阐述创作活动中言

① 参见袁行霈《陶谢诗歌艺术的比较》,见其论文集《中国诗歌艺术研究》。

② 如范晔《狱中与诸甥侄书》云:"吾少懒学问,……往往有微解,言乃不能自尽。……其中体趣,言之不尽,弦外之意,虚响之音,不知所从而来。"《世说新语·文学》篇载:"庾子嵩作《意赋》成,从子文康见,问曰:'若有意邪?非赋之所尽,若无意邪?复何所赋?'答曰:'正在有意无意之间。'"

意关系的是刘勰《文心雕龙》,其《神思》篇云:

> 方其搦翰,气倍辞前,暨乎篇成,半折心始。何则?意翻空而易奇,言征实而难巧也。是以意授于思,言受于意,密则无际,疏则千里;或理在方寸,而求之域表;或义在咫尺,而思隔山河。

下笔之前,似有许许多多要说的东西,但到篇章完成,却连一半的意思也未表达出来。何以如此呢?意象伴随着神思天地遨游,无所不至,而有限的言辞却难以完全将神思中的意象再现出来。言和意的关系,既有吻合的时候,也有乖离的时候,特别是那些“纤旨”、“曲致”之意就更不易诉诸言辞了:

> 至于思表纤旨,文外曲致,言所不追,笔固知止。至精而后阐其妙,至变而后通其数,伊挚不能言鼎,轮扁不能语斤,其微矣乎!

对于那些精微的道理和曲折的情致,已非能用言辞直接地描述出来,这就需要更为高超的技巧去达言外之意和难显之情了。刘勰在《物色》篇中说:“及《离骚》代兴,触类而长,物貌难尽,故重沓舒状,于是嵯峨之类聚,葳蕤之群积矣。”认为屈原同样有着“言不尽意”的困扰,所以这才反反复复地运用各种具体可感的艺术形象来传达内心复杂委曲的情感。这的确是对屈原《离骚》的深刻阐述。总之,魏晋玄学中“言意之辨”对于文艺理论,特别是诗歌创作和诗学理论的深刻影响。

3. 得意忘言论

得意忘言论最早见于《庄子·外物》:

> 筌者所以在鱼,得鱼而忘筌。蹄者所以在兔,得兔而忘蹄。

言者所以在意，得意而忘言。吾安得夫忘言之人而与之言哉！

王弼在《周易略例·明象》里，也同样是以老庄解易的方法，进一步论述了得意忘言的论点：

夫象者，出意者也。言者，明象者也。尽意莫若象，尽象莫若言。言生于象，故可寻言以观象；象生于意，故可寻象以观意。意以象尽，象以言著。故言者所以明象，得象而忘言；象者，所以存意，得意而忘象。犹蹄者所以在兔，得兔而忘蹄；筌者所以在鱼，得鱼而忘筌也。然则言者，象之蹄也；象者，意之筌也。是故存言者，非得象者也；存象者，非得意者也。象生于意而存象焉，则所存者乃非其象也；言生于象而存言焉，则所存者乃非其言也。然则忘象者，乃得意者也；忘言者，乃得象者也。得意在忘象，得象在忘言。故立象以尽意，而象可忘也；重画以尽情，而画可忘也。（楼宇烈《王弼集校释》）

这段文字本来是阐明如何阅读理解《周易》，目的是反对汉儒以繁琐的章句之学解《易》的方法。所谓“象”，指的是卦象、爻象；所谓“言”，指的是用以解释卦象、爻象的卦辞、爻辞。但王弼的这段论述，却超出了如何阅读理解《周易》而具有更广泛的哲学意义。

首先必须肯定，王弼对于“得意忘象”、“得象忘言”的论述，是建立在“言不尽意”基础之上的。王弼同其他玄学家一样，认为“道”是“无名”、“无形”的，因而是不可名言的。他在《老子指略》中说：

名必有所分，称必有所由。有分则有不兼，有由则有不尽；不兼则大殊其真，不尽则不可以名，此可演而明也。……然则道、玄、深、大、微、远之言，各有其义，未尽其极者也。然弥纶无极，不可名

细;微妙无形,不可名大。……然则言之者失其常,名之者离其真,为之者则败其性,执之者则失其原矣。(楼宇烈《王弼集校释》)

王弼也承认"道"、"玄"、"深"、"大"、"微"、"远"之"言",是"各有其义"的,只是这些"言"或"名""未尽其极"。认为包含着无限的"道"、"玄"等等,是不能以有限事物的名称去指谓它的。若强言之、强名之,则"失其常"而"离其真"。这就是王弼的"言不尽意"论。

正因为王弼有了"言不尽意"的认识,这才提出了一个"得意忘象"、"得象忘言"的变通之法。为什么要"忘言"、"忘象"呢?王弼说:

象生于意而存象焉,则所存者乃非其象也;言生于象而存言焉,则所存者乃非其言也。

所存之"象",已成为某一固定的、有形、有限的"象",已非原本的"尽意"之"象";所存之"言",已成为某一固定的、有名、有限的"言",已非原本"尽象"之"言"。所以要真正得到原本的"意"、"象"就必须"忘"所存之"象"和所存之"言"。这实际上就是说,真正的对于"意"的了解,是一种既需要"象"但又超脱于"象"的领悟;同样,对于"象"的了解,也是一种既需要"言"但又超脱于"言"的领悟。可见王弼所说的"忘象"、"忘言",目的是要打破"象"与"言"的有限性,以达到把握那不能用有限的"象"与"言"去加以指谓说明的"意"与"象"。[①] 王弼在《老子指略》中说,对于那些"微妙无形"的"道"、"玄"、"深"、"大"等等,"执之者则失其原矣"。而王弼的"得意忘言"之论,其关键之处,即在于不"执"。

① 参见李泽厚、刘纲纪《中国美学史》第 2 卷,中国社会科学出版社 1987 年,第 127 页。

三、人物品鉴与文学批评

汉代通过地方察举和公府征辟取士,所以品鉴人物的风气在社会上很盛行。曹魏继而实行九品中正制,这种品鉴的风气仍未衰退。魏晋之际,由于政治的原因,这种人物品鉴又常常同新兴的玄学结合在一起,形成一种清谈玄理的社会风气。值得注意的是,人物品鉴中的一些关键词语和玄学理论中的一些重要论题,不少被逐渐引入到文学艺术的理论领域,当然也包括诗学理论的领域。其重要的论题有体性、风骨等。

1. 体性论

体性,指文学作品的体裁风格与作家才性之间的关系问题。"体",是指文学作品的体貌;"性",指作家的个性气质与才能。刘勰《文心雕龙·体性》篇说文学创作的过程是:

> 情动而言形,理发而文见,盖沿隐以至显,因内而符外者也。

所谓"因内而符外",强调的就是文学作品的"体"与作家的"性"之间的必然关系。文学中的体性论,与人物品鉴的社会风气有直接的关系。汉末统治集团内部宦官与外戚、官僚以及太学生的斗争异常激烈。政治斗争的发展,使东汉官方所提供的以名教定人品的观念发生动摇,而转向对现实生活中人物胆略、勇气的赏识和称颂。这种品鉴,实际上也暗含了对人格美的欣赏。曹操"唯才是举",大胆起用一些名声不佳而有真才实学的人材。这样,就把人的价值从外在操行转到内在才性、气质和能力上,由一般的道德品评转为对个体的才性、气质和能力的分析。当时兴起的"才性说",就是对这种人物品鉴新观念的总结。魏晋玄学的先驱刘劭,适应时代需要,在其《人物志》一书中,对人物才性做了新的分析与探讨。他重视个体性,以人的才性定人的价值,并提出循名责实的用人思想。汤用彤先生在《魏晋玄学论稿·读〈人物志〉》中分析书中基本思想有八条,其二就是要“分别才性而详其所宜”:

> 凡人禀气生,性分各殊。自非圣人,材能有偏……盖适性任官,治道之本。欲求其适宜,乃不能不辩小大与同异。

就是强调才与用要协调一致。《人物志》又说:

> 能出于材,材不同量。材能既殊,任政亦异。

认为统治者必须要考察人的才能所长,而委以适宜的官职,以便发挥其所长。这种才性辨析的思想和方法反映到文学理论上,最早就是曹丕的《典论·论文》,文中分析“七子”的才能及其创作特点和风格说:

> 王粲长于辞赋,徐幹时有齐气,然粲之匹也。如粲之《初征》、《登楼》、《槐赋》、《征思》,幹之《玄猿》、《漏卮》、《圆扇》、《橘赋》,虽张、蔡不过也。然于他文,未能称是。琳、瑀之章表书记,今之隽也。应玚和而不壮,刘桢壮而不密。孔融体气高妙,有过人者,然不能持论,理不胜辞,以至乎杂以嘲戏。及其所善,扬、班俦也。

鲜明地指出了作家才性与文学风格之间的必然联系。曹丕认为,人之禀“气”不同,才性各异,同时,“文非一体,鲜能备善”,每一个作家都有自己的长处和自己的风格。所以他要求作家要“善于自见”,既懂得己之所长,又懂得己之所短,而不要“各以所长,相轻所短”。陆机

《文赋》也说：

> 体有万殊，物无一量，纷纭挥霍，形难为状。辞程才以效伎，意司契而为匠，……故夫夸目者尚奢，惬心者贵当，言穷者无隘，论达者唯旷。

也明确地指出了不同的文学风格与作家不同的才性之间有着必然的联系。这些都为刘勰进一步提出“体性”论提供了良好的基础。《文心雕龙·体性》篇说：

> 夫情动而言形，理发而文见，盖沿隐以至显，因内而符外者也。然才有庸俊，气有刚柔，学有浅深，习有雅正，并情性所铄，陶染所凝，是以笔区云谲，文苑波诡者矣。故辞理庸俊，莫能翻其才；风趣刚柔，宁或改其气；事义浅深，未闻乖其学；体式雅郑，鲜有反其习；各师成心，其异如面。若总其归途，则数穷八体：一曰典雅，二曰远奥，三曰精约，四曰显附，五曰繁缛，六曰壮丽，七曰新奇，八曰轻靡。

“因内而符外”的见解，与曹丕一致，作家不同的禀气、才性在作品中都可以充分反映出来，并由此形成各种不同的风格。但刘勰的认识与曹丕又有区别。曹丕认为决定文学风格的禀气、才性是先天的、“不可力强而致”的，而刘勰则同时强调了作家才、气、学、习四个方面的因素，从而肯定了作家后天的主观努力。曹丕和陆机都已认识到不同文体具有不同的风格特征，而刘勰则进一步强调文学风格中的这种文体的客观因素同作家的主观因素相统一，提出了“摹体以定习，因性以练才”的主张。《体性》篇云：

> 夫才有天资，学慎始习，斫梓染丝，功在初化，器成彩定，难可翻移。故童子雕琢，必先雅制，沿根讨叶，思转自圆，八体虽殊，会通合数，得其环中，则辐辏相成。故宜摹体以定习，因性以练才，文之司南，用此道也。

作家要善于选择与自己的思想性格、爱好习惯相接近的文体，多加练习，这样就能充分发挥自己的长处，这就叫做“因性以练才”。能将主、客观两方面的因素和谐统一起来，再加上后天的积极努力，这样才能创造出独自的文学风格。我们从曹丕到刘勰所建立的关于文学风格的“体性”论，可以看出人物品鉴的“才性”之辨所给予它的浸润和影响。

2. 风骨论

“风骨”是思想性和艺术性的统一体，它的基本特征，在于明朗健康，遒劲有力。刘勰《文心雕龙》就有专篇论述。“风骨”的精神对我国文学尤其是诗歌的健康发展，一直起着积极的推动作用。“风骨”这个概念，就从人物品鉴中引伸而来，是受清谈之风浸润的结果。

魏晋南北朝时，非常重视人物的洒脱、清俊、爽朗之美，故人们常常用“风”、“骨”或以“风骨”并举来品鉴人物。《世说新语·容止》称嵇康“风姿特秀”，王武子“俊爽有风姿”，“庾（文康）风姿神貌，陶一见便改观”；《赏誉》称王弥“风神清令”。《晋书》说裴楷“风神高迈”，温峤“风仪秀整”，桓石秀“风韵秀彻”等等。“风”是指人的风度、姿容与神采，其中包含一种精神力量的、生动的、富有韵味的美感。

至于品评人物的所谓“骨”，本是指骨法、骨相而言，如《史记·淮阴侯列传》中蒯通说“贵贱在于骨法”；王充《论衡》也有《骨相》篇。南朝陶弘景《相经序》说：“相者，盖性命之著于形骨，吉凶之表于气貌。”因为是对人的外相形貌进行观察分析，包括对气质的高卑、命运的贵贱的鉴别，所以“骨法”、“骨相”又自然地被用来品鉴人物。刘劭《人物志》云:"强弱之植在于骨,躁静之决在于气"(《九征》);"骨质气清则休名生焉,气清力劲则烈名生焉"(《八观》)。《世说新语·赏誉》载:"王右军目陈玄伯垒块有正骨。"这是赞誉陈的骨骼挺拔。《轻诋》载:"旧目韩康伯:将肘无风骨。"注引《说林》曰:"范启云:韩康伯似肉鸭。"可见韩氏肥胖臃肿,骨为肉所掩,故曰无"风骨"。《品藻》说阮思旷"骨气不及右军"。又《赏誉》篇载:"殷中军道右军清鉴贵要。"注引《晋安帝纪》曰:"羲之风骨清举也。"除指王羲之风度清俊爽朗外,兼含骨骼挺拔之意。可见人物品鉴中所说的"骨",就是强调由形貌结构表现出来的清俊刚直的内在力量。

以"风骨"品鉴人物,最早被引入绘画理论,用来品评人物画。顾恺之《论画》(唐张彦远《历代名画记》卷五引)多用"神"、"骨"品评人物画,如:

> 《周本记》:重迭弥纶有骨法。
>
> 《伏羲》、《神农》:虽不似今世人,有奇骨而兼美好。神属冥芒,居然有得一之想。
>
> 《汉本纪》:季王首也,有天骨而少细美。
>
> 《孙武》:大荀首也,骨趣甚奇。
>
> 《醉客》:作人形骨成而制衣服慢之,亦以助醉神耳。多有骨俱,然蔺生变趣,佳作者矣。

其中"骨法"、"骨趣"、"骨俱"以及"奇骨"、"天骨"、"形骨",都是指画中人物的骨相形体。而"神"在这里的含义,则近于人物品鉴中所用的"风",指画中人物的神情、风姿。

南齐谢赫的绘画理论发展了"风骨"的含义。他在《古画品录》所提出的"六法",其一是"气韵生动",其二便是"骨法用笔",而这两者正体现了"风"与"骨"的内涵。他在具体评价各家绘画时,常用"壮气”、“气力”、“神气”、“风范气候”、“风采飘然”、“风趣巧技”和“骨法”、“用笔骨梗”、“笔迹困弱”、“笔迹轻羸”等词语，可见“风”之于“气韵生动”、“骨”之于“骨法用笔”之间的内在关系。风、神、气韵，指人物的神情风貌在画中表现的生动性而言；骨、笔迹、骨法用笔，则是指能否以遒劲的笔力勾勒出人物的骨相形貌。气韵和笔力二者的关系十分密切，正如张彦远《历代名画记》所说：“骨气形似，皆本于立意，而归乎用笔。”没有遒劲的笔力，也就难于表现出生动的气韵。可见在谢赫那里，“风骨”已不仅仅指人物的风韵神情和骨相形体，它还包括了画家笔力的强弱及其所产生的艺术效果。这些都为文学理论中“风骨”论的提出，奠定了基础。

刘勰将“风骨”的概念引入文学理论，并在《文心雕龙》中列《风骨》篇专门论之。所谓“风”，《风骨》篇说：

> 诗总六义，风冠其首，斯乃化感之本源，志气之符契也。是以怊怅述情，必始乎风。
>
> 情之含风，犹形之包气。
>
> 意气骏爽，则文风清焉。
>
> 深乎风者，述情必显。
>
> 思不环周，索莫乏气，则无风之验也。

作为“风”的表征，“情”、“思”、“志气”、“意气”，都是指作家的思想、情感、个性、气质等表现在文学作品中的风貌。同时这个“风”还带有肯定的意味，指作品的优良风貌而言。① 好的作品文风清明爽朗，述情显豁，也就是作者的思想、情感、个性、气质等在作品中呈现出清明爽朗的风貌。

---

① 如《风骨》篇所说：“意气骏爽，则文风清焉”；“深乎风者，述情必显”；“若能确乎正式，使文明以健，则风清骨峻，篇体光华”。

所谓“骨”,《风骨》篇说:

> 沉吟铺辞,莫先于骨。
>
> 辞之待骨,如体之树骸。
>
> 结言端直,则文骨成焉。
>
> 练于骨者,析辞必精。
>
> 捶字坚而难移,结响凝而不滞,此风骨之力也。若瘠义肥辞,繁杂失统,则无骨之征也。

显然,“骨”所强调的是文辞的范围,指的是结言端直、劲健、精炼的文学语言。它在用词造句上表现为“坚而难移”,“凝而不滞”的特色,即非轻靡,亦非迂缓拖沓,而是质素而劲健有力。刘勰认为,文辞犹如人的整个躯体,质素而劲健有力的语言犹如骨骼,丽藻的语言(即《风骨》篇所谓“采”)犹如血肉。躯体必须先有骨骼为基干,然后血肉才得以附丽;所以说:“沉吟铺辞,莫先于骨。故辞之待骨,如体之树骸。”

总之,“风”的特征是清明爽朗,它是作家的思想、情感、个性、气质在作品中的表现。“骨”的特征是质素而劲健有力,它是指端直、劲健、精炼的文学语言。刘勰在《风骨》篇中总是将二者并而论之,该篇赞文曰:

> 情与气偕,辞共体并。文明以健,珪璋乃聘。蔚彼风力,严此骨鲠。才锋峻立,符采克炳。

这是对风骨论的一个总结。思想情感表现的明朗,离不开质素而劲健有力的语言,这就是“风”和“骨”所以被紧密结合起来并作为一个统一的要求被提出来的原因。这与谢赫所论气韵与笔力的关系,也是相一致的。从风骨论建立的背景来看,它显然受到了人物品鉴的浸润和绘画理论的启示。

第三节　佛教思潮对文学批评的影响

一、象教与象外

东汉末至魏晋南北朝，佛教勃兴并广泛传播。佛学万法皆空的思想和老、庄以虚静为本的思想，颇有默契之处，因而魏晋玄学和佛家学说出现合流。同样，当时的文学理论及美学思想，受到佛学思想的影响也十分明显。其中，以象、象外到神思，即关于艺术形象和艺术想象的构思问题，是文学艺术理论及诗学理论所受佛学思想影响的重要表现。

"象"这个概念，在我国先秦时期的典籍中已屡见不鲜，或指物或人的外形外貌，[①]或指哲学意义上的一种无形之象，[②]或指象征、征兆，[③]或表示效法，[④]或表示法式，[⑤]或表示想象。[⑥] 但这些"象"作为一般哲学概念或一般生活用语，并没有多少值得人们引起特别关注之处，而到了魏晋以后，特别是佛教勃兴以后，其情形就大为不同了。"象"、"形象"不仅深入社会生活、深入社会思想意识，而且引起了人们普遍的特别关注。利用大量的造像和图绘的方式来宣传佛法、吸引众多的信徒，成为释子们弘扬佛教最简便、最直接也是最重要的手段

---

① 如《尚书·说命》："梦帝赉予良弼，其代予言，乃审厥象俾以形旁求于天下。说筑傅岩之野，惟肖，爰立作相。"《左传·僖公十五年》："物生而后有象。"

② 如老子《老子》："道之为物，惟恍惟惚。惚兮恍兮，其中有象"（二十一章），"无状之状，无象之象，是谓恍惚"（十三章）。

③ 如《周易·系辞下》："是故易者，象也，象也者像也。"孔颖达疏："谓卦为万物象者，法像万物，犹若乾卦之象法像于天也。"

④ 如《尚书·微子之命》："殷王元子，惟稽古崇德象贤。"《墨子·辞过》："台榭曲直之望，青黄刻镂之饰，为宫室若此，故左右皆法象之。……人君为饮食如此，故左右象之。"

⑤ 如《周礼》之"治象之法"（《天官上》）、"教象之法"（《地官上》）、"政象之法"（《夏官上》）、"刑象之法"（《秋官上》）等。

⑥ 如《韩非子·解老》："故诸人之所以意想者，皆谓之象也。"

之一。

绘像与造像活动在汉末佛教正式传入中国时,就已经开始了。著于东汉末年的牟子《理惑论》载:

> 问曰:"汉地始闻佛道其所从出耶?"牟子曰:"昔孝明皇帝梦见神人,身有日光,飞在殿前,欣然悦之。明日,博问群臣,此为何神?有通人傅毅曰:'臣闻天竺有得道者,号之曰佛,飞行虚空,身有日光,殆将其神也。'于是上悟。……时于洛阳城西雍门外起佛寺,于其壁画千乘万骑,绕塔三匝;又于南宫清凉台及开阳城上作佛像。明帝存时,预修造寿陵,陵曰显节,亦于其上作佛图像。时国丰民宁,远夷慕义,学者由此而滋。"(见《弘明集》卷一)

这是我国较早的佛教绘像、造像的记载。魏晋至南朝时期,绘像、造像活动随着佛教的兴盛而日益发展起来。据唐法琳《辨正论》卷三记载,东晋有寺一千七百六十八,僧尼二万四千人。南朝宋萧摩之《奏铸象造寺宜加裁检》称:"佛化被于中国,已历四代,形象塔寺,所在千数。"[①]可见当时的盛况。除了无数的画工、工匠之外,当时包括最杰出的画家顾恺之在内的一大批绘画艺术家、雕塑家如卫协、王廙、戴逵、戴颙(父子二人善铸佛像及雕刻)、陆探微、陆绥、袁倩、宗测、蘧道愍、章继伯、毛惠秀、章僧繇、张儒童、解倩等,都曾为佛像的绘制与铸造、雕刻出力不少。[②] 甚至皇帝也亲自"手摹灵像"[③]、"亲营像事"[④]。这种以造像和图绘的方式来教化信徒、宣扬佛法,在当时就被称为"像

① 见《全宋文》卷三十三。

② 张彦远《历代名画记》卷五至卷七。

③ 庾阐《乐贤堂颂并序》,见《全晋文》卷三十八。

④ 姚嵩《谢赐皇后所遗珠佛像表》,《全晋文》卷一百五十三。

教”[①]或“像法”[②]。既然是通过形象来感化人的心灵，这些造像和图绘应当是十分精美的，否则很难引起观者心灵的升华。如刘孝仪《雍州金像寺无量寿佛像碑》：“彼弥陀感化殊摄，日轮照曜，月面从容，毫散珠辉，唇开异色，似含微笑，俱注目于瞻仰，如出软言，咸倾耳于谛听。”（《全梁文》卷六十一）

配合着佛像的造像、雕刻与绘画，不少佛徒及信奉者们还提供了一套“像教”或“像法”的理论。所谓“感化异时，像正殊俗”，“声迹并资，言像相济”（见李淼《与道高法明二法师书难佛不见形》，《全宋文》卷五十七）乃是当时佛教徒常见的说法。释慧远在《襄阳丈六金像颂》的序文中，追记自己造像的原委时说：

> 每希想光晷，仿佛容仪，寤寐兴怀，若形心目。冥应有期，幽情莫发，慨焉自悼，非愤靡寄，乃远契百念，慎敬慕之思，追述八王同志之感，魂交寝梦，而情悟于中。遂命门人，铸而像焉。夫形理虽殊，阶途有渐；精粗诚异，悟亦有因。是故拟状灵范，启殊津之心；仪形神模，阐百虑之会。使怀远者兆元根于来叶，存近者遘重劫之厚缘。乃道福兼宏，真迹可践，三源反流，九神同渊。于时四辈悦情，道俗齐趣，迹响和应者如林。（《全晋文》卷一百六十二）

慧远认为“形理虽殊”，但人们可以因“粗”而悟“精”，通过对佛形的“悟”，便可以“启殊津之心”、“阐百虑之会。使怀远者兆元根于来叶，存近者遘重劫之厚缘”，总之是从中得到佛“理”。从“于时四辈悦情，道俗齐趣，迹响和应者如林”等语中，可以想见当时这种造像艺术对于民众影响之深广。佛像的塑造，是为了通过具体感性的形象来宣传玄虚、空寂的佛理与佛心，换言之，就是使抽象难测的佛理通过具体

① 见昙影《中论序》、释道高《答李交州淼难佛不见形书》、沈约《佛记序》等。

② 见谢灵运《佛影铭》、沈约《湘州枳园寺刹下石记》、萧纲《千佛愿文》等。

感性的形象表达出来。①

文学艺术创造形象，目的也是为表达、寄托某种思想或理念。正是在这一点上，佛学“像教”的理论和文学艺术关于形象的要求完全一致。再加上来自《周易》、《庄子》和魏晋玄学中关于“象”的理论，人们对于艺术形象性的认识遂亦愈来愈清楚、自觉了。在绘画理论中，谢赫《古画品录》所说“六法”，其三就是“应物象形”，它与“气韵生动”以及“神似”、“骨法”的要求基本上一致。这种“应物象形”的认识正是“像教”理论的直接反映。在文学理论及诗学理论中，这种认识也日趋明显。陆机《文赋》所说“期穷形而尽相”，就是对文学艺术形象的一种主观上的努力追求。刘勰《文心雕龙·神思》篇：“使玄解之宰，寻声律而定墨；独照之匠，窥意象而运斤。”则更强调了文学创作中“意”与“象”之间的和谐统一。《神思》篇赞文曰：“神用象通，情变所孕。物以貌求，心以理应。”以外在的、具体可感的艺术形象，表达内心抽象、无形的“情”、“理”，故曰“神用象通”。慧远《万佛影铭序》有言：“神道无方，触象而寄。”（《广弘明集》卷十五）与刘勰所论极为相似。

如果说“像教”及其理论还处在表面、具体、可感的层面的话，那么佛学中关于“象外”的理论则将问题引深了一步，同时也使文学艺术特别是诗学理论得到进一步的升华。袁宏在《后汉记》中就说佛家“所求在一体之内，而所明在视听之外”。《后汉书·郊祀志四》也说佛家“所求在一体之内，所明在视听之表，归依玄微深远，难得而测”（《广弘明集》卷一）。当时的佛学直截了当地提出了求理于象外的理论。僧肇《不真空论》言：

> 夫至虚无生者，盖是般若玄鉴之妙趣，有物之宗极者也。自非圣明特达，何能契神于有无之间哉？是以至人通神心于无穷，

① 此处关于“像教”、“像法”之说，参考了敏泽《中国文学理论批评史》上册《魏晋南北朝·绪论》。

穷所不能滞。极耳目于视听，声色所不能制者，岂不以其即万物之自虚，故物不能累其神明者也。……如此，则万象虽殊，而不能自异；不能自异，故知象非真象。象非真象，故则虽象而非象。然则物我同根，是非一气。潜微幽隐，殆非群情之所尽。故顷尔谈论，至于虚宗。（《全晋文》卷一百六十四）

要想得到"潜微幽隐"的佛之至理，就必须借助于"象"，然"象非真象"，其本质乃是"虚无"，故虽假诸"象"而必须超乎"象"，切不可"滞"。所以僧肇在《般若无知论》中就反复强调对佛理的领悟必须要超于"言象"之表：

有天竺沙门鸠摩罗什者，少践大方，研几斯趣，独拔于言象之表，妙契于希夷之境；

然则圣智幽微，深隐难测，无相无名，乃非言象之所得为试；

穷神尽智，极象外之谈。

这种求佛理于象外的认识，在当时佛学论著中，可谓俯拾即是。[①]这些理论与当时玄学所论言、象、意关系的理论一脉相通，如荀粲的"意外"、"象外"、"系表"之说，王弼的"得意忘象，得象忘言"之论亦是如此。佛学和玄学的"象外"、"言外"之说，对文学艺术理论产生了直接的影响。如在画论方面，谢赫《古画品录》评张墨、荀勖说：

风范气候，极妙参神，但取精灵，遗其骨法。若拘以体物，则未见精粹；若取之象外，方厌高（膏）腴，可谓微妙也。

---

① 如释僧卫所说"抚玄节于希音，畅微言于象外"（僧卫《十住经合注序》卷一百六十五）；释慧琳所说"象者理之所假，执象则迷理"（慧琳《龙光寺竺道生法师诔》，见《全宋文》卷六十三）等等。

认为张、荀的画不“拘以体物”，而“取之象外”，已达至境，故列入第一品。

在文学理论中，虽然没有直接提出“象外”的概念，但在精神实质上却也有明确的认识。如刘勰《文心雕龙·神思》篇所说“神用象通”、“思表纤旨，文外曲致，言所不追，笔固知止”；以及锺嵘《诗品》称阮籍诗“言在耳目之内，情寄八荒之表。……厥志渊放，归趋难求”等论述，就认识到了意外、象外及言外的问题。而更为重要的是，佛学的“象外”之说结合道家的“虚静”之论为艺术想象和艺术形象的构思提供了有效的途径。陆机在《文赋》中谈到审美创造过程中艺术想象和艺术形象的构思时说：

> 其始也，皆收视反听，耽思傍讯，精骛八极，心游万仞。其致也，情曈昽而弥鲜，物昭晰而互进，倾群言之沥液，漱六艺之芳润，浮天渊以安流，濯下泉而潜浸。……收百世之阙文，采千载之遗韵；谢朝华于已披，启夕秀于未振；观古今于须臾，抚四海于一瞬。

艺术的想象完全超越了耳目之内的客观物象，驰骋于穷高极远的空间，突破上下古今的限制，然后使得情感更加鲜明，物象更加清晰。诗人不仅要“抱景者咸叩，怀响者毕弹”，还更要“课虚无以责有，叩寂寞而求音”，不管是有形还是无形，象内还是象外，神思无其不至，这样才能创造出具体而概括的艺术形象，“笼天地于形内，挫万物于笔端”。刘勰在《文心雕龙·神思》中对“神思”论又做了进一步的论述：

> 古人云：“形在江海之上，心存魏阙之下。”神思之谓也。文之思也，其神远矣。故寂然凝虑，思接千载，悄焉动容，视通万里，吟咏之间，吐纳珠玉之声；眉睫之前，卷舒风云之色，其思理之致乎？

故思理为妙，神与物游，神居胸臆，而志气统其关键；物沿耳目，而辞令管其枢机。枢机方通，则物无隐貌；关键将塞，则神有遁心。是以陶钧文思，贵在虚静，疏瀹五藏，澡雪精神。

"神思"的核心，就是艺术想象的问题。诗人在"寂然凝虑"即"虚静"的心理状态下，突破了时间与空间的限制，在超于象外的神游之中，捕捉适宜于表现情思的艺术形象，而后诉诸"辞令"。

总之，佛学关于"像教"和"象外"的理论，对于文学艺术，特别是诗学在艺术形象、艺术想象及艺术构思等方面，都产生了深刻的影响。

二、声律论

中国古代诗歌一向讲究声律之美，但它有一个由自然声律到人为总结、规定并施之于诗歌创作的发展演变过程。魏晋至南朝时期，随着诗歌创作的逐步繁荣，注重语言的形式美和音乐美，是那个时代突出的特点。魏晋以后由于受到佛经翻译在转读经呗讲究声韵之美的启迪下，四声理论逐渐臻于完美，并得到广泛推广。陈寅恪先生在《四声三问》中说："南齐武帝永明七年二月二十日，竟陵王子良大集善声沙门于京邸，造经呗新声，实为当时考文审音之一大事。在此略前之时，建康之审音文士及善声沙门讨论研究，必已甚众而且精。永明七年竟陵京邸之结集，不过此新学说研求成绩之发表耳。此四声说之成立，所以适值南齐永明之世，而周颙、沈约之徒又适为此新学说代表人之故也。"[①]四声论的形成，推动了永明声律说的产生，促使了我国诗歌由古体向今体的进化，这也是佛学对于我国诗学所产生的又一重大影响。

1. 声律原始

中国原始的诗歌，往往伴随着舞蹈和音乐而成为原始人艺术活动

① 载《清华学报》九卷二期。

的一种形式，因而诗歌自其诞生之始，就要求并符合于自然的声律。从现存的原始诗歌文献资料中可以看出，尽管那些歌辞十分简朴，但也具备一定的韵调。《尚书・尧典》所载"诗言志，歌永言，声依永，律和声"，就是根据诗歌创作实践而总结出来的理论，它说明诗歌和声律的关系是古人早已发现的一种现象。从漫长的原始社会到春秋战国时期，社会在不断地发展，诗歌创作也不断地变化。我国第一部诗歌总集《诗经》，就是全部可以合乐歌唱的歌词。清代许多音韵学家研究《诗经》的用韵，结果证明其韵部系统和用韵规律基本上是一致的。战国时代以屈原为代表的《楚辞》作家，则是在南音系统（或称楚声系统）的基础上进行诗歌创作，它们带有鲜明的地方色彩和独特的艺术风貌。以至在汉代宫廷仍流行不衰。汉代辞赋作者也多有模仿《楚辞》之作。人们喜爱《楚辞》，与它特殊的音乐美也大有关系。"感于哀乐，缘事而发"的汉代乐府民歌之所以特别兴盛，一方面与乐府机构的设立和采诗以观风俗的因素有关，另一方面与乐府诗自身的特点也大有关系。班固《两都赋序》说："大汉初定，日不暇给。至于武、宣之世，乃崇礼官，考文章。内设金马、石渠之署，外兴乐府、协律之事。"乐府、协律的主要职责，除了采诗之外，为了使诗与乐合，即"合八音之调"，以便演奏和歌唱，他们还要"造为诗赋，略论律吕"，①大概是在诗赋的遣词用字上要考虑到合乐的因素而有所斟酌推敲和选择。这些都说明诗歌与音律之间的关系十分密切。到了魏晋时代，曹氏父子继承汉乐府民歌的传统，写了大量的诗歌，并且大都可以合乐。《三国志・武帝纪》注引《魏书》说曹操"登高必赋，及造新诗，被之管弦，皆成乐章"。而更为值得注意的是曹植诗歌和梵音的关系。梁释慧皎《高僧传》卷十五《经师论》记：

① 《汉书・礼乐志》说："至武帝定郊祀之礼，……乃立乐府，采诗夜诵，有赵、代、秦、楚之讴。以李延年为协律都尉，多举司马相如等数十人，造为诗赋，略论律吕，以合八音之调，作十九章之歌。"

> 始有魏陈思王曹植，深爱声律，属意经音，即通般遮之瑞响，又感鱼山之神制。于是删治《瑞应本起》以为学者之宗，传声则三千有余，在契则四十有二。

此外，在唐释道世《法苑珠林》卷四十九《华香篇·赞叹部》、唐释湛然《法华文句记》卷五所引梁《宣验记》（见大正新修《大藏经》第三十四卷《经疏部》二）和鲁迅《古小说钩沉》所引刘敬叔《异苑》等资料中，也有类似的记述。尽管这些记述不一定可靠，近人陈寅恪先生已辨其非，[①]但曹植喜好音乐、精通音律、诗歌重视声律却都是事实。[②]《宋书·乐志四》载有曹植《鞞舞歌》五篇，那是曹植所创可以合乐歌唱的乐府新词。《宋书·乐志一》载曹植《鞞舞歌序》云：

> 汉灵帝西园鼓吹（"鼓吹"，原作"故事"，据别本改），有李坚者，能鞞舞。遭乱，西随段煨。先帝闻其旧有技，召之。坚既中废，兼古曲多谬误，异代之文，未必相袭，故依前曲改作新歌五篇，不敢充之黄门，近以成下国之陋乐焉。

这足以说明曹植对于音律的精通。永明体的创始人之一沈约也评价曹植的诗为"以音律调韵，取高前式"（《宋书·谢灵运传论》）。魏晋之时文人乐府诗较为发达，人们在创作乐府诗时，就势必要考虑到合乐的因素而斟酌字句的音韵，这是魏晋之后诗歌逐渐讲究声律的原因之一；而魏晋之时随着佛学和佛经翻译的逐步繁荣，也刺激了我国音韵学的发生与发展，这对于诗中讲究声律，也是不可忽视的原因

---

① 《四声三问》，见《清华学报》九卷二期。

② 《艺文类聚》卷六十八载曹植《谢鼓吹表》残文曰："许以箫管之乐，荣以田游之嬉，陛下仁重有虞，思过周旦。"

之一。清代经学家阎若璩《古文尚书疏证》第七十四说：

> 顾氏《音学五书》言："文人言韵，莫先于陆机《文赋》。"余谓《文心雕龙》："昔魏武论赋，嫌于积韵，而善于资代。"(《章句》)《晋书·律历志》："魏武时，河南杜夔精识音韵，为雅乐郎中令。"二书虽一撰于梁，一撰于唐，要及魏武、杜夔之事，俱有"韵"字。知此学之兴，盖于汉建安中。

除所谓"文人言韵"之外，音韵之学实亦滥觞于此际。三国时孙炎所著《尔雅音义》，初步创立了反切，这是一种汉字拼音的方法。魏李登编有《声类》，开始以宫、商、角、徵、羽五声区别字音。晋代吕静也编有《韵集》。这些韵书的研究成果，推动了人们对于当时声韵学的认识。陆机在《文赋》中已经提出了文学语言要音声变化和谐的问题：

> 暨音声之迭代，若五色之相宣。虽逝止之无常，固崎锜而难便。苟达变而识次，犹开流以纳泉。如失机而后会，恒操末以续颠，谬玄黄之秩序，故淟涊而不鲜。

李善注前两句说："言音声迭代而成文章，若五色相宣而为绣也。"(《文选》卷十七《文赋》注。)陆机在这里所强调的是"达变而识次"，要能把握住诗赋语言音声的一定的自然规律，即使之有高低起伏的变化，又有一定的顺序安排，这样才能和谐悦耳；如果音声搭配不好，就会像玄黄失调，锦绣的颜色也就不鲜艳了。这说明西晋初年的诗赋作家已经认识到声律的和谐、华美乃是诗赋创作的重要条件。

南朝刘宋时期的著名史学家范晔，对诗赋创作中的声律问题有了进一步的认识。他在《狱中与诸甥侄书》中说：

> 常耻作文士。文患其事尽于形，情急于藻，义牵其旨，韵移其意。虽时有能者，大较多不免此累，政可类工巧图缋，竟无得也。常谓情志所托，故当以意为主，以文传意。以意为主，则其旨必见；以文传意，则其词不流；然后抽其芬芳，振其金石耳。

从这一段文字中可以看出，当时文士的诗赋创作，追求“形”、“藻”、“韵”等艺术形式的风气十分兴盛，而忽略了“事”、“情”、“意”等内容方面的表达。所谓“韵移其意”，就是说为了讲求音韵的和谐悦耳，可以不顾内容的表达，甚至改变了原先的创作意图。这就是刘勰所说的“体情之制日疏，逐文之篇愈盛”（《文心雕龙·情采》）的不良风气。范晔正是为了反对这种风气，这才提出了“以意为主”，“以文传意”的主张。在内容充实的基础上，“然后抽其芬芳，振其金石”，才能讲求辞采的华美与声律的悦耳。这一主张无疑十分正确。范晔接着还说：

> 此中情性旨趣，千条百品，屈曲有成理，自谓颇识其数。尝为人言，多不能赏，意或异故也。性别宫商，识清浊，斯自然也。观古今文人，多不全了此处；纵有会此者，不必从根本中来。言之皆有实证，非为空谈。年少中，谢庄最有其分。手笔差异，文不拘韵故也。吾思乃无定方，特能济难适轻重。（《宋书》卷六十九《范晔传》）

范晔认为诗文中音韵的运用，本之于作家的“所禀之分”，即所谓“性别宫商，识清浊，斯自然也”。因此他谈自己的创作体会是虽思无定方，“特能济难适轻重”，尽管没有固定的格套，但却能凭着禀分、感觉将音韵之轻重调济安排得非常和谐悦耳。也正是从这个角度，他赞赏谢庄“最有其分”，“文不拘韵”而声吻和谐。《南史·谢庄传》载：

王玄谟问庄何者为双声，何者为叠韵。答曰："玄护为双声，碻磝为叠韵。"

锺嵘在《诗品序》中说：

齐有王元长者，常谓余云："宫商与二仪俱生，自古词人不知之。……唯见范晔、谢庄颇识之耳。"

这说明当时人们已经比较自觉地要求掌握音律之美，这既是对魏晋以来声律与诗赋关系的总结，同时也开启了永明声律论的先河。

2. 齐梁声律论与诗歌创作[①]

在齐梁声律论产生之前，诗赋创作并非不讲声韵，但那时讲的是自然的声韵，陆机和范晔等人在理论上的认识，就都属于这个范围。齐梁声律论，则是人为地总结并规定了诗赋（主要是五言诗）创作的声律韵调。而齐梁声律论的产生，则首先是建立在四声的发明这个基础之上的。如《南史》所载：

颙始著《四声切韵》，行于时。（《南史·周颙传》）

约撰《四声谱》，以为在昔词人，累千载而不悟，而独得胸襟，穷其妙旨，自谓入神之作。（《南史·沈约传》）

齐永明中，王融、谢朓、沈约，文章始用四声，以为新变，至是转向声韵。（《南史·庾肩吾传》）

四声之说，风靡一时，这是一种新的发明，所以沈约不无自负地说

① 本节内容，多参考了张文勋《六朝声律说与诗歌创作的关系》（《思想战线》1982 年 2 期）一文的框架及论述。

是“独得胸襟”。然而这一发明绝非偶然，一方面它与前人对语言音韵知识的不断积累和总结大有关系，另一方面与当时佛经翻译中考文审音的需要也有直接的关系。宋代沈括在《梦溪笔谈》中就曾指出过：“音韵之学，自沈约为四声，及天竺梵学入中国，其术渐密。”陈寅恪先生在《四声三问》中亦加以论证。沈约等人将四声的区辨同传统的诗赋音韵的知识相结合，研究诗句中声、韵、调的配合，并指出了应避免的声律上的毛病，即“病犯”。沈约在《宋书·谢灵运传论》中说：

> 夫五色相宣，八音协畅，由乎玄黄律吕，各适物宜，欲使宫羽相变，低昂互节，若前有浮声，则后须切响。一简之内，音韵尽殊；两句之中，轻重悉异，妙达此旨，始可言文。……自骚人以来，此秘未睹。至于高言妙句，音韵天成，皆暗与理合，匪由思至。

李延寿《南史·陆厥传》也说：

> 齐永明……时盛为文章，吴兴沈约、陈郡谢朓、琅邪王融，以气类相推毂，汝南周颙善识声韵。约等文皆用宫商，将平、上、去、入四声，以此制韵，有平头、上尾、蜂腰、鹤膝。五字之中，音韵悉异，两句之内，角徵不同，不可增减。世呼为“永明体”。

四声是根据汉字发声的高低、强弱、轻重而定的，它与音乐的五声有相似之处，但并不能等同。一般来说，平、上、去、入四声中，平声相当于宫、商，上声为徵，去声为羽，入声为角。如果以平仄来分，四声分为平仄二类，其中上、去、入皆为仄声。音乐中按宫、商、角、徵、羽的组合变化，可以演奏出各种优美动听的乐曲，那么诗歌中则可以根据字词平仄的组合变化，使声调的高低、强弱、轻重按照一定的规则顺序排列起来，即所谓“一简之内，音韵尽殊；两句之中，轻重悉异”，或“五字之中,音韵悉异,两句之由,角徵不同",这样读起来便音调铿锵、和谐,富有音乐美。当然,诗歌以表达思想情感为主,但思想感情的起伏变化,却也能通过与之相适应的轻重强弱、高低抑扬的声调奇妙地传达出来,这就是四声的变化在诗歌中的妙用。

永明体讲四声的同时,还讲病犯。但当时病犯的具体要求,在现存沈约等人的资料中已不可得知。我们今天所说的永明体的"八病",是指平头、上尾、蜂腰、鹤膝、大韵、小韵、旁纽、正纽这八种声病。但现存最早的资料中,唯梁锺嵘《诗品序》中提到了"蜂腰"和"鹤膝"二病;初唐李延寿的《南史·陆厥传》进而"有平头、上尾、蜂腰、鹤膝"四病之称。初唐王通《中说·天地篇》始有"四声八病,刚柔清浊"之言;卢照邻《南阳公集序》亦有"八病爰起,沈隐侯永作拘囚"之语,然而"八病"的内容仍不详。之后中唐的皎然《诗式·明四声》及封演《封氏闻见记·声韵》中虽也提及"八病",但只是沿袭前说,并无详论。到了日本僧遍照金刚的《文镜秘府论·文二十八种病》中,方对所谓"八病"的名称及其具体要求做了详细的解释。但遍照金刚的解释并未说明这"八病"是何人所创。而明确地把"八病"的创始权归属于沈约的,则是宋代以后的事了,如北宋李淑的《诗苑类格》[①]和南宋魏庆之的《诗人玉屑》卷十一"诗病有八"条。但是南宋的阮逸,对此说便已产生了怀疑,他在注王通的《中说·天地篇》中说:"四声韵起自沈约,八病未详。"到清代纪昀撰《沈氏四声考》卷下就更明确地说:"按齐梁诸史,休文但言四声五音,不言八病,言八病自唐人始。所列名目,唯《诗品》载蜂腰、鹤膝二名,《南史》载平头、上尾、蜂腰、鹤膝四名,其大韵、小韵、正纽、旁纽之说,王伯厚但据李淑《诗苑类格》,不知淑又何本,似乎辗转附益者。"又说:"宋人所说八病,微有不同,然皆不详所本,大抵以意造之也。"(《畿辅丛书》本)总之"八病"之说是否出自沈

① 此书已佚,见南宋王应麟《小学绀珠》卷四及南宋佚名《锦绣万花谷》卷二十一引。

约,因资料缺乏而难以确论。但有一点可以肯定,即永明体不但讲四声而且也的确讲声病。沈约在《宋书·谢灵运传论》中说汉代辞赋家们"虽清辞丽曲,时发乎篇,而芜音累气,固变多矣"。"清辞丽曲",是指符合自然音律的优美的辞句;而"芜音累气",则是指那些不符合自然音律的辞句,当然也就更不符合于沈约等人所倡导的人工的声律。

在王融、沈约等人倡导声律论之时,刘勰在其《文心雕龙》中也专门写了《声律》篇,在理论上对声律论做进一步的总结。刘勰对于声律论的认识,既有同于沈约等人的一面,但也有不同的一面,可以说他在借鉴了沈约等人声律论的同时,又系统地总结了传统声律论的认识,提出了独到的见解。刘勰没有像沈约等人那样去做具体细致的严密规定,而是提出了三种可以灵活掌握的调声的原则,这是刘勰的高明之处。前两种是:

> 凡声有飞沉,响有双叠,双声隔字而每舛,叠韵杂句而必睽;沉则响发而断,飞则声扬不还,并辘轳交往,逆鳞相比;迂其际会,则往蹇来连,其为疾病,亦文家之吃也。夫吃文为患,生于好诡,逐新趣异,故喉唇纠纷;将欲解结,务在刚断。左碍而寻右,末滞而讨前,则声转于吻,玲玲如振玉;辞靡于耳,累累如贯珠矣。

第一种是要注意到"声有飞沉",即根据文字发音的轻重、高低、清浊、强弱去组织安排诗句。"飞",是指属于宫商的平声,即沈约所说的"浮声",其发音的特点是轻而清。"沉",是指属于角、徵、羽的上、去、入等仄声,即沈约所说的"切响",其发音的特点是重而浊。如果一句诗中全用仄声字,读起来就觉得"响发而断",急促而低沉,接不上气;如果全用平声字,则"声扬不还",声音轻浮,飞扬难收。这两种情况,都缺少抑扬轻重的节奏感和音乐美,这自然会影响到诗人情志的表现。所以刘勰提出,好的诗句应是平仄相间,轻重协调,如"辘轳交往,逆鳞相比”，这样读起来才抑扬顿挫，具有节奏感和音乐美，才能充分表现出诗的“滋味”。

第二种是要注意到“响有双叠”，即合理地运用汉语词汇中的双声叠韵，以增强诗歌的音乐美和艺术感染力。在我国古代诗文中，使用双声叠韵的词语很多。从《诗经》和《楚辞》中可以看出，尽管当时人们尚不知四声，但双声叠韵的词语在诗歌创作中早就存在了。到沈约等人发明四声之后，人们就更加清楚地认识到双声叠韵在诗赋创作中的妙用，并自觉地加以运用，从而使诗歌的声调更富于音乐性。所以刘勰指出：“双声隔字而每舛。”如果两个双声字之间被别的字隔开了，读起来就不顺口流畅；“叠韵杂句而必睽”，如果两个叠韵字在句子中被隔开了，读起来也同样别扭。因此刘勰认为，不能合理地安排平仄与双声叠韵，那么就是“文之吃”，读起来十分吃力拗口。那么如何解决“文吃”之病呢？刘勰并没有做具体、呆板的规定，只是提出了根据具体情况而定的、可以灵活掌握的方法，这就是：

> 故喉唇纠纷；将欲解结，务在刚断。左碍而寻右，末滞而讨前，则声转于吻，玲玲如振玉；辞靡于耳，累累如贯珠矣。

当发觉字句的发音不和谐时，就要果断地加以纠正调谐。调谐的方法可以做通盘全面的考虑，而不必固执一端，总之是以谐调流畅为原则。其结果即可达到“玲玲如振玉”、“累累如贯珠”，读起来和谐悦耳，这对于增强诗歌的节奏感、音乐美和艺术感染力，都很有作用。

第三种是要注意到“和韵”。《声律》篇说：

> 是以声画妍蚩，寄在吟咏，吟咏滋味，流于字句，字句气力，穷于和韵。异音相从谓之和，同声相应谓之韵。韵气一定，故余声易遣；和体抑扬，故遗响难契。属笔易巧，选和至难，缀文难精，而

作韵甚易。虽纤意曲变，非可缕言，然振其大纲，不出兹论。

诗歌写得好坏，要通过吟咏才能体味出其中的滋味，而吟咏所凭借的就完全看字句之间的“和韵”了。什么是“和韵“？“异音相从谓之和，同声相应谓之韵”，诗句平仄相间，抑扬轻重配合得恰到好处，读起来就和谐上口；句与句之间，前后押韵，就像音乐有了主弦律一样，会使人感到全诗前后和谐统一。刘勰认为，押韵有定，所以容易安排；飞沉的规律尚未确定，像格律诗的平仄还没有定出来，所以难以契合。格律诗包括平仄、对偶和押韵三项，而押韵和对偶在齐梁时已经解决，没有解决的就是平仄调配。后来唐代的格律，就主要是解决了平仄的调配问题，所以刘勰的确看到了问题的关键。

总之，从魏晋到齐梁时期，诗赋创作逐渐注重声律，加之音韵学的兴起，齐梁声律论也勃然而兴，人们在理论上的探讨与总结，反过来又进一步刺激了诗赋创作的声律化。在此基础上，产生了空前繁荣的唐诗，继而又产生了宋词、元曲等韵文学。由此可见齐梁声律论对于我国古代诗歌发展所起到的巨大的作用。①

第四节 儒家诗教的转向：“诗缘情”说

从《尚书》到王逸《楚辞章句》，诗学理论的核心是儒家的“言志”论，“言志”论的核心是“诗教”说。诗之“志”与“情”，本来是一而二，二而一的关系，在本质上并无区别。但是儒家所谓“诗教”要求“发乎情，止乎礼义”，换言之，“志”必须符合儒家思想的仁义道德和伦理观

① 另外，和声律自觉同时发生的对仗自觉，在文学创作实践中逐渐展开，也对中国文学的发展起到重要作用。这一点西方学者也注意到了，如 Andrew H. Plaks, Where the Lines Meet: Parallelism in Chinese and Western Literature, (*Chinese Literature: Essays, Articles, Reviews*[*CLEAR*], Vol. 10, No., 1/2[Jul., 1988], pp. 43 – 60.)

念。汉代独尊儒术,此论遂成为文学创作不可逾越的鸿沟。扬雄所谓“诗人之赋丽以则,辞人之赋丽以淫”;班固指责屈原“责数怀王”、“露才扬己”,就都是持“志”以抑“情”的典范。

自汉末以后,随着儒学统治地位的动摇,作为个体的人的价值和人性自由的地位日益受到人们的重视。从《古诗十九首》到建安、正始文学,个人性情的自由抒发已日渐高涨,人们对于诗的本质的认识也日益加深。而西晋时期陆机在《文赋》中所提出的“诗缘情而绮靡”,就不仅集中地反映了时代的风尚,而且从理论上更加明确地超越了儒家“言志”的诗学主张,同时也开启了一代以“缘情”为主体的诗歌创作与诗学理论。

一、人的觉醒和情的觉醒

“诗缘情”认识的产生,首先是建立在人的觉醒这个基础之上的。东汉时期著名的思想家王充,在反对董仲舒“天人合一”神学思想的过程中,便提出人秉气而生,“禀气有厚泊,故性有善恶也”(《论衡·率性》)。汉末荀悦在《申鉴·杂言》中就沿袭了这种认识,把人的情感看作是“气”的派生物:

> 凡言神者莫近于气,有气斯有形,有神斯有好恶喜怒之情矣。故人有情,斯气之由形也。

人是禀“气”而生,那么人的喜怒哀乐之“情”也就是人的自然本性,并不是某种神性的体现。如果以某种道德的理念来制约人的自然情感,就无疑是对自然人性的压抑与摧残。这种认识实际上就是汉末人们要求摆脱精神束缚、追求个性自由在理论上的反映。在《古诗十九首》中,我们可以听到当时中下层文士发自内心的呼声:

荡涤放情志，何为自结束！（《东城高且长》）

人们已不再甘愿拘束于传统的仁义道德和伦理观念之中，而要打破这个传统，彻底放开自己的“情志”，追求一个完全属于自我的人性自由。且看《古诗十九首》中“荡涤放情志”的自由歌唱：

斗酒相娱乐，聊厚不为薄。……极宴娱心意，戚戚何所迫？（《青青陵上柏》）

清商随风发，中曲正徘徊。一弹再三叹，慷慨有余哀。不惜歌者苦，但伤知音稀。愿为双鸿鹄，奋翅起高飞。（《西北有高楼》）

荡涤放情志，何为自结束！燕赵多佳人，美者颜如玉。被服罗裳衣，当户理清曲。音响一何悲，弦急知柱促。驰情整中带，沉吟聊踯躅。思为双飞燕，衔泥巢君屋。（《东城高且长》）

诗人将内心的喜怒哀乐之情溢于言表，尤其是将刻骨铭心的离别之苦与相思之痛毫不掩饰地展露出来，无矜持做作之态，真挚而自然。所以刘勰称赞它们“直而不野，婉转附物，怊怅切情，实五言之冠冕”（《文心雕龙·明诗》）。王国维也以为“无视为淫词、鄙词者，以其真也”（《人间词话》）。事实上，这种真情实性的自然抒发，已经大大突破了儒家所倡导的“乐而不淫”、“怨而不怒”、“哀而不伤”和“发乎情，止乎礼义”的规范，为缘情的诗歌的发展，奠定了基础。

对个体性情的重视，是人的觉醒的重要标志。汉魏之际的刘劭所著《人物志》，就反映了当时在人物品鉴中由单纯的道德判断而至重视个体情性的重大转变。《九征》篇说：

盖人物之本，出于情性。……凡有血气者，莫不含元一以为

> 质，禀阴阳以立性，体五行而著形。……故其刚柔明畅贞固之征，著乎形容，见乎声色，发乎情味，各如其象。

认为人的性和情都是禀气而生、自然存在的。由于人之禀气不同，因而形成了不同的气质个性；又由于情附着于性，所以性有所偏，人的情感也就具有了鲜明的个性特征，不同的情感，也就表现出不同的气质。刘劭在《体别》篇中举出强毅、柔顺、雄悍、惧慎、凌楷、辨博、狷介、休动、朴露、韬谲等十种材性特点，认为这些都是偏材之性，且生来如此，难以改易。与王充等人相比，刘劭更加强调情的个体性，从而摈弃了汉代将情性说成是天意的体现的观点。人的情感从神学中解脱出来，取得了个体独立的地位，这是人的觉醒，也是文学情感独立的前提。刘劭的观点，对曹丕《典论·论文》产生了直接的影响。曹丕和刘劭一样，以"气"论人，然而更可贵的是他把"气"的概念引入了文学理论，从而为重缘情的文学的发展，提供了理论依据。《典论·论文》说：

> 文以气为主，气之清浊有体，不可力强而致。譬诸音乐，曲度虽均，节奏同检，至于引气不齐，巧拙有素，虽在父兄，不能以移子弟。

曹丕认为，"文以气为主"，这个"气"，在作者就是个性气质与思想情感，它反映在文学作品中，就构成了相应的、具有个性色彩的艺术风格。曹丕所强调的文之"气"，主要就是指情性。他在《典论·论文》中评价七子时说："徐幹时有齐气。"所谓"齐气"，就是一种舒缓的情调。他又说："应玚和而不壮，刘桢壮而不密。"都显然是以作品的"气"，即内在的情感力度相互比较而言。

"文以气为主"的真正意义，即在于摆脱了儒家"言志"的束缚，而倡导文学抒发作者独特的思想情感。可以说，建安时代文学的自觉，最集中地体现了作家个人性情的自然流露与自由抒发。尤其是在诗歌创作中，诗人们或喜、或怒、或哀、或乐，或悲愤忧思，或慷慨激昂，感情真挚而又十分细腻，体现了人的觉醒之后的个性情感的高涨与张扬。孔融《杂诗》写悼念幼子夭折的悲伤心情："闻子不可见，日已潜光辉。……俯仰内伤心，不觉泪沾衣。"曹操《短歌行》："对酒当歌，人生几何？譬如朝露，去日苦多。慨当以慷，忧思难忘。何以解忧？唯有杜康。"想到人生的短暂，故对功业之未成而忧心如焚。徐幹《室思》，写思妇相思之情，极哀怨缠绵，实不减《十九首》，深深的相思之情，实在无法摆脱，诗人反复哀叹，"君去日已远，郁结令人老"，"思君如流水，何有穷已时"，"喟然长叹息，君期慰我情"，"自恨志不遂，泣涕如涌泉"。无不突出一个情字。王粲的《七哀》，将乱离的景象和自己悲痛的心情融为一体，的确令人"喟然伤心肝"。刘桢的《赠徐幹》，抒写对朋友的思念之情，"拘限清切禁，中情无由宣。思子沉心曲，长叹不能言。起坐失次第，一日三四迁。……乖人易感动，涕下与衿连。"情思敏感而又细腻。曹丕的《燕歌行》，也是一篇感情真挚，深婉而又细腻的佳作。至于曹植，则是建安诗人中感情最为丰富、写情最为突出的一位诗人，无论悲壮、热烈、愤慨、哀怨，各种不同的情感，他都能在诗中淋漓尽致地抒发出来。他在《赠徐幹》诗中说："慷慨有悲心，兴文自成篇。"很能说明他对以诗抒情的自觉意识。在曹植的笔下，"悲风"这个意象尤其突出："高树多悲风"(《野田黄雀行》)、"高台多悲风"、"江介多悲风"、"弦急悲风发"(以上均见《杂诗》)、"悲风鸣我侧"(《赠王粲》)，悲风这个意象带有建安时代的时代气息，其中凝聚着悲凉慷慨的感情。沈约在《宋书·谢灵运传论》中谓曹氏父子"以情纬文，以文被质"，很能说明他们重性情的创作特征。建安时代著名的女诗人蔡琰，其《悲愤诗》更是抒发性情的杰作。诗人将自己一生不幸的遭遇和内心痛苦、哀怨的情绪酣畅淋漓地抒写了出来，读来令人悲慨万分。刘勰在《文心雕龙·明诗》篇中说建安诗人"慷慨以任气,磊落以使才";《时序》篇也说:"观其时文,雅好慷慨,良由世积乱离,风衰俗怨,并志深而笔长,故梗概而多气也。"诗歌慷慨激越的感情抒发,亦如诗人通脱自然、梗概多气的个性,无拘无束,酣畅淋漓,为"诗缘情"理论的建立奠定了基础。

正始玄学兴起之后,玄学家们关于圣人有情无情的讨论,一方面是对汉末以来重情风尚的理论思索,另一方面更加深了对情的认识,同时也使得人们有更多的机会从理论观念上接受重情意识的影响。自从重感情、任情纵欲成为一种风尚之后,感情问题便一直为社会所关注。玄学的创始者何晏、王弼就曾对圣人的有情无情问题做过讨论。《三国志·锺会传》注引何劭《王弼传》云:

> 何晏以为圣人无喜怒哀乐,其论甚精,锺会等述之。弼与不同,以为圣人茂于人者神明也,同于人者五情也。神明茂,故能体冲和以通无;五情同,故不能无哀乐以应物。然则圣人之情,应物而无累于物者也。今以其无累,便谓不复应物,失之多矣。

何晏具体如何论"圣人无喜怒哀乐",今虽不详,但从这里至少可以知道他是主张圣人无情论的。无情之说,实本于庄子。《德充符》云:

> 有人之形,无人之情。有人之形,故群于人;无人之情,故是非不得于身。……惠子谓庄子曰:"人故无情乎?"庄子曰:"然。"惠子曰:"人而无情,何以谓之人?"庄子曰:"道与之貌,天与之形,恶得不谓之人?"惠子曰:"既谓之人,恶得无情?"庄子曰:"是非吾所谓情也。吾所谓无情者,言人之不以好恶内伤其身,常因自然而不益生也。"

好恶之情是伤人的,故不可以有。人能无情,便能达到悬解的境界。

故而庄子要消弥情绪,不为物动。何晏主张“圣人无喜怒哀乐”之情,就是本于庄子的思想而以无情为修养之最高境界。何晏《景福殿赋》云:

> 体天作制,顺时立政。……远则袭阴阳之自然,近则本人物之至情。……想周公之昔戒,慕咎繇之典谟,除无用之官,省生事之故,绝流遁之繁礼,反民情于太素。

史称何晏以简御繁,轻改法度,死于司马氏之手,从这里即可看出他以道为本,以儒为末的思想。所谓“本人物之至情”、“反民情于太素”,就是要求达到一种返朴归真的、不为俗物所累的自然之情。

与何晏相比,王弼则主张有情。王弼本来同何晏一样,也是主无情之说的,他说:“圣人达自然之至,畅万物之情,故因而不为,顺而不施。除其所以迷,去其所以惑,故心不乱而物性自得之也。”(《老子》二十九章注)王弼后来乃觉悟“自然之不可革”,认为圣人“同于人者,五情也”,“五情同,故不能无哀乐以应物。然则圣人之情,应物而无累于物者也”(《三国志》卷二十八《锺会传》注引何劭《王弼传》)。这是王弼论情的核心所在。不过,圣人“虽应物,而‘无累于物’,故与常人不同。……王弼这种新说,主要是综合儒、道两家。儒家注重情之发而中节,道家主无情,王弼之说则是讲有情而不累于情,亦即是有情而无情”(张岱年《中国哲学大纲》)。王弼这一新的“有情”说,正为当时社会重情感、任情而动的风尚提供了理论依据。①

---

① 对于这种重情感、任情而动的风尚,也有持儒家之论而主张节欲的。如桓范《世要论·节欲》云:“人生而有情,情发而为欲。物见于外,情动于中,物之感人也无穷,而情之所欲也无极,是物至而人化也。人化也者,灭天理也。夫欲至无极,以寻难穷之物,虽有圣贤之姿,鲜不衰败。故修身治国之要,莫大于节欲。”他也承认情的合理性,但他反对纵人之情而灭天之理,所以主张要节欲。傅玄《傅子·校工》亦云:“上欲无节,众下肆情,淫侈并兴,而百姓受其殃毒矣。”则认为节欲应该从在上位者做起,即上以化下之意。可见桓范和傅玄都是持传统的儒家之见,以礼节情、节欲。

竹林名士中的阮籍、嵇康、向秀、刘伶、阮咸，就都是纵情性而轻礼法的人物。嵇康《与山巨源绝交书》即自称：

又纵逸来久，情意傲散，简与礼相背，懒与慢相成，而为侪类见宽，不攻其过。又读《庄》、《老》，重增其放，故使荣进之心日颓，任实之情转笃。

这种感情解放的潮流，其思想基础本源于老、庄的任自然，但是它的发展，却超越了老、庄任自然的思想。老、庄的任自然，是要返朴归真，走向忘情，不为喜怒哀乐而伤身；然而魏晋士人任自然，只是作为摆脱礼教束缚的思想武器，他们的感情从礼教中解放出来以后，却并没有返朴归真、走向忘情，而是进一步走向了任情，甚至纵欲。向秀的《难养生论》便从理论上承认了任情而动的合理性：

有生则有情，称情自然，若绝而外之，则与无生同，何贵于有生哉？

夫人含五情而生，口思五味，目思五色，感而思室，饥而求食，自然之理也。

且生之为乐，以恩爱相接。天理人伦，燕婉娱心，荣华悦志；服飨滋味，以宣五情；纳御声色，以达性气。此天理自然，人之所宜，三王所不易也。（《嵇康集校注》卷四附）

后来王衍更进一步明确地说：

圣人忘情，最下不及情。然则情之所钟，正在我辈。（《晋书·王衍传》）

西晋之时，这种任情、纵欲的风气更盛。[①] 这种任情放荡的社会风尚，直接影响了当时的文学艺术创作，尤其是诗歌创作。裴頠在《崇有论》中就指出，在当时"欲衍"、"情佚"、"擅恣"的世风影响下：

> 于是文者衍其辞，讷者赞其旨，染其众也。"（见《晋书·裴頠传》）

卫铄在《笔阵图》中说当时书法艺术的创造：

> 近代以来，殊不师古，而缘情弃道。（见张彦远《法书要录》卷一）

《世说新语·文学》载：

> 孙子荆除妇服，作诗以示王武子。王曰："未知文生于情，情生于文。览之凄然，增伉俪之重。"

需要指出，纵情淫靡的世风，使得西晋文人重情感而骨气萎弱，文思绮靡而风力孱缓，这与同样重情感，但骨气刚健、文思朴实的建安诗人大不相同。刘勰《文心雕龙·明诗》云：

> 晋世群才，稍入轻绮，张、潘、左、陆，比肩诗衢，采缛于正始，力柔于建安，或析文以为妙，或流靡以自妍，此其大略也。

可以看出，西晋诗人是将重情感与贵绮靡融为一体的。陆机也正

---

① 罗宗强先生《玄学与魏晋士人心态》第三章第二节对当时士人纵情纵欲的心态与风气做了详尽的论述，此不赘述。

是根据这一时代的风尚，提出了一个新的诗歌审美标准——“诗缘情而绮靡”。

二、“诗缘情”的美学意义

“诗缘情”的重大美学意义，在于第一次从理论上摒弃了传统的儒家“言志”之说，使诗歌由理智的、功利的转向缘情的、审美的，从而为重情感的诗歌创作与诗学理论开辟了一条崭新的途径。

朱自清在《文学的标准与尺度》一文中曾指出：“即如诗本是‘言志’的，陆机却说‘诗缘情而绮靡’。‘言志’其实就是‘载道’，与‘缘情’大不相同。陆机实在是用了新的尺度。”（《朱自清古典文学论文集》）如果我们结合陆机的创作实践，就会对其“缘情”说的内涵有更深刻的认识。陆机“诗缘情”的提出，与当时崇尚自然、任情而动的社会风尚和汉末以来重情感的诗歌创作倾向有着密切的关系；同时也是陆机诗赋创作实践的理论总结。

从今存陆机诗中可以看出，他的诗，题材并不广泛，思想并不深刻，也很少有反映社会政治的内容。但他却能将一己之情真实自然、毫不掩饰地抒发出来。可以说陆机的诗是以哀伤悲愁为情感基调：或思念故土与亲友；或伤时叹逝，恐功名之不立；或抒写羁旅行役之苦，这些就是陆机在诗中所反复咏叹的内容。陆机在诗中反复强调自己是“感于物”而“慷慨”悲歌，他的这些悲歌，是怨而怒、哀而伤的。我们从他的情调中可以感受到，他的诗不仅直接受到汉末以来重情感之诗的影响，而且与屈原“发愤以抒情”精神也有着内在的联系。陆机《思归赋》有言：

> 悲缘情以自诱，忧触物而生端。昼辍食以发愤，宵假寝而兴言。

陆机在这篇赋的序中说:"惧兵戈未息,宿愿有违,怀归之思,愤而成篇。"这与赋中"发愤""兴言"完全一致,这就是"悲缘情以自诱"的内涵,它与屈原"发愤以抒情"的精神一脉相通。陆机所强调的"缘情",是以"哀"、"悲"之情为主调,同时它与屈原的"发愤以抒情"也有相通之处。而"叹逝"与"思归",也正是陆机诗歌所反复咏叹的主题,而且情调也同样是以哀、悲为主。陆机以"叹逝"为主题的诗,着重抒发伤时叹逝、时不我再、功名未就的悲哀。通过诗来寄托悲哀之情,陆机在主观上有明确的认识,他在《与弟清河云诗序》中说:

> 余弱年夙孤,与弟士龙衔恤丧庭,续忝末绪。会逼王命,墨绖即戎,时并萦发,悼心告别。渐历八载,家邦颠覆。凡厥同生,凋落殆半,收迹之日,感物兴哀。而士龙又先在西,时迫当祖载,二昆不容逍遥,衔痛东徂,遗情西慕,故作是诗,以寄其哀苦焉。

不难看出,陆机的诗歌创作,是十分重情感的,特别是由于不幸的遭遇而激发出的哀怨、悲痛、伤感之情,的确真挚而又自然。"诗缘情"主张的提出,与陆机自身的创作情绪的哀怨、悲痛、伤感之情有着必然的联系。①

值得注意的是,陆机诗中极喜用"慷慨"一词,而"慷慨"则正是建安诗人的情感基调,这说明陆机也受到了建安诗人的直接影响。在现存不足百篇的陆机诗中,就有四十余首乐府诗和十二首拟汉末"古诗"。其《拟行行重行行》等十二篇拟作,显然是学习和仿效汉末"古诗"。《古诗十九首》中有"荡涤放情志,何为自结束"的诗句,陆机在

① 此外,据陆机的诗歌创作来看,其"诗缘情"的"情",也包括艳情在内,不过这种艳情仍以悲哀之情为基础。如其《为陆思远妇作诗》、《为顾彦先赠妇诗》二首其二等。其实在《古诗十九首》及曹丕《燕歌行》等诗中,这种艳情也是存在的,只是陆机使之更明显化而已。

《拟青青陵上柏诗》中也说:“遨游放情愿,慷慨为谁叹。”可谓得汉末“古诗”之精神。而他的那些乐府诗,也同样常常流露出摹仿汉魏乐府的痕迹。如其《短歌行》:“置酒高堂,悲歌临觞。人寿几何,逝如朝霜。……来日苦短,去日苦长。”显然受曹操《短歌行》的影响;又如《燕歌行》:“念君远游常苦悲。君何缅然久不归。贱妾悠悠心无违。……忧来感物涕不晞。非君之念思为谁。”则又明显摹仿了曹丕的《燕歌行》。这一事实表明,陆机的创作实践,受到汉魏乐府和汉末“古诗”直接影响,他诗中所表现出来的“慷慨”之情,与建安诗人“慷慨以任气”的精神有相通之处。由此亦可见出陆机“诗缘情”的美学意义中当有“慷慨”的精神在。

陆机的创作实践表明,陆机是重情感的,他在诗歌中所抒发出来的一己悲哀、慷慨、伤感之情,已大大超越了儒家诗教所恪守的“怨而不怒”、“哀而不伤”、“乐而不淫”的信条,他“发乎情”,但并没有“止乎礼义”,完全是个性情感的自由抒发。因此,他所提出的“诗缘情而绮靡”的审美标准,也正是对自己创作实践经验的总结,同时也是对传统儒家“言志”论的反叛。

“诗缘情而绮靡”,既是一代新诗风的集中体现,同时它还“扼要的指明了当时五言诗的趋向”(朱自清《诗言志辨·作诗言志》)。西晋诗歌“吟咏情性”的风气十分兴盛,但由于过分追求形式的华美,讲究对仗与词藻,往往落入雕饰一途。后来刘勰和锺嵘都曾指出这一点。但是在当时,人们却是以此为美的,对儒家经典却抱有大不以为然的态度。

生活在西晋末至东晋初的葛洪,其《抱朴子》一书就集中地体现了这一思想,这是对“诗缘情而绮靡”在理论上的进一步发展。葛洪对陆机十分推崇,《晋书·陆机传》载:

葛洪著书,称“机文犹玄圃之积玉,无非夜光焉;五河之吐流,泉源如一焉。其弘丽妍赡，英锐漂逸，亦一代之绝乎！”

《全晋文》卷一百一十七辑录《抱朴子》佚文中，亦多处称赏陆机、陆云。① 葛洪对于陆机如此推崇，关键即在于他们审美观念的一致性。葛洪极力反对贵古贱今和视“文”为小道的思想，而积极为近世华美的文学高唱赞歌。《抱朴子·钧世》篇集中地论述了其今胜于古的文艺思想：

且夫古者事事醇素，今则莫不雕饰，时移世改，理自然也。至于罽锦丽而且坚，未可谓之减于蓑衣；辎軿妍而又牢，未可谓之不及椎车也。书犹言也，若入谈语，故为知音；胡、越之接，终不相解，以此教戒，人岂知之哉？若言以易晓为辨，则书何故以难知为好哉？若舟车之代步涉，文墨之改结绳，诸后作而善于前事，其功业相次千万者，不可复缕举也。世人皆知之快于曩矣，何以独文章不及古邪？

葛洪本着历史进化的观点，认为今之雕饰华美之文胜于古之醇素质朴之文。因此葛洪在《钧世》篇中举例说：

且夫《尚书》者，政事之集也，然未若近代之优文诏策军书奏议之清富赡丽也。《毛诗》者，华彩之辞也，然不及《上林》、《羽猎》、《二京》、《三都》之汪濊博富也。

① 如，“陆君之文，犹玄圃之积玉，无非夜光。吾生之不别陆文，犹侏儒测海，非所长也。却后数百年，若有干迹如二陆，犹比肩也，不谓疏矣”；“每读二陆之文，未尝不废书而叹，恐其卷尽也。……观此二人，岂徒儒雅之士，文章之人也”；“嵇君道问二陆优劣，抱朴子曰：吾见二陆之文百许卷，似未尽也。朱淮南尝言：‘二陆重规沓矩，无多少也。’一手之中，不无利钝，方之他人，若江汉之与潢污，及其精处，妙绝汉魏之人也”。

> 然守株之徒，喽喽所玩，有耳无目，何肯谓尔！其于古人所作为神，今世所著为浅，贵远贱近，有自来矣。……是以古书虽质朴，而俗儒谓之堕于天也；今文虽金玉，而常人同之于瓦砾也。

在葛洪的心目中，醇素、质朴是一种落后陈腐，而雕饰艳丽才是金玉之美。葛洪肯定今文胜于古文，不取“质朴”而赞赏“雕饰”的文艺思想，正是西晋以来诗文发展的明显的倾向，他和陆机“诗缘情而绮靡”的主张完全一致，而且比陆机更加大胆深入，可以说是对“诗缘情而绮靡”这一审美思想的进一步发展。

从西晋到南朝宋、齐、梁的诗歌创作及其理论的发展，其主流基本上就是由陆机所提出的“诗缘情而绮靡”的方向发展下去的。“诗缘情”的主张为诗歌发展带来进步，它由理性的、“言志”的转向了“缘情”的、审美的。而“绮靡”的标准，则反映了那个时代的文学在摆脱了经学之后的一种新的审美观的自觉追求。

当然，它的消极作用则在于助长了后世片面追求形式的华美，以至于雕饰、淫靡。如齐梁时代艳情诗赋日渐增多，萧纲就毫不隐讳地说：“立身之道与文章异，立身先须谨重，文章且须放荡。”（《诫当阳公大心书》，见《全梁文》卷十一）《梁书·简文帝纪》说萧纲“雅好题诗……然伤于轻艳，当时号曰‘宫体’”。在简文帝萧纲及徐、庾父子的煽扬下，这种淫艳轻靡的宫体诗便日益滋长起来了。这无疑是对“诗缘情而绮靡”的一个片面的发展。梁代裴子野《雕虫论》本着儒家“言志”、“诗教”的观念，对这种风气大为不满。他以复古的方法持儒家诗教之说以绳诗坛，却并没有抑制住时风的盛行，相反他自已却也遭致非难。梁简文帝萧纲在《与湘东王书》中一方面贬谪他的文章“质不宜慕”，“了无篇什之美”；另一方面从理论上和他针锋相对地为“吟咏情性”和藻绘之说推波助澜：

若夫六典三礼，所施则有地；吉凶嘉宾，用之则有所。未闻吟咏情性，反拟《内则》之篇；操笔写志，更摹《酒诰》之作；迟迟春日，翻学《归藏》；湛湛江水，遂同《大传》。吾既拙于为文，不敢轻有掎摭。但以当世之作，历方古人之才，远则扬、马、曹、王，近则潘、陆、颜、谢，而观其遣辞用心，了不相似。若以今文为是，则古文为非；若昔贤可称，则今体宜弃；俱为盍各，则未之敢许。

萧统《文选序》言其选录的标准要求“事出于沉思，义归乎翰藻”，而摒弃“老、庄之作，管、孟之流”，立场十分清楚。然而后世许多以儒家“言志”为宗的诗论家，却更多地质疑“缘情”之说。清代汪师韩《诗学纂闻》说陆机“诗缘情而绮靡”是“不知礼义之所归”；沈德潜《说诗晬语》也说陆机“所撰《文赋》云‘诗缘情而绮靡’，言志章教，惟资涂泽，先失诗人之旨”。而纪昀在《云林诗钞序》中说得更明白：

“发乎情，止乎礼义“二语，实探风雅之大原。后人各明一义，渐失其宗。一则知“止乎礼义”而不必其“发乎情”，流而为金仁山濂洛风雅一派，使严沧浪辈激而为“不涉理路、不落言筌”之论；一则知“发乎情”而不必“止乎礼义”，自陆平原“缘情”一语，引入歧途，其究乃至于绘画横陈，不诚已甚欤！

这些非议，恰恰从反面显示了陆机“缘情”理论的重要作用和意义。

第五节　体系化与集大成的《文心雕龙》

刘勰（466？—539？），字彦和，祖籍东莞郡莒县（今山东省）。永嘉之乱，其先人避难渡江，世居京口（今江苏镇江）。父早卒，家贫寒，不婚娶,入上定林寺依靠名僧僧祐,与之居处十余年。入梁,起家为奉朝请,官至东宫通事舍人,与昭明太子萧统交好。萧统死后,刘勰奉敕与沙门慧震于上定林寺撰经。后弃官为僧,法名慧地。《文心雕龙》约成书于齐和帝中兴元年、二年(501、502)间。作为六朝美学的宏篇巨制,《文心雕龙》在中国文学批评中的突出特点有二:第一是极其自觉的理论体系化,第二是集大成。

一、体系化及其思想来源

刘勰在《文心雕龙·序志》中,对魏晋以来的文学批评做了一个大致的回顾与品评,其文曰:

> 详观近代之论文者多矣:至于魏文述典,陈思序书,应玚文论,陆机文赋,仲洽流别,宏范翰林,各照隅隙,鲜观衢路;或臧否当时之才,或铨品前修之文,或泛举雅俗之旨,或撮题篇章之意。魏典密而不周,陈书辩而无当,应论华而疏略,陆赋巧而碎乱,流别精而少功,翰林浅而寡要。又君山、公幹之徒,吉甫、士龙之辈,泛议文意,往往间出,并未能振叶以寻根,观澜而索源。不述先哲之诰,无益后生之虑。

这段文字说明了刘勰写作《文心雕龙》的一个基本动机。他不满于此前的文论,认为它们"并未能振叶以寻根,观澜而索源",缺少系统的探讨。值得注意的是,刘勰所举前人文论,只是从曹丕的《典论·论文》开始,而曹丕的《典论·论文》,正是摆脱了经学束缚的第一篇文学理论和文学批评的专论;也正因为它们已非"经典",持宗经、征圣思想的刘勰这才敢于持批评的态度;而这种态度本身,也正说明了刘勰具有十分清醒、自觉的文学批评的意识。刘勰对于前人文论的批评,不能说毫无道理,但我们应该看到,这些论著既有综合性的,也有专门性的，有作家作品论、文体论、创作论、风格论、文学源流论，还有声律论，如果把它们合起来，可以形成一个较为完整的系统，构成一个理论的框架，刘勰本人也是依据这一理论框架撰其巨著的。没有前人丰富的经验与成果，刘勰也就无从集其大成，也就不会有这样一部“体大思精”的《文心雕龙》问世了。所以刘勰在《序志》篇中自言其“弥纶群言”的结果是：

> 及其品列成文，有同乎旧谈者，非雷同也，势自不可异也；有异乎前论者，非苟异也，理自不可同也。同之于异，不屑古今，擘肌分理，唯务折衷。

二、集大成

《文心雕龙》集大成的特点，表现为它对先秦以来许多诗学问题都做了总结性回答，这在前面各章节中都有所体现。另外，本章提到的刘勰对体性论、风骨论、声律论的总结，也体现出这一特点。以下我们再从其他方面加以说明。

1. 对文学地位的强调

魏晋以降，文学的价值提高，人们开始在人生和宇宙的层面思考文学的性质，刘勰为这一思考画上了浓重的一笔。《文心雕龙》开篇就把“文”与天道相提并论：

> 文之为德也大矣，与天地并生者何哉？夫玄黄色杂，方圆体分：日月叠璧，以垂丽天之象；山川焕绮，以铺理地之形，此盖道之文也。仰观吐曜，俯察含章，高卑定位，故两仪既生矣。惟人参之，性灵所钟，是谓三才，为五行之秀，实天地之心。心生而言立。言立而文明，自然之道也。……爰自风姓，暨于孔氏，玄圣创典，素王述训，莫不原道心以敷章，研神理而设教，取象乎河洛，问数

乎著龟,观天文以极变,察人文以成化;然后能经纬区宇,弥纶彝宪,发辉事业,彪炳辞义。故知道沿圣以垂文,圣因文而明道,旁通而无滞,日用而不匮。《易》曰:“鼓天下之动者存乎辞。”辞之所以能鼓天下者,乃道之文也。(《原道》篇)

文学同天地万物一样,都是宇宙本体“道”或“神理”的体现。本来,客观存在的自然之文和作为意识形态的“人文”,两者并不是一回事,但刘勰却把二者并立、等同起来,从而混淆了存在与意识之间的关系。然而在刘勰看来,不如此则不足以说明“文”的神圣性与合理性。[①] 刘勰在《序志》篇中还说:

唯文章之用,实经典枝条,五礼资之以成,六典因之致用,君臣所以炳焕,军国所以昭明,详其本源,莫非经典。

这是本着“宗经”的思想和文以致用的态度来谈论“文章”的。尽管功利的目的和实用的气息十分浓重,但“文章”的巨大作用,的确被他强调到了无以复加的地步。

2. 文学与时代的关系

从魏晋至齐梁时代,文学自觉日趋明显,文学创作愈加繁荣,系统

① 对此问题,近来较为全面的阐释可以参见蔡宗齐(Zong - qi Cai)的 Wen and the Construction of a Critical System in Wenxin Diaolong,(*Chinese Literature*: *Essays*, *Article*, *Reviews*[*CLEAR*],Vol. 22[Dec., 2000], pp. 1 - 29.)此文不但对西方学者就《文心雕龙》中“文”概念的研究进行了综述,还从 Wen and Dao: Embodiment vs. Embellishment(文与道:体与用)、Wen and Sheng(Sages): Works of Language vs. Rituals and Norms(文与圣:语言与仪典)、Wen and Shu(Writing) and Yan (Speech): Written vs. Oral Genres(文与书、言:书面语与口语)、Wen and Li(Inner Principle): Features of Non - Belletristic Genres(文与理:非文学类型的特征)、Wen and Qing(Emotion): Features of Belletristic Genres(文与情:文学类型的特征)五个方面进行了详细阐述。

总结文学发展的历史，为当世诗赋创作提出可资借鉴的经验与教训，成为理论家们面前的一项重要任务。从理论上进一步明确文学发展与时代的关系，并由此而深入系统地总结诗赋的发展演变的，则是刘勰。

刘勰在《文心雕龙·时序》中提出了十代九变的说法："蔚映十代，辞采九变"，认为十代的文学产生了九种变化。刘勰推求文学演变的原因，主要是"文变染乎世情，兴废系于时序，原始以要终，虽百世可知也"，世情和时序造成文学的发展演变。[①] 此外，刘勰在《通变》篇中还另有一种分法：

> 黄唐淳而质，虞夏质而辨，商周丽而雅，楚汉侈而艳，魏晋浅而绮，宋初讹而新。

分成六个时期，五种变化。两相比较，前者较为细密，后者较为概括。不过从《文心雕龙》其他篇章统筹来看，《时序》篇的分期与《明诗》和《才略》两篇的论述更加吻合贴切。刘勰在《时序》篇论述诗赋的发展流变过程中，十分注意它们与社会时代之间的密切关系。如刘勰分析建安时代是文学巨变的时代的原因有两个方面。第一，建安诗赋形成彬彬之盛的局面，与曹氏父子的喜好和倡导有直接关系。[②] 第二，把建安文学特殊的风格归结为由那个特定时代的"世情"和世风所造成。[③] 从晋至齐文学的发展流变，刘勰也都是本着上述思想方法逐

① 周振甫先生《文心雕龙注释》归纳"九代十变"的内容为：一，唐虞诗歌由质朴到心乐声泰；二，三代从咏歌颂德变到刺淫讥过，是一变；三，战国炜烨奇意，出纵横诡俗，是二变；四，西汉祖述《楚辞》，创立汉赋，三变；五，东汉渐靡儒风，趋向浅陋，四变；六，建安慷慨多气，五变；七，正始篇体轻淡，六变；八，西晋结藻清英，流韵绮靡，七变；九，东晋玄风大扇，辞意夷泰，八变；十，宋代英采云构，九变。

② "自献帝播迁，文学蓬转，建安之末，区宇方辑。魏武以相王之尊，雅爱诗章；文帝以副君之重，妙善辞赋；陈思以公子之豪，下笔琳琅。并体貌英逸，故俊才云蒸。"

③ "观其时文，雅好慷慨，良由世积乱离，风衰俗怨，并志深而笔长，故梗概而多气也。"

一加以考察，如说西晋："运涉季世，人未尽才"；东晋玄言诗是"因谈余气，流成文体"；宋帝王"爱文"、"多才"，故"英采云构"等等，都是将诗赋的发展密切与时代的变化相联系。其"文变染乎世情，兴废系于时序"和"歌谣文理，与世推移"的观点，正是这种文学发展思想的高度的理论概括，它对于探讨和总结文学发展的历史和文学创作的规律，具有着积极的指导性的意义。

对于六朝人讨论不已的今古优劣论，真正在理论上有较为合理的论述的，也是刘勰。《文心雕龙·通变》篇专论文学的继承与革新问题，它既建立在今古优劣论的基础之上，又超越了这一命题的本身，以较为通达的理论见识，为诗赋创作指明了一条健康发展的途径。《通变》云：

> 夫设文之体有常，变文之数无方，何以明其然耶？凡诗赋书记，名理相因，此有常之体也；文辞气力，通变则久，此无方之数也。名理有常，体必资于故实；通变无方，数必酌于新声。故能骋无穷之路，饮不竭之源。

换言之，一定的文体具有一定的规律，即所谓"有常之体"，这是比较容易把握的；但是每个作家可以根据自己的禀性、气质和才力，一方面学习古人优秀的传统，另一方面吸收当代新的艺术经验，这样才能在扎实的基础上有所创新，才能传之不朽，这就是"通变则久"，但是能做到这一点却很难。清人纪昀在评《文心雕龙·通变》篇时说："齐梁间风气绮靡，转相神圣，文士所作，如出一手，故彦和以通变立论。"的确看出了刘勰的用心所在。刘勰在《通变》中谈到诗赋的发展流变时说：

> 是以九代咏歌，志合文则。黄歌《断竹》，质之至也；唐歌《在

昔》，则广于黄世；虞歌《卿云》，则文于唐时；夏歌《雕墙》，缛于虞代；商周篇什，丽于夏年。至于序志述时，其揆一也。暨楚之《骚》文，矩式周人；汉之赋颂，影写楚世；魏之篇制，顾慕汉风；晋之辞章，瞻望魏采。榷而论之，则黄唐淳而质，虞夏质而辨，商周丽而雅，楚汉侈而艳，魏晋浅而绮，宋初讹而新。从质及讹，弥近弥澹。何则？竞今疏古，风味气衰也。

文辞由简陋而日趋繁缛，由质朴而日趋华采，这是一种演进，是不得不变的。正因为有了这种演进，所以文学的面貌才不断更新，而不是处于停滞不前的状态，所以说“变则可久”。但由于“近世”文采过于繁缛讹滥，刘勰对于这种发展趋势十分不满。他认为当时的文弊所在，就是“竞今疏古”，只知追求新奇，而不能继承传统，缺少一种内在的骨力，所以是“风味气衰”。对于这种“竞今疏古”，一味追求华采的风气，刘勰在《文心雕龙》中曾多次给予批评。①

那么怎样才能做到通变呢。刘勰认为：

故练青濯绛，必归蓝茜；矫讹翻浅，还宗经诰。斯斟酌乎质文之间，而檃括乎雅俗之际，可与言通变矣。……文律运周，日新其业。变则其久，通则不乏。趋时必果，乘机无怯。望今制奇，参古定法。

刘勰肯定了“趋时必果，乘机无怯”的大胆创新精神。但刘勰在强调“望今制奇”的同时，还强调要“参古定法”，在继承优秀传统的基础上发展变化，有所创新，这就是刘勰所说的“参伍因革，通变之数也”。

① 如《明诗》篇说：“俪采百字之偶，争价一句之奇，情必极貌以写物，辞必穷力而追新，此近世之所竞也。”《序志》篇说：“而去圣久远，文体解散，辞人爱奇，言贵浮诡，饰羽尚画，文绣鞶帨，离本弥甚，将遂讹滥。”

刘勰所强调的通变之术,有两点值得注意:其一是“还宗经诰”,“斟酌乎质文之间”。这与刘勰创作《文心雕龙》的宗旨是一致的。在“文之枢纽”之中,刘勰即反复强调要征圣、宗经,“文能宗经,则体有六义”(《文心雕龙·宗经》),即情深,风清,事信,义直,体约,文丽,这既包括思想内容,也包括艺术形式,所以说是“斟酌乎质文之间”。其二是“凭情以会通,负气以适变”。“还宗经诰”,“参古定法”,是要求学习前人艺术经验,但并不是要复古或简单地模仿,要在学习前人艺术经验的基础上,能够表达出自己的情志,反映出自己的个性气质和风格,这样才能有所创新。刘勰这样言通变,的确是通达之论。

3. 自然之道与自然之美

清代纪昀曾说:“齐梁文藻日竞雕华,标自然以为宗,是彦和吃紧为人处。”(黄叔琳《文心雕龙辑注》引)倡导“自然之道”,以矫正“讹滥”的文风,正是《文心雕龙》的宗旨所在。《文心雕龙·原道》篇云:

> 文之为德也大矣,与天地并生者何哉?夫玄黄色杂,方圆体分,日月叠璧,以垂丽天之象;山川焕绮,以铺理地之形,此盖道之文也。仰观吐曜,俯察含章,高卑定位,故两仪既生矣。惟人参之,性灵所钟,是谓三才,为五行之秀,实天地之心。心生而言立,言立而文明,自然之道也。旁及万品,动植皆文,龙凤以藻绘呈瑞,虎豹以炳蔚凝姿;云霞雕色,有逾画工之妙;草木贲华,无待锦匠之奇,夫岂外饰,盖自然耳。至于林籁结响,调如竽瑟;泉石激韵,和若球锽。故形立则章成矣,声发则文生矣,夫以无识之物,郁然有彩,有心之器,其无文欤?

《文心雕龙》的核心,在于一个“道”字,即其《序志》篇所说“盖文心之作也,本乎道”。什么是“道”呢?我们从这里可以看出,所谓“道”,就是自然之道,就是不假人为,自然而然。刘勰认为天“文”、地

“文”乃至动植万物之“文”，皆自然天成，无待于人工的雕饰，即所谓“夫岂外饰，盖自然耳”。同样，人类之文学，则出于人心之自然，即所谓“心生而言立，言立而文明，自然之道也”。“心”就是人们的思想性情。文学的创作，应该是思想性情的自然流露，这就是刘勰“自然之道”的核心所在。

判别文学作品是否符合“自然之道”，即是否自然地流露作者的思想性情，其标准即在于是否做到了“真”。《文心雕龙·情采》篇云：

> 昔诗人什篇，为情而造文；辞人赋颂，为文而造情。何以明其然？盖《风》、《雅》之兴，志思蓄愤，而吟咏情性，以讽其上，此为情而造文也；诸子之徒，心非郁陶，苟驰夸饰，鬻声钓世，此为文而造情也。故为情者要约而写真，为文者淫丽而烦滥。而后之作者，采滥忽真，远弃《风》、《雅》，近师辞赋，故体情之制日疏，逐文之篇愈盛。

“造情”就是矫情伪性，无病呻吟，因而毫无价值。优秀的文学应真切而自然地表现思想情感，来不得半点虚伪做作。正如《明诗》篇所说：“人禀七情，应物斯感，感物吟志，莫非自然。”强调诗人感物而生的真实性情的自然抒发。《诔碑》篇称蔡邕碑文：“察其为才，自然而至矣。”《体性》篇讲各人由于情性之不同，从而构成不同的艺术风格，说：“岂非自然之恒资，才气之大略哉！”《定势》篇讲文的“因情立体，即体成势”，就像“机发矢直，涧曲湍回，自然之趣也”。《丽辞》篇说：“岂营丽辞，自然对尔。”《隐秀》篇说：“故自然妙会，譬卉木之耀英华。”可见刘勰对于文学创作从文思的酝酿到体裁的确定，从文辞的安排到创作的完成，从文才的培养到风格的形成，都要求顺乎自然，而反对“采滥忽真”，虚伪做作的不良风气。

4. 对“诗缘情”理论的发展

刘勰继承了曹丕、陆机以来的主情说，他在批评“近代词人”过于绮靡、片面追求艺术形式的同时，重情性而不废文采，提出了符合文学本质特征的“情者文之经，辞者理之纬”(《文心雕龙·情采》)，情文并茂、辩证统一的合理主张，从而使“缘情”的诗学理论大大提高了一步，也为诗歌的健康发展指明了方向。

在“言志”与“缘情”的问题上，刘勰采取了一个折衷的方法，既注意诗的思想和美刺作用，又不忽略缘情和文采，从而为匡正时弊指出了一条切实可行的途径。刘勰在《文心雕龙·明诗》篇中说：

> 诗者，持也，持人情性；《三百》之蔽，义归“无邪”，持之为训，有符焉尔。

这是继承了传统的儒家“发乎情，止乎礼义”的观点。然而《明诗》又云：

> 人禀七情，应物斯感，感物吟志，莫非自然。

则又强调了诗人情志的自然发生。志与情，本来是不必对立的，《诗大序》说“在心为志，发言为诗，情动于中而形于言”，在“发言为诗”的“言”里，既有志，又有情。所以挚虞《文章流别论》亦云诗“以情志为本”。刘勰在《明诗》中，评价“古诗”是“婉转附物，怊怅切情”；赞美建安诗人“慷慨以任气，磊落以使才”；批评晋世群才“采缛于正始，力柔于建安”；讥刺宋初文咏“情必极貌以写物，辞必穷力而追新”，则又是以“情”与“辞”为主要审美标准的。故刘勰又综而言之云：

> 故铺观列代，情变之数可监；撮举同异，而纲领之要可明矣。

那么什么是“情变之数”和“纲领之要”呢？刘勰说：

> 若夫四言正体，则雅润为本；五言流调，则清丽居宗，华实异用，惟才所安。故平子得其雅，叔夜含其润，茂先凝其清，景阳振其丽；兼善则子建、仲宣，偏美则太冲、公幹。然诗有恒裁，思无定位，随性适分，鲜能圆通。（上引均见《文心雕龙·明诗》）

可见刘勰所说“情变之数”的“情”，就是“随性适分”的“性”，它是禀于先天、因人而异的情性气质，即曹丕所说“文以气为主”的“气”。“纲领之要”同是指四言的“雅润为本”或五言的“清丽居宗”，而在五言诗发达的那个时代，所谓“清丽居宗”，与曹丕“诗赋欲丽”、陆机“诗缘情而绮靡”的说法正是一致的。刘勰在《体性》篇中，专门就人的内在的“情性”即人的禀性气质与外在的艺术风格的表现做了论述：

> 夫情动而言形，理发而文见，盖沿隐以至显，因内而符外者也。然才有庸俊，气有刚柔，学有浅深，习有雅郑，并情性所铄，陶染所凝，是以笔区云谲，文苑波诡者矣。故辞理庸俊，莫能翻其才；风趣刚柔，宁或改其气；事义浅深，未闻乖其学；体式雅郑，鲜有反其习：各师成心，其异如面。
>
> 若夫八体屡迁，功以学成，才力居中，肇自血气；气以实志，志以定言，吐纳英华，莫非情性。……触类以推，表里必符，岂非自然之恒资，才气之大略哉！

可见在刘勰看来，志与情、辞不但并行不废，而且可以相得益彰。事实上，无论单独强调“志”还是片面强调“情”和辞，都会产生其自身的局限性。单独强调“志”，则抑制了诗人性情的自由抒发和表现形式的艺术美；片面强调“情”，则容易忽略作品的思想内容和社会作用而走向一种狭隘的极端；而过分追求“辞”，则无疑会导致形式主义诗风的泛滥。在刘勰的那个时代，正是“摈落六义”而淫艳之情、浮靡之辞盛行的时期，刘勰以“志”济情与辞，目的也是为了拯时救弊，扭转不良风气。那么怎样以“志”来济情与辞呢？刘勰拈出了“本乎道，师乎圣，体乎经，酌乎纬，变乎骚”(《文心雕龙·序志》)的方法，从学习“圣人”、“经典”入手，便可达到“志”、“情”和“辞”的和谐统一。

当刘勰深入到艺术的殿堂，在具体论述艺术创造和艺术审美的过程中，则更多地强调情和辞以及情与辞之间的辩证关系。陆机在《文赋》中所说的“缘情”，不仅“非止乎礼义”，而且又伴随着艺术想象与艺术构思的整个创造过程。《文赋》说：

> 遵四时以叹逝，瞻万物而思纷，悲落叶于劲秋，喜柔条于芳春。

这还只是处在“情因物感”的自然阶段，接下去：

> 其始也，皆收视反听、耽思旁讯，精骛八极，心游万仞。其致也，情曈昽而弥鲜，物昭晰而互进，倾群言之沥液，漱六艺之芳润，浮天渊以安流，濯下泉而潜浸。于是沉辞怫悦，若游鱼衔钩，而出重渊之深；浮藻联翩，若翰鸟缨缴，而坠曾云之峻。收百世之阙文，采千载之遗韵；谢朝华于已披，启夕秀于未振；观古今于须臾，抚四海于一瞬。

随着情思的起伏变化，而在艺术的阆苑中驰骋想象，借以传情表意的物象逐渐明晰，诗人内在的情思也就愈加豁朗，而后凭借华美的词采把这些意象呈现出来。整个艺术创造的过程，也就是诗人情感的呈示与流露的过程，这个过程可以说是“缘情而绮靡”的。刘勰在《文

心雕龙·神思》中,对这种以“情思”为核心的艺术想象与构思,又做了进一步的论述:

> 古人云:“形在江海之上,心存魏阙之下。”神思之谓也。文之思也,其神远矣。故寂然凝虑,思接千载,悄焉动容,视通万里;吟咏之间,吐纳珠玉之声,眉睫之前,卷舒风云之色,其思理之致乎?故思理为妙,神与物游;神居胸臆,而志气统其关键;物沿耳目,而辞令管其枢机。枢机方通,则物无隐貌;关键将塞,则神有遁心。
>
> 夫神思方运,万涂竞萌,规矩虚位,刻镂无形;登山则情满于山,观海则意溢于海,我才之多少,将与风云而并驱矣。
>
> 若情数诡杂,体变迁贸,拙辞或孕于巧义,庸事或萌于新意,视布于麻,虽云未费,杼轴献功,焕然乃珍。
>
> 神用象通,情变所孕。物以貌求,心以理应。刻镂声律,萌芽比兴。结虑司契,垂帷制胜。

所谓“神思”,也就是处在艺术想象与构思过程之中的情思,它不受时间和空间限制而自由翱翔。想象加深的过程,也就是情景交融、意象渐明的过程。刘勰还进一步论述了“思——意——言”的关系,“意受于思,言受于意”,从神思到文思再到文辞,情的作用是至关重要的。在谈到物、情与辞的关系时,刘勰强调的是“情以物迁,辞以情发”,随着物象的变化,诗人的情感亦随之变化;而文辞则又随着情感产生与发展而属采附声:

> 是以诗人感物,联类不穷,流连万象之际,沉吟视听之区;写气图貌,既随物以宛转;属采附声,亦与心而徘徊。(《物色》篇)

写物抒情,互相结合,随物宛转中有情在,与心徘徊中有物在,而这一切又都需要用优美的文辞表现出来。所以情与辞都十分重要。

同样,文学风格的形成,也离不开情与辞的和谐统一。《风骨》篇云:

是以怊怅述情,必始乎风;沉吟铺辞,莫先于骨。故辞之待骨,如体之树骸;情之含风,犹形之包气。

故练于骨者,析辞必精;深乎风者,述情必显。……若风骨乏采,则鸷集翰林;采乏风骨,则雉窜文囿。唯藻耀而高翔,固文笔之鸣凤也。

情与气偕,辞共体并。文明以健,珪璋乃骋。蔚彼风力,严此骨鲠。才锋峻立,符采克炳。

情感与文辞,是构成诗文的两大要素,只有二者达到统一合谐,才能创造出优美的作品,而风格亦即赖此而形成。

在《通变》篇中,刘勰强调:"文辞气力,通变则久";"凭情以会通,负气以适变,采如宛虹之奋鬐,光若长离之振翼,乃颖脱之文矣"。在继承与创新的问题上,无论是情还是辞,都要根据自己的特点来承前启后、求变创新。

甚至艺术鉴赏也不例外:"夫缀文者情动而辞发,观文者披文以入情,沿波讨源,虽幽必显。"(《文心雕龙·风骨》)可见在刘勰那里,从文学创作的全部过程乃至艺术风格的形成以及审美鉴赏等等,情与辞都是十分重要的。那么情与辞之间的关系是怎样的呢?刘勰为此专门写了《情采》篇,以论述二者之间的辩证关系:

夫铅黛所以饰容,而盼倩生于淑姿;文采所以饰言,而辩丽本于情性。故情者,文之经,辞者,理之纬;经正而后纬成,理定而后辞畅,此立文之本源也。

认为文学创作最根本的要求,是以情理为经,以文辞为纬,"经正而后纬成，理定而后辞畅”，情理与言辞有主次之分，但二者又相辅相成、不可或缺。离开情性的文采是涂饰，不得“辩丽”，正如离开风骨的文采，是“雉窜文囿”（《文心雕龙·风骨》）；反之，没有文采的情性表达，则缺少优美的文学意味，正是“风骨乏采，则鸷集翰林”（《文心雕龙·风骨》）。有了情性再加上文采，这才能“藻耀而高翔，固文笔之鸣凤也”（《文心雕龙·风骨》），才能达到艺术的美。

由“辩丽本于情性”，引出“为情而造文”和“为文而造情”来。《情采》云：

> 昔诗人什篇，为情而造文；辞人赋颂，为文而造情。何以明其然？盖《风》、《雅》之兴，志思蓄愤，而吟咏情性，以讽其上，此为情而造文也；诸子之徒，心非郁陶，苟驰夸饰，鬻声钓世，此为文而造情也。故为情者要约而写真，为文者淫丽而烦滥。而后之作者，采滥忽真，远弃《风》、《雅》，近师辞赋，故体情之制日疏，逐文之篇愈盛。

“志思蓄愤，而吟咏情性”，这是刘勰对《诗经》、《楚辞》以来“发愤以抒情”的充分肯定。郁愤于中，发而为诗，吟咏真实的情性，此即为情而造文，亦即诗人之赋丽以则；而司马相如等“诸子之徒”，“心非郁陶，苟驰夸饰”，并不是为了写真实的情性，故其文情伪而采滥，此即为文而造情，亦即辞人之赋丽以淫。刘勰强调“为情而造文”，“要约而写真”，是针对当时那种“采滥忽真”、“体情之制日疏，逐文之篇愈盛”的不良风气而发的。

总之，刘勰对于情与采及其关系的论述，不仅进一步发展了自曹丕、陆机以来的主情说，使得“文以气为主”、“诗赋欲丽”和“诗缘情而绮靡”等主张更加深入化、系统化，也更加合理化；而且又具有积极进步的现实针对性，其理论意义至今仍值得借鉴。

第三章　从《诗品》到《二十四诗品》
——中国诗学独立发展的时期

从锺嵘《诗品》到司空图，既是中国诗学独立发展、并在多方面取得重大进展的时期，也是中国诗歌进程中最辉煌的时代。这一时期，中国诗歌经过漫长的准备、发展终至顶峰，继而又由创变而发展到嗣其余响，其间名家辈出，各展异彩；流派众多，各具风姿。

对于风格流派的研究，则是这一时期诗学理论发展的核心，锺嵘《诗品》、皎然《诗式》、张为《诗人主客图》、司空图的论诗杂著及署名司空图的《二十四诗品》①都是其中杰出的代表，至于散见于唐人总集、别集以及唐代文人笔记资料中的有关论述，亦十分可观。这时期诗学理论中所提出的“滋味”与“韵味”说，代表了诗歌风格辨析进入到更为细腻微妙的层面，启发了宋元明清诗论家的论诗思路。

儒家“言志”之论和“诗教”之说，在唐代又有了进一步的发展，而且发展到了它的高潮时期；人们由重风骨、尚风雅到美刺兴比，在理论上更加强化了诗歌的社会政治作用，元稹和白居易乃是其中最杰出的

① 传统上认为，司空图的论诗著述可以分为两个系统，一是《二十四诗品》，一是其论诗杂著，即《与李生论诗书》、《与王驾评诗书》、《与极浦书》、《题柳柳州集后》和《诗赋》。自从陈尚君、汪涌豪提出《司空图〈二十四诗品〉辨伪》的话题后，引起了学界的热烈反响。但鉴于关于《二十四诗品》著作权的问题尚未最后定论，本篇讨论司空图诗论仍将《二十四诗品》列入，标明“署名司空图”。

代表。继屈原、司马迁的“发愤”说之后，中唐韩孟诗派又进一步提出了“不平则鸣”的主张，并在此基础上汲取佛教思想、艺术及书法、绘画理论中的合理成分，重心性，造幽微，树立了“笔补造化”的艺术高标，从而为盛唐之后的诗歌发展的创新，指出了一条崭新的途径。

结合着诗歌创作的发展演变，持有不同文艺观念和诗歌美学主张的诗人及诗论家，还针对一些共同关心的问题展开了激烈的论争。论争的中心问题包括：初唐四杰之争、陈子昂的功过、李杜优劣论、元白之争以及对齐梁诗风的评价。这些论争的实质，不仅反映了这一时期诗歌美学思想的发展变化，而且也直接影响着诗歌创作的发展方向。

第一节　本时期诗学理论的核心观念
——风格论

一、锺嵘《诗品》的风格论

《诗品》成于梁代，专门评论五言诗。其中品评了自汉至梁的一百二十二位诗人，除分上、中、下三品之外，还分别指出其中比较重要的三十六位诗人的渊源继承关系，出于某家某体。所谓“体”，在《诗品》中是指体貌风格。①

1. 推源溯流

推源溯流是锺嵘《诗品》风格论的重要内容。他主要是依据诗歌的体制和风格与前人有某些类似，由此判别渊源，区分流派。从风格论的角度而言，这是探索诗人艺术风格形成的原因，也是辨析作家独特风格的一种方法和途径。章学诚《文史通义》内篇五《诗话》说：

---

① 如其评古诗云：“其体源出于国风。”评张协诗云：“其源出于王粲。文体华净，少病累，又巧构形似之言。”又评谢灵运诗云：“其源出于陈思，杂有景阳之体。故尚巧似，而逸荡过之。”皆是如此。

> 《诗品》之于论诗，视《文心雕龙》之于论文，皆专门名家，勒为成书之初祖也。《文心》体大而虑周，《诗品》思深而意远；盖《文心》笼罩群言，而《诗品》深从六艺，溯流别也。论诗论文，而知溯流别，则可以探源经籍，而进窥天地之纯，古人之大体矣。此意非后世诗话家流所能喻也。

章学诚以文献理论家的独到眼光，对《诗品》的推源溯流做了很高评价，认为它具备了“史”的学术意义，换言之，这里不仅仅是诗歌创作方法的祖述传递，更是以诗歌为核心的“文学史”的勾勒。《四库全书总目提要》卷三十九“诗文评类一”则说锺嵘《诗品》：“其论某人源出某人，若一一亲见其师承者，则不免附会耳。”谢榛《四溟诗话》卷二也曾说：“锺嵘《诗品》专论源流，若陶潜出于应璩，应璩出于魏文，魏文出于李陵，何其一脉不同邪?”这类意见则指出了锺嵘推源溯流工作中的主观武断之弊。就总的倾向而言，锺嵘推源溯流的工作尽管有它自身的不足与缺陷，但他为研究诗歌风格的发展，建立起一种历史性的观念，这种观念对于诗歌的评价十分重要，因为只有将诗人及其作品放在历史的发展中，才能看出他们在继承与发展中的真正价值。因此对于锺嵘所作的推源溯流的工作，应予以充分的肯定。

同时我们还要看到，锺嵘《诗品》的推源溯流的方法，既非锺嵘首创，亦非孤立的现象，而是时代风气的反映。自晋代之后，诗歌创作中拟古之风颇为盛行。这种模拟，包括题材、主题、情调、写作技巧以至字句上的模仿，也往往包含着追求风格的近似。西晋著名的诗人中，如傅玄、张华、张载等人就都有拟古之作，而以陆机的《拟古诗》最为著名。[①] 鲍照有《学刘公干体》五首，模拟刘桢《赠从弟三首》，颇有刘桢诗挺拔尚气的风格特点。方东树《昭昧詹言》卷六说鲍照“诗体仗气，

① 《文选》卷三十所载陆机《拟古诗十二首》中，除《拟兰若生朝阳》一首外，都是模拟《古诗十九首》之作。据锺嵘《诗品》上所称，可知陆机的“拟古”至少有十四首。

极似公幹”，就明确指出了二者在风格上的相似。鲍照还有《效阮公夜中不能寐》、《学陶彭泽体》，其风格也都与被拟者相近。又如江淹《杂体诗三十首》，模仿三十位不同时代诗人的风格体制，具有广泛地学习前人之意，即所谓“具美兼善”。在齐梁之时，谢灵运诗名大振，于是学习、仿效谢诗者亦蔚然成风。[①] 此外，像鲍照、谢朓、吴均、任昉等人的诗歌，在当时也常被学习、仿效。刘勰在《文心雕龙·体性》中即明确地提出过“摹体以定习”的理论主张，又其《定势》篇亦云：“模经为式者，自入典雅之懿；效骚命篇者，必归艳逸之华。”这是在理论上对当时作者有意识地模拟某种风格的现象的总结。

模拟仿效是当时诗歌创作中的普遍风气；但另一个方面，就是追求新奇，创变其本。萧子显《南齐书·文学传论》的看法很有代表性：

> 习玩为理，事久则渎，在乎文章，弥患凡旧，若无新变，不能代雄。建安一体，《典论》短长互出；潘、陆齐名，机、岳之文永异；江左风味，盛道家之言，郭璞举其灵变，许询极其名理。……颜、谢并起，乃各擅奇；休、鲍后出，咸亦标世。朱蓝共妍，不相祖述。

但不论是模仿还是创新，首先必须对众多的作家作品从风格上加以辨别分析，比较各家风格的异同，这也就很自然地形成了“某家源出

---

① 萧纲《与湘东王书》云：“又时有效谢康乐、裴鸿胪文者，亦颇有惑焉。何者？谢客吐言天拔，出于自然，时有不拘，是其糟粕。裴氏乃是良史之才，了无篇什之美。是为学谢则不届其精华，但得其冗长；师裴则蔑绝其所长，惟得其所短。谢故巧不可阶，裴亦质不宜慕。”（《全梁文》卷十一）学习、仿效谢诗的风气，在当时的确颇为盛行。如《南史》卷四十三《武陵昭王晔传》说萧晔“与诸王共作短句诗，学谢灵运体，以呈高帝。帝报曰：‘见汝二十字，诸儿作中，最为优者。但康乐放荡，作体不辨有首尾，安仁、士衡深可宗尚，颜延之抑其次也。’”又《南史》卷二十一《王籍传》说：“籍好学，有才气，为诗慕谢灵运。至其合也，殆无愧色。时人咸谓康乐之有王籍，如仲尼之有丘明，老聃之有严周。”说明王籍的诗在风格上已极似谢诗了。又《南史》卷七十一《伏挺传》载：伏挺“博学有才思，为五言诗，善效谢康乐体”。可见齐梁之时谢灵运体受到普遍的模仿。

某家”的概念。对诗人风格加以推源溯流，这在钟嵘之前及同时代的批评家那里就有所论述。如沈约在《宋书·谢灵运传》中说：

> 自汉至魏，四百余年，辞人才子，文体三变。相如巧为形似之言，班固长于情理之说，子建、仲宣以气质为体，并标能擅美，独映当时，是以一世之士，各相慕习。源其飚流所始，莫不同祖风骚；徒以赏好异情，故意制相诡。

认为尽管不同时代具有不同的风格，然究其源始，“莫不同祖风骚”，都是从《诗经》和《楚辞》那里变化、发展而来。刘勰在《文心雕龙·才略》中也指出古今作家风格的类似，并述及其渊源继承关系，如说：“相如好书，师范屈、宋，洞入夸艳，致名辞宗”；“杜笃、贾逵，亦有声于文，迹其为才，崔、傅之末流也”；“延寿继志，瑰颖独标；其善图物写貌，岂枚乘之遗术欤”等，都指出了这种风格上的渊源关系。与钟嵘同时的萧子显，在《南齐书·文学传论》中，不仅将当时的创作倾向归纳为“三体”，即三种风格，而且还进一步明确地指出了各“体”之“源”：

> 今之文章，作者虽众，总而为论，略有三体：一则启心闲绎，托辞华旷，虽存巧绮，终致迂回，宜登公宴，本非准的。而疏慢阐缓，膏肓之病，典正可采，酷不入情。此体之源，出灵运而成也。次则缉事比类，非对不发，博物可嘉，职成拘制。或全借古语，用申今情，崎岖牵引，直为偶说。唯睹事例，顿失清采。此则傅咸五经，应璩指事，虽不全似，可以类从。次则发唱惊挺，操调险急，雕藻淫艳，倾炫心魂。亦犹五色之有红紫，八音之有郑、卫。斯鲍照之遗烈也。

这里的论述同钟嵘《诗品》某人源出某人的说法很相近。从以上所举资料中可以看出,锺嵘评论五言诗时注意其风格体制的源流继承关系,并不是他的独创,而是时代的一种风气。不过作为我国古代第一部诗歌批评的论著,锺嵘《诗品》风格论的功绩是值得肯定的,它对我国后世诗歌风格论的发展,产生了积极的影响。

2. 骨气风力

和刘勰一样,锺嵘也很重视骨气与风力。他论曹植为"骨气奇高";论刘桢为"仗气爱奇,动多振绝,真骨凌霜,高风跨俗";论刘琨为"仗清刚之气"、"自有清拔之气";论陶渊明为"又协左思风力";批评东晋玄言诗为"建安风力尽矣"等等,都说明锺嵘对汉魏风骨的刚健精神十分推重。但锺嵘在强调骨气与风力的同时,还要求与词采相结合,即"干之以风力,润之以丹彩",从内容与形式两个方面同时提出要求。所以他赞美曹植"骨气奇高,词采华茂";批评陆机"气少于公幹,文劣于仲宣"。而对于气盛采乏的作品,他也同样表示了不满,如说刘桢"但气过其文,雕润恨少"。

3. 自然清新

倡导自然清新的艺术风格,是锺嵘论诗的宗旨之一。在《诗品序》中,锺嵘对当时"蠹文"的不良风气十分不满,他说:

> 颜延、谢庄,尤为繁密,于时化之。故大明、泰始中,文章殆同书抄。近任昉、王元长等,辞不贵奇,竞须新事。尔来作者,浸以成俗。遂乃句无虚语,语无虚字,拘挛补衲,蠹文已甚。但自然英旨,罕值其人。

同样,对于当时拘限声病的风气,锺嵘也十分反对,他说:

> 王元长创其首,谢朓、沈约扬其波,……于是士流景慕,务为精密,襞积细微,专相陵架,故使文多拘忌,伤其真美。余谓文制,

本须讽读，不可蹇碍，但令清浊通流，口吻调利，斯为足矣。

这里所说的“真美”，就是天真自然之美，亦即上文所谓“自然英旨”。过分地雕琢词句、拘限声病，无疑就破坏了诗歌的天真自然之趣。所以锺嵘主张“直寻”：“至乎吟咏情性，亦何贵于用事？‘思君如流水’，既是即目；‘高台多悲风’，亦惟所见；‘清晨登陇首’，羌无故实；‘明月照积雪’，讵出经史。观古今胜语，多非补假，皆由直寻。”锺嵘称赞谢灵运“为元嘉之雄”，就是欣赏谢诗的自然清新之美。对于谢诗中“尚巧似”和“繁芜”之弊，锺嵘持批评态度，但他对谢诗的自然清新之美，却给予了高度的赞扬：“谢诗如出水芙蓉，自然可爱”；“谢客吐言天拔，出于自然”。此外，他评价古诗是“清音独远”，刘琨“有清拔之气”，班姬“辞旨清捷”，嵇康“托喻清远”，谢庄“气候清雅”，批评鲍照“贵尚巧似，不避危仄，颇伤清雅之调”等等，都说明锺嵘对自然清新之美的重视。

4. 哀怨悲凉

诗，是抒情言志的。情有喜怒哀乐之分，故诗亦有种种不同的情感表现与情感色彩。而锺嵘在评价具体的诗人诗作时，却更为重视哀怨悲凉的诗篇。在传统儒家的诗论中，孔子曾说过：诗“可以怨”；《诗大序》也有“乱世之音怨以怒”，“亡国之音哀以思”的说法，但他们所说的怨、怒、哀，最终还是要归结到“止乎礼义”的根本上去。而锺嵘则是更多地从屈原和司马迁那里继承了“发愤”说的传统，强调诗歌要抒发怨情，并具体运用到对诗人、诗风的把握与评价之中。在《诗品序》中，锺嵘虽并列地提出“嘉会寄诗以亲”和“离群托诗以怨”，但他却更强调了后者，他说：

至于楚臣去境，汉妾辞宫；或骨横朔野，魂逐飞蓬；或负戈外戍，杀气雄边；塞客衣单，孀闺泪尽；或士有解佩出朝，一去忘反；

女有扬蛾入宠，再盼倾国。凡斯种种，非陈诗何以展其义？非长歌何以骋其情？故曰："诗可以群，可以怨。"

认为由于作者的种种不幸遭遇和痛苦的感受，产生了表达的欲望，陈诗展义，长歌骋情，把怨愤之情抒写出来，这种诗才能感动人心，才是好诗。那些膏腴子弟之所以写不出好诗，就是因为他们没有痛苦的遭遇和穷困的体验，尽管他们"终朝点缀，分夜呻吟"，用心很苦，但都是无病呻吟。至于玄言诗之高谈玄理，事类诗之堆砌典故，永明体之专尚声病，就都不重在抒发怨愤之情，缺乏浓郁的诗情，甚至妨碍了诗情的表达，使诗歌失去了"自然英旨"，"伤其真美"，所以锺嵘对此一概持否定态度。锺嵘对上品和中品评价较高的作家，如古诗之"意悲而远，惊心动魄"；李陵之"文多凄怨"；班姬之"怨深文绮"；曹植之"情兼雅怨"；王粲之"发愀怆之词"；阮籍之"颇多感慨之词"；左思之"文典以怨"；秦嘉夫妇之"文亦凄怨"；刘琨、卢谌之"善为凄戾之词"，"善叙丧乱，多感恨之词"；甚至像郭璞及沈约等人，都是肯定了他们诗歌中哀怨悲凉的情调。从锺嵘的这些评价中可以看出，哀怨悲凉，已不只是情感的流露，而成为了诗歌审美的一种风范与格调。后来托名司空图《二十四诗品》中列有"悲慨"一格，便是对锺嵘这一理论的进一步发展。

5. 典则雅正

雅本是《诗经》中一种诗体的名称，它在当时是正的意思。孔子说："恶郑声之乱雅乐也。"（《论语・阳货》）按照儒家传统的解释，雅诗含有内则、温厚之意，郑声含有淫靡、浅俗之意。在先秦以至两汉的儒家诗论中，已十分重视区分雅、郑的界限。这种观点也影响到六朝的文学理论。曹丕《典论・论文》说："奏议宜雅。"是说内容要符合典则，文词要雅致。陆机《文赋》也说："奏平彻以闲雅。""平彻"以意言，"闲雅"以文词言，亦即典雅之意。锺嵘把这种典雅的特征，运用到了对诗人风格的把握与评价之中,但同时也深受儒家诗教思想的影响。

锺嵘特别赞赏雅怨,认为是得讽谕之致。如他对曹植的诗评价最高,认为他是诗国中的周公孔子,而“情兼雅怨”就是曹植诗最主要的优点。锺嵘认为“其源出于《国风》”,“情兼雅怨”的特点是感情蕴藉深厚,怨而不怒,不伤雅致,能发乎情,止乎礼义;在表达上也委婉深致。这和雅诗的基本精神是一致的。锺嵘所谓:“故孔氏之门如用诗,则公幹升堂,思王入室,景阳、潘、陆,自可坐于廊庑之间矣。”即已寓有此意。又如锺嵘对左思的评价:“文典以怨,颇为精切,得讽谕之致。”“文典以怨”,也就是“情兼雅怨”。“太冲《咏史》”也被锺嵘列为五言诗的典范。在诗中借咏史以抒情,表达了对豪右垄断仕途的不满与谴责。这种怨情之所以符合典则,正因为诗人所表现出的进则立功名,骋良图;退则为达士,归田庐,可谓深得孔孟进退用藏之意。这大概就是左思诗“文典以怨”、“得讽谕之致”的真实含义。此外如称赞古诗和陆机的拟古诗“文温意远”,评刘桢诗“高风跨俗”,评阮籍诗“洋洋会于风雅,使人忘其鄙近,自致远大”,评应璩诗“善为古语,指事殷勤,雅意深笃,得诗人激刺之旨”等等,都是肯定他们诗中的风雅精神与典雅的风格。至于批评嵇康诗“伤渊雅之致”,说鲍照诗“险俗”,“颇伤清雅之调”等,也都说明锺嵘对典雅一格的重视。显然,锺嵘崇尚典雅,重在倡导“风人之旨”,就其艺术观的基本点来说,还是深受儒家诗教的影响,因此他在评价嵇康、鲍照等人的诗歌中,就明显带有传统儒家诗论的偏见。

二、皎然《诗式》的风格论与中唐诗歌新变

艺术风格本身是一个不很固定的、甚至是比较模糊的概念。人们对于风格的辨析,也只能从基本倾向上去领略它;而且审美趣味的差异,也决定了风格的表现形态是多样化的。刘勰在《文心雕龙·体性》中即把不同的文学风格区分为“八体”:“一曰典雅,二曰远奥,三曰精

约，四曰显附，五曰繁缛，六曰壮丽，七曰新奇，八曰轻靡。”诗歌在有唐一代发展到了顶峰，胡应麟《诗薮 · 外编》卷三云：“甚矣，诗之盛于唐也！其体，则三、四、五言，六、七、杂言，乐府、歌行，近体、绝句，靡弗备矣。其格，则高卑、远近、浓淡、浅深、巨细、精粗、巧拙、强弱，靡弗具矣。其调，则飘逸、浑雄、沉深、博大、绮丽、幽闲、新奇、猥琐，靡弗诣矣。”绚烂多彩的诗歌风格，为人们进一步总结各种风格类型的基本范畴和表现特征提供了极好的条件，细致地区辨和把握不同的诗歌风格，便成为诗歌理论家们重要的任务之一。

李峤的《评诗格》将诗分为：“形似”、“质气”、“情理”、“直置”、“雕藻”、“影带”、“宛转”、“飞动”、“情切”、“精华”等十体。王昌龄的《诗格》将诗分为：“高格”、“古雅”、“闲逸”、“幽深”、“神仙”等“五趣向”。在这种风尚的影响下，皎然又结合他的诗歌美学思想和意境理论，对诗的风格表现做了更加细致的区辨和多方面的论述。

中唐著名诗僧皎然是谢灵运十世孙，诗论著作有《诗式》五卷、《诗评》三卷、《诗议》一卷。皎然的诗歌理论，从总的指导思想来说，是提倡自然的风格。他所谓“自然”，就是“真于情性”，不事雕饰。[①]在重自然的前提下，皎然对诗的风格从思想内容到表现形式的不同，做了更为细致的辨析。尽管他的辨析不是那么准确和深刻，但从中仍可看到他的诗歌审美趣味以及对风格类型的鉴别能力。《诗式 · 辨体有一十九字》云：

> 高——风韵朗畅曰高。
>
> 逸——体格闲放曰逸。

---

① 如他说诗人所写的“天真挺拔之句，与造化争衡”；赞美苏、李诗“天予真性，发言自高”；赞美曹植诗“不由作意，气格自高”；推崇谢灵运“为文真于情性，尚于作用，不顾辞彩而风流自然”；他说：“惠休所评‘谢诗如芙蓉出水’，斯言颇近矣。”都说明他对“自然”的重视。

贞——放词正直曰贞。

忠——临危不变曰忠。

节——持操不改曰节。

志——立性不改曰志。

气——风情耿介曰气。

情——缘境不尽曰情。

思——气多含蓄曰思。

德——词温而正曰德。

诫——检束防闲曰诫。

闲——情性疏野曰闲。

达——心迹旷诞曰达。

悲——伤甚曰悲。

怨——词调凄切曰怨。

意——立言盘泊曰意。

力——体裁劲健曰力。

静——非如松风不动,林狖未鸣,乃谓意中之静。

远——非如渺渺望水、杳杳看山,乃谓意中之远。

皎然认为这十九字"括文章德体风味尽矣","德体"与"风味",即包括了内容与形式的完美配合,才构成种种不同的艺术风格。在皎然的风格论中,值得注意的有以下三点:

1. 十九种风格都侧重主体性方面,同时又着眼于意境。

高、逸、闲、达、静、远,侧重于意境表现的形象特色;贞、忠、节、志、意、情、思、德、诫,侧重于意境思想内容的要求;悲、怨、气、力等则侧重于意境感染力的性质。皎然对这些风格的不同特征,没有做出理论分析,但都举出诗例(其中"忠"除外)。但必须指出,皎然在这里所拈出的"一十九体",如果以较为严格标准加以衡量,他的论述实际上并不完全是风格问题，有的也只是涉及及某一种风格的因素，像忠、贞、节、志、德、诫等“体”，主要都是强调诗中所表现的思想内容，这些与我们今天所理解的风格的概念，的确相去甚远。

2. 并不绝对地割裂各种风格，注意具体作品在风格上的丰富性和复杂性。

因此之故，皎然在拈出“十九体”之前，他强调指出：

> 夫诗人之思初发，取境偏高，则一首举体便高；取境偏逸，则一首举体便逸。才性等字亦然。体有所长，故各功归一字。偏高偏逸之例，直于诗体；篇目风貌，不妨一字之下，风律外彰，体德内蕴，如车之有毂，众美归焉。

作者的构思取境，决定了作品的主导风格，但在主导风格之外，并不妨碍它还兼有其他外部风调。这些围绕着主导风格并与之合为一个整体，即所谓“如车之有毂，众美归焉”。正因为每首诗总有自己的主导风格，故可以用一个字来标示它的风格特色。不过皎然在用这十九个字来分注所举诗例时，常常用两个字（即“体”）来说明同一首诗的风格，这其中也体现出皎然对于诗歌风格的丰富性和复杂性的认识。这种认识是可取的。

3. 风格论带有佛学的辩证因素，从而接触到艺术辩证法的某些问题。

如皎然指出：

> 至险而不僻，至奇而不差，至丽而自然，至苦而无迹，至近而意远，至放而不迂。

这些也都是结合着诗歌意境的创造来讨论风格问题。在这里，皎然特别强调一个“度”的差别。能适当地把握这个度,既不过分,也不强烈,就能保持自然本色的风格;而当某种风格失去了它的“度”,就可能发展成另一种风格,而这种风格则破坏了诗歌原有的审美意境。皎然还指出诗歌创作中与鉴赏中有六种容易混淆的风格,即所谓“六迷”:

以虚诞而为高古,以缓慢而为淡泞,以错用意而为独善,以诡怪而为新奇,以烂熟而为稳约,以气劣弱而为容易。

这里就不仅仅是“度”的问题,而更重要的是要求人们透过某些假象来识别不同风格的本质。这些认识对《二十四诗品》明确各种风格类型的基本范畴是有启示作用的。[①]

皎然的风格论,倡导“自然”,高标“高”、“逸”,这种审美心态不仅与他自身主张对生活持平和无争的态度有关,同时与当时诗歌创作的发展变化有着密切的联系。《诗式》一书,成于贞元五年(公元789年)。而皎然在酝酿与写作此书的过程中,正值唐诗由盛唐到中唐的发展变化时期。这种变化的实质,对于皎然的诗歌审美标准和风格理论,无疑会产生深刻的影响。如明人胡震亨所言,大历诗人“命旨贵沉宛有含,写致取淡冷自送”,表现出追求“省净”的审美趋向;同时又“工于浣濯,自艰于振举,风干衰,边幅狭”(胡震亨《唐音癸签》卷七),在讲求修饰丽藻之中,呈现出气骨顿衰的精神面貌。皎然《诗式》卷四对大历诗人也有新的评价:

大历中,词人多在江外,皇甫冉、严维、张继、刘长卿、李嘉祐、朱放,窃占青山白云、春风芳草以为己有。吾知诗道初丧,正在于

① 见罗宗强《论唐大历初至贞元中的文学思想》,《社会科学战线》1983年3期。

此，何得推过齐梁作者？迄今余波尚浸，后生相效，没溺者多。大历末年，诸公改辙，盖知前非也。

大历诗人对战乱多变的社会感到厌倦，从而“窃占青山白云、春风芳草以为己有”，把注意力转向了山水之间。皎然认为他们前期的诗歌创作尚不如齐梁之诗，乃是“诗道初丧”。显然，皎然看到了大历诗人的新变趋向，但他的审美标准却是以齐梁之诗为尺度的。因此他认为大历末年，“诸公改辙”之后的诗作，“方于南朝张正见、何胥、徐摛、王筠，吾无间然也”。和齐梁诗歌的代表人物没有区别，这才得到了皎然的认可。盛唐诗人所推崇的齐梁诗歌，是以崇尚自然、清新俊逸之美为标准的，而大历诗人则主要崇尚他们的高情远韵与宏词丽藻。而这一点与皎然自身的审美心态与风格标准正相一致。皎然标榜“自然”，但并不是真实意义上的“清水出芙蓉”的自然，他的目的是“至丽而自然”，把雕饰丽藻与自然融为一体，这才是他的审美标准。他在谈“取境”时说：

或云：诗不假修饰，任其丑朴，但风韵正、天真全，即名上等。予曰：不然。无盐阙容而有德，曷若文王太姒有容而有德乎？又云：不要苦思，苦思则丧自然之质。此亦不然。夫不入虎穴，焉得虎子？取境之时，须至难至险，始见奇句。成篇之后，观其气貌，有似等闲不思而得，此高手也。

这些见识与当时诗歌发展变化正是一致的。此外，他所倡导的“高”、“逸”、“闲”、“远”、“静”、“达”等美学风格，与时人审美心态也保持了最近的距离；而他所谓“诗有六至”：“至险而不僻，至奇而不差，至丽而自然，至苦而无迹，至近而意远，至放而不迂。”则又预示并引导了中唐诗歌发展演化的方向。

三、《二十四诗品》的风格论及其美学趣味

署名司空图的《二十四诗品》是用四言诗的形式写成的一部韵味悠长的诗论著作。作者将诗歌的意境同诗歌的风格紧密地结合,从不同风格的角度阐明诗境,又通过具体的诗境以印证风格。“二十四诗品”包括二十四种诗歌的美学境界和风格类型,它们分别是:

雄浑　冲淡　纤秾　沉著　高古　典雅　洗炼　劲健　绮丽　自然　含蓄　豪放　精神　缜密　疏野　清奇　委曲　实境　悲慨　形容　超诣　飘逸　旷达　流动

这些美学境界与风格类型,不是对某一作品或某一作家的创作风貌做概括,而是跨越了具体的作家作品,在牢笼众多诗人诗作的基础上,对普遍意义上的风貌类型的高度概括与总结。其中不仅包括了作者对自然美、艺术美和一般审美经验的综合认识,而且也包括了结合诗歌的题材、内容以及结构、语言、技法等方面的综合分析。不过每品之间,也各有侧重:

或从诗人的艺术趣味角度描述意境、风格,如“雄浑”、“冲淡”、“旷达”、“高古”、“豪放”、“劲健”等等。或从提炼题材、语言角度描述意境、风格,如“洗炼”、“超诣”、“实境”等。或从艺术结构的角度描述意境、风格的,如“缜密”、“委曲”、“流动”等。或侧重于诗境的色彩光泽,如“纤秾”、“绮丽”等。

这些从不同着眼点而来的风格特征被提炼,归纳,其规模之大,分类之细,可谓独具匠心。《二十四诗品》在表达上具有一个共同特点:以带有感情特征的描绘来代替思辨式的理论阐述。这种表达方式即所谓“比物取象,目击道存”(许印芳《二十四诗品跋》)。以物为比,取其象以显示意境;读者目击作者所取之象,便产生一种审美体验,并由

此而领悟作者所要表明的理论真意是什么。作者在每一品中着重表达一种意境，同时也显示一种风格美；作者通过描绘，诱导人们进入某一意境，从而领悟某种风格美。

但必须指出，这种表达方式自有其长处，但也有其不足。首先，作者在“比物取象”之后，对所提出的理论命题不做思辨式的表达，即在理论上缺乏明确的质的规定性，读者只好凭自己的主观感受去领会，因而会产生见仁见智的现象。其次，《二十四诗品》论诗，运用了大量的不同寻常的玄学语言，如“素处以默，妙机其微”（《冲淡》）；“体素储洁，乘月返真”（《洗炼》）；“由道返气，处得以狂”（《豪放》）；“俱道适往，着手成春”（《自然》）；“俱似大道，妙契同尘”（《形容》）等等，可谓俯拾即是。这种语言的大量运用，无疑会增加读者理解的难度。

《二十四诗品》概括与辨别诗的意境、风格极多，可见其不持偏见，承认艺术风格的多样化。不过在具体的品评中，还是流露出某种倾向。首先，《二十四诗品》中贯穿着一种感伤的情绪和悲观的气氛。如：

> 鸿雁不来，之子远行，所思不远，若为平生。（《沉著》）
> 落花无言，人淡如菊，书之岁华，其曰可读。（《典雅》）
> 不著一字，尽得风流，语不涉己，若不堪忧。（《含蓄》）
> 百岁如流，富贵冷灰，大道日丧，若为雄才。（《悲慨》）
> 生者百岁，相去几何，欢乐苦短，忧愁实多。（《旷达》）

沉著、典雅、含蓄、悲慨、旷达这五品的内涵本来有着很大的差异，但《二十四诗品》都用“悲慨”来形容，处处充满感伤的情绪和悲观的气氛。其次，偏好冲淡的风格。在《二十四诗品》中，不仅专列《冲淡》一品，而且在“沉著”、“高古”、“洗炼”、“疏野”、“清奇”、“实境”、“超诣”、“飘逸”、“旷达”等品中，都明显带有冲淡玄远的情绪。这是一种

远离现实、超脱世俗的境界,如:

> 采采流水,蓬蓬远春,窈窕深谷,时见美人。(《纤秾》)
>
> 绿林野屋,落日气清,脱巾独步,时闻鸟声。(《沉著》)
>
> 畸人乘真,手把芙蓉,泛彼浩劫,窅然空踪。(《高古》)
>
> 玉壶买春,赏雨茆屋,坐中佳士,左右修竹。(《典雅》)
>
> 载瞻星辰,载歌幽人,流水今日,明月前身。(《洗炼》)
>
> 青春鹦鹉,杨柳楼台,碧山人来,清酒深杯。(《精神》)
>
> 惟性所宅,真取弗羁,控物自富,与率为期。筑室松下,脱帽看诗,但知旦暮,不辨何时。(《疏野》)
>
> 可人如玉,步屧寻幽,载行载止,空碧悠悠。(《清奇》)
>
> 忽逢幽人,如见道心。晴涧之曲,碧松之阴,一客荷樵,一客听琴。(《实境》)
>
> 远引若至,临之已非,少有道气,终与俗违。(《超诣》)
>
> 落落欲往,矫矫不群,缑山之鹤,华顶之云。(《飘逸》)
>
> 倒酒即尽,杖藜行歌,孰不有古,南山峨峨。(《旷达》)

所写之境,皆远离尘世的隐居之境;所写之人,皆不食烟火的世外幽人。无论是这些环境背景,还是生活在这环境之中的人物,其实就都是"冲淡"的具体化与形象化。"冲淡"一品几乎成了全部《二十四诗品》论诗的基调。

四、张为《诗人主客图》及其风格流派划分

盛唐诗研究有山水田园诗派、边塞诗派的提法,但这往往是后人出于文学史梳理的便利所做出的一种方便分类,未必符合诗坛的实际情况。其实在中唐诗歌的实际演变过程中,已经开始出现自觉性的诗歌流派。自中唐以来,江南一带就存在着一些活动频繁的诗人群体。

先后有皎然《诗式》所言“大历江南诗人”；以皎然《诗式》为理论核心，包括顾况、秦系、灵澈、陆羽等人的“吴中诗派”。唐末又有包括方干、张为、李频、曹松、周朴、吴融、薛能、卢延让、郑谷、贯休等人的“江南诗人群”。张为的《诗人主客图》正是在唐代诗歌流派逐渐自觉的背景下形成的。

《诗人主客图》现存的最早资料见于南宋计有功编纂的《唐诗纪事》卷第六十五“张为”条：

> 为作诗人主客图序曰：若主人门下处其客者，以法度一则也。以白居易为广大教化主，上入室，杨乘；入室，张祜、羊士谔、元稹；升堂，卢仝、顾况、沈亚之；及门，费冠卿、皇甫松、殷尧藩、施肩吾、周元范、祝元膺、徐凝、朱可名、陈标、童翰卿。以孟云卿为高古奥逸主，上入室，韦应物；入室，李贺、杜牧、李余、刘猛、李涉、胡幽贞；升堂，李观、贾驰、李宣古、曹邺、刘驾、孟迟；及门，陈润、韦楚老。以李益为清奇雅正主，上入室，苏郁；入室，刘畋、僧清塞、卢休、于鹄、杨洵美、张籍、杨巨源、杨敬之、僧无可、姚合；升堂，方干、马戴、任蕃、贾岛、厉元、项斯、薛寿；及门，僧良乂、潘诚、于武陵、詹雄、卫准、僧志定、喻凫、朱庆余。以孟郊为清奇僻苦主，上入室，陈陶、周朴；及门，刘得仁、李溟。以鲍溶为博解宏拔主，上入室，李群玉；入室，司马退之、张为。以武元衡为瑰奇美丽主，上入室，刘禹锡；入室，赵嘏、长孙佐辅、曹唐；升堂，卢频、陈羽、许浑、张萧远；及门，张陵、章孝标、雍陶、周祚、袁不约。

张为以“主—上入室—入室—升堂—及门”对中晚唐诗人八十四家诗人的风格流派传承做了划分梳理。南宋陈振孙《直斋书录解题》卷二十二指出其重要性：“近世诗派之说，殆本于此。”《诗人主客图》在中国诗歌流派的研究史上具有开创性意义。张为这一举动的深层原因何在呢?

就文献渊源而言,我们当然可以追溯到孔门"升堂入室"之说及《诗品》品鉴人物之举,但时风的浸染是更值得注意的因素。首先,从主客图的体例(分类的名目与层次)来看,与唐代贡举中的制科颇多吻合之处。举个例子,《唐大诏令》卷一百零六载长庆二年十二月辛未《放制举诏》曰:

> 列而等之:贤良方正能极言直谏科第三等人庞严,第三次等人吕术,第四等人韦曙、姚中立、李矔,第四次等人崔嘏、崔龟从、任畹,第五上等人韦正贯、崔知白、陈玄锡;博通坟典达于教化第四等人李思玄;详明政术可以理人第四次等人崔郢;军谋宏达堪任将帅第三等人吴思,第五等人李商卿。

将《诗人主客图》中"高古奥逸"、"清奇雅正"、"博解宏拔"诸名与制举科目如"文藻宏丽"、"风雅古调"、"博通坟典"、"军谋宏达"相参观,颇见其同。而《诗人主客图》之分门别类、判以甲乙(上入室—入室—升堂—及门),与制科结果的等分高下(如"第三等"、"第三次等"、"第四等"、"第四次等"云云),更是犁然有当。

其次,唐代贡举形成的特殊的门生座主师徒关系正好与孔门"升堂入室"的师徒关系对应吻合,所以诗人可以用"升堂入室"来比附门生与座主的关系。而唐末"江南诗人群"中诗人多是下层文人,早年专事举业,汲汲奔走于达官之门,以求援引,如江南诗人群的中心人物方干之于姚合,卢延让之于吴融,都因行卷而成为诗学上"升堂入室"的授受关系。故而江南诗人对"升堂入室"这个提法特别的情有独钟。例如,《诗话总龟》前集卷三十四"诗谶门"引《郡阁雅谈》:"范摅处士有子七岁,作《隐者诗》云:'扫叶随风便,浇花趁日阴。'方干闻之,曰:'此可入室。'"又如,方干《哭秘书姚少监》:"入室几人成弟子,为儒是处哭先生。"(《全唐诗》卷六百五十)《过姚监故居》:"学诗弟子何人在,检点犹逢谏草无。"(《全唐诗》卷六百五十二)——尤其值得注意的是,方干诗加上《全唐诗》所载李频、郑谷、李中、齐己诗,[①]《全唐诗》中称"升堂入室"者仅见于此,皆为唐末江南诗人群中人,足可说明以"升堂入室"的方式来体认诗学风格传承的线索,乃是江南诗人群的私下共识。例如,王赞为方干《玄英集》作序,就用这一说法来说明方干的诗歌风格传承:

> 先是,丹阳有南阳张祜,差前于生,其诗放言横肆,皆吴越之遗贤。予尝较之:张祜升杜甫之堂,方干入钱起之室矣。(《玄英集》序)

可见,张为《诗人主客图》的写作"理念"很大程度上来自于唐代贡举制度造成的世风以及江南诗人群因之而得的诗学共识。《诗人主客图》中被张为归入"清奇雅正"一门的相当多诗人,正属于"江南诗人群"。[②]"清(丽)"、"奇(峭)",并行不悖,俱为"雅正"之道,这既是张为对江南诗人群的总体诗歌风格的评价,也符合我们对现存江南诗人群诗歌作品风格的基本判断。张为《诗人主客图》的理论与唐末江南诗人群的创作之间的互动关系说明,正是随着中晚唐以降诗歌风格流派发展的变化万千,诗歌创作者乃至诗学理论家们才觉得需要用较为明确的方式来体认、标志自身的不同风格流派特点以及传承关系。

---

① 分别是:李频《送崔侍御书记赴山北座主尚书招辟》(《全唐诗》卷五百八十九):"同为入室士,不觉别销魂。"郑谷《故少师从翁隐岩别墅乱后榛芜感旧怆怀遂有追纪》(《全唐诗》卷六百七十五):"寄鹤眠云叟,骑驴入室宾。"自注:"咸通中,举子乘马,唯张乔跨驴。乔诗苦道贞,孤卿延于门下。"李中《哭故主人陈太师》(《全唐诗》卷七百四十九):"十年孤迹寄侯门,入室升堂忝厚恩。"齐己甚至用它来形容宗教上的传承关系,《寄文浩百法》(卷八百四十四):"入室偈闻传绝唱,升堂客谩恃多才。"

② 吴融、郑谷、李中等江南诗人在张为之后,故未能出现在《诗人主客图》中。

这一点将在诗歌风格流派意识更加自觉、激烈的宋元明清诗坛表现得更为显著。

第二节　本时期风格论的核心观念

——以“自然”为宗

一、锺嵘《诗品》倡导“自然”之美

齐梁时代是形式主义文风泛滥的时代，刘勰在《文心雕龙》中就曾多方面地给予批判。同样，锺嵘在《诗品》中也以极强烈的现实性和针对性抨击了当时诗歌创作中的三种不良倾向：无病呻吟、堆砌典故和拘限声病。并在此基础之上鲜明地提出了以“自然英旨”为核心的“直寻”、“直致之奇”和“真美”等诗歌美学思想，从而使我国的诗歌美学理论在独立发展的道路上大大地迈进了一步。

锺嵘在《诗品序》中批评无病呻吟的创作倾向时说：

> 今之士俗，斯风炽矣。才能胜衣，甫就小学，必甘心而驰骛焉。于是庸音杂体，人各为容。至使膏腴子弟，耻文不逮。终朝点缀，分夜呻吟，独观谓为警策，众睹终沦平钝。次有轻薄之徒，笑曹、刘为古拙，谓鲍照羲皇上人，谢朓今古独步。而师鲍照，终不及“日中市朝满”；学谢朓，劣得“黄鸟度青枝”。徒自弃于高明，无涉于文流矣。

锺嵘清醒地认识到，当时诗风颓唐的根本原因，就在于那些“膏腴子弟”们毫无生活体验与真情实感的无病呻吟，说到底，就是缺乏真实而又自然的情感。关于诗的本质，锺嵘认为：

> 气之动物，物之感人，故摇荡性情，形诸舞咏。照烛三才，晖

丽万有，灵祇待之以致飨，幽微藉之以昭告。动天地，感鬼神，莫近于诗。

从字面上看，这几句话同《乐记》、《毛诗大序》以及《文心雕龙》的《明诗》、《物色》诸文中的有关论述是一致的；但《乐记》、《毛诗大序》作为儒家诗论的代表，所强调的是“止乎礼义”和政治教化，而刘勰亦未能摆脱“宗经”、“征圣”的桎梏。因此就本质而论，锺嵘对于诗的看法是与前人不同的。锺嵘明确地指出：诗是由“气”所引起的宇宙的运动变化作用于人心而产生的激动不宁的情感的表现。在这里，锺嵘特别强调的是与“气”相关的物与情的一种不宁静的、运动的状态，从而强调了诗是内在的情感要求向外自然抒发的产物，同时这种情感的抒发又具有微妙而巨大的感染力。

在谈到诗文创作中用典的问题时，锺嵘说：“若乃经国文符，应资博古；撰德驳奏，宜穷往烈。至乎吟咏情性，亦何贵于用事？”认为诗歌与其他应用文体的根本区别，即在于诗是“吟咏情性”、抒发感情的产物。与前人的诗论相比，锺嵘更强调真情的自然抒发，而且他所说的“情”，又偏重于哀怨之情。他说：

若乃春风春鸟，秋月秋蝉，夏云暑雨，冬月祁寒。斯四候之感诸诗者也。嘉会寄诗以亲，离群托诗以怨。至于楚臣去境，汉妾辞宫；或骨横朔野，魂逐飞蓬；或负戈外戍，杀气雄边；塞客衣单，孀闺泪尽；或士有解佩出朝，一去忘反；女有扬蛾入宠，再盼倾国。凡斯种种，感荡心灵，非陈诗何以展其义？非长歌何以骋其情？故曰：“诗可以群，可以怨。”使穷贱易安，幽居靡闷，莫尚于诗矣。

锺嵘在这里对诗所表现的情感做了种种具体的描绘，并把它们概括为“嘉会寄诗以亲，离群托诗以怨”，而论述的重点又是放在“怨”字上。因此锺嵘在评价具体的作品时,也往往把"怨"情放在突出的地位,而且都是作为肯定的评价提出的。[①] 并且,"怨"这种情绪的产生,是与个人的遭遇所引起的各种感慨分不开的。[②] 那么锺嵘强调"怨"在诗中的重要地位,也就是强调诗是个体对人生的种种感慨的真实抒发,这就比一般的"缘情"理论更深入一层,而更接近于"发愤"说的理论认识。

正因为锺嵘重视个体对人生感受的抒发,强调情感抒发的真实、自然、感人,因此他对当时诗歌创作中过分讲求"用事"和拘泥声病的现象十分不满,并十分明确地提出了"直寻"、"自然英旨"和"真美"的诗歌美学主张。在谈到诗歌用典的问题时,锺嵘说:

> 夫属词比事,乃为通谈。若乃经国文符,应资博古;撰德驳奏,宜穷往烈。至乎吟咏情性,亦何贵于用事?"思君如流水",既是即目;"高台多悲风",亦惟所见;"清晨登陇首",羌无故实;"明月照积雪",讵出经史。观古今胜语,多非补假,皆由直寻。颜延、谢庄,尤为繁密,于时化之。故大明、泰始中,文章殆同书抄。近任昉、王元长等,辞不贵奇,竞须新事,尔来作者,寖以成俗。遂乃句无虚语,语无虚字,拘挛补衲,蠹文已甚。但自然英旨,罕值其人。词既失高,则宜加事义,虽谢天才,且表学问,亦一理乎!

锺嵘首先将各种政治性、应用性的文章同"吟咏情性"的诗区别开

---

① 如评古诗以及李陵、班姬、曹植、王粲、阮籍、左思、秦嘉夫妇、应璩、刘琨、郭泰机、沈约、班固、赵壹、曹操、毛伯成等人的诗时,皆言及"怨"或"悲"、"哀怨"、"凄怆"、"愀怆"、"感慨"、"凄怨"、"激刺"、"凄戾"、"感恨"、"孤怨"、"清怨"、"愤"、"苦"、"悲凉"、"惆怅"等。

② 如评李陵诗:"文多凄怆,怨者之流。……使陵不遭辛苦,其文亦何能至此!"评秦嘉夫妇诗:"夫妻事即可伤,文亦凄怨。"评刘琨诗:"善为凄戾之词,自有清拔之气。琨既体良才,又罹厄运,故善叙丧乱,多感恨之辞。"评赵壹诗:"元叔散愤'兰蕙',指斥'囊钱',苦言切句,良亦勤矣。斯人也而有斯困,悲夫!"

来，认为前者必须博通故实，引经据典，也就是要“用事”，以加强真实性和说服力，而后者只是吟咏情性，不需“用事”。在刘勰那里，诗往往还是同其他政治性、应用性的文章混在一起而统称为“文”或“文章”并认为它们都是“经典枝条”（《文心雕龙·序志》）。所以还要宗经、征圣。《文心雕龙》的《事类》篇，专讲“用事”的问题，尽管他反对那些拙劣的“用事”，但他的重点还是强调“用事”的好处以及“用事”的技巧，而其中就包括诗歌在内。诚然，从文学创作的艺术技巧来说，合理地运用典故，往往会取得事半功倍的艺术效果，而且刘勰所提倡的用典需精约准确、“用人若已”、“表里相资”等观点也都是正确的。但诗歌同其他文体毕竟有着不同的艺术特征，故不可等量齐观、混为一谈。更何况当时诗歌创作已明显地表现出大量堆砌典故而使“文章殆同书抄”的不良倾向。刘勰对用典过滥的倾向不置一辞，而锺嵘却极力反对，这正反映出从刘勰到锺嵘对诗歌本质的认识有了显著的发展。

除锺嵘之外，萧统和萧纲也持有类似的看法。萧统在《文选序》中就认为文学作品的特征是“事出于沉思，义归乎翰藻”，不同于经、传、子、史之作。萧纲在《与湘东王书》中也十分明确地说：

> 比见京师文体，懦钝殊常，竞学浮疏，争为阐缓。玄冬修夜，思所不得。既殊比兴，正背风骚。若夫六典三礼，所施则有地；吉凶嘉宾，用之则有所。未闻吟咏情性，反拟《内则》之篇；操笔写志，更摹《酒诰》之作；迟迟春日，翻学《归藏》；湛湛江水，遂同《大传》。

他们对于诗的见解和对当时诗坛创作倾向的认识基本一致。然而相比之下，锺嵘的见识更为鲜明突出。锺嵘说：“观古今胜语，多非补假，皆由直寻。”“补假”与“直寻”是对立的，前者指拼凑借用前人语句或典故，后者指直接抒写内心的感受。陈延杰《诗品注》云：“锺意盖谓诗重在兴趣,直由作者得之于内,而不贵用事。”此说得之。刘勰在《文心雕龙·物色》中所说“目既往还,心亦吐纳”,也包含有直感的作用在内;萧纲在《答张缵谢示集书》中所说“寓目写心,因事而作”则更接近锺嵘所说的“直寻”。锺嵘在评谢灵运时就说:“寓目辄书,内无乏思,外无遗物。”强调诗人要直接抒写由“外物”引发的“内思”即内心感受;所谓“无”,这里是强调抒发得淋漓尽致、毫不掩饰。艺术尤其是诗歌,在本质上是一种天才的直感的产物,或者说是灵感的升华和体现,它的生命即在于一种新鲜感和自然之趣。如果在诗歌创作中一味地堆砌典故,或讲求辞藻,或循规蹈矩,那么就难以抓住这种新鲜感。同时也就失去了自然之趣,这样当然也就写不出好的诗歌。对于这一点,锺嵘有着十分深刻的认识,如他评任昉诗说:“昉既博物,动辄用事,所以诗不得奇。”又评张华诗说:“其体华艳,兴托不奇。巧用文字,务为妍冶。”又评陆机诗说:“尚规矩,不贵绮错,有伤直致之奇。”可见锺嵘所要求的“奇”,乃是基于“直寻”而得到的一种既新颖又自然的艺术效果,也就是他所说的“直致之奇”。锺嵘在反对堆砌典故、倡导“直寻”、“直致之奇”的同时,又鲜明地提出了“自然英旨”这一诗歌美学观点。所谓“自然英旨”,是指既充满天真自然之趣,又异常精美的诗歌。“自然英旨”的标准与“直致之奇”的要求是完全一致的,其对立面便是那种“竞须新事”、“拘挛补衲”的“蠹文”之作。锺嵘提出“自然英旨”的主张,更为明白地指出了“直致之奇”是得之于自然的直感的。

在反对堆砌典故之风的同时,锺嵘对当时那种有伤于“真美”的拘限声病之风也提出了批评。他说:

> 齐有王元长者,尝谓余云:“宫商与二仪俱生,自古词人不知之,惟颜宪子乃云律吕音调,而其实大谬;唯见范晔、谢庄颇识之耳。尝欲进《知音论》,未就。”王元长创其首,谢朓、沈约扬其波,

三贤或贵公子孙，幼有文辩。于是士流景慕，务为精密，襞积细微，专相陵架，故使文多拘忌，伤其真美。余谓文制，本须讽读，不可蹇碍，但令清浊通流，口吻调利，斯为足矣。至平上去入，则余病未能；蜂腰鹤膝，闾里已具。

从历史的角度来看，讲究声律的“永明体”的确为我国诗歌的形式美与音乐美做出了重要的贡献，这一点必须予以充分的肯定。锺嵘认为“今”诗与“古”诗不同，“今既不被管弦，亦何取于声律”的说法，显然不能成为否定诗的声律的理由。不过从当时诗歌创作的倾向来看，遵循声病之说的现象已经十分普遍，而且是“务为精密，襞积细微，专相陵架”，彼此之间唯以讲求声律为能事，甚至对每一细处都要求合于声律的各种繁琐规定，以至“使文多拘忌，伤其真美”。其实锺嵘并不是不讲诗的音乐美，他所主张的“清浊通流，口吻调利”，乃是要求诗要有一种流畅自然的美，即以不“伤其真美”为前提，保持“自然英旨”。

锺嵘的诗歌美学强调“直寻”、“直致之美”、“自然英旨”和“真美”，其实质与核心都是以自然之美为前提的。他的这些诗歌美学思想不仅具有强烈的现实性与针对性，而且使我国的诗歌美学理论大大提高了一步，对后世有着广泛而深刻的影响。

二、以李白为代表的盛唐诗人对自然美的追求

在诗歌领域中最早以鲜明的态度倡导自然之美的是锺嵘，但自然之美作为一种普遍的审美理想并在创作中广泛地为诗人们所共同追求，则是到了盛唐才第一次出现。以李白为代表的盛唐诗人对于自然美的追求，不仅表现在他们的创作实践之中，而且也反映在他们的理论表述之中。

隋及初唐的一些史学家和政治家，如李谔、王通、魏徵、令狐德棻、姚思廉、刘知几，曾对六朝以来浮靡淫艳、雕琢华丽的文风加以尖锐的

批评,但并未能扭转这种风气。初唐诗人王绩的创作,可谓脱尽了六朝的脂粉气,而充满一种质朴自然的闲适情趣。但他的诗毕竟不多,影响不大,尚不足以振起一代。"初唐四杰"在改造宫体诗的同时,也表现出了一种追求清新、刚健、自然的美,但他们的创作实践,毕竟没能摆脱齐梁余弊。诗论家在充分肯定"四杰"的巨大贡献的同时,也都十分客观地指出了他们尚未脱尽六朝余习。[①]

陈子昂力倡汉魏风骨,痛斥齐梁诗风,正式举起了复古革新的旗帜。卢藏用《陈伯玉集序》说他:"卓立千古,横制颓波,天下翕然,质文一变。"必须指出,陈子昂的诗歌理论与创作,还不能说完全使"天下翕然,质文一变",甚至他自己的诗歌创作,在某些方面仍带有六朝余弊。许学夷《诗源辩体》卷三十一云:

> 五言自汉魏流至元嘉而古体亡。自齐梁流至初唐而古、律混淆,词语绮靡。子昂始复古体,效阮公《咏怀》为《感遇》三十八首。……盖子昂《感遇》虽仅复古,然终是唐人古诗,非汉魏古诗也。且其诗尚杂用律句,平韵者犹忌上尾。至如《鸳鸯篇》、《修竹篇》等,亦皆古、律混淆,自是六朝余弊。

同样,当时一些著名诗人也未能免此弊病。[②] 总之,从"四杰"到陈子昂乃至整个初唐诗坛,尽管他们在反对齐梁浮靡诗风、建立新的

① 如王世贞《艺苑卮言》卷四:"卢、骆、王、杨,号称四杰。词旨华靡,固沿陈、隋之遗,翩翩意象,老境超然胜之。五言遂为律家正始。"胡应麟《补唐书骆侍丞传》:"(四杰)虽未能骤革六朝余习,而诗律精严,文词雄放,滔滔混混,横绝无前,唐三百年风雅之盛,以四人者为之前导也。" 陆时雍《诗镜总论》:"王勃高华,杨炯雄厚,照邻清藻,宾王坦易,子安其最杰乎? 调入初唐,时带六朝锦色。"

② 许学夷《诗源辩体》卷三十一:"唐人五言排律,其法最严,声调四句一转,故有双韵,无单韵。初唐沈、宋虽为律祖,然尚不循此法。张说、苏颋、李峤、张九龄诸公皆然。此承六朝余弊,不足为法。"又:"初唐五言古、律混淆,古诗既多杂用律体,而排律又多失粘,中或有散句不对者,此承六朝余弊,盖变而未定之体也。"

精神风貌等方面做出了巨大的贡献，但六朝余弊仍然存在，那种彻底摆脱雕饰绮丽而追求自然之美的普遍风气尚未形成。不过必须承认，初唐诗人的巨大努力，毕竟为盛唐诗歌的出现做好了思想上、理论上和创作上的积极准备。因而自以李白为代表的盛唐诗人登上诗坛后，便一洗六朝粉黛铅华，崇尚自然之美遂成为一种普遍的审美理想和创作追求。盛唐诗人虽也各有自己的艺术追求与审美趣味，但追求自然美却是他们的共同趋向。严羽在《答吴景仙书》中说：

> 盛唐诸公之诗，如颜鲁公书，既笔力雄壮，又气象浑厚。（《历代诗话》本《沧浪诗话》附录）

"笔力雄壮"、"气象浑厚"八个字，可以概括盛唐诗歌的总体风貌。"笔力雄壮"，是指诗歌风骨的内在力度，它包括诗歌情感的昂扬、壮大与明朗；"气象浑厚"，是指诗歌意境的自然浑成，这也就是被后人所常称道的"盛唐气象"。在盛唐诗人中，王维、孟浩然、储光羲、崔国辅、常建、丘为、裴迪诸人，追求宁静明秀的美，但他们在宁静秀美之中，又蕴含着开阔、明朗，甚至壮逸；王昌龄、崔颢、李颀、薛据、崔曙诸人，追求清刚峻爽的美，浓烈的情思之中所蕴含的骨气，正是昂扬精神的一种表现；高适、岑参、王之涣、祖咏等人，追求壮大雄浑的美，这正是盛唐之音的主调；李白的诗，更是奇妙地凝聚着盛唐诗歌的风貌，他追求的是兼有豪壮雄浑与清新明秀二者之美；至于杜甫，则是"体兼一代"（胡应麟《诗薮・内编》卷四）的集大成者。就盛唐诗歌的总体风貌来看，他们是以追求秀丽与雄浑之美为主，并由此而创造出了兴象玲珑、自然浑成的诗歌意境。严羽《沧浪诗话・诗辨》云：

> 盛唐诸人惟在兴趣，羚羊挂角，无迹可求。故其妙处，透彻玲珑，不可凑泊，如空中之音、相中之色、水中之月、镜中之象，言有

尽而意无穷。

严羽所反复强调的，实际上也就是盛唐诗歌的那种兴象玲珑、自然浑成的意境及其天真自然的情趣。可以说盛唐诗歌的兴象与风骨，是在自然的形式中得到表现的。其浓烈的情感、壮大的气势，都是以其质朴的、自然无华的面貌呈现出来。感情表达的真挚，诗歌意境的自然浑成，语言质朴无华而又炉火纯青，乃是盛唐诗人追求自然美的集中体现。邵祖平《唐诗通论》云："唐之作家，无虑二千人，……其作品则有飘逸、雄浑、浩荡、横郁、沉秀、奇警、清拔、精深、悍刻、艳冶、流丽、奥峭、孤夐之殊。而其大要所归，一天放之妙，一整融之功；一属自然，一隶工力而已。"并认为盛唐时期"自然者比较居多"，李白是"自然派之神而圣者"（载《学衡》第十二期）。这种认识的确颇有见地。盛唐诗歌，虽也有以工力见长者，但其主流仍是自然浑成，属于天放之妙或天籁之美。

李白的诗在追求自然美这方面最为突出。读李白的诗，往往使人感到他那豪放的激情如喷溢的火山、回旋的狂飚，一泻千里，无所滞碍；语言清新流畅，甚至不拘格律，一切都统一于自然。李白所谓"清水出芙蓉，天然去雕饰"（《经乱离后天恩流夜郎忆旧游赠江夏韦太守良宰》），正是他诗歌风格的真实写照，也是他追求自然之美的肺腑之言。但我们必须看到，如果李白没有深厚的艺术素养和艺术提炼之工，诸如精妙的艺术构思、凝炼的艺术形象、高超的艺术技巧，和炼字炼句的工夫，那么李白的诗歌也就不可能达到如此炉火纯青的地步，而取得如此辉煌的成就。宋代朱熹就看到了这一点，并强调指出："李太白诗，非无法度，乃从容于法度之中，盖圣于诗者也。"（《朱子语类》）明代王世贞在《艺苑卮言》卷四评价李白的《峨眉山月歌》说："'峨眉山月半轮秋，影入平羌江水流。夜发清溪向三峡，思君不见下渝州。'此是太白佳境。然二十八字中，有峨眉山、平羌江、清溪、三峡、渝州，使后人为之，不胜痕迹矣，益见此老炉锤之妙。”这里所说的“炉锤之妙”，就主要是指诗歌情思与艺术形象的提炼。李白这首诗，二十八个字中地名凡五见，占去十二字，这在《万首唐人绝句》中是仅见的。但为什么读起来不但不觉重复，而仍觉情思浓郁、气势一贯，而且不着痕迹、妙入化工呢？其原因即在于：诗境中无处不渗透着诗人江行的体验和思友之情，无处不贯串着“山月”这一具有象征意义的艺术形象，这就把广阔的空间和较长的时间统一起来，从而使整首诗的意境浑融完整，空灵入妙。由此可见李白诗歌所达到的自然美，也同样离不开艺术的提炼与炉锤之工。诗歌创作本身，是诗人美学思想与美学追求的最好体现。

盛唐诗人追求自然美，在理论上也有明确的反映，这主要表现在李白的诗论中。李阳冰《草堂集序》说：

> 卢黄门云：“陈拾遗横制颓波，天下质文，翕然一变。”至今朝诗体，尚有梁、陈宫掖之风，至公大变，扫地并尽。今古文集遏而不行，唯公文章，横被六合，可谓力敌造化欤！

李阳冰在这里指出了李白与陈子昂之间的继承关系。初唐时期的陈子昂，在倡导汉魏风骨、反对齐梁浮靡之风，以及为唐代诗歌的健康发展等方面，都做出了巨大的贡献。但由于历史的积习和时代的客观环境所决定，陈子昂之后直到盛唐诗歌产生之前，齐梁余弊仍旧影响着诗坛。① 李白则继承了陈子昂的革新主张，积极反对齐梁以来浮靡的诗风，并以其“力敌造化”和“声律风骨”兼备的诗歌创作，唱出了盛唐之音的主调。虽然李白留下的诗论文字不多，但从

① 殷璠《河岳英灵集序》：“自萧氏以还，尤增矫饰。武德初，微波尚在；贞观末，标格渐高；景云中，颇通远调；开元十五年后，声律风骨始备矣。”可见李阳冰所说“至公大变，扫地并尽”之语，并非虚论。

中仍可看出与其创作实践相一致的理论主张。孟启《本事诗》引李白语云：

> 齐梁以来，艳薄斯极，沈休文又尚以声律。将复古道，非我而谁？
>
> 兴寄深微，五言不如四言，七言又其靡也，况束以声调俳优哉？

孟启的记述，应该说是符合李白的诗歌主张的。且看李白在诗中的表述：

> 大雅久不作，吾衰竟谁陈？王风委蔓草，战国多荆榛。龙虎相啖食，兵戈逮狂秦。正声何微茫，哀怨起骚人。扬马激颓波，开流荡无垠。废兴虽万变，宪章亦已沦。自从建安来，绮丽不足珍。圣代复元古，垂衣贵清真。群才属休明，乘运共跃鳞。文质相炳焕，众星罗秋旻。我志在删述，垂辉映千春。希圣如有立，绝笔于获麟。（《古风》其一）
>
> 玄风变太古，道丧无时还。（《古风》其三十）
>
> 丑女来效颦，还家惊四邻。寿陵失本步，笑杀邯郸人。一曲斐然子，雕虫丧天真。棘刺造沐猴，三年费精神。功成无所用，楚楚且华身。大雅思文王，颂声久崩沦。安得郢中质，一挥成斧斤。（《古风》其三十五）

李白在这几首诗中，比较集中地阐述了他的诗歌美学思想。其重要的观点可以归纳为：第一，恢复“古道”，发扬《诗经》的传统精神；第二，反对“绮丽”、雕琢与做作的不良风气；第三，倡导“清真”、“天真”和“一挥成斧斤”的自然之美。就其实质而论，这三点乃是同一问题的不同方面。李白倡导的“复元古”、“复古道”，绝不是墨守成规或复古主义，而是作为诗歌创作的最高标准和理想的楷模。所谓“古道”，不仅包括“兴寄深微”、质朴自然的《诗经》，即“风雅”的精神，而且还包括屈原的作品与建安的风骨。[①] 李白的“古道”，是指自《诗》、《骚》以来，包括建安风骨在内的优秀文学传统。李白提出“古道”所针对的，就是建安之后尤其是齐梁至初唐时期的那种“艳薄斯极”、雕饰“绮丽”、因袭模仿，诗道日趋沦丧的不良创作风气。他痛斥那些醉心于模仿的人，像丑女效颦、寿陵失步一样毫无出息；而那些沉溺于雕饰的人，虽然像“棘刺造沐猴，三年费精神”那般辛勤，其结果却是“功成无所用，楚楚且华身”，除了外表的华丽，一无所得，而且是“雕虫丧天真”，完全丧失了文学艺术的“天真”自然之趣。李白所提倡的“清真”诗风，也同样是针对诗的雕饰、艳丽、虚伪的颓风提出的。情感真挚，气韵天成，清新自然，这是李白所强调的“清真”的内涵，也是李白诗歌美学思想的核心。

李白倡导“清真”的自然美，与他所受道家思想的影响密不可分。以老、庄为代表的道家哲学的思想核心，是主张“自然无为”，提倡“道法自然”，反对人为。《庄子·天道》云：“朴素而天下莫能与之争美。”朴素美，就是自然美。道家虽不提倡雕饰之美，但若雕饰得比较自然，符合天工，也可以算作美。《庄子·山木》所谓“既雕既琢，复归于朴”，就表达了这层含义。又《庄子·达生》中还提出“以天合天”的说法，即虽以人工而能不露斧凿之痕，极其自然，好像自然形成的一样。可见庄子不仅要天然美，也提倡自然朴素的艺术美。李白所倡导的自然“清真”之美，首先就是在哲学思想上接受了道家思想的影响。在李白那里，“清真”二字的首要含义，就是指具有道家“自然无为”、质朴率真的天性与精神状态。如李白在诗中所说：

---

① 如他所说：“屈平词赋悬日月，楚王台榭空山丘”（《江上吟》）、“蓬莱文章建安骨，中间小谢又清发”（《宣州谢朓楼饯别校书叔云》）。

右军本清真,潇洒在风尘。(《王右军》)

韩生信英彦,裴子含清真。孔侯复秀出,俱与云霞亲。(《送韩准裴政孔巢父还山》)

俄成万里行,立德贵清真。(《南陵五松山别荀七》)

骑虎不敢下,攀龙忽堕天。还家守清真,孤洁励秋蝉。(《留别广陵诸公》)

倾家事金鼎,年貌可长新。所愿得此道,终然保清真。(《避地司空原言怀》)

可见"清真"的概念,在李白那里,本是指人们保持了禀受于天、未为世俗所染的真率质朴的自然本性。李白有时也用"清"或"真"来表示"清真"的概念。[①] 它们都与"清真"的概念相同,表示具有道家色彩的自然本性与精神状态。

李白在哲学思想上受道家"自然无为"、"真"、"朴"等思想的影响广泛地表现在他的艺术观念中。如他在《草书歌行》中谈到书法艺术时说:"张颠老死不足数,我师此义不师古。古来万事贵天生,何必要公孙大娘浑脱舞?""天生",就是天真自然,毫无斧凿之痕。谈到音乐美时,李白喜用一"清"字来形容天籁之美,如"清歌"、"清声"、"清乐"、"清吹"、"清管"、"清弦"、"清琴"等等,都是李白所常用的字眼。可见,李白倡导"清真"自然的诗歌美学思想,只是他艺术审美趣味中的一端。作为一种人生道路,李白追求的是法天贵真,无拘无束,自然

① 如《古朗月行》:"羿昔落九乌,天人清且安。"《赠范金乡》"范宰不买名,弦歌对前楹。为邦默自化,日觉冰壶清。"《送裴十八图南归嵩山》"归时莫洗耳,为我洗其心。洗心得真情,洗耳徒买名。"《题嵩山逸人元丹丘山居》:"偶与真意并,顿觉世情薄。"《庐山东林寺夜怀》:"湛然冥真心,旷劫断出没。"《莹禅师房观海图》:"杳与真心冥,遂谐静者玩。"《日夕山中忽然有怀》:"素心自此得,真趣非外借。"《酬王补阙惠翼庄宋丞泚赠别》:"朴散不尚古,时讹皆失真。"

无为；作为艺术审美创造来说，李白追求的是清真自然，不事雕饰。而这种追求在李白的人生道路和艺术实践中，都得到了最为充分的展示。

但是，仍有三点需要强调说明：第一，尽管李白的人生态度与审美趣味受到了道家思想的深刻影响，但他的追求符合了盛唐人的昂扬奋发、积极浪漫、蔑视权贵、不拘俗态的时代精神，因而李白的美学追求，也最集中地体现了盛唐诗人的审美态度。盛唐诗人在艺术实践中所表现出来的审美趣味与艺术追求，与李白所倡导的清真自然之美完全一致。因此可以说：盛唐文化造就了一代杰出的诗人李白，而李白的美学追求与艺术实践也正体现了盛唐文化的精神所在。第二，李白批判六朝以来绮靡、雕琢的诗风，但并不是对六朝以来诗歌创作的全盘否定。相反，他对二谢、江、鲍等人清新秀美、体格俊逸的一面仍予以充分肯定。可见，李白所谓"自从建安来，绮丽不足珍"，只是就六朝文学总的倾向而言；他对其中符合"清真"自然之美的诗歌，不仅给予了充分的肯定，而且也是要学习和继承的。杜甫《春日忆李白》所说"清新庾开府，俊逸鲍参军"，也就指明了这种继承关系。① 第三，至于"体兼一代"的集大成诗人杜甫，则是一位承上启下的"诗圣"。"语不惊人死不休"的杜甫，在诗歌的炼意、炼句、炼字上，的确比同时代的人下过更多的苦工，但他的诗却能不露痕迹，自然浑成，毫无雕琢之态。他那雄深雅健的气势，开阖自如的韵致和沉郁顿挫的风格，都显示了堪与造化争衡的巨大艺术魅力。因而从精神实质上来说，杜诗所体现出来的美学风貌，与盛唐诗人的追求是一致的。② 而更为值得注意的是，杜甫在理论认识上，与李白所倡导的"清真"自然之美，也表达了相同

---

① 关于李白"清真自然"风格受到魏晋人审美观影响的问题，还可参见陶新民《魏晋审美观与李白诗歌》(《李白学刊》1989 年 2 期)。

② 杜甫晚年有少数诗过于追求凝炼，不免费解，如"香稻啄余鹦鹉粒，碧梧栖老凤凰枝"之类(《秋兴八首》其八)，实非杜诗之长。

的看法。[①] 在追求“清真”自然之美方面，杜甫的态度与李白是一致的。

总之，以李白为代表的盛唐诗人，在理论见识与创作实践中，鲜明而自觉地表现出了对于自然之美的追求，并使之成为一种普遍的时代审美理想。盛唐诗歌之所以受到后世人们的普遍喜爱，就与它所具有的“清真”、自然的精神风貌与艺术趣味密不可分。

三、皎然论自然之美

皎然《诗式》的重点乃在于讨论诗歌的艺术准则、艺术技巧及艺术风格等方面的问题。所谓“诗式”，顾名思义，式者，法式也，其意在示人以作诗所应该遵从的法度。从《序》中所说“将恐风雅浸泯，辄欲商较以正其源”，“使无天机者坐致天机”，“偏嗜者归于正气，功浅者企而可及”（《诗式序》）诸语可以看出，皎然在做正本清源的同时，欲为诗歌创作树立一个理想的艺术准则和有关艺术法度，从而使“无天机者”和“功浅者”有门径可寻。这是皎然作《诗式》的基本动机。

以自然为宗，是皎然诗歌理想的艺术准则和有关艺术法度的基本核心。《诗式》“诗有四深”条云：

> 气象氤氲，由深于体势；意度盘礴，由深于作用；用律不滞，由深于声对；用事不直，由深于义类。

---

① 如杜甫所说：“浩歌绿水曲，清绝听者愁。”（《奉同郭给事汤东灵湫作》）“清诗近道要，识字用心苦。”（《贻阮隐居昉》）“诗罢地有余，篇终语清省。”（《故右仆射相国张公九龄》）“清新庾开府，俊逸鲍参军。”（《春日忆李白》）“自蒙蜀州人日作，不意清诗久零落。”（《追酬故高蜀州人日见寄》）“不薄今人爱古人，清词丽句必为邻。”（《戏为六绝句》其五）“直词才不世，……诗清立意新。”（《奉和严中丞西城晚眺十韵》）“复忆襄阳孟浩然，清诗句句尽堪传。”（《解闷十二首》其六）

分别指出诗之“气象”、“意度”、“用律”和“用事”四个方面的最高境界，同时还指出达到此境界的关键所在：“深”于“体势”、“作用”、“声对”和“义类”。尽管四个方面的方法不同，但都必须符合一个基本的准则，即自然。皎然所说的“体势”，亦即刘勰在《文心雕龙·定势》中所说的具有“自然之趣”的“文章体势”。刘勰说：

> 夫情致异区，文变殊术，莫不因情立体，即体成势也。势者，乘利而为制也。如机发矢直，涧曲湍回，自然之趣也。圆者规体，其势也自转；方者矩形，其势也自安。文章体势，如斯而已。

皎然所说的“体势”，也正是强调它的自然之趣。《诗式》“明势”条云：

> 高手述作，如登荆、巫，觌三湘、鄢、郢山川之盛，萦回盘礴，千变万态。（文体开阖作用之势。）或极天高峙，崒焉不群，气腾势飞，合沓相属；（奇势在工。）或修江耿耿，万里无波，欻出高深重复之状。（奇势互发。）古今逸格，皆造其极妙矣。

皎然在这里所描述的三种势，皆以起伏变化而气脉连属之山川形势，比喻诗人于写作中使笔意所呈现的气腾势飞、千变万化、自由流转、姿态横生之势。它的内在涵义，就是要求诗歌创作中的意脉、文势的飞动变化，必须符合天工造化的自然之势。他认为诗人深于此，其诗才能具有“氤氲”的“气象”而造“逸格”、达“极妙”。但是如何才能达到“萦回盘礴，千变万态”呢？皎然说：“意度盘礴，由深于作用。”看来“深于作用”乃是“深于体势”的基础和条件。所谓“作用”本释家语，原指用意思维所造成的意念活动，如《传灯录》：“性在何处？曰：性在作用。”这里是指文学的创造性思维。从皎然在

《诗式序》中所说“其作用也,放意须险,定句须难”之语来看,“作用”显然包括了构思布局与推敲字句。那么怎样“深于作用”呢?《诗式》“明作用”条云:

> 作者措意,虽有声律,不妨作用,如壶公瓢中自有天地日月。时时抛针掷线,似断而复续,此为诗中之仙,拘忌之徒,非可企及也。

“措意”,指作者在构思时对所要表达的意旨筹划安排;“声律”,在这里是指诗的形式格局,包括字数、平仄、押韵、对仗等方面。皎然认为,诗尽管有它相对固定的声律格局,但优秀的诗人绝不会因此而束手束脚,他们会充分发挥创造性的思维,“如壶公瓢中自有天地日月”——在那小小的格局中展示出动荡开阖的气势与咫尺万里的境界。所谓“抛针掷线,似断而复续”,不过是示其一法罢了。[①] “泯形迹”而达于自然,这正是皎然的本意。《文镜秘府论·南卷》引皎然《诗议》云:“律家之流,拘而多忌,失于自然,吾常所病也。”皎然反对拘忌于声律,倡导“作用”,其目的就是为了不“失于自然”,也就是钟嵘所说的不“伤其真美”。

在“古今”诗人中,最受皎然推崇的是谢灵运,为什么呢?《诗式》“文章宗旨”条云:

> 曩者尝与诸公论康乐,为文真于情性,尚于作用,不顾词彩而风流自然。彼清景当中,天地秋色,诗之量也;庆云从风,舒卷万状,诗之变也。不然,何以得其格高、其气正、其体贞、其貌古、其词深、其才婉、其德宏、其调逸、其声谐哉。至如《述祖德》一章、

① 刘熙载《艺概·文概》云:“《文心雕龙》谓‘贯一为拯乱之药’,余谓贯一尤以泯形迹为尚,唐僧皎然论诗所谓‘抛针掷线’也。”

《拟邺中》八首、《经庐陵王墓》、《临池上楼》，识度高明，盖诗中之日月也，安可扳援哉？惠休所评“谢诗如芙蓉出水”，斯言颇近矣。故能上蹑风骚，下超魏晋。建安之作，其椎轮乎？

“真于情性”，是诗文创作的先决条件，没有真情实感就是“为文造情”，当然也就创造不出优秀的文学作品。在艺术方法与手段上，皎然推崇谢诗的最重要原因是“尚于作用”、“深于体势”。“尚于作用”、“深于体势”，便可使“意度盘礴”，最终结果是达于“自然”，这是皎然论诗的最高境界。鲍照、萧纲等人强调谢诗非人为的天真自然。但皎然却不同，他认为谢诗的长处在“尚于作用”，即在构思布局（“放意”）和推敲字句（“定句”）等方面有着精心的安排。也就是说，谢诗之“风流自然”，并不是苏、李诗的那种“未有作用”的自然，而是“尚于作用”后达到的自然。①

从这种崇尚自然的美学趣向出发，皎然对诗歌的声律、对仗和用事也都提出了要符于自然美的要求，这就是“用律不滞，由深于声对；用事不直，由深于义类”。皎然主张“语与兴驱，势逐情起”，“取由我衷”，“独生我思”，诗歌创作要随着情兴的自然抒发而遣语取势，而那些死板、繁琐的声律格套会限制诗人情性的自然抒发，所以他鄙弃那些以声病为模式的人为“拘忌之徒”，又批评沈约等人的声病说：“沈休文酷裁八病，碎用四声，故风雅殆尽。”对于诗歌的属对，皎然赞美曹植“不拘对属”；即或在诗中注意属对，也以自然无痕为上。他认为对偶本身就出于自然规律：“夫对者，如天尊地卑、君臣父子，盖天地自然

① 皎然对谢诗的评价虽然过高，但他的认识对后世诗论家的影响却十分深刻。如王世贞《艺苑卮言》卷一云：“三谢固自琢磨而得，然琢磨之极，妙亦自然。”沈德潜《说诗晬语》卷上云：“谢诗经营而反于自然，不可及处，在新在俊。陶诗胜人在不排，谢诗胜人正在排。”王夫之《薑斋诗话》卷下云：“以意为主，势次之。势者，意中之神理也。唯谢康乐为能取势，宛转屈伸，以求尽其意，意已尽则止，殆无剩语；夭矫连蜷，烟云缭绕，乃真龙，非画龙也。”

之数。若斤斧迹存，不合自然，则非作者之意。”在皎然的那个时代，有不少人在“格”、“式”一类的书中，将诗中属对的法则规定得十分严格而又繁琐，这在遍照金刚的《文镜秘府论》中有详细的记载。① 但皎然却持有不同的看法，《文镜秘府论・南卷》引皎然《诗议》曰：

> 夫境象不一，虚实难明，有可睹而不可取，景也；可闻而不可见，风也；虽系乎我形而妙用无体，心也；义贯众象而无定质，色也。凡此等，可以对虚，亦可以对实。

可见皎然于对仗主张灵活自然而反对拘忌刻削。同样，对于诗歌的用典，皎然也是把“不用事”奉为“第一格”。他认为“若情格极高，则不可屈”，而过多用典则会导致屈其情而降其格，从而便破坏了诗人情性的自然抒发。皎然《诗式》卷一“语似用事，义非用事”条云：

> 此二门未始有之，而弱手不能知也。如康乐公：“彭薛才知耻，贡公未遗荣。或可优贪竞，未足称达生。”此中商榷三贤，虽许其退身，不免遗议。盖康乐欲借此成我诗意，非用事也。如《古诗》：“仙人王子乔，难可与等期。”曹植诗：“虚无求列仙，松子久吾欺。”又，古诗：“师涓久不奏，谁能宣我心？”上句言仙道不可偕；次句讥求之无效；下句略似指人，如魏武呼杜康为酒，盖作者存其毛粉，不欲委曲伤乎天真，并非用事也。

皎然所举诗例是否用事倒无关紧要，亦不必一一为之辩解，重要

① 如《文镜秘府论・东卷》述曰：“夫为文章诗赋，皆须属对，不得令有跛、眇者。跛者，谓前句双声，后句直语，或复空谈，如此之例，名为跛；眇者，谓前句物色，后句人名；或前句风空，后句山水，如此之例，名眇。何者？风与空则无形而不见，山水则有踪而可寻，以有形对无色，如此之例，名曰眇。”

的是皎然看到了诗人“不欲委曲伤乎天真”的道理。诗是用来自由地抒情言志的，其妙处即在于天真自然；如若囿于用事之多寡精粗而委曲其情性，就势必伤其天真自然之趣。皎然的这种见识，与锺嵘所提出的“直寻”、“真美”的美学思想是一致的。皎然还认为，有些优秀的诗人，如此处所举谢灵运，尽管诗中有用事之语，但他们能本于情性的自然抒发，经过构思和熔铸而使典实“成我诗意”，并非为了用事而用事。这些见识都体现了皎然对于自然之美的自觉追求。

从《诗式》所体现出的诗歌美学来看，皎然是崇尚自然之美的，但他所崇尚的自然，并不是自然主义意义上的那种对客观的照搬或对主观的渲泄，而是艺术化了的自然，它是经过了作家艰苦的构思和精心的陶炼而达到的一种艺术境界。相反，皎然对于那种纯客观的、或不思而得的自然，却是不赞同的。如他在“取境”条中说：

> 或云：诗不假修饰，任其丑朴，但风韵正、天真全，即名上等。予曰：不然。无盐阙容而有德，曷若文王太姒有容而有德乎？又云：不要苦思，苦思则丧自然之质。此亦不然。夫不入虎穴，焉得虎子？取境之时，须至难至险，始见奇句。成篇之后，观其气貌，有似等闲不思而得，此高手也。有时意静神王，佳句纵横，若不可遏，宛如神助。不然。盖由先积精思，因神王而得乎！

皎然不同意那种“不假修饰，任其丑朴”的说法，他要求的是容德相兼，文质彬彬。而要做到这一点，就必须经过精心地苦思锤炼，而后上升到一种符合艺术法则的自然之美。这样写出来的作品，表面看来，“有似等闲不思而得”，或“得若神授”，其实诗人是经过了一番苦心的经营。诗歌既然是艺术，那么它在体物言情的时候，就总要有它自然的艺术规律和法则。皎然强调自然，反对那些僵死呆板和繁琐的格套，但他也并不因此而否定艺术法则的制约。“如壶公瓢中自有天地日月”这一形象化的比喻，便说明了游刃于法度之中，从容于限制之内，并由此而达到咫尺万里、“气象氤氲”、“与造化争衡”的艺术境界。也就是说，作家创作中的自由灵活，是深入掌握了艺术规律之后，自觉遵从艺术规律、运用艺术法则的自由。尚直而不废思致，尚意而不废典丽，这就把法则和自然统一起来了。① 这种游刃于法度之中、从容于限制之内的自然，才是真正的艺术上的自然，而这也就是皎然在《诗式》中所标倡的“自然”之底蕴。

皎然的这一见解，可以说是对道家所谓“既雕且琢，复归于朴”的说法在诗歌美学中的进一步发挥，同时它对后世诗论颇有影响。如梅尧臣所谓“作诗无古今，惟道平淡难”（欧阳修《六一诗话》引），王安石所谓“成如容易却艰辛”（《题张文昌诗后》），陆游所谓“功夫深处却平夷”等等（《呈赵教授》），可以说都是这一理路的重申。

四、《二十四诗品》崇尚的冲淡、自然之美

在基本的审美趣味和审美倾向上，冲淡、自然乃是贯串于《二十四诗品》的内在精神。

首先，从方法论而言，《二十四诗品》认为，无论表现哪一种风格的作品，欲臻佳境，皆需得之于自然。“自然”一品，它强调了纯任自然、无所勉强的总原则。所谓“俯拾即是，不取诸邻，俱道适往，着手成春”，就是说：诗人须与天地自然（道）为一，出言由衷，信手拈来，便可妙造天工自然之美。“真与不夺，强得易贫”，强调的就是要任其“真”而不可有半点做作，因为这里有自然与不自然之区别。杨振纲《诗品解》引《皋兰课业本原解》谓此品：“此言凡诗文无论平奇浓淡，总以自

---

① 皎然所提出的“四不”、“四深”、“二要”、“二废”、“四离”、“六迷”、“六至”等，就都阐明了这个道理。如其“二废”云：“虽欲废巧尚直，而思致不得置；虽欲废言尚意，而典丽不得遗。”所谓“尚直”、“尚意”，意谓发于真情、出之自然；而“思致”、“典丽”，则是作诗所不可缺少的法度规律。

然为贵。”确为中的之论。譬如“缜密”一品：

是有真迹，如不可知，意象欲出，造化已奇。水流花开，清露未晞，要路愈远，幽行为迟。语不欲犯，思不欲痴，犹春于绿，明月雪时。

虽有其“迹”，但这是不可求的“真迹”；当诗人的主观情思与外在的客观物象“昭晰互进”之时，已妙造自然，趋于缜密。若“水流花开，清露未晞”，径取意象之真，而不必曲折迂回；虽语不犯，思不痴，然其境如绿于春中，无处不到；似明月照雪，皎洁一色，不可以分，纯出于自然一体。又如“精神”一品说：“生气远出，不着死灰，妙造自然，伊谁与裁。”“实境”一品说：“情性所至，妙不自寻，遇之自天，泠然希音。”言“生气”、“情性”之来，皆期之以自然而然，无须人为的裁夺与搜寻，其结果便是妙造自然，无迹可寻。此外，像“疏野”、“委曲”、“形容”、“超诣”、“流动”诸品，也都强调要得之于自然。甚至那些与冲淡、自然完全不同的风格，司空图也同样强调要得之于自然，而不可有人为的勉强。如：

雄浑：持之非强，来之无穷。

劲健：饮真茹强，蓄素守中，……天地与立，神化攸同。

豪放：由道返气，处得以狂，……真力弥满，万象在旁。

其次，《二十四诗品》中不但从方法论上强调要得之于自然，而且在风格论上更偏爱于自然、冲淡的风格，同时在自然、冲淡之中，又贯串着一种感伤的情绪和悲观的气氛。司空图在《与李生论诗书》一文中，曾不无自豪地列举了他自己得意的诗句：

草嫩侵沙短，冰轻着雨销。(《早春》)
人家寒食月，花影午时天。(已佚)
雨微吟足思，花落梦无憀。(《下方》)
坡暖冬生笋，松凉夏健人。(《下方》)
戍鼓和潮暗，船灯照岛幽。(《寄永嘉崔道融》)
曲塘春尽雨，方响夜深船。(《江行》)
棋声花院闭，幡影石幢幽。(已佚)
地凉清鹤梦，林静肃僧仪。(已佚)
远陂春早渗，犹有水禽飞。(《独望》)
孤萤出荒池，落叶穿破屋。(《秋思》)

这些诗句的情调与境界与《二十四诗品》中所推崇的自然、冲淡之美相似。面对晚唐的现实，司空图同当时许多士人一样，选取了一条消极避世的道路，并在诗中竭力渲染空寂、淡泊、宁静、平和的心境，以掩饰并慰藉他那消沉、空虚的心态，为空虚消沉的心灵寻找一点立身之地与慰藉之所。司空图的诗歌，就以表现自然、冲淡的境界为主，而其中最突出的，就是情思的淡泊与色调的清冷。而这种自然、冲淡之美，在精神实质上与盛唐诗人相比已是完全不同了。

第三节 诗歌风格辨析的深化

——“滋味”说与“韵味”说

一、辨“味”原始

以“味”论诗，是我国传统诗学理论的重要方法之一，它富有鲜明的民族特色，有着长期的历史演变过程。在我国先秦的典籍中，“味”与美就有着密切的关系，但它还不是纯粹的审美意识的范畴，而只是表示一种味觉的快感。《左传·昭公二十五年》记记载子产的话：

天地之经，而民实则之。则天之明，因地之性，生其六气，用其五行。气为五味，发为五色，章为五声。淫则昏乱，民失其性，是故为礼以奉之。为六畜、五牲、三牺，以奉五味；为九文、六采、五章，以奉五色；为九歌、八风、七音、六律，以奉五声。

“味”同“声”、“色”一样能给人以感官上的享受，但不可过度，所以要“为礼以奉之”。战国后期的荀子直接谈到过“味”与“美”：

故人之情，口好味而臭味莫美焉；耳好声而声乐莫大焉；目好色而文章致繁，妇女莫众焉。（《荀子·王霸》）

从这些较早的资料中可以看出，最初所谓的“美”，当它不与“善”的概念相混同时，主要就是指味和声、色。① 尽管后来已不再将味觉的快感归入严格意义的美感之内，但这也证明了“味”最初同人类审美意识的产生与发展有着密切的关系。

使“味”与艺术和审美发生联系的，是儒、道二家。《论语·述而》说：“子在齐闻《韶》，三月不知肉味，曰：‘不图为乐之至于斯也。’”显然是古乐所引起的快感已取“肉味”而代之，衬托了《韶》乐的艺术感染力。尽管这里艺术的“味”未明确点出，但已说明二者之间有相通之处。《礼记·乐记》开始把“味”同音乐的欣赏直接联系起来：

清庙之瑟，朱弦而疏越，一唱而三叹，有遗音者矣。大飨之礼，尚玄酒而俎腥鱼，大羹不和，有遗味者矣。是故先王之制礼乐

---

① 墨子曾说：“故食必常饱，然后求美；衣必常暖，然后求丽；居必常安，然后求乐。为可长，行可久，先质而后文。此圣人之务。”（孙诒让《墨子间诂》附录《墨子佚文》）显然，这里所说的“美”，就是美味。

也，非以极口腹耳目之欲也，将以教民平好恶，而反人道之正也。

一方面指出这种“遗味”不是那满足口腹之欲的“味”，而是超出了直接欲望的满足，带有精神、伦理的意义；另一方面还将这种“遗味”与乐的“遗音”直接联系起来，指出两者都是“先王制礼乐”，以“教民平好恶，而反人道之正”为目的。也就是说，“味”已上升到了与精神、伦理、道德密切相关的范畴，因而与美感也就有了直接的关系。

道家也讲“味”但带有更多的哲学色彩。《老子》三十五章说：

执大象，天下往，往而不害，安平太。乐与饵，过客止。道之出口，淡乎其无味，视之不足见，听之不足闻，用之不足既。

王弼注云：“言道之深大。人闻道之言，乃更不如乐与饵应时感悦人心也，乐与饵则能令过客止，而道之出言，淡然无味，视之不足见，则不足以悦其目，听之不足闻，则不足以娱其耳，若无所中然，乃用之不可穷极也。”

有味、有色、有声的音乐和美食能让过客止步，而“道”却是无味、无色、无声的，尽管它“不如乐与饵应时感悦人心”，给人心直截的官能的快感，但它却是“无为而无不为”的绝对自由的本体，是用之不可穷尽的，也就是说它超越了一切从有限的感觉所得到的快感与美感。在老子看来，真正的、最高的美，存在于无味、无色、无声的“道”之中，那么无味，便是至味。所以《老子》六十三章说：

为无为，事无事，味无味。

王弼注云：“以无为为居，以不言为教，以恬淡为味，治之极也。”

王弼在《老子指略》中解释“道”说：

为物也则混成，为象也则无形，为音也则希声，为味也则无呈，故能为品物之宗主。

可见在道家看来，“无味”作为“道”的体现，乃是一种不受任何拘限和束缚的、绝对自由的美。“味无味”，所强调的就是去追求与体验这种美感。可以说道家所说的无味之味，就比儒家所说的那种带有伦理道德的“遗味”，更为深刻地触及到了审美的本质，也更具有审美的意义。因而后来在玄学的影响下，阮籍和嵇康便把这种无味之味引入到了音乐的美学理论之中。① 首次明确地以“味”论诗文，是陆机的《文赋》：

或清虚以婉约，每除烦而去滥，阙大羹之遗味，同朱弦之清氾。虽一唱而三叹，固既雅而不艳。

《文选》李善注云：“言作文之体，必须文质相半，雅艳相资，今文少而质多，故既雅而不艳，比之大羹而阙其余味，方之古乐而同清氾，言质之甚也。”

陆机在这里所说的“遗味”，虽是借“大羹”以比喻的形式出现，但其含义已是直接的品诗论文，因而具有不可忽视的意义。到了齐梁时期，刘勰在《文心雕龙》中便已开始大量地用“味”的概念来说明文学

① 阮籍《乐论》说：“乾坤易简，故雅乐不烦；道德平淡，故无声无味；不烦则阴阳自通，无味则百物自乐，日迁善成化而不自知，风移俗易而同于是乐。”嵇康《声无乐哀论》说：“夫曲用每殊，而情之处变，犹滋味异美，而只辄识之也。五味万殊，而大同于美；曲变虽众，亦大同于和。美有甘，和有乐，然随曲之情，尽于和域，应美之口，绝于甘境。安得哀于其间哉？”实际上都是道家的以无味为味的思想在音乐理论上的表现。

自身的美（审美价值）和审美欣赏（美感体验）了。偏重于强调文学自身审美价值的，如：

> 十志该富，赞序弘丽，儒雅彬彬，信有遗味。（《史传》）
>
> 是以声画妍蚩，寄在吟咏，吟咏滋味，流于字句。（《声律》）

偏重于强调审美欣赏与美感体验的，如

> 张衡《怨篇》，清典可味。（《明诗》）
>
> 繁采寡情，味之必厌。（《情采》）

还有同时兼有二者之意的，如：

> 是以往者虽旧，余味日新；后进追取而非晚，前修文用而未先。（《宗经》）
>
> 若夫善弈之文，则术有恒数，……数逢其极，机入其巧，则义味腾跃而生，辞气丛杂而至。视之则锦绘，听之则丝簧，味之则甘腴，佩之则芬芳。（《总术》）

主张宗经、征圣的刘勰，显然是从儒家的意义上讲“味”，所谓“遗味”、“道味”、“义味”就都显然与儒家思想有关。其中“道”和“义”是指文章的“质”即思想义理，他所要求的是“道味相符”或“义味腾跃”，不可偏废。

二、锺嵘“滋味”说

在我国诗学史上，“滋味”说的真正建立，应该说是从锺嵘开始的。刘勰虽也多次讲到“味”，但首先他所谈论的对象并非单纯的文学，更不是纯粹的诗，而是广义的“文章”；其次，他只是在对作家作品的评语中，或是在论及其他问题时附带地谈到“味”，并未将“味”作为一个重要概念。锺嵘就不同了。他不仅以“味”论诗，而且从根本上把“味”同诗的美密切地联系起来。锺嵘《诗品序》说：

夫四言，文约意广，取效《风》、《骚》，便可多得，每苦文繁而意少，故世罕习焉。五言居文词之要，是众作之有滋味者也，故云会于流俗。岂不以指事造形，穷情写物，最为详切者耶！

古代诗歌发展到东汉末年，旧有的四言诗的形式已很难充分表达日益丰富的社会生活内容。于是文人从民间歌谣采用来五言的形式，这种新的形式比起旧有的四言形式来，在表现能力方面明显地提高了，而且更能展示诗的丰富的美学意蕴。在东汉以后，五言诗虽然在诗人创作中实际上逐渐取代四言诗而成为诗歌的主要形式，而且出现了一大批优秀的诗人和作品；但是，由于传统观念的影响，很多人在主观认识上仍然把四言诗视为正统，而不承认文学形式发展演变的趋势，甚至一些有卓越见识的人有时也不能避免。① 这种保守的传统文学观念的表现，显然是不符合文学发展趋势的。锺嵘不仅肯定了这种发展趋势，而且还从诗歌美学与诗歌审美的角度，提出了五言诗“是众作之有滋味者也”。有滋味，这是锺嵘理想的诗歌的内涵。同时，锺嵘还说：

弘斯三义，……酌而用之，使味之者无极，闻之者动心，是诗之至也。

① 如挚虞《文章流别论》说：“古诗率以四言为体，……五言……于俳谐倡乐多用之。……夫诗虽以情志为本，而以成声为节，然则雅音之韵，四言为正；其余备曲折之体，而非音之正也。”又如刘勰《文心雕龙·明诗》也说：“夫四言正体，则雅润为本；五言流调，则清丽居宗。”

可见锺嵘所说的“味”，与陆机所说的“阙大羹之遗味”，刘勰所说的“儒雅彬彬，信有遗味”、“吟咏滋味，流于字句”，以及颜之推所说的“至于陶冶性灵，入其滋味，亦乐事也”（《颜氏家训·文章》）等均不同。前人所说的“味”，一般是泛指“文章”（也包括诗歌）的审美价值和美感体验，而锺嵘则是把诗味作为具体的审美标准提出来的。可以说在锺嵘那里，诗味已经成为了理想的诗美的标帜。锺嵘在提出“滋味”说的同时，还扼要地分析了诗味的要素：

指事造形，穷情写物，最为详切。

“指事造形”，主要是指物状的刻画或形象的描写，接近于他所说的“直书其事，寓言写物”的“赋”的特征。而“穷情写物”则主要是指以形传神。“穷情”，是要淋漓尽致地抒发深刻而又真挚的思想情感，即所谓“直致”，但情感的抒发也离不开鲜明的艺术形象，因而融情于物，借物抒情，才是穷情写物的目的。所谓“详切”，在行文中本是指五言诗在“指事造形，穷情写物”方面比其他诗体（主要是四言诗）更为细致贴切；但是从诗歌美学的角度来看，“指事造形，穷情写物”能达到“详切”的标准，才能使诗具有“滋味”。如何才能达到“详切”？锺嵘认为这与兴、比、赋“三义”的具体运用有着直接的关系：

若专用比兴，患在意深，意深则词踬。若但用赋体，患在意浮，意浮则文散，嬉成流移，文无止泊，有芜漫之累矣。

比兴的特点是托喻委婉、寓意深刻，然而其所患在于“意深”，容易产生隐晦蹇涩之弊；赋的效果是铺陈细致、文意详明，然其所患乃在“意浮”，容易产生冗赘散漫、不着边际的弊病。所以锺嵘把赋、比、兴看作一个不可分割的整体，提出要“宏斯三义，酌而用之”，既能深知其理，又能恰当运用，这样才能详明而不冗散，深婉而不晦涩，这也就是“详切”的具体含义。诗人若能“宏斯三义，酌而用之”，“详切”地“指事造形，穷情写物”，再“干之以风力，润之以丹彩”，那么他的诗就具有了“滋味”的审美价值，同时对于读者来说，乃可“使味之者无极，闻之者动心”，是为“诗之至”也！由此可见诗“味”在锺嵘的诗歌美学理想中占有何等重要的地位。

三、司空图“韵味”说

司空图在继承前人特别是锺嵘关于诗“味”和“滋味”理论认识的基础上，又总结了我国尤其是唐代诗歌创作的丰富经验，对诗歌的“味”做了更为深入的探索，并提出了“韵味”说的诗歌美学主张。司空图在《与李生论诗书》中说：

> 文之难，而诗之难尤难。古今之喻多矣，而愚以为辨于味，而后可以言诗也。江岭之南，凡足资于适口者，若醯，非不酸也，止于酸而已；若鹾，非不咸也，止于咸而已。华之人以充饥而遽辍者，知其咸酸之外，醇美者有所乏耳。彼江岭之人，习之而不辨也，宜哉。诗贯六义，则讽谕、抑扬、渟蓄、温雅，皆在其间矣。然直致所得，以格自奇。前辈诸集，亦不专工于此，矧其下者耶！王右丞、韦苏州澄澹精致，格在其中，岂妨于遒举哉？贾浪仙诚有警句，视其全篇，意思殊馁，大抵附于蹇涩，方可致才，亦为体之不备也，矧其下者哉！噫！近而不浮，远而不尽，然后可以言韵外之致耳。
>
> ……盖绝句之作，本于诣极，此外千变万状，不知所以神而自神也，岂容易哉？今足下之诗，时辈固有难色，倘复以全美为工，即知味外之旨矣。（《四部丛刊》影印旧钞本《司空表圣文集》卷二）

司空图明确地提出“辨于味,而后可以言诗”,把辨“味”放在总括一切的首要地位,可见“味”是他论诗的宗旨。什么是“味”呢?司空图认为,对于人的感官来说,有单一的原本之味,又有醇美的味外之味。犹如醋和盐,单是醋,只有酸味,单是盐,只有咸味;但经过适当的调配之后,却能产生出甘于口的醇美之味。醇美之味来源于单一的酸和咸,却又有别于酸咸,这就是味外之味。锺嵘所说的诗“味”,就是指这种醇美的味外之味,故谓之“味外之旨”或“韵外之致”。这种味外之“味”,就是司空图“韵味”说的基本出发点。

从诗歌艺术的创造这一角度来看,“韵味”包含了两层含义:第一,艺术美来源于自然美,但又高于自然美,这是“味外之旨”;第二,在言与意的关系上,司空图认为诗的意境在“韵外”,就是“韵外之致”。前者依靠艺术的升华作用而取得,后者主要依靠表现的形象化和含蓄蕴藉而获得,但两者之间又密切相关。司空图说:“近而不浮,远而不尽,然后可以言韵外之致耳。”“近而不浮,远而不尽”,可以说是从锺嵘所说“指事造形,穷情写物,最为详切”那里生发而来,但比锺嵘更加深刻。这里的“近”,是讲形象鲜明,如在目前;“远”是讲诗意深远,不尽于句中。有了“韵外之致”的诗,也就必然有“味外之旨”。[①]

从司空图的审美倾向来看,他颇为偏爱于王、孟、韦、柳的澄澹之格,但是他以为这种诗的韵味,不仅存在于风格“澄澹”的诗中,而且也存在于风格“遒举”的篇章之中;前辈诸贤虽然不是专工一路,风格也各不相同,但是追求具有韵味的意境创造,则是共同的。值得注意的是,司空图十分强调这种“韵味”,是由“直致所得,以格自奇”。“直致所得”,强调的也就是要得之于自然,得之于生活。诗人的主观情思与客观之境自然遇合,有得于心,然后根据已之所得,创造自己的意境,

① 沈德潜《说诗晬语》卷上云:“七言绝句,以语近情遥,含吐不露为主。只眼前景、口头语,而有弦外音、味外味,使人神远。”这是对司空图韵味说的发挥,从中不难看出“韵外”与“味外”之间的密切关系。

抒发自己的情思，既不依傍古人，亦不必强为搜求，只眼前景，口头语，便可自致妙境，而有弦外之音、味外之味、韵外之致。司空图在《与李生论诗书》中，就列举了许多他自己由“直致所得”的诗句，如：

得于早春，则有“草嫩侵沙短，冰轻着雨销”……得于山中，则有“坡暖冬生笋，松凉夏健人”……得于江南，则有“戍鼓和潮暗，船灯照岛幽”……得于塞下，则有“马色经寒惨，雕声带晚饥”；得于丧乱，则有“骅骝思故第，鹦鹉失佳人”……得于道宫，则有“棋声花院闭，幡影石幢幽”；得于夏景，则有“地凉清鹤梦，林静肃僧仪”；得于佛寺，则有“松日明金象，苔龛响木鱼”……得于郊园，则有“远陂春早渗，犹有水禽飞”；得于乐府，则有“晚妆留拜月，春睡更生香”；得于寂寥，则有“孤萤出荒池，落叶穿破屋”；得于惬适，则有“客来当意惬，花发遇歌成”。虽庶几不滨于浅涸，亦未废作者之讥诃也。

末句固不免谦逊之辞，然“浅涸”之谈，亦正见“直致所得”之旨。清人许印芳在跋《与李生论诗书》中说：“功候深时，精义内含，淡语亦浓；宝光外溢，朴语亦华。既臻斯境，韵外之致，可得而言，而其妙处皆自现前实境得来，表圣所云‘直致所得，以格自奇’也。其自举所得，亦多警句，如：‘松凉夏健人’，‘树密鸟冲人’，‘棋声花院闭’，‘落叶穿破屋’，‘得剑乍如添健仆’，‘小栏花韵午晴初’等句，皆现前实境，而落笔时若无淘洗熔炼之工夫，必不能著此等语。由此而推，王、韦诸家诗能出奇之故，可默会矣。”（见《诗法萃编》卷六下）司空图所强调的“直致所得”和自然之美，当然不是建立在自然主义基础之上的，应当说许印芳的认识，的确深得司空图“直致所得”的“韵味”之旨。

司空图无论在理论上还是在创作中，都是追求“韵味”，并坚持了由“直致所得”的原则。从司空图的这一原则来看，必须承认它是由锺嵘的“直寻”之说演化而来。锺嵘《诗品序》云:“至乎吟咏情性,亦何贵于用事?‘思君如流水’,既是即目;‘高台多悲风’,亦惟所见;‘清晨登陇首’,羌无故实;‘明月照积雪’,讵出经史?观古今胜语,多非补假,皆由直寻。”从原理上讲,锺嵘所说的“直寻”,与司空图所说的“直致”并无二致,但他们的目的是不同的。锺嵘强调“直寻”,旨在反对堆砌典故及因袭模拟古人等形式主义的浮靡诗风;而司空图则旨在以此而得“味外之旨”与“韵外之致”。

司空图提出的“味外之旨”、“韵外之致”以及“直致所得”等见解和要求,比前人的“余味”说和“滋味”说更深入了一层,从而在中国诗学理论上独树一帜,它对后世诗学理论、创作实践以及艺术鉴赏等方面,都有着十分深刻的影响。

第四节 “言志”与“诗教”的发展

——从重风骨、尚风雅到美刺兴比

一、“言志”——重风骨、尚风雅的诗歌美学思想

1. 锺嵘风骨论的新内涵

刘勰在《文心雕龙》中,曾对“风骨”这一美学范畴做过多方面而又较为深刻的论述,尽管他是在广义的“文”或“文章”的范围内来讨论这一问题的,但诗歌创作已包含在内。其重大的意义不仅在于倡导了爽朗健康、遒劲有力的艺术风格,强调了艺术创造中思想性与艺术性的统一,而且在于它对我国诗学理论和诗歌创作的发展,产生了积极而深刻的影响。继刘勰之后,锺嵘便把“风骨”的理论具体运用到诗歌创作理论和批评之中。关于五言诗的创作,锺嵘在《诗品序》中说:

> 故诗有三义焉:一曰兴,二曰比,三曰赋。文已尽而意有余,兴也;因物喻志,比也;直书其事,寓言写物,赋也。宏斯三义,酌

而用之，干之以风力，润之以丹彩，使味之者无极，闻之者动心，是诗之至也。

“诗之至”，是锺嵘关于诗的最高理想。而要达到这个理想，就必须“宏斯三义，酌而用之，干之以风力，润之以丹彩”，这是最基本的，也是最核心的条件。“风力”，即风骨，是指诗的“质”即内容方面；“丹彩”即文采，指诗的语言形式。如果仅从“干之以风力，润之以丹彩”的话来看，只能说是锺嵘将刘勰的风骨论在诗歌理论中加以具体的运用，而并无新的发展。其实不然。锺嵘强调在“宏斯三义”——兴、比、赋的基础上，再“干之以风力，润之以丹彩”，将风雅兴托的传统同风骨结合起来论诗，从而就进一步明确并充实了风骨或风力的具体内涵。这是锺嵘对风骨论的新的发展，同时这一点对唐人诗论的影响亦至关重要。

风、赋、比、兴、雅、颂，是诗之“六义”，两汉诗论家常把它们作为一个整体看待。锺嵘不但把兴、比、赋从“六义”中抽出来称为“三义”，而且又做出了不同于汉人的新的解释。关于赋、比、兴，在汉代虽有不同的解释，但基本观点大同小异，郑玄说：“赋之言铺，直铺陈今之政教善恶；比，见今之失，不敢斥言，取比类以言之；兴，见今之美，嫌于媚谀，取善事以喻劝之。”（郑玄《周礼·大师》注）锺嵘则是在总结了汉魏六朝诗歌创作的丰富经验的基础上，对兴、比、赋做了新的解释：兴要寓意于言外，表达言近旨远余味无穷的诗境；比要“因物喻志”，赋要“寓言写物”。兴、比、赋都强调要寓“意”、“喻志”、“寓言”，可见锺嵘十分重视诗之“兴托”。在汉代以前，“六义”或“六诗”的排列，其中锺嵘所说的“三义”，基本上是以“赋、比、兴”为顺序的，而锺嵘却以“兴、比、赋”为顺序，这说明他对兴和比的重视。黄侃在《文心雕龙札记·比兴》中说：“锺记室云：‘文已尽而意有余，兴也；因物喻志，比也。’其解比兴，又与诂训乖殊。”这说明锺嵘已经对“比”、“兴”赋之以新的含义。然而更为值得注意的是，对于“赋”，锺嵘又赋予了“比、兴”的含义。刘熙载《艺概·赋概》云：

> 风诗中赋事，往往兼寓比、兴之意。锺嵘《诗品》所由竟以‘寓言写物’赋也。赋兼比、兴，则以言内之实事，写言外之重旨。故古之君子上下交际，不必有言也，以赋相示而已。不然，赋物必此物，其为用也几何！

刘熙载的看法固然是对锺嵘的进一步发挥，但同时也使“寓言写物”的“赋”的含义更为明确了。这就更进一步说明锺嵘十分重视诗的风雅比兴之义。《诗品》评阮籍诗云：

> 其源出于《小雅》。无雕虫之功。而《咏怀》之作，可以陶性灵，发幽思。言在耳目之内，情寄八荒之表，洋洋乎会于《风》、《雅》，使人忘其鄙近，自致远大。颇多感慨之词。厥旨渊放，归趣难求。

锺嵘之所以把阮籍列入上品，并做出如此高度的评价，原因即在于其《咏怀》之作充分体现了《风》、《雅》“比、兴”的传统，感慨深沉，寄托深远，颇为含蓄蕴藉。与此相反，锺嵘批评张华的诗说：

> 其体华艳，兴托不奇，巧用文字，务为妍冶。虽名高曩代，而疏亮之士，犹恨其儿女情多，风云气少。

张华诗的风格特点是长于抒情，注重形式，然而风力不足，所以锺嵘认为其源出于“文秀而质羸”、“自伤情多”的王粲。所谓“兴托不奇”，就是缺少深刻的含意和寄托，亦即缺少风雅比兴之义，这与阮籍的"会于《风》、《雅》"、"寄托深远"恰恰成为鲜明的对照。值得注意的是,锺嵘在这里,将"兴托不奇"同"风云气少"联系起来。"风云气少",即缺乏内在的风力或风骨,在锺嵘看来,这与其"兴托不奇"有直接的关系。

锺嵘在《诗品序》中论及汉代诗歌的状况时说:

从李都尉迄班婕妤,将百年间,有妇人焉,一人而已。诗人之风,顿已缺丧。

"诗人之风",即指《风》、《雅》"比、兴"之义。又其论东晋玄言诗说:

孙绰、许询、桓、庾诸公诗,皆平典似《道德论》,建安风力尽矣。

"建安风力",即刘勰《文心雕龙·时序》所说"雅好慷慨"、"志深而笔长"、"梗概而多气"的建安风力。由此可见,在锺嵘那里,"诗人之风"和"建安风力",是诗歌审美的理想或典范,所以均作为衡量诗歌的尺度。这就说明了"诗人之风"同"建安风力"之间,有着内在的相通之处。而这一点在锺嵘对曹植的评价中,就充分体现了出来。在被列入《诗品》的一百二十多位诗人中,得到最高评价的是曹植。他被称为"建安之杰",是"建安风力"的最好代表,是"诗之至"的理想诗人。为什么呢?我们看锺嵘对曹植诗歌特征的品评:

其源出于《国风》。骨气奇高,词采华茂,情兼《雅》怨,体被文质,粲溢今古,卓尔不群。

既“源出于《国风》”，又“情兼《雅》怨”，可谓具备了《风》、《雅》“比兴”之义；既“骨气奇高”，又“词采华茂”，正所谓“干之以风力，润之以丹彩”，而这完全符合锺嵘所谓“诗之至”的最高理想。可见锺嵘所强调的“风力”或“骨气”，都与《风》、《雅》“比、兴”紧密相关。

锺嵘强调“风骨”中《风》、《雅》“比、兴”的具体内涵，这不仅是对刘勰风骨论的进一步发展，而且已初步形成了重风骨、尚风雅的诗歌美学思想，这一点对唐人诗论和诗歌创作的影响十分深刻。

2. 陈子昂对风骨的标举

继锺嵘之后，初唐时代的陈子昂，在反对齐梁以来浮靡诗风的同时，进一步明确地提出了风雅兴寄的传统和汉魏风骨的精神。他在《与东方左史虬修竹篇序》中说：

> 东方公足下：文章道弊五百年矣。汉、魏风骨，晋、宋莫传，然而文献有可征者。仆尝暇时观齐、梁间诗，彩丽竞繁，而兴寄都绝，每以永叹。思古人常恐逶迤颓靡，风雅不作，以耿耿也。一昨于解三处见明公《咏孤桐篇》，骨气端翔，音情顿挫，光英朗练，有金石声。遂用洗心饰视，发挥幽郁。不图正始之音，复睹于兹，可使建安作者相视而笑。

这篇短文中，陈子昂肯定风雅、汉魏诗歌的进步传统，指出晋、宋以来“文章道弊”，齐梁间诗“彩丽竞繁，而兴寄都绝”的弊病。为使诗道不至于“逶迤颓靡”，他着重提出“兴寄”和“风骨”两个问题，企图从根本上去变革五百年来的诗风。

首先，关于“兴寄”说。陈子昂所说的“兴寄”，就是诗歌的比兴寄托，这也是《诗经》“风、雅”的优秀传统。就其特点来说，它是通过“因物喻志”、“托物起兴”的表现方法，以进行“美刺”、“讽谕”。但必须指出的是陈子昂的创作实践证明，在比兴寄托之中，陈子昂更重视寄托，即讽谕美刺的一面，而相对忽视了“比兴”的艺术表现方法，即通过鲜明生动的形象或以委曲婉转之法寄托讽谕之义的一面。如他的《感遇》诗，固然不乏佳作，但大部分作品的侧重点都是放在寄托上，而缺少比兴的艺术手法，这样就产生理胜于情或质胜于文的弊病。王夫之在《唐诗评选》卷二中批评陈子昂的《感遇》诗说：“似诵，似说，似狱词，似讲议，乃不复似诗。”此评不免偏激，但也切中其弊。

其次，关于“风骨”说。陈子昂所说的“汉魏风骨”，也就是刘勰和锺嵘所指出的那种爽朗刚健、遒劲有力的诗歌美学风貌。“骨气端翔，音情顿挫，光英朗练，有金石声”，就是陈子昂对“风骨”的具体解释。刘勰《文心雕龙·风骨》说：“结言端直，则文骨成焉；意气骏爽，则文风清焉。”陈子昂所说“骨气端翔”，即有似于此。他要求诗既要有劲健刚直的内容和深沉浓烈的情思，又要有自然和谐、铿锵悦耳的音韵和明朗皎洁、光彩辉映的辞采。将风骨和声情、辞采融为一体，就是陈子昂追求的理想的诗。

陈子昂的诗歌创作，就积极地实践了“兴寄”说和“风骨”说的理论主张。其脍炙人口的千古名篇《登幽州台歌》及《感遇》诗中的佳作，自不待言。这里我们举其《修竹篇》的前半部分，便可窥见其“兴寄”与“风骨”的体现。其诗曰：

> 龙种生南岳，孤翠郁亭亭。峰岭上崇崒，烟雨下微冥。夜闻鼯鼠叫，昼聒泉壑声。春风正淡荡，白露已清泠。哀响激金奏，密色滋玉英。岁寒霜雪苦，含彩独青青。岂不厌凝冽，羞比春木荣。春木有荣歇，此节无凋零。始愿与金石，终古保坚贞。

此诗以比兴的手法，歌颂孤竹不畏霜雪、不慕木荣的坚贞品性，寄托并表现了诗人坚贞孤高的理想的人格美。情思深沉浓烈，风格刚健朗畅，语言质朴自然。从诗歌艺术形象的构思和寄托的方式来看，陈

子昂的这首诗显然是受到了建安诗人刘桢的直接影响。如刘桢有《赠从弟》诗三首,其后二首云:

> 亭亭山上松,瑟瑟谷中风。风声一何盛,松枝一何劲。冰霜正惨凄,终岁常端正。岂不罹凝寒,松柏有本性。
>
> 凤凰集南岳,徘徊孤竹根。于心有不厌,奋翅凌紫氛。岂不常勤苦,羞与黄雀群。何时当来仪,将须圣明君。

尽管所咏之物不同,但比兴的方式和寄托的情思是一致的。刘桢被誉为"真骨凌霜,高风跨俗"(钟嵘《诗品》),那么陈子昂效法于刘桢,这正说明了陈子昂是有意要恢复这种"汉魏风骨"。王士祯《带经堂诗话》卷四云:"唐五言古诗凡数变,约而举之,夺魏晋之风骨,变齐梁之俳优,陈伯玉之力最大。"此论甚当。卢藏用《陈子昂文集序》说:"宋、齐以来,憔悴逶迤,陵颓流靡,至于徐、庾,天之将丧斯文也。后进之士,若上官仪者,继踵而生,于是风雅之道扫地尽矣。……道丧五百岁而得陈君,……崛起江汉,虎视函夏,卓立千古,横制颓波,天下翕然,质文一变。"充分肯定了陈子昂恢夏"风雅"之道,开启一代新风的巨大历史功绩。

3. 盛唐气象中的风骨

到了盛唐时代,崇尚风骨已成为普遍的审美风气。可以说盛唐一代诗人,怀着宏伟的理想,以蓬勃热烈的感情、激昂慷慨的声音去表现那个时代种种激动人心的生活和斗争。在盛唐诗人那里,很少有低沉、纤弱和颓废的情绪。尽管他们也写离愁别绪,也写失意悲慨,也写山水田园,也写纵酒狎妓,但总有一种昂扬的情思、明朗的基调流注其中。盛唐诗往往笔酣墨饱,腾发出盛唐时代昂扬奋发、积极进取的精神。而这种精神,也正是盛唐风骨或"盛唐气象"的实质所在。胡应麟云:

孟浩然、王维、储光羲、常建、韦应物，本曲江之清澹，而益以风神者也；高适、岑参、王昌龄、李颀、孟云卿，本子昂之古雅，而加以气骨者也。（胡震亨《唐音癸签》卷九引）

他们尽管风格不同，但都具有一种“风骨”，只是或长于风神，或长于气骨罢了。盛唐诗人不仅以他们的创作实践体现了盛唐风骨的精神，而且他们在主观意识上对此也有着明确的认识。王维称赞綦毋潜诗“盛得江左风，弥工建安体”（《别綦毋潜》），“建安体”，就是具有建安的风骨。岑参称赞杜华的诗：“得君江湖诗，骨气凌谢公。”（《敬呈杜华淇上见赠呈熊耀》）是说他们的“文章”有风骨。高适在《淇上酬薛三据兼寄郭少府》中赞扬薛据：“故交负灵奇，逸气抱謇谔，隐轸经济具，纵横建安作。”在《答侯少府》中又称赞侯少府说：“东道有佳作，南朝无此人。性灵万象出，风骨超常伦。”也都说明高适对于建安风骨的向往与追求。李白所谓“自从建安来，绮丽不足珍”（《古风》其一），反对的是建安之后的绮丽之风，对于建安风骨，李白十分推崇：“蓬莱文章建安骨，中间小谢又清发。俱怀逸兴壮思飞，欲上青天揽明月。”（《宣州谢朓楼饯别校书叔云》）所谓“逸兴壮思”，是李白对建安风骨的崇尚，同时也是对当时诗歌中壮大气势力量的生动概括。除崇尚建安风骨外，李白还特别倡导“风雅”：“大雅久不作，吾衰竟谁陈？王风委蔓草，战国多荆榛。”（《古风》其一）盛唐诗人重风骨、尚风雅的精神，在李白这里得到了集中的体现。

在理论上更加明确倡导“风骨”与“比兴”的是殷璠。殷璠的《河岳英灵集》以声律与比兴、风骨兼备作为诗歌审美标准。从这一标准出发，他在《序》中对南朝以来诗歌的发展，做了历史的考察：

夫文有神来、气来、情来，有雅体、野体、鄙体、俗体。……至如曹、刘诗多直语，少切对，或五字并侧，或十字俱平，而逸驾终存。然挈瓶庸受之流，责古人不辩宫商徵羽，词句质素，耻相师范。于是攻异端，妄穿凿，理则不足；言常有余，都无兴象；但贵轻艳，虽满箧笥，将何用之？自萧氏以还，尤增矫饰。武德初，微波尚在；贞观末，标格渐高；景云中，颇通远调；开元十五年后，声律风骨始备矣。（中华书局上海编辑所编辑《唐人选唐诗》本）

殷璠认为建安诗人曹植和刘桢的作品，尽管音律不严，“多直语，少切对”，但他们的诗具有较强的社会内容和刚健的风骨，因而“逸驾终存”，为后世树立了楷模。然而齐、梁声律论兴盛之后，肤浅之徒唯以拘限声病、追求辞藻为能事，因而对建安诗人妄加指责，甚至“耻不相师”，“但贵轻艳”，他们的作品不仅思想内容贫乏，而且缺乏风雅比兴之义和鲜明生动的艺术形象，所以毫无价值。这种倾向一直影响到唐初。到了贞观年间，才有所改变；直到开元以后，才终于形成“声律风骨”兼备、彬彬大盛的局面。在这里，殷璠标举“兴象”即“比兴”或“兴寄”和“声律风骨兼备”，一方面是对风雅比兴和汉魏风骨的发展，另一方面还吸取了齐梁以来的艺术经验，而同时也是对盛唐诗歌在理论上的全面总结。在《集论》中，殷璠还说：

故词有刚柔，调有高下，但令词与调合，首末相称，中间不败，便是知音。而沈生虽怪曹、王曾无先觉，隐侯言之更远。璠今所集，颇异诸家，既闲新声，复晓古体；文质半取，风、骚两挟。言气骨则建安为传，论宫商则太康不逮，将来秀士，无致深憾。

盛唐诗歌繁荣的重要原因之一，就是一方面他们标举“风骚”的精神和建安“风骨”的传统，同时吸取了南朝以来在声律等方面的艺术经验，所以是“既闲新声，复晓古体”，达到了如魏徵所期望的“文质彬彬，尽善尽美”（《隋书·文学传序》）的境地。因此可以说，殷璠的理论,正是对盛唐诗歌准确的概括与总结。

殷璠虽然标举“声律风骨兼备”,但他在对盛唐诗人的具体品评中,却更重视风骨与比兴。如他评常建:“建诗似初发通庄,却寻野径百里之外,方归大道。所以其旨远,其兴僻,佳句辄来,唯论意表”;评李白:“志不拘检,……故其为文章,率皆纵逸”;评刘昚虚:“情幽兴远,思苦语奇,忽有所得,便惊众听。……然声律宛态,无出其右,唯气骨不逮诸公”;评陶翰:“既多兴象,复备风骨”;评高适:“诗多胸臆语,兼有气骨”;评岑参:“语奇体峻,意亦造奇”;评崔颢:“晚节忽变常体,风骨凛然。一窥塞垣,说尽戎旅,……可与鲍照并驰也”;评薛据:“为人骨鲠有气魄,其文亦尔”;评孟浩然:“浩然诗,文彩蔓茸,经纬绵密,半遵雅调,全削凡体。至如‘众山遥对酒,孤屿共题诗’,无论兴象,兼复故实。又‘气蒸云梦泽,波动岳阳城’,亦为高唱”;评王昌龄:“昌龄以还,四百年内,曹、刘、陆、谢,风骨顿尽。顷有太原王昌龄,鲁国储光羲颇从厥游。且两贤气同体别,而王稍声峻”;评贺兰进明:“《行路难》五首,并多新兴”;评祖咏:“气虽不高,调颇凌俗”;评卢象:“雅而平,素有大体,得国士之风”;评李嶷:“其《少年行》三首,词虽不多,翩翩然侠气在目也”。从这些具体的评论中可以看出,殷璠的诗歌美学理想,更偏重于“兴象”、“气调”与“风骨”,而这一点对后来的司空图、严羽及王士祯等人的影响十分深刻。

集大成的诗人杜甫,不仅在创作实践中更为深刻地继承了风雅比兴之义,达到了“声律风骨兼备”,而且在主观上,他也有着明确的认识。“庾信文章老更成,凌云健笔意纵横。”(《戏为六绝句》其一)“子建文笔壮,河间经术存。温克富诗礼,骨清虑不喧。”(《别李义》)“赋料扬雄敌,诗看子建亲。”(《奉赠韦左丞丈二十二韵》)“意惬关飞动,篇终接混茫。”(《寄彭州高三十五使君适虢州岑二十七长史参三十韵》)“清新庾开府,俊逸鲍参军。”(《春日忆李白》)实际上都是讲“风骨”。又如,“别裁伪体亲风雅,转益多师是汝师”(《戏为六绝句》其六)。“词华倾后辈,风雅霭孤骞。”(《赠比部萧郎中十兄》)“陶谢不枝梧,风骚共推激。”(《夜听许十一诵诗爱而有作》)“纵使卢王操翰墨,劣于汉魏近风骚。”(《戏为六绝句》其三)“山居精典籍,文雅涉风骚。”(《题柏大兄弟山居屋壁二首》其一),则表示了对“风雅”与“风骚”极大的倾慕之情。

二、“诗教”——注重政治功利的诗歌主张

1. 元结的呼声

唐代诗歌理论,自元结之后,已很少有人再强调“风骨”,而把重点放在了恢复儒家诗教的“风雅比兴”之道,强调诗歌必须直接为社会政治服务。元结对于诗歌发展的历史及现状的看法,深受陈子昂和李白的影响,他多次疾呼:“文章道丧盖久矣。”(《刘侍御月夜宴会序》)“风雅不兴,几及千岁,……近世作者,……不知丧于雅正。”(《箧中集序》)他所谓“风雅”之“道”,就是传统儒家诗论中的“美刺”或“规讽”,要求诗歌必须直接为政治服务。元结《二风诗论》说:

> 客有问元子曰:“子著《二风诗》何也?”曰:“吾欲极帝王理乱之道,系古人规讽之流。”曰:“何如也?”“夫至理之道,先之以明仁,故颂帝尧为仁帝;安之以慈顺,故颂帝舜为慈帝;成之以劳俭,故颂夏禹为劳王;修之以敬慎,故颂殷宗为正王;守之以清一,故颂周成为理王,此理风也。夫至乱之道,先之以逸惑,故闵太康为荒王;坏之以苛纵,故闵夏桀为乱王;覆之以淫暴,故闵殷纣为虐王;危之以用乱,故闵周幽为惑王;亡之于积累,故闵周赧为伤王,此乱风也。”订曰:“子颂善上不及羲、轩、汤、武,闵恶又不及始皇、哀、灵,焉可称极帝王理乱之道?”对曰:“於戏!吾敢言极,极其中道者也。吾且不曰著斯诗也,将系规讽乎,如羲、轩之道也久矣,谁能师尊?如汤武之德,吾则不敢颂,为规法过于是也。吾子审

之。”（《全唐文》卷三百八十三）

元结的创作意图十分明确，他就是要通过这些诗对帝王言理乱之道，见“规讽”之意。以诗歌干预社会、救时劝俗，正是元结所亟亟以求的。他在大历二年所写《文编序》中，就自称十五年来所作诗文“多退让者，多激发者，多嗟恨者，多伤闵者，其意必欲劝之忠孝，诱以仁惠，急于分直，守其节分，如此，非救时劝俗之所须者欤？”深受杜甫称赞的《舂陵行》和《贼退示官吏》二诗，就是在这种明确的意图中创作出来的。元结在《舂陵行序》中说：“故作《舂陵行》以达下情。”诗的结尾处也显其志曰：“前贤重守分，恶以祸福移。亦云贵守官，不爱能适时。顾惟孱弱者，正直当不亏。何人采国风，吾欲献此辞。”又其《贼退示官吏序》亦云：“诸使何为忍苦征敛，故作诗一篇，以示官吏。”以诗干预现实的意图十分明确。这两首诗把当时人民在战乱之后又遭遇到横征暴敛的痛苦生活，深刻地反映了出来。正因为如此，杜甫在《同元使君舂陵行》诗中才高度称赞他：“道州忧黎庶，词气浩纵横。两章对秋月，一字偕华星。”对于这种强烈的诗人使命之感和关心民瘼的进步精神，高唱赞歌。同时，杜甫在《同元使君舂陵行序》中还说：“当天子分忧之地，效汉官良吏之目。今盗贼未息，知民疾苦，得结辈十数公，落落然参错天下为邦伯，万物吐气，天下小安，可待矣。不意复见比兴体制、微婉顿挫之词。”杜甫所说的“比兴体制”和“微婉顿挫之词”，正是对元结诗中所体现出来的“风雅”之道和“规讽”精神的肯定与赞誉。同样，元结的《系乐府十二首》也表现出了这种明确的意识。

元结的这种精神和这份勇气，值得充分肯定。但他过分追求诗歌的功利目的，并把传统的儒家“诗教”与“美刺”发展到了极端，这无疑也有其片面之处。如他在《箧中集序》中说：

近世作者，更相沿袭，拘限声病，喜尚形似；且以流易为辞，不

> 知丧于雅正,然哉!彼则指咏时物,会谐丝竹,与歌儿舞女,生污惑之声于私室可矣,若令方直之士、大雅君子听而诵之,则未见其可矣。吴兴沈千运,独挺于流俗之中,强攘于已溺之后,穷老不惑,五十余年。凡所为文,皆与时异。

对于那些因袭模仿、拘限声病和喜尚形似的形式主义诗风,应予以批评。但他为了强调"风雅"之道,并在对沈千运的评价中,已全盘否定了盛唐诗歌的巨大成就。片面强调儒家诗论的"风雅"、"比兴"之道,而忽视了诗歌的艺术形式,这是元结的不足之处。元结的创作实践,之所以艺术成就不高,就与他这种片面的指导思想和理论方法有着直接的关系。

2. 元、白"新乐府"的理论与实践

继元结之后而起的元稹和白居易,不仅在指导思想、理论方法以及创作实践诸方面与元结一脉相承,而且他们的呼声更加高亢,态度亦更加激烈。

积极主张以诗"干教化"(见《叙诗寄乐天书》、《唐故工部员外郎杜君墓系铭并序》)的元稹,在《乐府古题序》中明确地提出了"刺美见事"的主张,他说:

> 况自风雅至于乐流,莫非讽兴当时之事,以贻后代之人,沿袭古题,唱和重复。于文或有长短,于义咸为赘剩,尚不如寓意古题,刺美见事,犹有诗人引古以讽之义焉。

"风雅"为诗之最高标准,其功用是"刺美见事",亦即"讽兴当时之事",积极地干预社会、干预政治,也就是"干教化"。可见在这里,"风雅"的精神与"教化"的目的,是合而为一的。元稹在《唐故工部员外郎杜君墓系铭并序》中,就是用"风雅"与"教化"为标准评述历代诗歌。他说孔子所删之诗，是“取其干教化之尤者三百，其余无闻焉”。这种理论见识与他和白居易“新乐府”的创作实践正相一致。[①] 元稹说屈原、苏、李之徒的评价，对晋世、宋、齐之间诗歌的批评（见《唐故工部员外郎杜君墓系铭并序》），就完全是以“风雅”为标准，以“教化”为目的。

在白居易之前，还没有一位诗人能像他那样不遗余力地以恢复并发扬光大“诗道”为己任。他在《与元九书》中说：“仆尝痛诗道崩坏，忽忽愤发，或食辍哺、夜辍寝，不量才力，欲扶起之。”所谓“诗道”，就是传统儒家的“诗教”，即“美刺兴比”的“风雅”之道。就总的倾向而言，白居易论诗，推崇“风雅”，彪炳“六义”，强调“美刺”，注重“诗教”。

首先，白居易认为，诗歌必须为政治服务。他在《与元九书》中鲜明地提出了“文章合为时而著，歌诗合为事而作”的口号，这与他在《新乐府序》中所说诗歌要“为君、为臣、为民、为物、为事而作，不为文而作也”，以及他在《读张籍古乐府》诗中所说“为诗意如何？六义互铺陈。风雅比兴外，未尝著空文”，都是一致的。白居易主张诗歌要褒贬时政，美刺现实，主要就是基于他对“采诗以补察时政”的认识。采诗匡政与写诗讽政，是他主张诗歌发挥政治功用的两个重要途径，其目的既是为君，也是为民，同时这两个方面又相互依存、密不可分。苛政的重压，贪吏与豪强的欺凌，常常是人民病困的直接原因。因而同情人民，揭示民病，既起到了“为民”的作用，同时也起到了讥刺时政、裨补时缺的“为君”的作用。《与元九书》中所谓“补察时政”，“泄导人情”；“救济人病，裨补时缺”；《寄唐生》中所谓“惟歌生民病，愿得天子知”等等，就都是同时从这两个方面着眼。白居易积极倡导恢复古代

① 元稹在《和李校书新题乐府十二首序》中认为，李绅的《新题乐府》二十篇是“雅有所谓，不虚为文”，“遂取其病时之尤急者，列而和之，盖十二而已”。又如：白居易《秦中吟序》说：“贞元、元和之际，予在长安，闻见之间，有足悲者，因直歌其事。”他们的这些诗作，亦可谓“干预教化之尤者”也。

的“采诗”制度:“选观风之使,建采诗之官。”(白居易《策林》第六十九“采诗以补察时政”,见《白氏长庆集》卷四十八)他认为从“感于哀乐,缘事而发”的诗歌中,不仅可以反映出百姓的苦乐,而且还可以窥见国运的兴衰与王政的得失。因而国君和执政大臣便可以从这些诗中体察到民情的哀乐与好恶,了解到王政的得与失;然后再对施行的方针政策加以改进,这样,国家就可以臻于治理,达于升平。“美刺之诗不稽政,则补察之义废矣”(白居易《策林》第六十八“议文章碑碣词赋”)。所谓“美刺”,除了带有善意的揭露、讽刺与批评外,还包括颂扬功德的“美”的一面。但这种“美”,并不是单纯地去歌功颂德,而是立足于对现实有讽谕意义和教诲作用。如白居易新乐府中的一些“美”诗,或美古以讽今,或美贤吏以刺权佞等等,其实质仍是针砭时政的另一种形式,它与正面的“刺”诗,正相表里,互为作用。

其次,与诗歌为政治服务的目的相联系,白居易十分重视诗的教化作用。《与元九书》说:

> 圣人感人心而天下和平。感人心者,莫先乎情,莫始乎言,莫切乎声,莫深乎义。诗者,根情,苗言,华声,实义。上自圣贤,下至愚呆,微及豚鱼,幽及鬼神,群分而气同,形异而情一,未有声入而不应、情交而不感者。

人皆有情感,要想对人们进行政治教化,就莫若以情动之;而诗歌最根本的特征,就是情感的表现:“大凡人之感于事,则必动于情,然后兴于嗟叹,发于吟咏,而形于歌诗矣。”(白居易《策林》第六十九)既然诗歌是诗人情感的流露,那么以诗人之情去感化读者之情,正是简便有效的方法。但必须指出,白居易所说的“根情”,并非纯真自然的诗人之情,这种“情”的抒发,是为了“实义”,亦即“发乎情,止乎礼义”。“实义”的“义”,即传统儒家所指《诗》之“六义”,或“风雅”之“义”。

也就是说，诗乃是一种手段，而教化民心、治理国家才是目的。所以《与元九书》又说：

圣人知其然，因其言，经之以六义；缘其声，纬之以五音。音有韵，义有类。韵协则言顺，言顺则声易入；举类则情见，情见则感易交。于是乎孕大含深，贯微洞密，上下通而一气泰，忧乐合而百志熙。五帝三皇所以直道而行，垂拱而理者，揭此以为大柄，决此以为大宝也。

通过带有"六义"的诗歌而惩恶劝善，移风易俗，使得上下一体，安乐和平，从而达到治理国家的目的。因而诗歌便成了统治者理顺民心、治理国家的法宝。白居易强调诗歌为社会政治服务，主张用诗歌揭发政治的弊端、反映民生疾苦等方面，都是可取的。但是由于白居易过分地强调了儒家诗教的作用，片面地追求诗歌的功利目的。故尔相对忽视了诗歌的艺术特征。如其《寄唐生》诗所说："非求宫商高，不务文字奇。惟歌生民病，愿得天子知。"为了使诗歌发挥社会作用，他不仅强调诗歌要形式通俗，语言浅显，而且还进一步提倡"质野"与"核实"。其《新乐府序》自言其诗作云：

凡九千二百五十二言，断为五十篇。篇无定句，句无定字；系于意，不系于文。首句标其目，卒章显其志，诗三百之义也。其辞质而径，欲见之者易谕也；其言直而切，欲闻之者深诫也；其事核而实，使采之者传信也；其体顺而肆，可以播于乐章歌曲也。总而言之，为君、为臣、为民、为物、为事而作，不为文而作也。

他对内容的要求已不仅是真实，而是要"核实"，这就没有把艺术的真实同生活的真实区别开来，使诗歌变成了真人真事的报导；这就容易流于自然主义,甚至失去诗的特点,而近似押韵的奏章了。

3. 晚唐的回响

重诗教、尚功利的诗歌主张,在晚唐时期虽也有一些呼声,但无论在理论上还是在创作实践上,都远逊于白居易。皮日休十分推重白居易,其《七爱诗·白太傅居易》云:

吾爱白乐天,逸才生自然。谁谓辞翰器,乃是经纶贤。欻从浮艳诗,作得典诰篇。立身百行足,为文六艺全。清望逸内署,直声惊谏垣。所刺必有思,所临必可传。

他之所以特别推重元、白,主要就是他认为"元、白之心,本乎立教"(《论白居易荐徐凝屈张祜》),具有"六艺"之旨和美刺的内容,有益于"教化"。正是从这样的观点出发,他模仿元、白的新乐府作"正乐府",并在《正乐府序》中强调诗的"教化"与"美刺":

乐府,盖古圣王采天下之诗,欲以知国之利病,民之休戚者也。……诗之美也,闻之足以观乎功;诗之刺也,闻之足以戒乎政。……由是观之,乐府之道大矣。今之所谓乐府者,唯以魏、晋之侈丽,陈、梁之浮艳,谓之乐府诗,真不然矣。故尝有可悲可惧者,时宣于咏歌,总十篇,故命曰"正乐府诗"。

杜荀鹤在《读友人诗》中也主风雅教化:

君诗通大雅,吟觉古风生。外却浮华景,中含教化情。

吴融的《禅月集序》则更加集中地强调了"风雅"、"美刺"与"教化":

夫诗之作者，善善则咏颂之，恶恶则风刺之，苟不能本此二者，韵虽甚切，犹土木偶不生于气血，何所尚哉？自风雅之道息，为五言七言诗者，皆率拘以句度属对焉。……国朝为能歌诗者不少，独李太白为称首，盖气骨高举，不失颂咏风刺之道。厥后白乐天为讽谏五十篇，亦一时之奇逸极言。昔张为作诗图五层，以白氏为广大教化主，不错矣。至于李长吉以降，皆以刻削峭拔飞动文彩为第一流，而下笔不在洞房蛾眉神仙诡怪之间，则掷之不顾。迩来相教学者，靡曼浸淫，困不知变。呜呼！亦风俗使然。君子萌一心，发一言，亦当有益于事，矧极思属词，得不动关于教化？（《全唐文》卷八百二十）

此外，像黄滔，裴贽和顾云等人也有一些类似的看法，但基本上都没有超出白居易的理论。

第五节 “发愤”说的新变

——“不平则鸣”与“笔补造化”

在元、白等人致力于恢复儒家诗教和大量写作反映民生疾苦的新乐府同时，以韩愈、孟郊为代表的一群诗人，则以其“不平则鸣”的理论和追求“笔补造化”的艺术效果，与元、白走着完全不同的道路。可以说元、白与韩、孟两大诗派的诗歌主张与创作实践，正代表了中唐诗歌发展创变的两大趋势。

一、“不平则鸣”与“发愤”说

在理论上明确提出“不平则鸣”说的是韩愈，其《送孟东野序》云：

大凡物不得其平则鸣，草木之无声，风挠之鸣，水之无声，风荡之鸣，其跃也或激之，其趋也或梗之，其沸也或炙之。……人之于言也亦然，有不得已者而后言，其歌也有思，其哭也有怀。凡出乎口而为声者，其皆有弗平者乎！

乐也者，郁于中而泄于外者也，择其善鸣者而假之鸣。金、石、丝、竹、匏、土、革、木八者，物之善鸣者也。维天之于时也亦然，择其善鸣者而假之鸣。是故以鸟鸣春，以雷鸣夏，以虫鸣秋，以风鸣冬。四时之相推敚，其必有不得其平者乎！其于人也亦然。人声之精者为言，文辞之于言，又其精也，尤择其善鸣者而假之鸣。……

唐之有天下，陈子昂、苏源明、元结、李白、杜甫、李观，皆以其所能鸣。其存而在下者，孟郊东野，始以其诗鸣。其高出魏晋，不懈而及于古，其他浸淫乎汉氏矣。从吾游者，李翱、张籍，其尤也。三子者之鸣信善矣，抑不知天将和其声，而使鸣国家之盛耶，抑将穷饿其身，思愁其心肠，而使自鸣其不幸邪？……

文章指出："凡物不得其平则鸣"，"人之于言也亦然，有不得已者而后言，其歌也有思，其哭也有怀"，才能写出有真情实感的作品。作者的思想感情，和他所处的时代环境及自身遭遇有关，"有不得已者而后言"。而在封建社会黑暗的时代，也只有那些"穷饿其身，思愁其心肠"，遭受排斥、压抑和打击的人们，才能通过切身感受，"郁于中而泄于外"，在"不得已"的情况下，"自鸣其不幸"，成为代表那个时代的真正的文学。他说"楚，大国也，其亡也以屈原鸣"，把表现在《楚辞》里的屈原的义愤和楚国的兴亡联系起来，说明屈原"发愤以抒情"的实质。司马迁在《史记·太史公自序》和《报任安书》中均说："《诗》三百篇，大抵贤圣发愤之所为作也。此人皆意有所郁结，不得通其道也，故述往事，思来者。"韩愈在《送孟东野序》中不仅说"《诗》、《书》六艺，皆鸣之善者也"，还认为司马迁等人亦"最其善鸣者也"。可见其"不平则鸣”的理论与司马迁发愤著书说也是一脉相承的。韩愈在《荆潭唱和诗序》中还从美学的角度将这种不平则鸣的理论进一步发挥为：

> 夫和平之音淡薄，而愁思之声要妙；欢愉之辞难工，而穷苦之言易好也。是故文章之作，恒发于羁旅草野。至若王公贵人，气满志得，非性能而好之，则不暇以为。

这不仅是从理论上对屈原“发愤以抒情”和司马迁“发愤著书”说的总结与发展，同时也是韩孟诗派创作实践的一个重要纲领。必须指出，以往学术界认为韩孟诗派的思想基础，就是“明道观念的一致”，认为他们的诗歌创作仍是传统儒家诗教的延续，其实这种看法不够准确。我们不应当把韩柳古文运动的理论强加到韩孟诗派的诗歌创作中去。应当看到，韩孟诗派“不平则鸣”的理论与创作，不仅是他们在诗歌创作中的自觉追求，同时也是对传统儒家诗教说的摆脱与否定。

韩孟诗派“不平则鸣”的主张，与屈原“发愤以抒情”之间有着继承的关系，但这种继承却是大有阻力的。通过这种阻力与冲破阻力之间的冲突，会使我们更加看清韩孟诗派的努力方向。古文运动的先驱萧颖士、李华、柳冕、梁肃等人，在积极主张宗经明道、强调政治教化的过程中，对于带有个人喜怒哀乐、怨愤抑郁之情的作家作品，尤其是屈原、宋玉等人，皆持否定态度。萧颖士认为：“屈原、宋玉，文甚雄壮，而不能经。”（见李华《扬州功曹萧颖士文集序》引）李华也同样说：“屈平、宋玉，其文宏而靡。”（《登头陀寺东楼诗序》）并进而指斥“屈平，宋玉，哀而伤，靡而不返，六经之道遁矣。”（《赠礼部尚书清河孝公崔沔集序》）柳冕承袭了萧、李的思想，并有更系统的认识。他认为：“教化美则文章盛，文章盛则王道兴”，因而“文章之道，不根教化，别是一枝耳”（《谢杜相公论房杜二相书》）。文章必须以“教化”为根本，使文、经一体，否则便是“不经”。故其《谢杜相公论房杜二相书》云：

古之作者，因治乱而感哀乐，因哀乐而为咏歌，因咏歌而成比兴，故大雅作则王道盛矣，小雅作则王道缺矣，雅变风则王道衰矣，诗不作则王泽竭矣。至于屈、宋，哀而以思，流而不反，皆亡国之音也。至于西汉，扬、马以降，置其盛明之代，而习亡国之音，所失岂不大哉？……于是风雅之文，变为形似；比兴之体，变为飞动；礼义之情，变为物色，诗之六义尽矣。何则？屈、宋唱之，两汉扇之，魏晋江左，随波而不反矣。

其《答荆南裴尚书论文书》说得更明了：

王泽竭而诗不作，骚人起而淫丽兴，文与教分而二。

直到韩愈的老师梁肃仍然认为“屈、宋华而无根”(《常州刺史独孤及集后序》)。总之，他们所倡导的是传统儒家的诗教，一切都必须符合“经”的准则，而反对任何带有个人情感的成分。这实质上是用“文、经一体”论否定了文学自身的觉醒。因而他们把屈原、宋玉等人“发愤以抒情”的优秀传统视为旁门左道而极力诋毁。这种观点对于文学尤其是诗歌的发展，无疑是一种倒退。

韩愈是古文运动的中坚力量，在古文理论与创作方面，他从先驱者那里接受了“文以明道”的儒教传统；但在诗歌理论及创作方面，他却同孟郊等人一道，大胆地摆脱了诗教的束缚，而努力追求自屈原以来“发愤以抒情”的精神，并以“不平则鸣”的理论和创作实践，大大丰富并发展了“发愤”与“缘情”体系的内涵与作用。韩愈《荐士》诗云：“周诗三百篇，雅丽理训诰。曾经圣人手，议论安敢到?”其实他并非不敢议论，他甚至可以大胆诋毁。其《石鼓歌》即云：

陋儒编《诗》不收入，《二雅》褊迫无委蛇。孔子西行不到秦，掎摭星宿遗羲娥。嗟余好古生苦晚，对此涕泪双滂沱。

他所看重的，是真正的艺术生命，而不管他是“圣人”还是“陋儒”。这种态度，对于一位正统的儒家文人来说，不可不谓突破了某种禁锢。相反，他对屈骚却一往情深。[①] 当然，任何一位优秀的诗人，都离不开传统文化的孕育与熏陶。韩愈对自《诗经》以来的优秀遗产，是要继承的，但他并没有像古文先驱者那样墨守儒家诗教的信条，去否定“缘情”的诗歌。韩愈的诗歌，无论语言、思想，还是神气、风格，其对屈原以至司马相如、扬雄等人继承的痕迹相当明显。李重华《贞一斋诗说》云：

诗家奥衍一派，开自昌黎。然昌黎全本经学，次则屈、宋、扬、马，亦雅意取裁，故得字字典雅。

署名陈沆《诗比兴笺》亦云：

当知昌黎不特约六经以成文，亦直约《风》、《骚》以成诗。

从韩愈对待屈、宋的态度，以及他的“不平则鸣”理论的提出来看，我们不能不说韩愈更重“缘情”。这一点我们在他大量的言情诗作中，也可得到进一步的证实。如其《龊龊》、《驽骥赠欧阳詹》、《赠侯喜》、《赠卢仝》、《幽怀》、《忽忽》、《感春》四首、《从仕》、《暮行河堤上》、《县斋有怀》、《秋怀诗》十一首、《题驿梁》、《示爽》等等，都是感慨很深的“叙人情”之作。韩愈的大部分诗歌，是抒发怀才不遇或遭到打击后的

① 如“屈原《离骚》二十五，不肯餔啜糟与醴”（《寒食日出游夜归张十一院长见示病中忆花九篇因此投赠》），“静思屈原沉，远忆贾谊贬”（《陪杜侍御游湘西两寺独宿，有题一首因献杨常侍》），“主人看史范，客子读《离骚》”（《潭州泊船呈诸公》）。

抑郁愤懑的情怀。他的这些诗歌,虽然往往涂上一层感伤的、无可奈何的、或灰暗的色彩,但通过诗人内心情感的激发,却更能引起读者的共鸣,同时也更加深了对当时社会现实的认识。

在李贺的诗集中,称赞及模仿屈、宋的作品屡见不鲜,杜牧就已称他的诗为“骚之苗裔”(《李长吉歌诗叙》),胡仔《苕溪渔隐丛话》卷二引《雪浪斋日记》说:“李长吉、玉川子诗,皆出于《离骚》,未可以立谈判也。”而且李贺对司马相如、曹植等人的称颂,也主要是从“情”字上着眼的。如《许公子郑姬歌》:“相如冢上生秋柏,三秦谁是言情人?蛾鬟醉眼拜诸宗,为谒皇孙请曹植。”以司马相如、曹植自比,自视为“言情人”。李贺诗歌言情的特点,在韩孟诗派中最为突出,其内心的苦闷、彷徨、忧愁和抑郁几乎笼罩了全部诗作。[①] 孟郊对于屈骚的亲切态度,并不亚于韩愈、李贺等人。孟郊在诗中就常以屈原自比,[②]他还赞美《楚辞》说:“欲识楚章句,袖中艺茝薰。”(《桐庐山中赠李明府》)楚辞之所以得到韩孟诗派诸人的赞美,一方面是由于共同的身世之感带来的共鸣;另一方面,屈原作品中那怨愤抑郁之情的抒发,为他们提供了借鉴,所以孟郊的《旅次湘沅有怀灵均》诗就十分明确地说:“骚文衒贞亮,体物情崎岖。”这也就是“不平则鸣”说产生的重要原因之一。

韩愈在《和席八十二韵》诗中曾说过“余事作诗人”的话,因而后人常据此批评他是以文为正统、以诗为儿戏的,其实并非如此。的确,韩愈的散文,指陈政事,揭发弊端,兴孔孟之礼教,言兴亡之大道,庶几为登“大雅之堂”的“正统”文字了。但我们绝不能因此而认为他视诗歌为儿戏,甚至藉此而谓之否定诗之功用。正如“建安之杰”的曹植,

① 参见袁行霈《苦闷的诗歌与诗歌的苦闷——论李贺的创作》(《中国诗歌艺术研究》)。

② 如“泪流潇湘弦,调苦屈宋弹”(《商州客舍》)、“楚屈入水死,诗孟踏雪僵”(《答卢仝》)。

也曾说过“辞小道，固未足以揄扬大义，彰示来世”（《与杨德祖书》）的话；而认为“诗是吾家事”（《宗武生日》），“语不惊人死不休”（《江上值水如海势聊短述》）的杜甫，也有过“文章一小技，于道未为尊”（《贻华阳柳少府》）的话，但那都不过是不遭时遇的牢骚之言。如韩孟派诗人在反映社会现实问题时，就很少直言其事，而多是通过自己心灵的曲折历程去加以折射，因而会带有更多的个人情感。“缘情”、“发愤”之作往往通过内心世界的展露，更为深刻地剖析社会现实，也更容易引起读者的共鸣。

二、重“心性”到“笔补造化”

韩孟诗派在突破儒家诗教说的同时，还根据诗歌艺术的内在特质，汲取佛教思想与佛教艺术中的合理成分，由重“心性”、造幽微，达到“笔补造化”的艺术效果，从而为唐诗的创变开辟了新途径。

韩愈等人在诋排异端、攘斥佛老的同时，却又结交佛徒，甚至推研佛理。关于韩愈等人与佛徒的交往，历史上曾有过不同的看法，如潘德舆《养一斋诗话》卷八云：

> 李冶仁卿……讥弹退之“业已抵排异端，不应与浮屠之徒相亲，又作为歌诗语言以光大之。而《与孟尚书书》，则若与人讼于有司，别白是非，过自缘饰，以是观之，何特荀、扬之小疵而已”！此盖未识退之之心者。夫退之之心，所憎者佛也，非僧也。佛，立教者也，故可憎。僧，或无生理而为之，或无知识而为之，可悯而不可憎也。观退之《送惠师》云：“惠师浮屠者，乃是不羁人。”言其虽为浮屠，而人则不为彼教所束，故用“乃”字见意。《送澄观》云：“皆言澄观虽僧徒，公才吏用当今无。”是欲其归正而用其才能，不以僧徒异视，故用“虽”字见意。《送灵师》云：“饮酒尽百钱，嘲谐思逾鲜。”“饮酒”、“嘲谐”皆戒律所禁，灵师能尔，转用以

誉之，亦爱僧辟佛之意也。退之曷尝光大其教哉？

无论看法如何，但交往的事实不可否认。他们与佛徒诗文往还，文字间的互为借鉴，是很自然的事。特别是韩、孟等人在诗歌创新的过程中，这一迹象尤为明显。孟郊《自惜》诗云：

倾尽眼中力，抄诗过与人。自悲风雅老，恐被巴竹嗔。零落雪文字，分明镜精神。坐甘冰抱晚，永谢酒怀春。徒有言言旧，惭无默默新。始惊儒教误，渐与佛乘亲。

这里就更为明确地认识到，儒家教化的传统只能是对诗歌发展的束缚；而诗歌要发展，要创新，只有另辟蹊径，在佛教之中寻求新的因素与新的力量。的确，中唐时代许多新兴的佛教艺术，对于这些久困在儒教樊笼中的诗人来说，很有耳目一新之感。如孟郊《送淡公》其九云："经章音韵细，风磬清泠翩。"又其《与王二十一员外涯游昭成寺》云："玄讲岛岳尽，渊咏文字新。"当时讲经、唱经或变文一类新兴的佛教艺术，给诗坛也带来了新的气息。韩愈《送僧澄观》诗云："又言澄观乃诗人，一座竞吟诗句新。"孟郊《送淡公》其七说："师得天文字，所以相知怀。"这些僧人的诗歌，带有清新玄远、隽永脱俗的特质，难怪孟郊要每每称赞以皎然为代表的"江调"诗风。[①]

卢仝《寄赠含曦上人》诗说：

楞伽大师兄，夸曦识道理。破锁推玄关，高辩果难揣。《论语》

① 僧皎然等人主要活动在江南一带，故孟郊以"江调"特指他们的诗风。如："追吟当时说，来者实不穷。江调难再得，京尘徒满躬。"（《送陆畅归湖州因凭题故人皎然塔陆羽坟》）"江调摆衰俗，洛风远尘泥。"（《与王二十一员外涯游枋口柳溪》）"江调乐之远，溪谣生徒新。"（《奉报翰林张舍人见遗之诗》）"菡萏写江调（郊），萎蕤缀兰瑛（愈）。"（《城南联句》）

《老》《庄》《易》，搜索通神鬼。起信中百门，敲骨得佛髓。……化物自一心，三教齐发起。随钟嚼宫商，满口文字美。……近来爱作诗，新奇颇烦委。忽忽造古格，削尽俗绮靡。

从中可以看出，僧人为了宣扬佛教而借助于艺术的功能，诗人为了艺术的创新则又去求助于佛理的奥妙。李贺《赠陈商》诗就有“《楞伽》堆案前，《楚辞》系肘后”之语；卢仝在济源隐居时，也表示了对佛教的向往。① 孟郊则研读佛经，推研佛理的目的，是为了充实工夫，启发诗思。② 这正是他们在探索、创新中的努力追求，也是前人所不曾有过的。闻一多先生在《贾岛》一文中指出：

> 我们该记得贾岛曾经一度是僧无本。我们若承认一个人前半辈子的蒲团生涯，不能因一旦返俗，便与他后半辈子完全无关，则现在的贾岛，形貌上虽然是个儒生，骨子里恐怕还有个释子在。所以一切属于人生背面的、消极的、与常情背道而驰的趣味，都可以溯源到早年在禅房中的教育背景。……于是他爱静、爱瘦、爱冷，也爱这些情调的象征——鹤、石、冰雪。黄昏与秋景是传统诗人的时间与季候，但他爱深夜过于黄昏，爱冬过于秋。他甚至爱贫、病、丑和恐怖。（《闻一多全集》第三册）

的确，出身佛徒的贾岛，以他不同流俗、带有几分禅意和狂肆的诗歌创作，加入了韩孟诗派的大合唱，他诗中那新奇的狂想、冷僻的情调

---

① “我心尘外心，爱此尘外物。欲结尘外交，苦无尘外骨。泌泉有冰公，心静见真佛。可结尘外交，占此松与月。”（《将归山招冰僧》）

② 孟郊《读经》诗云：“垂老抱佛脚，教妻读黄经。经黄名小品，一纸千明星。曾读大般若，细感肸蠁听。当时把斋中，方寸抱万灵。忽复入长安，蹴踏日月宁。老方却归来，收拾可丁丁。”孟郊直到晚年还说：“不愿空岧峣，但愿实工夫。实空二理微，分别相起予。”（《忽不贫喜卢仝书船归洛》）

和幽邃的意境,无疑会刺激韩、孟等人的视听;而同时,韩、孟等人在探索创新中也正需要这种新的因素与新的力量。我们看一下孟郊的《戏赠无本》诗,就更清楚了:

燕僧耸听词,袈裟喜新翻。北岳厌利杀,玄功生微言。天高亦可飞,海广亦可源。文章杳无底,斫掘谁能根?梦灵仿佛到,对我方与论。拾月鲸口边,何人免为吞?燕僧摆造化,万有随手奔。

完全道出了贾岛诗歌新奇微妙之原委,那就是借重佛家手段,"玄功生微言",摆脱造化固有的客观物象,在空灵的思维空间中任意驰骋,"天高亦可飞,海广亦可源",故能穷天地之妙而无施不可。所谓"对我方与论"云云,正见出他们共同的兴趣所在。我们再看孟郊从献上人的书法艺术中得到了怎样的启示:

狂僧不为酒,狂笔自通天。将书云霞片,直至清明巅。手中飞黑电,象外泻玄泉。万物随指顾,三光为回旋。骤书云霆霹,洗砚山晴鲜。忽怒画蛇虺,喷然生风烟。江人愿停笔,惊浪恐倾船。(《送草书献上人归庐山》)

人工的艺术,逾越了造化,宇宙间还有什么能比这更惊心动魄的呢?我们知道,在佛教哲学中,特别是中唐盛行的禅宗与复兴的天台宗,"心性"的作用至关重要。在唐代门户森严、宗派林立的佛教中,新生的禅宗与复兴的天台宗脱颖而出。禅宗虽有南北之分,然其宗旨同属"心性"之一途。北宗禅学以"守心"、"观心"为本。南宗禅学同样是以"识心见性"为宗旨的。禅宗的教义不过是综合了佛教各宗派的基本思想,把繁琐的教义和玄远的推理归为简易,指出了"顿悟"成佛这一简便途径。这种"简易"的教义和"简便"的途径,当然更易为人们所接受，因而它逐渐成为当时佛学的主流，而对当时社会的影响，也就比以往更大、更深刻。天台宗的教义在形式上与禅宗有相似之处，在本质上也有某些共通之点。天台宗的开创者智颢，从龙树、慧文和慧思等人那里，继承了“即空、即假、即中”、“一心三观”和“定慧双修”等教义，认为只有“心”才是世界万物最根本的实体。中唐时期的湛然，为迎合社会时代的心理，在总结、继承前人的基础上，对天台宗教义做了进一步的阐释，使天台宗得以复兴，并在当时发生巨大的影响。湛然新教义的核心主要是“无情有性”的理论。认为世界万物、一草一木皆具佛性，因而人人都可以进入天国。总之，无论是新兴的禅宗还是复兴的天台宗，其思想核心的基本教义，都是“以心性问题为中坚思想”。韩孟诗派在客观上难免受到“心性”理论的影响；在主观上，他们更明确地表现了“渐与佛乘亲”的态度。“心性观念”被诗僧、艺僧持为本源，可谓得天独厚，它对获得最大的思维空间与构拟空灵瑰玮的艺术境界不无益处。而这一点对于中国传统诗歌来说，正是一条大有发展前途的通衢。“始惊儒教误，渐与佛乘亲”的内涵，在这里得到了充分的体现。惟重心性，才能在艺术的阆苑中任意驰骋，才能穷天地之幽微、补造化之不足。因此，孟郊进而大胆地提出了惊人的理论：

> 天地入胸臆，吁嗟生风雷。文章得其微，物象由我裁。宋玉逞大句，李白飞狂才。苟非圣贤心，孰与造化该？（《赠郑夫子鲂》）

这一理论的提出，既是对传统儒家诗教的突破，也是在向诗歌艺术的真谛迈进。必须强调，韩孟诗派受佛教思维及其艺术的影响，是以自身的生活、思想和性格为前提的。如果没有相似的生活遭遇和思想意识，他们不可能对佛教艺术产生极大的兴趣乃至引起共鸣。刘熙载说韩愈诗“以丑为美”（《艺概・诗概》），其实这一特征是韩孟诗派所共有的。李斯托威尔在《近代美学史述评》一书中指出，丑“与美不同，在艺术和自然中感知到丑，所引起的是一种不安甚至痛苦的感情。这种感情，立即和我们所能够得到的满足混合在一起，形成一种混合的感情，一种带有苦味的愉快。……这种丑的对象，经常表现出奇特、怪异、缺陷和任性，这些都是个性的明确无讹的标志”。并认为，“丑”除了“作为美的陪衬”之外，还可以“表现人格的阴暗面”，而这种人格阴暗面的产生，又是与社会原因分不开的。[①] 由此看来，韩孟诗派成员出于自身生活、思想和性格等原因，大量吸收佛教艺术中丑怪奇异的形象，并在诗歌中大肆渲染，也正是通过“痛苦的色彩”发泄他们“带有苦味的愉快”。这从暴露社会阴暗面的角度来说，仍有其积极的意义。

韩愈诗歌那离奇的狂想、怪诞的比喻、大胆的夸张、骇异的物象、跃动的思绪，都显示出诗人的思维具有强大的、异乎寻常的活力。至于他的那些联句诗，他那著名的《南山诗》、《八月十五日夜赠张功曹》、《调张籍》、《谴疟鬼》、《赴江陵道中》、《永贞行》、《答张彻》、《陆浑山火一首和皇甫湜用其韵》，无不如此。卢仝的《月蚀诗》，更是这种创新的标本之一。从内容上讲，这首近一千七百字的长诗，其主旨也就是诗末所谓“愿天完两目，照下万方土”，希望改变朝纲不振的局面，亦即借月蚀影射政治并由此曲折地提出政治见解。但诗人笔下的月蚀奇观，却是大自然中不曾有也永远不会有的，它完全是在自由的心灵意识中、在无垠的思维空间中，以离奇的幻想，无拘无束地奔驰、跃动、创造和补充的产物。从“东方苍龙”、“南方火鸟”、“西方攫虎”、“北方寒龟”，直到环天二十八宿，真是想入非非，漫无涯涘，从而为全诗涂抹上极为斑驳离奇的色彩。其变换速度之快，跳跃幅度之大、构拟物象之奇，前无古人。难怪韩愈说：“先生固是我所畏，度量不敢窥

---

① （英）李斯托威尔撰，蒋孔阳译《近代美学史述评》，第 233 页，上海译文出版社 1980 年。

涯涘。”(《寄卢仝》)

韩孟诗派重心性、造幽微、补造化之不足的理论与创作,到了李贺手中,更得以发扬光大。李贺《高轩过》诗云:

> 云是东京才子,文章巨公。二十八宿罗心胸,元精耿耿贯当中;殿前作赋声摩空,笔补造化天无功。

“笔补造化”,是对韩愈、皇甫湜的赞美,也是对整个诗派在这方面的概括与总结。李贺自己的诗歌创作,在重心性、造幽微、笔补造化上,则又达到了一个新的高度。这一点因为学术界对李贺诗歌的研究已较为深入,故已成为公认的事实。[①] 以往人们在李贺研究中,虽然没有以“笔补造化”来统观其创作倾向,但李贺诗自身的这种特点十分突出,可以说是无处不在,因而它的具体体现与风格特征,还是较易把握的。[②] 今天我们从这一角度来统观李贺与韩孟诗派,则此诗歌思想与创作倾向也就更加清晰了。

当然,我们必须看到,韩孟诗派的创新意识与他们创作实践的客观效果,并不一定成正比。对他们的愿望、主张及所取得的艺术成就,

---

① 如罗宗强先生在《隋唐五代文学思想史》中说:“这些诗人的创作,表现的往往是自己心灵的历程。卢仝、马异是这样,孟郊是这样,李贺更是这样。在李贺的诗中,我们常常发现,他的思路是不可捉摸的。他构拟的往往是一个非人间的境界,不仅他的那些游仙诗如此,就是他的那些写现实生活的诗,也往往如此。他写的是现实景物,但又从现实景物跳出来,进入自己心灵中的世界。宋人张耒读李贺诗,说‘独爱诗篇超物象’(《李贺宅》,《张右史文集》卷二十六)。所谓超物象,殆即指此。此类诗篇比比皆是,……他的有些诗,干脆就写一个构拟的世界。在这个构拟的世界里,曲折地渲泄他内心的幽微。他把现实生活中的感受,与那个他构拟的世界融合在一起,常常使人感到虚虚实实,不可确解。……这种青春的迟暮之感,是畸形的、变态的。而由于这种畸形与变态,他的思路的展开,他的想象的衔接之处,就常常异于常理,变得幽微隐约,变得不可确认,有许多跳跃,留下了许多他人不易猜度的空间。这正是他写心灵而走向怪奇的原因,所以王世贞说:‘长吉师心,故尔作怪。’(转引自叶燮《原诗》)这是很有见地的说法。”

② 参见钟元凯《李贺在文学史上的地位》,载《社会科学战线》1983 年第 3 期。

应予充分的肯定;但也必须客观地指出由他们的创新意识所带来的缺陷与不足。韩、孟等人过分追求诗歌的创新,难免会有标新立异的弊病;而他们对"心性"的重视,往往超越客观物象,脱离现实生活,根据主观意念,以想象出诙奇,则更助长了险怪之风。他们希望通过自己的诗笔弥补造化之不足,却不免流露出斧凿的痕迹,带有巉刻的特点,反而失去了造化固有的天真自然之趣。

第六节 唐诗美学论争

在唐代,有不少诗人和诗论家都曾就唐诗发展历程中的一些诗歌美学问题,提出过各自不同的看法,甚至有过激烈的论争。其中不仅涉及对一些作家作品的具体评价问题,而且也涉及对一代诗风及唐诗发展历程如何评价的问题;而这些美学论争,又直接影响到唐诗自身发展的方向。

唐代关于唐诗美学论争比较重要的有四个问题:一,初唐四杰之争;二,陈子昂的评价;三,李杜优劣论;四,元白轻俗论。

一、初唐四杰之争

最初,四杰之争还只是就并称的前后次序上有所争议。《旧唐书》卷一百九十载:

> 炯与王勃、卢照邻、骆宾王以文词齐名,海内称为王、杨、卢、骆,亦号为四杰。炯闻之谓人曰:"吾愧在卢前,耻居王后。"当时议者以为然。

这条资料说明:第一,"四杰"之称,当时已有,他们在当时都有很高的名声;第二,王、杨、卢、骆的前后排列顺序,标明着评价的高下。

然而当时“四杰”名称的排列还另有一种顺序。张说《赠太尉裴公神道碑》说：“在选曹见骆宾王、卢照邻、王勃、杨炯。”郗云卿《骆丞集序》亦云：“（骆宾王）与卢照邻、王勃、杨炯文词齐名。”则是以骆、卢、王、杨为顺序，那么这又标明了另一种评判。但这种评判还只是限于“四杰”之间，并不影响对“四杰”的总体价值的肯定。然而问题是，“四杰”颇遭时人的讥议，如裴行俭任吏部侍郎时，在选曹见骆宾王、卢照邻、王勃、杨炯，评曰：

> 炯虽有才名，不过令长；其余华而不实，鲜克令终。（张说《赠太尉裴公神道碑》）

显然，裴行俭的讥评是说“四杰”虽有才名，却华而不实，不能经世致用。[①] 对“四杰”的讥议尚不止于此，如稍晚于“四杰”的张鷟，在《朝野佥载》卷六中就记载：

> （卢照邻）放旷诗酒，故世称王、杨、卢、骆。……时杨之为文，好以古人姓名连用，如“张平子之略谈，陆士衡之所记”；“潘安仁宜其陋矣，仲长统何足知之”，号为“点鬼簿”。骆宾王文好以数对，如“秦地重关一百二，汉家离宫三十六”，时人号为“算博士”。[②]

---

① 宋之问在《祭杜学士审言文》中表示了公正的态度：“屈原不终于楚相，扬雄自投于汉阁。代生人而岂无，人违代而咸若。运钟唐虞，崇文宠儒，国求至宝，家献灵珠。后复有王、杨、卢、骆，继之以子跃云衢，王也才参卿于西陕，杨也终远宰于东吴，卢则哀其栖山而卧疾，骆则不能保族而全躯，由运然也。莫以福寿自卫，将神忌也。不得华实斯俱，惟灵昭昭，度越诸子。”宋之问对“四杰”的文学成就是给予充分肯定的，如他在《祭杨盈川文》中就高度赞扬杨炯“属词比事，宗经匠史，玉璞金浑，风摇云起”。

② 佚名《玉泉子》也说：“时人之议，杨好用古人姓名，谓之点鬼簿；骆好用数对，谓之算博士。”（《九家集注杜诗》赵次公注引，又托名宋代尤袤的《全唐诗话》卷一亦载此说。）

此类讥议，大概从“四杰”在世之时，一直延续到盛唐后期。从今存《唐人选唐诗》十种中可以看出，前九种皆未选“四杰”之诗(然而沈、宋却被选入)，仅第十种《搜玉小集》选了“四杰”的诗，但也只限于五律与五古。可见他们在后世诗坛上的地位并不为部分人所看重。

第一位公开站出来，以历史的眼光评价“四杰”，并充分肯定了他们在文学史上的地位的，是杜甫。杜甫在《戏为六绝句》中说：

> 王杨卢骆当时体，轻薄为文哂未休。尔曹身与名俱灭，不废江河万古流。(其二)
>
> 纵使卢王操翰墨，劣于汉魏近风骚。龙文虎脊皆君驭，历块过都见尔曹。(其三)

在杜甫的时代，讥评“四杰”的言论并未休止。而杜甫却以历史的眼光明确指出“四杰”的诗文创作具有“当时体”的特征，尽管他们“劣于汉魏近风骚”，不像汉魏诗人那样更接近《诗经》和《楚辞》的传统，但他们巨大的历史功绩却是千古永存的。胡震亨谓“杜少陵自咏万古之四子”(《唐音癸签》卷二十五)，就肯定了这一点。

初唐承袭齐梁宫体遗风，是当时诗坛的主要风尚，号为“上官体”(《旧唐书》卷八十)。如何适应新时代的要求，从这狭小的圈子中跳出来，开辟文学创作的新天地，建立新的美学原则，这就是“四杰”面临的历史重任，同时是关系到唐代诗歌发展方向的一场斗争。杨炯在《王勃集序》中就记述了这场斗争：

> 尝以龙朔初载，文场变体，争构纤微，竞为雕刻。糅之金玉龙凤，乱之朱紫青黄，影带以徇其功，假对以称其美，骨气都尽，刚健不闻。思革其弊，用光志业。薛令公朝右文宗，托末契而推一变；卢照邻人间才杰，览清规而辍九攻。知音与之矣，知已从之矣。

于是鼓舞其心，发泄其用，八纮驰骋于思绪，万代出没于毫端，契将往而必融，防未来而先制。动摇文律，宫商有奔命之劳；沃荡词源，河海无息肩之地。以兹伟鉴，取其雄伯，壮而不虚，刚而能润，雕而不碎，按而弥坚。大则用之以时，小则施之有序，徒纵横以取势，非鼓怒以为资。长风一振，众萌自偃。遂使繁综浅术，无藩篱之固；纷绘小才，失金汤之险。积年绮碎，一朝清廓，翰苑豁如，词林增峻，反诸宏博，君之力焉。（《杨盈川集》卷三）

此外，卢照邻在反对南朝绮靡之风的同时，也表现出欲开一代新诗风的勇气，其《乐府杂诗序》云：

言古兴者，多以西汉为宗；议今文者，或用东朝为美。落梅芳树，共体千篇；陇水巫山，殊名一意。……潘、陆、颜、谢，蹈迷津而不归；任、沈、江、刘，来乱辙而弥远。其有发挥新题，孤飞百代之前；开凿古人，独步九流之上，自我作古，粤在兹乎！（《幽忧子集》卷六）

经过“四杰”的理论建树与艺术实践，诗歌从宫廷走向社会，从台阁移至江山塞漠。五言律诗与七言歌行到了“四杰”手中也才成为定型。不可否认，“四杰”的艺术实践虽然未能完全摆脱六朝余弊的影响，但经过他们的一致努力和新的创造，也的确以新的审美风范开启了有唐一代健康的诗歌风尚。古代不少诗论家对“四杰”的功绩与缺陷持有一分为二的清醒态度。[①] 如何评价“四杰”的问题，实际上也正

① 如王世贞说：“卢、骆、王、杨，号称四杰。词旨华靡，固沿陈、隋之遗，翩翩意象，老境超然胜之。五言遂为律家正始。子安稍近乐府，杨、卢尚宗汉、魏，宾王长歌虽极浮靡，亦有微瑕，而缀锦贯珠，滔滔洪远，故是千秋绝艺。”（《艺苑卮言》卷四）胡应麟说：“虽未能骤革六朝余习，而诗律精严，文辞雄放，滔滔混混，横绝无前。唐三百年风雅之盛，以四人者为之前导也。”（《补唐书骆侍丞传》）陆时雍也说：“王勃高华，杨炯雄厚，照邻清藻，宾王坦易，子安其最杰乎！调入初唐，时带六朝锦色。”（《诗镜总论》）

是如何评价唐诗的开端和如何确定唐诗的发展道路的重大问题。杜甫以其敏锐的眼光,从诗歌发展史的角度,一方面回击了那些否定"四杰"的言论,另一方面又极大地赞扬了"四杰""不废江河万古流"的巨大的历史意义与现实意义。必须指出,这场论争并没有以杜甫的评论而告终,如晚唐著名诗人李商隐,就曾非难"四杰",其《漫成五章》其一云:

> 沈宋裁辞矜变律,王杨落笔得良朋。当时自谓宗师妙,今日惟观对属能。

认为"四杰"和沈、宋片面追求声律对仗,除此一无可取。当然,我们并不否认李商隐在诗中寄寓了其怀才不遇、才能不得施展的愤慨,但这在有意无意间,却也一笔抹杀了"四杰"的历史功绩。初唐"四杰"之争,在唐代并没有结束,宋以后历代均有不同的见解发表,或贬或褒,或毁誉参半,这是值得深思的一个问题。

二、对陈子昂的评价

陈子昂和"四杰"都不满意于当时的宫体诗,但"四杰"的方法是改造它,试着从宫体里蜕变出一种新的诗体,陈子昂则根本抛弃了它。他在痛斥齐梁诗风的同时,力倡汉魏风骨,正式举起了复古革新的旗帜,踏出了一条通向强烈的政治性、崇高的思想性和爽朗遒劲的艺术风格相结合的诗歌境界,从而为唐诗的健康发展,进一步端正了方向。卢藏用《陈伯玉文集序》说他:"卓立千古,横制颓波,天下翕然,质文一变。"李白《赠僧行融》云:"梁有汤惠休,常从鲍照游。峨眉史怀一,独映陈公出。卓绝二道人,结交凤与麟。"杜甫《陈拾遗故宅》云:"有才继骚雅,哲匠不比肩。公生扬马后,名与日月悬。"韩愈《荐士》云:"国朝盛文章,子昂始高蹈。"都热情地赞扬了陈子昂为唐诗发展做出的巨大贡献。

然而在唐代，人们并不都是如此评价陈子昂，对他加以贬抑的，也不乏其人。颜真卿在唐代宗永泰元年（765）所写的《孙逖文公集序》中说：

> 汉魏以还，雅道微缺；梁陈斯降，宫体聿兴。既驰骋乎末流，遂受嗤于后学。是以沈隐侯之论谢康乐也，乃云"灵均以来，此秘未睹"；卢黄门之序陈拾遗也，而云"道丧五百岁而得陈君"。若激昂颓波，虽无害过正，榷其中论，不亦伤于厚诬！何则？雅郑在人，理乱由俗；桑间濮上，胡为乎绵古之时？正始皇风，奚独乎凡今之代？盖不然矣！其或斌斌彪炳，郁郁相宣，膺期运以挺生，奄寰瀛而首出者，其惟仆射孙公乎？（《全唐文》卷三百三十七）

可以看出，颜真卿对梁陈宫体诗的淫靡之风是反对的，同时也并没有完全否定陈子昂的功绩，所谓"无害过正"即表明了他的态度。但是他认为卢藏用所说"道丧五百岁而得陈君"的评价太过份了。当然，颜真卿的本意并非要贬抑陈子昂，而旨在抬高孙逖的地位。孙逖（696—761？）生年晚于陈子昂（659—700）三十七年，主要活动于盛唐前期。据记载，孙逖才华出众，而且在当时影响甚大。[①] 更为重要的原

① 颜真卿《孙逖文公集序》记述："年数岁，即好属文。十五时，相国齐公崔日用试《土火炉赋》，公雅思遒丽，援翰立成。齐公骇之，约以忘年之契。尔后遂有大名。故其试言也，年未弱冠，而三擅甲科。吏部侍郎王邱试《竹帘赋》，降阶约拜，以殊礼待之。相国燕公张说览其策而心醉。其序事也，则《伯乐川记》及诸碑志，皆卓立千古，传于域中；其为诗也，必有逸韵佳对，冠绝当时，布在人口；其词言也，则宰相张九龄欲掎摭疵瑕，沉吟久之，不能易一字。"《新唐书》卷二百零二本传记载："开元十年，又举贤良方正，玄宗御洛城门引见，命户部郎中苏晋等第其文异等，擢左拾遗。张说命子均、垍往拜之；李邕负才，自陈州入计，裒其文示逖。"

因则是，颜真卿登科第即在孙逖之手，①此种关系在当时非同小可。故颜真卿在《孙逖文公集序》中说：“言科第者，必称孙公而已。夫然，信可谓人文之宗师，国风之哲匠者矣。”在颜真卿的心目中，孙逖不仅有知遇之恩，而且是一代宗师，高不可攀。那么对于卢藏用所说“道丧五百岁而得陈君”的说法，颜真卿势必要表示不同的看法，因为那样便掩遮了其恩师孙逖的光芒，故此才有“伤于厚诬”之谈。然而不论颜真卿的本意如何，他的言论毕竟在客观上对后来的诗论家有所影响。明代胡震亨《唐音癸签》卷五在称引了颜真卿的言论之后，便说：“僧皎然采而著之《诗式》。”的确，皎然在《诗式》卷三“论卢藏用《陈子昂集序》”条就说：

卢黄门《序》，评贾谊、司马迁“宪章礼乐，有老成之风”；让长卿、子云“‘王公大人’之言，溺于流辞”。又云：“道丧五百年而有陈君乎！”予因请论之曰：司马子长《自序》云，周公卒五百岁而有孔子，孔子卒五百岁而有司马公。迩来年代既遥，作者无限，若论笔语，则东汉有班、张、崔、蔡；若但论诗，则魏有曹、刘、三傅，晋有潘岳、陆机、阮籍、卢谌，宋有谢康乐、陶渊明、鲍明远，齐有谢吏部，梁有柳文畅、吴叔庠，作者纷纭，继在青史，如何五百之数独归于陈君乎？藏用欲为子昂张一尺之罗盖，弥天之宇，上掩曹、刘，下遗康乐，安可得耶！又子昂《感遇》三十首，出自阮公《咏怀》，《咏怀》之作难以为俦。子昂诗曰：“荒哉穆天子，好与白云期。宫女多怨旷，层城蔽蛾眉。”曷若阮公“三楚多秀士，朝云进荒淫。朱华振芬芳，高蔡相追寻。一为黄雀哀，涕下谁能禁？”此《序》或

① 《旧唐书》卷一百九十中本传载：“（开元）二十一年，入为考功员外郎、集贤修撰。逖选贡士二年，多得俊才。初年则杜鸿渐至宰辅，颜真卿为尚书。后年拔李华、萧颖士、赵骅上第。”又《新唐书》卷二百零二本传载：“改考功员外郎，取颜真卿、李华、萧颖士、赵骅等，皆海内有名士。”

> 未湮沦千载之下，当有识者，得无抚掌乎？

从立论的角度来看，皎然的确是从颜真卿那里得到了启发，但皎然却对陈子昂做了全面的否定。结合《诗式》的诗歌思想，皎然否定陈子昂的缘由主要有以下三点：

首先，皎然认为，自汉魏以来，作家纷纭，名家辈出，若“道丧五百年而有陈君”一语，则抹杀了诸前贤的历史功绩。更何况陈子昂的《感遇》诗出自阮公《咏怀》，却又不及《咏怀》远甚。然而这不过是表面的文章，其更根本的缘由，乃是以下两点。

其次，皎然于历代诗人之中，最为他所推崇的就是其祖谢灵运。谢灵运的诗最符合他的诗歌美学理想，是诗中之日月，无人堪与伦比，甚至建安之作也望尘莫及。[①] 故“道丧五百年而有陈君”之说，不仅“上掩曹、刘”，还更“下遗康乐”，皎然当然是不能同意的。

第三，皎然对陈子昂的否定，是建立在他对诗歌本质的认识基础之上的，这一点至关重要。《诗式》卷四“齐梁诗”条云：

> 夫五言之道，惟工惟精。论者虽欲降杀齐梁，未知其旨。若据时代，道丧几之矣，诗人不用此论，何也？如谢吏部诗：“大江流日夜，客心悲未央”；柳文畅诗：“太液沧波起，长杨高树秋”；王元长诗：“霜气下孟津，秋风度函谷”，亦何减于建安？若建安不用事，齐梁用事，以定优劣，亦请论之：如王筠诗：“王生临广陌，潘子赴黄河”；庾肩吾诗：“秦皇观大海，魏帝逐飘风”；沈约诗：“高楼切思妇，西园游上才”，格虽弱，气犹正，远比建安，可言体变，不可

---

① 《诗式》卷一“文章宗旨”条说谢灵运“所作诗，发皆造极”，“为文真于情性，尚于作用，不顾词彩而风流自然”，“其格高，其气正，其体贞，其貌古，其词深，其才婉，其德宏，其调逸，其声谐”，“盖诗中之日月也，安可扳援哉？惠休所评‘谢诗如芙蓉出水’，斯言颇近矣。故能上蹑风骚，下超魏晋。建安之作，其椎轮乎？”

言道丧。

“体变”,是指诗歌艺术形式的创新;“道丧”,是指诗歌本质的衰颓堕落。皎然认为,尽管齐梁诗歌与建安诗歌相较有“格弱”的表现,但它是诗歌艺术形式的创变,而不能说是“道丧”。因此皎然对自陈子昂以来指斥齐梁诗为“道丧”的观点,是极力反对的。皎然的宗旨十分明确:

> 今所评不论时代远近,从国朝以降,其中无爵命有幽芳可采者,拔出于九泉之中,与两汉诸公并列,使攻言之子“体变道丧”之谈,于兹绝矣。(《诗式》卷一“不用事第一格”)

“道丧”之谈的针对性很明确,就是对齐梁浮靡诗风的否定。[①] 皎然在这里不免以偏概全,片面强调齐梁诗歌在艺术形式上的创变,对自刘勰、锺嵘以来所批评的齐梁淫艳、浮靡之风不予置评,反而指斥陈子昂与卢藏用。《诗式》卷五“复古通变体”条云:

> 作者须知复变之道,反古曰复,不滞曰变。若惟复不变,则陷于相似之格……复变二门,复忌太过,诗人呼为膏肓之疾,安可治也?……夫变若造微,不忌太过,苟不失正,亦何咎哉?如陈子昂复多而变少,沈、宋复少而变多,今代作者不能尽举。

皎然赞齐梁而贬陈子昂的理论根据是“复忌太过”,而“变若造微,不忌太过”。他肯定齐梁诗不是“道丧”而是“体变”,而陈子昂则

① 如陈子昂所说“文章道弊五百年矣”(《与东方左史虬修竹篇序》),卢藏用所说“道丧五百岁而得陈君”(《陈子昂文集序》),李白所说“玄风变太古,道丧无时还”(《古风》三十),元结所说“文章道丧盖久矣”(《刘侍御月夜燕会序》)。

是“复多变少”，所以他认为陈子昂无论同齐梁前还是同齐梁间的诗人相比，并无胜人之处。不可否认，陈子昂的诗歌创作，也确实存在“以理胜情，以气胜辞”（《唐音癸签》卷五引《吟谱》）的弊病，但从总的倾向上来说，尤其是在当时具体的历史文化背景之中，陈子昂的“风骨”、“兴寄”之说，以及他的创作实践，在批判齐梁以来不良诗风和扭转初唐诗风等方面，有着十分重要的历史功绩。元好问《论诗绝句》说：“沈宋横驰翰墨场，风流初不废齐梁。论功若准平吴例，合著黄金铸子昂。”肯定了陈子昂的历史功绩。

从历史的角度考察，皎然否定陈子昂而倡导齐梁诗风，乃有其时代原因。可以说皎然的观点是大历以来诗歌创作倾向在理论上的反映与总结。在唐王朝极盛而衰的关头，大历十才子的诗歌创作，就标志着盛唐以后诗歌创作“气骨顿衰”的一种新趋势。十才子均由盛唐过渡到中唐，其诗歌的内在特质发生了根本变化。胡震亨《唐音癸签》卷七说十才子：

> 工于浣濯，自艰于振举，风干衰，边幅狭，专诣五言，擅长饯送，外此无他大篇伟什岿望集中。

对柔弱华美形式的追求，已远远超过了对政治理想的追求、思想情感的抒发及诗歌意境的创造。他们的诗歌，除了“渐趋淡静”（胡应麟《诗薮》语）、“渐近收敛”（沈德潜《说诗晬语》语）、“皆尚清雅”（刘熙载《艺概》语）而外，还表现出渐趋浮响、铺陈丽藻的倾向，这就显然与齐梁诗风的影响是分不开的。胡应麟《诗薮·内编》卷六说：

> 韩翃七言绝，如‘青楼不闲葳蕤锁，绿水回通婉转桥’，‘玉勒乍回初喷沫，金鞭欲下不成嘶’，‘急管昼催平乐酒，春衣夜宿杜陵花’，‘晓月暂飞千树里，秋河隔在数峰西’，皆全首高华明秀，而

古意内含，非初非盛，直是梁、陈妙语，行以唐调耳。

其实不止韩翃，不少大历诗人都有这种倾向。[①] 大历十才子的诗歌，从意境的创造到风格的形成乃至基本的作法，主要是沿袭盛唐余绪，仅在炼词、命意等方面略有变化。这一变化，对于盛唐来说，无疑是一种新变，但也确是对齐梁诗风的回归。诗论家一般认为十才子故意避开盛唐的熟词熟境，而采摘齐梁词藻，虽“句渐工，语渐切”，但“格渐下，气渐悲 ”，又走上了齐梁旧途。[②] 皎然对大历诗人的这一新变，却自有其不同的看法。《诗式》卷四云：

大历中，词人多在江外，皇甫冉、严维、张继、刘长卿，李嘉祐、朱放，窃占青山白云、春风芳草以为已有。吾知诗道初丧，正在于此，何得推过齐梁作者？迄今余波尚浸，后生相效，没溺者多。大历末年，诸公改辙，盖知前非也。

皎然认为这批诗人在大历前期的诗歌创作，尚不如齐梁诗人，因为齐梁诗是“体变”，不是“道丧”，而大历诗人则是“诗道初丧”。所以他认为，这种“道丧”，“何得推过齐梁作者”？是不应该归咎于齐梁诗人的。皎然的这一评价虽然是不公正的，但他却看到了大历诗人与齐梁诗人之间的有机关系，并且认为他们“改辙”之后与齐梁诗代表人物没有区别时，即“方于南朝张正见、何胥、徐摛、王筠，吾无间然也”（《诗式》卷四），才得到皎然的认可。

① 如高仲武《中兴间气集》说李希仲“诗轻靡，华胜于实”；于良史“诗清雅，工于形似”；郑丹“剪刻婉密”；道人灵一“刻意精妙”，可见这种倾向在当时十分普遍。

② 对于这一变化，胡应麟指出：“钱、刘以下，句渐工，语渐切，格渐下，气渐悲。”（《诗薮·内编》卷六）胡震亨也说：“详大历诸家风尚，大抵厌开、天旧藻，矫入省净一途。自刘、郎、皇甫，以及司空、崔、耿，一时数贤，窍籥即殊，于喁非远，命旨贵沉宛有含，写致取淡冷自送，玄水一歃，群醲覆杯，是其调之同。”（《唐音癸签》卷七）

如果换一个视角,我们可以说,追求新奇,力求创变,是齐梁与中唐时代共同的特征。齐梁诗歌一反建安风骨的传统,以其华美的形式进一步完善诗歌的艺术表现力;大历诗人则一反盛唐之音走回了齐梁旧路,从中寻找新的因素。盛唐人所推崇的齐梁诗歌,是以崇尚自然、清新峻美的角度为标准;而大历诗人则主要是崇尚他们的高情远韵与宏词丽藻。不同的选择标准,也很能反映出不同时代的不同审美心理。那么由此可见,皎然否定陈子昂的历史功绩,并且大力倡导齐梁之诗,就正是大历以来审美心理与诗歌创作倾向在理论上的反映与总结。且不论皎然的主张正确与否,实际上他的理论主张已为中晚唐诗歌的发展指出了一条创变的门径,而且随着唐王朝的没落,遵循这一门径的痕迹也愈加明显、突出,以至于成为诗坛的主流。对于陈子昂的不同评价,集中地体现了两种诗歌美学思想,这已不仅仅关系到如何正确评价陈子昂及初唐诗歌历程的问题,而且也直接影响到唐诗的进一步的发展方向问题。

三、李杜优劣论

李杜优劣论的讨论,可以上溯到杜甫去世后不久的中唐时代。在元白与韩孟两大诗派之间,就如何评价李白与杜甫的诗歌创作,曾展开过一场论战。论战的实质,关系到唐诗如何进一步发展变化的根本性问题。

在盛唐诗坛上,李白和杜甫犹如两颗璀璨的巨星,前后相互辉映。两位伟大的诗人曾有过密切的交往,杜甫对李白的诗艺表示了钦佩,并从中领悟到叙事技巧上的某些奥妙。[①] 然而,就在杜甫去世后四十三年,元稹在为杜甫所写的《墓系铭并序》中,一方面高度评价了杜甫诗歌的杰出成就,另一方面,元稹又将杜甫拔于李白之上,并藉此对李

① 参见曾祥波《偶然性细节的刻画:对三首杜诗的分析》(《文史知识》2007 年 7 期)。

白大加贬抑：

> 时山东人李白，亦以奇文取称，时人谓之李、杜。予观其壮浪纵恣，摆去拘束，模写物象，及乐府歌诗，诚亦差肩于子美矣。至若铺陈终始，排比声韵，大或千言，次犹数百，词气豪迈，而风调清深，属对律切，而脱弃凡近，则李尚不能历其藩翰，况堂奥乎！

同样，白居易在《与元九书》中也说：

> 又诗之豪者，世称李、杜。李之作，才矣奇矣，人不逮矣，索其风雅比兴，十无一焉。杜诗最多，可传者千余首，至于贯串今古，覼缕格律，尽工尽善，又过于李。

扬杜抑李，是元、白的共同观点。李、杜之诗，皆唱出了时代的强音，但他们既有着各不相同的风格，同时也代表着两种不同的美学标准。[①] 但是，元、白崇杜抑李的根本原因，并不在于李白和杜甫诗的审美标准如何，而是根据“六义”、“风雅比兴”的诗教标准来加以褒贬的。我们看白居易贬抑李白的原因是：“其风雅比兴，十无一焉”；而推崇杜甫的原因又是什么呢？白居易说：

> 杜诗最多，可传者千余首，……然撮其《新安吏》、《石壕吏》、《潼关吏》、《塞芦子》、《留花门》之章，“朱门酒肉臭，路有冻死骨”

① 如李泽厚《美的历程》指出：“如果说，以李白、张旭等人为代表的‘盛唐’，是对旧的社会规范和美学标准的冲决和突破，其艺术特征是内容溢出形式，不受形式的任何束缚拘限，是一种还没有确定形式、无可仿效的天才抒发。那么，以杜甫、颜真卿等人为代表的‘盛唐’，则恰恰是对新的艺术规范、美学标准的确定和建立，其特征是讲求形式，要求形式与内容的严格结合和统一，以树立可供学习和仿效的格式和范本。……它们几乎为千年的后期封建社会奠定了标准，树立了楷模，形成为正统。”

之句，亦不过三四十首。杜尚如此，况不逮杜者乎！（《与元九书》）

白居易对诗歌创新的胆识与魄力是值得钦佩的，但他仅以“诗教”的观点和功利的目的出发而扬杜抑李，这显然是极端片面的。元、白扬杜抑李的用心，早已为当时的韩愈等人所识破，并给予了应有的反驳。韩愈在《调张籍》诗中说：“李杜文章在，光焰万丈长。不知群儿愚，那用故谤伤？蚍蜉撼大树，可笑不自量。”韩门弟子皇甫湜在《题浯溪石》诗中亦云：“李杜才海翻，高下非可概。”在韩孟诗派的心目中，李、杜并无高下之分，二人是同等重要的。韩孟诗派采取李、杜并尊态度的原因，主要就是看到了李、杜诗歌内在的美的特质，并根据自己的审美趣味，融裁二者以别开派源，推陈出新。如韩愈《调张籍》诗，就极称李、杜诗的雄豪风貌：

想当施手时，巨刃磨天扬。垠崖划崩豁。乾坤摆雷硠。

赞他们那种宰割天地、牢笼万态、删削海岳的雄奇豪壮之美。所以韩愈表示：

我愿生两翅，捕逐出八荒。精诚忽交通，百怪入我肠。刺手拔鲸牙，举瓢酌天浆。腾身跨汗漫，不著织女襄。（《调张籍》）

要追踪李、杜，追求与创造出那种拔鲸牙、酌天浆的雄奇豪壮的气势与艺术风格。钱基博《韩愈志·韩集籀集录第六》说：

愈文起八代之衰，而诗亦参李、杜之长，融裁以别开一派。……盖以想象出诙诡，以单驶见奔迸，其源自李；而以生划为刻画，以排奡臻妥帖，则得之杜也。

李、杜的诗风，差异很大，而且都不是单一的。李白有气势雄奇、想象诙诡的一面，又有“清水出芙蓉，天然去雕饰”的一面；杜甫有沉雄拗怒、排宕奔迸的一面，也有雍容沉郁、细实贴切的一面。韩愈偏取李、杜之雄奇诙诡、拗怒奔迸的一面，以别开派源，当然不是无意的。我们看司空图对韩愈诗风的描述：

> 尝观韩吏部诗累百首，其驱驾气势，若掀雷揭电，奔腾于天地之间，物状奇变，不得不鼓舞而徇其呼吸也。（《题柳柳州集后序》）

赵翼《瓯北诗话》卷三也说：

> 韩昌黎生平所心摹力追者，惟李、杜二公。顾李、杜之前，未有李、杜；故二公才气横恣，各开生面，遂独有千古。至昌黎时，李、杜已在前，纵极力变化，终不能再辟一径。惟少陵奇险处尚有可推广，故一眼觑定，欲从此辟山开道，自成一家。此昌黎注意所在。

从这些论断与描述之中，不难看出韩愈诗歌与李、杜之间的继承关系。这也就是他并尊李、杜的最根本的原因。元白与韩孟两大诗派的诗歌理论与创作实践，体现着“元和诗变”的本质所在，同时也代表着中唐诗歌发展的两条截然不同的方向。这场扬杜抑李同李、杜并尊的论战，也正反映了两派之间的根本分歧所在。尽管白居易晚年也转向了李、杜并尊论，但这场论战仍有其积极的意义。它不仅使人们有机会对李、杜诗歌的优秀精神做全面的回顾、思考与总结，而且对后世诗歌的发展产生了深刻的影响。

四、元白轻俗论

元、白之诗，在晚唐时期，曾遭致诸多非议。其中较有代表性的，如杜牧《唐故平卢军节度巡官陇西李府君（戡）墓志铭》中引李戡之语[①]：

> 诗者可以歌，可以流于竹，鼓于丝，妇人小儿皆欲讽诵。国俗薄厚扇之于诗，如风之疾速。尝痛自元和以来，有元、白诗者，纤艳不逞，非庄士雅人，多为其所破坏，流于民间，疏于屏壁，子父女母，交口教授。淫言媟语，冬寒夏热，入人肌骨，不可除去。吾无位，不得用法以治之。欲使后代知有发愤者，因集国朝以来类于古诗得若干首，编为三卷，目为《唐诗》，为序以导其志。

皮日休对元、白的看法与李戡等人不同，其《论白居易荐徐凝屈张祜》一文说：

> 余尝谓文章之难，在发源之难也。元、白之心，本乎立教，乃寓意于乐府雍容宛转之词，谓之讽谕，谓之闲适，既持是取大名，时士翕然从之，师其词，失其旨，凡言之浮靡艳丽者，谓之元白体。二子规规攘臂解辩，而习俗既深，牢不可破，非二子之心也，所以发源者非也，可不戒哉！

① 其他类似说法，如司空图《与王驾评诗书》："国初，主上好文雅，风流特盛。沈、宋始兴之后，杰出于江宁，宏肆于李、杜，极矣！右丞、苏州趣味澄敻，若清沇之贯达。大历十数公，抑又其次。元、白力勍而气孱，乃都市豪估耳。"李肇《国史补》："元和以后，……诗章则学矫激于孟郊，学浅切于白居易，学淫靡于元稹，俱名为元和体。"

显然,他认为"元、白之心,本乎立教",只是后来之人"师其词,失其旨",这才产生"浮靡艳丽"之风。不过"乃寓意于乐府雍容宛转之词,谓之讽谕,谓之闲适"之语,亦暗寓批评之意,故归结为"发源者非也"。

其实,元、白在当时已经为此极力辩解,以说明其"本乎立教"的本心。[①] 然而令他们遗憾的是,人们所喜爱的并不是他们自己所看重的那些有强烈现实内容的讽谕诗,而主要是那些被他们自己视为"雕虫小技"的杂律诗,而其中便是以艳情诗为主。元、白虽然极力辩解,谓"时之所重,仆之所轻",但也并没有否定他们作过艳体诗。[②] 其艳体诗不仅浸染时俗,而且也正迎合了宫廷生活的趣味。[③] 元稹与白居易之间时常互相唱和艳体之诗,而且他们对此也直言不讳。在今存元、

---

① 元稹《上令狐相公诗启》云:"稹自御史府谪官于今十余年矣。闲诞无事,遂专力于诗章。日益月滋,有诗句千余首。其间感物寓意,可备矇瞽之讽者有之。词直气粗,罪尤是惧,固不敢陈露于人。唯杯酒光景间,屡为小碎篇章,以自吟畅。然以为律体卑痹,格力不扬,苟无姿态,则陷流俗。常欲得思深语近,韵律调新,属对无差,而风情宛然,而病未能也。江湖间多新进小生,不知天下文有宗主,妄相仿效,而又从而失之,遂至于支离褊浅之词,皆目为元和体诗。……而司文者考变雅之由,往往归咎于稹。尝以为雕虫小技,不足以自明。"又元稹《白氏长庆集序》云:"予始与乐天同校秘书之名,多以诗章相赠答,会予谴掾江陵,乐天犹在翰林,寄予百韵律及杂体前后数十章。是后各佐江、通,复相酬寄。巴、蜀、江、楚间,洎长安中少年,递相仿效,竞作新词,自谓为元和诗。而乐天《秦中吟》、《贺雨》、《讽谕》等篇,时人罕能知者。然而二十年间,禁省、观寺、邮候墙壁之上无不书,王公、妾妇、牛童、马走之口无不道。至于缮写模勒炫卖于市井,或持之以交酒茗者,处处皆是。(自注:扬越间多作书模勒乐天及予杂诗,卖于市肆之中也。)其甚者有至于盗窃名姓,苟求自售,杂乱间厕,无可奈何。"白居易《与元九书》亦云:"自长安抵江西,三四千里,凡乡校、佛寺、逆旅、行舟之中往往有题仆诗者,士庶、僧徒、孀妇、处女之口每每有咏仆诗者。此诚雕虫小技,不足为多,然今时俗所重,正在此耳。……今仆之诗,人所爱者,悉不过杂律诗与《长恨歌》已下耳。时之所重,仆之所轻。至于讽谕者意激而言质,闲适者思淡而词迂,以质合迂,宜人之不爱也。"

② 元稹在《叙诗寄乐天书》中就说:"又有以干教化者,近世妇人晕淡眉目,绾约头鬓,衣服修广及匹配色泽尤剧怪艳,因为艳诗百余首。"在主观上强调所为艳诗是为了"干教化",讽谕时俗,然而其客观效果却截然相反。

③ 《旧唐书·元稹传》载:"穆宗皇帝在东宫,有妃嫔左右尝诵元稹歌诗以为乐曲者,知稹所为,尝称其善,宫中呼为'元才子'。"

白诗中,这些艳体诗仍昭然可见。如唐人韦縠《才调集》卷五所收元稹五十七首诗,就全部是艳情诗。这些诗与梁、陈“宫体”相比,可谓有过之而无不及。而且辞彩更华美,描写更细腻,技巧更娴熟,体制更庞大。[①] 李肇曾说元和以后诗章“学淫靡于元稹”,既道出了元稹艳体诗“淫靡”的特征,也说明了他在当时及后世的影响。

白居易晚年的诗作,他在《序洛诗》中曾概括说:

> 自(大和)三年春至八年夏,在洛凡五周岁,作诗四百三十二首。除丧朋哭子十数篇外,其他皆寄怀于酒,或取意于琴,闲适有余,酣乐不暇,苦词无一字,忧叹无一声,岂牵强所能致耶?盖发中而形外耳。斯乐也,实本之于省分知足,济之以家给身闲,文之以觞咏弦歌,饰之以山水风月。此而不适,何往而适哉?兹又以重吾乐也。予尝云:“治世之音安以乐,闲居之诗泰以适。”苟非理世,安得闲居?

这个时期正是方镇跋扈、宦官专权、朝政腐败的时期,而白居易的这些诗歌,却差不多处处表现他对高官厚禄的满足。不但万事不关心,甚且沉缅于酒色之中,惟逸乐是寻。他的这一类诗歌,在内容与情调上,与浮艳空虚、雍容华美的齐梁诗并没有什么不同,到处充满一种脂粉气。

由此可见,李戡、李肇等人的对元、白的批评,完全是有根据的。然而这种批评,并不仅仅是针对元、白本人,更重要的是指出由此而给社会和诗歌创作带来的不良影响,并试图加以扭转与纠正。应当说,李戡等人的批评,的确是看到了问题的本质及其严重性。然而由于晚

① 陈寅恪就曾指出:“微之以绝代之才华,抒写男女生死离别悲欢之情感。其哀艳缠绵,不仅在唐人诗中不可多见,而影响及于后来之文学者尤巨。”(《元白诗笺证稿》第四章《艳诗及悼亡诗》)

唐特定的社会政治背景，这种风气不仅在市井间“入人肌骨，不可除去”，而且事实上晚唐诗歌的发展道路就是循此沉沦之径而更有所张扬，以致演化成为诗歌创作的主流。[①]

在晚唐诗歌中，艳情的成份日趋增多，其主要特点表现为三个方面：一是模拟齐梁诗风渐多，二是脂粉气渐浓，三是女性化渐重。而这种发展趋势与元、白艳体诗的影响不无关系。模仿齐梁情调，在晚唐诗坛上成为一时的风气。[②] 皮日休在《正乐府序》中说：

> 今之所谓乐府者，唯以魏晋之侈丽，陈梁之浮艳，谓之乐府诗，真不然矣。

足见当时诗坛状况之一斑。到了韩偓之后，诗法追求细腻工巧，内容表现艳情女色，实质上已成为宫体诗的继续。如韩偓的《香奁集》，罗虬的《比红儿诗一百首》，王涣的《惆怅诗十四首》等，就都是其中的代表。

这种倾向不仅影响到诗，而且对词的创作也产生了直接的影响。如著名词人温庭筠的词，就几乎全是写爱情、相思，又多用女子声吻。色彩浓艳，词藻华丽，充满浓烈的脂粉气。孙光宪《北梦琐言》说他的词风“香而软”，的确抓住了他的特点。与温庭筠齐名的韦庄，也是

---

① 袁行霈《在沉沦中演进——试论晚唐诗歌创作趋向》一文指出：由于社会政治诸方面的原因，晚唐诗人与前三个时期的诗人相比较，他们“在政治上显得软弱、平庸，逃到个人生活的琐事之中寻求一时的快慰，或陷入个人的感情纠葛之中品咂自己的哀愁。虽然也有牢骚、讽刺和激愤，但常带着那么一点冷眼旁观的无可奈何的口吻。晚唐的诗人们多多少少都有点凄惶无主的神气，好像是政治生活中多余的人”，“这种影响投射到诗歌创作中，给诗坛带来不同于唐诗前三个时期的面貌，概括地说就是气象的颓唐、情思的幽深和境界的狭小”（《中华文史论丛》第四十八辑）。

② 在著名的诗人中，如皮日休的《寄天台国清寺齐梁体》、《奉和鲁望齐梁怨别次韵》、《奉和鲁望叠韵吴宫词》，陆龟蒙的《叠韵吴宫词二首》、《齐梁怨别》，罗隐的《仿玉台体》，贯休的《陈宫词》、《拟齐梁酬所知见赠三首》等，皆是。

“清艳绝伦”（周济《介存斋论词杂著》），“熏香掬艳，眩目醉心”（《历代词人考略》卷五），表现出纵情淫乐、追求绮艳的风尚。发展到《花间集》，就已把视野完全转向闺阁生活，突出描写女色与轻艳，这与《玉台新咏》所表现的内容完全一致。我们从欧阳炯的《花间集序》与徐陵的《玉台新咏序》中可以发现，他们的艺术趣味竟是何等惊人的相似！

晚唐诗人对于元稹、白居易艳体诗的批评，并非可有可无的细事，实际上它关系到整个晚唐诗歌发展的总体趋势。应该说，对元、白的批评是正确的，但由于社会时代的原因，人们毕竟未能扭转这种风气，反而愈演愈烈，以致于有唐一代三百年的诗歌，竟在这沉沦中结束了！然而值得庆幸的是，尽管在这沉沦之中，也毕竟造就了像杜牧、李商隐、皮日休、温庭筠等一大批杰出的诗人，这也算是“在沉沦中演进”吧。

第四章　从《六一诗话》到《沧浪诗话》
——中国诗学的高潮期

这一时期诗学的演进，与宋代诗歌创作的发展有着极为密切的关系。欧阳修、梅尧臣开启了宋代诗歌的新风，其诗学主张反映在《六一诗话》等最早的诗话著作中。苏轼的诗歌创作与理论实际上体现出明显的不吻合性，他的创作影响了黄庭坚等诗人重视用事与格律的特点，而他的理论发出的却是趣味与妙悟一派的声音。黄庭坚及江西诗派诗风，在创作实践层面直接影响了宋代诗学理论，使得诗论家着重于讨论诗歌用字、用典、出处的考释和真伪的辨别，而相对地忽视了诗歌自身的特点与内容。

宋代也有一些诗论家不满黄庭坚与江西诗派的诗风，继承和发挥传统诗论的某些观念立说，如魏泰提出的“余味”说、张戒倡导的“言志”说、姜夔主张的“高妙”说、严羽揭橥的“别材别趣”说和“妙悟”说等等，这些诗学理论尽管也存在不足之处，但在揭示诗歌特性、促进诗风转变方面，都曾发生过积极的影响。在宋代理学与诗风的影响下，理学家也提出了一些重要的诗学主张。

这一时期（含五代及两宋）的词学理论也经历了由发轫到高潮的过程。

第一节　趣味性与笔记体
——基于鉴赏的“诗话”产生

一、欧阳修《六一诗话》

宋初诗歌以“三体”（晚唐体、白体、西昆体）为代表，是晚唐、五代诗风的延伸。从欧阳修成功地领导了北宋的诗文革新运动后，宋代诗歌开始逐渐树立了自家面目。欧阳修是北宋第一位从经学、史学、文学艺术等方面进行全面革新的大家。经学上，他首开“疑经”、“议经”之风，敢于说《十翼》非孔子之言，敢于怀疑《河图》、《洛书》的正统性，他撰写的《毛诗本义》，被誉为疑经风气“推原所始”的发轫之作。[①] 欧阳修与宋祁等人合撰《新唐书》，又独撰《新五代史》，仿孔子撰《春秋》的“义例”，用“春秋笔法”褒贬历史，这对司马光撰写《资治通鉴》有明显的积极影响。欧阳修的《集古录》则开宋人金石学研究之风。在书法、绘画等方面，欧阳修也都有很好的见解。[②] 欧阳修的《六一诗话》则是中国诗学史上第一部诗话之作。

诗话可以视为笔记体的一种。宋人笔记无所不谈，而诗话则以谈诗为主。《六一诗话》就是“集以资闲谈”的结果。欧阳修有《试笔》一种，《四库全书总目》指出：“盖杂集其手书墨迹，录而成编，故往往与《六一诗话》、《归田录语》相出入。”再如，洪迈《容斋随笔》中论诗之语，后人辑为《容斋诗话》。可见诗话原出于笔记，不过谈论对象有所侧重，专门将笔记中谈诗的内容归在一起，就成为诗话。郭绍虞就指

① 《四库全书总目》卷十五《经部·诗类一》：“自唐以来，说诗者莫敢议毛、郑。虽老师宿儒，亦谨守《小序》。至宋而新义日增，旧说几废。推原所始，实发于修。”

② 徐复观指出：“北宋以欧阳修为中心的古文运动，与当时的山水画，亦有其冥符默契，因而更易引起文人对画的爱好，而文人无形中将其文学观点转用到论画上面，也规定了尔后绘画发展的方向。”（《中国艺术精神》第九章第一节《山水画与欧阳修的古文运动》）

出，欧阳修《六一诗话》与司马光《续诗话》，和他们的《归田录》、《涑水记闻》一样，都是随笔式的著作，笔记与诗话难以区分，唯视其“论辞”或“论事”而已：

> 醉翁曾著《归田录》，迂叟亦题《涑水闻》。偶出绪余撰诗话，论辞论事两难分。
>
> 自注：欧阳修《六一诗话》，司马光《温公续诗话》，诗话之体创自欧氏，故此后诗话多属随笔性质。①

欧阳修的论诗主张主要反映在《六一诗话》中。② 据欧阳修自己说，《六一诗话》是他“退居汝阴而集以资闲谈也”。欧阳修于宋神宗熙宁四年（1071）六月以观文殿学士太子少师的荣衔致仕，七月，回到颍州西湖之滨，第二年，他就因病去世，享年六十六岁。可见《六一诗话》成书于欧公逝世前夕，是其晚年整理旧稿编撰而成的最后的著述。郭绍虞《宋诗话考·六一诗话》云：“张邦基《墨庄漫录》卷八称欧阳文忠公有《杂书》一卷，不载于集中，凡九事。……杂书九事，当是修在嘉祐五年（1060）官枢密副使时所作。今案其所言，如论九僧诗‘马放降来地，雕盘战后云’，‘春生桂岭外，人在海门西’诸好句，及论‘鸡声茅店月，人迹板桥霜’，‘野塘春水漫，花坞夕阳迟’二联之工，与讥贾岛哭僧诗‘焚却坐禅身’为烧却活和尚。此数事均见《六一诗话》中。是则诗话之作，盖退居以后整理旧稿之所为也。《杂书》一卷即《诗话》

① 郭绍虞《题〈宋诗话考〉效遗山体得绝句二十首》其二。

② 欧阳修的一些诗学观点在其诗文中也有所表现，比如他继承韩愈的“不平则鸣”说而提出的“诗穷而后工”说，就出自其《梅圣俞诗集序》这篇文章中：“予闻世谓诗人少达而多穷。夫岂然哉？盖世所传诗者，多出于古穷人之辞也。凡士之蕴其所有，而不得施于世者，多喜自放于山巅水涯。外见鱼虫草木风云鸟兽之状类，往往探其奇怪，内有忧思感愤之郁积，其兴于怨刺，以道羁臣寡妇之所叹，而写人情之难言，盖愈穷则愈工。然则非诗之能穷人，殆穷者而后工也。

之前身已。”（《宋诗话考》）所见甚是。欧公说《六一诗话》虽仅二十八则，却是他晚年心血所聚，可视为欧公一生对诗学理论与创作两方面见解的总结，诚如郭绍虞所说：“要之欧公学有根柢，故于是书虽取随笔体裁，不成系统，然细加抽绎，不难窥其全貌，正不能以此为不甚经意之作而轻率视之。”《六一诗话》在中国诗学史上有如下几点贡献：

1. 批评了宋初百年间流行的三种诗体——白体、西昆体和晚唐体，其目的是为了扭转当时诗坛的不良风气。

当时流行的“白体”，学的是白居易诗的末流，特别是以学“闲适诗”为主，出语浅易，了无余味，欧公对此深致不满。《六一诗话》第三条评“正梦寐中行十里，不言语处吃三杯”为“浅近”；第七条讥郑谷诗“格不甚高，以其易晓，人家多以教小儿”。对宋初诗坛流行的另一诗体——西昆体，《六一诗话》总的态度是不满，但对其佳句，亦有肯定之处，第二十一条集中体现了欧阳修对“西昆体”的意见：

> 杨大年与钱、刘数公唱和，自《西昆集》出，时人争效之，诗体一变；而先生老辈，患其多用故事，至于语僻难晓。殊不知自是学者之弊。如子仪《新蝉》云：“风来玉宇乌先转，露下金茎鹤未知。”虽用故事，何害为佳句也！又如：“峭帆横渡官桥柳，叠鼓惊飞海岸鸥。”其不用故事，又岂不佳乎？盖其雄文博学，笔力有余，故无施而不可，非如前世号诗人者，区区于风云草木之类，为许洞所困者也。

欧阳修一方面批评“西昆体”诗歌用典过多，用语过于冷僻难懂的毛病，一方面又为杨亿、刘筠等人开脱，认为这些毛病乃是他们的后学或效法者所为，并且举例论证了刘筠等人在诗歌艺术上有独到之处，承认他们“雄文博学，笔力有余”，与那些将“西昆体”全盘否定的论家相比，欧阳修的见解还算比较公允。对于宋初盛行的另一种诗体——

"晚唐体",欧公也持批评态度,《六一诗话》第九条云:

> 国朝浮图以诗名于世者九人,故时有集号《九僧诗》,今不复传矣。余少时,闻人多称之。其一曰惠崇,余八人者,忘其名字也。余亦略记其诗,有云:"马放降来地,雕盘战后云";又云:"春生桂岭外,人在海门西。"其佳句多类此。其集已亡,今人多不知有所谓九僧者矣。是可叹也!当时,有进士许洞者,善为词章,俊逸之士也。因会诸诗僧分题,出一纸,约曰:"不得犯此一字。"其字乃"山"、"水"、"风"、"云"、"竹"、"石"、"花"、"草"、"雪"、"霜"、"星"、"月"、"禽"、"鸟"之类,于是诸僧皆阁笔。

将这段话与欧阳修的"禁物体"之作相参看,更能体现出他是如何将诗学理论与诗歌创作有机地结合起来,并进而影响到苏轼、黄庭坚以及江西诗派。[1]

2. 提倡学韩愈诗,尤其是其平易的一面,为宋诗的发展指明了方向。

如果说《六一诗话》的第一点贡献在于"破旧",那么这一点则侧重于"立新"。推尊韩愈的诗文,则是其"立新"的重要手段。有人认为欧阳修推尊李白,其实并不确切。他们的根据主要是苏轼所说的"欧阳子大道似韩愈,诗赋似李白",以及刘攽《中山诗话》所谓"(欧阳修)于李白而甚赏爱,将由李白超趠飞扬为感动也"。苏轼、刘攽的意见并不能代表欧阳修自己的看法。欧公在《六一诗话》中,仅有一处提到李白,云:"唐之晚年,诗人无复李、杜豪放之格",未做进一步评论。欧公本人平易和缓的诗风,也与李白的豪宕飘逸有相当的距离。李白诗歌对欧阳修一派的影响,比起韩愈诗的影响要小得多,只是在欧阳

① 参见本章第二节"山谷诗法"。

修的诗友苏舜钦的诗中，才较多地看出学习李白的痕迹。欧公虽也有学太白处，但毕竟是次要的。欧阳修最为心折的诗人就是韩愈，《六一诗话》第二十七条云：

> 退之笔力无施不可，而尝以诗为文章末事，故其诗曰："多情怀酒伴，余事作诗人"也。然其资谈笑，助谐谑，叙人情，状物态，一寓于诗，而曲尽其妙，此在雄文大手，固不足论，而余独爱其工于用韵也。盖其得韵宽，则波澜横溢，泛入傍韵，乍还乍离，出入回合，殆不可拘以常格，如《此日足可惜》之类是也；得韵窄，则不复傍出，而因难见巧，愈险愈奇，如《病中赠张十八》之类是也。余尝与圣俞论此，以谓譬如善驭良马者，通衢广陌，纵横驰逐，惟意所之，至于水曲蚁封，疾徐中节，而不少蹉跌，乃天下之至工也。

对韩愈一派的诗人孟郊、贾岛、姚合等人，欧公虽有褒有贬，但也是以肯定为主。他主要从三个方面称道韩愈等人的诗，一是诗的内容包罗广泛，凡是散文中可写的东西，皆可入诗，并且描写详尽、巧妙，艺术水平很高。二是"工于用韵"，不论韵宽、韵窄，都能运用自如。三是肯定他们的诗有真情实感，如说孟郊、贾岛，"皆以诗穷至死，而平生尤自喜为穷苦之句"。说孟的《谢人惠炭》"暖得曲身成直身"云："人谓非其身备尝之，不能道此句也。"总的说来，欧阳修的诗学趋向是推崇"韩孟诗派"，重视诗歌艺术的独创性，而其具体学习途径则是"以文为诗"。欧公说韩诗将各种内容一寓于诗，而"曲尽其妙"，这正是"以文为诗"的宋诗之特点。欧阳修的这种倡导，对宋诗影响甚巨，除了宋末的"江湖派"和"四灵派"之外，宋诗几乎都沿着欧阳修倡导的这条路前进的。

3. 欧阳修诗歌理论的核心——"意新语工"与"意在言外"。

《六一诗话》中称引梅圣俞的一段话，集中地表达了这一观点：

> 圣俞尝语余曰："诗家虽率意而造语亦难。若意新语工，得前人所未道者，斯为善也。必能状难写之景，如在目前；含不尽之意，见于言外，然后为至矣。贾岛云'竹笼拾山果，瓦瓶担石泉'，姚合云'马随山鹿放，鸡逐野禽栖'。等是山邑荒僻，官况萧条，不如'县古槐根出，官清马骨高'为工也。"余曰："语之工者固如是。状难写之景，含不尽之意，何诗为然？"圣俞曰："作者得于心，览者会以意，殆难指陈以言也。虽然，亦可略道仿佛：若严维'柳塘春水漫，花坞夕阳迟'，则天容时态，融和骀荡，岂不如在目前乎？又若温庭筠'鸡声茅店月，人迹板桥霜'，贾岛'怪禽啼旷野，落日恐行人'，则道路辛苦，羁愁旅思，岂不见于言外乎？"

欧阳修如此详尽地记录这段话，显然对梅圣俞的看法是深为赞赏的，"意新语工"、"意在言外"，既是欧、梅一派诗人共同的诗学纲领，又是他们对中国诗学理论的充实和发展。欧、梅注意到诗歌的内容——意，但这个"意"，不为儒家诗教说所拘限，也不像白居易论诗只讲"美刺兴比"，而有较为宽泛的内涵。所谓意新，可以解释为允许写各种社会内容、文人生活和情感，《六一诗话》即对各种题材的诗均有所肯定，这在一定程度上反映了宋诗的新趋向。然而，欧、梅更重视的是诗歌艺术，"意新"还不理想，还要"语工"。"意"不能直露，要能见于言外，含蓄不尽。因此，这一理论发展了"不着一字，尽得风流"之说，而无其偏执，确实是高明之见。不过，欧、梅的创作实践跟不上他们的诗学理论，袁行霈《中国文学概论》就指出："梅尧臣反对西昆体的华丽与晦涩，主张平淡，但缺乏诗味。……(欧阳修)的诗意象不够丰满，文采也有些欠缺。常常以文为诗，艺术上是不太成功的。"整个宋代诗坛，也很少有人达到欧、梅提出的标准。在具体论证中，他们举贾岛、姚合、严维、温庭筠等人的诗句为例，虽然贴切恰当，但这类妙句在贾岛诸人的全部作品中并不多见。仅以这些二流诗人为例，而未能概括李白、杜甫之类大诗人的艺术成就，其理论的气魄也就显得不够了。

二、司马光《续诗话》

《续诗话》与《中山诗话》皆仿欧阳修《六一诗话》的体例，而又有所变化。关于《续诗话》的撰写宗旨，司马光自己说："《诗话》尚有遗者，欧阳公文章声名虽不可及，然记事一也，故敢续书之。"可见《续诗话》在主观意图上是要补充欧阳修《六一诗话》。此书的价值可分两个方面来认识：

1. 记事内容是对《六一诗话》的补充。

郭绍虞《宋诗话考》说："是书中如'司马光惠崇诗'条、'九僧诗集'条均续《六一诗话》中'国朝浮图'一条者；'科场程式诗'条即续《六一诗话》'自科场用赋'一条者，'王绅作宫词'条即续《六一诗话》'王建宫词'一条者；'梅圣俞之卒'一条，即续《六一诗话》'郑谷诗名'一条者。……他如'鲍孤雁'条，近于《六一诗话》之言'梅河豚'。"(《宋诗话考》)司马光关于"九僧诗"的两段记载，也是研究宋初诗歌的重要资料：

> 欧阳公云《九僧诗集》已亡。元丰元年秋，余游万安山玉泉寺，于进士闵交如舍得之。所谓九诗僧者：剑南希昼、金华保暹、南越文兆、天台行肇、沃州简长、贵城惟凤、淮南惠崇、江南宇昭、峨眉怀古也。直昭文馆陈充集而序之。其美者亦止于世人所称数联耳。
>
> 惠崇诗有"剑静龙归匣，旗闲虎绕竿"。其尤自负者，有"河分冈势断，春入烧痕青"。时人或有讥其犯古者，嘲之："河分冈势司空曙，春入烧痕刘长卿。不是师兄多犯古，古人诗句犯师兄。"

这两段话,一是补足了“九僧”的姓名、里贯,二是在阅读过《九僧诗集》之后,指出“九僧”的好诗不过只有欧阳修所举的那几联;三是批评“九僧”诗有摹拟前人的“犯古”之病,在事实与诗论两方面,都比欧公所论进了一步。另外,《续诗话》对唐、宋诗人佚诗逸事的记载,虽不一定是直接续《六一诗话》,但体例相同,记载又颇有价值与味趣,如:

唐之中叶,文章特盛,其姓名湮没不传于世者甚众。如河中府鹳雀楼有王之涣、畅诸(一云畅当)诗,畅诗曰:“迥临飞鸟上,高谢世人间。天势围平野,河流入断山。”王诗曰:“白日依山尽,黄河彻海流。欲穷千里目,更上一层楼。”二人者,皆当时贤士所不数,如后人擅诗名者,岂能及之哉!

2. 以欧、梅“意新语工”与“状难写之景如在目前,含不尽之意见于言外”之旨论诗歌艺术。

司马光以父亲的《行色诗》为“状难写之景如在目前”的例子,这与后来苏轼“诗中有画”、“画中有诗”之说颇为相似,能得诗艺之奥秘:

先公监安丰酒税,赴官,尝有《行色诗》云:“冷于陂水淡于秋,远陌初穷见渡头。犹赖丹青无处画,画成应遣一生愁。”岂非状难写之景也。

司马光对杜甫《春望》诗的分析,则对“言外之意”做了很生动的解释:

古人为诗,贵于意在言外,使人思而得之,故言之者无罪,闻之者足以戒也。近世诗人，唯杜子美最得诗人之体，如“国破山河在，城春草木深。感时花溅泪，恨别鸟惊心”。山河在，明无余物矣；草木深，明无人矣；花鸟，平时可娱之物，见之而泣，闻之而悲，则时可知矣。他皆类此，不可遍举。

司马光在这里对“意在言外”做了两种含义不同的解释：一、认为“言之者无罪，闻之者足以戒”就是“意在言外”，这实际上是将《诗大序》婉而多讽、主文谲谏的“诗教说”等同于“意在言外”之说，显然歪曲了欧、梅的诗论，是较为牵强的解释。二、认为从杜诗“国破山河在，城春草木深”二句自然景物的描写中，可以看出战乱中物与人之灾难，从“感时花溅泪”二句中可看出时代动乱的迹象等等，这才是对“言外之意”的正确解说。对“感时”二句的理解，还启发了清人王夫之“以乐景写哀，以哀景写乐，一倍增其哀乐”的说法。

三、刘攽《中山诗话》

与《六一诗话》、《续诗话》同时的还有刘攽《中山诗话》。《四库全书总目》既指出其考证方面的许多疏漏之处，又承认“其考证议论，可取者多”，意见较为公允。[①] 此书之疏于考证，前人批评者较多，如郭绍虞《宋诗话考》即说：《王直方诗话》、王应辰《文定集·跋刘贡父诗

① 《四库全书总目》卷一百九十五《集部·诗文评类一》载：“当熙宁、元祐之间，攽兄弟以博洽名一世，而吟咏则不甚著。唯此论诗之语独传。宋人所引，多称《刘贡父诗话》。此本名曰中山，疑本无标目，后人用其郡望追题，以别于他家诗话也。花蕊夫人《宫词》本一百首，攽称仅见三十余篇，疑王安国初传之时，或好事者有所摘抄，攽未见其全本也。其论李商隐《锦瑟》诗，以为令狐楚青衣之名，颇为影撰。其论赫连勃勃蒸土一条，亦不确当。不但解杜甫诗‘功曹非复汉萧河’句，考之未审，为晁公武所纠。至开卷第二条所引刘子仪诗，误以《论语》‘师也辟’为‘师也达’。漫无驳正，亦不可解。所载嘲谑之词，尤为冗杂。攽好诙谐，尝坐是为司马默所弹，殆性之所近，不觉滥收欤？北宋诗话唯欧阳修、司马光及攽三家号为最古。此编较欧阳、司马二家虽似不及，然攽在元祐诸人之中，学问最有根柢。其考证议论，可取者多，究非江湖末派，钩棘字句，以空谈说诗者比也。”

话》及都穆《南濠诗话》、吴骞《拜经楼诗话》、王士祯《带经堂诗话》等书"亦多议之",并云:"贡父虽博洽,而可议之处转较他书为多,岂此为公不经意之作,不暇察其疵累耶?"(《宋诗话考》)

《中山诗话》与《六一诗话》、《续诗话》论诗宗旨相近,三书都批评宋初诗风,《中山诗话》与《续诗话》同样记载了惠崇诗袭唐人成句遭讥讽之事,可见刘攽对"晚唐体"的态度。关于效法李商隐的"西昆体",《中山诗话》里记载了一个著名的故事:

> 祥符、天禧中,杨大年、钱文僖、晏元献、刘子仪以文章立朝,为诗皆宗尚李义山,号"西昆体",后进多窃义山语句。赐宴,优人有为义山者,衣服败敝,告人曰:"我为诸馆职挦撦至此。"闻者欢笑。大年《汉武诗》曰:"力通青海求龙种,死讳文成食马肝。待诏先生齿编贝,忍令索米向长安。"义山不能过也。元献《王文通诗》曰:"甘泉柳苑秋风急,却为流萤下诏书。"子仪画义山像,写其诗句列左右,贵重之如此。

刘贡父一方面对"西昆体"诗人之剽窃摹拟义山做了辛辣的讽刺,另一方面又承认他们学李商隐也有较成功之处,说杨亿的《汉武诗》"义山不能过也",这与欧阳修对"西昆体"的态度相似。对于给宋代诗风带来决定性影响的杜甫、韩愈及孟郊之诗,刘攽多予以较高评价,并且提出了一些较有意义的见解,如论时人对杜、韩诗的态度云:

> 杨大年不喜杜工部诗,谓为村夫子。乡人有强大年者,续杜句曰:"江汉思归客",杨亦属对,乡人徐举"乾坤一腐儒",杨默然若少屈。欧公亦不甚喜杜诗,谓韩吏部绝伦。吏部于唐世文章,未尝屈下,独称道李、杜不已。欧贵韩而不悦子美,所不可晓;然于李白而甚爱赏,将由李白超趠飞扬为感动也。

这段话对杨亿轻视杜诗提出的批评，说得很有道理。然而批评欧阳修喜韩而不喜杜，则至少不够全面。[①]但显然可以看出，刘攽对杜诗是非常重视的。其论诗歌之“精思”，亦引杜诗为例：“管子曰：‘事无终始，务无多业’。此言学者贵能成就也。唐人为诗，量力致功，精思数十年，然后名家。杜工部云：‘更觉良工用心苦。’然岂独画手心苦耶！”他还认为韩、孟联句诗“宏壮博辩”。这些论述，与欧阳修、司马光的诗话一道，为宋诗沿着杜、韩方向发展定下了基调。

最能体现《中山诗话》的理论水准与艺术鉴赏力的，是这么一段话：

> 诗以意为主，文词次之，或意深义高，虽文词平易，自是奇作。世效古人平易句，而不得其意义，翻成鄙野可笑。……欧阳永叔、江邻几论韩《雪诗》以“随车翻缟带，逐马散银杯”为不工，谓“坳中初盖底，凸处遂成堆”为胜，未知真得韩意否也？永叔云：“知圣俞诗者莫如某，然圣俞平生所自负者，皆某所不好；圣俞所卑下者，皆某所称赏。”知心赏音之难如是，其评古人之诗，得毋似之乎！

这里有两点值得注意：其一，“诗以意为主，文词次之”，只要“意深义高”，即使“文词平易”，亦成杰作，此处的“意”，若联系上下文来看，系指诗歌的内容，涵义较广，并未为儒家诗论所拘；其二，指出在诗歌鉴赏与理解中，作者本人与读者常常意见相反的事实，进而认为“知心赏音”很难，品评古人诗，也很可能出现理解不确的情况，这对于我

① 欧阳修《书梅圣俞稿后》云：“盖诗者，乐之苗裔与？汉之苏、李，魏之曹、刘，得其正始；宋、齐而下，得其浮淫流佚；唐之时，子昂、李、杜、沈、宋、王维之徒，或得其淳古淡泊之声，或得其舒和高畅之节，而孟郊、贾岛之徒，又得其悲愁郁堙之气。由是而下，得者时有而不纯焉。”从这段话看，欧阳修对陈子昂、李白、杜甫、沈、宋、王维及韩愈一派的孟郊、贾岛等诗人，实持一视同仁之态度，刘氏之论似未谛。

们今天的诗文鉴赏,仍有一定指导意义。

最早的三部诗话的共同点在于:一、都采用笔记体,重在记事,所以不少传统的目录书将它们列入“小说家”。二、注重对诗歌文本的讨论,推敲字句,总结得失,在具体分析中表述诗学观点。三、具有较强的趣味性。欧阳修以“资闲谈”标其诗话之宗旨,则趣味性是必不可少的;刘攽性滑稽,喜嘲谑,所作诗话,趣味性尤强,尤其表现在他对当世诗人的记载与评论中。这都为后世的诗话之作提供了范例。

第二节　用事与格律

——创作实践论

一、山谷诗法

经过一百多年的努力,宋诗发展到元祐年间,终于形成自己的特色,其标志就是王安石、苏轼和黄庭坚等人的出现。黄庭坚虽然属于苏门弟子,但苏、黄二人的诗风实有很大不同,《瓯北诗话》卷十一说苏、黄之差别最为精当:

> 北宋诗推苏、黄两家,盖才力雄厚,书卷繁富,实旗鼓相当;然其间亦自有优劣。东坡随物赋形,信笔挥洒,不拘一格,故虽澜翻不穷,而不见有矜心作意之处。山谷则专以拗峭避俗,不肯作一寻常语,而无从容游泳之趣。且坡使事处,随其意之所之,自有书卷供其驱驾,故无捃摭痕迹。山谷则书卷比坡更多数倍,几于无一字无来历;然专以选材庀料为主,宁不工而不肯不典,宁不切而不肯不奥,故往往意为词累,而性情反为所掩。此两家诗境之不同也。

苏轼这种天份较高的诗既难于仿效,那么黄庭坚这种主要在字句上下功夫的诗论及创作，遂成为当时及后世学习的主流。黄庭坚及其率领的一批诗人，被后人称为“江西诗派”。严羽《沧浪诗话·诗辨》说：

> 国初之诗，尚沿袭唐人，……至东坡、山谷始自出己意以为诗，唐人之风变矣。山谷用工尤为深刻，其后法席盛行，海内称为江西宗派。（《沧浪诗话·诗辨》）

黄庭坚与江西诗派以才学为诗，以文为诗，以理入诗，好奇险，尚古硬，形成了领导北宋诗坛诗风的、真正能体现宋诗特色的诗。黄庭坚是江西诗派的代表人物，他自己的诗体又被称为“山谷体”（严羽《沧浪诗话·诗体》），成为“以文字为诗，以才学为诗，以议论为诗”的宋诗的典范。刘克庄《江西诗派序·黄山谷》云：

> 国初诗人如潘阆、魏野，规规晚唐格调，寸步不敢走作。杨、刘则又专为昆体，故优人有挦撦义山之诮。苏、梅二子稍变以平淡豪俊，而和之者尚寡。至六一、坡公，巍然为大家数，学者宗焉。然二公亦各极其天才笔力之所至而已，非必煅炼勤苦而成也。豫章稍后出，会粹百家句律之长，究极历代体制之变，搜猎奇书，穿穴异闻，作为古律，自成一家；虽只字半句不轻出，遂为本朝诗家宗祖，在禅学中比得达磨，不易之论也。（《后村先生大全集》卷九十五）

这段话将黄庭坚在宋诗发展史上的地位、黄诗的特点都说得很清楚。黄庭坚的诗才虽不及东坡，但他的诗却更合那些缺少诗情和诗兴而有一定文化修养的人的口味，换言之，即为他们指出了一条学诗的路子，从而使学者诗人化，所以黄诗比苏诗更为流行，更易获得广大知识分子的青睐。[①]

黄庭坚提出的诗学主张主要有两点：一是“无一字无来处”，二是“点铁成金”和“夺胎换骨”。[②] 前者强调用事是作诗的最基本手段。后者是讲用事的具体技法。[③] “无一字无来处”与“点铁成金”见于山谷《答洪驹父书》：

> 自作语最难，老杜作诗，退之作文，无一字无来处，盖后人读书少，故谓韩、杜自作此语耳。古之能为文章者，真能陶冶万物，虽取古人之陈言入于翰墨，如灵丹一粒，点铁成金也。

可用陈言，但是不能用其旧义，即在新的语境下，赋予陈言（“能指”）以新的语义（“所指”）。字面是此“辞”，意义层面又非此“辞”，在似是而非之间获得独特的陌生化效果，不但在形式上造成富于张力的特殊趣味，还在语义上拓展了指涉路径，增强了诗歌意蕴的丰富性。“夺胎换骨”见于释惠洪《冷斋夜话》记载黄庭坚论诗之语：

> 诗意无穷而人才有限，以有限之意追无穷之思，虽渊明、少陵

---

① 参阅袁行霈《中国文学概论》第一章《诗赋论》。

② 关于“夺胎换骨”的著述所有权问题，周裕锴《慧洪与换骨夺胎法——一桩文学批评史公案的重判》（《文学遗产》2003 年 6 期）以及莫砺锋的回应文章《再论“夺胎换骨”说的首创者——与周裕锴兄商榷》（《文学遗产》2003 年 6 期）有详细讨论，诸家的意见大略倾向于传统说法。

③ 王宇根的 *Ten Thousand Scrolls: Reading and Writing in the Poetics of Huang Tingjian and the Late Northern Song*（Harvard University Asia Center，Spe.，2011）一书指出，宋代发达的印刷术是山谷诗法好“用事”的特点不可缺少的现实条件，“对黄庭坚及其同时代人来说，‘古人之陈言’不仅仅是经典选本（如《文选》）中能轻易找到的语词，它们还来自更大范围内的文本，如儒家经典、史籍、最近若干世纪以来的个人文集，这些文本通过印刷术而变得易于获得。如果黄庭坚及其同时代人对‘点铁成金’感到某种特别的需要，那么很可能是因为存在太多的‘铁’，换言之，太多的原材料（raw material），太多的文本（texts），等着被加工处理（processed）、改造转化（transformed）”（Chapter Two: Handle of the Hatchet）。这个说法颇有眼光。

> 不得工也。不易其意而造其语，谓之换骨法；窥入其意而形容之，谓之夺胎法。

“换骨法”的意思是说，写作可以用旧事典的意（“不易其意”），但同时就绝不能再用与之相应的旧辞，辞须自“造其语”。辞、意的原配必须拆散，只能选择一端后另行组织。当然，由于“诗意无穷”，所以被挽留的往往是“意”；同时，造辞的途径不一，可以自出机抒（“自作语”），也可以攫取与此意毫无关涉的“古人之陈言”加以点化，而山谷以为“自作语最难”，所以在实际创作中，自造之“辞”基本上遵循点化古人陈言（“点铁成金”）这条路。所以我们竟可以说，在山谷诗中，“换骨法”与“点铁成金”几乎就是一回事！

“夺胎法”相对容易理解一些，它是说旧典旧事可用，但不能一成不变地用，要体会事典的内涵（“窥入其意”），有所变通地用（“形容之”）。[①]

山谷诗法，背后实际上存在着一个“如何处理诗歌写作中传统与新变关系”的历史语境，或者说，是宋诗面对唐诗这座高峰之时，如何走出具有自家面貌的新路的问题。在诗史早期，诗人选择诗歌语言时，会挑出他们认为“美丽的”自然与人事的物象；诗歌演进的结果，这些物象往往会被后来的诗人认为是天然属于“诗”的，带有传统授予的高贵、优雅标签。大规模的诗歌给物象“命名”（大而言之，即确立“传统”）的任务到唐诗为止，可以说已经基本完成了。确实，在后来诗人

---

① Adele Austin Rickett 在 Method anf Intuition: The Poetic of Huang T'ing - chien (in Rickett, ed., *Chinese Approaches to Literature from Confucius to Liang Ch'i - ch'ao*, Princeton: Princeton University Press, 1978）中将“夺胎”解释为“用一般形式甚至前代诗人作品的语词来表述一种超出原诗或者与原诗不同的意义，换言之，旧瓶装新酒”，将“换骨”解释为“用不同的语词表达相似的意思，换言之，新瓶装旧酒”（pp. 109 - 110）。这与我们对“夺胎”、“换骨”的理解有相同之处，也有不同的地方（主要表现在我们认为“换骨”与“点铁成金”在操作上可以等而视之）。

看来,这类已被"命名"的物象标志着诗的血统纯正,其运用往往可以迅速补充"诗意",起到事半功倍的效果。问题在于,对它们的过分倚重,往往导致诗歌对其他物象的排斥,以及对该物象本身的感觉"惰性",换言之,它们垄断的结果,既拒绝了试图进入诗歌的其他物象,又堵塞了衍展自身诗意的任何可能路径。对此,敏感的诗人不外乎两种反应,一种是向外扩张,接纳从未被诗歌"命名"的物象,造成既成事实,等待诗史"认证"。所谓"力大思雄、嘎嘎独造"的退之、东坡诗往往如此。① 当然,其中不乏鱼龙混杂、珠目齐下,甚至走到极端,以丑陋的物象入诗,以丑为美,以怪为奇,这是反叛传统的路子。另一种是内敛生发,注意对已经"命名"物象的精细开掘,通过文本镶嵌、语境转换、结构戏拟、情绪错位等等技巧,在"唤醒"原初诗意的同时甚至"发明"出更多诗意。② 这种源于经典文本阅读、在传统中自在游走的写作,不放纵个人经验的特殊性,而将它规范到可供理解的"宏大叙事"中,是跟传统和解的路子,这恰好是黄庭坚及江西诗派的诗论及创作的长处。③

不过,山谷论诗也并非全从典故、形式方面着眼,有时也顾及作品的内容,如他说:"好作奇语自是文章病,但当以理为主。理得而辞顺,文章自然出群拔萃。"(《豫章黄先生文集》卷十九《与王复观书》)论书法也强调胸中"忠义"、"道义":"学书要须胸中有道义,又广之以圣哲

① 东坡诗前已例举,这里只说韩愈,李东阳《怀麓堂诗话》称"退之雪诗,冠绝古今",特地指出其妙处就在于"意象超脱,直到人不能道处耳"。所谓"人不能道",即是笔者所言之"未经命名"。

② Robert H. Brower and Earl Miner 在 *Japanese Court Poetry*(Stanford: Stanford University Press, 1961)一书中将日本和歌中的 *honkadori*("本歌取",即在作品中回应古典诗歌,或是从中借典)译作 *Allusive variation*,解释为"首先是对古诗的一种回响,并非仅仅借用事典辞藻,而是要营造类似原作的氛围——某种情境、情调或意义"(pp. 14 – 15)。这和山谷诗法有相似的地方,可以参互观之。

③ 参见曾祥波《从唐音到宋调:以北宋前期诗歌为中心》第二章第三节,北京:昆仑出版社 2006 年。

之学，书乃可贵。”（《豫章黄先生文集》卷二十九《书缯卷后》）

即以学杜甫而论，山谷也不仅从其用典与格律着眼，山谷年轻时曾和沈括等人讨论过韩愈《南山》诗和杜甫《北征》诗的优劣，山谷认为，若论用韵的精巧，则《北征》不及《南山》，若论书一代之史实，则《南山》可不作，《北征》则不可无。《潘子真诗话》说：

> 山谷尝谓余言，老杜虽在流落颠沛，未尝一日不在本朝，故善陈时事，句律精深，超古作者，忠义之气，感发而然。

可惜这些闪光的思想，并没有引起山谷本人和后人的重视，故影响不大。

二、江西诗派的诗学理论

在山谷诗风的影响下，宋代许多诗话著作逐渐偏重于对用事、用韵、造语和出处的考释，从诗歌创作倾向上来说，这的确助长了注重诗歌形式技巧、轻视诗歌感情内容的风气，但也总结了一些有益的艺术经验。“江西诗派”有代表性的诗话著作主要有：

陈师道：《后山诗话》
吴可：《藏海诗话》
吴开《优古堂诗话》
许颉《彦周诗话》
吕本中：《紫微诗话》
葛立方：《韵语阳秋》
刘克庄：《后村诗话》
刘克庄：《江西诗派小序》

这一批诗话出现于“江西诗派”盛行的北宋后期与南宋前期，诗话的有些作者如陈师道、吕本中等人，本身就是“江西诗派”中的重要作家，另外几位作者也与“江西诗派”成员有千丝万缕的联系，因此，完全可以将这些诗话视为“江西诗派”创作经验的记录与总结。概括地说，这些诗话具有如下一些特点：

1. 推尊杜甫、苏轼和黄庭坚，明确指示作诗门径

“江西诗派”诸家诗话，都把杜诗尊为最高典范。[①] 正是由于他们的大力提倡，杜诗才成为宋以后诗人学习的样板，而且，“江西诗派”诗论家倡导学杜，基本上是继承黄庭坚的观点，重在老杜的章法技巧，对杜诗博大精深的内容，涉及并不太多。对于苏轼，以上这些诗话也常常提及，多持肯定态度，但对其诗法论述也不多，这大概是苏轼诗无章可循的缘故。他们既已指出学杜是作诗的主要门径，又标举黄庭坚的“诗法”和“夺胎换骨”、“点铁成金”之说，作为学习杜诗的范例。[②]

2. 注重用语、出处的考释

此点可举《优古堂诗话》为代表。郭绍虞说：“是书所论，转有特殊之点，盖就诗中用事出处，以成考证论诗之著，使诗话之作别开生面，则是书之辑，正可看出一时风气。《四库总目提要》谓‘夺胎换骨，

---

① 《彦周诗话》说：“东坡言老杜似司马迁，盖深知之。”又说：“老杜诗不可议论，亦不必称赞。”更是奉若神明。《韵语阳秋》说：“杜甫诗，唐朝以来一人而已，岂白所能望耶!”《后山诗话》云：“学诗当以子美为师，有规矩故可学。退之于诗，本无解处，以才高而好尔。渊明不为诗，写其胸中之妙尔。学杜不成，不失为工。”“诗欲其好，则不能好矣。王介甫以工，苏子瞻以新，黄鲁直以奇。而子美之诗，奇常、工易、新陈，莫不好也。”

② 《韵语阳秋》说：“诗家有换骨法，谓用古人之意而点化之，使加工也。”“鲁直谓东坡作诗，未知句法。”“山谷尝与杨明叔论诗，谓以俗为雅，以故为新，百战百胜。”《艇斋诗话》说：“东湖言，‘荆公《画虎行》用老杜《画鹘行》，夺胎换骨。’”“山谷诗妙天下，然自谓得句法于谢师厚，得用事于韩持国，此取诸人以为善也。”《优古堂诗话》云：“鲍慎由《答潘见素》诗云：‘学诗比登仙，金膏换凡胎。’盖用陈无己《答秦少章》‘学诗如学仙，时至骨自换’之句。”

翻案出奇，作者非必尽无所本，实则无心暗合，亦多有之。必一句一字求其源出某某，未免于求剑刻舟。'此诚通达之论，然在当时诗风之下，偶有此类著作，突出此点，亦无可非。宋人论杜诗每称其用字有来历，此说固有流弊，然能知其来历，则对杜诗理解亦可更深一层。"①其实除了此书之外，《韵语阳秋》、《艇斋诗话》、《藏海诗话》诸书，也都十分注重考释诗句的用语和出处，这种风气，对加大诗歌内涵，提高诗歌的艺术性有一定帮助，但未免有只见树木、不见森林之憾，有时又失之穿凿。

3. 注重"活法"和"悟入"

吕本中在他的《紫微诗话》、《童蒙诗训》和一些论诗的书信中，都很强调"活法"。其《夏均父集序》说：

> 学诗当识活法。所谓活法者，规矩备具，而能出于规矩之外；变化不测，而亦不背于规矩也。……近世惟豫章黄公首变前作之弊，而后学者知所趣向，毕精尽知，左规右矩，庶几于变化不测。（刘克庄《后村先生大全集》卷九十五引）

《童蒙诗训》说：

> 潘邠老言七言诗第五字要响。如"返照入江翻石壁，归云拥树失山村"，翻字失字，是响字也。五言诗第三字要响，如"圆荷浮小叶，细麦落轻花"，浮字、落字，是响字也。所谓响者，致力处也。予窃以为字字当活，活则字字自响。（吕本中《童蒙诗训》）

他讲"活法"、"字要响"，还是以黄山谷的诗法为指归，重在炼字、

① 郭绍虞《宋诗话考·优古堂诗话》。

炼句与典故出处。所以俞成《萤雪丛书》说"活法"的长处在于能"点化"前人语句,是"夺胎换骨"。为了运用"活法",就必须"悟入",《与曾吉甫论诗第一帖》云:

> 要之,此事须令有所悟入,则自然越度诸子。悟入之理,正在工夫勤惰间耳。如张长史见公孙大娘舞剑,顿悟笔法。如张者,专意此事,未尝少忘胸中,故能遇事有得,遂造神妙;使他人观舞剑,有何干涉。非独作文学书而然也。(《苕溪渔隐丛话》前集卷四十九)

原来所谓"悟入"的方法,也只是多读书,多练习,并有因专注于作诗而产生的敏感。这与他在《紫微诗话》中论多读书的观点,是相一致的。这种"悟",可以说是北宗禅的"渐悟",而非南宗禅的"顿悟"。"江西诗派"诸人,都喜欢讲"悟"字,[①]可见此说影响之大。

4. 真知灼见在诗话发展史上有其特色与地位

这些诗话,有时能不为"江西诗派"范围所囿,常在诗歌艺术研究方面发表一些高明的见解。如《后山诗话》云:"余评李白诗,如张乐于洞庭之野,无首无尾,不主故常,非墨工槧人所可拟议。吾友黄介读《李杜优劣论》曰:'论文正不当如此。'余以为知言。"这是对元稹抑李扬杜的偏见提出批评。《韵语阳秋》云:"近时论诗者,皆谓偶对不切,则失之粗;太切,则失之俗。如江西诗社所作,虑失之俗也,则往往不甚对,是亦一偏之见尔。……老杜……虽对不求太切,而未尝失格律也。"则对"江西诗派"的某些弊病提出了中肯的批评。《韵语阳秋》卷

① 如曾几云:"学诗如参禅,慎勿参死句。……居仁说活法,大抵欲人悟。"(《读吕居仁怀旧诗》)韩驹云:"学诗当如初学禅,未悟且遍参诸方。一朝悟罢正法眼,信手拈出皆成章。"(《赠赵伯鱼》)

二论“兴”和“讪”的区别很精彩。卷四评诗云：“竹未尝香也，而杜子美诗云：‘雨洗娟娟静，风吹细细香。’雪未尝香也，而李太白诗云：‘瑶台雪花数千点，片片吹落春风香。’”已接触到诗歌中的“通感”现象。这类精当的见解，以上几种诗话中都有一些，这标志着宋代诗话的记事成份逐渐减少，理论性逐渐增强。

5. 诗话之作至此时始有意为之

许觊《彦周诗话》自述其撰述大旨云：

> 诗话者，辨句法，备古今，纪盛德，录异事，正讹误也；若含讥讽，著过恶，诮纰谬，皆所不取。

郭绍虞《宋诗话考》指出：“宋人诗话之自述其撰著宗旨者始此。此后诗话性质之渐趋严正，或亦以此。”另外，《宋诗话考》还指出《后山诗话》的突出之处，“其言诗不偏于论事，而论辞又不限于摘句，则又为《沧浪诗话》、《对床夜语》诸书之所自出，使诗话之作由说部而进入理论批评，则其关系至钜”。这一点可以说是对江西诗派诸种诗话的总体评价。

黄庭坚与“江西诗派”的诗学理论，确实有一种力求发展和创新的精神，代表着宋代诗学的特色与主导趋向，有相当大的积极意义；但过分强调艺术技巧，追求形式完美，忽视了取材之博大与真情实感，则是其明显的不足之处。这一点则由其他诗论家对诗歌作品的鉴赏理论所弥补。

第三节　韵味、妙悟与言志：传统诗学观念的继承与发挥

一、东坡诗论

苏轼的诗学理论代表着北宋诗学的最高水平。要了解东坡诗论，

需要注意两点:第一,作为北宋诗坛最有才气、成就最高的大诗人,[①]苏轼的诗歌创作与诗学理论之间表现出较为明显的不吻合性,其诗歌创作注重用事与格律,但诗学理论却强调趣味、韵味与妙悟。这也是尽管苏、黄有师弟之谊,而且两人的诗歌都代表了宋诗的最高成就,我们却要将东坡诗学与山谷诗学分开叙述的原因。第二,苏东坡除了诗歌造诣很高之外,在词、古文、书法、绘画等方面都有很高的造诣。研究东坡诗学,当然也应兼顾他对书法、绘画、古文等方面的议论,这样才更容易看出其诗学主旨与贡献。苏轼的诗学理论有以下三点值得注意:

1. 崇尚“枯澹”与“简古”

追求“枯澹”、“简古”,并对它们做出新的解释,这是东坡诗学最富创见之处,他的这一理论,主要体现在对陶渊明、韦应物、柳宗元、司空图一类“澹派”诗人的评论中:

> 柳子厚诗在陶渊明下、韦苏州上。退之豪放奇险则过之,而温丽靖深不及也。所贵乎枯澹者,谓其外枯而中膏,似澹而实美,渊明、子厚之流是也。若中边皆枯澹,亦何足道。(《苏轼文集》卷六十七《题跋·评韩柳诗》)

他推崇陶、柳诗的“枯澹”,是因为它们外在的质朴平淡之中,蕴含着内在的丰厚与绮丽,也就是“淡而有味”,“语淡而味终不薄”。东坡晚年评陶诗“质而实绮,癯而实腴”。表达了同样的美学追求。他的《书唐氏六家帖后》说:

---

① 苏轼诗歌所表现出来的主要特征为散文化、议论化和讲究用典。赵翼《瓯北诗话》说“以文为诗,自昌黎始,至东坡益大放厥词,成一代之大观”。《漫叟诗话》云:“东坡最善用事,既显而易读,又切当。”其诗虽富于才学,然以气势取胜,感情奔放,境界开阔,形成一种波澜壮阔、雄浑壮丽的风格。李重华《贞一斋诗说》称之为“阔视横行,雄迈无敌”,可视为苏诗风格的总评。

永禅师书骨气深稳，体兼众妙，精能之至，反造疏澹。如观陶彭泽诗，初若散缓不收，反覆不已，乃识其奇趣。

这里的“疏澹”和“枯澹”意义也相近，说陶诗“若散缓不收”而实有“奇趣”，与“外枯而中膏”则又一脉相通。在《书黄子思诗集后》一文中，苏轼又说：

独韦应物、柳宗元发纤秾于简古，寄至味于澹泊，非余子所及也。

他认为丰富的意思要用简明古朴的形式来表达，深永的诗味要寄托在澹泊的语句之上。总之，苏东坡说的“枯澹”、“疏澹”和“澹泊”，中心意思都可用他《与二郎侄》中的一段话来概括：

凡文字，少小时，须令气象峥嵘，采色绚烂，渐老渐熟，乃造平淡。其实不是平淡，绚烂之极也。(《苏轼文集》第六册《苏轼佚文汇编》卷四《尺牍·与二郎侄一首》)

可见东坡的“枯澹”、“疏澹”、“平淡”之类，都是由“气象峥嵘，采色绚烂”变化而来，“淡”是“绚烂之极”后的返朴归真，大巧若拙。前人论陶、韦、柳一派诗，虽能见出其“淡”的一面，但多强调其遗世高蹈、不食人间烟火的作风，真正发掘出陶、柳诗底蕴的，苏轼乃是第一人。

苏东坡提倡“枯澹”，主张学习陶、柳诗风，也是为自己开的一剂药方。他作诗学习李白、杜甫和韩愈，而自成一家，海涵地负，雄视百代，才力富健，具有“以文字为诗，以才学为诗，以议论为诗”(《沧浪诗话》)的倾向，也许是他看到时人学习他的诗所产生的流弊，也许是他不满足于已取得的成绩，要追求更高一层境界，所以标举陶、柳之诗，树立“枯澹”、“简古”这样的高标准。为了标举这一主张，他不惜矫枉过正，说陶渊明、柳宗元诗高于李白和杜甫。① 他提倡学陶、柳，还与他自身的遭遇有密切关系，他一生屡遭贬斥，郁郁不得志，与陶、柳身世相近。所以在南迁时，他常将二人的集子置于座右，称为二友。并说自己不但喜欢陶诗，更喜爱陶的为人。不过，由于苏东坡的天份才力和陶、柳之间差异较大，他的诗歌能学到陶、柳真髓者并不多见。

当然，东坡以“枯澹”、“平淡”、“简古”、“澹泊”为高标，不仅是就陶、柳论陶、柳，还有其理论意义和现实意义。苏轼的前辈欧、梅诸人也主张“平淡”，梅尧臣就写过“作诗无古今，惟造平淡难”的诗句，不过欧、梅的“平淡”是质朴有余，诗味不足，苏轼看到这一点，因而号召人们学习陶、柳之诗，并将“平淡”、“枯澹”的内涵大大丰富，以“外枯中膏”、“似淡实美”，“发纤秾于简古，寄至味于澹泊”作为诗的极诣，这是对中国诗学的特殊贡献。

2. 追求“自然”、“神似”与“远韵”

苏东坡论诗、文、书法、绘画，都讲“自然”，他评价谢民师的诗赋杂文：

> 大略如行云流水，初无定质，但常行于所当行，常止于所不可不止，文理自然，姿态横生。(《答谢民师书》)

苏东坡理想中合乎自然之理的文理，是要与具有文彩和起伏波澜相结合的，正是基于这一认识，他评论欧阳修的书法时说：

---

① 曾季貍《艇斋诗话》云：“东坡《黄子思诗序》，论诗至李、杜，字画至颜、柳，无遗巧矣，然锺、王萧散简远之意，至颜、柳而尽；魏、晋诗人高风远韵，至李、杜而亦衰。此说最妙。大抵一盛则一衰，后世以为盛，则古意必已衰。物物皆然，不独诗、字画然也。”全面肯定苏轼对李、杜的批评，可备一说。

此数十纸，皆文忠公冲口而出，纵手而成，初不加意者也。其文采字画，皆有自然绝人之姿，信天下之奇迹也。《苏轼文集》卷六十九《题跋・跋刘景文欧公帖》)

对欧公书法具体肯定了两点，一是冲口而出，信手而成，出于自然，而非有意为之。二是不废其“文采字画”。

在“自然”的基础上，东坡进一步提出诗歌创作更高一层的目标——“神似”。在《书蒲永升画后》这篇题跋中，东坡通过“画水”这一实例的记述，表达了他要求脱略形迹，追求神似的美学观点。他说普通画师画水，最好的不过能画出波浪的起伏，人们用手摸一下，好像有高低不平处，俗人认为这就是绘画的“至妙”境界。苏东坡说这类画的品格，只能与印板水纸争工于毫厘之间。到了唐末的孙位，“始出新意，画奔湍巨浪，与山石曲折，随物赋形，尽水之变，号称神逸”。孙位的学生孙知微想作四幅“湖滩水石”壁画，准备一年多，还不肯下笔。忽然有一天“仓皇入寺，索笔甚急，奋袂如风，须臾而成，作输泻跳蹙之势，汹汹欲崩屋也”。与东坡同时的画家蒲永升，能得二孙的本意，“嗜酒放浪，性与画会，始作活水”，夏天把他画的水挂在墙上，竟然“阴风袭人，毛发为立”。孙位、孙知微和蒲永升画的水，都是“神似”的代表。

对于书法艺术，他也有与诗、文、画相近的见解：“我书意造本无法，点画信手烦推求。”(《苏轼诗集》卷六《石苍舒醉墨堂》)写字是自由挥洒，本无一定之规，信笔写来，不耐烦推求、讲究那些细枝末节。这正是苏轼写字时的态度。东坡关于诗、画要“传神”的见解，集中地写在《书鄢陵王主簿所画折枝二首》中：

论画以形似，见与儿童邻；赋诗必此诗，定非知诗人。诗画本一律，天工与清新。边鸾雀写生，赵昌花传神。

在这几句诗中，东坡本着诗、画异貌同心的原则，精辟地阐述了诗、画创作中形似与神似的关系。绘画只能达到形似，不能传神，作诗满足于摹写物象，意尽句中，都不是成功的艺术。他的理想是能够“写生”和“传神”，既写出、画出生动的形态，又能够达到神似。王若虚《滹南诗话》卷中指出：“论妙于形似之外，而非遗其形似；不窘于题，而要不失其题，如是而已矣。”所论最得坡公之心。

与主张“神似”相联系，东坡诗论还追求“远韵”。“远韵”是“神似”的自然发展，神似到了一定程度，必然有言外之意，言有尽而意无穷，这就是“远韵”，在《书黄子思诗集后》中，东坡提出“远韵”这一概念，并且引用司空图论诗之语：“梅止于酸，盐止于咸，饮食不可无盐梅，而其美常在咸酸之外”，以此作为“远韵”的注脚。在为吴道子画作的两则题跋中，东坡都提出“出新意于法度之中（一作内），寄妙理于豪放之外”。既有新意又不违背“法度”，既要豪迈雄奇，又要有涵咏不尽的“妙理”、“远韵”，才是东坡心中的美学典范。

苏轼不仅提倡“自然”、“神似”和“远韵”，还针对当时诗坛情况，批评了一些他认为不符合艺术规律的作品。他既反对“浮巧轻媚，丛错采绣”的“时文”（骈文），也不满于“求深者或至于迂，务奇者怪僻而不可读”的“古文”（见《上欧阳内翰书》）。他对中唐元、白、贾、孟诸人的诗评价不高，认为“元轻白俗，郊寒岛瘦”（《祭柳子玉文》），又将那些含义不深、缺乏诗意的作品贬为“村学体”①，所论很能切中要害。

3. 主张“诗中有画，画中有诗”

苏轼是在《书摩诘蓝田烟雨图》里提出这一著名命题的：

---

① 《书郑谷诗》：“郑谷诗云：‘江上晚来堪画处，渔人披得一蓑归。’此村学中体也。”《书诸集伪谬》云：“唐末五代，文章衰尽，诗有贯休，书有亚栖，村俗之气，大率相似。”批评石曼卿的诗云：“若石曼卿红梅诗云：‘认桃无绿叶，辨杏有青枝。’此至陋语，盖村学中体也。”（《苏轼文集》卷六十八《题跋》）

> 味摩诘之诗,诗中有画。观摩诘之画,画中有诗。诗曰:"蓝溪白石出,玉川红叶稀。山路元无雨,空翠湿人衣。"此摩诘之诗,或曰非也,好事者以补摩诘之遗。

在其他一些地方,东坡也发表过类似的意见。[①] 钱锺书《旧文四篇·中国诗与中国画》指出,此论影响甚大,时人及后人很自然地分成两派,一派支持苏轼意见,从宋人孔武仲、释德洪觉范、钱鍪、周孚到清人叶燮都是如此;[②]而宋人陈著、明人董其昌、程正揆、张岱等人则反对苏轼的观点。[③]

我们如果仔细考察东坡对这个命题的见解,不难发现,所谓"诗中

---

① 如"少陵翰墨无形画,韩幹丹青不语诗"(《韩幹马》),"古来画师非俗士,摹写物象略与诗人同"(《欧阳少师令赋所蓄石屏》),"古来画师非俗士,妙想实与诗同出"(《次韵吴传正枯木歌》),"苏子作诗如见画"(《韩幹马十四匹》)。《与可墨竹屏风赞》说文同"诗不能尽,溢而为书,变而为画",《跋蒲传正燕公山水》说"燕公之笔,浑然天成,粲然日新,已离画工之度数而得诗人之清丽也"。都可视为"诗中有画,画中有诗"的注脚。

② 如孔武仲说:"文者无形之画,画者有形之文,二者异迹而同趣。"张舜民说:"诗是无形画,画是有形诗。"释德洪觉范说:宋迪作八景绝妙,"人谓之'无声句'。演上人戏余曰:'道人能作有声画乎?'因为之各赋一首。"钱鍪说:"终朝诵公有声画,却来看此无声诗。"周孚说:"东坡戏作有声画,叹息何人为赏音。"叶燮说:"昔人评王维之画,曰'画中有诗',又评王维之诗,曰'诗中有画'。由是言之,则画与诗初无二道也。然吾以为何不云:摩诘之诗即画,摩诘之画即诗,又何必论其中之有无哉?故画者,天地无声之诗;诗者,天地无声之画。"(《赤霞楼诗集序》)

③ 如陈著说:"梅之至难状者,莫如'疏影',而于'暗香'来往尤难也。岂直难而已,竟不可!逋仙得于心,手不能状,乃形之言。"(《本堂集》卷四十四《代跋汪文卿梅画词》)董其昌说:"'水作罗浮磬,山鸣于阗钟。'此太白诗,何必右丞诗中画也?画中欲收钟磬,不可得。"(《容台集·别集》卷四)程正揆记载他和董其昌(华亭)的谈话:"'洞庭湖西秋月辉,潇湘江北早鸿飞。'华亭爱诵此语,曰:'说得出,画不出。'予曰:'画也画得出,只不像诗。'华亭大笑。"张岱说:"若以有诗句之画作画,画不能佳,以有画意之诗为诗,诗必不妙。如李青莲《静夜思》诗:'举头望明月,低头思故乡',有何可画?王摩诘《山路》诗:'蓝溪白石出,玉川红叶稀',尚可入画,'山路元无雨,空翠湿人衣',则如何入画?又《香积寺》诗:'泉声咽危石,日色冷青松','泉声'、'危石'、'日色'、'青松',皆可描摹,而'咽'字、'冷'字,则决难画出。故诗以空灵才为妙诗,可以入画之诗,尚是眼中金银屑也。"(《琅嬛文集》卷三《与包严介》)

有画，画中有诗”，实际上包含两层含义。第一层含义是认为诗与画在题材内容、艺术手法上可以互相渗透，甚至“互换”，即诗中所写的东西，可以用画表现出来；画里所画的内容，也可以通过吟咏予以再现，苏轼在这方面是有实践经验的，据东坡《题憩息图诗》记载，东坡和大画家李伯时（公麟）为柳仲远作《松石图》，仲远取杜甫诗“松根胡僧憩寂寞，庬眉皓首无住着，偏袒右肩露双脚，叶里松子僧前落”之句，求伯时把诗中景象补入画中，这就成为《憩寂图》。东坡的弟弟苏辙题此图云：“东坡自作苍苍石，留取长松待伯时。只有两人嫌未足，兼收前世杜陵诗。”记录了此图的创作经过。苏轼次其韵云：“东坡本是湖州派，竹石风流各一时。前世画师今姓李，不妨题作辋川诗。”诗的后两句说《憩寂图》不妨视作王维《辋川集》中的诗歌。苏东坡有一首咏画诗《韩幹马十四匹》，诗云：“二马并驱攒八蹄，二马宛颈鬃尾齐。一马任前双举后，一马却避长鸣嘶。老髯奚官骑且顾，前身作马通马语。后有八匹饮且行，微流赴吻若有声。前者既济出林鹤，后者欲涉鹤俯啄。最后一匹马中龙，不嘶不动尾摇风。韩生画马真是马，苏子作诗如见画。世无伯乐亦无韩，此诗此画谁当看。”诗对画中马和人的形态做了毫发毕肖的描绘，再现能力很强，难怪洪迈说“诵坡公之语，盖不待见画也”（《容斋随笔·五笔》卷七）。“少陵翰墨无形画，韩幹丹青不语诗”，实际上是东坡对自己艺术经验的总结。

然而，仅仅看到诗与画外形的相通，还不算窥见了东坡“诗中有画，画中有诗”理论的精髓。他所重的不仅在形迹、色相，更在神理与意趣，这与他论诗重视“神似”、“远韵”是同一道理，这才是他“诗画同一论”的第二个层次，也是内在的、更高的层次。苏轼的两句诗：“诗画本一律，天工与清新”，常被研究者引用，但大都注重其“一律”，而未注意下一句，即“一律”的具体内涵：“天工”和“清新”。“天工”意谓没有人工斧凿痕迹，纯法乎自然。凡出自天工者必不落俗套，必有创作者独特的个性，能给人以耳目一新之感，这就是所谓“清新”。苏轼认为诗与画的美学标准一样，无非是天工与清新而已。苏轼诗论中大力表彰的陶、韦、柳、司空之诗，就具有这种美感。苏轼所说的，正是诗与画在神理上的契合统一。所以他强调绘画的“天机”和“意造”（《书李伯时山庄图后》），推崇“文以达吾心，画以适吾意”（《书朱象先画后》）。重“天机”与“意造”，诗画同此理，“达心”、“适意”，更是诗、画、文的共同效用。“诗画一律”而“异迹同趣”，[①]正是苏东坡“诗中有画，画中有诗”的主旨所在。[②]

苏轼诗学以上三方面的内容，一言以蔽之，即崇尚浑然天成。“枯澹”、“简古”与“诗中有画”，都是浑然天成的艺术效果，这与他的画论和书论是相通的。东坡的诗学之所以高出流辈，一方面是来源于中国艺术精神的发祥地“庄学”，[③]以及唐代以来兴起的南宗禅；另一方面，也是更重要的方面，即他是一位才华绝世的文艺全才，有能力大大突破旧有的诗学格局，从单一的就诗论诗扩展为将诗歌与绘画、书法、散文等文艺形式综合理解与考察，遂提出了一套立体性、突破性的诗学理论。

二、批评苏、黄及江西诗派的诗学理论

刘克庄《后村诗话》说：“元祐后，诗人迭起，一种则波澜富而句律疏，一种则煅炼精而性情远，要之不出苏、黄二体而已。”这段话相当概括地说明了当时苏、黄诗风风靡天下，“江西诗派”统治诗坛的状况。不过，即使在这种情况下，仍有一些诗论家敢于力排众议，从传统的诗

---

① 宋人孔武仲说：“文者无形之画，画者有形之文，二者异迹而同趣。”

② 有学者强调诗是时间艺术，画是空间艺术，二者不能相通，并因此批评苏轼，其实苏轼对此也是有所认识的，他曾记录参寥子论杜诗的话：“老杜诗云：‘楚江巫峡半云雨，清簟疏帘看弈棋。’此句可画，但恐画不就耳。”（《苏轼文集》卷六十八）很显然，东坡是赞同参寥之言的，故尔郑重地将它记下来。

③ 参看徐复观《中国艺术精神》第二章《中国艺术精神主体之呈现——庄子的再发现》。

学观念出发，对苏、黄及“江西诗派”好奇险、尚古硬的诗风提出批评，包括魏泰的“余味说”、叶梦得的“天然工妙”论、张戒的“言志”说、杨万里的活法与自得说、陆游重实践与寓意的诗论。

1. 魏泰“余味说”

魏泰字道辅，北宋后期襄阳人，号溪上丈人，是“绍述之政”策划者曾布的内弟。魏泰久游于王安石之门，《诗话》中对王安石的诗作与为人都颂扬备至，对王安石妹妹、女儿、妻子的诗也极口称赞，《四库全书总目》认为《临汉隐居诗话》“党熙宁而抑元祐”（卷一百九十五《集部·诗文评类一》），诚有根据。魏泰对欧阳修、黄庭坚、石延年、苏舜钦、梅尧臣的批评，正是其论诗的核心。但平心而论，魏泰对欧、黄等人的批评并不是没有道理的。

本着不因人废言的观点来看魏泰《临汉隐居诗话》，它对中国诗学理论还是有一定贡献的，此书的论诗基本标准是“余味”说。所谓“余味”，按魏氏的解释就是：

> 诗者述事以寄情，事贵详，情贵隐，及乎感会于心，则情见于词，此所以入人深也。
>
> 隐约意思，有足吟味之者。
>
> 凡为诗，当使挹之而源不穷，咀之而味愈长。

即要求诗歌意思含蓄，有涵咏不尽的诗味，具有深入人心，“厚人伦、美教化，动天地，感鬼神”的艺术效果。魏氏认为，凡是有“余味”的诗就是好诗，反之就是“恶诗”，这是对我国诗歌艺术规律的深刻认识，在当时更有补偏救弊的作用。按照“余味”这一艺术标准，魏氏对影响宋初诗坛的“元白体”和“西昆体”都痛下针砭，说张、王、元、白诸人的乐府诗：

言尽意尽，更无余味。及其末也，或是诙谐，便使人发笑，此曾不足以宣讽。

他又指出“西昆体”的弊病是：

杨亿、刘筠作诗务积故实，而语意轻浅。

“语意轻浅”正是“无余味”的另一种说法。更为引人瞩目的是，对于“江西诗派”的代表诗人黄庭坚和黄所尊崇的前辈诗人欧阳修、梅尧臣、苏舜钦，乃至“江西诗派”的远祖唐朝诗人韩愈，魏泰认为他们都不符合“余味”说这一美学规范，因而一概加以批评。他赞同沈括对韩愈诗的评论“韩退之诗乃押韵之文……格不近诗”，他评欧阳修诗“恨其少余味尔”，评梅尧臣诗“乏高致”。对黄庭坚，他的批评较为具体，主要指责其多“用事”和多“奇字”：

黄庭坚喜作诗得名，好用南朝人语，专求古人未使之事，又一二奇字，缀葺而成诗，自以为工，其实所见之僻也。故句虽新奇，而气乏浑厚。吾尝作诗题其编后，略云：“端求古人遗，琢抉手不停。方其拾玑羽，往往失鲸鹏。”盖谓是也。

魏泰旗帜鲜明地批评黄庭坚只在古人遗产里兜圈子，虽然有新奇之句而缺少浑厚之气，是只拾到玑羽而丢掉了鲸鹏，也就是杜甫《戏为六绝句》“或看翡翠兰苕上，未掣鲸鱼碧海中”之意。在“江西诗派”的作品风行之时，提出这样的异议，的确有发聋震聩的效果。

与“余味”说相联系，魏氏又提出“诗主优柔感讽，不在逞豪放而致怒张也”的主张。意谓诗歌抒情要能优柔不迫，婉而多讽，不要有叫嚣怒张之气。针对黄庭坚和“江西诗派”专工字句的毛病，魏氏主张诗首先要“气格完邃，终篇如一”。魏氏的“余味”说既为当时诗坛而发，也对后来叶梦得《石林诗话》等有一定影响。

2. 叶梦得“天然工妙”论

和魏泰一样，叶梦得的人品也为人诟病。但《石林诗话》论诗谈艺，既有浓厚的学识基础，又是深知创作甘苦之言，其水平遂超出魏泰诸家之上。[①] 叶氏论诗，提倡“天然工妙”、“深婉不迫”，这是在深知“江西诗派”的流弊、总结宋诗创作经验教训的基础上提出的。《石林诗话》卷下云：

> 诗语固忌用巧太过，然缘情体物，自有天然工妙，虽巧而不见刻削之痕。

作诗既要精心锤炼，又要有天然之趣，不能见雕琢的痕迹，能够有一种浑成的气象。叶氏的这一论点，一方面是针对“江西诗派”过于争工字句，忽视诗歌整体意境而发的，另一方面又充分肯定艺术加工的重要性，这无疑是给当时诗坛开了一副补虚消肿的良药。叶氏还以老杜诗为例，阐明其“天然工妙”之说：

> 老杜“细雨鱼儿出，微风燕子斜”，此十字殆无一字虚设。雨细着水面为沤，鱼常上浮而淰，若大雨则伏而不出矣。燕体轻弱，风猛则不能胜，唯微风乃受以为势，故又有“轻燕受风斜”之语。至“穿花蛱蝶深深见，点水蜻蜓款款飞”，“深深”字若无“穿”字，“款款”字若无“点”字，皆无以见其精微如此。然读之浑然，全似未尝用力，此所以不碍其气格超胜。

① 对叶氏为人深致不满的《四库全书总目》作者也承认：“然梦得诗文，实南北宋间之巨擘。其所评论，往往深中窾会。终非他家听声之见，随人以为是非者比。”（《四库全书总目》卷一百五十六《集部 · 别集类九》）

杜甫这两联诗咏物颇能穷形尽相，字句也很工巧，但又十分浑成，似乎并未用力，所以为高。叶氏还说：

> 诗人以一字为工，世固知之，惟老杜变化开阖，出奇无穷，殆不可以形迹捕。如“江山有巴蜀，栋宇自齐梁”。远近数千里，上下数百年，只在“有”与“自”两字间，而吞纳山川之气，俯仰古今之怀，皆见于言外。……此皆工妙至到，人力不可及，而此老独雍容闲肆，出于自然，略不见其用力处。今人多取其已用字模仿用之，偃蹇狭陋，尽成死法。不知意与境会，言中其节，凡字皆可用也。

称扬杜诗用字巧而出于自然，故其诗能吐纳山川，俯仰古今，今人徒事模仿，泥古不化，遂成死法，这也是有感而发的。他推尊杜甫的不废法度而又出于自然的“大手笔”，从这个角度学习杜诗，显然比“江西诗派”只学杜诗的“来历”和“格律”，要高明一些。

叶氏批评欧阳修律诗“意所到处，虽语有不伦，亦不复问。而学之者往往遂失于快直”；对于他素来钦佩的王安石，亦评其“少以意气自许，故诗语惟其所向，不复更为涵蓄”。两段话意思相近，不但反映了叶氏对诗歌含蓄美这一重要特质有自觉的认识，而且也可看出叶氏论诗态度比较公允，并非一味“党熙宁而抑元祐”。叶氏还指出，王安石晚年多阅唐人诗集，“始尽深婉不迫之趣”，“浑然天成，殆不见有牵率排比处……字字细考之，若经隐括权衡者，其用意亦深刻矣”。所谓“深婉不迫”，就是自然浑成，雍容自得，而又经过千锤百炼的诗，这也恰如其分地道出了王安石某些好诗的特点，而这正是“自然工妙”的表现。

《石林诗话》讨论的“王荆公体”和“元祐体”、“江西宗派体”，虽有政治、学术观点上的差异，要之都是独具面目的宋诗，“王介甫以工，苏子瞻以新、黄鲁直以奇”（陈师道《后山诗话》）。其共同特色是好用典故，好发议论，讲究字句的工巧，而对诗歌的形象性、整体性有所忽视，叶氏提倡“自然工妙”并以此褒贬王、苏、黄的创作，在当时自是补偏救弊的持平之论，以今日的眼光视之，也不失为较为通达的诗歌美学理想。

3. 张戒“言志论”

南宋人张戒是赵鼎一派力主抗金的正直之士，其《岁寒堂诗话》是宋代诗话中的一部重要著作。如果说魏泰、叶梦得批评苏、黄，还是“犹抱琵琶半遮面”的话，张戒则是大张旗鼓的公开讨伐。他推衍儒家“诗教”说尤其是孔子和《诗大序》的观点，对“苏黄习气”进行了较为系统的批判。《岁寒堂诗话》卷上将诗歌分为五等，本朝诗人只能叨陪末座：

> 国朝诸人诗为一等，唐人诗为一等，六朝诗为一等，陶、阮、建安七子、两汉为一等，《风》、《骚》为一等，学者须以次参究，盈科而后进，可也。

张戒甚至下断语说“自汉魏以来，诗妙于子建，成于李、杜，而坏于苏、黄”，他反对苏、黄和江西诗派的武器是从儒家正统诗学拿来的“思无邪”和“诗言志”两个口号。张戒在运用这两个概念批评苏、黄时，基本上没有超出先儒的解释，并且常常将这两个概念互为解释，有将它们合二而一的趋势。[①] 张氏指出，“言志乃诗人之本意，咏物特诗人之余事”。汉魏古诗以言志为主，不专意咏物，而不乏咏物的名句，“其情真，其味长，其气胜”。六朝潘、陆之后，“专意咏物，雕镌刻镂之工日

① 《岁寒堂诗话》曰：“孔子曰：《诗》三百，一言以蔽之，曰：‘思无邪。’世儒解释终不了。余尝观古今诗人，然后知斯言良有以也。《诗序》有云：‘诗者，志之所之也。在心为志，发言为诗。情动于中，而形于言。’其正少，其邪多。孔子删诗，取其思无邪者而已。自建安七子、六朝、有唐及近世诸人，思无邪者，唯陶渊明、杜子美耳，余皆不免落邪思也。”

以增，而诗人之本旨扫地尽矣”。至于专在“用事”与“押韵”上下功夫的苏、黄诗，就更是等而下之的作品：

> 苏、黄用事押韵之工，至矣尽矣，然究其实，乃诗人中一害，使后生只知用事押韵之为诗，而不知咏物之为工，言志之为本也，风雅自此扫地矣。
>
> 子瞻以议论作诗，鲁直又专以补缀奇字，学者未得其所长，而先得其所短，诗人之意扫地矣。

这些见解颇能击中苏、黄诗的要害，并给以“江西诗派”为宗主的南宋初期诗坛敲响了警钟。张戒与吕本中论诗，问“鲁直得子美之髓乎？”吕说，得到了，这就是“禅家所谓死蛇弄得活”，张戒举杜诗为例，反对吕本中这一说法，认为鲁直“未可谓之得髓”。所谓“死蛇弄得活”，无非是山谷“夺胎换骨”、“点铁成金”诗法，当然不是杜诗的真髓，张戒看到这一点，是很难得的。张戒将唐宋其他诗人与杜甫比较，指出他们取径过狭，虽能自成一体，而不能博采众长，成为大家：

> 王介甫只知巧语之为诗，而不知拙语亦诗也。山谷只知奇语之为诗，而不知常语亦诗也。欧阳公诗专以快意为主，苏端明诗专以刻意为工，李义山诗只知有金玉龙凤，杜牧之诗只知有绮罗脂粉，李长吉诗只知有花草蜂蝶，而不知世间一切皆诗也。唯杜子美则不然，在山林则山林，在廊庙则廊庙，遇巧则巧，遇拙则拙，遇奇则奇，遇俗则俗，或放或收，或新或旧，一切物，一切事，一切意，无非诗者。

这些见解相当深刻，已探索到诗歌创作取材、造语的一些根本规律，既有实践意义，又有很强的理论意义，是张氏诗学中的精华。在他之后，陆游进一步强调了诗歌与社会生活的关系问题,发展了张戒的理论。

4. 杨万里的"活法"与"自得"

杨万里是从"江西诗派"营垒里杀出来的叛逆者。他作诗论诗,都力求创新,他自称"黄陈篱下休安脚,陶谢行前更出头"(《跋徐恭仲省干近诗三首》之三),可见其诗学志向。杨万里的诗自"江西诗派"入而不自江西出,自述云:

> 予之诗,始学江西诸君子,既又学后山五字律,既又学半山老人七字绝句,晚乃学绝句于唐人。学之愈力,作之愈寡。……于是辞谢唐人及王、陈、江西诸君子,皆不敢学,而后欣如也。……(自此)万象毕来,献予诗材。(《诚斋荆溪集序》)

经过不断地自我否定,杨万里终于跳出了"江西派"的圈子,创造了清新活泼,风味独特的"杨诚斋体"。杨万里的诗风颇近"晚唐体"。钱锺书说:"除掉李商隐、温庭筠、皮日休、陆龟蒙等以外,晚唐诗人一般都少用古典,而绝句又是五七言诗里最不宜'繁缛'的体裁,就像温、李、皮、陆等人的绝句也比他们的古体律体来得清空;在讲究'用事'的王安石的诗里,绝句也比较明净。杨万里显然想把空灵轻快的晚唐绝句作为医救填饱塞满的江西体的药。""从杨万里起,宋诗就划分江西体和晚唐体两派。"(《宋诗选注·杨万里小传》)这段话很能道出诚斋诗的渊源与贡献。"江西派"强调学力,强调工夫;杨万里强调自得,提倡师心,与"江西派"不同。[①] 但他又不能得之于社会现实,而只取材

① Jonathan Chaves,"Not the Way of Poetry":The Poetics of Experience in the Sung Dynasty(*Chinese Literature*: *Essays*, *Articles*, Reviews[CLEAR], Vol. 4, No. 2[Jul., 1982])的第二部分 *World*, *Poet*, *Poetry* (pp. 203 – 209)专门讨论杨万里诚斋体诗法,认为杨万里试图跳出的诗学窠臼主要是陈师道的后山体,而非黄庭坚的山谷诗法,这一观点与杨万里的自述比较符合,也和下文我们指出杨万里试图攫取李、杜、苏、黄之长相互印证,可供参考。

于山水风月之间，遂创立一种比较特殊的风格，上继晚唐绝句，下开“性灵”一派。

诚斋诗论观点与其创作倾向是相一致的。他虽不满于“江西派”，却不像张戒那样对之进行猛烈抨击，而是站在更高的层次上，力图调和“江西体”与“晚唐体”，进而调和“唐音”与“宋调”。诚斋论诗，重“味”而轻“形”。他认为“江西诗派”之所以成为宗派，是“以味不以形”，并且反对“舍风味而论形似”，诚斋将“味”解释成“酸咸异和，山海异珍，而调胹之妙，出乎一手也”，这等于说“味”是指富有变化而又归于统一的艺术风格。只要有“味”，“形”之似与不似都没多大关系。诚斋继承了魏泰的“余味”说和张戒论“味”的观点，又大大地将这一诗学范畴推进了一步，具有较大的理论价值。

诚斋以“味”来论唐、宋最有代表性的四位诗人李、杜、苏、黄。提出“四家者流，一其形，二其味；二其味，一其法者也”。认为四家之诗，外形相同，而有两种风味，又遵守统一的法则，这样宏通的观点，在中国诗学史上是很少见的。诚斋又以列子御风与灵均驾车为喻，指出：“苏、李之诗，子列子之御风也”，无待乎舟车，是“神于诗者”；“杜、黄之诗，灵均之乘桂舟、驾玉车也”，“有待于舟车”，是“圣于诗者”。李白、苏轼的诗，壮浪纵恣，摆脱拘束，如天马行空，独往独来，有一种无可仿效、不可重复的天才美，是所谓“唐音”的代表。杜甫、黄庭坚的诗，博大精深，千汇万状，熔铸百家，则是一种经过千锤百炼的人工美，可视为“宋调”的代表。杨万里对这两派诗特质的认识与描绘，感受相当敏锐而深刻。更为难能可贵的是，诚斋提出了自己的诗学理想：

> 合神与圣，苏、李不杜、黄，杜、黄不苏、李乎？

取李、苏、杜、黄之长，合“唐音”、“宋调”于一炉，这在当时和后世看来，都是一个十分完美而几乎难以实现的梦想。杨万里作诗，由宋入唐，或许就是想实现这一理想，诚斋诗确能融合唐、宋两代诗的某些长处，自成一家，可惜尚未达到自己所提出的理想。不过，能够有如此高明的见解，能为后世诗人指出一条康庄大道，毕竟是对中国诗学做出了贡献。

5. 陆游重“实践”和“寓意”

陆游早年从江西诗派的吕本中和曾几得诗法，[①]作诗“但欲工藻绘”（《示子遹》），中年至川、陕从军，开阔了视野，其诗歌也出现了崭新的面貌，他自称“诗家三昧忽见前，屈宋在眼元历历。天机云锦用在我，剪裁妙处非刀尺”，在平夷晓畅之中呈现出一股恢宏踔厉之气。

陆游的诗学主张主要见于《老学庵笔记》和一些论诗诗中，举其大要，约有两点：

（1）重视社会生活实践，反对向书本讨生活。

“江西派”末流诗人片面追求诗的来历与出处，有轻视现实生活的倾向，对此，陆游曾有针对性地予以批驳。《老学庵笔记》说：

> 今人解杜诗，但寻出处，不知少陵之意初不如是。且如《岳阳楼》诗：“昔闻洞庭水，今上岳阳楼。吴楚东南坼，乾坤日夜浮。亲朋无一字，老病有孤舟。戎马关山北，凭轩涕泗流。”此岂可以出处求哉？纵使字字寻得出处，去少陵之意益远矣。盖后人原不知杜诗所以妙绝古今者在何处，但以一字亦有出处为工。如《西昆酬唱集》中诗，何曾有一字无出处者，便以为追配少陵，可乎？且今人作诗，亦未尝无出处，渠自不知，若为之笺注，亦字字有出处，但不妨其为恶诗者。

① 陆游有诗云：“我得茶山一转语，文章切忌参死句。”“忆在茶山听说诗，亲从半夜得玄机。”其《吕居仁集序》云：“某自童子时，读公诗文，愿学焉。稍长，未能远游，而公捐馆舍。晚见曾文清公，文清谓某：君之诗渊源殆自吕紫微。恨不识一面。”

这段话论今人“恶诗”，显然是针对黄庭坚关于“老杜作诗，退之作文，无一字无来处”的议论及其影响下形成的江西诗风而发的。与反对用事相呼应，陆游提倡作诗要有丰富的生活阅历为基础，反对凿空乱道。他说：

法不孤生自古同，痴人乃欲镂虚空。君诗妙处吾能识，正在山程水驿中。（《题庐陵萧彦毓秀才诗卷后》）

文章最忌百家衣，火龙黼黻世不知。谁能养气塞天地，吐出自足成虹霓。（《次韵和杨伯子主簿见赠》）

纸上得来终觉浅，绝知此事要躬行。（《冬夜读书示子聿》）

陆游提出要到生活中去寻找诗材与灵感，植根于生活的深厚土壤，然后方能自铸伟词。这和“江西诗派”的“夺胎换骨”、“点铁成金”，到书本里寻诗的主张是大相径庭的。

(2)发挥司马迁“发愤著书”、韩愈“不平则鸣”、欧阳修“穷而后工”诸说，认为只有身遭不幸，心中悲愤郁结，才能作出好诗。

陆游《淡斋居士诗序》云：

盖人之情，悲愤激于中而无言，始发为诗。不然，无诗矣。苏武、李陵、陶潜、谢灵运、杜甫、李白，激于不能自已，故其诗为百代法。国朝林逋、魏野以布衣死，梅尧臣、石延年弃不用，苏舜钦、黄庭坚以废黜死，近时江西名家者，例以党籍禁锢，乃有才名。盖诗之兴本如是。

他列举了从汉到宋的一批著名诗人，认为他们都是落魄不偶，愤激于中，转而致力于创作，因而享有诗名的。陆游这种思想，既是受前贤之说的影响，更是自己创作甘苦的总结，并有针砭时弊的作用。陆游少怀大志，愿为抗金雪耻献身，却壮志难酬，以诗人终老，对此他是深感不平的，“此身合是诗人未，细雨骑驴入剑门”，就是他心情的绝妙写照。他身逢国家和个人的双重不幸，诗风又屡经变化，终于悟出诗歌必须源于生活，表现生活，并认为诗歌是愤激心情的外化。陆游的诗论接触到创作与生活的关系问题，在南宋是一种较为高明的理论。

总之，反对“江西诗派”的诗论，尽管见解有高下之分，作者人品也有好坏之别，但在反江西诗风的共同目标下，其诗学表现出相当程度的一致性，集中表现在以下三个方面：

第一，反对在诗中一味发议论、用典故、讲求押韵之巧和字句之工。第二，在推尊杜诗的时候，开始重视杜诗内容，批评“江西诗派”只重杜诗的用事、出处与格律的观点。第三，主张含蓄婉转，反对浅率直露的诗风。

叶梦得、张戒、杨万里、陆游等人或为渊博的学者，或为著名的诗人，他们结合创作实际与诗歌史经验，批评“江西诗派”及其末流的弊病，揭橥了中国诗歌的一些重要特点，对丰富诗学理论做出了新的贡献。

三、理论性诗话的出现

清人章学诚在《文史通义》内篇五《诗话》中将诗话分为两类，一为“论诗而及事也”，一为“论诗而及辞也”。罗根泽《中国文学批评史》解释说：“诗话有两种作用，一为记事，一为评诗。记事贵实事求是，评诗贵阐发诗理；前者为客观之记述，后者乃主观之意见。”从欧阳修的《六一诗话》到南宋初期的诗话，大致都属于“体兼说部”的“记事”类，其间虽可看出著者的诗学见解，但这些见解往往是与记述诗坛轶事、传录诗句等叙述性文字相容并存的。诗话这一文学批评样式发展到南宋中后期，终于出现了两部具有较高价值的理论性著作，这就是姜夔的《白石道人诗说》和严羽的《沧浪诗话》，后人称誉这两部诗话是诗家的“金绳宝筏”，可以“鼎峙骚坛”。[①] 姜夔、严羽二人的诗学观点，颇有相似之处，它们都是在批评当时诗风的基础上建立起来的。

1. 超越江西诗派的《白石诗说》

姜夔《白石道人诗说》虽有较强的理论性，但仍不脱宋代诗话的笔记小说色彩，《诗说》自序说，此书是淳熙丙午年（1186）姜夔出游南岳时，一位生于北宋庆历年间名叫“若士”的老翁送给他的，这是笔记小说惯常的故弄玄虚。

姜夔《诗说》和其创作经历一样，是自“江西诗派”入而不从“江西诗派”出的，在宋代诗学论坛上，具有承先启后、继往开来的意义。郭绍虞评云：“此书论诗，脱尽恒蹊，在当时诗话中，亦确能独树一帜，于江西诗论披靡一世之后，《沧浪诗话》尚未流行以前，欲于诗话中窥当时诗论转变之迹者，当推此书矣。尧章虽从萧千岩学，顾又请益于同时前辈范成大、尤袤、杨万里等。《诗说》所言，当以得之杨氏者为多，特尧章更加以发挥耳。”（《宋诗话考·白石道人诗说》）《白石道人诗说》的内容大致可分为两部分，一部分是继续阐述“江西派”的诗学而又有所变化，另一部分是批评“江西派”而自成一家之言的。

白石论诗，源出“江西派”而能更高一筹。诚如郭绍虞指出：“论点同于江西，论调则超于江西矣。”（《宋诗话考·白石道人诗说》）“江西派”讲“诗法”，重在字、句，讲究“诗眼”，白石则进一步讲“篇法”。第十二则云：

篇终出人意表，或反终篇之意，皆妙。

① 清人潘德舆《养一斋诗话》卷八云：“宋人诗话，《沧浪》及《岁寒堂》两种外，足以鼎立者，殆唯《白石诗说》乎？其说极简极精，极平极远，此道中金绳宝筏也。”清人鲍廷博《麓堂诗话跋》说《麓堂诗话》与“《沧浪诗话》、《白石诗说》鼎峙骚坛，为风雅指南”。

第二十八则具体讨论了诗的四种结尾方式：

> 一篇全在尾句。如截奔马，辞意俱尽，如临水送将归是已；意尽辞不尽，如抟扶摇是已；辞尽意不尽，剡溪归棹是已；辞意俱不尽，温伯雪子是已。所谓辞意俱尽者，急流中截后语，非谓辞穷理尽者也。所谓意尽辞不尽者，意尽于未当尽处，则辞可以不尽矣，非以长语益之者也。至如辞尽意不尽者，非遗意也，辞中已仿佛可见矣。辞意俱不尽者，不尽之中，固已深尽之矣。

这种探讨，辨析毫芒，非于诗歌创作有深切体会者，未易言之。这些议论，也比"江西派"的诗论要通达、深刻得多了。白石论"活法"，亦有同样特点。白石的"活法"与杨万里的"活法"有相近之处。[①] "江西诗派"理论家吕本中说"活法"是"规矩具备而能出于规矩之外，变化不测，而亦不背于规矩"。所言比较笼统。《白石诗说》第七则云：

> 难说处一语而尽，易说处莫便放过；僻事实用，熟事虚用；说理要简切，说事要圆活，说景要微妙。多看自知，多作自好矣。

从用事、说理、写景等各个方面，讨论了作诗的技巧，可视为吕本中"活法"说的补充与发展，而且言简意赅，为初学者指明了门径。

《四库全书总目》说白石诗学"盖以精思独造为宗"，可见"精思"尚不足以尽白石诗学，他的诗学理论更有"独造"的贡献。《白石诗说》第一则论述诗的气象、体面、血脉、韵度：

> 大凡诗，自有气象、体面、血脉、韵度。气象欲其浑厚，其失也

① 参钱锺书《宋诗选注·杨万里小传》。

> 俗;体面欲其宏大,其失也狂;血脉欲其贯穿,其失也露;韵度欲其飘逸,其失也轻。

“气象”等四点是白石总结出来的诗歌艺术“四要素”,以诗拟人,发前人所未发,概括得相当准确。白石还指明了这“四要素”在实际运用中的具体分寸,持论相当通达。他提出的“气象”、“韵度”等概念,都对严羽的《沧浪诗话》有直接影响。第二十七则论诗的“四种高妙”:

> 诗有四种高妙,一曰理高妙,二曰意高妙,三曰想高妙,四曰自然高妙。碍而实通,曰理高妙;出自意外,曰意高妙;写出幽微,如清潭见底,曰想高妙;非奇非怪,剥落文采,知其妙而不知其所以妙,曰自然高妙。

所谓“碍而实通”、“出自意外”、“写出幽微,如清潭见底”等等,确能道出作诗的甘苦。“自然高妙”其实就是神妙或高妙。理、意、想、神四者,隐然以“非奇非怪,剥落文采,知其妙而不知其所以妙”为最高境界,见识尤超人一等,启发了沧浪的“妙悟”说。第二十五则云:

> 沉着痛快,天也。自然学到,其为天一也。

强调自然与工力并重,也能兼顾“江西体”和“晚唐体”的优点。白石肯定“沉着痛快”,严羽亦云:“其大概有二:曰优游不迫,曰沉着痛快。”(《沧浪诗话·诗辨》)其间承传之迹十分明显。

白石的书法论也颇多精彩,如论“风神”:

> 风神者,一须人品高,二须师法古,三须笔纸佳,四须险劲,五

须高明，六须润泽，七须向背得宜，八须时出新意。自然长者如秀整之士，短者如精悍之徒，瘦者如山泽之癯，肥者如贵游之子，劲者如武夫，媚者如美女，欹斜如醉仙，端楷如贤士。（《佩文斋书画谱》卷七《续书谱》）

从他对“风神”的八点要求及在“自然”统帅下的“长”、“短”、“瘦”、“肥”等八种字形的要求来看，他的“风神”说也是重神情而略形似，正与其诗学观点若合符契。

姜夔写《白石道人诗说》的目的是为初学者指示门径，故力求浅显，无法展开论述。更由于他所生活的那个时期，宋诗的流弊尚不甚明显，许多问题他自然无法论及。他的功绩在于提高了宋代诗学的理论性，起到了为严羽《沧浪诗话》“导夫先路”的作用。

2. 重“妙悟”与“气象”的《沧浪诗话》

严羽的《沧浪诗话》是自《六一诗话》以来理论体系最严密、最为体大思精，也最负盛名的宋代诗学著作，是可与刘勰《文心雕龙》、锺嵘《诗品》相提并论的理论巨著，同时又是宋代诗歌创作与诗学理论的总结，是中国诗学史上的一座丰碑。

严羽作《沧浪诗话》的旨归是拯衰起弊，用汉、魏、盛唐之诗来医治宋季种种诗病，其重心在于探讨较为宏观的诗歌艺术规律，其最主要的表述方式是以禅喻诗。作为一部体大思精的著作，《沧浪诗话》自有其体系，《诗辨》中的一句话可视为《沧浪诗话》的总纲①：

① 陶明濬《诗说杂记》卷七（《文艺丛考》初编卷二）分析这段话说：“此盖以诗章与人身体相为比拟，一有所缺，则倚魁不全。体制如人之体干，必须佼壮；格力如人之筋骨，必须劲健；气象如人之仪容，必须庄重；兴趣如人之精神，必须活泼；音节如人之言语，必须清朗。五者既备，然后可以为人。亦唯备五者之长，而后可以为诗。近取诸身，远取诸物，而诗道成焉。”陶氏看出沧浪这句话统率全书的作用，以人体为喻，加以说明，极有见地。

诗之法有五：曰体制、曰格力、曰气象、曰兴趣、曰音节。

沧浪提出的五点，基本上概括了诗歌创作的要谛。这五点又可分为两大类，一类研究诗歌的内部规律，包括兴趣、气象、格力三者；“兴趣”即所谓“别才”、“别趣”与“妙悟”，指诗歌的特殊艺术规律。“气象”指诗歌体现的时代精神与时代风格。“格力”指艺术才力，主要指作诗之法。另一类研究诗歌的外部形式特点，包括体制、音节二者。具体说来，《沧浪诗话》的主要诗学观点有以下数端：

(1)标举“识”和“悟”，指出了不同于“江西诗派”的学诗门径。

郭绍虞《宋诗话考·沧浪诗话》指出：“是书论诗，关键在一‘识’字……故今论是书亦应以其所谓‘识’为主。”《沧浪诗话·诗辨》指出“识”的路子在于学习汉、魏、晋、盛唐之诗，不学中、晚唐及宋人之诗：

夫学诗者以识为主：入门须正，立志须高；以汉、魏、晋、盛唐为师，不作开元、天宝以下人物。若自退屈，即有下劣诗魔入其肺腑之间；由立志之不高也。行有未至，可加工力，路头一差，愈骛愈远；由入门之不正也。故曰：学其上，仅得其中；学其中，斯为下矣。又曰，见过于师，仅堪传授；见与师齐，减师半德也。工夫须从上做下，不可从下做上。先须熟读《楚辞》，朝夕讽咏以为之本；及读《古诗十九首》，乐府四篇，李陵、苏武、汉、魏五言皆须熟读，即以李、杜二集枕藉观之，如今人之治经，然后博取盛唐名家，酝酿胸中，久之自然悟入。虽学之不至，亦不失正路。此乃是从顶𩕳上做来，谓之向上一路，谓之直截根源，谓之顿门，谓之单刀直入也。

这段话指出学诗者要有“识”，立志要高。学诗的正路是熟读、讽咏《楚辞》与汉、魏古诗，然后博取盛唐名家之长，对李、杜二家特别重视。严羽这条路是纠正当时“江西派”、“理学诗”、“四灵”与“江湖”诸派诗风的良方。当时虽有类似议论，但严羽将它们综合在一起，构成体系，其在当时的意义和对后世的影响都是不可低估的。

仅仅“识”得诸家的好处是不够的，关键还得“悟入”，“识”是所见，“悟”是所能。《诗辨》因而以禅喻诗，劝人“悟入”与“熟参”：

> 禅家者流，乘有大小，宗有南北，道有邪正；学者须从最上乘，具正法眼，悟第一义。若小乘禅、声闻辟支果，皆非正也。论诗如论禅：汉、魏、晋与盛唐之诗，则第一义也。大历以还之诗，则小乘禅也，已落第二义矣。晚唐之诗，则声闻辟支果也。学汉、魏、晋与盛唐诗者，临济下也。学大历以还之诗者，曹洞下也。大抵禅道唯在妙悟，诗道亦在妙悟。且孟襄阳学力下韩退之远甚，而其诗独出退之之上者，一味妙悟而已。唯悟乃为当行，乃为本色。然悟有浅深，有分限，有透彻之悟，有但得一知半解之悟。汉、魏尚矣，不假悟也。谢灵运至盛唐诸公，透彻之悟也；他虽有悟者，皆非第一义也。……试取汉、魏之诗而熟参之，次取晋、宋之诗而熟参之，次取南北朝之诗而熟参之，次取沈、宋、王、杨、卢、骆、陈拾遗之诗而熟参之，次取开元、天宝诸家之诗而熟参之，次独取李、杜二公之诗而熟参之，又取大历十才子之诗而熟参之，又取元和之诗而熟参之，又尽取晚唐诸家之诗而熟参之，又取本朝苏、黄以下诸家之诗而熟参之，其真是非自有不能隐者。倘犹于此而无见焉，则是野狐外道，蒙蔽其真识，不可救药，终不悟也。

沧浪所谓“悟”，既是评诗的标准，也是作诗的标准。“悟”指读诗、作诗时的一种敏锐的艺术感受力，“妙悟”即指那种妙手偶得的特别颖慧的悟觉与悟性。汉、魏诗气象混沌，这种“悟”已无迹可求，所以说“汉、魏尚矣，不假悟也”。“谢灵运至盛唐诸公，透彻之悟也”，由于悟得透彻，所以达到“第一义之悟”。[①]

沧浪拈出的“妙悟”二字，为后世聚讼纷纭的焦点，论者或以为沧浪“妙悟”说宗王、孟，或以为宗李、杜，各执一偏而针锋相对，故迄无定论。其实，若仔细分析《沧浪诗话》全书，还是可以得出一个较为通达的解释的。沧浪的“妙悟”说以盛唐为指归，中晚唐及宋诗，皆非透彻之悟，非第一义，最多是“一知半解之悟”。“妙悟”的实例，第一层是李白、杜甫，沧浪论“悟入”时，特意提出“以李、杜二集枕藉观之，如今人之治经”，讲“熟参”，又说“独取李、杜二公之诗而熟参之”。《沧浪诗话》对二人评价最高、着墨最多，在《诗体》中，更对李、杜诗做了尽情的礼赞，[②]评论见解都很高卓，一扫元稹以来抑李扬杜的论点。沧浪对李、杜的评价，用他自己的话来概括就是：

> 诗之极致有一，曰入神。诗而入神，至矣，尽矣，蔑以加矣！唯李、杜得之。他人得之盖寡矣。

从沧浪这些评语可见，他所崇尚的诗的境地是妙悟入神。“悟”有高下深浅之别，但更重要的是要悟得来，不费力，不勉强，忘记了是在“悟”，成为一种艺术的直觉，近乎天然。作诗已不是在“作”诗，只是真情的自然流露，无一点造作。作诗遂亦不是苦事，无须推敲斟酌，无

---

① 郭绍虞在《沧浪诗话校释》中将“悟”分为“透彻之悟”与“第一义之悟”，并认为它们分别启发了“神韵”说与“格调”说，似不妥。

② 如“李、杜二公，正不当优劣。太白有一二妙处，子美不能道；子美有一二妙处，太白不能作。子美不能为太白之飘逸，太白不能为子美之沉郁。太白《梦游天姥吟》、《远别离》等，子美不能道；子美《北征》、《兵车行》、《垂老别》等，太白不能作。论诗以李、杜为准，挟天子以令诸侯也。”“少陵诗法如孙、吴，太白诗法如李广。少陵如节制之师。”“少陵诗，宪章汉魏，而取材于六朝；至其自得之妙，则前辈所谓集大成者也。”“观太白诗者，要识真太白处。太白天才豪逸，语多卒然而成者。学者于每篇之中，要识其安身立命处可也。”“太白发句，谓之开门见山。”“李、杜数公，如金鸡擘海，香象渡河。下视郊、岛辈，直虫吟草间耳。”“太白天仙之词”。

须夺人之胎换人之骨，更无所谓“铁”与“金”，也无须乎去“点”。李、杜可谓达到了这种境地。

妙悟实例的第二个层次是孟浩然。严羽说：“且孟襄阳学力下韩退之远甚，而其诗独出退之之上者，一味妙悟而已。”沧浪认为“硬语盘空”、以学力为诗的韩愈诗，不及清空妙远、淡而有味的孟浩然诗。以韩愈和孟浩然对比，原因恐怕在于韩诗为“江西诗派”不祧之祖。沧浪的评论，确能道出孟浩然诗风主要的一面，特别是他的一些短小的五绝，更是如此。他对孟浩然的诗虽颇爱赏，但并不推为极诣，对盛唐另一位风格淡远的大诗人王维，沧浪只将其诗列为一体而未加评论，正可说明这个问题。

沧浪又提出“悟”的具体途径——“熟参”。沧浪此言，有总结诗坛正反两方面的经验之意。所以不仅要求“熟参”第一义之诗，还希望学诗者“熟参”那些“第二义”与“声闻辟支果”之诗。沧浪试图通过“熟参”，使人辨别优劣，以汉、魏、晋、盛唐之诗为法，不学中唐以下之诗。当时宗江西派的诗人，主要学习苏、黄，尤其是黄庭坚以下的诗，形式愈益呆板，创造性日益减少；宗晚唐的诗人，专取晚唐那些格局狭小，境界平庸的诗，作为效法对象。这样，沧浪论诗，由“识”到“悟”再到“熟参”，为学者指明了一条学诗的正路——“推原汉魏以来，而截然谓当以盛唐为法”。

(2)标举“别材”、“别趣”，以“言有尽而意无穷”的盛唐诗，来纠正“以文字为诗，以才学为诗，以议论为诗”的宋诗。

《诗辨》云：

> 夫诗有别材，非关书也；诗有别趣，非关理也。然非多读书，多穷理，则不能极其至。所谓不涉理路，不落言筌者，上也。诗者，吟咏情性也。盛唐诸人唯在兴趣，羚羊挂角，无迹可求。故其妙处透彻玲珑，不可凑泊，如空中之音，相中之色、水中之月、镜中

之象，言有尽而意无穷。近代诸公乃作奇特解会，遂以文字为诗，以才学为诗，以议论为诗。夫岂不工，终非古人之诗也。盖于一唱三叹之音，有所歉焉。且其作多务使事，不问兴致；用字必有来历，押韵必有出处，读之反覆终篇，不知着到何在。其末流甚者，叫噪怒张，殊乖忠厚之风，殆以骂詈为诗。诗而至此，可谓一厄也。……嗟乎，正法眼之无传久矣。唐诗之说未唱，唐诗之道或有时而明也。今既唱其体曰唐诗矣，则学者谓唐诗止于是耳，得非诗道之重不幸邪！故予不自量度，辄定诗之宗旨，且借禅以为喻，推原汉、魏以来，而截然谓当以盛唐为法（原注：后舍汉魏而独言盛唐者，谓古律之体备也），虽获罪于世之君子，不辞也。

沧浪《诗辨》中“诗有别材，非关书也”，主要批评“江西体”；“诗有别趣，非关理也”，则又不限于江西，而应包括“理学诗”在内。对此，钱锺书《谈艺录》有一段极其精辟的见解：“窃疑沧浪所谓‘非理’之‘理’，正指南宋道学之‘性理’；曰‘非书’，针砭‘江西诗病’也，曰‘非理’，针砭濂洛风雅也，皆时弊也。于‘理’语焉而不详明者，慑于显学之威也；苟冒大不韪而指斥之，将得罪名教，‘招拳惹踢’（朱子《答陈肤仲》书中语）。方虚谷崇江西派诗，亦必借道学自重；严沧浪厌薄道学家诗，却只道江西不是。二事彼此烘衬。”足见沧浪将宋季三大诗病——“江西体”、“晚唐体”与“理学体”，都列入否定对象，不过有的显斥，有的暗讽，方法有所不同罢了。无论是“江西体”的用事、押韵皆有出处，还是“理学体”的以押韵“语录”为诗，抑或是“晚唐体”的琐屑浅薄，其共同缺点都是没有真情实感，没有真性情，偏于僵化与枯燥。对此，严羽提出的救济之方是材、趣。“材”指材具，诗人特有的艺术气质；“趣”指兴趣，是进行诗歌创作时的兴发感动作用，以及由此产生的特有的艺术趣味。“材”和“趣”，要以“情性”为基础，又要不涉理路，言有尽而意无穷。“这样的诗歌通过有限的字句给人以无限的启示，具有多义的效果。因为是多义的，所以不停留在一种解释上，这就叫不可凑泊。因为是多义的，所以单从任何一个角度都不能完全把握它，因而觉得它是‘空中之音，相中之色，水中之月，镜中之象’。”（袁行霈《中国文学概论》）

沧浪说诸家诗病，指陈痛切，提倡取法盛唐，陈义甚高，至其所作之诗，为时代与才力所限，“皆志在天宝以前，而格实不能超大历之上”，“止能摹王、孟之余响，不能追李、杜之巨观”（《四库全书总目·沧浪集》）。加之其论孟浩然诗，有“一味妙悟”之说，后人尤其是清代的“神韵派”，常常认为沧浪“不涉理路，不落言筌”以及“兴趣”之说，“水月镜花”之喻，是专主王、孟一路。[①] 如上所述，沧浪“兴趣”、“妙悟”之说，诗禅之喻，虽可指王、孟诗，可是不限于王、孟，而是以李、杜为主而兼顾王、孟的，渔洋诸人错会沧浪之意，遂论“神韵”，以王、孟为宗主，可谓差之毫厘，谬以千里。钱锺书指出“优游痛快，各有神韵”，“沉著痛快中有远神淡味”，是对沧浪“兴趣”说最恰当的阐释。

沧浪标举“兴趣”，推尊盛唐，批评宋诗，虽有唤起人们重视诗歌艺术之真谛的积极意义，但难免偏颇之嫌；且其水月镜花之喻，又流于模糊印象，使人难以把握，毕竟是其不足之处。

---

① 纪昀《田侯松岩诗序》云：“司空图分为二十四品，乃辨别蹊径，判若鸿沟，虽无美不收，而大旨所归，则在清微妙远之一派，自陶、谢以下逮乎王、孟、韦、柳者是也。至严羽《沧浪诗话》始独标妙悟为正宗，所谓如空中音、如相中色，如镜中花，如水中月，如羚羊挂角，无迹可寻，即司空图所谓‘不着一字尽得风流’也。”沈德潜论“神韵派”王士祯选《唐贤三昧集》的宗旨说：“司空表圣云：‘不着一字，尽得风流。’‘采采流水，蓬蓬远春。’严沧浪云：‘羚羊挂角，无迹可求。’苏东坡云：‘空山无人，水流花开。’王阮亭本此数语，定《唐贤三昧集》。”（沈德潜《说诗晬语》卷下）王士祯自己也说过：“严沧浪以禅喻诗，余深契其说，而五言尤为近之。如王、裴《辋川》绝句，字字入禅。他如‘雨中山果落，灯下草虫鸣’，‘明月松间照，清泉石上流’，以及太白‘却下水精帘，玲珑望秋月’，常建‘松际露微月，清光犹为君’，浩然‘樵子暗相失，草虫寒不闻’，刘眘虚‘时有落花至，远随流水香’，妙谛微言，与世尊拈花，迦叶微笑，等无差别。通其解者，可语上乘。”（王士祯《带经堂诗话》卷三）纪、沈、王诸家，皆以沧浪“兴趣”说乃提倡王、孟家数。王渔洋倡“神韵”说，虽表明申沧浪之论，但其理解，却偏于一隅。

(3)探讨诗的风格学,提出“气象”说。

《沧浪诗话·诗辨》将诗分为九品,即高、古、深、远、长、雄浑、飘逸、悲壮、凄婉。这一理论是对中国诗歌风格学的突出贡献。可惜沧浪本人对这九品未做具体描述,后人的解释以陶明濬《诗说杂记》卷七的意见为代表:

何谓高?凌青云而直上,浮颢气之清英是也。何谓古?金薤琳琅,黼黻溢目者是也。何谓深?盘谷狮林,隐翳幽奥者是也。何谓远?沧溟万顷,飞鸟决眥者是也。何谓长?重江东注,千流万转者是也。何谓雄浑?荒荒油云,寥寥长风者是也。何谓飘逸?秋天闲静,孤云一鹤者是也。何谓悲壮?笳拍铙歌,酣畅猛起者是也。何谓凄婉?丝哀竹滥,如怨如慕者是也。古人之诗多矣,要必有如此气象,而后可与言诗。

九品之外,严羽又拈出“气象”二字。“气象”是诗歌总体风格的泛称,只有盛唐诗的“气象”才称得上“入神”。以“气象”论诗,特别推重“盛唐气象”,是《沧浪诗话》对中国诗学的又一重要贡献。

较早将“气象”这一概念引入诗学的,是唐释皎然的《诗式》。其《明势篇》则对“气象”做了具体的描述:

高手述作,如登荆、巫,觌三湘、鄢、郢山川之盛,萦回盘礴,千变万态。(文体开阖作用之势。)或极天高峙,崒焉不群,气腾势飞,合沓相属;(奇势在工。)或修江耿耿,万里无波,欻出高深重复之状。(奇势互发。)古今逸格,皆造其极妙矣。

姜夔对“气象”也很重视,曾云:“气象欲其浑厚,其失也俗。”严羽论“气象”,显然受到前辈的启发。他论汉、魏诗云:

汉魏古诗,气象混沌,难以句摘。

建安之作,全在气象,不可寻枝摘叶。

沧浪论唐、宋诗,尤其是盛唐诗,更重"气象":

唐人与本朝诗,未论工拙,直是气象不同。

"迎旦东风骑蹇驴"绝句,决非盛唐人气象,只似白乐天言语。

所谓"气象",只是时代总体风格的代称,是时代精神的体现,"气象"本身,并无褒贬之义。要说明某一时代"气象"的特征,还必须加上必要的词语进行补充限制。如说汉魏之诗"气象混沌",即指其浑融完整、难以句摘的总体风貌。沧浪虽论及汉、魏、晋、唐、宋诗的"气象",但他最重视的还是盛唐,《答吴景仙书》云:

盛唐诸公之诗,如颜鲁公书,既笔力雄壮,又气象浑厚。

具有"浑厚"气象的诗就是沧浪最理想的诗,只有盛唐诗才符合这一美学标准。"盛唐气象"也就成为"气象"的最佳范例。比"浑厚"更明白的说法就是"雄浑悲壮",这也是《答吴景仙书》中论盛唐诗的话,符合这一要求的,无疑以李、杜为首。沧浪还认为"气象"固然是时代的反映,但又不可限制过死,而有不同时代互相渗透的现象:

盛唐人诗,亦有一二滥觞晚唐者,晚唐人诗,亦有一二可入盛唐者,要当论其大概耳。

大历之诗,高者尚未失盛唐,下者渐入晚唐矣。

"气象"是沧浪论诗的五"法"之一,其内涵广泛,在中国诗学史上具有重要的地位。明人高棅选《唐诗品汇》就以“气象”说为理论依据，明、清以来宗唐的各派诗学家无不受到此说的影响。

(4)辨体与析派。

沧浪对于辩别诗歌体制颇为自负。《诗法》云：“辩家数如辩苍白，方可言诗。”《沧浪诗话·诗体》第一则开头即总述诗体变迁大势：

> 《风》、《雅》、《颂》既亡，一变而为《离骚》，再变而为西汉五言，三变而为歌行杂体，四变而为沈、宋律诗。五言起于李陵、苏武(或云枚乘)，七言起于汉武《柏梁》。四言起于汉楚王傅韦孟。六言起于汉司农谷永。三言起于晋夏侯湛。九言起于高贵乡公。

此段叙述中国诗歌的五个阶段、四次变化。近人王国维《人间词话》云：“四言敝而有楚辞，楚辞敝而有五言，五言敝而有七言，古诗敝而有律绝，律绝敝而有词……”即本沧浪之言而又有所发展。第二则根据时代，划分了从“建安体”到“江西宗派体”共十六体，第三则“以人而论”，划分了从“苏李体”到“杨诚斋体”共三十六体，第四则兼及时代与诗人，列举了选体、柏梁体、玉台体、西昆体、香奁体、宫体六种诗体。这些分法相当完整细密，可以说是一部简明的中国诗史，后世论家乃至当今诸种文学史，多采取其说。其各体的小注尤能提要钩玄，有很精深的见解。①

《沧浪诗话》在宋代的诗学著作中是对后世影响最大的一部，后世尊唐者奉为法宝，宗宋者诋为呓语，“誉者太过，毁者亦太过”(《四库

① 如“唐初体”注云：“唐初犹袭陈、隋之体”，“元白体”注云：“微之、乐天，其体一也”，“张籍、王建体”注云：“谓乐府之体同也”，“后山体”注云：“后山本学杜，其语似之者但数篇，他或似而不全，又其他则本其自体耳”，“王荆公体”注云：“公绝句最高，其得意处，高出苏、黄、陈之上，而与唐人尚隔一关”，“选体”注云：“选诗时代不同，体制随异，今人例谓五言古诗为选体，非也”，“香奁体”注云：“韩偓之诗，皆裙裾脂粉之语，有《香奁集》”等等。

全书总目》语)。然其理论的光辉,历劫如新,数百年来,开后人无数法门,却是无可争辩的事实。[①]

四、理学家的诗论

宋代理学家的诗歌创作和诗论具有相当特殊的风貌,可以说,在中国诗歌史上,没有哪一个诗派像他们那样,将诗歌与哲学(理学)如此紧密地联系在一起,从而使诗学成为哲学的附庸。《四库全书总目》对邵雍及宋代理学家诗歌的特点做了相当精彩的描述:

> 自班固作《咏史》诗,始兆论宗。东方朔作《诫子诗》,始涉理路。沿及北宋,鄙唐人之不知道,于是以论理为本,以修词为末,而诗格于是乎大变,此集其尤著者也。朱国桢《涌幢小品》曰:"佛语衍为寒山诗,儒语衍为《击壤集》,此圣人平易近人,觉世唤醒之妙用。"是亦一说。然北宋嘉祐以前,厌五季佻薄之弊,事事反朴还淳,其人品率以光明豁达为宗,其文章亦以平实坦易为主。故一时作者,往往衍长庆余风,王禹偁诗所谓"本与乐天为后进,敢期杜甫是前身"者是也。邵子之诗,其源亦出白居易,而晚年绝意世事,不复以文字为长。意所欲言,自抒胸臆,原脱然于诗法之外。(《四库全书总目》卷一百五十三《〈击壤集〉提要》)

这段话说邵雍的诗有三个特点:一是在诗中说儒家的"理",二是不受诗法、诗律的束缚,三是诗风平实坦易。宋代理学派诗人的作品,大都具有以上特点,他们的诗学理论家,也根据上述三点来衡量古今

① 西方学者对严羽《沧浪诗话》的关注,往往也偏重于其观点对明清诗学的影响,参见 Richard John Lynn,The Talent Learning Polarity in Chinese Poetics: Yan Yu and the Later Tradition, (*Chinese Literature: Essays, Articles, Reviews*[*CLEAR*], Vol. 5, No. 1/2 [Jul. ,1983], pp. 157 - 184.)

诗人的创作。从总的倾向看，理学家们对诗歌等文艺作品是轻视的，但依据轻视程度的不同，又可区分为两派：极端派从根本上反对作诗，摈斥诗歌的作用；折中派不反对作诗，其中有些人诗作得还不错，但他们对诗歌的范围与作用限制过狭，不过也提出了一些颇有价值的见解。

1. 极端派的“全盘否定”说

极端派以北宋理学大师程颐为代表，他认为学术有三径，儒学为得道的唯一法门：

> 一曰文章之学，二曰训诂之学，三曰儒者之学。欲趋道，舍儒者之学不可。（《河南程氏遗书·伊川先生语四》）

所以当有人问他“诗可学否?”他如此回答：

> 既学时，须是用功，方合诗人格。既用功，甚妨事。古人诗云：“吟成五个字，用破一生心。”又谓“可惜一生心，用在五字上”。此言甚当。先生尝说：“王子真曾寄药来，某无以答他。某素不作诗，亦非是禁止不作，但不欲为此闲言语。且如今言能诗，无如杜甫。如云：“穿花蛱蝶深深见，点水蜻蜓款款飞。”如此闲言语，道出作甚。某所以不尝作诗。今寄谢王子真诗云：“至诚通化药通神，远寄衰翁济病身。我亦有丹君信否？用时还解寿斯民。”子真所学，只是独善。虽至诚洁行，然大抵只是为长生久视之术，止济一身，因有是句。（《河南程氏遗书·伊川先生语四》）

程颐认为作诗会妨碍静心修“道”，并且认为即如杜甫这样的大诗人，写出来的也不过是些“闲言语”，所以他郑重声明“某素不作诗”。可笑的是，当他收到别人寄给他的药时，他还是禁不住书生技痒，写了一首以诗代信的七绝，虽说诗中宣传的是兼济天下的大道理，但他毕竟打破了不作诗的诺言。与"作诗妨事"说相联系，程颐提出"作文害道"说。他说六经之类儒家经典，是圣人抒发胸中所蕴，并非有意为文，更非"词章"之文。至于诗文之外的书法艺术，他也视为小道末技而不屑一顾。

持类似观点的还有南宋理学家杨简，他是"心学派"创始人陆九渊的弟子，世称慈湖先生。他为学主"心即是道"，以明心为修养之本，他认为"文词为学道之蠹"，三代之后的诗文"只可谓之巧言，非文章"，因而不遗余力地进行排斥。他反对作诗讲究技巧，批评杜甫"语不惊人死不休"、韩愈"唯陈言之务去"等话是"不近道"：

> 孔子谓巧言鲜仁。又谓"辞达而已矣"。而后世文士之为辞也，异哉！琢切雕镂，无所不用其巧。曰："语不惊人死不休。"又曰："唯陈言之务去。"夫言唯其当而已矣。谬用其心，陷溺至此，欲其近道，岂不大难。虽曰无斧凿痕，如太羹玄酒，乃巧之极功；心外起意，益深益苦，去道愈远。……如尧之文章，孔子之文章，由道心而达，始可以言文章。若文士之言，止可谓之巧言，非文章。（《慈湖遗书·家记》）

杨简的《偶作》等论诗的七绝，意见同样偏颇，他反对在诗中写"风花雪月"等"闲光景"，甚至号召人们不要学李白和杜甫：

> 雪月风花总不知，雕奇镂巧学支离。四时多少闲光景，无个闲人领略伊。
>
> 勿学唐人李杜痴，作诗唯作古人诗。世传李杜文章伯，问着《关雎》恐不知。（《慈湖遗书》）

最后，他干脆警告世人不要堕入诗的陷阱：

> 诗痴正自不烦攻，只为英才辄堕中。今日已成风俗后，后生个个入樊笼。（《慈湖遗书》）

将本来可以“载道”的诗文与“道”对立起来，认为“道”的传播不须诗文这个载体，载体不但不能传道，反而会害道，这显然是将儒家诗论引向了极端，从而也就充分暴露了它的荒谬。无怪乎他们的主张不为士大夫接受，因为不符合当时文化界的潮流，甚至他们本人也难免违背自己的信条，偶一为诗。杨简反对别人作诗的《偶成》，本身就是诗。

2. 折中派的“重道轻文”说

另外一派理学家采取折中的方法，不但不反对别人作诗，他们自己也作诗，但他们认为作诗的目的是宣传“道”，要在诗中讲“性命之学”、“正心诚意”、“格物致知”一套理论，否则就不是好诗。“疏导派”以邵雍、朱熹为代表，陆九渊、魏了翁、真德秀等人为其同道。其中邵雍的《伊川击壤集·自序》是一篇较有诗学理论意义的文章，其主要论点有二：

（1）认为诗歌应反映兴废治乱等有关国计民生的大事，而不能歌咏个人的贫富贵贱，要有“垂训”后世的作用。

> 且情有七，其要在二，二谓身也、时也。谓身则一身之休戚也，谓时则一时之否泰也。一身之休戚，则不过贫富贵贱而已；一时之否泰，则在夫兴废治乱者焉。（《伊川击壤集》卷首）

邵雍反对在诗中写“一身之休戚”，是他个人的新见。基于这一观点，他对“近世诗人”深致不满：

近世诗人，穷戚则职于怨憝，荣达则专于淫泆。身之休戚，发于喜怒；时之否泰，出于爱恶。殊不以天下大义而为言者，故其诗大率溺于情好也。

邵雍反对诗人沉溺于个人的感情之中，这就引出了他的第二个观点：

(2)作诗要不为感情所累。

他自述创作时的精神状态云：

盖其间情累都忘去尔，所未忘者，独有诗在焉。然而虽曰未忘，其实亦若忘之矣。何者？谓其所作异乎人之所作也。所作不限声律，不沿爱恶，不立固必，不希名誉，如鉴之应形，如钟之应声。其或经道之余，因闲观时，因静照物，因时起志，因物寓言，因志发咏，因言成诗，因咏成声，因诗成音。是故哀而未尝伤，乐而未尝淫。虽曰吟咏情性，曾何累于性情哉？（《伊川击壤集·自序》）

邵康节在这里讲“乐而不淫”、“哀而不伤”，自然脱胎于传统的“诗教”，而大谈忘却情累，则是他本人世界观的产物。他的哲学中有一个重要概念是“以物观物”，[①]要做到“以物观物”，就必须“无我”，要依靠直观顿悟，“顺理而无为”，这种思想颇为接近禅宗的直观主义。[②]上面一段话正是“观物说”在其诗歌创作中的实际运用。魏了翁说邵雍诗能通于王霸兴废与天地造化之机，这也是“观物”、“顺理”的结果。[③]

---

① 《皇极经世》卷十二《观物外篇》云：“以物观物，性也；以我观物，情也。性公而明，情偏而暗。”

② 参阅侯外庐主编《中国思想通史》第四卷第十章。

③ 《重校鹤山先生大全集·邵氏击壤集序》：“凡立乎吾万皇王帝霸之兴替，春秋冬夏之代谢，阴阳五行之运化，风云月露之霁曀，山川草木之荣悴，惟意所驱，周流贯彻，融液摆落。盖左右逢原，略无毫发凝滞倚著之意。”

他的诗如《题黄河》:“谁言为利多于害,我谓长浑未始清。西自昆仑东至海,其间多少不平声。”语言朴实,接近口语,有理趣而不落入“理障”。《安乐窝中诗一编》则是其在淡泊自然的描写中见出“天理”的作品,这种诗在“理学派”诗人中是最为常见的。

3. 宋代理学家诗论的集大成者朱熹

朱熹对于诗歌的创作和欣赏,发表了许多见解,主要见于他的《诗集传》、《楚辞集注》和《朱子语类》等著作。朱熹又是理学家中较出色的诗人。[①] 朱熹的诗论多针对当时诗坛的创作实际而发,这与他的诗人身份不无关系。朱熹的诗学观点有以下几点值得重视:

(1)诗要能“言志”、“明理”,否则就不是好作品。

朱熹《答杨宋卿》将此点说得十分明白:

> 熹闻诗者,志之所之。在心为志,发言为诗。然则诗者,岂复有工拙哉?亦视其志之所向者高下如何耳。是以古之君子,德足以求其志,必出于高明纯一之地,其于诗固不学而能之。至于格律之精粗,用韵、属对、比事、遣词之善否,今以魏晋以前诸贤之作考之,盖未有用意于其间者,而况于古诗之流乎?近世作者,乃始留情于此,故诗有工拙之论,而葩藻之词胜,言志之功隐矣。(《朱文公集》)

只要“志”(指理学修养)高尚,即使不学,也会作出好诗;只要诗中有“高明纯一”之志,就无须讲究诗的格律、用韵、属对、比事、遣词等技巧。反之,近世作者,诗虽作得穷极工巧,文采越好,“言志”的功用越差。他将理学的作用无限夸大,而排斥了文学创作本身的技巧,说

---

① 清人李重华《贞一斋诗说》认为朱子的诗可比陆放翁:“南宋陆放翁堪与香山踵武,益开浅直路径,其才气固自沛乎有余。人以范石湖配之;不知石湖较放翁,则更滑薄少味,同时求偶对,唯紫阳朱子可以当之。盖紫阳雅正明洁,断推南宋一大家。”

只有虚静明理才能作出好诗，举世之人都拼命作诗却作不好，“这个只是心里闹，不虚静之故”（《朱子语类》）卷一百四十）。

在文与道的关系上，朱子反对韩愈、柳宗元的“以文明道”说，李汉的“文以贯道”说，欧阳修、苏轼的“文与道俱”说，他主张“这文皆是从道中流出，岂有反能贯道之理?”（《朱子语类》卷一百三十九）又说：“道者文之根本，文者道之枝叶，唯其根本于道，所以发之于文者皆道也。三代圣贤皆从此心写出，文便是道。”

朱子颇有诗才，是“道学中之最活泼者”（陈衍《宋诗精华录》卷三朱熹诗评语）。他的一些小诗常常从闲适生活的偶然感受中见出“道理”，并且富有生机而不枯燥乏味，如“等闲识得春风面，万紫千红总是春”（《春日》）、“问渠那得清如许，为有源头活水来”、“向来枉费推移力，此日中流自在行”（《观书有感二首》），都能深入浅出，以小见大，意趣盎然。创作上的实绩，也为他“重道轻文”的诗论提供了某些事实依据。

（2）主张自然，反对雕琢；推崇古诗，轻视律诗。

朱熹曾将古今之诗分为三等，并且认为愈古愈好：

> 亦尝间考诗之原委，因知古今之诗，凡有三变：盖自书传所记，虞、夏以来，下及魏、晋，自为一等。自晋、宋间颜、谢以后，下及唐初，自为一等。自沈、宋以后，定著律诗，下及今日，又为一等。然自唐初以前，其为诗者，固有高下，而法犹未变。至律诗出，而后诗之与法，始皆大变。以至今日，益巧益密，而无复古人之风矣。（《答巩仲至第四书》）

第三等诗即唐、宋诗（以律诗为主）是他批评的主要对象，其矛头主要指向从杜甫、李贺到苏轼、黄庭坚这一路讲究诗歌格律技巧的诗人。杜甫的诗名自中唐以后即如日中天，朱子却多次批评他：一则曰：

“杜甫夔州以前诗佳，夔州以后，自出规模，不可学。”二则曰：“杜子美晚年诗，都不可晓。吕居仁尝言：‘诗字字要响’，其晚年诗都哑了。”三则曰：“人多说杜子美夔州诗好，此不可晓。鲁直一时固自有所见，今人只觉鲁直说好，便却说好，如矮人看场耳。”他批评苏、黄说“苏、黄只是今人诗，苏才豪，然一滚说尽无余意，黄费安排”。“古诗较自在，山谷则刻意为之。”又曰：“山谷诗忒巧了。”（《朱子语类》卷一百四十）朱子不满于杜甫的，只是夔州以后的诗，而那时正是杜甫“晚节渐于诗律细”的时期，他一生的大部分律诗作于此时，杜甫对苏、黄等人影响最大的，也正是律诗，老杜得以成为“江西诗派”顶礼膜拜的对象，主要原因亦在于此。由此可见，朱子批评杜诗的主要目的，是为了批评苏、黄与“江西诗派”的诗风，并非专对老杜。至于他指责苏、黄诗无余意、费安排，都能击中要害，一针见血，显示出他对诗歌艺术的精湛见解。

（3）认为作诗枉费工夫。

这一点与程颐、杨简等人的观点相通，但朱熹的语气较为缓和。① 朱熹还直接批评苏、黄等人不应作诗：“近世诸公作诗费工夫，要何用？元祐时有无限事合理会，诸公却尽日唱和而已。今言诗不必作，且道恐分了为学工夫，然到极处，当自知作诗果无益。”（《朱子语类》）

除以上三点之外，朱子论诗，还常有一些吉光片羽式的意见。如说陶诗：“陶渊明诗，人皆说是平淡，据某看他自豪放，但豪放来得不觉耳。其露出本相者，是《咏荆轲》一篇。平淡底人，如何说得这样言语出来。”（《朱子语类》卷一百四十）鲁迅先生《题未定草》（六）说陶诗

---

① 如朱熹《答谢成之》说：“诸诗亦佳，但此等亦是枉费工夫，不切自己底事。若论为学，治己治人有多少事。至如天文地理、礼乐制度、军旅刑法，皆是着实有用之事业，无非自己本分内事。古人六艺之教，所以游其心者，正在于此。其与玩意于空言，以较工拙于篇牍之间者，其损益相万万矣。”注重人伦日用之道，鄙薄诗歌为“空言”，就是这段话的大旨。

有“金刚怒目”的一面，当受朱子此节文字启发。对词的起源问题，朱子也提出了新说：“古乐府只是诗，中间却添许多泛声。后来人怕失了那泛声，逐一声添个实字，遂成长短句，今曲子便是。”（《朱子语类》卷一百四十）

总之，朱熹的诗学理论是宋代理学家诗论中最有价值的，他的观点比程颐、杨简一派的人要平和公允，比和他论诗主旨相近的邵雍要全面深刻。他的诗论代表了理学家诗论的成绩，同时未能避免他们的缺点。南宋理学的后劲真德秀，为学继承朱熹。他曾选编过一部《文章正宗》，分辞命、议论、叙事、诗赋四类。真西山所选诗歌，一依朱子“诗分三等”之说，而去取更为严苛，如不选宋诗，不录律诗，以明义理、忘宠辱、去鄙吝，体现君臣大义为主（参见《文章正宗纲目·诗赋》）。可以说是朱熹诗学的进一步发展，也是宋代“重道轻文”诗学的集中体现。

4.“心学派”陆九渊与魏了翁的诗论

“心学派”的创始人陆九渊和与其学风相近的魏了翁也持重道轻文之说，具体观点与朱子又有所不同。陆九渊论诗推挹《诗》、《骚》、陶、杜，鄙薄汉赋与六朝诗，颇合儒家正统。他称赞黄山谷诗，重在其内容丰富，描写入微，体裁多样，思想深刻，以及“贯穿驰骋”的气魄与工力。[①] 虽有过誉之词，但对山谷诗内容和艺术的把握，大致还是允当的，以理学家身份而有如此见识，自属难能可贵。

---

① 陆九渊《与程帅书》云：“诗亦尚矣！原于《赓歌》，委于《风》、《雅》。《风》、《雅》之变，壅而溢焉者也。湘累之《骚》，又其流也。《子虚》、《长杨》之赋作，而《骚》几亡矣。黄初而降，日以澌薄，唯彭泽一源，来自天稷，与众殊趣，而淡泊平夷，玩嗜者少。隋、唐之间，否亦极矣。杜陵之出，爱君悼时，追蹑《骚》、《雅》，而才力宏厚，伟然足以镇浮靡，诗家为之中兴。自此以来，作者相望，至豫章而益大肆其力，包含欲无外，搜抉欲无秘，体制通古今，思致极幽眇，贯穿驰骋，工力精到。一时如陈、徐、韩、吕、三洪、二谢之流，翕然宗之，由是江西遂以诗社名天下。虽未极古之源委，而其植立不凡，斯亦宇宙之奇诡也。”（《象山先生集》）

魏了翁论苏、黄诗，重在道德人品。[1] 他以为山谷诗的成功在于诗外工夫——不幸遭遇的磨炼与道德的积蓄，其诗的长处在于简远、冲淡，发抒天机，对山谷诗的艺术成就则只字未提。象山、鹤山二先生肯定山谷的诗，并非醉心于其诗歌艺术，而是看见黄诗中的“道”。理学家李公择是山谷的舅父，《宋元学案》卷十九《范吕诸儒学案》列黄庭坚为“公择门人”，王梓材案曰：“先生虽称苏门学士，然考其学行，实本于李公择。……又案先生尝受学于范华阳。”钱锺书曾敏锐地指出：“山谷已常作道学语……方苏门与程子学术不同，其徒互相攻诋，独涪翁超然其间，无一语雷同，岂苏门一时诸人可望哉。”（《谈艺录》）象山、鹤山见出山谷诗中的“道”，所以对之青眼有加，朱子没看到此点，所以斥之为“巧”、“费安排”，一褒一贬，外表虽异，实质上都是以道德、性理为第一位，以文辞为末事。

理学家诗论的总体倾向是重道轻文，但程度有所不同。程颐、杨简等人全盘否定诗歌的作用；朱、陆等人则是有选择的肯定。虽然理学家有内部分歧，但在诗应讲“理”，主张自然、轻视技巧、鄙视声律、推崇古诗这几点上，他们的态度是一致的。在他们的倡导和身体力行之下，宋代理学诗呈现出这样一副面貌：以理入诗，成功者诗中具有“理趣”，[2]这类诗往往寓意深刻而生机活泼。宋代理学诗人有意为之，遂

---

① 魏了翁《黄太史文集·序》：“二苏公以词章擅天下，其时如黄、陈、晁、张诸贤，亦皆有闻于时，人孰不曰此词人之杰也。是恶知苏氏以正学直道，周旋于熙、丰、祐、圣间，虽见愠于小人，而亦不苟同于君子。盖视世之富贵利达，曾不足以易其守者，其为可传，将不在兹乎？”《重校鹤山先生大全集》：“（山谷）迨元祐初，与众贤汇进，博文蓄德，大非前比。元祐中末，涉历忧患，极于绍圣、元符以后，流落黔、戎，浮湛于荆、鄂、永、宜之间，则阅理益多，落华就实，直造简远。……鼪狖之所嗥，木石之与居，间关百罹。然自今诵其遗文，则虑淡气夷，无一毫憔悴陨获之态。以草木文章，发帝杼机；以花竹和气，验人安乐，虽百岁之相后，犹使人跃跃兴起也。至其闻龚、邹冠豸，张、董上坡，则喜溢词端。荆江亭以后诸诗，又何其恢广而平实，乐不至淫，怨不及怼也。”

② 沈德潜《清诗别裁集·凡例》云：“诗不能离理，然贵有理趣，不贵下理语。”钱锺书说诗中理趣应当是“不泛说理，而状物态以明理；不空言道，而写器用之载道。拈形而下者，以明形而上；使寥廓无象者，托物以起兴，恍惚无朕者，著述而如见”（《谈艺录》）。

为中国诗歌宝库增加一种特殊的风味，如朱熹《偶题三首》之三："步随流水觅溪源，行到源头却惘然。始信真源行不到，倚筇随处弄潺湲。"

以理入诗的失败者，往往以枯燥的道学语录入诗，照刘克庄的说法，就是"语录讲义之押韵者"（《后村大全集》卷一《吴恕斋诗稿跋》）。南宋人金履祥将理学家的诗选了一部《濂洛风雅》，其中作品多为意境平庸、淡乎寡味之作。[①] 这类迂腐乏味的理语诗的出现，与理学家诗论中的某些错误导向是分不开的。

第四节　元好问与论诗诗

金朝立国，约相当于南宋，由于南北隔绝，南宋文化传入金源者较少，北宋文化传入较多。[②] 金朝的文学约可分为两个阶段，第一阶段指金朝明昌、承安年间至南渡黄河迁都南京（今开封），这一个阶段的文士主要是羁留在金朝的宋臣，如吴激、蔡松年等人，他们的文风与宋人相同，诗学理论也无特出之处。第二阶段是指金朝南渡至亡国前约二十年，这时出现了自己的"豪杰之士"，以赵秉文、李纯甫为领袖，而王若虚、元好问代表着金代诗学与诗歌创作的最高成就，尤以元好问最为突出，其代表作即论诗诗。

元好问以诗鸣于北方时，南宋尤袤、杨万里、范成大、陆游、辛弃疾等大诗人、词人均已去世，彼时的文坛作者如"江西派"末流、"江湖"、

① 谢在杭《小草斋诗话》对此针砭最为痛切："作诗第一对病是道学。何者：酒色放荡，礼法所禁，一也；意象空虚，不踏实地，二也；颠倒议论，非圣非法，三也；议论杳渺，半不可解，四也；触景偶发，非有指譬，五也。宋时道学诸公，诗无一佳者"。

② 赵翼《瓯北诗话》卷十二《南宋人著述未入金源》条云："宋南渡后，北宋人著述，有流播在金源者，苏东坡、黄山谷最盛。南宋人诗文，则罕有传至中原者，疆域所限，固不能即时流通。"钱锺书《谈艺录》对瓯北的论点又有所补充和修正，认为南宋人著述"虽流入而传播不广矣"。

“四灵”诸派，不成气候，所以在那段时间里，中国诗坛上最重要的诗人当推元遗山了。[①] 遗山自任“诗中疏凿手”，力图总结汉、魏、唐、宋以来诗歌创作的经验教训，建立新的诗歌美学标准，集金代诗学理论之大成。遗山在诗学上的贡献，主要表现为其《论诗三十首》继承杜甫《戏为六绝句》“论诗诗”的传统而又有所发展。在遗山之前，标为论诗绝句的组诗，除杜甫《戏为六绝句》外，还有戴复古的《昭武太守王子文日与李贾、严羽共观前辈一两家诗及晚唐诗因为论诗十绝子文兄之谓无甚高论亦可作诗家小学须知》。此外还有大量题目未标明是论诗绝句、而实际上是用绝句形式论诗的作品。元好问还有《题山谷小艳诗》、《自题二首》、《感兴四首》、《自题中州集后五首》、《周卿才拙庵》等绝句也是论诗的。这些论诗绝句在品评历代诗人、诗作的过程中，提出自己的诗学见解，综合了金代赵秉文、李纯甫、王若虚诸人的观点，而无诸人意气用事之病，具有较强的系统性和极大的气魄，在某种程度上可以与其时代相近的《沧浪诗话》南北呼应，可视为十三世纪上半叶中国诗学史上的双璧。遗山诗学的要点有以下数端：

一、“挟幽并之气”，重慷慨豪放之音

清人赵翼说：

> 盖生长云朔，其天禀本多豪健英杰之气；又值金源亡国，以宗社邱墟之感，发为慷慨悲歌，有不求工而自工者，此固地为之也，时为之也。（赵翼《瓯北诗话》卷八“元遗山诗”）

---

① 钱锺书《谈艺录》说：“元遗山以骚怨弘衍之才，崛起金季，苞桑之惧，沧桑之痛，发为声诗，情并七哀，变穷百态。北方之强，盖宋人江湖末派，无足与抗衡者，亦南风之不竞也。虽以方虚谷之自居南宋遗老，江西后劲，……亦不得不曰：‘尚有文才与古班，诗律追随元好问。’”

此虽论其诗，亦可用来论其诗学。元好问《论诗三十首》论曹、刘，论阮籍，论《敕勒歌》三首，皆肯定慷慨之音：

> 曹刘坐啸虎生风，四海无人角两雄。可惜并州刘越石，不教横槊建安中。
>
> 纵横诗笔见高情，何物能浇块磊平。老阮不狂谁会得，出门一笑大江横。
>
> 慷慨歌谣绝不传，穹庐一曲本天然。中州万古英雄气，也到阴山敕勒川。

曹、刘诗歌"虎生风"的气概，阮籍"纵横诗笔"，《敕勒歌》的"万古英雄气"，都是充满阳刚之美的"北音"，好问特意拈出，予以表彰。在另外几首绝句里，好问还通过对比，赞美慷慨之音，批评柔弱的靡靡之音和愁苦之音：

> 邺下风流在晋多，壮怀犹见缺壶歌。风云若恨张华少，温李新声奈尔何。
>
> 东野穷愁死不休，高天厚地一诗囚。江山万古潮阳笔，合在元龙百尺楼。
>
> 窘步相仍死不前，唱酬无复见前贤。纵横正有凌云笔，俯仰随人亦可怜。
>
> 有情芍药含春泪，无力蔷薇卧晓枝。拈出退之《山石》句，始知渠是女郎诗。

元好问评论同时代诗人时，也往往注重豪壮慷慨，如说雷渊"辞气纵横，如战国游士，歌谣慷慨，如关中豪杰"（《希颜墓铭》），评李汾诗："虽辞旨危苦，而耿耿自信者故在，郁郁不平者能掩；清壮磊落，有幽并豪侠歌谣慷慨之气。”(《中州集》卷十《李汾小传》)其《陶然集序》论诗云：

> 大概以脱弃凡近，澡雪尘翳，驱驾声势，破碎阵敌，囚锁怪变，轩豁幽秘，笼络今古，移夺造化为工；钝滞僻涩，浅露浮躁，狂纵淫靡，诡诞琐碎陈腐为病。

同样是重“声势”、重豪放，以“淫靡”、“诡诞”等为诗病。元好问及金朝许多诗人的作品，都以豪迈见称，连没多少文名的海陵王也有“屯兵百万西湖上，立马吴山第一峰”这样“志气不浅”的诗句(《归潜志》卷一)，元好问的那些“伤乱诗”，更是感激呜咽，慷慨悲歌，“挟幽并之气，不可一世”。北人好武重气，出于天性，元好问身为北人，在金末年独领风骚，又值国势危殆，论诗、作诗尚豪放、慷慨之音，鄙薄柔靡、琐屑的“南音”，本不足为怪。在中国诗论史上，如此充分肯定北方豪放慷慨之音的并不多见，遗山此论，填补了这方面的缺陷，这也是元氏诗论中最有价值的部分。

二、提倡“古雅”

元好问提倡“古雅”，主要针对苏、黄和江西诗“好奇”之风。遗山论诗绝句与杜甫《戏为六绝句》有明显的渊源关系，杜甫诗云：“别裁伪体亲风雅”，遗山继承此说，强调“风雅”，曾云：“诗亡又已久，雅道不复陈。”(《赠答杨焕然》)他在《杨叔能小亨集引》中提倡“温柔敦厚、蔼然仁义之言”。他在对以苏、黄为主的宋诗的评价中，持的也是“古雅”这一准尺：

> 奇外无奇更出奇，一波才动万波随。只知诗到苏黄尽，沧海横流却是谁？

曲学虚荒小说欺，俳谐怒骂岂诗宜？今人合笑古人拙，除却雅言都不知。

金入洪炉不厌频，精真那计受纤尘。苏门果有忠臣在，肯放坡诗百态新？

百年才觉古风回，元祐诸人次第来。讳学金陵犹有说，竟将何罪废欧梅？

古雅难将子美亲，精纯全失义山真。论诗宁下涪翁拜，未作江西社里人。

池塘春草谢家真，万古千秋五字新。传语闭门陈正字，可怜无补费精神。

遗山诗学虽出于苏、黄，然不自限于苏、黄，在学习苏、黄的同时，逐渐发现苏、黄诗的不足，试图加以矫正。因此这几首诗标举“雅言”、“古风”和“古雅”，肯定杜甫以及欧、梅诗，对苏、黄及其后学则有褒有贬：对苏、黄，一方面承认他们“奇外无奇更出奇，一波才动万波随”的创新精神，另一方面认为他们缺少“沧海横流”的气魄。① 对苏、黄的后学，则基本上持否定态度。遗山对苏、黄和江西诗的态度是赞成其革新，批评其违背“古雅”的种种做法，对自己学习、崇拜的诗人、诗派，能作如是观，足见遗山诗学的冷静与成熟。

三、提倡“真淳”、“遗音”、“韵外之致”

这方面主要表现为推崇陶渊明、柳宗元诸人之诗：

一语天然万古新，豪华落尽见真淳。南窗白日羲皇上，未害

① 林昌彝以“沧海横流”指李、杜，证之以杜甫“或看翡翠兰苕上，未掣鲸鱼碧海中”、元好问“不信骊珠不难得，试看金翅擘沧溟”诸诗，则林说近是。也有人认为“沧海横流”为遗山自命，也有一定道理。

渊明是晋人。

切响浮声发巧深，研磨虽苦果何心？浪翁水乐无宫徵，自是云山韶濩音。

谢客风容映古今，发源谁似柳州深？朱弦一拂遗音在，却是当年寂寞心。

遗山此说，亦源于苏轼，东坡《书黄子思诗集后》说韦、柳之诗“发纤秾于简古，寄至味于淡泊”，为遗山所本。在金代诗坛上，赵秉文一派即学习白居易自然平易的诗风，高者接近陶、柳，有弦外之音，遗山诗近此派，难免有此论，同时，遗山讲“真淳”、讲韵味，似乎也有矫正“江西派”末流生硬之失的用意。[①] 遗山赞美其远祖元结的诗具有“云山韶濩之音”，翁方纲《石洲诗话》卷七说是“此皆弦外之旨，……盖以缚于声律者，未必皆合天机也”。认为此诗重“弦外之旨”，反对声律束缚，有理。[②]

四、重视真诚，反对虚伪

元好问诗学的一个重要命题是“以诚为本”，其《杨叔能小亨集引》说：

唐诗所以绝出于《三百篇》之后者，知本焉尔矣。何谓本？诚是也。……故由心而诚，由诚而言，由言而诗也。三者相为一，情动于中而形于言，言发乎迩而见乎远。同声相应，同气相求，虽小

① 遗山《东坡诗雅引》曰：“五言以来，六朝之谢、陶，唐之陈子昂、韦应物、柳子厚，最为近风雅。自余多以杂体为之，诗之亡久矣。……近世苏子瞻绝爱陶、柳二家，极其诗之所止，诚亦陶、柳之亚；然评者尚以其能似陶、柳，而不能不为风俗所移，为可恨耳。”亦可见他对陶、谢、韦、柳及苏诗之态度。

② 元结《箧中集序》就曾反对过于讲究格律之风：“近世作者，更相沿袭；拘限声病，喜尚形似。”遗山似受其启发。

> 夫贱妇孤臣孽子之感讽，皆可以厚人伦、敦教化，无它道也。故曰不诚无物。夫唯不诚，故言无所主，心口别为二物，物我邈其千里，漠然而往，悠然而来；人之听之，若春风之过马耳，其欲动天地感鬼神难矣。其是之谓本。（《遗山先生文集》卷三六）

遗山论“诚”，本之儒家诗教。他认为“诚”是作诗的先决条件，能做到“诚”，诗歌才能言近旨远，起到“厚人伦、敦教化”的作用，这实际上是《诗大序》的进一步发挥。遗山还根据《中庸》“不诚无物”之说，反对心口不一、言无所主的诗作，认为这种诗不知本，“其欲动天地感鬼神难矣”。基于这一立场，他批评潘岳等人的诗不够“真”和“诚”：

> 心画心声总失真，文章宁复见为人。高情千古《闲居赋》，争信安仁拜路尘。
>
> 眼处心生句自神，暗中摸索总非真。画图临出秦川景，亲到长安有几人？
>
> 万古文章有坦途，纵横谁似玉川卢？真书不入今人眼，儿辈从教鬼画符。

遗山论陶渊明、谢灵运、李商隐诗都提到“真”，“真”即“诚”，“非真”即不“诚”，“诚”即是“知本”，不诚即是“伪体”，在遗山看来，心口不一、模仿剽窃和险怪尖巧，都是不“诚”的具体表现，都是“伪体”，遗山认为普通百姓、下层人民的作品最符合“诚”的要求。遗山将“诚”归结为“温柔敦厚”，“涵泳于先王之泽”。遗山提出“以诚为本”说，正是儒家“诗教”在金代有所恢复的表现。

除了以上数点，遗山对杜甫诗的评价也很有见地：

> 排比铺张特一途,藩篱如此亦区区。少陵自有连城璧,争奈微之识碔砆。

元稹抑李扬杜,尤重杜甫排律,誉为“至若铺陈终始,排比声韵,大或千言,次犹数百,词气豪迈,而风调清深,属对律切,而脱弃凡近,则李尚不能历其藩翰,况堂奥乎?”(元稹《唐故工部员外郎杜君墓系铭并序》)遗山认为“排比铺张”的排律,只是诗中一类,并非诗歌极诣。杜诗“连城璧”的具体内容,遗山在《杜诗学引》中则说得较为明白:

> 今观其诗,如元气淋漓,随物赋形;如三江五湖合而为海,浩浩瀚瀚,无有涯涘;如祥光庆云千变万化,不可名状。固学者之所以动心而骇目。及读之熟,求之深,含咀之久,则九经百氏古人之精华所以膏润其笔端者,犹可仿佛其余韵也。……故谓杜诗为无一字无来处亦可也,谓不从古人中来亦可也。前人谓子美用故事,有著盐水中之喻,固善矣;但未知九方皋之相马,得天机于灭没存亡之间,物色牝牡,人所共知者为可略耳。

肯定杜诗海涵地负、千汇万状的气魄与“天机”,而不斤斤计较其用典用字,其见识高于元稹和黄庭坚。

元好问的诗学在中国诗学史上是独树一帜的,其突出特点就是以七绝这一诗歌的形式来论诗。以七绝论诗,可溯源于杜甫,南宋戴复有论诗十绝,金朝王若虚也有论白居易和苏轼诗的两组绝句共八首,但因南北隔绝,戴复古的作品遗山未必能见到,王若虚论诗绝句又仅限于白、苏二人,气魄不够。遗山志向甚高,显然是以己作直承杜甫的,杜甫《戏为六绝句》的最后一首云:“别裁伪体亲风雅”,遗山《论诗三十首》的第一首云:“正体无人与细论”,一要“裁伪体”,一要扬“正体”，薪火相传之迹宛然。杜甫的《戏为六绝句》涉及屈、宋、汉魏、齐梁、初唐四杰等，在具体评论中显示其论诗主旨，其目的是矫正当时诗风，但系统性不强，词义跳跃性较大，致使后来笺释纷纭，歧义百出。遗山的《论诗三十首》历评魏、晋、南北朝、唐代和北宋诗人与诗作，几乎涉及这些时期中大部分主要诗人，对每一位作家的评论都能提要钩玄，一针见血，语意较为明白，一般不会引起歧义。在系统性和明确性方面，遗山的论诗绝句，较之杜甫，显然有所前进。清代用七绝论诗蔚成风气，大都受到杜甫、戴复古和元好问诸人的影响。[1]

对于论诗诗这一特殊的诗学体制，有人认为限于诗的格律形式，不易将意思表达清楚，这固然有一定道理，但换一个角度看，以诗论诗，也有言简意赅、去粗取精的好处，关键在于运用得是否恰当。所以直到今天，论诗诗仍是诗人乐于采用的诗学理论表达方式，如今人袁行霈就有可以“诗史”视之的《论诗绝句一百首》。[2]

第五节　词论的兴起

词学理论的产生与发展与诗论有着不同的特点。在文人诗歌创作领域，很多时候创作实践往往服从于已有的理论指导。文人词则不然，兴起后很长时间内，也没有权威理论导向，遂形成各唱各调的局面。李清照试图加以规范，但权威性不够。沈义父和张炎也是如此。也许词的创作始终也没有类似孔子诗说那样的规范。到清代“常州词派”学习汉儒论诗的方法，欲提高词之地位，规范词的创作，也未能取

① 《中国历代文论选》第二册指出：“论诗绝句，滥觞于杜甫《戏为六绝句》。宋以后作者不下数十家，大体上可分为二大流别。从南宋戴复古的《论诗十绝》起，到清代赵执信、赵翼、宋湘、张问陶、丘逢甲诸家的论诗诸绝句，属于阐说理论；从金代元好问《论诗三十首》起，到清代王士祯、袁枚、洪亮吉、李希圣、陈衍诸家的论诗绝句，属于品评作家作品。”

② 袁行霈《论诗绝句一百首》，北京大学出版社2011年。

得权威地位。词论有不同于诗论之处，从一开始就进入风格技巧的研讨，无非是要把握词的特点，为词“定位”。词论较之诗论，显得琐屑，但又显得活泼，讨论的主要是词本身的问题，而不是词的外部联系。五代和宋代（以及后世）词学讨论集中在两个问题上：

一是词的艺术特征问题，包括词有无本色，如有本色，则本色是什么？词应在多大程度上遵循音律或格律，应遵守哪些格律？词与诗之界限是什么？词学家常见的议题如婉约与豪放、雅与俗等，均与以上问题密切相关。二是关于词的一些文辞技巧的探讨。

根据唐、五代和宋代词学发展的实际，可将其分为三个阶段：

一、从欧阳炯《花间集序》到李清照的《词论》，为词学的初兴期，这时期重音律，“婉约派”的词论占上风。二、从王灼《碧鸡漫志》到胡仔《苕溪渔隐丛话》，为词学的发展期，此期重“豪放”，推尊苏轼、辛弃疾。三、沈义父《乐府指迷》和张炎《词源》，为词学的“规范”期。此期严守音律，复归“雅正”，特重周邦彦、姜夔之词。

下面以上述两个中心议题为经，以三个发展阶段为纬，分别论述之。

一、婉约与豪放的交替

1. 最早的词学专论《花间集序》

词与诗的最大不同即在于词是长短句的歌词，音乐性遂成为词的第一生命。词学，从其第一篇专论五代时欧阳炯的《花间集序》开始，就讨论词与音乐的关系问题，宋代词学史上的论争，也往往以“入律”与否作为衡量词的一个重要标准；词学上其他一系列问题，也都是围绕着这个中心而展开的。因此，欲明了唐、宋词学的特点，必须先知道词所选用的音乐之性质及其对歌词内容的影响。唐、五代及宋词所采用的音乐系统，是“杂胡夷里巷之曲”的“燕（宴）乐”，即所谓“俗乐”与“淫乐”。“绝丽”、“淫声”，是燕乐的特点，“凄怆”、“哀怨”是燕乐的基调。[①] 燕乐具有极为强烈的感动人心的作用，能使人的感情尽量发泄个痛快。词之初起，就是配合燕乐、以女性为中心、极尽哀乐之情的歌词。词的这一特点，无疑对早期的词学理论产生了决定性的影响，这首先体现在五代词人欧阳炯的《花间集序》中。《花间集》编成于后蜀广政三年（公元940年），是第一部文人词的选集，欧阳炯的序即为最早的词学论文：

> 镂玉雕琼，拟化工而迥巧；裁花剪叶，夺春艳以争鲜。是以唱云谣则金母词清，挹霞醴则穆王心醉。名高白雪，声声而自合鸾歌；响遏青云，字字而偏谐凤律。杨柳大堤之句，乐府相传；芙蓉曲渚之篇，豪家自制。莫不争高门下，三千玳瑁之簪；竞富樽前，数十珊瑚之树。则有绮筵公子，绣幌佳人，递叶叶之花笺，文抽丽锦；举纤纤之玉指，拍按香檀。不无清绝之辞，用助娇娆之态。自南朝之宫体，扇北里之倡风。何止言之不文，所谓秀而不实。有唐已降，率土之滨，家家之香径春风，宁寻越艳；处处之红楼夜月，自锁常娥。在明皇朝，则有李太白应制《清平乐》词四首，近代温飞卿，复有《金筌集》。迩来作者，无愧前人。今卫尉少卿赵崇祚，以拾翠洲边，自得羽毛之异；织绡泉底，独殊机杼之功。广会众宾，时延佳论。因集近来诗客曲子词五百首，分为十卷。以炯粗预知音，辱请命题，仍为序引，乃命曰《花间集》。将使西园英哲，用资羽盖之欢；南国婵娟，休唱莲舟之引。（《花间集序》，《全唐文》卷八百九十一）

① 《文献通考》卷一百二十九《乐考二》说："自宣武已后，始爱胡声，洎于迁都，屈茨琵琶、五弦、箜篌、胡鼙、胡鼓、铜钹、打沙罗、胡舞，铿锵镗锴，洪心骇耳，抚筝新靡绝丽，歌音全似吟哭，听之者无不凄怆。……是以感其声者，莫不奢淫躁竞，举止轻飙，或踊或跃，乍动乍息，蹻脚弹指，撼头弄目，情发于中，不能自止。后主唯赏胡戎乐，耽爱无已，于是繁习淫声，争新哀怨。"

这篇序不啻一篇词的特质与价值的宣言。首先,指出“曲子词”与前代歌词一脉相承的关系。欧阳炯说上古时的乐歌即有令人“心醉”的作用,这是词的远祖,“乐府”的《杨柳》、《大堤》诸曲,是词的近源。其次,点明这些歌词都是合乐的。第三,序文对历代艳歌都持肯定态度,对“南朝之宫体”、“北里之倡风”,也是欣赏的。《花间集序》最值得注意之处即在于此。可见,在词论肇兴伊始,就与诗论采用了不同的尺度。欧阳炯曾仿白居易《讽谕诗》之例,做了五十首献给蜀主,反对奢侈淫靡,也与他对《花间集》的态度判若两人。这种矛盾现象表明:当时人们对诗和词的性质与功用,看法颇为不同,在一些庄重的场合,应当作一些冠冕堂皇的严肃的诗、文;在歌筵舞会上,不妨轻松一下,作几首风流旖旎的小词调节一下情绪,活跃一下气氛,于是诗言志、词言情,诗庄词媚,就成了士大夫们相当一致的观点。欧阳炯《花间集序》对这种观点的形成具有极为重要的导向作用。历唐、五代直至北宋初期,一些道德文章名重一时的人物,如晏殊、欧阳修等,所作小词皆沿五代之习,极为柔靡,柳永更以其俚俗的词句,市民的生活,将“花间”词重音律、多写男女之情的特点做了进一步发展。

2. 走向豪放:苏门词论

宋代词学与词风的转变是从苏轼开始的。宋人胡寅说:

> 眉山苏氏一洗绮罗香泽之态,摆脱绸缪宛转之度。使人登高望远,举首高歌,而逸怀浩气,超然乎尘垢之外。于是《花间》为皂隶,而柳氏为舆台矣。(《题酒边词》)

苏轼的创作和词论,都与“花间”一派显然异趣。在创作上,苏轼打破了“词为艳科”的传统,冲决了音律的束缚,使词的容量进一步增大,形式更加活泼,并且开创了豪放词派,创作出《念奴娇·赤壁怀古》、《江城子·密州出猎》、《水调歌头·中秋》这样意气豪迈的杰作,在词史上具有极其重要的地位。在词学理论方面,苏轼没有专门的论著,但是,在他的文集中有一些关系到词理的书简与题跋,当时的一些诗话著作等,也记录了他的一些词学观点,我们可以据此窥见东坡词学的概貌。

(1)东坡作词论词,都主张自成一家,立志与风靡一时的柳永词分庭抗礼,充分显示出苏轼作为一代词宗的胆略与气魄。

东坡《与鲜于子骏书》云:

> 近却颇作小词,虽无柳七郎风味,亦自是一家。呵呵。数日前,猎于郊外,所获颇多,作得一阕,令东州壮士抵掌顿足而歌之,吹笛击鼓以为节,颇壮观也。(《苏轼文集》卷五十三《尺牍》)

东坡说"虽无柳七郎风味,亦自是一家",隐含与柳词争高下之意。《高斋诗话》记载东坡对秦观学柳词表示不满:

> 少游自会稽入都,见东坡。东坡曰:"不意别后,公却学柳七作词!"少游曰:"某虽无学,亦不如是。"东坡曰:"销魂当此际,非柳七语乎?"

东坡认定少游学柳,少游极力否认,东坡则举少游词为证,颇有捉贼拿赃的意味,柳、苏两军对垒的阵势,已经十分鲜明了。苏、柳二家词风格不同,为时人共识,俞文豹《吹剑续录》云:

> 东坡在玉堂,有幕士善讴,因问:"我词比柳词何如?"对曰:"柳郎中词只好十七八女孩儿,执红牙拍板唱'杨柳岸晓风残月',学士词须关西大汉,执铁板唱'大江东去'。"公为之绝倒 。(唐圭璋《宋词纪事》引)

极为形象地说明了两家词风的差异。苏轼欲在词坛上自立门户，首先就要破除“凡有井水饮处，即能歌柳词”的影响。徐度《却扫编》卷五云：

> （柳永）其词虽极工致，然多杂以鄙语，故流俗人尤喜道之。其后欧、苏诸公继出，文格一变，至为歌词，体制高雅。柳氏之作，殆不复称于文士之口，然流俗好之自若也。

经过苏轼创作与理论两方面的倡导，柳词在士大夫中基本上没有市场，只是在市俗中继续流行。在去俗归雅，提高词品方面，苏轼取得了相当的成功。

（2）苏轼用论诗的标准来论词，认为词是“余技”，并未将词提到与诗相同的地位。

苏东坡在《题张子野诗集后》一文中，盛赞其诗，并说其词不过是“余技”。在另外几则书信中，东坡对词的最高评价为“似诗”。[①] 合乎诗之标准，就是好词，不合诗的标准，则是“余技”、“小词”。这是东坡论词的一贯主张。因此，在承认东坡推尊词体、扩大词境的同时，也必须看到，他并不认为词像诗、文那样重要。从他现存的三百多首词来看，虽然能够“指出向上一路”，打破“花间”、柳永一派的藩篱，但许多较为严肃、重大的主题，他在词中涉及较少，而多在诗、文中表现。他曾说“诗文不能尽，溢而为书，变而为画，皆诗之余”，这正和他说词为“小词”、“余技”，是一致的。东坡的这一观点，引发了南宋的“诗余”说。

东坡门下黄庭坚、张耒、晁补之、李之仪等人，都有一些论词的文章，其中黄、张的观点接近苏轼，而又有一定变化。黄庭坚《小山集序》

① 《苏轼文集》卷五十三《尺牍·与陈季常》、卷五十五《尺牍·与蔡景繁》。

采用了与苏轼相同的“以诗评词”的做法，他将小晏词比作《高唐》、《洛神》赋和《桃叶》、《团扇》诗，既是以词比附诗，又承认词“言情”的特点，比苏轼的观点更为具体并有所发挥。张耒曾为词人贺铸的集子作《东山集序》，说贺铸词是“满心而发，肆口而成，虽欲已焉而不得者”，与东坡强调诗文出于自然天成的观点相近。但他称许贺词“盛丽”、“艳冶”的风格特点，则显然接近“婉约派”的词旨，而与东坡的词风与词论大异其趣，

3. 回归婉约：李清照“本色”论

可以说，在北宋中期，以苏轼为代表的“豪放派”词风与词论，在词坛上占了上风，但到了北宋后期，著名女词人李清照在她那篇著名的《词论》里面，提出了一系列词学主张，批评了“不协音律”、“似诗”的豪放词，其理论上的声势与影响均超过苏轼，她又为“婉约词”争回了正统的地位。

在李清照之前，晁补之的《评本朝乐章》（胡仔《苕溪渔隐丛话》后集卷三十三引），基本上是站在“婉约派”的立场上说话，与苏、黄的词论有较大的距离。李之仪的《跋吴思道小词》论述了由《花间》到北宋词的发展概况与各家短长，却无一语提及苏、黄等人的豪放词，其宗旨可见。两人提出的不同于苏、黄而接近“婉约派”的词学主张，成为欧阳炯《花间集序》和李清照《词论》之间的过渡性词论。

李清照的《词论》约作于北宋末（《苕溪渔隐丛话》、《诗人玉屑》都有收录），是北宋词学的总结，也是宋代最苛刻的词论。李清照词论的重点是严诗、词之别，主张词“别是一家”，这对后世词人有相当广泛而深远的影响。主要内容有三，一是叙词史，二是评词人，三是论音律。

（1）叙词史。

> 乐府、声诗并著，最盛于唐开元、天宝间，有李八郎者，能歌擅天下。时新及第进士，开宴曲江，榜中一名士先召李，使易服隐姓

名，衣冠故敝，精神惨沮，与同之宴所，曰："表弟愿与坐末。"众皆不顾。既酒行乐作，歌者进，时曹元谦、念奴为冠。歌罢，众皆咨嗟称赏，名士忽指李曰："请表弟歌。"众皆哂，或有怒者。及转喉发声，歌一曲，众皆泣下，罗拜曰："此李八郎也。"自后郑、卫之声日炽，流靡之变日烦，已有《菩萨蛮》、《春光好》、《莎鸡子》、《更漏子》、《浣溪沙》、《梦江南》、《渔父》等词，不可遍举。五代干戈，四海瓜分豆剖，斯文道熄。独江南李氏君臣尚文雅，故有"小楼吹彻玉笙寒"，"吹绉一池春水"之词，语虽奇甚，所谓"亡国之音哀以思"也。逮至本朝，礼乐文武大备。又涵养百余年，始有柳屯田永者，变旧声作新声，出《乐章集》，大得声称于世。虽协音律，而词语尘下。

此段论述既有"词史"的性质，又兼有作家论的性质。值得注意的是，李清照明确反对"郑、卫之声"与"流靡之变"，表明她主张词须雅正，反对俚俗与淫冶之作。

(2)评词人。

李清照论及北宋除周邦彦以外几乎所有较重要的词人。她以是否"本色"为标准，将他们分为二类，第一类是北宋前期作家，不够"本色"者。第二类是北宋后期的词人，较为本色，但也瑕瑜互见。平心而论，易安对北宋词人的评价大体上是能抓住要点、符合实际的，吴梅《词学通论》云："其讥弹前辈，能切中其病。"但众多词人中，竟无一人合乎她的标准，未免持论过高，有失平正了。

(3)论音律。

盖诗文分平侧，而歌词分五音，又分五声，又分六律，又分清浊轻重。且如近世所谓《声声慢》、《雨中花》、《喜迁莺》，既押平声韵，又押入声韵。《玉楼春》本押平声韵，又押上、去声，又押入声。本押仄声韵,如押上声则协,如押入声,则不可歌矣。

易安对词的声律分析甚细,比一般要求词必须协律者更为严格,这对后来张炎《词源》论音律当有一定影响。

二、推崇苏、辛

靖康之变,金人铁骑践踏中原,惊醒了词人的清梦,软玉温香的小词唱不下去了,代之而起的是辛稼轩一派慷慨豪壮的词风,词学也发生了较大变化。重“豪放”之音,推重苏、辛,为此期词学的基本特点。

1. 第一部系统的词学专著:王灼《碧鸡漫志》

王灼《碧鸡漫志》成书于南宋初年,[①]是宋代第一部价值较高、系统性较强的词学专著,该书五卷,第一卷论乐,第三、四、五卷论词调,第二卷论文辞,俱有真知灼见。

第一卷论“歌词之变”条指出“古歌变为古乐府,古乐府变为今曲子,其本一也”,极有道理。“论雅郑所分”条提出“中正则雅,多哇则郑”,并从音律上论之,亦有见地,“歌曲拍节乃自然之度数”条,说古乐、今音皆合乎自然,能用发展的眼光看乐律的变化,既重“性情”,又不废“度数”,对今乐(词乐)的价值予以充分肯定。

卷三至卷五考辨《霓裳羽衣曲》等词调约三十个,多能联系史书、政书、诗词、笔记等综合分析,用功极勤,大都成为定论,在词学史上价

---

① 王灼《碧鸡漫志》自序:“乙丑冬,予客成都之碧鸡坊妙胜院”,因而作《碧鸡漫志》,并于“己巳三月”写了这篇序言。关于此书写作年代有两种说法,考王灼约生活于十二世纪左右(1100—1200)之间。《宋诗纪事》卷四十四“王灼《铜马歌》自序”提到“绍兴丙子(1156),予以事至成都”,同书引《夷坚志》亦云:“绍兴六年(1136)王道成见王灼于金川。”皆十二世纪中叶事。据此,可断定《碧鸡漫志》序中的“乙丑”,指绍兴十五年(1145),“己巳”为绍兴十九年(1149),《碧鸡漫志》成书应在此数年之间。有人定此处“己巳”为宋度宗咸淳五年(1269),显误。

值甚高。①

卷二评论了唐末至南宋初的词史与词人，涉及作家达六十余人。王灼论词的特点是史论结合，“各家词短长”条评北宋诸人词，论列的词人比李清照《词论》更多，讨论的问题更广泛，论词主旨也颇为不同，他将宋词分为四体，一种以苏轼为代表，可称为“苏东坡体”，他将晁无咎、黄庭坚、叶少蕴、蒲大受、苏在庭、石耆翁列入此体，还提到陈无己、陈去非、徐师川、苏养直诸人，说他们的妙处各如其诗，这几位写诗都学苏、黄，词亦当划入苏轼一派。王灼评价最高的就是这一派词，尤以对东坡的评价为具慧眼。稍后陆游也说：“昔人作七夕词，率不免有珠栊绮梳惜别之意。唯东坡此篇，居然是星汉上语，歌之曲终，觉天风海雨逼人。”（《跋东坡七夕词后》）苏轼一派的豪放词的崇高地位，经王灼而至陆游才得以确立。第二种以贺铸、周邦彦为代表，包括晏几道、僧仲殊以及张先、秦观、毛泽民、黄载万等人，这是传统的婉约派而接近风雅者。对此派，王灼也是肯定的，但评价似低于苏轼一派，说他们“自成一家”。第三种以柳永为代表，包括沈公述等六人，词风俚俗侧艳，是王灼批评的对象。王灼几次提到柳永词是“野狐涎”，说沈公述等人“病于无韵”。第四种指“滑稽体”，当然也在王灼否定之列。王灼对宋词源流派别的分析，极富创见，他尊苏而不贬贺、周，豪放与婉约并重，确有过人的见识。可惜后人对他的分法不够注意，极少采用。

《碧鸡漫志》有一条专评李清照词，在承认清照出众的才华及在词史上的地位基础上，对易安词的内容提出严厉批评：“作长短句，能曲折尽人意，轻巧尖新，姿态百出，闾巷荒淫之语，肆意落笔，自古缙绅之家能文妇女，未见如此无顾忌也。”或许是由于李清照对苏派词人评价过低，《词论》影响又较大，王灼欲推尊苏轼，不得不痛诋易安。然此点只是白璧微瑕。《漫志》论乐既有卓见，论词又能并容豪放与婉约，在

① 参见《四库全书总目》卷一百四十九“集部词曲类二”《碧鸡漫志》提要对此书的评价。

宋代词论中不愧为首屈一指之作。

2. 推尊苏、辛词风

此期的一些词论家开始重视辛弃疾词，并将其与东坡词划归同一派。如宋孝宗淳熙十五年戊申（公元1188年），辛弃疾四十九岁时，门人范开编刊《稼轩词甲集》所作序：

> 世言稼轩居士辛公之词似东坡，非有意于学坡也，自其发于所蓄者言之，则不能不坡若也。（邓广铭《稼轩词编年笺注》附录）

南宋时一些稼轩词集的序跋，也都强调了辛词的豪放：

> 公所作大声镗鞳，小声铿訇；横绝六合，扫空万古，自有苍生以来所无。其纤绵密者亦不在小晏、秦郎之下。（刘克庄《辛稼轩集序》）
>
> 近时作词者只说周美成、姜尧章等，而以稼轩词为豪迈，非词家本色。……稼轩所作，岂非万古一清风也哉！（邓广铭《稼轩词编年笺注》附录陈模《论稼轩词》）
>
> 词至东坡，倾荡磊落，如诗如文，如天地奇观，岂与群儿雌声学语较工拙；然犹未至用经史，牵《雅》、《颂》入郑、卫也。自辛稼轩前，用一语如此者必且掩口。及稼轩横竖烂漫，乃如禅宗棒喝，头头皆是；又如悲笳万鼓，平生不平事并卮酒，但觉宾主酣畅，谈不暇顾。词至此亦足矣。（刘辰翁《须溪集》卷六《辛稼轩词序》）

以上诸家论辛词，观点相近，其重要论点有：一、辛词上继东坡，而又发展了东坡。二、苏、辛词与柳永、周邦彦、姜夔之词风格不同，并且高于柳、周、姜，未可视为不“本色”。三、辛词悲壮豪放，为词人以来所未有。四、辛词风格多样。

同时期金朝文论家王若虚、元好问皆鼓吹苏、辛词风，王若虚《滹南诗话》卷中驳斥《后山诗话》说苏轼“以诗为词”的观点。元好问自题《遗山乐府》云：“乐府以来，东坡第一，以后便到辛稼轩。”这与遗山论诗重北人慷慨之音，是相一致的。

这时期词论的另一共同论点就是反对柳永的俗艳，提倡欧、晏、张、贺、周、秦直至姜夔的“雅正”，从王灼《碧鸡漫志》到胡仔《苕溪渔隐丛话》皆首重豪放，次重雅正。到了南宋后期，主“雅正”的观点占了上风，宋代词学于是走向衰落。

三、从婉约到风雅

1. 沈义父《乐府指迷》

词发展到南宋后期，又一次发生重大变化，辛派后学流于肤廓，甚者走入叫嚣怒张之途，豪放词趋于衰落，婉约词重新统治了词坛，但此时的婉约词，已无北宋词的自然真率之趣，而过分讲究具体的形式技巧，总的趋势可以说是创造性减少，“匠气”增加，这与晚宋诗坛江湖派、四灵等“晚唐体”诗人的苦吟，与宋末画坛上“院体”画的流行，在文化趋向上都是一致的。此时期词学著作则以沈义父的《乐府指迷》和张炎的《词源》为代表。

沈义父《乐府指迷》叙述他自己的词学渊源与论词宗旨，将作词之法概括为四点：

> 音律欲其协，不协则成长短之诗。
> 下字欲其雅，不雅则近乎缠令之体。
> 用字不可太露，露则直突而无深长之味。
> 发意不可太高，高则狂怪而失柔婉之意。

这四点既是理论标准，又有较明显的针对性。

（1）要求“协律”，否则成“长短之诗”。

这与李清照《词论》说东坡诸人之词“皆句读不葺之诗，又往往不协音律”的话完全一致，都是对豪放不谐声律的批评。沈义父提出此点，主要是批评后学者，并未否定苏、辛之词。他特别指出：“近世作词者，不晓音律，乃故为豪放不羁之语，遂借东坡、稼轩诸贤自诿。诸贤之词，固豪放矣，不豪放处，未尝不叶律也。如东坡之《哨遍》，杨花《水龙吟》，稼轩之《摸鱼儿》之类，则知诸贤非不能也。”第四条说“发意不可太高，高则狂怪而失柔婉之意”。正是对苏、辛词风末流的批评。

（2）讲“典雅”，主要批评以柳永为代表的“俚俗”词风，主张协律、典雅而反对市井俗气。

《指迷》有一则谈“坊间歌词之病”：

> 秦楼楚馆所歌之词，多是教坊乐工及市井做赚人所作，只缘音律不差，故多唱之。求其下语用字，全不可读。甚至咏月却说雨，咏春却说秋。如《花心动》一词，人目之为一年景。又一词之中，颠倒重复，如《曲游春》云：“脸薄难藏泪。”过云：“哭得浑无气力。”结又云：“满袖啼红。”如此甚多，乃大病也。

辞旨不清，夹杂含混，即是缠令之体。宋代词论家对民间词及柳永一派的俚俗词，多予排斥贬低，态度是不够公允的。伯时对俗词的看法，也是既有其积极的一面，又有保守、落后、绝对化的毛病。

（3）讲含蓄。

《乐府指迷》中批评白石词“生硬”，又说词“不可太野”，“遇长句须放婉曲，不可生硬”，“结句须要放开，含有余不尽之意”，都是提倡含蓄蕴藉，反对一览无余。词中所表现的本来就是诗、文中无法或较难表现的柔婉、曲折、细微之情，若无含蓄宛转的特点，确实无以异于诗、文，而易流于直露浅率，因此，伯时主张作词要含蓄，大体是正确的，不足者，是伯时强调过甚，有矫枉过正之嫌，如他认为“咏物不可直说”：

> 炼句下语，最是紧要，如说桃，不可直说破桃，须用“红雨”、“刘郎”等字。如咏柳，不可直说破柳，须用“章台”、“灞岸”等字。又咏书，如曰“银钩空满”，便是书字了，不必更说书字。“玉箸双垂”，便是泪了，不必更说泪。如“绿云缭绕”，隐然髻发，“困便湘竹”，分明是簟。正不必分晓，如教初学小儿，说破这是甚物事，方见妙处。往往浅学俗流，多不晓此妙用，指为不分晓，乃欲直捷说破，却是赚人与耍曲矣。如说情，不可太露。

伯时此论，关系到用典和用字两个方面，他主张含蓄，提倡用“代字”，不同意“直捷说破”，所论颇能切合“要眇宜修”的词体的特点，对词的艺术形式的研究及作词之法，均有贡献，不足之处是过于执着，而且代字容易成为陈词滥调，转相因袭，失去生命力。[①]

(4)“发意不可太高”恐怕是把批评的矛头指向了苏、辛一派。

沈义父认为诸家之词，多瑕瑜互见，唯有周邦彦词符合他的标准：

---

① 毛稚黄的批评颇为中肯：“沈伯时《乐府指迷》论填词咏物不宜说出题字。余谓此论虽是，然作哑谜亦可憎。须令在神情离即间，乃佳。如姜夔《暗香・咏梅》云：‘算几番照我，梅边吹笛。’岂害其佳。”刘永济先生联系宋词及南宋咏物词的发展大势，提出了相当精辟的看法：“词至南宋，姜、史、张、王，弥极工丽，法度既密，而能运用不滞，是为词学成熟之时。五代则奇花初胎，北宋则红紫烂漫也。观其时序，殆与其他文艺同一途辙。近人有诋南宋诸公为词家匠石者，可谓失言。若刘改之咏《美人指甲》、咏《美人足》各词，则品格极卑，真为词匠。然亦可见当时咏物之风弥盛也。词至于成熟，能事已尽，后来者无以复加，于是专就组织巧妙，求胜前人，而用典雅切、遣词细丽之作乃多。故沈伯时斤斤于用事、用字，而词亦衰矣。”（《词论》卷下《作法・体物第四》）

凡作词，当以清真为主。盖清真最为知音，且无一点市井气。下字运意，皆有法度，往往自唐、宋诸贤诗句中来，而不用经、史中生硬字面，此所以为冠绝也。学者看词，当以周词集解为冠。

清真词既知音协律，又典雅脱俗，“下字运意，皆有法度”，无“太露”、“太高”之病，四条标准无不符合，故被沈氏推为词家指南。

2. 张炎《词源》

张炎《词源》既有自己的创作甘苦在内，又得之乃父张枢与杨守斋、毛敏仲、徐南溪诸前辈的影响（见《词源》自序），是继王灼《碧鸡漫志》之后，南宋最为重要的词学著作。玉田所论，以音律、文词并重。宋人论词之作，往往谈及音律，但多以讨论文词为主，《词源》分上下卷，上卷详论律吕，下卷详论文词，对音律考订尤有价值。[①]

上卷论音律部分，“详论五音十二律，律吕相生，以及宫调、管色诸事，厘析精允，间系以图，与姜白石歌词、九歌、琴曲所记用字纪声字法，大略相同”（阮元《揅经室外集》卷三）。从卷下《自序》和《音谱》二则来看，张炎对音律的要求比李清照等人更加严格，划分也更为细密。反映了词律之学作为一门学问，到张炎手中已获得长足进展。

《词源》下卷共十六篇，和《乐府指迷》一样，着重探讨作词之法，为后学指示门径，中心内容是词学创作论，间或以一些词人为例来说明问题。玉田所论的种种作词之法，大半与《乐府指迷》名目相同，如伯时有“论造句”、“论起句”、“论过处”、“论结句”，玉田则有“句法”；伯时有“论咏物用事”、“咏物不可直说”、“要求字面当看唐诗”、“句上虚字”，玉田则有“咏物”、“用事”、“字面”、“虚字”诸目，都是一一对应的。就其相同之处来看，多数是《指迷》三言两语谈过，《词源》往往展开讨论，立论更加周密圆融。《词源》或许曾受到《乐府指迷》的启

① 吴梅《词话丛编序》云：“推求牌调，则有《漫志》之精核；考订律吕，则有《词源》之详赡。”

发，当然也可能是暗合。《词源》与《乐府指迷》在词学观点上又有很大不同，主要体现在两点：

(1)《指迷》尊奉周邦彦，而《词源》推崇姜白石。

宋词的两大派别，此时已发展成熟，以苏、辛为代表的豪放词派和以周邦彦、姜夔为代表的婉约词派如双峰并峙，二水分流，而传统词家多以婉约为正宗，以豪放为别调，《指迷》、《词源》二书即此持说。但玉田持论似有兼取两派长处，去其短处，自成一家之意，故对豪放派的开创者苏轼即颇欣赏。总的来说，玉田对豪放派的态度是赏其高韵，不满其太露、太过的粗豪之病，欲使之归于"骚雅"。同样，玉田对婉约词，亦非一味捧场，《词源》下卷的序言，是玉田对宋代婉约词人的概括性评价：

> 美成负一代词名，所作之词，浑厚和雅，善于融化诗句，而于音谱，且间有未谐，可见其难矣。作词者多效其体制，失之软媚而无所取。此唯美成为然，不能学也。所可仿效之词，岂一美成而已。旧有刊本《六十家词》，可歌可诵者，指不多屈。中间如秦少游、高竹屋、姜白石、史邦卿、吴梦窗，此数家格调不侔，句法挺异，俱能特立清新之意，删削靡曼之词，自成一家，各名于世。作词者能取诸人之所长，去诸人之所短，精加玩味，象而为之，岂不能与美成辈争雄长哉！

从玉田对两大派的评论来看，他主张合两派之长，另创新体，使词归于"清空"、"骚雅"、"意趣高远"，而符合这些标准的词作，只有白石词一家。

(2)提出"清空"和"意趣"两个重要的词学概念。

"清空"重在研究词的艺术形式方面的特点；"意趣"是对词的内容方面的基本要求。先看"清空"：

> 词要清空，不要质实。清空则古雅峭拔，质实则凝涩晦昧。姜白石词如野云孤飞，去留无迹。吴梦窗词如七宝楼台，眩人眼目，碎拆下来，不成片段。此清空质实之说。

在中国词学史上，玉田第一个在论词时提出“清空”之说、以“质实”作为“清空”的反面，并以姜夔词和吴文英词作为各自的代表，这在词学史上是一个重要贡献，其影响远及于清代中叶的浙西词派。“清空”的词要能摄取事物、人情的精神而遗其外貌；“质实”的词往往典雅博奥，但过于执着于所描写的对象，显得板滞，晦涩。玉田以白石词为“清空”的高标，说“姜白石词如野云孤飞，去留无迹”，这是对“古雅峭拔”的具体诠释，玉田还说白石《暗香》、《疏影》、《扬州慢》诸词，“不唯清空，又且骚雅，读之使人神观飞越”。“骚”可理解为文采斐然，“雅”指内容雅正，提出“骚雅”，实际上是在“清空”的基础上求工，以免走入空疏一途，是对“清空”说的某种修正与补充。①

玉田提出“质实”的代表作家是吴文英。晦涩堆垛，既为梦窗词所常见，又是南宋词（特别是咏物词）之通病。此类“七宝楼台”之作，从高处说，是表现了词体发展已经成熟，艺术技巧日趋细密，故能以隐约晦昧之言，传难以明言之思。② 若从低处说，此类词主旨往往过于隐晦，至有打“哑谜”之讥，究非词家极则，可说是南宋末期词坛内容较为贫乏、艺术缺少创新，词人们只有以此取胜的时代风气的反映。

---

① 刘永济对“清空”的解说尤惬人意：“清空云者，词意浑脱超妙，看似平淡，而意蕴无尽，不可指实。其源盖出于楚人之骚，其法盖由于诗人之兴，作者以善觉、善感之才，遇可感、可觉之境，于是触物类情而发于不自觉者也。唯其如此，故往往因小可以见大，即近可以明远。其超妙、其浑脱，皆未易以知识得，尤未易以言语道，是在性灵之领会而已。严沧浪所谓‘水中之月，镜中之象’，是也。”此说能指出“清空”说的诗学渊源，尤其是指出与严羽观点的相似之处，确实独具慧眼。

② 如叶嘉莹《拆碎七宝楼台》一文，以为梦窗词的晦涩质实，从内容上看，是他有家国之恨，无法直说；从艺术上看，是由于他采用了“时空错综”的手法和修辞凭感性所得，不循理性之法所造成的，解说颇有道理。

再看“意趣”，《词源》卷下“意趣”云：

> 词以意趣为主，要不蹈袭前人语意。如东坡中秋《水调歌》、夏夜《洞仙歌》，王荆公金陵怀古《桂枝香》，姜白石《暗香》、《疏影》。此数词皆清空中有意趣，无笔力者未易到。

玉田所谓“意”，当指词的立意，“趣”，当指词的情趣。玉田对“意趣”的要求有三个方面：首先，要不蹈袭前人，词境上要有创新，所举苏、王、姜诸词都是一空依傍、自出机杼之作；其次，“意趣”要与“清空”相结合，既要不着色相，又能内容充实，托意高远，方为上乘之作。最后，“意趣”应与“骚雅”相结合。[①]

张炎作为婉约派的重要词人和理论家，其理论主张已不同于传统的婉约派论家，而显示出力图取婉约、豪放之长，形成新的词学理想、建立新的词风的祈向。昔人论词，于豪放、婉约二派之外，另分出“风雅”一派，而以姜夔、张炎诸人当之，确有见地。[②]《词源》一书，影响于后世词学者甚大，清代的浙西词派“家白石而户玉田”，承传之迹固极显然，后起的“常州词派”，以微婉相高，退姜、张而进辛、王，尊梦窗而祖美成，一变浙西词风，正是从《词源》观点的对立面立论的。浙西、常州二派，宗风不同，受《词源》之熏染沾溉，却并无二致。所以，《词源》不仅是宋代词学史上，也是中国诗学史上的一部重要著作。

---

① 《词源》卷下《杂论》在肯定周邦彦词长处的同时，又指出：“惜乎其意趣却不高远。所以出奇之语，当以白石骚雅句法润色之，真天机云锦也。”姜夔词写爱情者极多，但多以柳、梅寄兴，出以雅淡蕴藉之笔，而不用浅露的直说，如合肥怀人诸词及《暗香》、《疏影》诸作皆然，这一点正是周词所乏处，故玉田欲以姜救周，以“意趣”与“骚雅”合而为一，方能成为最优秀的作品，“真天机云锦也”。

② 高佑釲《陈其年湖海楼词序》引顾咸三语：“宋名家词最盛，体非一格，苏、辛之雄放豪宕，秦、柳之妩媚风流，判然分途，各极其妙。而姜白石、张叔夏辈，以冲淡秀洁，得词之中正。”

宋代的词学著作与同时的诗话之类有较大差别，表现出中国诗学的新特点，这就是较重词的风格技法方面的探讨，较少那些采摭逸闻琐事、体兼说部的作品。这主要是由于中国源远流长的诗学传统为词学提供了借鉴，而宋代诗话又为词话起到了导夫先路的作用，使得词学少走一些弯路，较早切入正题，从欧阳炯《花间集序》，到苏门评词之作，到李清照的《词论》，再到《漫志》、《指迷》、《词源》三书，俱以词理、词论为第一生命。[①] 关于词的本质特征问题，此期论家做了多方面的、较为有益的探讨，大致说来，凡主张词应有“本色”（主要是指以男女爱情相思离别为题材，风格较柔弱）、词应合乐、严格诗词界限（词别是一家）者，多与“婉约派”有关。而那些主张“以诗为词”、敢于突破音律界限、不重“本色”的词学主张，又多与“豪放派”接近。这两派的共同点是崇雅黜俗，因此对柳永一类的词，两派皆评价不高。此期的词论家在“文辞”方面的研究也取得了突出的成绩，如词的起源、作用、体制、风格、词之作法等问题上，均有建树，为后世词学研究的顺利开展，打下了坚实的基础。

---

① 其间虽有杨湜《古今词话》、吴曾《能改斋词话》、周密《浩然斋词话》以记事为主，但为数既比同期诗话少得多，而后二书又是从“说部”中分离出来的。

第五章　从《唐才子传》到《原诗》
——中国诗学建立理论体系的时期

复古与反复古的斗争，是这一时期诗学理论的核心。同时，诗学理论在作家作品和诗歌体制源流的研究上取得了很大成绩。与诗学理论逐步系统化相反，本时期词学较为沉寂。

第一节　《唐才子传》与元代诗学

元代诗学著作大体可以分为三类：一类以方回、戴表元、陆文圭等人为代表，以诗选、诗话（方回《瀛奎律髓》兼有诗选及诗话二体）和论文（论诗为主的序跋）的形式论诗。一类是诗格、诗式、诗例之类的诗学入门著作，如杨载《诗法家数》、范梈《诗学禁脔》及《诗格》、陈曾绎《诗谱》、傅若金《诗文正法》、揭傒斯《诗法正宗》等。[①] 还有一类别出心裁、自成体例，是西域人辛文房的《唐才子传》。元代诗学的价值，主要体现在第一类和第三类。

---

① 关于这类文献的"著作权"问题，可以参见张伯伟《元代诗学伪书考》（《文学遗产》1997 年 3 期）。

一、以方回为代表的正统诗学

以方回为代表的元代诗论家，多数是由宋入元的知识分子，他们既是程朱理学的信徒，又有贰臣之嫌。特殊的时代与身份决定了这批人论诗的特点：即以宋诗为中心议题；以理学为论诗标准；强调诗人的人品气节。《四库全书总目·桐江续集提要》说：

> 回人品卑污，见于周密《癸辛杂识》者，殆无人理。然观其集中诸文，学问议论，一尊朱子。崇正辟邪，不遗余力，居然醇儒之言。就文言文，要不可谓其悖于理也。其诗专主江西，平生宗旨，悉见所编《瀛奎律髓》中。虽不免以粗率生硬为老境，而当其合作，实出宋末诸家上，更不能以其人废矣。

元代另外一些诗论家，声名不如方回显赫，但其生平出处、思想倾向、论诗宗旨大都与方回相似。其特点主要有如下数端：

1. 注重以儒家传统诗学论诗，但又不像理学家那样鄙薄文辞，并强调诗品与人品的结合。

作为朱熹的同乡，方回“学问议论，一尊朱子”。《杨初庵诗卷序》说：

> 吾州朱文公，集关、洛之大成，学也。排江浙异趣，识也。其著书、为文、为史、为诗，无一不可才也。盖唐三百年以词章取士，而知道者无闻焉。老杜自比稷、契，昌黎力辟佛、老，近乎知道云耳。(《桐江集》卷一)

可见方回既重视“道”，也重视学、识之外的“才”，认识较为全面。方回编撰《瀛奎律髓》四十九卷，选录唐宋律诗三千首，其考镜源流、保存故国文献之功不可没。又如元代“儒林四杰”之一黄溍，论诗重故国之思，其《方先生诗集序》表彰胜国遗老，言“得失兴废之迹”。可以说，在宗儒、重文辞、重人品方面，从方回、戴表元到黄溍这一批诗论家，其倾向是一致的。

2. 论诗贬晚唐和宋末“江湖派”，推尊以杜甫为代表的盛唐诗和黄庭坚为代表的“江西派”，同时也能注重新变。

方回认为，元代诗坛承袭了宋末江湖诗风之弊，拯救的方法就是回归江西诗风，因此他提出了著名的“一祖三宗”说：

> 古今诗人，当以老杜、山谷、后山、简斋四家为一祖三宗，余可配享者有数焉。（《瀛奎律髓》卷二十六）

江西诗派创始人黄庭坚本以学杜相标榜，但他注重的是杜诗的出处“来历”与章法技巧，对杜诗的内容不够重视。江西诗派的末流，仅知学山谷与后山，对杜诗不复留意，这从吕本中《江西诗社宗派图》即可见。方回则对江西诗派的“诗统”做了重大修改与补充，明确强调以集大成而有“诗史”之称的杜甫为祖，并将注重诗歌现实内容的陈与义列为一宗。这样就从源和流两方面纠正了江西诗派轻视内容之失。袁桷《书程君贞诗后》则能见出这批诗论家既重视风雅之源，又不轻视汉、宋诗歌之新变的共同态度：

> 风、雅异义，今言诗者一之。然则曷为风？黄初、建安得之。雅之体，汉乐府诸诗近之。……诗近于风，情性之自然。齐梁而降，风其熄矣。繇宋以来，有三变焉：梅、欧以纡徐写其材，高者凌山岳，幽者穿岩窦，而其反复蹈厉，有不能已于言者，风之变尽矣。黄、陈取其奇以为言，言过于奇，奇有所不通焉。苏公以其词超于情，嗒然以为正，颓然以为近，后之言诗者争慕之。（《清容居士

集》卷四十八)

3. 在诗歌创作的艺术规律及技巧方面,提出了许多有价值的意见。

如方回主张用意"清新"(《桐江集》卷一《冯伯田诗集序》),"以意为脉,以骨为格,以字为眼"(《瀛奎律髓》卷四十二),这比江西诗派的"夺胎换骨"和"点铁成金"取径宽广。在句法上,方回要求"活"与"响"(《桐江集》卷一《滕元秀诗集序》),所谓响,大约指气魄宏大、音节响亮;所谓活,大约指瘦硬枯劲、鼓舞跳荡的山谷、简斋诸作,即江西诗派的路子。在字法上,提倡字眼和虚字入诗:

> 凡为诗,非五字、七字皆实之为难;全不必实,而虚字有力之为难。"红入桃花嫩,青归柳叶新",以"入"字、"归"字为眼。"冻泉依细石,晴雪落长松",以"依"字、"落"字为眼。"榉柳枝枝弱,枇杷树树香",以"弱"字、"香"字为眼。凡唐人皆如此,贾岛尤精,所谓敲门推门,争精微于一字之间是也。然诗法但止于是乎?惟晚唐诗家不悟,盖有八句皆景,每句中下一工字,以为至矣,而诗全无味。所以诗家不专用实句实字,而或以虚为句。句之中,以虚字为工,天下之至难也。后山曰:"欲行天下独,信有俗间疑。""欲行"、"信有"四字是工处。"剩欲论奇字,终能讳秘方","剩欲"、"终能"四字是工处。简斋曰:"使知临难日,犹有不欺臣。""使知"、"犹有"四字是工处。他皆仿此。(《瀛奎律髓》卷四十三)

纪昀批曰:"虚谷平生见解尽于此段。"虚字斡旋,确实是杜甫、韩愈到江西诗派作品的一个显著特色,有利于形成瘦硬、枯淡的诗风。总的来说,以方回为代表的这批元代诗论家继承发展的是江西诗派的诗学传统。

二、辛文房与《唐才子传》

《唐才子传》是元代诗学的一个特殊存在，是中国诗学史上的一朵奇葩。辛文房是元代前期西域人，他对汉民族文化——尤其是唐诗——有热烈的爱好。他的名“文房”用的是刘长卿的字，他的字“良史”用的是于良史的名，他的诗集则以李咸用的《披沙诗集》为名，这三人都是唐代诗人。辛文房编纂的《唐才子传》更是一部唐代诗人生平文献的集大成之作。

1.《唐才子传》在文献意义上的两个重要特点

(1)体例上的创造。

虽然正史中有《儒林传》与《文苑传》的体例，但前者偏重经学，后者泛及文史，而此书则是第一部专门的诗人传记。在专为诗人作传这一意义上，它又具有以下几点首创性：第一，纪传体。此书“游目简编，宅心史集”，为唐代三百九十八位诗人纂著了传记。[①] 尽管在辛文房之前，南宋计有功编纂《唐诗纪事》，保存了大量唐代诗歌及本事的文献资料，但它不重在为诗人立传，亦少自己的评判。所以说，在《唐才子传》之前，从未有过专为诗人作传的著作；在此之后，类似著述也只有钱谦益《列朝诗人小传》可与之媲美。第二，传赞结合。可能是受《史记》中“太史公曰”及后来史书中“赞”这类体例的影响，此书在诗人传记之后，常用“论曰”一类文字，对一人、一时、一体的创作特色、风格流变等加以评述。这使得《唐才子传》一书在人物传记之外还带有文学评论的意味。其间议论虽往往采自前贤，但经过了辛文房的加工、整理与补订，颇具新意。

(2)行文上的突破。

作为一部独具风格的诗学著作，《唐才子传》表现了史学家搜集、

---

① 据《四库全书总目》指出：“其见于新、旧《唐书》者仅百余人，余皆从传记说部各书采葺。”可见辛文房蒐罗资料的丰富。

处理文献材料的勤奋严谨之“学”，理论家分析问题的洞见卓“识”，以及文学家表达意见的聪慧热情之“才”。粤雅堂丛书本《唐才子传》伍崇曜跋说得好：“其书评骘精审似锺嵘《诗品》，标举新异似刘义庆《世说》，而叙次古雅则又与皇甫谧《高士传》等相同。”

辛文房纂述《唐才子传》这样一部史学著作，命意严肃，用力勤勉，绝非泛泛而为，《唐才子传·引》说：

> 余遐想高情，身服斯道，究其梗概行藏，散见错出，使览于述作，尚昧音容，洽彼姓名，未辨机轴，尝切病之。顷以端居多暇，害事都捐，游目简编，宅心史集，或求详累帙，因备先传，撰拟成篇，斑斑有据，以悉全时之盛，用成一家之言，各冠以时，定为先后，远陪公议，谁得而诬也。

其中勾稽史料的辛劳，成一家言的旨趣，与司马迁作《史记》颇有相同之处。此书对一些著名诗人生平的过失、作品的缺点都能秉笔直书，有“书法不隐”的良史精神。尤其在评论诗人及其作品时，更能显示出辛文房的卓越见识。

2.《唐才子传》在文学批评上的特点

有元一代，对唐诗的研究与评论，无出其右者。择其大者约有三端：

(1)注重探讨唐诗发展的因革流变规律。

作为一代诗史，首重流变，无疑有纲举目张之效。辛文房论唐诗流变，基本采取“初、盛、中、晚”四唐说。辛文房认为沈、宋始定律体，陈子昂古诗复归雅正，这正把握住了初唐诗歌变化的关键。对盛唐诗，辛文房相当重视，他往往借取殷璠《河岳英灵集》、高仲武《中兴间气集》评论诸家之说加以补充、发挥，指出盛唐诗重风雅，以兴象、风骨、气魄见长，并以李、杜为盛唐乃至整个唐诗的最高典范，所论皆中肯綮。辛文房论中唐诗，重点在于各种流派及其变化，如指出以李嘉祐为代表的“涉于齐梁”之体，以钱起、卢纶为代表的“大历十才子”之体，以皇甫兄弟、灵一、严维为代表的山水隐逸之派；论韦应物而及于唐代律诗的特点及发展脉络，把握也很准确。关于晚唐诗，辛文房则重在批判淫靡浮艳之风。总的来说，《唐才子传》论唐诗的流变，既能充分吸收前人的观点，又能有所判断抉择，见解颇为正大宏通。

(2)对儒、释、道三家思想都不排斥，但更服膺释、道两家。

辛文房论诗，重视诗品与人品的结合，也宣扬诗歌的教化作用和“发乎情，止乎礼义”的儒家标准，但作为西域人，他的观念似乎要比宋儒开通一些，如他对唐代女诗人的一段著名评论：

> 噫！笔墨固非女子之事，亦在用之如何耳。……历观唐以雅道奖士类，而闺阁英秀，亦能熏染，锦心绣口，蕙情兰性，足可尚矣。中间如李季兰、鱼玄机，皆跃出方外，修清净之教，陶写幽怀，留连光景，逍遥闲暇之功，无非云水之念，与名儒比隆，珠往琼复。然浮艳委托之心，终不能尽，白璧微瑕，惟在此耳。薛涛流落歌舞，以灵慧获名当时，此亦难矣。三者既不可略，如刘媛、刘云、鲍君徽、崔仲容、道士元淳、薛缊、崔公达、张窈窕、程长文、梁琼、廉氏、姚月华、裴羽仙、刘瑶、常浩、葛鸦儿、崔莺莺、谭意哥、户部侍郎吉中孚妻张夫人、鲍参军妻文姬、杜羔妻赵氏、张建封妾盼盼、南楚材妻薛媛等，皆能华藻，才色双美者也。或望幸离宫，伤宠后掖；或以从军万里，断绝音耗；或祗役连年，迢遥风水；或为宕子妻，或为商人妇。花雨春夜，月露秋天，玄鸟将谢，宾鸿来届；捣锦石之流黄，织回文于缃绮，魂梦飞远，关山到难。当此时也，濡毫命素，写怨书怀，一语一联，俱堪堕泪。至若间以丰丽，杂以纤秾，导淫奔之约，叙久旷之情，不假绿琴，但飞红纸，中间不能免焉。尺有短而寸有长，故未欲椎埋之云尔。(《唐才子传》卷二《李季

兰传》）

这将司马迁“发愤著书”说和韩愈“不平则鸣”说转化为对弱女子的同情，即使置于整个中国文学批评中也堪称见识超拔。对于释、道的创作，辛文房则表现出了由衷的热爱，如其论道家之诗：

> 晋嵇康论神仙非积学所能致，斯言信哉。……今夫指青山首驾，卧白云振衣，纷长往于斯世，遣高风于无穷，及见其人，吾亦愿从之游耳。韩湘控鹤于前，吕岩骖鸾于后，凡其题咏篇什，铿锵振作，皆天成云汉，不假安排，自非咀嚼冰玉，呼吸烟霏，孰能至此。宁好事者为之。多见其不知量也。吴筠、张志和、施肩吾、刘商、陈陶、顾况等，高躅可数，皆颉颃于玄化中者欤。（《唐才子传》卷十《吕岩传》）

这与其说是在论道家之诗，还不如说是在欣赏他们的生活与为人。在辛文房的笔下，对释、道的强调往往归结于对其高蹈世外的羡慕。在《唐才子传》中，约有四分之一的诗人因为其“隐逸”行为受到表彰。并且，辛文房论及唐代（尤其是晚唐）儒者诗人的隐逸之风时，其文字表述与情感倾向与论释、道两家的文字几乎如出一辙：

> 唐兴迨季叶，治日少而乱日多，虽草衣带索，罕得安居。当其时，远钓弋者，不走山而逃海，斯德而隐者矣。自王君以下，幽人间出，皆远腾长往之士，危行言逊，重拔祸机，糠核轩冕，挂冠引退，往往见之。跃身炎冷之途，标华黄、绮之列。虽或累聘丘园，勉加冠佩，适足以速深藏于薮泽耳。然犹有不能逃白刃、死非命焉。夫迹晦名彰，风高尘绝，岂不以有翰墨之妙，骚雅之奇美哉！文章为不朽之盛事也。耻不为尧、舜民，学者之所同志；致君于三

五，懦夫尚知勇为。今则舍声利而向山栖，鹿冠舄几，使于锦绣之服；柴车茅舍，安于丹雘之厦；藜羹不糁，甘于五鼎之味；素琴浊酒，和于醇饴之奉；樵青山，渔白水，足于佩金鱼而纡紫绶也。时有不同也，事有不侔也。向子平曰："吾故知富不如贫，贵不如贱，第未知死何如生。"此达人之言也。《易》曰："遁之时义大矣哉！"（《唐才子传》卷一《王绩传》）

辛文房如此热衷地赞美肥遁、隐逸，目的恐怕不仅仅在于研究唐代诗人，而是反映了元代知识分子地位低下的境遇，另一方面，恐怕也是他自己"负才跅弛，见嫉时流"的身世的曲折投影。换言之，推崇隐遁，辛文房可能有言外之意。

（3）对唐诗各种体裁、题材和风格都做了较为深入的研究。

如对中晚唐次韵酬唱诗的批评：

夫次韵唱酬，其法不古，元和以前，未之见也。暨令狐楚、薛能、元稹、白乐天集中，稍稍开端。以意相和之法渐废间作。逮日休、龟蒙，则飙流顿盛，犹空谷有声，随响即答。韩偓、吴融以后，守之愈笃，汗漫而无禁也。于是天下翕然，顺下风而趋，至数十反而不已，莫知非焉。夫才情敛之不盈握，散之弥八纮，遣意于时间，寄兴于物表，或上下出入，纵横流散，游刃所及，孰非我有，本无拘缚沾濡之忌也。今则限以韵声，莫违次第，得佳韵则杳不相干，岨峿难入；有当事则韵不能强，进退双违。必至窘束长才，牵接非类，求无瑕片玉，千不遇焉，诗家之大弊也。更以言巧称工，夸多斗丽，足见其少雍容之度。然前修有恨其迷途既远，无法以救之矣。（《唐才子传》卷八《皮日休传》）

次韵酬唱起源于唐代，盛行于宋元，诗人往往因难斗巧，逞意见才，辛文房敢于发人所未发，对此提出严厉的批评，这种见识是相当有魄力的。

当然，《唐才子传》的传记部分常常有疏漏之处，《四库提要》就曾指出不少具体的例子。傅璇琮《唐才子传校笺·前言》认为："其主旨似乎在因人而品诗，重点是标其诗格，而不在于考叙行迹。因此，无可讳言，作者在搜集和排比材料时，有时是十分随意的，这就使得这部书中的材料上的疏误几乎随处可见。"经过《唐才子传校笺》的整理，《唐才子传》这一中国诗学的宝库将会更好地发挥作用。

三、"诗格"的复兴

"诗格"类诗学入门书在唐代较为流行，如王昌龄《诗格》、皎然《诗式》、贾岛《二南密旨》、遍照金刚《文镜秘府论》等。到了宋代，诗话勃兴，诗格著述就很少出现了。在元代，诗格之书又大量出现，如杨载《诗法家数》，范梈《诗学禁脔》、《诗格》、《木天禁语》，陈绎曾《诗谱》，傅若金《诗文正法》等。它们一般都面面俱到，便于初学，但缺乏理论深度。如范梈《木天禁语》就明确说此书是为初学者开的"处方"：

> 古今论著，类多言病而不处方，是以沉痼少有瘳日，雅道无复彰时。兹集开元、大历以来，诸公平昔在翰苑所论秘旨，述为一编，以俟后之君子，为好学有志者之告。

这一批诗格著述，不但在体制上上继唐人，在诗学倾向上也崇尚唐诗，所举之例多为唐诗，所持之观点也近于宋、元以来尊唐派观点。如杨载《诗法家数》的一段话就很有代表性：

> 今之学者，倘有志乎诗，须先将汉、魏、盛唐诸诗，日夕沉潜讽

咏，熟其词，究其旨，则又访诸善诗之士，以讲明之。若今人之治经，日就月将，而自然有得，则取趾左右逢其源。……余于诗之一事，用工凡二十余年，乃能会诸法，而得其一二，然于盛唐大家数，抑亦未敢望其有所似焉。

这段话几乎与严羽《沧浪诗话·诗辨》中的论点如出一辙。大体来说，诗格中有创造性的诗学观点并不多，偶尔出现一些有价值的观点，如范椁《木天禁语》论“气象”：

翰苑、辇毂、山林、出世、偈颂、神仙、儒先（石屏之类宋贤也）、江湖、闾阎、末学（末学者，道听涂说，得一二字面，便杂据用去，不成一家，又在江湖、闾阎之下），已上气象，各随人之资禀高下而发。学者以变化气质，须仗师友所习所读，以开导佐助，然后能脱去俗近，以游高明。谨之慎之。又诗之气象，犹字画然，长短肥瘦，清浊雅俗，皆在人性中流出。得八法便成妙染而洗吾旧态也。……储咏曰：“性情褊隘者，其词躁；宽裕者，其词平；端靖者，其词雅；疏旷者，其词逸；雄伟者，其词壮；蕴藉者，其词婉。涵养情性，发于气，形于言，此诗之本源也。”

这里对气象的阐述比严羽要细腻，并且用诗、书相同的理论来加以分析，也较有见地。

元代诗学除了重视“唐音”的诗格之外，还有继承宋人诗话传统、提倡“宋调”的诗话体著述，如蒋正子《山房随笔》、韦居安《梅磵诗话》、吴师道《吴礼部诗话》。它们的共同特点是注重诗歌内容，特别注重表彰爱国志士的事迹与诗篇。尽管总体水平不高，但也有一些精彩的议论，如《吴礼部诗话》论杜陵、退之七古，言人所不及，观察相当敏锐：

老杜七言长篇，句多作对，皆深稳矫健。《洗兵马行》除首尾及“攀龙附凤”云云两句不对，“司徒、尚书”一联稍散异，余无不对者，尤为诸篇之冠。韩公长句皆不对，其体正相反。

第二节 复古的宗唐思潮

明代诗坛的复古风气与当时的绘画、书法等艺术门类的价值取向是一致的。明代前期的画坛以院体为正宗，以浙派为代表，自洪武至弘治、正德年间，画院内外皆争相摹拟，花鸟画远追南宋，人物画近师元人。王世贞《艺苑卮言》就曾说唐寅：“伯虎才高，自宋李营丘、范宽、李唐、马、夏，以至胜国吴兴、王、黄诸大家，靡不研解。”可见当时风气一斑。书法方面也是如此，以明代中前期著名书论家项穆《书法雅言》为例，其开篇即为《书统》，将孔子与王羲之并列，以说明“道统、文统”与“书统”相通。其他流派如苏、黄、米、蔡则冠以“邪正相半”的贬损之辞。这些艺术门类中的复古主义风气，与前、后七子的复古主义诗风及诗学理论，相互呼应，成为艺坛的主要潮流。

一、宗唐的先声：高棅《唐诗品汇》

明代诗坛复古思潮的代表首推明初高棅(1350—1423)。高棅的诗学著述是《唐诗品汇》一百卷。[①]《唐诗品汇》既是一部大型唐诗选本，又是一部重要的诗学理论著述，它选取唐诗六千七百余首，入选作家六百八十余人。其总叙、各种诗体之前的叙目及凡例，都表现了丰富的诗学观点。在《唐诗品汇》之前，各代皆有唐诗选本出现，但往往偏于一隅，不如此书之包罗宏富，至于分品与分析相结合，以四分法论

① 其中前九十卷成于洪武二十六年(1393)，后十卷成于洪武三十一年(1398)。

唐诗,更是高棅首创。

高棅论诗,上承严羽《沧浪诗话》分唐诗为"唐初体、盛唐体、大历体、元和体、晚唐体"五段之说,将唐诗分为"初唐、盛唐、中唐、晚唐"四段,从此唐诗的"初盛中晚"遂成为沿用至今的经典分期。而且,高棅还将每一期划分为一两个小阶段,将唐代数十位著名诗人置入相应的位置,给予言简意赅的评价。如果将总叙、凡例和各体"叙目"的论述文字合观,便是一部提要钩玄的唐诗风格演变史和诗体发展史。从《总叙》即可见一斑:

> 有唐三百年诗,众体备矣。……略而言之,则有初唐、盛唐、中唐、晚唐之不同。详而分之,贞观、永徽之时,虞、魏诸公,稍离旧习,王、杨、卢、骆,因加美丽,刘希夷有闺帷之作,上官仪有婉媚之体,此初唐之始制也;神龙以还,洎开元初,陈子昂古风雅正,李巨山文章宿老,沈、宋之新声,苏、张之大手笔,此初唐之渐盛也;开元、天宝间,则有李翰林之飘逸,杜工部之沉郁,孟襄阳之清雅,王右丞之精致,储光羲之真率,王昌龄之声俊,高适、岑参之悲壮,李颀、常建之超凡,此盛唐之盛者也;大历、贞元中,则有韦苏州之雅淡,刘随州之闲旷,钱、郎之清赡,皇甫之冲秀,秦公绪之山林,李从一之台阁,此中唐之再盛也;下暨元和之际,则有柳愚溪之超然复古,韩昌黎之博大其词,张、王乐府,得其故实,元、白序事,务在分明,与夫李贺、卢仝之鬼怪,孟郊、贾岛之饥寒,此晚唐之变也;降而开成以后,则有杜牧之之豪纵,温飞卿之绮靡,李义山之隐僻,许用晦之偶对,他若刘沧、马戴、李频、李群玉辈,尚能黾勉气格,将迈时流,此晚唐变态之极,而遗风余韵,犹有存者焉。

高棅根据诗人某一诗体的具体成就,分别将其置于九品之中,兼顾"有唐世次"与"文章高下"。所以在《唐诗品汇》的七种诗体中,诗人的不同诗作可以归入不同品第，例如高适与岑参，两人的五七言古诗列入"名家"，五七言绝句列入"羽翼"，五律列入"正宗"，五言排律则高适为"正宗"，岑参为"羽翼"。这样精细地区分"文章高下"，对准确把握一个作家的艺术水准无疑大有帮助。另外，这些区分还表达了高棅的唐诗美学观，例如他将李白各体皆列入"正宗"，而将杜甫各体都列入"大家"，一方面给李、杜以崇高地位，一方面隐含了以李为正、以杜为变之意。这和高棅对唐诗演变的基本理解是一致的，在他看来，初、盛唐为唐诗之正，大历、贞元为唐诗由盛到中的过渡，元和以降为唐诗之变。其中，盛唐又最为高棅重视，包含正宗、大家、名家、羽翼四品，比重极大。这些观点，已为大多数研究者所接受。

总之，《唐诗品汇》从选诗到品评都颇为恰当，故在当时与后世都造成了极大的影响。它一方面对元人"宗唐"纤弱奇丽的诗风起到了纠正作用，另一方面在理论上为明代复古尊唐的思潮扩大了声势。诚如《四库提要》所说：

> 《明史·文苑传》谓，终明之世，馆阁以此书为宗。厥后李梦阳、何景明等摹拟盛唐，名为崛起，其胚胎实兆于此。平心而论，唐音之流为肤廓者，此书实启其弊；唐音之不绝于后世者，亦此书实衍其传。功过并存，不能互掩。

二、前七子

钱谦益对明代诗坛由"台阁体"转为"诗必盛唐"的过程是这样描述的：

> 国家休明之运，萃于成、弘，公以金钟玉衡之质，振朱弦清庙之音，含咀宫商，吐纳和雅，沨沨乎，洋洋乎，长离之和鸣，共命之交响也。北地李梦阳一旦崛起，侈谈复古，攻窜窃剽贼之学，诋諆

先正以劫持一世，关陇之士坎拨失职者，群起附和，以击排长沙为能事。王、李代兴，祧少陵而祢北地，目论耳食，靡然从风。（《列朝诗集小传·李少师东阳》）

这一转变中的领袖人物李梦阳、何景明并无专门的诗学著作，两人在复古尊唐的共同旗帜下，又各有不同的主张，以至于互相攻讦，掀起轩然大波。关于这场争论，何景明认为他和李梦阳的最大分歧在于："空同子刻意古范，铸形宿镆，而独守尺寸。仆则欲富于材积，领会神情，临景构结，不仿形迹。"（《与李空同论诗书》）何景明主张模拟前人要富于变化，能够"舍筏达岸"：

仆观尧、舜、周、孔、子思、孟子之书，皆不相沿袭，而相发明，是故德日新而道广，此实圣圣传授之心也。后世俗儒，专守训诂，执其一说，终身弗解，相传之意背矣。今为诗不推类极变，开其未发，泯其拟议之迹，以成神圣之功；徒叙其已陈，修饰成文，稍离旧本，便自杌陧。如小儿倚物能行，独趋颠扑。虽由此即曹、刘，即阮、陆，即李、杜，且何以益于道化也？佛有筏喻，言舍筏则达岸矣，达岸则舍筏矣。（《何大复先生全集》卷三十二《与李空同论诗书》）

李梦阳则反驳说：

文必有法式，然后中谐音度，如方圆之于规矩，古人用之，非自作之，实天生之也。今人法式古人，非法式古人也，实物之自则也。……一二轻俊恃其才辩，假舍筏登岸之说，扇破前美，稍稍闻见，便横肆讥评，高下今古，谓文章家必自开一户牖，自筑一堂室，谓法古者为蹈袭，式往者为影子，信口落笔者为泯其比拟之

> 迹……而古之学废矣。

李梦阳之说的内在涵义似乎是认为完美的文学作品具有某种固定不变的外在形态。如果抛开其保守性,从内容与形式相统一的角度看,那么他的意见也不是完全没有道理。而且话又说回来,何景明的说法虽然看上去空灵机智、圆滑无懈,但缺乏实际操作性,李梦阳的意见尽管显得有些拙滞,但对初学者来说未必不是可行的写作策略,易于开宗立派。这就难怪他成为前七子中影响最大的领袖。①

前七子中的理论家是徐祯卿,其《谈艺录》是一部具有较高价值的诗学理论著作。其重要论点在于重情、重质与重神。如这段描绘诗歌创作的文字:

> 朦胧萌坼,情之来也。汪洋漫衍,情之沛也。连翩络属,情之一也。驰轶步骤,气之达也。简练揣摩,思之约也。颉颃累贯,韵之齐也。混沌贞粹,质之检也。明隽清圆,词之藻也。高才闲拟,濡笔求工,发旨立意,虽旁出多门,未有不由斯户者也。(《谈艺录》)

诗话之兴,历宋、元、明诸代,其体多为纪诗与事,像徐祯卿这样专门探讨情感在诗歌中的发展过程及重要作用的文字极为罕见,真可以

---

① 另外,李梦阳以学杜得名,而何景明则对杜诗提出批评:“仆始读杜子七言诗歌,爱其陈事切实,布辞沉著,鄙心窃效之,以为长篇圣于子美矣。既而读汉魏以来歌诗,及唐初四子者之所为,而反复之,则知汉魏固承《三百篇》之后,流风犹可征焉,而四子者虽工富丽,去古远甚,至其音节往往可歌,乃知子美辞固沉著而调失流转,虽成一家语,实则诗歌之变体也。……子美之诗,博涉世故,出于夫妇者常少,致兼雅、颂而风人之义或缺,此其调反在四子之下。”需要指出,此论出于何景明所作七言古诗《明月篇》序言,寻绎其间也不难发现他所说“老杜不如《三百篇》及初唐四杰”的意见仅仅限于七言古体,并未包含其他诗歌体裁,尤其是老杜最为擅长的律诗。所以,我们不必夸大李、何在杜诗评价问题上的分歧。

说是继《文赋》与《文心雕龙》之后对艺术思维研究的又一创获。对于诗歌创作中艺术思维的规律，徐祯卿概括为：

> 诗者，乃精神之浮英，造化之秘思也。
>
> 诗者，所以宣无郁之思，光神妙之化者也。
>
> 此轮匠之超悟，不可得而详也。
>
> 此心之伏机，不可强能也。

其说上承司空图、严羽，下启王士祯“神韵说”，不可忽视。

三、后七子

“后七子”继“前七子”之后领袖诗坛，其诗学理论仍以复古主义的“格调”说为主，但有所修正变化。他们的诗学著作相当丰富，主要有谢榛《四溟诗话》、王世贞《艺苑卮言》、王世懋《艺圃撷余》、胡应麟《诗薮》和许学夷《诗源辩体》。

“后七子”的理论纲领与师法对象实际上是由谢榛制定的。谢榛继承了严羽的“气象”说，发展了前七子的“格调”说，好以“格调”（或曰“气格”、“气象”）来论历朝诗，他欣赏的气象格调偏于阳刚一路，即初、盛唐雄壮博大的诗风。在此基础上他提出“三要说”：

> 因谈初唐、盛唐十二家诗集并李、杜二家，孰可专为楷范，或云沈、宋，或云李、杜，或云王、孟。予默然久之，曰：“历观十四家所作，咸可为法。当选其诸集中之最佳者，录成一帙，熟读之以夺神气，歌咏之以求声调，玩味之以裒精华，得此三要，则造乎浑沦，不必塑谪仙而画少陵也。”（《四溟诗话》卷三）

谢榛主张学唐诗的范围不要过于狭窄，博采众长，合二为一，可造天然浑成之境。学习的方法重在领悟其神气，而不是拘泥于字句之间。这就比何景明的“舍筏登岸”要清楚深刻，已经带有一点“性灵”说的意味了。关于如何领悟？谢榛则将他论诗的核心问题“情景”以及“兴趣意理”四格说与之联系起来：

> 诗乃模写情景之具，情融乎内而深且长，景耀乎外而远且大。当知神龙变化之妙，小则入乎微罅，大则腾乎天宇。此惟李、杜二老知之。古人论诗，举其大要，未尝喋喋以泄真机，但恐人小其道尔。诗固有定体，人各有悟性。夫有一字之悟，一篇之悟，或由小以扩乎大，因著以入乎微，虽小大不同，至于浑化则一也。或学力未全，而骤欲大之，若登高台而摘星，则廓然无着手处。若能用小而大之之法，当如行深洞中，扪壁尽处，豁然见天，则心有所主，而夺盛唐律髓，追建安古调，殊不难矣。(《四溟诗话》卷四)

情景是富于变化的，大小不殊，在乎人的悟性，善于由小及大，则能上窥古人用心。领悟之后，就能达到他要求的四种表达效果了：

> 诗有四格，曰兴，曰趣，曰意，曰理。……悟者得之，庸心以求，或失之矣。(《四溟诗话》卷二)

“后七子”中影响最大的诗人和理论家当推王世贞。作为前、后七子中最有才气和学问的诗人，王世贞既同意李梦阳、李攀龙的复古主张，但又不满于他们的食古不化，而在许多方面接近徐祯卿、何景明和谢榛的观点，表现出一种较为灵活的态度。王世贞对历代诗歌盛衰变化的分析极富创造性：

> 六朝之末，衰飒甚矣。然其偶俪颇切，音响稍谐，一变而雄，

> 遂为唐始，再加整栗，便成沈、宋。人知沈、宋律家正宗，不知其权舆于三谢，橐钥于陈、隋也。诗至大历，高、岑、王、李之徒，号为已盛，然才情所发，偶与境会，了不自知其堕者。……吾故曰："衰中有盛，盛中有衰，各含机藏隙。盛者得衰而变之，功在创始；衰者自盛而沿之，弊繇趋下。"又曰："胜国之败材，乃兴邦之干；熙朝之佚事，即衰世之危端。此虽人力，自是天地间阴阳剥复之妙。"（《艺苑卮言》卷四）

这里论唐人律体之盛衰变化，颇受《沧浪诗话》"盛唐人诗，亦有一二滥觞晚唐者；晚唐人诗，亦有一二可入盛唐者"等说法的启示，而且王世贞能联系历史盛衰变迁的规律，运用《周易》"阴阳剥复"之说加以讨论，理论深度显然要超过严羽。

王世贞论及历代诗人及诗歌，常常有深入的艺术见解和准确的历史分析，如他论述中、晚唐诗歌干谒之风，就相当透辟，类似的史学分析在七子中比较少见：

> 唐自贞元以后，藩镇富强，兼所辟召，能致通显。一时游客词人，往往挟其所能，或行卷贽通，或上章陈公布，大者以希拔用，小者以冀濡沫。而干旄之吏，多不能分别黑白，随意支应。故剽窃云扰，谄谀泉涌，敢办俄顷以为捷，使事饾饤以为工。至于贡举，本号词场，而牵压俗格，阿趋时好。上第巍峨，多是将相私人，座主密旧。甚乃津私禁脔，自比优伶，关节幸珰，身为军吏，下第之后，尚尔乞怜主司，冀其复进。是以性情之真境，为名利之钩途，诗道日卑，宁非其故？（《艺苑卮言》卷四）

王世贞晚年曾悔其少作，其弟王世懋著有《艺圃撷余》，多发挥《艺苑卮言》之说，并更加强调性情与意兴，而不拘泥于格调，或许正是为了修正乃兄之论而作。

四、七子的尾声：胡应麟《诗薮》

胡应麟曾受知于王世贞，被列入“末五子”。王世贞评价胡应麟“所谓《诗薮》者，则不啻迁史之上下千载，而周密无漏胜之”，而据钱谦益《列朝诗集小传》和《明史·文苑传》的记载，胡应麟推崇王世贞为诗学界“集大成之尼父”。虽然有相互吹嘘的嫌疑，但《诗薮》的确继承了《艺苑卮言》的衣钵，观点更加明晰，论述更加充分，思路更加宏通，表现出从谢榛、王世贞到王世懋一路沿袭而下的诗学理论发展轨迹，可以视为七子诗学理论的总结。《诗薮》的理论要点有二：

1. 重“格”与“体”，又能认识到“格以代降”、“体以代变”

《诗薮》内编开宗明义：

> 四言变而《离骚》，《离骚》变而五言，五言变而七言，七言变而律诗，律诗变而绝句，诗之体以代变也。《三百篇》降而《骚》，《骚》降而汉，汉降而魏，魏降而六朝，六朝降而三唐，诗之格以代降也。上下千年，虽气运推移，文质迭尚，而异曲同工，咸臻厥美。《国风》、《雅》、《颂》，温厚和平；《离骚》、《九章》，怆恻浓至；东西二京，神奇浑璞；建安诸子，雄赡高华；六朝排偶，靡曼精工；唐人律调，清圆秀朗，此声歌之各擅也。《风雅》之规，典则居要；《离骚》之致，深永为宗；古诗之妙，专求意象；歌行之畅，必由才气；近体之攻，务先法律；绝句之构，独主风神，此结撰之殊途也。

胡应麟“诗以代变”，实际上也就是强调“一时代有一时代之文学”（胡适《文学改良刍议》），这是很有意义的文学进化论观点。基于这一立场，他分析评价历代创作的成就与经验，探索各时代、各种体裁代表作家及其作品，持论多公允通达，而且系统性极强，这在古代诗学著作中是前无古人的，难怪王世贞要与他以“周密无漏”的赞许。例如论杜甫的地位，体贴全面，极为中肯：

> 大概杜有三难：极盛难继，首创难工，遘衰难挽。子建以至太白，诗家能事都尽。杜后起集大成，一也；排律近体，前人未备，伐山导源，为百世师，二也；开元既往，大历继兴，砥柱其间，唐以复振，三也。（《诗薮·内编》卷五）

2. 既尚“法”，又重“悟”

所谓“法”，是从李梦阳那里继承来的“体格声调”，即“格调”；所谓“悟”，是从严羽乃至谢榛那里继承来的“兴象风神”及“兴趣意理”四格，即“神韵”。换言之，胡应麟认为，先求形似，再得神似：

> 作诗大要，不过二端：体格声调、兴象风神而已。体格声调，有则可循；兴象风神，无方可执。故作者但求体正格高，声雄调鬯；积习之久，矜持尽化，形迹俱融，兴象风神，自尔超迈。譬则镜花水月：体格声调，水与镜也；兴象风神，月与花也。必水澄镜朗，然后花月宛然；讵容昏鉴浊流，求睹二者。故法所当先，而悟不容强也。（《诗薮·内编》卷五）

这一论述颇为中肯妥帖，深得诗家三昧，对七子中重格调与重神韵的两派冲突实际上具有调停作用，所以说胡应麟的诗学理论带有总结性的意味。

第三节　重个性的尊宋思潮

明代重个性、反复古的思潮，往往带着对宋诗的推崇。这大概是因为宋代诗人在写作时总要力图避开唐诗的影响,带有自家面目的原因。

一、明初的尊宋暗流

1. 瞿佑《归田诗话》

明初有几种诗话,论诗不专主一代,与“七子”等持论不同。

瞿佑《归田诗话》,开卷即引方回《唐三体诗序》,为自己论诗之依据。方回论诗,于唐人推崇李、杜、韩、柳,于宋人盛称欧、苏、黄、陈及放翁、石湖、朱子诗。瞿佑大致能尊奉方回诗论,“鼓吹续音”条尤能见其宗旨:

> 元遗山编《唐鼓吹》,专取七言律诗,郝天挺为之注,世皆传诵。少日效其制,取宋、金、元三朝名人所作,得一千二百首,分为十二卷,号《鼓吹续音》。……又谓“世人但知宗唐,于宋则弃不取。众口一辞,至有诗盛于唐坏于宋之说。私独不谓然,故于序文备举前后二朝诸家所长,不减于唐者。附以己见,而请观者参焉”。仍自为八句题其后云:“《骚》、《选》亡来雅道穷,尚于律体见遗风。半生莫售穿杨技,十载曾加刻楮功。此去未应无伯乐,后来当复有扬雄。吟窗玩味韦编绝,举世宗唐恐未公。”

《鼓吹续音》已佚。但瞿佑重视宋、元诗的主张仍可见出端倪。《归田诗话》中较有价值的是对宋代爱国诗的论述,如“泸溪送澹庵”条、“岳鄂王墓”条等,注重思想内容,爱憎分明,也是瞿佑论诗的特点。

2. 都穆《南濠诗话》

都穆《南濠诗话》亦反对一味宗唐的潮流。都穆的学生文璧说:“君于诗别具一识,世之谈者,或元人为宗,而君雅意于宋;谓必音韵清胜,而君唯性情之真。”(文璧《南濠居士诗话序》)宗宋与重性情,正是

《南濠诗话》的要义。都穆对宋诗评价较高：

> 昔人谓"诗盛于唐，坏于宋"，近亦有谓元诗过宋诗者，陋哉见也。刘后村云："宋诗岂唯不愧于唐，盖过之矣。"予观欧、梅、苏、黄、二陈至石湖、放翁诸公，其诗视唐未可便谓之过，然真无愧色者也。元诗称大家，必曰虞、杨、范、揭。以四子而视宋，特太山之卷石耳。

对诗歌真性情的强调，在《南濠诗话》中是较为引人注目的。都穆曾本严羽"妙悟"之说作过三首论诗绝句：

> 学诗浑似学参禅，不悟真乘枉百年。切莫呕心并剔肺，须知妙语出天然。
>
> 学诗浑似学参禅，笔下随人世岂传？好句眼前吟不尽，痴人犹自管窥天。
>
> 学诗浑似学参禅，语要惊人不在联。但写真情并实境，任他埋没与流传。

以"学诗浑似学参禅"开头的《学诗诗》，起于宋人吴可，赵蕃（章泉）、龚相（圣任）继有和作，都穆的和作即继承以上三家并有所变化，吴、赵、龚三人之诗皆较玄虚，与沧浪之旨近；都穆的和作论诗较实在，去沧浪之旨远，如注重天然与眼前好句，反对"笔下随人"，及"但写真情并实境，任他埋没与流传"之论，见解实高于吴可诸人。

3. 俞弁《逸老堂诗话》

俞弁的《逸老堂诗话》，作于嘉靖二十六年（1547），在此之前，李东阳的"茶陵派"和陈献章（号白沙子）的"白沙体"统治诗坛，然后是以李梦阳、何景明为首的"前七子"执诗坛牛耳，对这几派诗，俞弁的评

价均不高,《逸老堂诗话》曾引唐荐论诗之语云:

> 弘治间,文明中天,古学焕日,艺苑则李西涯、张亨父为赤帜,而和之者多失于流易。山林则陈白沙、庄定山称白眉,而识者皆以为傍门。至李空同、何景明二子一出,变而学杜,壮乎伟矣。然正变云扰,而剽袭雷同,比兴渐微,而风雅稍远矣。

对这段话,俞弁当然是赞同的,他们批评"七子""剽袭雷同",是诗学界觉悟较早者。俞弁还反对当时崇唐轻宋的观点,曾云:

> 古今诗人措语工拙不同,岂可以唐、宋轻重论之。余讶世人但知宗唐,于宋则弃不收。如唐张林《池上》云:"菱叶乍翻人采后,荇花初没舸行时。"宋张子野《溪上》云:"浮萍断处见山影,小艇移时闻草声。"巨眼必自识之。谁谓诗盛于唐而坏于宋哉?瞿宗吉有"举世宗唐恐未公"之句,信然!

这一议论,矛头也是指向"前七子"的。所以俞弁对唐、宋、元、明诗均有品评,而尤重宋诗,涉及欧、苏、黄、陈、陆诸家。

总之,瞿佑、都穆、俞弁三家论诗,皆反对复古摹拟,反对重唐轻宋,虽所论皆不成系统,但多有一得之见,故并述于此。

二、公安派与竟陵派

对前、后七子批评最为激烈的,应数以三袁为代表的"公安派"和以锺惺、谭元春为代表的"竟陵派"。《四库全书总目》卷一百七十九云:

> 盖明自三杨倡台阁之体,递相摹仿,日就庸肤。李梦阳、何景

明起而变之，李攀龙、王世贞继而和之，前、后七子遂以仿汉摹唐，转移一代之风气。迨其末流，渐成伪体，涂泽字句，钩棘篇章，万喙一音，陈因生厌，于是公安三袁，又乘其弊而排诋之。三袁者，一庶子宗道，一吏部郎中中道，一即宏道也。其诗文变板重为轻巧，变粉饰为本色，致天下耳目于一新，又复靡然而从之。

公安袁氏兄弟，不满于七子的“板重”与“粉饰”，因而加以矫正，在创作上开辟出一种“清新轻俊”（《明史·袁宏道传》语）的诗风，在诗歌理论上又竭力反对摹古、崇唐之风，排击七子不遗余力，遂取代了七子在诗坛上的霸主地位，“学者多舍王、李而从之，目为‘公安体’”（《明史·袁宏道传》）。三袁中的长兄宗道，即反对剽窃模拟之说，其论诗重唐之白居易，宋之苏东坡，并以“白苏”名其书斋。其《论文》（明刻《白苏斋类集》卷二十）一文，反对李梦阳辈的“假借模拟”，指出：“试将诸公一编，抹去古语陈句，几不免于曳白矣。”因此他主张学古要“学其意，不必泥其字句也”。指责七子的病源不在模拟而在无识，强调穷学积理，以救七子之弊：

若使胸中的有所见，苞塞于中，将墨不暇研，笔不暇挥，兔起鹘落，犹恐或异，况有闲力暇晷，引用古人词句耶？故学者诚能从学生理，从理生文，虽驱之使模，不可得矣！

三袁中的主将是袁宏道，他论诗首先反对七子诗以代降之说，而主张以“变”论诗，不满于“七子”的复古主义理论。其《雪涛阁集序》认为：“古有古之时，今有今之时，袭古人语言之迹而冒以为古，是处严冬而袭夏之葛者也。”《与丘长孺》一文中，袁宏道提出了“代各有诗”的观点：

大抵物真则贵,真则我面不能同君面,而况古人之面貌乎?唐自有诗也,不必《选》体也。初、盛、中、晚自有诗也,不必初、盛也。李、杜、王、岑、钱、刘,下迨元、白、卢、郑,各自有诗也,不必李、杜也。赵宋亦然。陈、欧、苏、黄诸人,有一字袭唐者乎,又有一字相袭者乎?(《袁宏道集笺校》卷六)

他的论诗标准是“气运”与“工妙”,两端的消长互补可以弥合古今诗歌的高下之别:

夫诗之气,一代减一代,故古也厚,今也薄。诗之奇之妙之工之无所不极,一代盛一代,故古有不尽之情,今无不写之景。然则古何必高,今何必卑哉?(同上)①

正是在这个意义上,中郎于古今诗文,最推崇苏东坡,《答陶石篑编修》云:

苏公诗无一字不佳者。青莲能虚,工部能实。青莲唯一于虚,故目前每有遗景;工部唯一于实,故其诗能人而不能天,能大能化而不能神。苏公之诗,出世入世,粗言细语,总归玄奥,恍忽变怪,无非情实,盖其才力既高,而学问识见又迥出二公之上,故宜卓绝千古。至其遒不如杜,逸不如李,此自气运使然,非才之过也。

---

① 袁宏道对“工妙”还有一个补充,即重“质”,《行素园存稿引》云:“物之传者必以质,文之不传,非曰不工,质不至也。……夫质犹面也,以为不华而饰之朱粉,妍者必减,媸者必增也。噫,今之文不传矣。嘉、隆以来,所为名公哲匠者,余皆诵其诗读其书,而未有深好也。古者如赝,才者如莽,奇者如吃,模拟之所至,亦各自以为极,而求之质无有也。”此论当然也是针对徒知摹仿盛唐格调、缺少真实内容的七子诗而发的,持论固极高,可惜的是三袁自己也未达到这一高度。

袁宏道诗论的第二个要点是主张“独抒性灵，不拘格套”，这是与反对摹拟相联系的，而其讨论的重点，则在于诗文的创作方面。他说自己作诗是“信心而出，信口而谈”。说其弟小修之诗是：

> 大都独抒性灵，不拘格套。非从自己胸臆流出，不肯下笔。有时情与境会，顷刻千言，如水东注，令人夺魄。其间有佳处，亦有疵处。佳处自不必言，即疵处亦多本色独造语。

这段话很可能受到东坡论文“如万斛泉源，不择地皆可出”话语的启发，但苏轼是出于才力宏大，袁宏道则出于一任情性，侧重不同。[①]但放任情性的路是危险到没有底线的，艾略特说得好：“诗不是放纵感情，而是逃避感情，不是表现个性，而是逃避个性。自然，只有有个性和感情的人才会知道要逃避这种东西是什么意义。”[②]所以，袁宏道“独抒性灵，不拘格套”的这段话的主角袁中道做了补救的论述：

> 性情之发，无所不吐，其势必互异而趋俚。趋于俚，又将变矣，作者始不得不以法律救性情之穷。法律之持，无所不束，其势必互同而趋浮。趋于浮，又将变矣，作者始不得不以性情救法律之穷。夫昔之繁芜，有持法律者救之，今之剽窃，又将有主性情者救之矣，此必变之势也。

中道所谓“繁芜”，当指“台阁体”；“剽窃”，则指“七子”；而“以性

① 由于注重“独造”与“本色”，袁宏道对明代民歌评价很高：“今闾阎妇人孺子所唱《擘破玉》、《打草竿》之类，犹是无闻无识，真人所作，故多真声。不效颦于汉、魏，不学步于盛唐，任性而发，尚能通于人之喜怒哀乐嗜好情欲，是可喜也。”

② 艾略特《传统与个人才能》，卞之琳译，《艾略特诗学文集》，第8页，国际文化出版公司1989年。

情救法律之穷”者，即“公安派”自谓。法律与性情的消长互补，与前面说到的气运与工妙的消长互补在理路上极其相似。作为诗学理论上无偏无颇的二元论者，三袁兄弟在创作上过度偏向性情一侧，在工妙才力与法度上不能振起，诗歌实绩不大，这是比较可惜的。①

“公安派”流行既久，逐渐变为浅率俚俗，于是以锺惺、谭元春为首的“竟陵派”又起而振之。竟陵派既反对“极肤、极狭、极熟”的“七子”诗，又不满于“破律坏度”、“险”、“僻”、“俚”的“公安体”。锺、谭合选了一部《诗归》，全面体现了此派的论诗主张，其要旨即为锺惺《诗归序》的“幽情单绪”之说：

> 真诗者，精神所为也。察其幽情单绪，孤行静寄于喧杂之中，而乃以其虚怀定力，独往冥游于寥廓之外。如访者之几于一逢，求者之幸于一获，入者之欣于一至。（《隐秀轩集·文昃集》）

谭元春的《诗归序》中亦云：

> 夫真有性灵之言，常浮出纸上，决不与众言伍，而自出眼光之人，专其力，一其思，以达于古人，觉古人亦有炯炯双眸，从纸上还瞩人，想亦非苟然而已。……夫人有孤怀，有孤诣，其名必孤行于古今之间，不肯遍满寥廓。而世有一二赏心之人，独为之咨嗟彷皇者，此诗品也。”（《唐诗归》卷首）

---

① 三袁对“公安派”末流的弱点还是有所觉悟的，袁中道《珂雪斋文集》卷二《阮集之诗序》说：“国朝有功于风雅者，莫如历下。其意以气格高华为主，力塞大历后之窦，于时宋、元、近代之习，为之一洗。及其后也，学之者浸成格套，以浮响虚声相高，凡胸中所欲言者，皆郁而不能言，而诗道病矣。先兄中郎矫之，其意以发抒性灵为主，始大畅其意所欲言，极其韵致，穷其变化，谢华启秀，耳目为之一新。及其后也，学之者稍入俚易，境无不收，情无不写，未免冲口而发，不复检括，而诗道又将病矣。由此观之，凡学之者，害之者也，变之者，功之者也。”

在当时，见惯了圆熟肤滑的“七子诗”和轻率鄙俚的“公安体”的人们，很容易接受“竟陵派”的倡导，竞趋幽深之境，故他们的诗学与诗风，对从“前、后七子”到“公安派”的诗风，都有一定的补偏救弊之义。但此派兴起之初，就存在明显的弱点，因为他们的理论看似玄妙，实际上所倡导、所描述的，就是唐代王、孟、储、韦一派寥远、幽深的诗境，在千汇万状的诗国里，此派不过是一条支流——虽然是较为重要的支流——若株守此境，难免有只见树木、不见森林之憾。锺、谭之意，欲使天下诗人，都作这一种诗，这势必将诗歌创作引入歧途，故钱谦益斥之为“鼠穴”、“鬼国”（《列朝诗集小传》），顾炎武讥之为“妄诞”，朱彝尊拟之为“蚓窍蝇鸣，镂肝鉥肾”的亡国之音（《明诗综》），毛先舒《诗辨坻》一书专辟《竟陵诗解驳议》一章，诸人所论皆能洞察“竟陵派”的病根。

以“公安”、“竟陵”两派为代表的反对复古主义的诗学理论，与明代后期绘画、书法理论的主流是一致的，此处仅以三袁的朋友董其昌的观点为例，略谈这个问题。在绘画理论方面，董其昌与莫士龙、陈继儒等人提出了著名的“南北分宗说”。董其昌《画旨》云：

> 禅家有南、北二宗，唐时始分；画之南、北二宗，亦唐时分也，但其人非南、北也。北宗则李思训父子着色山水，流传而为宋之赵幹、赵伯驹、伯骕以至马、夏辈；南宗则王摩诘，始用渲淡，一变勾斫之法，其传为张璪、荆、关、郭忠恕、董、巨、米家父子，以至元之四大家，亦如六祖之后，马驹、云门、临济儿孙之盛，而北宗微矣。[1]

董其昌还明确指出北宗“非吾曹当学也”：

① 这段文字又见于莫是龙、陈继儒之论，归属问题尚无定论。

> 文人之画，自王右丞始，其后董源、巨然、李成、范宽为嫡子，李龙眠、王晋卿、米南宫及虎儿皆从董、巨得来，直至元四大家黄子久、王叔明、倪元镇、吴仲圭皆其正传。吾朝文、沈则又远接衣钵。若马、夏及李唐、刘松年，又是大李将军之派，非吾曹当学也。

大致说来，他们眼里的北宗，主要指宋代"院体"画家，其画以摹拟为能事，注重形似，具有富艳、细致的特点；南宗则指王维以来的"文人画"系统，董其昌诸人正是此派的继承者，他们追求"笔墨神韵"，要"自出机轴"，提倡含蓄、淡雅的画风。袁宏道《叙竹林集》曾记载董其昌与他们兄弟二人论画之语，并由此生发出一段诗论：

> 往与伯修过董玄宰。伯修曰："近代画苑诸名家，如文徵明、唐伯虎、沈石田辈，颇有古人笔意不？"玄宰曰："近代高手，无一笔不肖古人者，夫无不肖即无肖也，谓之无画可也。"余闻之悚然，曰："是见道语也。"故善画者，师物不师人；善学者，师心不师道；善为诗者，师森罗万象，不师先辈。法李唐者，岂谓其机格与字句哉？法其不为汉，不为魏，不为六朝之心而已，是真法者也。是故减灶背水之法，迹而败，未若反而胜也，夫反所以迹也。今之作者，见人一语肖物，目为新诗，取古人一二浮滥之语，句规而字矩之，谬谓复古，是迹其法，不迹其胜者也，败之道也。嗟夫！是犹呼傅粉抹墨之人，而直谓之蔡中郎，岂不悖哉！（《袁宏道集笺校》卷一十七）

董其昌的画论和三袁的诗论是何等的相似，反对摹拟，主张"师心"，"师森罗万象"，是他们理论的共同点。董其昌曾自述他学习书法的过程云：他十七岁时，开始学习、模仿魏、晋、唐代碑帖，"凡三年，自谓通古，不复以文徵仲、祝希哲置之眼角，乃于书家之神理，实未有入处，徒守格辙耳”。这表明他对摹拟前人“徒守格辙”的书法是不满的，他自己的书法作品，也是重神韵而乏雄浑之气，包世臣说他：

> 其书能于姿致中出古淡，为书家中朴学。然能朴而不能茂，以中岁深裹阳跳荡之习，故行笔不免空怯，出笔时形偏竭也。（《艺舟双楫》）

所谓“空怯”、“偏竭”，与董其昌推崇的王维一路淡远、幽静的画风，甚至与“竟陵派”论诗“幽情单绪”、“孤怀孤诣”之语，有相通之处，诗歌、书法、绘画理论与创作，至此已形成一种共同的潮流。

从明初的黄容、方孝孺到“公安”、“竟陵”派的诗论，在反摹拟、重创造这一方面，是有明显贡献的，但他们的诗论与创作又有矫枉过正之弊，并非诗歌理论之正途，而且和复古派诗论一样，都含有一种“霸气”，并不是以理服人。因此这一时期的诗学就留下了两个问题：一是如何对明代诗歌创作与理论做一公正、全面的评价；二是如何开创诗学理论的新天地。前一个问题，由钱谦益的《列朝诗集小传》很好地完成了，后一个问题，则经王夫之到叶燮，为诗学理论界开创了新局面。

第四节　诗学体系的建立：王夫之与叶燮

王夫之和叶燮是清初最著名的诗学理论家，他们共同的特征是对明代“前、后七子”、“公安”、“竟陵”诸派加以批判与否定，与此同时，又在总结、继承优秀诗学传统的过程中，各自建立了一套新的诗学理论体系。简言之，破中有立，是他们共同的态度与方法。

一、王夫之的诗学理论

王夫之（1619—1692），字而农，号薑斋，学者称为船山先生。在政治上，他是一位坚强的爱国志士，早年曾亲自参加抗清斗争，中年以后，隐居著述，始终不与清廷合作，临终前自题墓碑云："明遗臣王夫之之墓。"在思想史上，王夫之与顾炎武、黄宗羲并称清初三大家。顾、黄的哲学偏重于"经世致用"一路，王夫之则在哲学理论上有重大建树，"创立了具有总结历史意义的博大哲学体系"，[①]成为清代最著名的哲学家。在中国诗学史上，王夫之也占有相当重要的地位，他的诗学观点主要集中在《薑斋诗话》[②]、《古诗评选》、《唐诗评选》、《明诗评选》[③]等著作中。

王夫之的诗学是其哲学在文学领域内的实际运用。他的哲学是以儒家思想为主、适当吸收老庄、佛教合理内容而能自成体系的。对于宋、明以来的两大理学流派——程、朱理学与陆、王心学，他都采取批判继承的方式，并在很大程度上消解了二者之间的对立，进而复归到从王充到张载的唯物主义气一元论，"希张横渠之正学"，[④]便是他哲学上的最高追求。同时，对《易》学传统的朴素辩证法他也能自觉继承与发挥。船山的诗学与哲学，在思想观点上，具有高度的一致性。船山诗学，可分为破旧与立新两大方面。破旧是对唐宋以来种种诗风和诗学进行清算，立新是建立自己的理论体系，这是船山论诗的基本思想与方法，与他治学时说的"六经责我开生面"（王夫之五十一岁自题堂联），具有同样的气魄。船山诗学博大精深，今择要论述如下：

1. 文与质

船山的态度是重质而不废文，也可以说他是一位文道合一论者。明代中后期的诗坛，在"前、后七子"及"公安"、"竟陵"派的把持下，或主张复古模拟，或提倡"独抒性灵"，或追求"幽情单绪"，其普遍倾向

---

① 《中国大百科全书·哲学》"王夫之"条。

② 《薑斋诗话》有清道光二十二年和1933年《船山遗书》本、丁福保《清诗话》本等。此处采用的是今人戴鸿森《薑斋诗话笺注》本。

③ 以上三种选本，见民国刊本《船山遗书》。

④ 王夫之《自题墓石》，据邓潭州《王船山传论》所附《自题墓石》影印照片。

是轻视诗歌的内容。针对这种偏颇，船山论诗特别重视“意”、“质”，也就是重视诗歌的内容，《夕堂永日绪论内编》云：

> 无论诗歌与长行文字，俱以意为主。意犹帅也。无帅之兵，谓之乌合。李、杜所以称大家者，无意之诗十不得一二也。烟云泉石，花鸟苔林，金铺锦帐，寓意则灵。若齐、梁绮语，宋人抟合成句之出处，（宋人论诗，字字求出处。）役心向彼掇索，而不恤己情之所自发，此之谓小家数，总在圈缋中求活计也。（《薑斋诗话笺注》卷二）

在指出“意”的决定性作用的同时，船山还立了两块靶子——“齐、梁绮语”与宋诗“出处”，认为这些诗没能从自身的思想感情出发，只是“掇索”成篇，故予否定。船山还具体地批评轻视“意”的倾向云：

> 把定一题、一人、一事、一物，于其上求形模，求比似，求词采，求故实，如钝斧子劈栎柞，皮屑纷霏，何尝动得一丝纹理？以意为主，势次之，势者，意中之神理也。唯谢康乐为能取势，宛转屈伸以求尽其意；意已尽则止，殆无剩语：夭矫连蜷，烟云缭绕，乃真龙，非画龙也。（《薑斋诗话笺注》卷二）

对于“齐、梁绮语”之类的诗，船山更是深恶痛绝，曾云：

> 艳诗有述欢好者，有述怨情者，《三百篇》亦所不废；顾皆流览而达其定情，非沉迷不反，以身为妖冶之媒也。嗣是作者，如“荷叶罗裙一色裁”，“昨夜风开露井桃”，皆艳极而有所止。至如太白《乌栖曲》诸篇，则又寓意高远，尤为雅奏。其述怨情者，在汉人

则有“青青河畔草，郁郁园中柳”，唐人则“闺中少妇不知愁”、“西宫夜静百花香”，婉娈中自矜风轨。迨元、白起，而后将身化作妖冶女子，述备衾裯中丑态；杜牧之恶其蛊人心，败风俗，欲施以典刑，非已甚也。近则汤义仍屡为泚笔，而固不失雅步。唯谭友夏浑作青楼淫咬，须眉尽丧，潘之恒辈又无论已。”（《薑斋诗话笺注》卷二）

他指出，艳诗必须“艳极而有所止”，能“自矜风轨”，也就是要写得含蓄一些、美一点，最好能有寓意，不失雅正。他历数了从《诗经》、汉、魏古诗到唐朝李白等人的艳诗，皆承认其价值，最后将矛头指向格调低下的元、白艳诗[①]和谭元春、潘之恒辈的淫曲，[②]既反映出船山主张诗歌要有健康的内容，又可见他并非迂腐的俗儒，持论相当通达，重“意”的态度又是贯串始终的。

对于“质”，船山也非常重视。他认为质即万物自然，文彩是由自然“流动生变”而成的，“后人惊其艳，而不知循质以求，乃于彼无得，则但以记识外来之华辞，悬相题署”。船山讽刺这些人作诗时“遇白皆银，逢香即麝，字月为姊，呼风作姨，隐龙为虬，移虎成豹”，全然不顾内容的需要。他还将这些人分为两类：

如东方虬、温庭筠、杨亿、萨天锡一流，承萧氏父子、刘家兄弟之余沈，相与浮浪于千年之间。而寒陋之夫，乃始以削除为傲岸，

① 元稹曾对他们自己写艳诗的内容及动机做过表白：“近世妇人，晕淡眉目，绾约头鬓，衣服修广之度及匹配色泽，尤剧怪艳，因为艳诗百余首”（元稹《叙事寄乐天书》）。事实上，元稹的《会真诗》、《梦游春七十韵》、《桐花落》、《赠双文》，白居易的《和梦游春一百韵》等艳诗，都比元稹上述表白的内容要庸俗得多。

② “青楼淫咬”当指谭元春一些较为污下的诗，钱谦益《列朝诗集小传》丁集中《谭解元元春》云：“如《拟读曲歌》云：‘庞是侬家庞，日啵侬家粥。昔昔不吠欢，侬私令啵肉。’《夏夜古意》云：‘明月皎皎照罗帏，罗花一一影香肌。郎来谀妾肌生花，取衣覆肌花在衣。’何其淫哇卑贱也！”

标风骨之目，以趋入于乔野。两者互争，人为摇荡，遂使艺苑迭承，如疟者之寒热，乘时各盛；操觚之士，奔命晋、楚，迄无止息。呜呼！亦安得起元嘉、孝建之诗人，而与观于文质之中邪！（《古诗评选》卷五"谢庄《北宅秘园》"评语）

其中前一类从萧氏父子到李商隐、杨亿等人，显然是浮艳诗风代表；后者虽未指明，但从"寒陋"、"傲岸"、"乔野"之类评语看，当指从贾岛、姚合到北宋九僧、林逋、魏野，再到南宋后期"永嘉四灵"这一批"寒瘦"派诗人，这些人的诗作，内容上确有问题，至少是不够健全与丰满。

船山论诗首重"意"和"质"，是由他作为一位儒家哲学家的基本立场决定的，同时，也继承了历代诗论家的优良传统，如杜牧、刘攽、王若虚、李东阳等人，都有重"意"的观点。[①] 杜牧"以意为主，气为辅，以辞彩章句为之兵卫"的意见和对元、白艳诗的批判，更直接启发了船山。船山诗学的独创之处，不仅在于突出了"意"和"质"的地位，而且在于摆正了意与情辞、文与质之间的关系。船山认为文彩（腴泽）是很有必要的，[②]他主张"文因质立，质资文宣"，"文质彬彬，而体要立矣"。在重"意"的同时，船山更认识到好诗不能仅止于达意，所以他又提出：

诗歌之妙，原在取景遣韵，不在刻意也。（《古诗评选》卷一"解律金《敕勒歌》"评语）

---

① 杜牧《答庄充书》云："凡为文以意为主，气为辅，以辞彩章句为之兵卫。未有主强盛，而辅不飘逸者，兵卫不华赫庄整者。"刘攽《中山诗话》云："诗以意为主，文词次之。或意深义高，虽文词平易，自是奇作。"王若虚《滹南诗话》："吾舅尝论诗云：'文章以意为之主，字语为之役。主强而役弱，则无使不从。"李东阳《怀麓堂诗话》："诗贵意，意贵远不贵近，贵淡不贵浓。"又云："作诗不可以意徇辞，而须以辞达意。"

② "文笔两涂，至齐而衰，非腴泽之病也。欲去腴泽以为病，是涸天之雨，童地之山，髡人之发，存虎之鞟焉耳矣。"

> (诗)全以声情生色。宋人论诗以意为主,如此类直用意相标榜,则与村黄冠、盲女子所弹唱亦何异哉!(《古诗评选》卷一“鲍照《拟行路难》”评语)
>
> 以意为佳诗者,犹赵括之恃兵法,成擒必矣。(《古诗评选》卷四“张协《杂诗》‘大火流坤维’”评语)

由于这些话与上文“以意为主”之言明显矛盾,故易引起误解,后人往往各执一端,或认为船山论诗只重意,或以为其反对重意,其实皆一偏之见。船山所持的,是以意为主、为内,以辞为辅、为外的“意辞合一”说。他在《薑斋诗话》里强调“以意为主”,是为了突出诗歌内容的主导地位,在他所评选的古、近体诗选本里,他提出“不以意为主”,则是为了强调诗歌创作的特殊规律性。总而言之,诗歌必须做到内容充实、形象华美,“取景遣韵”、“声情”等是诗歌艺术的要素,这才是他对诗的全部的总体性的要求。而且,他反对以意为诗,主要是针对“以文为诗,以议论为诗”的“宋调”。《明诗评选》卷八云:

> 诗之深远广大,与夫舍旧趋新也,俱不在意。唐人以意为古诗,宋人以意为律诗绝句,而诗遂亡。如以意,则直须赞《易》陈《书》,无待《诗》也。“关关雎鸠,在河之洲;窈窕淑女,君子好逑。”岂有入微翻新、人所不到之意哉?此《凉州词》总无一字独创,乃经古今人尽力道不出。镂心振胆自有所用,不可以经生思路求也如此。(《明诗评选》卷八“高启《凉州词》”评语)

船山这段话,可视为明人唐、宋诗之争的继续,而船山是尊唐贬宋的,我们须联系他对“意”的全面论述来看问题,才不至于产生片面性。

2. 情与景

这是船山对诗学的特殊贡献,前人研究诗歌艺术,多重“情景虚实”之法，即从诗歌的外部关系和句法结构去看情景关系。[①] 而王船山的情景说，反对前人的“死法”，即孤立、僵化的观点。指出：

一虚一实，一景一情之说生，而诗遂为阱为梏为行尸。（《古诗评选》卷五“梁武帝《济曲阿后湖》”评语）

他从艺术构思的高度着眼，将这一命题的研究水平大大提高了一步。首先，船山主张诗人要抒写自己的真性情，[②]作诗应该做到：

含情而能达，会景而生心，体物而得神，则自有灵通之句，参化工之妙。若但于句求巧，则性情先为外荡，生意索然矣。（《薑斋诗话笺注》卷二）

可见船山所说的“性情”是经过诗人艺术加工的性情，是具有“生意”，能夺天工之妙的性情。而且，性情为一诗之主脑，可以统帅“景”与“物”：

立一主以待宾（按：主指情，宾指景物），宾无非主之宾者，乃俱有情而相浃洽。（《薑斋诗话笺注》卷二）

在以“情”为主的前提下，船山更主张情景统一，不可分离，下面几

① 如南宋周伯弼《三体唐诗》，将律诗的中间两联（颔联和颈联）按情景关系分为四格：“以四实（按：指四句皆景）为第一格，四虚（按：指四句皆情）次之，虚实相半（按：这里包括两格，即第三与第四格，指上联景下联情与上联情下联景两格）又次之。”元方回《瀛奎律髓》则曰：“唐律诗之初，前六句叙景物”，末二句抒情，或者前四句写景、后四句抒情等等。明代学者对此也有所论述。

② 《薑斋诗话笺注》卷一：“陶冶性情，别有风旨，不可以典册、简牍、训诂之学与焉也。”

段话说得很明白：

关情者景，自与情相为珀芥也。情景虽有在心在物之分，而景生情，情生景，哀乐之触，荣悴之迎，互藏其宅。天情物理，可哀而可乐，用之无穷，流而不滞。（《薑斋诗话笺注》卷一）

言情则于往来动止、缥缈有无之中得灵蠁，而执之有象；取景则于目击经心、丝分缕合之际貌固有，而言之不欺。而且情不虚情，情皆可景；景非滞景，景总含情。神理流于两间，天地供其一目，大无外而细无垠，落笔之先，匠意之始，有不可知者存焉。（《古诗评选》卷五“谢灵运《登上戍石鼓山诗》”评语）

近体中二联，一情一景，一法也。“云霞出海曙，梅柳渡江春。淑气催黄鸟，晴光转绿苹”，“云飞北阙轻阴散，雨歇南山积翠来。御柳已争梅信发，林花不待晓风开”，皆景也，何者为情？若四句俱情，而无景语者，尤不可胜数。其得谓之非法乎？夫景以情合，情以景生，初不相离，唯意所适。截分两橛，则情不足兴，而景非其景。且如“九月寒砧催木叶”，二句之中，情景作对；“片石孤云窥色相”四句，情景双收；更从何处分析？陋人标陋格，乃谓“吴楚东南坼”四句，上景下情，为律诗宪典，不顾杜陵九原大笑。（《薑斋诗话笺注》卷二）

船山之意，一是说“景生情，情生景”，情景“互藏其宅”，写景要与所抒之情相融洽。二是说抒情要言之有物，情动于中而形于言，“执之有象”，写景要写“目击经心”的实景。三是反对律诗中二联必须“一情一景”的传统说法，指出“景以情合，情以景生，初不相离，唯意所适”，若将情景截然分开，就会造成情不足兴，而景非其景的状况，正是“陋人标陋格”，必须破除之。

关于抒情方式，船山归纳为三种：“一遵路委蛇”，即顺着感情的自然流向写诗；“一拔木通道”，[①]即直抒胸臆的抒情方式；第三种是“语有全不及情，而情自无限者”，[②]即在写景过程中，让情自然抒发出来，这是船山标举的情景结合的最好方式。

因此，船山特别强调“景语”与“活景”，[③]他还进一步指出，“景中情”和“情中景”，[④]正是情景融合的具体方式。其次，对于诗中如何描写景物，船山也有独到的见解。他认为诗中写景必须出于直接体验：

> “僧敲月下门”，只是妄想揣摩，如说他人梦，纵令形容酷似，何尝毫发关心？知然者，以其沉吟“推”、“敲”二字，就他作想也。若即景会心，则或推或敲，必居其一，因景因情，自然灵妙，何劳拟议哉？“长河落日圆”，初无定景；“隔水问樵夫”，初非想得：则禅家所谓现量也。（《薑斋诗话笺注》卷三）

“现”有现在义，还有显现真实义。可见船山对景物描写的要求，不仅要出自亲身体验，而且要能得景物的真象，既要尽“物态”，更要穷“物理”（《薑斋诗话笺注》卷一）。这种见解相当深刻。

另外，船山还主张“以乐景写哀，以哀景写乐”：

> “昔我往矣，杨柳依依。今我来思，雨雪霏霏。”以乐景写哀，

① 《古诗评选》卷四“李陵《与苏武诗》”评语。

② 例如“‘天际识归舟，云中辨江树’，隐含一含情凝眺之人呼之欲出，从此写景，乃为活景”（《古诗评选》卷五“谢朓《之宣城郡出新林浦向板桥》诗”评语）。

③ 《薑斋诗话笺注》卷二：“不能作景语，又何能作情语邪？古人绝唱句多景语，如‘高台多悲风’，‘胡蝶飞南园’，‘池塘生春草’，‘亭皋木叶下’，‘芙蓉露下落’，皆是也，而情寓其中矣。以写景之心理言情，则身心中独喻之微，轻安拈出。”

④ 《薑斋诗话笺注》卷二：“情景名为二，而实不可离。神于诗者，妙合无垠。巧者则有情中景，景中情。景中情者，如‘长安一片月’，自然是孤栖忆远之情；‘影静千官里’，自然是喜达行在之情。”“情中景尤难写，如‘诗成珠玉在挥毫’，写出才人翰墨淋漓，自心欣尝之景。”

以哀景写乐，一倍增其哀乐。知此，则“影静千官里，心苏七校前”，与“唯有终南山色在，晴明依旧满长安”，情之深浅宏隘见矣。况孟郊之乍笑而心迷，乍啼而魂丧者乎？（《薑斋诗话笺注》卷一）

王夫之《诗广传》曾解释“昔我往矣”四句云：“往伐，悲也；来归，愉也。往而咏杨柳之依依，来而叹雨雪之霏霏，善用其情者，不敛天物之荣凋以益己之悲愉而已矣。”也就是说，这几句诗故意用乐景写悲哀之情，用哀景写欢愉之情，能收到强烈的艺术效果。

船山还指出写景要能以小见大，注重传神：

有大景，有小景，有大景中小景。“柳叶开时任好风”，“花覆千官淑影移”，及“风正一帆悬”，“青霭入看无”，皆以小景传大景之神。若“江流天地外，山色有无中”，“江山如有待，花柳更无私”，张皇使大，反令落拓不亲。（《薑斋诗话笺注》卷二）

总之，船山对情景关系的看法是情为主，景为宾，情景须相融合，方能写出好诗，在对情、景的具体论述中，他提出了一些精到的见解。

3. 反对格式、死法和门户

船山论诗，重视“活法”和“活景”，不满那些标榜“门庭”、高自标置的“恶诗”，其批评的范围起建安而止于明末，极富创见：

建立门庭，自建安始。曹子建铺排整饰，立阶级以赚人升堂，用此致诸趋赴之客，容易成名。伸纸挥毫，雷同一律。子桓精思逸韵，以绝人攀跻，故人不乐从，反为所掩。子建以是压倒阿兄，夺其名誉。实则子桓天才骏发，岂子建所能压倒邪？故嗣是而兴者，如郭景纯、阮嗣宗、谢客、陶公，乃至左太冲、张景阳，皆不屑染指建安之羹鼎，视子建蔑如矣。降而萧梁宫体，降而王、杨、卢、骆，降而大历十才子，降而温、李、杨、刘，降而江西宗派，降而北地、信阳、琅琊、历下，降而竟陵，所翕然从之者，皆一时和哄汉耳。宫体盛时，即有庾子山之歌行，健笔纵横，不屑烟花簇凑。唐初比偶，即有陈子昂、张子寿扢扬大雅。继以李、杜代兴，杯酒论文，雅称同调，而李不袭杜，杜不谋李，未尝党同伐异，画疆墨守。沿及宋人，始争疆垒。欧阳永叔亟反杨亿、刘筠之靡丽，而矫枉已迫，还入于枉，遂使一代无诗，掇拾夸新，殆同觞令。胡元浮艳，又以矫宋为工，蛮触之争，要于兴、观、群、怨丝毫未有当也。(《薑斋诗话笺注》卷二)

船山指责建安以来诗坛剿袭雷同之弊，肯定历代有独创精神的作品，还是很有道理的，他对历代诗歌发展之兴替盛衰轨迹的描述，也是非常准确的。不过，船山集矢之处，乃在于明初的“唐诗派”(以高棅为代表)、“前、后七子”和“竟陵派”。他尖锐地批评高、李、何、王、李、锺、谭诸人“建立门庭，已绝望风雅”，并为“门庭”中人画了一幅活生生的“肖像”：

所以门庭一立，举世称为“才子”、为“名家”者，有故。欲作李、何、王、李门下厮养，但买得《韵府群玉》、《诗学大成》、《万姓统宗》、《广舆记》四书置案头，[①]遇题查凑，即无不足。若欲吮竟陵之唾液，则更不须尔。但就措大家所诵时文“之”、“于”、“其”、“以”、“静”、“淡”、“归”、“怀”，熟活字句，凑泊将去，即已居然词客。(《薑斋诗话笺注》卷二)

① 按，《韵府群玉》，(元)阴时夫、阴中夫撰；《诗学大成》，宋末毛直方编；《万姓统宗》，或即《万姓统谱》，明万历间凌迪知撰；《广舆记》，明陆应阳编。以上四部书，是明代通行的类书。

这段话简直可与《儒林外史》中的文字争辉。船山分析以“门庭”相标榜的诗人，其病在于没有真性情，只好流于堆砌、拼凑，必然给人造成“门庭”森然、千篇一律之感。对于“竟陵体”，船山批评其“尖陋俚劣”（《明诗评选》卷四“王稚登《古意》”评语）及“腐”、“钝”、“贱”（《明诗评选》卷六“袁宏道《和萃芳馆主人鲁印山韵》”评语）。对于“公安派”，船山认为其不立门庭，说袁宏道天姿迥出，不受“七子”弹压（《明诗评选》卷六“袁宏道《和萃芳馆主人鲁印山韵》”评语），故其地位在“七子”与“竟陵”之上。“门庭”固为船山抨击的重点，对“门庭”之外的一些诗病，他也并不放过：

> 门庭之外，更有数种恶诗：有似妇人者，有似衲子者，有似乡塾师者，有似游食客者。……似妇人者，仿《国风》而失其不淫之度；晋、宋以后，柔曼移于壮夫；近则王辰玉、谭友夏中之。似衲子者，其源自东晋来。锺嵘谓陶令为“隐逸诗人之宗”，亦以其量不弘而气不胜，下此者可知已。自是而贾岛固其本色，陈无己刻意冥搜，止堕齑盐窠臼；近则锺伯敬通身陷入；陈仲醇纵饶绮语，亦宋初九僧之流亚耳。似塾师、游客者，《卫风·北门》实为作俑。彼所谓政散民流，诬上行私而不可止者，夫子录之，以著卫为狄灭之因耳。陶公“饥来驱我去”，误堕其中；杜陵不审，鼓其余波。嗣后啼饥号寒、望门求索之子，奉为羔雉，至陈昂、宋登春而丑秽极矣。学诗者一染此数家之习，白练受污，终不可复白，尚戒之哉！（《薑斋诗话笺注》卷二）

如果说船山反对“门庭”，是着眼于艺术形式，那么，他批评“似妇人”、“似衲子”、“似乡塾师”、“似游食客”等四种恶诗，则主要是从诗歌的内容方面看问题。所谓“似妇人”之诗，指齐梁宫体、元、白及锺、谭诸人之艳诗，所论颇能切中时弊。船山将陶渊明、贾岛、“九僧”、陈师道，直到明末的锺惺、陈继儒皆视为“似衲子”之诗，其本意是指这类的诗侈谈隐逸，有如前人所讥的“蔬笋气”，但他将陶潜列入此类，显然失误。所谓“似乡塾师者”，指前人所讥诗中之“头巾气”。“似游食客者”，指那些“打抽丰”、摇尾乞怜的“清客”之诗，船山本来批评得很对，可惜他将陶潜、杜甫的某些诗归入这两类，则大谬不然。船山此处所持的标准，是孔门“乐而不淫，哀而不伤”的“诗教”说。持此说以抨击宫体、元、白艳诗与锺、谭淫曲，自然无可非议，这正是船山为净化诗歌内容，提高诗品所做的努力，这与他论宋文主张“静”、“贞”、“雅”的观点是息息相通的。[①] 但是，他按照“哀而不伤”之旧说否定陶渊明与杜甫之诗，则明显反映了其诗学保守和迂腐的一面。

除了反对以上诗病外，船山批评的另一个重点是宋诗，而且是广义的宋诗，即从杜甫、韩愈到苏轼、黄庭坚为代表的“宋调”。[②] 船山说杜诗“似塾师”与“游食客”，并指责其无性情：

> 诗以道性情，道性之情也。性中尽有天德、王道、事功、节义、礼乐、文章，却分派与《易》、《书》、《礼》、《春秋》去，彼不能代《诗》而言性之情，《诗》亦不能代彼也。决破此疆界，自杜甫始，梏桎人情，以掩性之光辉，风雅罪魁，非杜其谁邪？（《明诗评选》卷五“徐渭《严先生祠》”评语）

---

① 《薑斋诗话笺注》附录《夕堂永日绪论外编》：“昔人谓书法至颜鲁公而坏，以其著力太急，失晋人风度也。文章本静业，故曰‘仁者之言蔼如也’，学术风俗皆于此判别。着力急者心气粗，则一发不禁，其落笔必重，皆嚣陵竞乱之征也。俗称欧、苏等为大家，试取欧阳公文与苏明允并观，其静躁、雅俗、贞淫，昭然可见。”

② 《薑斋诗话笺注》卷二：“前有齐梁，后有晚唐及宋人，皆欺心以炫巧。”关于宋调，见钱锺书《谈艺录》第一条“诗分唐宋”云：“唐诗、宋诗，亦非仅朝代之别，乃体格性分之殊。天下有两种人，斯分两种诗。唐诗多以丰神情韵擅长，宋诗多以筋骨思理见胜。……曰唐曰宋，特举大概而言，为称谓之便。非曰唐诗必出唐人，宋诗必出宋人也。故唐之少陵、昌黎、香山、东野，实唐人之开宋调者；宋之柯山、白石、九僧、四灵，则宋人之有唐音者。”

船山关于《诗》与《易》、《书》、《礼》、《春秋》分工的观点固然不错，但以为杜诗混一《诗》与《书》之界限，桎梏人情，则毫无根据。而且船山对理学家朱子等人的诗却又大加称赏，[①]真是咄咄怪事。对杜诗被誉为“诗史”，他也持不同意见：

> 史才固以隐括生色，而从实著笔自易，诗则即事生情，即语绘状，一用史法，则相感不在永言和声之中，诗道废矣。此“上山采蘼芜”一诗所以妙夺天工也。杜子美仿之作《石壕吏》，亦将酷肖，而每于刻画处，犹以逼写见真，终觉于史有余，于诗不足。论者乃以“诗史”誉杜，见驼则恨马背之不肿，是则名为可怜悯者。(《古诗评选》卷四《古诗》评语)

这显然受杨慎的影响。对“诗史”说敢于提出批评，确有极大勇气，也有一定道理，惜乎杨、王二人论述得不够充分。船山甚至斥责杜甫“朱门酒肉臭，路有冻死骨”之句为“败笔”，“为宋人谩骂之祖，定是风雅一厄”(《唐诗评选》卷二“杜甫《后出塞》”评语)，观点显然偏激。

船山还明确地以儒家“温柔敦厚”之说，反对杜、韩、苏、黄一派的“凌云健笔”：

> 故闻温柔之为诗教，未闻其以健也。健笔者，酷吏以之成爰书而杀人。艺苑有健讼之言，不足为人心忧乎？……况其离经破轨，率尔之谈，调笑之说，咒诅之恶口，率以供其纵横之用哉！于是而为杜，为苏，为陆务观、辛幼安，为徐文长、袁六休，泛滥杂沓，

① 《薑斋诗话笺注》卷二：“《大雅》中理语造极精微，除是周公道得，汉以下无人能嗣其响。陈正字、张曲江始倡《感遇》之作，虽所诣不深，而本地风光，骀宕人性情，以引名教之乐者，风雅源流，于斯不昧矣。朱子和陈、张之作，亦旷世而一遇。此后唯陈白沙为能以风韵写天真，使读之者如脱钩而游杜蘅之沚。”

> 屈诗以供其玩弄，但小有才，即堪与四始、六义之宗。其尤下者，则有杜默之古风，罗隐之、杜荀鹤之近体，胡曾之小诗，举里妪野巫之言，酸笔鳌舌者，一皆诗，一皆所谓健笔纵横者也。呜呼！凡今之人，其不中此毒者鲜矣！故五言之亡，倡于沈，成于庾，而剧于杜，自杜以降，澌灭尽矣。（《古诗评选》卷五“庾信《拟咏怀》”评语）

对韩愈、苏轼、黄庭坚等人诗中奇字、险韵、对偶、用典等特点，他也持否定态度：

> 韩退之以险韵、奇字、古句、方言，矜其饾辏之巧；巧诚巧矣，而于心情兴会一无所涉，适可为酒令而已。黄鲁直、米元章益堕此障中。（《薑斋诗话笺注》卷二）

船山反对“宋调”，主要从诗歌艺术角度着眼，虽有一定见地，也不无偏颇之处。反对“健笔纵横”，尤不足为训。

4. 王夫之诗学的本质：儒家诗教和审美诗学合流

王夫之所处的时代是唐、宋诗之争剧烈之际，当时顾炎武、李因笃等人力主“唐音”，黄宗羲、吕留良、吴之振等人高唱“宋调”，船山折衷其间，既反对宋诗，又对唐代沈、宋、李、杜、韩、孟、元、白、温、韦等有所不满，对明代风靡一时的高棅、前后“七子”、“公安”、“竟陵”等派亦一网打尽，其批评范围之广，在同时学者中是不多见的，王夫之正是在充分否定前人的基础上建立了自己的诗歌美学理想，这就是儒家诗教和审美诗学的汇流，并且以后者改造了前者。

王夫之识趣甚高，艺术嗅觉十分敏锐，他按照审美诗学的规范，对儒家“诗教”说进行了改造，并且在论诗歌艺术时，在一定程度上受到道家、佛家思想的影响，同时受到《二十四诗品》、严沧浪诗论和当时绘画理论的某些启发，从而形成了自己的诗学理论体系。如儒家“兴、观、群、怨”之说，他是多次强调与坚持的，但又对其做了新的解释：

> “诗可以兴，可以观，可以群，可以怨”，尽矣。辨汉、魏、唐、宋之雅俗得失以此，读《三百篇》者必此也。“可以”云者，随所“以”而皆“可”也。于所兴而可观，其兴也深；于所观而可兴，其观也审。以其群者而怨，怨愈不忘；以其怨者而群，群乃益挚。出于四情之外，以生起四情；游于四情之中，情无所窒。作者用一致之思，读者各以其情而自得。故《关雎》，兴也；康王晏朝而即为冰鉴。“讦谟定命，远猷辰告”，观也。谢安欣赏而增其遐心。人情之游也无涯，而各以其情遇，斯所贵于有诗。（《薑斋诗话笺注》卷一）

船山对“兴、观、群、怨”提出了不同于先儒的理解，其要点有三：一是打破原来孤立的解释，认为四者是相互联系和转化的：“‘可以’云者，随所‘以’而皆‘可’也”，这就充分肯定了“兴、观、群、怨”四者在艺术上具有相当大的灵活性；二是以“兴、观、群、怨”为“四情”，即诗人所要表达的四种主要感情，这也跳出了“教化”说的窠臼，而转向了审美情感，并且指出对四情要灵活理解与运用：“出于四情之外，以生起四情；游于四情之中，情无所窒”；三是将作者之思与读者之情区分开来：“作者用一致之思，读者各以其情而自得”，承认“作者何必然，读者何必不然”这一艺术欣赏中的重要规律，并且举例说明。简言之，船山对“兴、观、群、怨”的解释，是把《诗经》当作艺术品来对待，其论诗重艺术的倾向，于此已初步显示，儒家诗教与审美诗学的矛盾，在很大程度上被消解了，这恰恰是他超越前辈之处。

王夫之运用“比”、“兴”来说诗，也较少涉及儒家教化内容，而多从艺术角度着眼。如云“兴在有意无意之间，比亦不容雕刻”（《薑斋诗话笺注》卷一）。他所讨论的“比”、“兴”，主要是含而不露的艺术技巧,并且提倡通过这种技巧,追求所谓"景外之景"、"象外之象",给读者留下较为广阔的联想与补充的余地。

船山对诗歌艺术推崇的是玄微淡远而又自然的诗境。他对王维的评价,尤能表现其宗旨:

> 右丞于五言近体,有与储合者,有与孟合者,有深远鸿丽,轶储、孟而自为体者,乃右丞独开手眼处,则与工部天宝中诗相为伯仲,颜、谢、鲍、庾之风,又一变矣。工部之工,在即物深致,无细不章。右丞之妙,在广摄四旁,圜中自显。如终南山之阔大,则以"欲投人处宿,隔水问樵夫"显之;猎骑之轻速,则以"忽过"、"还归"、"回看"、"暮云 "显之。皆所谓离钩三寸,鲅鲅金鳞,少陵未尝问津及此也。(《唐诗评选》卷三"王维《观猎》"评语)

船山以王右丞"广摄四方,圜中自显"之"妙",压倒杜工部"即物深致,无细不章"之"工"。他还说王维诗"文外独绝,不许有两"(《唐诗评选》卷三"王维《送梓州李使君》评语")。此即船山对诗歌艺术的核心见解,他对历代诗歌艺术的评价,大都不出此范围。

王夫之的哲学,是吸收了佛、道精华的儒家哲学,他论诗时,也很重视用道家、佛家观点来印证自己的学说,这从他引用有道家思想的《二十四诗品》和"以禅喻诗"的严羽之论来看,即可略见一斑。[①] 以"禅喻"来说诗,是其为破除明人"起承转收"陋法的一种尝试,究其本心,仍在推尊"韵外之致"。王夫之还用书法、绘画、音乐理论于评诗,来深化其重远韵、鼓吹虚处传神的诗学理想。如他用"飞白"论诗,取义在遒劲飞动

① 如船山引用《二十四诗品》论诗云:"知'池塘生春草'、'蝴蝶飞南园'之妙,则知'杨柳依依'、'零雨其濛'之圣于诗:司空表圣所谓'规以象外,得之圜中'者也。"(《薑斋诗话笺注》卷一)《唐诗评选》又以严羽"以禅喻诗"之法来论沈佺期之《独不见》:"从起入颔,羚羊挂角;从颔入腹,独茧抽丝;第七句狮吼雪山,龙含秋水。合成旖旎,韶采惊人,古今推为绝唱,当不诬。"(《唐诗评选》卷四"沈佺期《独不见》"评语)

而又空灵不实。[①] 他又借画家“咫尺万里”之说来形容诗中寥廓深远之境。[②] 所谓“咫尺万里”实际上就是含蓄有远韵之意，绘画的“墨气”于无墨处见精神，诗歌则于“无字”处传神，二者道理原是相通的。

船山诗论，确实是自成体系的，其诗学之总特点，可用他自己提出的“内极才情，外周物理”八字来概括。“外周物理”，即诗歌内容要合乎儒教规范；“内极才情”，即作者可以运用多种艺术技巧，尽情发挥自己的才情，做到有“神气”、无“窒碍”，达到高玄而自然之境。王夫之试图建立一个从生活到创作，从立美到鉴赏，从审美到认识，从个体的情感泻导到群体和谐的开放性关系结构。至此，船山已把以美、真为主的审美理论和以善美为主的教化理论统一了起来，从而完成了我国古典诗学的体系。

王夫之提倡儒家诗教与审美诗学的合流，是为了挽救有明数百年来诗坛的颓势，其思想与气魄，都是了不起的，在学术上，他以“六经责我开生面”自许，可以说，他的诗学在许多方面，也有“开生面”的意义。当然，船山诗学存在着一些弱点，船山的创作低于其诗论的水平。[③] 由于时代与地理环境的限制，船山诗学未能发挥应有的影响。对此，我们既毋庸讳言，亦无须苛责。

---

① 如他说初、盛唐律诗的结句应用“飞白”之法。他评沈佺期、苏味道、杜甫的几首律诗“或六、七句意已无余，末用飞白法飏开，义趣超远，起不必起，收不必收，乃使生气灵通，成章而达”，说杜甫《秋兴八首》的章法“藏锋不露，抟合无垠”（《薑斋诗话笺注》卷二）。

② 《夕堂永日绪论内编》云：“论画者曰：‘咫尺有万里之势。’一‘势’字宜着眼。若不论势，则缩万里于咫尺，直是《广舆记》前一天下图耳。五言绝句，以此为落想时第一义。唯盛唐人能得其妙，如‘君家住何处？妾住在横塘。停船暂借问，或恐是同乡’。墨气所射，四表无穷，无字处皆其意也。”（《薑斋诗话笺注》卷二）

③ 在创作实践上，王夫之所崇尚的也是六朝与初、盛唐诗之清幽、淡远一路。邓之诚《清诗纪事初编》说船山“诗学六朝、初唐，取径甚高，而深情一往，往往令人悲涕”。（《清诗纪事初编》卷二“王夫之”条）可谓推崇备至。钱锺书则云“船山诗乃唐体之下劣者”，船山“识趣甚高，才力不副，自作诗闷涩纤仄”（《谈艺录》）。评价又较低。现在看来，船山是一位一流的理论家，却非一流诗人，他的诗作，以《读指南集二首》、《斫蕨行》、《后斫蕨行》等较有现实内容者为佳，留连光景者较弱。从艺术趣味上看，他对李、杜、韩等“掣鲸碧海”、“巨仞摩天”式的作品未能充分认识与学习，不能不说是他诗学与创作上的一个严重缺陷。

二、叶燮的诗学理论

叶燮(1627—1703),字星期,号已畦,学者称横山先生。叶燮《原诗》是继《文心雕龙》、《沧浪诗话》之后又一部较有严密理论体系的诗学著作。全书分内篇和外篇,“内篇,标宗旨也。外篇,肆博辨也”(沈珩《原诗叙》)。《内篇》卷上主要是其“正变论”和“本原论”,《内篇》卷下主要是其“创作论”,《外篇》上、下卷主要是“批评论”。当然,全书各部分的内容又彼此渗透、互相补充,是一个有机的整体。

主观方面,叶燮是将《原诗》作为名山事业来作的。[①] 客观方面,《原诗》之作与叶氏反对以汪琬为代表的吴中诗风有直接关系。[②] 并且,叶燮和王夫之一样,都身当明清诗风转变之际,故他除了批评吴中诗外,对明代“前后七子”和“公安”、“竟陵”等派诗论皆予否定,[③]破中

---

① 叶燮在《答沈昭子翰林书》中说,由于遭逢丧乱,自己年轻时未能知学,壮年以后,才开始习“词章”,后来又想治经学,可惜已经年老,来不及了,“无已,则于诗文一道稍为究论而上下之,而又不敢以诗文为小技,即已厌弃雕虫饾饤之学,则此亦必折衷于道理而后可”。

② 《清史列传·汪琬、叶燮传》说汪琬的诗“兼范成大、陆游、元好问之胜”。但是叶燮论诗,恰与汪琬不同,曾取汪文十篇,加以批驳,号《汪文摘谬》。叶氏弟子沈德潜《叶先生传》(《碑传集》卷九十五)云:“(先生)论文谓议论不蹈袭前人,卓然自我立,方为立言。论诗以少陵、昌黎、眉山为宗,成《原诗》内外篇,扫除陈见俗谛,尝为弟子言:‘我诗于酬答往还或小小赋物,了无异人,若登临凭吊,包纳古今,遭谗遇变,哀怨幽噫,一吐其胸中所欲言,与众人所不敢言,不愿言。虽前贤在侧,未肯多让。’其矜重如此。”

③ 《原诗》批评七子与“公安”、“竟陵派”及吴中诗云:“五十年前,诗家群宗‘嘉隆七子’之学。其学五古必汉、魏,七古及诸体必盛唐。于是以体裁、声调、气象、格力诸法,著为定则。作诗者动以数者律之,勿许稍越乎此。又凡使事、用句、用字,亦皆有一成之规,不可以或出入。……然以此有数之则,而欲以限天地景物无尽之藏,并限人耳目心思无穷之取,即优于篇章者,使之连咏三日,其言未有不穷,而不至于重见叠出者寡矣!”“于是楚风惩其弊,起而矫之。抹倒体裁、声调、气象、格力诸说,独辟蹊径,而栩栩然自是也。夫必主乎体裁诸说者或失,则固尽抹倒之,而入于琐屑、滑稽、隐怪、荆棘之境 ,以矜其新异,其过殆又甚焉!”“近今诗家,知惩‘七子’之习弊,扫其陈熟余派,是矣。然其过:凡声调字句之近乎唐者,一切屏弃而不为,务趋于奥僻,以险怪相尚;目为生新,自负得宋人之髓。几于句似秦碑,字如汉赋。新而近于俚,生而入于涩,真足大败人意。”

有立,[①]这也正是王、叶二人诗论的共同点。就对明代诗病的批评而言,横山似比船山说得更具体、更有针对性,因而更有意义。叶燮和王夫之一样,都是在批判前人和同时人的基础上,建立了自己的理论体系。叶燮诗歌理论的精华主要有以下几点:

1. 正变论

"正变论"是叶燮诗学的核心,他反对那种今不如昔、主张摹拟古人的退化论,而认为诗歌艺术是不断成熟、不断发展、不断变化的。和明代诗学轻视变化的论调相反,叶燮认为"变"是诗歌创作的必然规律,因而值得肯定。他以树木生长为喻,论诗歌之变化、发展云:

> 譬诸地之生木然:《三百篇》,则其根;苏、李诗,则其萌芽由蘖;建安诗,则生长至于拱把;六朝诗,则有枝叶;唐诗,则枝叶垂阴;宋诗,则能开花,而木之能事方毕。自宋以后之诗,不过花开而谢,花谢而复开。(《内篇》下)

横山又以绘画为喻云:

> 汉魏之诗,如画家之落墨于太虚中,初见形象。一幅绢素,度其长短、阔狭,先定规模,而远近浓淡,层次脱卸,俱未分明。六朝之诗,始知烘染设色,微分浓淡,而远近层次,尚在形似意想间,犹未显然分明也。盛唐之诗,浓淡远近层次,方一一分明,能事大备。宋诗则能事益精,诸法变化,非浓淡、远近、层次所得而该,刻画掉换,无所不极。(《外篇》下)

通过这一连串的巧譬妙喻,横山将他关于诗歌发展的"正变论"和

① 沈德潜《清诗别裁集》卷十"叶燮小传"引王士祯称叶燮诗论"独立起衰",正是此意。

盘端出，这就是所谓前修未密、后出转精，用叶氏自己的话说就是“踵事增华，因时递变”八字。对此，叶氏有一段很透脱的解释：

> 太凡物之踵事增华，以渐而进，以至于极。故人之智慧心思，在古人始用之，又渐出之；而未穷未尽者，得后人精求之，而益用之出之。乾坤一日不息，则人之智慧心思，必无尽与穷之日。唯叛于道、戾于经，乖于事理，则为反古之愚贱耳。苟于此数者无尤焉，此如治器然，切磋琢磨，屡治而益精，不可谓后此者不有加乎其前也。（《内篇》上）

叶燮的“正变”说有三个要点，一是承认文学是进化的，一代更比一代强；二是认为这种进化只限于诗歌的艺术技巧与形式，一旦谈到内容，就仍须合乎“道”与“经”之规范，不得离经叛道，违背事理；其三，横山所谓“踵事增华”的进化论，并非适用于各代，而只到宋代为止，他认为诗至宋代为极致。这一论断是卓有见地的，从中国诗歌发展的历史来看，无论是叶燮之前的元、明两代诗，还是他同时及身后的清诗，皆不出宗唐或宗宋的范围，直至旧体诗被白话诗代替，中国诗人始终未能在唐、宋诗之外另辟一境。同时，叶燮心目中的宋诗，并非泛指有宋一代之诗，如对宋初诗风，他曾表示过不满，他认为最有成就的宋诗，实指从杜甫、韩愈到苏轼的宋调。请看叶氏对他们三人的评价：

> 杜甫之诗，包源流，综正变。自甫以前，如汉、魏之浑朴古雅，六朝之藻丽秾纤、淡远韶秀，甫诗无一不备。然出于甫，皆甫之诗，无一字句为前人之诗也。自甫以后，在唐如韩愈、李贺之奇奡，刘禹锡、杜牧之雄杰，刘长卿之流利，温庭筠、李商隐之轻艳，以至宋、金、元、明之诗家，称巨擘者，无虑数十百人，各自炫奇翻异；而甫无一不为之开先。

> 唐诗为八代以来一大变。韩愈为唐诗之一大变;其力大,其思雄,崛起特为鼻祖。宋之苏、梅、欧、苏、王、黄,皆愈为之发其端,可谓极盛。
>
> 苏轼之诗,其境界皆开辟古今之所未有,天地万物,嬉笑怒骂,无不鼓舞于笔端,而适如其意之所欲出。此韩愈后之一大变也,而盛极矣。(《内篇》上)

诗歌由杜甫到韩愈再到苏轼,经历了三次大的变化,而且愈变愈盛,至苏轼而为极点,这就是横山"正变论"的核心。《原诗》中各方面的论述,都未曾偏离这一核心。可见,在清初诗坛"唐、宋诗之争"的论战中,横山是一位坚定的宋诗派,并据此建立起自己的理论体系,这也是他与船山诗学的最大不同处。

2. 本原论

在诗歌本原论问题上,叶燮虽着墨不多,却言之成理,具有明显的唯物主义倾向。叶氏自言他的《原诗》是由天地万物这一物质基础为出发点,来探讨诗歌创作中的理、事、情,①故提倡以先儒格物之法来作诗。这种思想与公安三袁"独抒性灵"、竟陵诸人"幽情单绪"之说,是势同水火的。叶燮既认为理、事、情三者是从万物中提炼出来的,又运用古代唯物主义哲学中"气"的概念,认为气是理、事、情的统率者:

> 自开辟以来,天地之大,古今之变,万汇之积,日星河岳,赋物象形,兵刑礼乐,饮食男女,于以发为文章,形为诗赋,其道万千,余得以三语以蔽之:曰理、曰事、曰情,不出乎此而已。然则,诗文一道,岂有定法哉!先揆乎其理,揆之于理而不谬,则理得。次征

① 叶燮《己畦文集》卷十三《与友人论文书》说:"仆尝有《原诗》一编,以为盈天地间万有不齐之物、之数,总不出乎理、事、情三者,故圣人之道自格物始,盖格夫凡物之无不有理、事、情也。为文者,亦格之文之为物而已矣。"

诸事，征之于事而不悖，则事得。终絜诸情，絜之于情而情可通，则情得。

曰理、曰事、曰情三语，大而乾坤以之定位、日月以之运行，以至一草一木一飞一走，三者缺一，则不成物。文章者，所以表天地万物之情状也。然具是三者，又有总而持之，条而贯之者，曰气。事、理、情之所为用，气为之用也。譬之一木一草，其能发生者，理也。其既发生，则事也。既发生之后，夭矫滋植，情状万千，咸有自得之趣，则情也。苟无气以行之，能若是乎？又如合抱之木，百尺干霄，纤叶微柯以万计，同时而发，无有丝毫异同，是气之为也。苟断其根，则气尽而立萎。此时理、事、情俱无从施矣。吾故曰：三者藉气而行者也。得是三者，而气鼓行于其间，絪緼磅礴，随其自然，所至即为法，此天地万象之至文也。（《内篇》下）

“气”是中国古代哲学用以表示物质存在的基本范畴。中国古代哲学家、特别是唯物主义哲学家，都非常重视气的物质性。[①] 叶氏的“气一贯”说，正是以历代唯物主义哲学家对于“气”的论述为理论基础的。他认为世间万物是由“气”生成的，万物的运动变化都是由“气”推动的，“气”是本体，理、事、情三者是“气为之用也”，由“气”统率理、事、情三者，则可写出天地之至文。叶燮的诗歌本原论，不仅肯定了物质现实在诗歌创作中的首要地位，而且提出理、事、情三者作为物质的外化形式，即以三者为诗歌的基本内涵。更为重要的是，他强调了“气”对理、事、情的总持与条贯作用，认为“气”是包括诗歌创作在内的万事、万物运动的内在生命力，没有气，诗歌创作就会失败。因

① 王充《论衡》说：“天地合气，万物自生。”张载《正蒙·乾称》云：“凡可状皆有也，凡有皆象也，凡象皆气也。”“天地之气，虽聚散攻取百涂，然其为理也顺而不妄。”王廷相《慎言》云：“天地外皆气，地中亦气，物虚实皆气，通极上下，造化之实体也。”王夫之则高举“气一元论”的大旗，倡言“天人之蕴，一气而已”（《读四书大全说》）。

此，可说他的“本原论”是由物质（天地万物）到意识（理、事、情）再回归到物质（气），当然，这一回归，是更高层次上的回归，并非低层次的重复。

3. 创作论

创作论是叶燮着重探讨的问题，他对诗歌创作中文与质、法与自然、创作的具体步骤都提出了一些重要的看法，有许多地方发前人所未发。叶氏的本原论已论及理、事、情三者来源于大千世界的物质生活，此处又提出才、胆、识、力四者与前三者相呼应：

曰理、曰事、曰情，此三者足以穷万有之变态。凡形形色色，音声状貌，举不能越乎此。此举在物者而为言，而无一物或能去此者也。曰才、曰胆、曰识、曰力，此四言者所以穷尽此心之神明。凡形形色色，音声状貌，无不待于此而为之发宣昭著。此举在我者而为言，而无一不如此心以出之者也。以在我之四，衡在物之三，合而为作者之文章。大之经纬天地，细而一动一植，咏叹讴吟，俱不能离是而为言者矣。（《内篇》下）

对于前三者“理、事、情”，他曾以“主客问答”方式论述其在诗中的表现形式。对方诘难说，先生以理、事、情来论诗，诗中言情，固然不错，言理、事则不然：

诗之至处，妙在含蓄无垠，思致微渺，其寄托在可言不可言之间，其指归在可解不可解之会，言在此而意在彼，泯端倪而离形象，绝议论而穷思维，引人于冥漠恍惚之境，所以为至也。若一切以理概之，理者，一定之衡，则能实而不能虚，为执而不为化，非板则腐。如学究之说书，闾师之读律，又如禅家之参死句、不参活句，窃恐有乖于风人之旨。以言乎事，天下固有有其理，而不可见诸事者；若夫诗，则理尚不可执，又焉能一一征之实事者乎！而先生断断焉必以理、事二者与情同律乎诗，……此何也？（《内篇》下）

这段诘难，实际上是主张诗要用形象思维、不可直说。横山的回答则说“理”主要指“名言所绝之理”，释事为“无是事之为凡事之所出”，即以艺术真实代替生活中的真实，他还以几首杜诗及唐人诗句为例，剖析这一问题，并回答：

以上偶举杜集四语，若以俗儒之眼观之；以言乎理，理于何通？以言乎事，事于何有？所谓言语道断，思维路绝；然其中之理，至虚而实，至渺而近，灼然心目之间，殆如鸢飞鱼跃之昭著也。理既昭矣，尚得无其事乎？

其更有事所必无者，偶举唐人一二语：如“蜀道之难，难于上青天”，“似将海水添宫漏”，“春风不度玉门关”，“天若有情天亦老”，“玉颜不及寒鸦色”等句，如此者何止盈千累万！决不能有其事，实为情至之语。夫情必依乎理，情得然后理真。情、理交至，事尚不得耶！要之作诗者，实写理、事、情，可以言言，可以解解，即为俗儒之作。唯不可名言之理，不可施见之事，不可径达之情，则幽渺以为理，想象以为事，惝恍以为情，方为理至、事至、情至之语。（《内篇》下）

横山反对“实写理、事、情”，主张诗中之理要“不可名言”、“幽渺”；诗中之事要是“不可施见”的“想象”之事；诗中之情要“不可径达”，要“惝恍”。这一杰出的论断充分肯定了诗歌艺术的虚构性和创造性，注意到诗歌语言的启发性与暗示性。它既来源于道家哲学及中国古代诗学中“言意之辨”中的“言不尽意”论，又站在唯物主义立场上，对这一古老命题做了重要的补充与修正。[①] 宋代严羽《沧浪诗话》讲“不涉理路，不落言筌”，是诗学史上“言不尽意”论的代表，但沧浪的诗论却离开社会生活实践来立论，大谈“兴趣”与“顿悟”，必然陷入空疏与玄妙。叶燮的《原诗》曾对严羽提出过批评，此处论理、事、情之特殊规律，似乎受到沧浪的一些影响，所谓“幽渺以为理，想象以为事，惝恍以为情”，与“不涉理路，不落言筌”颇为相似，而叶氏之“理、事、情”是来源于天地万物的，这在他的“本原论”中已经阐明。所以，叶氏既重视诗歌艺术形象思维的规律与特性，又能认清诗歌创作的真正源头，其识见遂出严羽诸人之上，并对中国诗歌艺术理论做出了重要贡献。

对于后四者“才、胆、识、力”，叶氏特别提出以“识”为先的问题：

> 大约才、识、胆、力，四者交相为济。苟一有所歉，则不可登作者之坛。四者无缓急，而要在先之以识；使无识，则三者俱无所托。无识而有胆，则为妄、为卤莽、为无知，其言背理、叛道，蔑如也。无识而有才，虽议论纵横，思致挥霍，而是非淆乱，黑白颠倒，才反为累矣。无识而有力，则坚僻、妄诞之辞，足以误人而惑世，为害甚烈。若在骚坛，均为风雅之罪人。唯有识，则能知所从、知所奋、知所决，而后才与胆、力，皆确然有以自信；举世非之，举世誉之，而不为其所摇。（《内篇》下）

叶氏还以建“大宅”的过程为喻，说明作诗的五个步骤，所论平正通达，颇足启发后人：

第一步：作诗如建宅，必须先有基础：“诗之基，其人之胸襟是也。有胸襟，然后能载其性情、智慧、聪明、才辨以出。随遇发生，随生即

① 关于哲学中“言意之辨”与古代文学艺术的关系，请参阅袁行霈《言意与形神——魏晋玄学中的言意之辨与中国古代文艺理论》（载于《中国诗歌艺术研究》）。

盛。”否则，“虽日诵万言，吟千首，浮响肤词，不从中出，如剪采之花，根蒂既无，生意自绝，何异乎凭虚而作室也”。

第二步：取材。他的作法是“取材于古人，原本于《三百篇》、楚骚，浸淫于汉、魏、六朝、唐、宋诸大家，皆能会其指归，得其神理”，出手自然不凡，故反对取径于“近代当世之闻人”。叶氏虽主张取法乎上，但一味说学习古人，则又暴露了其诗学创新精神的不彻底性。

第三步是“善用”。“要见古人之自命处、着眼处、作意处、出手处，无一可苟，而痛去其自己本来面目。……久之，而又能去古人之面目，然后匠心而出，我未尝摹拟古人，而古人且为我役。”

第四步为“设色”。“夫诗，纯淡则无味，纯朴则近俚，势不能如画家之有不设色。……必本之前人，择其丽而则、典而古者而从事焉，则华实并茂，无夸缛斗炫之态，乃可贵也。”但又不可专务富丽，“本无奇意，而饰以奇字，本非异物，而加以异名别号，味如嚼蜡”，“故能事以设色布采终焉”。

最后一步是“变化”。要使这座房子的每一部分“一一各得其所，而悉出于天然位置，终无相踵沓出之病，是之谓变化”。“变化而不失其正，千古诗人唯杜甫为能。高、岑、王、孟诸子，设色止矣；皆未可语以变化也。”只有杜诗“集大成”，通“神”，故能“变化”。

叶氏的“五阶段”创作论，与其“踵事增华，因时递变”的“正变论”是息息相通的。

4. 批评论

叶燮的批评论，可分为两个方面，一是批评历代诗学，二是评论历代诗歌。

一方面，叶燮对严羽、刘辰翁、高棅、李攀龙、李梦阳、何景明诸家诗论皆持否定态度，并且说诗道之不振，这些人是有罪过的。他以见识不高批评严羽，以“惝恍无切实处”评刘辰翁，以“剽窃摹拟”（引王世贞语）评李攀龙，俱有见地。

另一方面，叶燮对锺嵘、刘勰都颇有微词，持论甚高。但他对唐代皎然、刘禹锡、李德裕、皮日休等人的诗论比较赞赏。[①] 叶氏称引刘勰、锺嵘及唐代诸家的诗论，是在自道诗学的渊源。如皎然的“复变”说之于叶氏的“正变论”；刘禹锡、皮日休的“才、识”说之于叶氏的“才、胆、识、力”说，李德裕的“光景常新”说之于叶氏的“踵事增华”论之间，均有明显的继承关系。刘、锺之语，则是叶氏批评明代及清初诗家的武器。不过，以上诸家的诗论是较为零碎、散乱的，叶燮在取其精华的基础上，加上自己的创造，构建了《原诗》完整的理论体系。

叶燮历评从《诗经》到明代之诗，涉及的方面有作家、作品、题材、体裁等，所论颇多创见，今择与其诗学理论关系较大者数条如下，冀收尝脔知鼎之效。一条是对晚唐诗的评价：

> 论者谓“晚唐之诗，其音衰飒”。然衰飒之论，晚唐不辞；若以衰飒为贬，晚唐不受也。夫天有四时，四时有春秋。春气滋生，秋气肃杀。滋生则敷荣，肃杀则衰飒。气之候不同，非气有优劣也。……故衰飒以为气，秋气也；衰飒以为声，商声也。俱天地之出于自然者，不可以为贬也。又盛唐之诗，春花也：桃李之秾华，牡丹、芍药之妍艳，其品华美贵重，略无寒瘦俭薄之态，固足美也。晚唐之诗，秋花也：江上之芙蓉，篱边之丛菊，极幽艳晚香之韵，可不为美乎？（《外篇》下）

作为一位宋诗派的诗论家。叶燮能对盛唐、晚唐诗做出如此充满激情，而又相当敏锐、客观的评价，是很不容易的。他不像“公安派”那

① 《原诗·外篇》上：“如皎然曰：‘作者须知复变；若唯复不变，则陷于相似，置古集中，视之眩目，何异宋人以燕石为璞。’刘禹锡曰：‘工生于才，达生于识，二者相为用而诗道备。’李德裕曰：‘譬如日月，终古常见，而光景常新。’皮日休曰：‘才犹天地之气，分为四时，景色各异，人之才变，岂异于是？’以上数则语，足以启蒙砭俗，异于诸家悠悠之论，而合于诗人之旨，为得之。”

样矫枉过正,说“唐无诗”,而是从唐诗艺术的特质着眼来赞美唐诗,这说明中国古典诗学正在取消偏见,走向成熟。叶氏评宋初苏、梅之诗:

> 开宋诗一代之面目者,始于梅尧臣、苏舜钦二人。自汉、魏至晚唐,诗虽递变,皆递留不尽之意。即晚唐犹存余地,读罢掩卷,犹令人属思久之。自梅、苏变尽“昆体”,独创生新,必辞尽于言,言尽于意,发挥铺写,曲折层累以赴之,竭尽乃止。才人伎俩,腾踔六合之内,纵其所如,无不可者,然含蓄渟泓之意,亦少衰矣。(《外篇》下)

叶氏以“独创生新”、“言尽于意”评苏、梅之诗,十分恰当,这实际上也是宋诗的特点。对于自己喜爱的作品,叶氏在赞美的同时,又有所保留,这同样反映了叶氏的严格与稳健。对于唐、宋诗之争及性情、议论等相关问题,横山的意见也值得重视:

> 从来论诗者,大约伸唐而绌宋。有谓:“唐人以诗为诗,主性情,于《三百篇》为近;宋人以文为诗,主议论,于《三百篇》为远。”何言之谬也。唐人诗有议论者,杜甫是也,杜五言古,议论尤多。长篇如《赴奉先县咏怀》、《北征》及《八哀》等作,何首无议论?而独以议论归宋人,何欤?彼先不知何者是议论,何者为非议论,而妄分时代耶!且《三百篇》中,二《雅》为议论者,正自不少。彼先不知《三百篇》,安能知后人之诗也!如言宋人以文为诗,则李白乐府长短句,何尝非文!杜甫前、后《出塞》及《潼关吏》等篇,其中岂无似文之句!为此言者,不但未见宋诗,并未见唐诗。(《外篇》下)

此外,《原诗》对诗中的性情、面目、诗心诸端,对五七古、五律、七律和五七言绝句的艺术技巧的论述，都颇有价值，对诗中务多、逞博、应酬等弊端的批评，都能击中要害。特别有趣的是他对“穿凿”的新解：

> 至于宋人之心手日益以启，纵横钩致，发挥无余蕴。非故好为穿凿也，譬之石中有宝，不穿之凿之，则宝不出。且未穿未凿以前，人人皆作模稜皮相之语，何如穿之凿之之实有得也。（《内篇》上）

究其实质，也是要黜“前后七子”等人的“虚”、“浮”与“皮相”，而推崇宋诗派的“重”与“实”。另外，叶燮的创作基本倾向与其诗论是一致的，后人对此看法基本相同。①

叶燮《原诗》以正变论和本原论为经，以创作论、批评论为纬，构成

① 叶氏高足沈德潜说：“先生论诗，一曰生，一曰新，一曰深，凡一切庸熟、陈旧、浮浅语，须扫而空之。今观其集中诸 作，意必钩元，语必独造，宁不谐俗，不肯随俗，戛戛于诸名家中，能拔戟自成一队者。”（《清诗别裁集》卷十“叶燮小传”）阮元《两浙輶轩录》引钱仁荣语曰：“（叶燮）与石门吴孟举相友善。所为诗不惊人不道。尝谓古今诗人，只有唐杜甫、韩愈，宋苏轼三人而已。”（钱仲联主编《清诗纪事》引）徐世昌《晚晴簃诗汇·诗话》云：“其诗不随俗作甜熟语，宁拙毋朴，渔洋、归愚皆盛推之。绝句尤多弦外之音。”钱锺书《谈艺录》也说《原诗》尊宋诗，叶氏“自作《己畦诗集》，尖刻瘦仄，显然宋格”。唯有邓之诚说法与众不同：“燮诗文宗韩、杜，刻核有法，与曹溶酬唱甚多，两人皆尊杜者。吴之振纯乎宋派，亦共吟坛，则不解所由矣。《原诗》四卷，专为尊唐，力辟时人徒袭范、陆皮毛之非。谓诗以生、新、深为主。于举世尊宋之时，独持己见，发聋振聩，信豪杰之士。”（邓之诚《清诗纪事初编》卷三）邓氏之论，似是而非。首先，邓氏说叶“诗文宗韩、杜”，是不错的，但他并未认识到韩、杜即宋诗之祖，名曰唐诗，实为宋调，所以邓氏认为“《原诗》四卷，专为尊唐”，与“尊宋”派相对立的结论，是站不住脚的。其次，邓氏评《原诗》，实就沈德潜《清诗别裁集》之语而加以发挥，沈氏之语无大误，邓氏之发挥则成问题。其关键在对叶燮“力辟时人徒袭范、陆皮毛”之事的看法。推原叶燮之意，其反对时人学范、陆，主要是不满于当时的因袭、摹拟之风，并非针对范、陆，更非全盘否定宋诗。范、陆诗之末流，实源于晚唐皮、陆熟滑之作，批评范、陆末流，实为反晚唐之弊。况且，反对学范、陆，并非《原诗》重点，其重心本在反对严羽、高棅、前后“七子”以来的“尊唐派”，因此，决不能得出《原诗》尊唐音而排宋调的结论。

了较为严密、完整的诗学体系，它是对宋至明代以来诗学理论发展的一个总结，同时又是新的诗学理论体系的建立，它对后世诗学理论体系的进一步完善，奠定了坚实的基础。由于《原诗》逻辑严密，巧于设譬，雄辩滔滔，颇有《庄子》散文汪洋恣肆的味道，门下又有薛雪、沈德潜诸人之传法，故其影响，遂超出僻居湖南山中的王夫之之上，而引起清代学者的广泛重视。

第五节　词论的中衰

元、明两代，词坛较为沉寂。元代北曲（包括散曲与杂剧）盛行，取代了词在歌坛上的地位，于是词的创作与理论均趋衰落，这种状况一直延续到有明一代。到了清代，词学方才复兴。

一、元代的词学理论

关于元朝词的创作，吴梅《词学通论》概括说，元代北曲取代了词的地位，即使仍有人填词，但因谱法无存，故不能合乐，只是长短句之诗。① 现存的元代词学著作仅有陆辅之《词旨》和吴师道《吴礼部词

① 吴梅《词学通论》："元人以北词登场，而歌词之法遂废。其时作者，如许鲁斋之《满江红》，张弘范之《临江仙》，不过余技及之，非专家之业。即如刘太保之《干荷叶》，冯子振之《鹦鹉曲》，亦为北词小令，非真两宋人之词也。盖入元以来，词曲混而为一（始自《董西厢》，如《醉落魄》、《点绛唇》、《哨遍》、《沁园春》之类，皆取词名入曲。元人杂剧，仍之不变）。而词之谱法，存者无多。且有词名仍旧，而歌法全非者。是以作家不多，即作亦如长短句之诗。未必如两宋之可按管弦矣。至如解语花之歌《骤雨打新荷》，陈凤仪之歌《一络索》，殊不可见也。总一朝论之，开国之初，若燕公楠、程钜夫、卢疏斋、杨西庵辈，偶及倚声，未扩门户。逮仇仁近振起于钱塘，此道遂盛。赵子昂、虞道园、萨雁门之徒，咸有文彩，而张仲举以绝尘之才，抱忧时之念，一身耆寿，亲见盛衰。故其词婉丽谐和，有南宋之旧格，论者谓其冠绝一时，非溢美也。其后如张野、倪瓒、顾阿瑛、陶宗仪，又复赓续雅音，缠绵赠答。及邵复孺出，合白石、玉田之长，寄烟柳斜阳之感。其《扫花游》、《兰陵王》诸作，尤近梦窗，殿步一朝，良无愧怍，此其大较也。"

话》二种，可以说是宋代词论的继续发展。

1. 陆辅之《词旨》

陆辅之号汾湖居士，能词善画，与张炎有交往，《词旨》即为阐扬《词源》之说，指引初学门径而作，其体例是先述宗旨，次举实例。《词旨》最重要的是“词说七则”，这七则“词说”，用极其概括的语言，阐明张炎《词源》的主旨。其中较有理论意义如：

> 对句好可得，起句好难得。收拾全藉出场。凡观词须先识古今体制雅俗。脱出宿生尘腐气，然后知此语，咀嚼有味。
>
> 《词源》云“清空”二字，亦一生受用不尽，指迷之妙，尽在是矣。学者必在心传耳传，以心会意，当有悟入处。然须跳出窠臼外，时出新意，自成一家。若屋下架屋，则为人之贱仆矣。

所谓“识古今体制雅俗”，实际上就是要能辨别词风之高下，掌握古今词体的演变规律。他所批评的所谓“尘腐气”，则又在雅俗之外指出一种应当避免的弊病。尘腐气者，既欲避俗而又未能达到雅，刻板迂拙，了无生趣，也就是晁无咎所谓“三家村”。陆氏标举“清空”，重申玉田的论词宗旨。同时又认为不可死守玉田家法，“须跳出窠臼外，时出新意，自成一家”。

《词旨》的“词说七则”是根据张炎《词源》总结出来的创作论，在“大判断”方面，不出玉田的范围，在“小结裹”方面，有一些自己的见解。在阐明宗旨之后，陆辅之多以白石、玉田诸人之词合乎“清空”、“骚雅”、“意趣高远”标准者为例，意在为初学者示范。此种做法，类似唐人诗话中“句法图”之类，对初学作词者有一定帮助。

2. 吴师道《吴礼部词话》

吴师道登元英宗至治元年(1321)进士第,《吴礼部词话》实际上是《吴礼部诗话》的论词部分,成书当晚于《词旨》。该书论词仅七则,第五则“欧词有伪”较有意思:

> 欧公小词间见诸词集,陈氏《书录》云一卷。其间多有与《阳春》、《花间》相杂者,亦有鄙亵之语一二厕其中。当是仇人无名子所为。近有《醉翁琴趣外篇》凡六卷二百余首,所谓鄙亵之语,往往而是,不止一二也。前题东坡居士序,近八九语,所云散落尊酒间,盛为人所爱,尚犹小技,其上有取焉者,词气卑陋,不类坡作。益可以证词之伪。

欧阳修为一代名臣,作诗庄严正大,词则风流妩媚,坚守“诗庄词媚”的传统观念,后人见到欧公这些小词,感到有累令德,于是多设法为其开脱。[①] 吴师道此条用意与曾慥诸人相同,都说那些有关男女爱情的小词,不是欧公所为,而是别人嫁名欧公的,是“鄙亵之语”。吴师道的主张,既反映了他对宋代词学的继承,又体现了他作为一个程朱派理学家的比较保守的立场与观点。[②]

二、明代的词学理论

元代的词学,完全是宋代词学的延续,并未对元代词坛的创作情况做出相应的描述,这不能不说是一个严重的缺陷。到了明代,词坛

---

① 《四库全书总目·〈六一词〉提要》汇集众说云:“曾慥《乐府雅词序》有云:‘欧公一代儒宗,风流自命,词章窈眇,世所矜式,乃小人或作艳曲,谬为公词。’蔡绦《西清诗话》云:‘欧阳修之浅近者,谓是刘煇伪作。’《名臣录》亦云:‘修知贡举,为下第举子刘煇等所忌,以《醉蓬莱》、《望江南》诬。’”

② 《元史》称吴师道与许衡同事金履祥,为学“一本朱熹之旨,而遵许衡之成法”,“大抵务在发挥义理,而以辟异端为先务”。

继续衰落，但词论却有了一定起色。① 明代词学，前不如宋，后不及清，比之元代，则略胜一筹。有明一代的词学，在词学理论上并无大的建树，多以记词、记事为主，有功于考证，在考证的同时，往往也流露出一些词学上的见解，但不成系统，故价值不甚高。

1. 陈霆《渚山堂词话》

明代较早的词话是陈霆的《渚山堂词话》。②《渚山堂词话》的价

① 吴梅《词学通论》对明词演变轨迹做了相当精辟的描述："论词至明代，可谓中衰之期。探其根源，有数端焉。开国作家，沿伯生、仲举之旧，犹能不乖风雅。永乐以后，两宋诸名家词，皆不显于世。唯《花间》、《草堂》诸集，独盛一时。于是才士模情，辄寄言于闺闼；艺苑定论，亦揭橥于香奁。托体不尊，难言大雅，其蔽一也。明人科第，视若登瀛，其有怀抱冲和，率不入乡党之月旦。声律之学，大率扣槃。迨夫通籍以还，稍事研讨，而艺非素习，等诸面墙。花鸟托其精神，赠答不出台阁，庚寅揽揆，或献以谀词；俳优登场，亦宠以华藻。连章累篇，不外酬应，其蔽二也。又自中叶，王、李之学盛行，坛坫自高，不可一世。微吾长夜，于鳞既跋扈于先；才胜相如，伯玉复簸扬于后，品题所及，渊膝随之；謏闻下士，狂易成风。守升庵《词品》一编，读弇州《卮言》半册，未悉正变，动肆诋諆。学寿陵邯郸之步，拾温、韦牙后之慧。衣香百合（用修《如梦令》），止崇祚之余音；落英千片（弇州《玉蝴蝶》），亦《草堂》之坠响：句摭字捃，神明不属，其蔽三也。况南词歌讴，遍于海内；白苎新奏，盛推昆山。宁庵吴歈，早传白下，一时才士，竞尚侧艳。美谈极于利禄，雅情拟诸桑濮。以优孟缠达之言，作乐府风雅之什。小虫机杼，义仍只工回文；细雨窗纱，圆海唯长绮语。好行小慧，无当雅言，其蔽四也。作者既雅郑不分，读者亦泾渭莫辨。正声既绝，繁响遂多。"他以"闺闼"、"应酬"、"捃摭"、"不雅"为明词"四蔽"，语虽过苛，识却极高。

② 陈霆是弘治十五年（公元 1502 年）进士，著有《唐余纪传》、《两山墨谈》、《山堂琐语》、《水南稿》、《渚山堂诗话》、《渚山堂词话》等书。他诗、文、词皆通，以词较工，《四库全书总目·水南稿提要》说他："（诗）意境颇为潇洒，而才气奔涌，信笔而成，故往往不暇检点。古文大致朴直，而少波澜顿挫之胜。唯诗余一体较工，其豪迈激越，犹有苏、辛遗范。"《四库全书总目·渚山堂词话提要》则说："盖霆诗格颇纤，于词为近，故论词转用所长。"刘承幹对陈霆的生平与词学记载得较为详细："（霆）弘治十五年进士。为刑科给事中，抗直敢言。以忤逆瑾，逮狱，廷杖。目为朋党，谪判六安州。瑾诛，复起。历迁山西提学佥事。以师道自任，士习丕变。致政归。嘉靖中，屡荐不出，隐居渚山四十年。著述百余卷。有诗话、词话。水南工于词，论词较诗为确。宋元明逸事佚句，采取甚博。如王昭仪《满江红》词，为其位下宫人张琼瑛作。垂杨、玉耳坠金环二曲，为唐宋旧谱所无，殊足以资考证。中载杨眉庵落花词云：'当时开拆赖东风，飘零仍是东风妒。'意在言外。又载徐一初九日登高一词，有云'登临莫上高层望，怕见故宫禾黍。觞绿醑。浇万斛牢愁，泪湿新亭雨。黄花无语，毕竟仗西风，朝来披拂，犹识旧时主。'阅之惘惘。"（《吴兴丛书·渚山堂词话跋语》）

值体现在两个方面，一是关于词学理论的建设与发展，二是对词的不同风格的讨论与评价。

陈氏词论最有意义的部分，是以“气象”说来论词。起于皎然、成于严羽的“气象说”，在诗学理论界已得到较为广泛的运用，而陈霆的贡献，则在于将这一范畴引入词学，其论瞿山阳（宗吉）《巫山一段云》词曰：

> 昔人谓，凡诗言富贵者，不必规规然语夫金玉锦绮。唯言气象，而富贵自见，乃为真知富贵者。予谓瞿山阳一曲有之。《巫山一段云》云：“扇上乘鸾女，屏间跨鹤仙。博山香袅水沉烟。飞燕蹴筝弦。水簟波痕细，风车月晕圆。银瓶引绠汲新泉。培养并头莲。”（《渚山堂词话》卷一）

昔日晏元献云作词不宜写金玉富贵，举己作“舞低杨柳楼心月，歌尽桃花扇底风”，以为如此句则富贵自见，晁无咎《评本朝乐章》也说见了这两句，“知此人不住三家村也”。但晏、晁二人均未论及“气象”，陈霆特为拈出。比宋人进了一步，可惜他仅以“气象”论富贵，涉及面过窄，且未对此说做理论的说明。

在拟古与创新的关系问题上，陈霆的观点也值得赞许。他一方面认为作词不妨取前人诗句，或摹前人格调，另一方面说最好的词还是要自己独出心裁。他论“陈大声和《草堂诗余》”，持论通达：

> 江东陈铎大声，尝和《草堂诗余》，几及其半，辄复刊布江湖间。论者谓其以一人心力，而欲追袭群贤之华妙，徒负不自量之讥。盖前辈和唐音者，胥以此，故为大力所不许。大声复冒此禁，何也？然以其酷拟前人，故其篇中亦时有佳句。……凡此颇婉约清丽，使其用为己调，当必擅声一时。而以之追步古作，遂蹈村妇

斗美毛、施之失。盖不善用其长者也。(《渚山堂词话》卷二)

既不全盘否定拟古之作,又认为这样的作品无法达到一流境界,是“不善用其长”,这一评价对大多数模拟之作都是适用的。水南论词,注重分析,不流于简单化、公式化。如论歌功颂德之词,也看词中具体内容:

改之与康伯可俱渡江后诗人,康以词受知秦桧,致位通显。而改之竟流落布衣以死。人之幸不幸又何也。然改之词意虽媚,其“收拾用儒”、“收敛若无”,与“芝香枣熟”等句,犹有劝侂胄谦冲下贤,及功成身退之意。若康之寿桧云:“愿岁岁,见柳梢青浅,梅英红小。”则迎导其怙宠固位,志则陋矣。(《渚山堂词话》卷三)

陈霆是一位重人品、尚气节的知识分子,他对刘过与康伯可分别为南宋权臣、奸臣韩侂胄和秦桧作寿词是不满的,但又据二人人品与词品做了具体分析,对刘过尚略为开脱,对康与之则痛加斥责,所论不为无据。

陈霆论词的风格,能够不囿于一家之说,既重豪放,又不废婉约,对张孝祥的《六州歌头》(长淮望断)颇为欣赏,对苏东坡、文天祥之词多有称赞之语。对那些婉约、绮丽、蕴藉之作,也给予较高评价,对女词人朱淑真的评论尤其值得称引:

闻之前辈,朱淑真才色冠一时,然所适非偶。故形之篇章,往往多怨恨之句。世因题其稿曰《断肠集》。大抵佳人命薄,自古而然,断肠独斯人哉。古妇人之能词章者,如李易安、孙夫人辈,皆有集行世。淑真继其后,所谓代不乏贤。其词曲颇多,予精选之,

得四五首。……凡皆清楚流丽，有才士所不到。而彼顾优然道之，是安可易其为妇人语也。（《渚山堂词话》卷二）

陈霆对朱淑真、李易安等女词人的身世寄予深切的同情，对她们的作品评价很高，比王灼评李清照，态度要公平得多。

2. 杨慎《词品》

杨慎《词品》是明代篇幅最大，也最为重要的词学著作。[①] 不仅可以称雄明代，在整个词学理论发展史上，也有比较重要的地位。《词品》在探讨词源、词调、词与诗及音乐的关系等理论问题上，都有许多重要的参考价值。

（1）起源说。

升庵论词源，最大的特点是注重词的内容情调，他认为论词应溯源于六朝：

王筠《楚妃吟》，句法极异。其词云："窗中曙，花早飞。林中明，鸟早归。庭中日，暖春闺。香气亦霏霏。香气飘。当轩清唱调。独顾慕，含怨复含娇。蝶飞兰复熏。袅袅轻风入翠裙。春可游。歌声梁上浮。春游方有乐，沉沉下罗幕。"大率六朝人诗，风华情致，若作长短句，即是词也。宋人长短句虽盛，而其下者，有曲诗、曲论之弊，终非词之本色。予谓填词必溯六朝，亦昔人穷探黄河源之意也。（《词品》卷一）

---

① 据《词品》自序，此书成于嘉靖辛亥（公元 1551 年），杨慎时年 63 岁，初刻于嘉靖甲寅（公元 1554 年）仲秋。杨慎作为明代最为博洽的学者，在词学方面尚有《百琲真珠》、《词林万选》，其中《词林万选》所收"皆《草堂诗余》之所未收"（《四库全书总目》）者，对词学有一定贡献，吴梅《词学通论》评升庵云："要其钩索渊深，藻采繁会，自足牢笼一世。即以词曲论之，如《转应曲》云：'花落，花落，日暮长门寂寞。'又'门掩，门掩，数尽寒城漏点。'《昭君怨》云：'楼外东风到早，染得柳条黄了。低拂玉栏干，怯春寒。'皆不弱两宋人之作。""所著《词品》，虽多偏驳，顾考核流别，研讨正变，确有为他家所不如者。"（《词学通论》第九章）

昔人论词的起源，众说纷纭，莫衷一是。比较流行的说法是：词的起源与燕乐的传入中国，占领乐坛是同步的，最早的词作是敦煌民间曲子词。升庵论词的起源，以风华旖旎、情致绰约的六朝诗，加上长短句的形式，作为词的滥觞，虽不尽符合词乐发展的进程，但此说认识到“绮错婉媚”、“要眇宜修”的词体的特质，未尝不可为词的起源问题进一新解。不过，此说亦有所本，宋人朱弁《曲洧旧闻》曰：

> 词起于唐人，而六代已滥觞矣。梁武帝有《江南弄》，陈后主有《玉树后庭花》，隋炀帝有《夜饮朝眠曲》，岂独五代之主：蜀之王衍、孟昶，南唐之李璟、李煜，吴越之钱镠，以工小词为能文哉。

升庵正是在继承朱说的基础上，明确提出词起源于六朝之说。其后王世贞《艺苑卮言》、沈雄《古今词话》、徐世溥《悦安轩诗余序》、毛奇龄《西河词话》、徐釚《词苑丛谈》，皆本升庵之说来论词的起源问题，足见此说之影响与地位。

与起源说相联系，升庵还提出诗词同源异派说，其《词品序》云：

> 诗词同工而异曲，共源而分派。在六朝，若陶弘景之《寒夜怨》，梁武帝之《江南弄》，陆琼之《饮酒乐》，隋炀帝之《望江南》，填词之体已具矣。若唐人之七言律，即填词之《瑞鹧鸪》也。七言律之仄韵，即填词之《玉楼春》也。若韦应物之《三台曲》、《调笑令》，刘禹锡之《竹枝词》、《浪淘沙》，新声迭出。孟蜀之《花间》，南唐之《兰畹》，则其体大备矣。岂非共源同工乎。然诗圣如杜子美，而填词若太白之《忆秦娥》、《菩萨蛮》者，集中绝无。宋人如秦少游、辛稼轩，词极工矣，而诗殊不强人意。疑若独艺然者，岂非异曲分派之说乎。

杨慎提出了中国诗学理论史上的一个重要命题:“诗词同工而异曲,共源而分派。”他举例说明这一点,并进而指出词出于诗。另一方面,他又以诗圣杜甫不能如李白那样填词,著名词家秦少游、辛稼轩又不工于诗为根据,认为诗、词“异曲分派”,强调了诗词之间质的差异,以及作者的性分各有所近,很难诗、词兼工。这样既承认诗词之共性又不废个性,是对诗词关系问题做出的非常重要的阐释,比简单地说“《三百篇》变而古诗,古诗变而近体,近体变而词,词变而曲,层累而降,莫知其然”(《四库全书总目》词曲类一)之类的说法要高明一些。可惜升庵此论,数百年来并未引起重视。

(2)词调说。

杨慎在词调方面,也提出了一些重要的见解,最主要的是说词调多取诗句,并且多缘题赋词,《词品》卷一云:

> 唐人绝句多作为乐府歌,而七言绝句随名变腔。如“水调歌头”、“春莺啭”、“胡渭州”、“小秦王”、“三台”、“清平调”、“阳关”、“雨淋铃”,皆是七言绝句而异其名,其腔调不可考矣。
>
> 词名多取诗句,如“蝶恋花”则取梁元帝“翻阶蛱蝶恋花情”。“满庭芳”则取吴融“满庭芳草易黄昏”。“点绛唇”则取江淹“白雪凝琼貌,明珠点绛唇”。“鹧鸪天”则取郑嵎“春游鸡鹿塞,家在鹧鸪天”。“惜余春”则取太白赋语。“浣溪沙”则取少陵诗意。“青玉案”则取《四愁诗》语。“菩萨蛮”,西域妇髻也。“苏幕遮”,西域妇帽也。“尉迟杯”,尉迟敬德饮酒必用大杯,故以名曲。“兰陵王”,每入阵必先,故歌其勇。“生查子”,查,古槎字,张骞乘槎事也。“西江月”,卫万诗“只今唯有西江月,曾照吴王宫里人”之句也。“潇湘逢故人”,柳恽诗句也。“粉蝶儿”,毛泽民词“粉蝶儿共花同活”句也。余可类推,不能悉载。

升庵论词调名称出于诗句，虽然未必完全符合实际，但大部分是可信的。宋王灼《碧鸡漫志》曾考辨《霓裳羽衣曲》等三十余个词调的来源，多旁征博引，论述详密，甚为词家重视。升庵论词调，与王灼角度不同，方法不同，多单刀直入，指出词牌与诗句的关系，所论词调，多为《碧鸡漫志》所未及者。升庵有时也采用王灼式的较为细致的考证法，如论《乌角盐》、《小梁州》、《法曲献仙音》、《阿那曲》（《纥那曲》、《鸡叫子》）等。他论《六州歌头》，既考其源流，又论其音调，极有见地：

> 《六州歌头》，本鼓吹曲也，音调悲壮。又以古兴亡事实之，闻之使人慷慨，良不与艳词同科，诚可喜也。六州得名，盖唐人西边之州，伊州、梁州、甘州、石州、渭州、氐州也。此词宋人大祀大衈，皆用此调。（《词品》卷一）

升庵论《醉公子》条，牵涉到唐词缘体而作，由词意转换而悟诗法等问题，也较有意义：

> 唐人《醉公子》词云："门外猧儿吠，知是萧郎至。刬袜下香阶，冤家今夜醉。　　扶得入罗帏。不肯脱罗衣。醉则从他醉，还胜独睡时。"唐词多缘题所赋，《临江仙》则言水仙，《女冠子》则述道情，《河渎神》则咏祠庙，《巫山一段云》则状巫峡。如此词题曰《醉公子》，即咏公子醉也。尔后渐变，与题远矣。此词又名《四换头》，因其词意四换也。前辈谓此可以悟诗法。或以问韩子苍，子苍曰："只是转折多。且如刬袜下阶是一转矣。而苦其今夜醉又是一转。喜其入罗帷又是一转。不肯脱衣又是一转。后两句自开释，又是一转。其后制四换韵一调，亦名《醉公子》云。"

对词调与词的内容之关系，做了精辟的论述，足以与《碧鸡漫志》前后辉映。

(3)词韵说。

关于词韵，升庵认为应随着时代的变化而变化，要能谐俗，不可死守沈约以来的诗韵：

> 沈约之韵，未必悉合声律，而今诗人守之，如金科玉条。此无他，今之诗学李、杜，李、杜学六朝，往往用沈韵，故相袭不能革也。若作填词，自可通变。如朋字与蒸同押，打字与等同押。卦字、画字，与怪、坏同押，乃是鴂舌之病，岂可以为法耶。元人周德清著《中原音韵》，一以中原之音为正，伟矣。然予观宋人填词，亦已有开先者。盖真见在人心目，有不约而同者。俗见之胶固，岂能眯豪杰之目哉！(《词品》卷一)

宋人词韵，与诗韵确有不同之处，升庵"通变"之说，颇有道理，升庵词论，与李清照、张炎诸人主张严守用韵规矩的观点相比，显示出一种自由、开放的精神。他主张词韵以周德清《中原音韵》为准，注重北音，以曲韵作词韵，更是其卓识。后来毛奇龄变本加厉，以为词韵处处皆可通转，流于偏颇，责任并不在升庵。

杨慎词论的中心观点是词出于六朝(以及初、盛唐诗)而又有所变化，这一观点，可以统帅他论词源、词调、词与音乐之关系、词韵诸观点。升庵论诗，为了反对前七子"文必秦汉，诗必盛唐"之说，即以学六朝相号召，其词学主张，也是与其诗论一脉相承的。

杨慎认为"宋之填词为一代独艺，亦犹晋之字，唐之诗，不必名家而皆奇也"。在对宋词的品评中，不偏执一端，尽管他主张词应当婉曲，有"风华情致"，但他并不因此而否定以诗人句法入词，以议论入词。对苏轼、张元幹、张孝祥、辛弃疾诸人豪放慷慨、充满忠愤之气的词作更给以崇高的评价。在对陆游诸人的品评中,他则表现了对婉约、豪放两派词兼容并蓄的态度,对朱希真等人的隐逸词也给予相应的肯定。这种态度和方法,使得他对宋代词人及元、明词人的品评中,多有精当之论,尤其有助于人们对词的风格与艺术境界的理解与把握。

3. 王世贞《艺苑卮言》

王世贞论词以"婉约"为正宗,以苏、辛为变体。《艺苑卮言》"隋炀帝《望江南》为词祖"条云:

> 盖六朝诸君臣,颂酒赓色,务裁艳语,默启词端,实为滥觞之始。故词须宛转绵丽,浅至儇俏,挟春月烟花于闺幨内奏之,一语之艳,令人魂绝,一字之工,令人色飞,乃为贵耳。至于慷慨磊落,纵横豪爽,抑亦其次,不作可耳。作则宁为大雅罪人,勿儒冠而胡服也。(《艺苑卮言》附录卷一)

这一观点与欧阳炯《花间集序》很接近,认为要作词就须作艳语,不可作慷慨豪爽之语。这是早期婉约派词学观点的再现。所以他在"词之正宗与变体"条里说:

> 言其业,李氏、晏氏父子、耆卿、子野、美成、少游、易安至矣,词之正宗也。温、韦艳而促,黄九精而险,长公丽而壮,幼安辨而奇,又其次也,词之变体也。(《艺苑卮言》附录卷一)

但是他虽持此种"正变"之说,对豪放词却未完全鄙弃,对豪放派诸词家,亦未完全否定。另外,明代词学,多论宋词,因此,世贞评元、明人词的意见很值得重视:

> 元有曲而无词，如虞、赵诸公辈，不免以才情属曲，而以气概属词，词所以亡也。我明以词名家者，刘诚意伯温，秾纤有致，去宋尚隔一尘。杨状元用修，好入六朝丽事，似近而远。夏文愍公谨最号雄爽，比之辛稼轩，觉少精思。（《艺苑卮言》附录卷一）

寥寥数语，勾划出元、明两代词的大致线索，确能提要钩玄。此外，王世贞讨论了邢俊臣的滑稽词，这对后来的词学研究也有影响，刘永济先生《唐五代北宋词简释》即以“滑稽”作为词之一体。

4. 俞彦登《爰园词话》

俞彦登《爰园词话》仅十五条，①但颇有新意。其论“历代诗歌之变迁”颇为中肯：

> 周东迁以后，世竞新声，《三百》之音节始废，至汉而乐府出。乐府不能行之民间，而杂歌出。六朝至唐，乐府又不胜诘曲，而近体出。五代至宋，诗又不胜方板而诗余出。唐之诗，宋之词，甫脱颖，已遍传歌工之口。元世犹然，至今则绝响矣。

强调诗歌随着音乐的变迁而变化，颇有见地。其论“宋词非愈变愈下”，亦很有参考价值：

> 唐诗三变愈下，宋词殊不然。欧、苏、秦、黄，足当高、岑、王、李。南渡以后，矫矫陡健，即不得称中宋、晚宋也。唯辛稼轩自度粱肉不胜前哲，特出险为珍错供，与刘后村辈俱曹洞旁出。学者正可钦佩，不必反唇并捧心也。

---

① 俞彦登万历二十九年（公元1610年）年进士第，年辈晚于王世贞。

这里对南宋词评价较高，虽以辛稼轩、刘后村辈为曹洞旁出之别调，但并不否认其创造性。其余如论“词于不朽之业，最为小乘”，然其源流可溯至上古，古歌谣即词之源头；天地间一切皆乐，词为“绮语小过，不致堕地狱”等，均有一定见识。

元、明两代虽然出现了一些词学著作，但总体水平不高，既低于宋代词论的水平，更无法与丰富多彩的清代词论相比，只能说是词学理论发展的中衰时期。

第六章　从《带经堂诗话》到《人间词话》
——中国诗学理论趋向多元化的时期

这是中国诗学最为繁荣的时期，同时也是中国古典诗学的终结时期。

"尊唐"与"宗宋"是这个时期诗学论争的核心，围绕这一核心，各种观点鲜明、自成体系并有代表性的诗学主张，在继承总结前人成果的基础上，以完整、缜密的形态相继出现。其中最著名是王士祯的"神韵"说、沈德潜的"格调"说、袁枚的"性灵"说、翁方纲的"肌理"说和王国维的"境界"说。中国古典诗学于此时达到了辉煌鼎盛的时期。

同时，这一时期也是中国诗学的衰亡与终结时期，随着封建制度的解体、新文化运动及"诗界革命"的冲击，中国古典诗学终于被划了一个光荣的句号。古典诗学的结束，同时也就孕育着它自身的新生。

第一节　王士祯"神韵"说

王士祯（1634—1711），①别号渔洋山人，康熙朝的文坛盟

① 王士祯，字贻上，号阮亭，本名士禛，卒后至雍正时，因避帝讳（雍正名胤禛），追改为士正，乾隆时，高宗以"正"与"禛"笔划相去太远，诏改为士祯。

主。[①]后人对渔洋的重视与景仰，主要因其在诗学理论方面完整系统地提倡并解释了“神韵”说。

渔洋标举“神韵”，其主要矛头是针对清初以来颇为流行的“宋诗派”。明代前、后“七子”的诗论，经公安派、竟陵派的猛烈抨击，到明末已基本上没有市场了；而公安、竟陵两派，由于钱谦益等人在创作与理论两方面的清洗，也几乎寿终正寝了。与此相反，“宋诗派”在清初却相当流行，钱谦益主持明末清初文坛近半个世纪，力倡宋诗，对时人影响甚大，清初学宋诗者遂众。特别是《宋诗钞》[②]、《原诗》[③]二书的流行，大大推动了“宋诗派”的发展。[④]“宋诗派”既在渔洋之前及同时声势浩大，渔洋本人又绝不喜欢宋诗，[⑤]故其标举“神韵”说，其主要目的

① 顺治十八年，渔洋二十八岁时，曾谒见前辈诗坛泰斗钱谦益，钱氏对他极为赏识，有“与君代兴”之语（王士祯《渔洋诗话》卷上），显然有以衣钵相传之意。他为士祯的诗集作序云：“贻上之诗，文繁理富，衔华佩实。感时之作，恻怆于杜陵；缘情之什，缠绵于义山。……小雅之复作，微斯人，其谁与归？”（引自《清诗纪事》第四册）康熙中，皇帝留意文学，曾问大学士李霨等人：“今世博学善诗文者，孰最？”俱以士祯对。（《清史稿》卷二百六十六《王士祯传》）在他生前及身后，学者多尊之为诗坛泰山北斗、一代正宗，朱庭珍《筱园诗话》云：“王阮亭诗，为昭代雅言，执吟坛牛耳者几五十年。”（《清诗纪事》第四册）谭献称赞渔洋为“旷代逸才”，“论本朝诗，终当以渔洋为第一”（《清诗纪事》第四册）。

② 由吕留良、吴之振、吴自牧选编，刊行于康熙十年。

③ 叶燮此书反对严羽、提倡宋诗，成书于康熙二十五年。

④ 纳兰性德《原诗》云：“世道江河，动成积习，风雅之道，而有高髻广额之忧，十年前之诗人皆唐之诗人也，必嗤点夫宋；近年来之诗人皆宋之诗人也，必嗤点夫唐。万户同声，千车一辙。”（纳兰性德《通志堂集》卷十四）足见当时“宋诗派”香火之盛。另据记载，“当康熙中年，王士祯负海内重名，文士无不依附门墙，求假借其余论。唯（田）雯与任邱庞垲不相辨难，亦不相结纳。……雯则天姿高迈，记诵亦博。负其纵横排奡之气，欲以奇丽驾士祯上。故诗文皆组织繁富，锻炼刻苦，不肯规规作常语。”（《四库全书总目》卷一百七十三田雯《〈古欢堂集〉提要》）田雯敢于和王士祯分庭抗礼，用的武器同样是宋诗，所谓“纵横排奡”、“奇丽”、“煅炼刻苦”云云，正是宋诗派的特点。

⑤ 俞兆晟《渔洋诗话序》记载渔洋自述平生论诗凡三变：“少年初筮仕时，唯务博综该洽，以求兼长。文章江左，烟月扬州，人海花场，比肩接迹。入吾室者，俱操唐音；韵胜于才，推为祭酒。然而空存昔梦，何堪涉想？中岁越三唐而事两宋，良由物情厌故，笔意喜生，耳目为之顿新，心思于焉避熟。明知长庆以后，已有滥（下接415页）

在于排斥"宋调",独尊"唐音",当无可疑。①

"神韵"一词,最早见于南齐谢赫的《古画品录》评顾骏之画云:"神韵气力,不逮前贤;精微谨细,有过往哲。"唐末张彦远《历代名画记》卷一亦云:"至于鬼神人物,有生动之可状,须神韵而后全。"在六朝时,"韵"或"神韵"被广泛地运用于人伦识鉴方面。②至于以"韵"论诗者,似以唐末司空图为早,其《与李生论诗书》提出"韵外之致"。及至宋代,江西诗派创始人黄庭坚,又以"韵"论书画。③山谷门人、秦观之婿范温,曾拈"韵"以通论书画诗文,前人未曾道及,钱锺书从《永乐

(上接414页)觞;而淳熙以前,俱奉为正的。当其燕市逢人,征途揖客,争相提倡,远近翕然宗之。既而清利流为空疏,新灵寖以佶屈,顾瞻世道,惄焉心忧。于是以大音希声,药淫哇锢习,《唐贤三昧》之选,所谓乃造平淡时也,然而境亦从兹老矣。"可见渔洋中年曾喜爱宋诗,其《论诗绝句》有"耳食纷纷说开宝,几人真见宋元诗"之句,似与我们的结论相抵牾,其实不然。一来渔洋晚年(按渔洋选《唐贤三昧集》时,年五十五岁)毕竟复归于唐,实际上是对中年学宋的一种否定;二来就渔洋的天性、才力而言,他学宋诗,并非学那些硬语盘空、"雄鸷奥博"之作,从他以"清丽"、"新灵"作为宋诗之特点,即可证明。其论黄庭坚诗云:"涪翁掉臂自清新,未许传衣蹑后尘",可见,渔洋所学的宋诗,只是宋人清新、脱俗一路,而非瘦硬枯淡、以文为诗的"宋调"。

① 渔洋对钱谦益,虽尊为"平生第一知己",但又颇有微词,特别是说"虞山钱先生不喜妙悟之论,公一生病痛正坐此"(《带经堂诗话》卷六)。恐怕主要即不满于钱之提倡宋诗。对于宋诗派的鼻祖杜甫、韩愈,渔洋也不太欣赏,赵执信《谈龙录》曰:"阮翁酷不喜少陵,特不敢显攻之,每举杨大年'村夫子'之目以语客。"袁枚说:"李、杜、韩、白,俱非阮亭所喜,因其名太高,未便诋毁。"(《随园诗话》卷三)翁方纲也说王士祯不喜韩诗,《七言诗三昧举隅》云:"先生于唐贤,独推右丞、少伯以下诸家得三昧之旨;盖专以冲和淡远为主,不欲以雄鸷奥博为宗。""先生又不喜多作刻画体物语,其于昌黎《青龙寺》前半,盖因'炎官火伞'等句,微近色相而弗取也。"

② 如《全宋文》卷十顺帝《诏谥王敬弘》云:"神韵冲简,识宇标峻。"《金楼子·后妃》记宣修容相静惠王云:"行步向前,气韵殊下。"《世说新语》及其注中这方面的记录尤多,如说向秀、嵇康等人"并有拔俗之韵"(《向秀别传》,据《注》引),高坐和尚"风韵遒迈"(《高坐别传》,据《注》引),王彬"有雅正之韵"(《王彬别传》,据《注》引),王澄"风韵迈达"(《王澄别传》,据《注》引),"阮咸长成,风气韵度似父,亦欲作达"(《任诞》)。

③ 黄庭坚《题摹燕郭尚父图》云:"凡书画当先观其韵。"题《明皇真妃图》:"人物虽有佳处,而行布无韵。"(《豫章黄先生文集》卷二十七)《跋翟公巽所藏石刻》评王著的书法:"用笔圆熟,……但病在韵耳。"(《豫章黄先生文集》卷二十八)

大典》中挖掘出这一段文字，并誉之曰："匪特为'神韵说'之弘纲要领，抑且为由画'韵'而及诗'韵'之转捩进阶。"（《管锥编》）南宋严羽《沧浪诗话》称"诗之有神韵者"："如水中之月，镜中之象，言有尽而意无穷。"明人陆时雍《诗镜总论》对"神韵"的论述也颇为著名："诗之佳，拂拂如风，洋洋如水，一往神韵，行乎其间。"其余如明人胡应麟的《诗薮》、明清之际王夫之的《古诗评选》、《唐诗评选》、《明诗评选》诸书，皆曾经以"神韵"论诗。

一、王士祯对"神韵"说的贡献

王士祯吸收、融合前人关于"神韵"的许多真知灼见，并有自己独到之处。前人所论神韵，多指诗能传神、"气韵生动"之类，而且只把它看成诗歌的一种风格，或诗人的一种特色。同时，持"神韵"说的论家们（如司空图和严羽），自己的创作又远未达到他们在理论上提出的标准，[①]这也影响了他们诗论的号召力。而王士祯则把"神韵"当作诗歌理论的根本问题之一提出，他本人的诗歌又不乏兴象高妙、富有神韵之作，这也为其"神韵"说提供了说服力很强的证据。[②] 具体而言，王士祯对"神韵"说的贡献有两点：

1. 对前人"神韵"说的总结、发挥，并以选诗、创作等方式具体化。

王士祯"神韵"说的第一步是将历代关于"神韵"的论述大体上都收罗在一起（见《带经堂诗话》引司空图、严羽等语），并发挥了司空图以来的说法，并结合"象外之致"、"味外味"、"自然"、"妙悟"、"兴会"来讲神韵，从而大大丰富了"神韵"的内涵，并且用"神韵"说品评了大

---

① 严羽即自言"仆于作诗，不敢自负，至识则自谓有一日之长"（《答出继叔临安吴景仙书》）。

② 西方学者也特别注意到王士祯"神韵说"吸收、融合前代诗学观点的特点，参见 Richard John Lynn, Orthodoxy and Enlightenment: Wang Shi – chen's Theory of Poetry and Its Antecedents（*W. T. deBary, ed.*, The Unfolding of Neo – Confucianism [*New York: Columbia University Press*, 1975], *pp.* 217 – 269).

量的古今诗作,使前人迷离惝恍之论变得较为具体。

除此之外,王士祯还通过选诗来宣传“神韵”说。士祯二十余岁时,即选编《唐诗七言律神韵集》,作为儿子们家塾用的课本,内容是“唐律、绝句五七言”且“颇约而精”。五十五岁时,按严羽“兴趣”说和司空图“味在酸咸之外”的理论,选《唐贤三昧集》,以“隽永超诣”作为入选标准,共选了王维、韦应物等四十二人的诗,这些人都是盛唐诗人,而不录李、杜二家。[①] 直到七十五岁时,渔洋还删定洪迈《万首唐人绝句》,作《万首唐人绝句选》,仍然坚持神韵说。[②] 五十年来他对“神韵”说的兴趣始终如一,且老而弥笃。

渔洋山人通过博采众长的办法,使自己的“神韵说”建立在较为雄厚并令人信服的基础之上,他利用自己在文坛的崇高地位,毕生鼓吹“神韵说”,并以此理论作为自己创作的指南,取得了很高的成就,这也对“神韵说”在清初诗坛的广泛传播起到了推动作用。

2. 将南宗画“逸品”理论引入诗歌批评领域,将诗文、书画批评理论打成一片。

“神韵”之说本起于画论,到宋代之后,诗论家方才移之于评诗,天长日久,文人数典忘祖,对“神韵”与书画之关系逐渐忘却。王渔洋能重新沿波讨源,使诗论、画论再度发生密切关系,并结合画论中“南北宗”之论和“逸品”之说来论诗中“神韵”,这是他的大创见,是对“神韵说”的重大发展。王士祯《蚕尾文·芝廛集序》云:

---

① 渔洋门人王立极为此书作《后序》云:“大要得其神而遗其形,留其韵而忘其迹,非声色臭味之可寻,语言文字之可求也。”

② 其凡例云:“五言,初唐王勃独为擅场;盛唐王、裴辋川唱和,工力悉敌,……李白体气高妙;崔国辅源本齐、梁,韦应物本出右丞,加以古澹;后之为五言者,于此数家求之,有余师矣。”七绝凡例则引王世贞的话云:“七言绝句,少伯与太白争胜毫厘,俱是神品。”(《带经堂诗话》)

芝廛先生,[①]康熙中荐鸿博不就。工诗,与黄与坚等号“娄东十子”,有《芝廛集》。刻其诗成,自江南寓书,命给事君属予为序。[②] 给事自携所作杂画八帧过余,因极论画理。以为画家自董、巨以来,谓之南宗,亦如禅教之有南宗云。得其传者,元人四家,而倪、黄为之冠。明二百七十年擅名者,唐、沈诸人称具体,而董尚书为之冠。非是则旁门魔外而已。又曰:凡为画者,始贵能入,继贵能出,要以沉着痛快为极致。予难之曰:吾子于元推云林,于明推文敏。彼二家者,画家所谓“逸品”也,所云沉着痛快者安在?给事笑曰:否否。见以为古澹闲远,而中实沉着痛快,此非流俗所能知也。予曰:子之论画至矣。虽然,非独画也,古今风骚流别之道,固不越此。唐、宋以还,自右丞以逮华原、营邱、洪谷、河阳之流,其诗之陶、谢、沈、宋、射洪、李、杜乎!董、巨,其开元之王、孟、高、岑乎!降而倪、黄四家,以逮近世董尚书,其大历、元和乎!非是则旁出,其诗家之有嫡子正宗乎!入之出之,其诗家之舍筏登岸乎!沉着痛快,非唯李、杜、昌黎有之,乃陶、谢、王、孟而下莫不有之。子之论,论画也,而通于诗矣。[③]

---

① 芝廛先生,王士祯从兄王掞,字士端,一字芝廛,顺治进士,与王士祯同年。

② 给事君指王掞之子、王士祯宗侄王原祁。原祁字茂京,号麓台。康熙进士,由知县擢给事中,改翰林春坊,供奉内廷,充书画谱馆总裁,晋户部侍郎。工画山水,浅绛尤称独绝。时常熟王翚清丽倾中外,原祁以高旷之品突过之。与其祖时敏及王鑑、王翚并称“四王”。工诗善文,为著名绘画理论家。

③ 王渔洋《居易录》记王原祁与渔洋论画理之语,与此相辅相成,征引如下:“宗侄茂京(原祁),庚戌进士,今为礼科都给事中,太常烟客先生孙,同年端士兄(掞)长子也。画品与其祖太常颉颃,为予杂仿荆、关、董、巨、倪、黄诸大家山水小幅十帧,真元人得意之笔。又自题绝句多工,其二云:‘蟹舍渔庄略彴边,柳丝荷叶斗清妍。十年零落荒园景,仿佛当时赵大年。’(《西田图》)‘横冈侧面出烟鬟,小树周遮云往还;尺幅峦容写荒率,晓来剪取富春山。’(大痴《富春山岭》)一日秋雨中,茂京携画见过,因极论画理,其义皆与诗文相通。大约谓始贵深入,既贵透出,又须沉着痛快。又谓画家之有董、巨,犹禅家之有南宗;董、巨后嫡派元唯黄子久、倪元镇,明唯董思白耳。予问倪、董以闲远为工,与沉着痛快之说何居?曰:闲远中沉着痛快,唯解人知之。又曰:仇英非士大夫画,何以声价在唐、沈之间、徵明之右?曰:刘松年、仇英之画,正如温、李之诗,彼亦自有沉着痛快处。昔人谓义山善学杜子美,亦此意也。”

王士禛、王原祁的这一段对话，牵涉到三个重要问题：

（1）以画家的“逸品”之说来比拟陶渊明、王维等人的诗作，是对陶、王等人诗的极高评价。

在古代士大夫的心目中，“逸”的人生乃是人生的最高境界，画中的“逸品”，又是论画“四品”之中的最上品。① 有着超脱于世俗之上的精神，过着超脱于世俗之上的生活，即为所谓“逸”的生活特点。“逸品”是中国书、画理论中的重要范畴。唐代李嗣真作《书后品》，以李斯、锺繇、张芝、王羲之、王献之等五人为逸品，且将“逸品”置于上品、中品、下品之上。张怀瓘《书断》评历代书法家，立神品、妙品、能品等三品，唐朝朱景玄《唐朝名画录》合两家之论，分画为神、妙、能、逸四品。② 到了北宋的黄休复，将“逸品”（“逸格”）置于四品（四格）之首，③对画学界影响甚大，南宋邓椿《画继》、明人董其昌《画旨》、明清之际的名画家恽格《南田画跋》、王原祁都从其说。历代画论有关“逸品”的论述，给王士禛以很大启发，他常用“逸品”来论诗，如云：

> 或问“不著一字，尽得风流”之说。答曰：太白诗：“牛渚西江夜，青天无片云。登高望秋月，空忆谢将军。余亦能高咏，斯人不可闻。明朝挂帆去，枫叶落纷纷。”襄阳诗：“挂席几千里，名山都未逢。泊舟浔阳郭，始见香炉峰。常读远公传，永怀尘外踪。东林不可见，日暮空闻钟。”诗至此，色相俱空，政如羚羊挂角，无迹

---

① 按照徐复观先生的解释，“逸的人生”有高逸、清逸、趣逸等内涵（参见徐复观《中国艺术精神》第七章）。

② 《四库全书总目·〈唐朝名画录〉提要》云：“初，庾肩吾、谢赫以来品书画者，多从班固《古今人表》分九等。《古画品录》陆探微条下称上上品之外，无他寄言，故屈标第一等。盖词穷而无以加也。李嗣真作《书品后》，始别以李斯等五人为逸品。张怀瓘作《书断》，始立神、妙、能三品之目。合两家之所论，定为四品，实始景元（玄）。”

③ 黄休复《益州名画录·品目》开宗明义即云：“画之逸格，最难其俦。拙规矩于方圆，鄙精研于彩绘，笔简形具，得之自然，莫可楷模，出于意表，故目之曰逸格尔。”

可求，画家所谓逸品是也。(《分甘余话》卷四)

王士禛将“逸品”等同于“不著一字，尽得风流”，“羚羊挂角，无迹可求”，并用以品评陶渊明、李白、孟浩然以及程正揆的诗，而“不著一字”云云，又是“神韵”的同义语。所以渔洋借画论中“逸品”之目，来评有“神韵”之诗，正是认为“神韵”诗是诗中的最上品。

(2)以画论中南北宗之说来评论历代诗歌，特重接近“南宗”者。

最早在画学界提出“南北宗”之分的是明末著名文人画家董其昌。[①] 董其昌与王原祁家族关系密切，王原祁之祖王时敏(士禛从伯父)为董氏弟子，王原祁又曾亲得乃祖指点，故原祁论画主南北宗之说，显然是继承了董其昌的衣钵。王士禛在诗中分南北宗的理论，又是直接受到王原祁的启发而形成的，当然也可以说是间接受到董其昌的影响。王士禛以画家中的“南宗”诸人，比作陶、谢、王、孟(可能还包括韦、柳)等山水隐逸诗人，并视为“诗家之有嫡子正宗”，非常清楚地表明了他的论诗宗旨，这与他用“逸品”来品评陶渊明、王维、孟浩然等人的诗若合符节。同时，他用北宗画家李唐等人来比喻李白、杜甫、韩愈的诗，也与他暗贬李、杜、韩的态度相一致。

(3)对神韵说的发展深化。

王士禛对“逸品”、“南宗”这一派画与诗特点的描述是：始贵能入，继贵能出，外表古澹闲远，实际上沉着痛快。这是对南宗画理的一

---

① 董其昌《容台别集》卷四云：“禅家有南北二宗，唐时始分。画之南北二宗，亦唐时分也，但其人非南北耳。北宗则李思训父子着色山水，流传而为宋之赵斡，赵伯驹、伯骕，以至马、夏辈。南宗则王摩诘始用渲淡，一变钩斫之法。其传为张璪、荆、关、董、巨、郭忠恕、米家父子，以至元之四大家。亦如六祖之后，有马驹、云门、临济儿孙之盛，而北宗微矣。要之，摩诘所谓云峰石迹，迥出天机；笔意纵横，参乎造化者。东坡赞吴道子、王维画壁，亦云：‘吾于维也无间然。’知言哉。”(《画旨》)明人莫是龙《画说》亦有此条，多数学者将其归于董其昌名下。又，董其昌以南、北宗论画及其为“二宗”所立的谱系，多为人诟病，可以参阅伍蠡甫《中国画论研究·董其昌论》一文。渔洋用来论诗，似无大误。

大阐发与贡献。王士祯以其侄论画之语，移之于论诗，提出表面上古澹、闲远的陶、谢、王、孟之诗，骨子里有沉着痛快之致，这同样是对“神韵说”的发展，也是理解渔洋“神韵说”的关键，它比严羽将诗简单地分为“优游不迫”与“沉着痛快”二类，是一大进步。

二、“神韵”说的具体内涵

“神韵”说的具体内涵包括创作与鉴赏两个层面。创作上追求灵感与妙悟，鉴赏中偏重冲淡闲远。

1. 创作要求：灵感与妙悟

(1)强调自然触发与自得恰当。

《渔洋诗话》云：

> 萧子显云：“登高极目，临水送归；早雁初莺，花开叶落，有来斯应，每不能已；须其自来，不以力构。”王士源序孟浩然诗云：“每有制作，伫兴而就。”余生平服膺此言，故未尝为人强作，亦不耐为和韵诗也。

王士祯的意思是，创作的灵感有赖于外界自然的触发，当大自然的神妙之处与诗心相碰撞并溅出火花时，就会自然而然地、不能自已地写出好诗。而“强作”与“和韵”，都是人有意为之，违背了“须其自来，不以力构”的原则，所以为渔洋所不取，这是深通创作甘苦的肺腑之言，值得珍视。与此相适应，王士祯又主张作诗要“意尽”而止，亦即苏轼所谓行于其当行，止于所当止之意。《渔洋诗话》云：

> 祖咏试《终南望余雪》诗云：“终南阴岭秀，积雪浮云端。林表明霁色，城中增暮寒。”四句即纳卷。或诘之，咏曰：“意尽。”阎济美试《天津桥望洛城残雪》诗，只作得廿字云：“新霁洛城端，千

家积雪寒。未收清禁色,偏向上阳残。”主司览之,称赏再三,遂唱过。二事绝相类,题韵皆同。

省试诗通常为五言六韵,可是唐人祖咏、阎济美仅做了两韵四句便收场,其原因在于题意已足,无须多言,这种忠于艺术,甘冒落第风险的精神,是了不起的。王士禛很赞赏他们“宁复罢阁,不为浅易”的做法,这与“神韵”说崇尚简远、反对直露的观点是相近的。王士禛在《香祖笔记》里又提倡“偶然欲书”,反对应酬之作,也是同样的意思:

南城陈伯玑允衡善论诗,昔在广陵评予诗,譬之昔人云“偶然欲书”,此语最得诗文三昧。今人连篇累牍,牵率应酬,皆非偶然欲书者也。坡翁称钱唐程奕笔云:“使人作字不知有笔。”此语亦有妙理。

(2)主张“妙悟”。

“妙悟”是对“伫兴而就”、“偶然欲书”的提高和发展。“妙悟”说是由严羽提出的,王士禛则加以发展。实际上,严羽、王士禛的“妙悟”,就是禅宗的“顿悟”,士禛弟子洪昇与著名诗人施闰章有一段关于诗法的对话,颇值得玩味:

洪昇昉思问诗法于施愚山,先述余夙昔言诗大指。愚山曰:“子师言诗,如华严楼阁,弹指即现;又如仙人五城十二楼,缥缈俱在天际。余即不然,譬作室者,瓴甓木石,一一须就平地筑起。”洪曰:“此禅宗顿、渐二义也。”(《渔洋诗话》)

这里涉及诗以“兴会”见长还是以“根柢”见长的问题,对这两方面,王士禛都未否定,但在其内心深处,无疑是重“顿悟”、重“兴会”

的,这与他讲“舍筏登岸”、“妙谛微言”与“世尊拈花,迦叶微笑,等无差别”等同一主旨。施愚山作诗之法,类似“宋调”,渔洋作诗之法,多近“唐音”,足见他是一位主唐派。王士祯所言的兴会和“妙悟”,颇近于西方诗学所谓“灵感”,美籍学者刘若愚将严羽和王士祯一派诗论概括为:“他们赋予诗歌的概念,如果用现代的术语讲就是:诗是诗人对周围世界与自己内心感知的化身。……他(王士祯)的旨趣在于通过个人的细心观察,在诗歌中得出事物之‘神’。从而使其诗歌也表现出个人独特的‘韵’。”(《中国诗学》第四章)正好道出渔洋将兴会(外界触发)与“妙悟”(灵感)结合的创作要谛。

2. 风格追求:冲淡闲远

王士祯论诗歌风格,崇尚冲淡闲远,从他誉《二十四诗品》中“冲淡”、“自然”、“清奇”为“品之最上者”即可见。在评论历代作家时,他特别推重陶渊明以来的所谓“淡派”诗人,尤其推重陶、王、韦三人之诗。《分甘余话》曰:

> 东坡谓柳柳州诗在陶彭泽下,韦苏州上。此言误矣。余更其语曰:韦诗在陶彭泽下,柳柳州上。……陶如佛语,韦如菩萨语,王右丞如祖师语也。

渔洋推重冲淡闲远的诗风,除了前文指出的时代因素外,还有相当深厚的家学渊源,这里仅略谈渔洋的几位兄弟对他的影响:在渔洋八岁时,长兄西樵(王士禄)就让他手抄王、孟、韦、柳诸家诗学习,西樵本人的诗也“闲淡幽肆”(《清史稿》卷四百八十四《文苑传·王士禄传》),论诗亦重孟浩然。二兄士禧诗“绰有风调”(《四库全书总目·〈抡山集选〉提要》),三兄士祜“和《辋川集》……得句云:‘日落空山中,但闻发樵响。’考功惊叹。游吴兴,与宋荔裳、严武伯、叶元礼诸名流共赋五言,诗成,诸公阁笔,以为孟襄阳‘微云淡河汉’之比。”(王士祯《古钵山人遗集序》）渔洋内兄张实居、表弟徐痴皆爱陶、韦之诗。置身于这样的家庭环境中，就难怪渔洋对陶渊明与王、孟、韦、柳一派闲远、冲淡的风格别有会心了。

与之相适应，渔洋在风格追求方面的论述，代表了其“神韵说”的精华，对后人启发影响也很大，它包括以下四点：

（1）强调含蓄不尽，有言外之意和无迹可求。

渔洋论诗，最反对直露，故他曾批评诗风平实的元稹、白居易“于盛唐诸家兴象超诣之妙，全未梦见”（《池北偶谈》），而对于以淡泊见称的韦应物、柳宗元，则颇为欣赏：

风怀澄淡推韦柳，佳处多从五字求。解识无声弦指妙，柳州那得并苏州？（王士祯《戏仿元遗山论诗绝句三十二首》）

他认为王楙《野客丛书》所谓：

太史公如郭忠恕天外数峰，略有笔墨，意在笔墨之外。……得诗文三昧，司空表圣所谓“不著一字，尽得风流”者也。……诗文之道，大抵皆然。（《带经堂诗话》上）

予尝闻荆浩论山水而悟诗家三昧矣。其言曰：“远人无目，远水无波，远山无皴。”（《带经堂诗话》上）

他还盛称司空图“味在酸咸之外”、严羽“羚羊挂角，无迹可求”与“水月镜花”之喻。关于诗歌的这一特点，王士祯认为主要体现在短小的五言律诗或绝句中，《香祖笔记》所列“文外独绝”之诗句，亦均为五言：

张道济手题王湾“海日生残夜，江春入旧年”一联于政事堂。

王元长赏柳文畅“亭皋木叶下，陇首秋云飞”，书之斋壁。皇甫子安、子循兄弟论五言，推马戴“猿啼洞庭树，人在木兰舟”，以为极则。又若王籍“蝉噪林逾静，鸟鸣山更幽”，当时称为文外独绝。孟浩然“微云淡河汉，疏雨滴梧桐”，群公咸阁笔，不复为继。司空表圣自标举其诗曰：“回塘春雨尽，方响夜深船。”玩此数条，可悟五言三昧。

王士祯此论的大旨是超越形相，达到神似，皮毛落尽，精神独存。换言之，即由虚处传神，收以少胜多之效。钱锺书对“不著一字，尽得风流”的诠释最为贴切：“‘不著’者，不多著，不更著也。已著诸字，而后‘不著一字’，以默佐言，相反相成，岂‘不语哑禅’哉。马拉梅、克洛岱尔辈论诗，谓行间字际，纸首叶边之无字空白处与文字缫组，自蕴意味而不落言诠，亦为诗之骨干。”（《谈艺录》）

通诗文、书画而论之，此类艺术效果等于所谓含蓄。然而“含蓄不等于隐晦，注重言外之意，追求含蓄不尽，并不是有话不说，而是引而不发。言有尽而意无穷，这是诗人浮想联翩、思想感情的飞跃接近极顶时，自然达到的艺术境界。最后的一跃已经开始，无限的风光即将展现。既是终结，又是起始，既是有尽，又是无穷；在个别中寓以普遍，在特殊中寓以一般；使诗歌语言保持在最饱满、最富启发性的状态之中，给读者留下最广阔的想象余地”（袁行霈《中国诗歌艺术研究·言意与形神》）。注重含蓄，强调韵味，是中国各个门类的艺术理论家的共识。

（2）重视“兴会神到”，不拘形迹。

这是强调含蓄蕴藉的必然和结果。含蓄不尽发展到极致，就将突破现实的真实性的局限，以不拘形迹的方式，达到更高层次的艺术的真实。最著名的是《池北偶谈》中的一段话：

> 世谓王右丞画雪中芭蕉，其诗亦然。如“九江枫树几回青，一片扬州五湖白”。下连用兰陵镇、富春郭、石头城诸地名，皆寥远不相属。大抵古人诗画，只取兴会神到，若刻舟缘木求之，失其指矣。

袁行霈指出：“在《渔洋诗话》里，他又以江文通、孟浩然为例，说他们的诗记述里程不求准确，‘只取兴会超妙，不似后人章句，但作记里鼓也’。在他看来，诗歌状物记事不必追求逼真信实，应该允许诗人充分运用想象力。只要诗人兴之所至，神之所到，能够恰到好处地表现他的性情就是好诗。如果但求记叙信实，一丝不苟，而没有兴会，不见神韵，就算不得艺术的上乘。艳丽的台阁体摹形状物不可谓不真，坏就坏在见物而不见神。前、后七子提倡‘文必秦汉，诗必盛唐’取法不可谓不高，糟就糟在只学到一个‘空壳子’、‘大帽子’，而没有自己的神气。正如翁方纲所说：‘渔洋所以拈举神韵者，特为明朝李、何一辈之貌袭者言之。’神韵说对挽救明代诗风之弊确是一剂良药。”（《中国诗歌艺术研究·言意欲形神》）

（3）避粗俗，去做作，存本色。

渔洋论诗，力主雅正，对粗俗的诗作深恶痛绝，《香祖笔记》说：“恶诗相传，流为里谚，此真风雅之厄也。”渔洋对诗歌的“本色”极为重视，《蚕尾续文》曰：

> 论诗当先观本色。《硕人》之诗曰：“巧笑倩兮，美目盼兮。”而尼父有“绘事后素”之说，即此可悟本色之旨。彼黄眉黑妆，折腰龋齿，非以增妍，只益丑耳；矧效西子之颦，学寿陵之步者哉？怡斋从吾学诗数年矣，风气日上，遂能自名一家。大抵植根于阮、陈，取裁于二谢，沿溯于高、岑，而近体多近放翁。综而论之，妙在本色，如邢夫人乱头粗服，能令尹夫人望而泣下，自惭

弗如。

所谓本色，就是李白所云"清水出芙蓉，天然去雕饰"，即净洗铅华，以天生丽质取胜，这也是对诗歌艺术美提出的很高的要求。"本色"的对立面就是矫揉造作，扭捏作态。渔洋对历代诗中粗俗、做作、卑弱之作多有批评，而尤集矢于宋代，称其"叫嚣怒张"、"俚俗"、"佻巧取媚"，确实概括了宋诗的几种主要毛病。宋诗末流好议论，滥用典故，甚至或流于绮靡如西昆体，或失之粗硬如江西派末流，或病于浅俗琐屑如"江湖"、"四灵"及其效法者，确实离开了风雅正途，违背了诗歌创作的艺术规律。如果说，渔洋强调含蓄不尽，兴会神到，是为了纠正明诗肤廓之弊，那么，他主张本色，反对粗俗、做作，则是针对宋诗末流的有的放矢。

(4)强调天机凑泊，妙合自然，恰到好处。

此指诗人要以自己虚净的心灵，把握住大自然的灵机奥府，并在诗中将自然与人事的契合点恰到好处地表现出来，类似于中国哲学中"天人合一"的境界。渔洋论诗，常举严沧浪"玲珑透彻，不可凑泊"、"世尊拈花，迦叶微笑"等语，指的就是这一特点。他曾举出一些"神韵天然，不可凑泊"的七律联语：

> 李太虚"节过白露犹余热，秋到黄州始解凉"，程孟阳"瓜步江空微有树，秣陵天远不宜秋"是也。余昔登燕子矶有句云："吴楚青苍分极浦，江山平远入新秋。"或亦庶几尔。(《带经堂诗话》卷三)

王士祯所举的"天机凑泊"、"自然"、"天真"的诗，基本上都是山水诗。在渔洋看来，天然不可凑泊之诗，也以盛唐王、孟诸人为极则。

综合以上数端而言之，王士祯对"神韵诗"的主要要求是：诗人在受到外界(特别是山水自然)的触发后，情不自禁地写出诗篇，其表现手法必须是含蓄蕴藉的，表达方式必须是自然而然、毫不做作的，内容必须是高雅的，风格必须是冲淡玄远的。合此标准者，即算得上有“神韵”。“神韵”与南宗之顿悟、画论中所谓“逸格”相通。中国诗学历来都深深打上政治教化的烙印，有的甚至成为经学的附庸，这极大地阻碍了诗学本身的自由发展，而像司空图、苏轼、姜夔、严羽、徐祯卿那样，真正从艺术的角度来研究诗学的理论家，毕竟如凤毛麟角。王士祯生诸公之后，其诗学能植根于庄、玄、禅学的根源之地，能从绘画艺术的理论中汲取营养，并善于继承、发扬司空图诸人诗论的精华，兼收并蓄，取精用宏，终于建立了一整套深得中国艺术精神真髓的诗学理论体系。所以翁方纲评价说：

> 渔洋先生所讲神韵，则合丰致、格调为一而浑化之。此道至于先生，谓之集大成，可也。（《后洲诗话》卷四）

三、对“神韵说”的批评

清初“神韵”说流行之时，海内虽从之如风，但也有人持批评意见，著名的有吴乔和赵执信，他们的观点主要是来自清初的冯班。

1. 冯班《钝吟杂录》

冯班著有《钝吟杂录》十卷，其中卷五《严氏纠谬》，专揭严羽《沧浪诗话》的谬误。冯班说严羽不通禅学，“剽窃禅语，而失其宗旨”，他认为严羽“不落言筌，不涉理路”的说法“似是而非，惑人最甚”。

> 诗者言也，言之不足故长言之，长言之不足故咏歌之，但其言微不与常言同耳，安得有不落言筌者乎？诗者，讽刺之言。凭理而发，怨诽者不乱，好色者不淫，故曰“思无邪”。但其理玄，或在文外，与寻常文笔言理者不同，安得不涉理路乎？沧浪论诗，止是浮光掠影，如有所见，其实脚跟未曾点地。（《钝吟杂录》卷五《严

氏纠谬》)

冯氏批评严羽脱离现实,故弄玄虚,确能切中“神韵说”的某些弊病。但他的出发点是温柔敦厚的儒家“诗教”说,有很大的局限性,而且他的见解显得过于死板,对诗歌艺术的要言妙道,似乎缺乏足够的认识。

2. 吴乔《围炉诗话》与《答万季野诗问》

吴乔直接继承了冯班的观点,其《围炉诗话》和《答万季野诗问》就称引冯班语甚多。吴乔认为,作诗应取法于唐,而对宋、元、明之诗皆持批判态度,学生问及他的诗学主张,他回答说:

> 卑之无甚高论,严绝宋、元、明,而取法乎唐,亦足自立矣。(《答万季野诗问》)

他认为唐诗辞婉而重比兴,而诗意与诗法均体现于比兴之中。对比兴的重视,导致了他对严沧浪以来“神韵”、“妙悟”说的不满。他认为严羽等人虽然也崇盛唐,但只讲妙悟而不讲“六义”,有严重的缺陷,《答万季野诗问》云:

> 又问:“严沧浪之说诗,专贵妙悟,如何?”答曰:“作诗者于唐人无所悟入,终落宋、明死句。贵悟之言是也,但不言六义,从何处下手而得悟入?彼实无见于唐人,作玄妙恍惚语耳。”(吴乔《答万季野诗问》)

对于严氏的“以禅喻诗”,他也予以否定,对王士祯,吴乔认为是“清秀李于鳞”,评价也不高。在批评严羽的同时,吴乔又经常引用严羽、姜夔等人关于诗歌艺术上的一些论述,来证明自己的观点。吴乔反对严羽直至王士禛的论诗，主要是认为后者违背了儒家诗教，而在对诗歌艺术的见解方面，吴乔与“神韵派”有相通之处，这似比冯班有所进步。

3. 赵执信《谈龙录》

赵执信为王士禛甥婿，因其向王请教诗韵时，王氏吝不示教，遂致反目，执信作《谈龙录》，专以指摘渔洋诗说为能事，其中带有明显的意气用事的成份，其基本的诗学观点，与冯班、吴乔大致相同，也是以“言志”论来反对专讲兴会的“神韵”说。其最具理论意义而富有形象的，是《谈龙录》第一条洪昇、王士禛、赵执信三人“以龙喻诗”的记载，洪昇为施闰章弟子，论诗云：

> 诗如龙然，首、尾、爪、角、鳞、鬣一不具，非龙也。

渔洋反对曰：

> 诗如神龙，见其首不见其尾，或云中露一爪一鳞而已，安得全体！是雕塑绘画者耳。

赵执信则曰：

> 神龙者，屈伸变化，固无定体；恍惚望见者，第其一鳞一爪，而龙之首尾完好，故宛然在也。若拘于所见，以为龙具在是，雕绘者反有辞矣。

洪氏之见太拘于形相，固无足论。赵执信之论兼顾形、神，较为通脱，然不过是在渔洋的基础上略加发挥，二人论点，并无根本性的冲突。

4. 翁方纲"肌理说"

到了乾隆时,翁方纲以诗人兼学者的身份,发挥和修正了王士禛的"神韵"说。他的诗学理论主要见于《石洲诗话》,以及《小石帆亭著录》与《复初斋文集》中的某些文字。

翁方纲学诗于黄叔琳,而叔琳为士禛门人,可以说翁氏为渔洋再传弟子,所以翁氏对渔洋十分推崇,《小石帆亭著录》对诗歌声调的研究多受渔洋启发,卷五《七言诗三昧举隅》,即本渔洋《唐贤三昧集》之旨。但他对王士禛并不盲从,其《神韵论》说:"今人误执神韵,似涉空言,是以鄙人之见,欲以肌理说实之。"肌理,指诗的义理和文理(文彩)。照翁氏的解释,"理"包括雅正(即内容实在,合乎儒家经义规范,合乎义理)和华丽(指形式上富有文彩,艺术性强)两方面,这二者的有机结合,就是所谓"肌理",故他指出:"诗必研诸肌理,而文必求其实际。"(《延晖阁集序》)在义理与文理中,他又更重视前者,特别强调作诗应以经术、学问为根底。他提出:"为学必以考证为准,为诗必以肌理为准。"(《志言集序》)可见乾、嘉时代重经术和汉学考据学风对诗歌的影响。

翁氏论诗,即试图把神韵、格调、肌理熔为一体,并据此给"神韵说"以较为广义的解释:

> 诗以神韵为心得之秘,此义非自渔洋始言之也,是乃自古诗家之要眇处,古人不言而渔洋始明著之也。神韵者,非风致情韵之谓也。吾谓神韵即格调者,特专就渔洋之承接李、何、王、李而言之耳。其实神韵无所不该,有于格调见神韵者,有于音节见神韵者,亦有于字句见神韵者,非可执一端以名之也。有于实际见神韵者,亦有于虚处见神韵者,有于高古浑朴见神韵者,亦有于情致见神韵者,非可执一端以名之也。(《复初斋文集》卷八《神韵论》下)

翁方纲所理解的“神韵”，的确比较圆通，没有多少漏洞，但是，“神韵说”的某些玄微精妙之处，也被他泯没了，这是覃溪试图融合“神韵”、“格调”、“肌理”三说为一炉的必然结果。翁氏《七言诗三昧举隅》云：“神韵者，格调之别名耳。虽然，究竟言之，则格调实而神韵虚，格调呆而神韵活，格调有形而神韵无迹也。”则又看到“格调”与“神韵”之区别。归根结底，翁氏之补救渔洋，用的仍是乾、嘉时汉学家“经术”这一武器。

“神韵”说是中国诗学史上一种极其重要、极富民族特色的诗论，它由于王士禛的提倡与发展而蔚为大观。但在渔洋身后乃至整个清代的诗歌理论与创作史上，“神韵”说并未得到其应有的地位，究其原因，不外乎三个方面：首先，在思想上，“神韵”说的哲学基础——庄、玄、禅学，与乾、嘉及其后的正统儒学势同水火，禅、道的自由精神与儒家的枷锁格格不入，所以中国艺术史上形成了这样离奇的观念：以禅、道思想为指导作出的画，如王维，吴道子的绘画，亦即“南宗”具有“逸格”的作品，是绘画中的最上品，而以同样思想来作诗，如陶、王、孟、韦、柳之诗，即“神韵”诗，却只能相当于第二等的诗，其品位绝对在杜甫之下。究其原因，只能说：儒家思想对画学影响较少而对诗学束缚甚多（参阅钱锺书《中国诗与中国画》）。其次，在艺术风格方面，“神韵”说崇尚清虚淡远的陶、谢、王、孟、韦、柳的诗风，与乾、嘉时重考据的学风和重视“以文为诗”、“以议论为诗”的宋诗的风气格格不入。第三，王士禛的诗歌创作并未完全达到“神韵”的标准，这也给某些人以口实。于是，“神韵”说的鼎盛期很快就过去了，而让位于后起的“格调”说与“性灵”说。

第二节　沈德潜“格调”说

沈德潜（1673—1769），号归愚，长洲（今苏州）人。他是中国文化史上著名的晚达而高寿的学者兼诗人。[①] 作为一位诗人兼学者，德潜虽然晚达，但在做官、成名之前，就已开始了勤奋的创作与研究。他早年从叶燮学诗，三十一岁时，王士祯读了沈德潜的诗后，称赞说："横山门下，尚有诗人。"[②]未及第时，沈德潜已选编了《唐诗别裁集》（初版于康熙五十四年，晚年又加修改）、《古诗源》（初刻于康熙五十八年）、《明诗别裁集》（初刻于乾隆三年）等诗歌选本，论诗专著《说诗晬语》也成于登第之前。只有《清诗别裁集》成书于八十岁之后。其论诗之语即见于上述著作及其诗文集《归愚诗文全集》中。在中国诗学史上，沈德潜以倡导"格调"说闻名。

一、"格调"说的背景与渊源

对沈德潜"格调说"，誉之者云：

> （德潜）品端行完。论诗上溯《三百》、屈《骚》、汉、晋、三唐，下迄明代，以和平敦厚得性情之正为宗。截断众流，别裁伪体。如老鹤一鸣，喧啾俱寂；瑶琴一鼓，瓦缶无声。自来选家，未克臻斯诣也。（王豫《群雅集》）

贬之者云：

---

① 沈德潜大半生困顿场屋，乾隆四年，六十七岁高龄时才中进士，据《清史稿》载，乾隆七年，乾隆皇帝称德潜为"江南老名士"，授编修，十二年，迁礼部侍郎，"是岁，上谕诸臣曰：沈德潜诚实谨厚，且怜其晚遇，是以稠叠加恩，以励老成积学之士"。十四年，德潜致仕后，"进所著《归愚集》，上亲制序，称其诗伯仲高、王，高、王者，谓高启、王士祯也"。此后仍对德潜恩宠有加，三十四年，德潜卒，年九十七，"赠太子太师，祀贤良，谥文悫，御制诗为挽"（《清史稿》卷三百零五《沈德潜传》）。沈德潜能成为乾隆朝的诗坛盟主，与皇帝的垂青恐怕大有关系。

② 沈德潜诗《王新城尚书寄书尤沧湄宫赞，书中垂问鄙人云："横山门下，尚有诗人。"不胜今昔之感，末并述去官之由，云与横山同受中伤，此新城病中口授语也，感赋四章，兼志哀挽》。

本朝诗学，沈归愚坏之，体貌粗具，神理全无。动以别裁自命，浅学之士，为其所劫，遂至千篇一律，万喙雷同。姚薑坞《援鹑堂笔记》谓归愚以帖括之余，研究风雅，可谓助我张目者也。（文廷式《琴风余谭》）

两种意见截然对立。近代许多论著涉及沈德潜及其“格调”说，一来多认定沈氏提倡“温柔敦厚”的“诗教”说，是一种保守、落后的观点，而予以全盘否定；二来认为沈氏诗学漫无统纪，缺少体系，故对其评论亦不免零散支离，较少系统性。实际上，沈德潜“格调”说是有一个较为清楚而且以一贯之的体系的，他在《重订唐诗别裁集序》里说得最为明白：

先审宗指（旨），继论体裁，继论音节，继论神韵，而一归于中正和平。

其中“宗旨”，指其对诗歌内容的基本要求，“体裁”、“音节”二者，指其对诗歌艺术的基本要求，“神韵”似与王渔洋所论之内涵不同，此处当指诗歌风格。而“中正和平”，则是其论诗的核心主张，是比宗旨、体裁、音节、神韵诸要素高一层次，且能涵盖以上数端的。当然，欲明沈氏之论诗宗旨，必须联系其“格调”说的学术渊源，康熙、乾隆朝的文化背景及沈氏的创作实践来看问题，方能正本清源，探骊得珠。沈德潜的诗学，受到三个方面的影响：一为宋、明以来的“格调”说；二为其师叶燮的诗学观点；三为王士禛的诗学。

宋严羽《答出继叔临安吴景仙书》论盛唐诗有“既笔力雄壮，又气象浑厚”语，似为“格调”说之滥觞。明李梦阳云：“诗有七难，格古、调逸、句浑、音圆、思冲、情以发之。”王世贞云“才生思，思生调，调生格”。这些说法对沈德潜“格调”说有一定启发，但前人论“格调”，似偏于形式，论述亦较零碎，德潜却能在吸取前人理论的基础上，对“格调”说做系统而全面的发挥，并将其作为自己论诗的根本纲领，可以说是一种集历代“格调”说大成并有重大发展的新诗论。

沈德潜为叶燮门人，对叶氏诗学既有继承，又有变化。叶氏关于“理、事、情”、“正变”、“胸襟”等方面的论述，对沈德潜启发很大，不过，叶重创新而沈偏于复古，叶宗宋而沈宗唐，师徒之间的分歧也是显而易见的。王士禛为康熙朝诗坛盟主，其“神韵说”风靡一代，德潜对他十分敬仰，在《唐诗别裁集》、《清诗别裁集》、《说诗晬语》中，经常引用渔洋之论。沈氏“格调说”也吸取了“神韵说”的某些思想，同时又在很大程度上对渔洋之说进行了补充与修正。补充主要体现在沈氏论格调，往往将渔洋点到为止的话题讲得更为明白清晰，如对诗歌章法、诗人风格的论述等等；修正主要指渔洋论诗以“羚羊挂角，无迹可求”为极致，而归愚则首取“掣鲸碧海”、“巨刃摩天”之类，而兼取渔洋之说。当然，渔洋诗学以佛、道哲学为武器，归愚诗学以儒学为指归，则是其根本差异之处。[①]

① 沈德潜生活在所谓“康乾盛世”，其诗学研究与诗歌创作开始于康熙朝，而成名于乾隆朝。这里仅举两件对沈德潜有显著影响的事来谈谈。康熙皇帝极力推崇儒学，凡儒家经典，程、朱著作，乃至历代史书，无不研习。而尤重理学，清朝汲修主人《啸亭杂录》卷一《崇理学》条云：“仁皇夙好程、朱，深谈性理。所著《几暇余篇》，其穷理尽性处，虽夙儒耆学，莫能窥测。所任李文贞（光地）、汤文正（斌）皆理学耆儒。尝出《理学真伪论》以试词林。又刊定《性理大会》、《朱子全书》等书，特命朱子配祠十哲之列。”沈德潜在其诗论中，多谈儒家“诗教”与“风雅”正道，正与皇帝对儒学的提倡分不开。德潜以诗受知于乾隆皇帝，乾隆曾亲自为沈氏《归愚诗钞》作序云：“余虽不欲以诗鸣，然于诗也好之，习之，悦性情以寄之；与德潜相商榷者有年矣。夫非常之人然后有非常之遇，德潜受非常之知，而其诗亦今之非常者，故以非常之例序之。”对于这一殊荣，沈氏自然感激涕零。乾隆自命风雅，曾“亲”选（当然是词臣代劳）《唐宋文醇》与《唐宋诗醇》，其中《诗醇》刊行于乾隆十五年，在序中与评语中极力宣传“事父事君”、“忠君爱国”、“忠孝”等道理，沈德潜关于诗歌“宗旨”的论述，即与乾隆皇帝的观点相近。《诗醇》一书，仅选李、杜、韩、白、苏、陆六家诗，沈德潜论诗以李、杜为宗，颇重韩愈，在《唐诗别裁集》的修订本中，特意增加了白居易的许多“讽谕诗”，这都与皇帝的爱好有关；更有甚者，德潜本不喜宋诗，《唐诗别裁集序》云：“德潜于束发即喜钞唐人诗集，时竟尚宋、元，适相笑也。”《明诗别裁集序》云：“宋诗近腐。”而他在《说诗晬语》中，对宋代苏轼、陆游二家却颇多好评，这恐怕也是皇帝与他“商榷”的结果吧！（虽然《说诗晬语》成书在《唐宋诗醇》之前，但乾隆与德潜间“讨论”诗学，乾隆的某些诗歌主张的传播，或许远在《诗醇》付梓之前，就对沈氏诗学产生了一定的影响。）

沈德潜生当“盛世”，自己的诗歌创作多平正中和之音，多效法前人，其门人王昶云：

> 先生独综今古，无藉而成，本源汉、魏，效法盛唐，先宗老杜，次及昌黎、义山、东坡、遗山，下至青邱、崆峒、大复、卧子、阮亭，皆能兼综条贯。尝自进其全集，御制叙言以高、王为比，诚定论也。（王昶《湖海诗传·蒲褐山房诗话》）

这与沈氏论诗时复古崇唐、兼采七子及渔洋的做法是一致的。德潜以半生精力奔走于科举之途，故所作诗，格律谨严，程式规范而缺少生气。朱庭珍《筱园诗话》云：

> 所为诗平正而乏精警，有规格法度而少真气……归愚自命起衰复古，未免力小任重，举鼎折脰。然宗旨、规格、法律，一出于正，未可深贬。

所以，沈氏诸种《别裁集》中，特重章法、句法、格律等程式，《唐诗别裁集》还专门设立了“试帖诗”这一类，德潜关于这方面的一些评语，确实有一些精湛的艺术见解，而又难免僵化、呆板之病。以上三点既明，沈德潜的论诗主张可得而论之矣。

二、“格调”说的基本宗旨

沈德潜的论诗宗旨是孔门的“诗教”说，此点已为学术界公认，沈氏各种论诗著作无不将“诗教”说放在醒目的位置上，如：

> 诗之为道，不外孔子教小子、教伯鱼数言，而其立言，一归于温柔敦厚，无古今一也。自陆士衡有缘情绮靡之语，后人奉以为

宗，波流滔滔，去而日远矣。选中体制各殊，要唯恐失温柔敦厚之旨。(《清诗别裁集·凡例》)

沈德潜论诗宗旨的基本内涵大致包括：提倡诗歌要关乎人伦日用，宣扬忠孝节义、怨而不怒、性情、含蓄比兴等四个方面，而一归于温柔敦厚的风雅之道。分论之如下：

1. 人伦日用与忠孝节义

沈德潜的这一观点直承孔子和《诗大序》之论。沈氏《说诗晬语》开宗明义即云：

> 诗之为道，可以理性情、善伦物、感鬼神、设教邦国、应对诸侯，用如此其重也。

他论诗特别强调忠孝，而且，这一观点贯串于对历代诗人、诗作的评论中，其评杜甫之语最具代表性：

> 一饭未尝忘君，其忠孝与夫子事父事君之旨有合，不可以寻常诗人例之。(《唐诗别裁集》)

至于强调诗歌与"人伦日用"的关系，则是他几种选本及一些文章中反复论说的话题，其《高文良公诗序》云：

> 唯夫笃于性情、高乎学识，而后写其中之所欲言，于以厚人伦、明得失、昭法戒，若一言出而实可措诸家国天下之间，则其言不虚立，而其人不得第以诗人目之。

沈氏的这些观点并无新见，有时甚至显得迂腐可笑。然而这既符合他作为一位方正醇雅的老经生身份，又是康、乾之世政权巩固、理学复兴的必然产物。与这一思想相联系，沈氏反对诗中“嘲风雪、弄花草”和“浮华”牵率的应酬之作，还激烈批评艳诗，《唐诗别裁集·凡例》云：

诗本六籍之一，王者以之观民风、考得失，非为艳情发也。虽《三百》以后，《离骚》兴美人之思，平子有定情之咏，然而词则托之男女，义实关乎君臣友朋，自《子夜》、《读曲》专咏艳情，而唐末“香奁体”，抑又甚焉。去风人远矣。

再如《清诗别裁集》郑重申明不收王次回《疑雨集》，后来曾招致袁枚的批评。沈氏此论，继承了杜牧直至王夫之的有关论述，虽有一定道理，但其正统性，似比前人更明显一些。

2. 肯定“变风”、“变雅”与怨诗

沈德潜的论诗宗旨并非全是陈腐之见，比如他对诗中怨刺之语的认识就较为通达。一些正统的诗论家对诗中的怨恨之辞，多予否定，沈德潜则不然，他对从《诗经》、《楚辞》到唐诗直至清诗中的“怨”，皆予肯定，认为是变风、变雅，为诗之一体。其评《诗经》云：

《巷伯》恶恶，至欲“投畀豺虎”、“投畀有北”，何尝留一余地？然想其用意，正欲激发其羞恶之本心，使之同归于善，则仍是温厚和平之旨也。《墙茨》、《相鼠》诸诗，亦须本斯意读。（《说诗晬语》卷上）

对几首最著名的怨诗皆持肯定态度。评《离骚》云：

《离骚》者，《诗》之苗裔也。第《诗》分正变，而《离骚》所际独变，故有侘傺噫郁之音，无和平广大之响。读其词，审其音，如赤子婉恋于父母侧而不忍去。要其显忠斥佞，爱君忧国，足以持人道之穷矣。尊之为“经”，乌得为过？（《说诗晬语》卷上）

对照班固《离骚序》对屈原和《离骚》的批评，沈氏的进步性是很显然的。概括地说，沈氏的意见主要包含三点：一是重视“变风”、“变雅”的地位，并不株守风雅正途；二是重视诗歌的劝惩作用，认为那些能“激发人羞恶之心”、“显忠斥佞”、具有“讽谕”作用的诗，就是好作品；三是肯定“不平则鸣”，故肯定《诗经》中那些痛快淋漓之作，赞同《离骚》的“侘傺噫郁之音”。沈德潜自己的作品，包括致仕后献给皇帝的诗，亦多痛陈民瘼，并非一味谀美。郭则沄《十朝诗乘》就说：“己巳乞归，犹许寄诗呈览，所进诸诗，往往陈善纳忠，兼及闾阎息耗，不苟为虚美。南巡迎驾赐诗有云：‘玉皇案吏今烟客，天子门生更故人。别后诗裁经细检，当前民瘼听频陈。’”（《清诗纪事》引）连沈氏论诗的对立面袁枚，其《赠归愚》诗也赞许沈德潜“斥去邪蒿开苦口，折来杨柳劝春风”。

3. 重视性情与胸襟

沈德潜十分重视诗中“性情”的作用，在他看来，性情主要指诗歌作品要言之有物，关乎“人伦日用”，不作无病呻吟，《清诗别裁集·凡例》云：

诗必原本性情，关乎人伦日用及古今成败兴坏之故者，方为可存，所谓其言有物也。

《说诗晬语》又说到“性情面目”，则偏重于艺术风格与个性，并与诗人的胸襟怀抱联系起来：

> 性情面目,人人各具。读太白诗,如见其脱屣千乘。读少陵诗,如见其忧国伤时。其世不我容、爱才若渴者,昌黎之诗也。其嬉笑怒骂,风流儒雅者,东坡之诗也。(卷下)

与重视诗歌中的胸襟与人品相辅相成的是,德潜认为只有襟怀高远、人品高尚的人,才能写出好诗,《说诗晬语》云:

> 有第一等襟抱,第一等学识,斯有第一等真诗。如太空之中,不着一点;如星宿之海,万源涌出;如土膏既厚,春雷一动,万物发生。古来可语此者,屈大夫以下,数人而已。(卷上)

德潜的性情与胸襟说出自乃师叶燮,虽说新意不多,却也颇为实在,如:

> 唯先有不可磨灭之概与挹注不尽之源,蕴于胸中,即不必求工于诗,而纵心一往,自有不得不工之势。无他,工夫在诗外也。(《缪少司寇诗序》)

4. 重含蓄、隐语和比兴

沈氏认为,诗歌表情达意的方式不是直说,而应当用含蓄蕴藉的方法,以比兴或隐语出之,方能收到劝惩、讽谏的效果,此点与叶燮之说相去甚远,而较接近儒家的“风雅”正途,这一精神,几乎贯穿了沈氏“格调说”的始终。下面这段话最具代表性:

> 事难显陈,理难言罄,每托物连类以形之。郁情欲舒,天机随触,每借物引怀以抒之。比兴互陈,反覆唱叹,而中藏之欢愉惨戚,隐跃欲传,其言浅,其情深也。倘质直敷陈,绝无蕴蓄,以无情之语而欲动人之情,难矣。(《说诗晬语》卷上)

沈氏所谓“托物连类”，就是“以彼物比此物”的“比”，所谓“借物引怀”，就是“先言他物以引起所咏之词也”的“兴”，比兴交相为用，才能将难言之隐、难陈之事曲折写出，收到语浅情深的效果。所以他在论诗时特别强调比兴寄托，主张诗要用隐语，要有言外之意，《唐诗别裁集》中对唐诗的评价尤其如此。沈氏对七言绝句的要求尤合此旨：

> 七言绝句，以语近情遥，含吐不露为主。只眼前景、口头语，而有弦外音，味外味，使人神远，太白有焉。(《说诗晬语》卷上)

这种观点已十分接近王士祯的“神韵”说。由于重视诗歌中的比兴与隐语，沈德潜对那些直抒胸臆之作或以议论见长的诗篇，评价较低，常常屏弃不录，《唐诗别裁集》选了元稹的《连昌宫词》，但是又说“诗中既有指斥，似可不选”，只因此诗名气较大，与《长恨歌》、《琵琶行》并行，才勉强收录。不过，沈德潜对诗中议论又曾有保留地予以肯定：

> 人谓诗主性情，不主议论，似也，而亦不尽然。试思二《雅》中，何处无议论？杜老古诗中《奉先咏怀》、《北征》、《八哀》诸作，近体中《蜀相》、《咏怀》、“诸葛”诸作，纯乎议论。但议论须带情韵以行，勿近伧父面目耳。(卷下)

这种认识较为平正通达。

三、诗体论

诗体研究，是沈德潜“格调说”中最有意义的部分。

诗体(包括文体)研究，较早见于刘勰《文心雕龙》的《神思》、《体性》、《时序》诸篇，刘勰联系时代、风格来研究体制，为后世体制研究定下了基调。宋人严羽《沧浪诗话》专辟《诗体》一章，详细探讨了古今各种诗体的特点。明末许学夷作《诗源辩体》，自称："自《三百》下至五季，采其撰论所及一代者一百六十九人并无名氏，共诗四千四百七十五首，以尽历代之变。"沈德潜对以上诸家之论均有所吸取，而精力所聚，尤在于唐代诗体之研究。朱庭珍《筱园诗话》评云："古今诗家源流正变之别，及各体句调章法规格，则言之娓娓，大旨略具。"（《清诗纪事》引）《唐诗别裁集》的《凡例》是其体制论的集中体现，该书中的某些评语，又是对《凡例》的补充与发展。

中国诗歌，先秦时主要是四言体的《诗经》和杂言体（以七言为主）的《楚辞》，汉魏以来，五言古诗获得长足发展，七言古诗也已产生并基本成熟，这两种诗体进入唐代后，仍在继续发展。近体的五、七言律诗，绝句与排律，在六朝时仅有萌芽，至唐代全部定型，并影响制约了此后千余年中国旧体诗的基本体制。对于中国诗歌体制在唐代所发生的巨大变化，历代论家多注意不够，语焉不详。沈德潜第一次以简捷的语言，描绘出各种诗体的基本特点与风格，其中创见甚多，持论又颇为平稳，故为学术界所公认。

《唐诗别裁集·凡例》论五古云：

> 五言古体，发源于西京，流衍于魏、晋，颓靡于梁、陈。至唐显庆、龙朔间，不振极矣。陈伯玉力扫俳优，直追曩哲，读《感遇》等章，何啻在黄初间也。张曲江、李供奉继起，风裁各异，原本阮公，唐体中能复古者，以三家为最。

这是指出唐代五古的一体，即接近汉、魏，能"复古"的五言古诗，以陈子昂、张九龄、李白三人之作为代表。

> 过江以后，渊明胸次浩然，天真绝俗，当于语言意象外求之。

唐人祖述者，王右丞得其清腴，孟山人得其闲远，储太祝得其真朴，韦苏州得其冲和，柳柳州得其峻洁。气体风神，翛然埃𡏖之外。

这是指受陶渊明影响的山水田园诗，他们的共同特点是用五古写山水田园，王、孟、储、韦、柳五人，每人各得陶之一体，这一分析是相当中肯的。唐代五古的第三体是以杜诗为代表的新体。对于杜甫五古的创新精神，沈氏是充分肯定的：

苏、李、十九首以后，五言所贵，大率优柔善入，婉而多风。少陵才力标举，篇幅恢张，纵横挥霍，诗品又一变矣。要其为国爱君，感时伤乱，忧黎元，希稷契，生平种种抱负，无不流露于楮墨中，诗之变，情之正者也。

沈德潜所列的陈、张、李为代表的五古可视为古体，杜甫五古可视为新体，沈氏的这一区分是卓有见地的。

沈氏对七言古诗的研究，也颇有心得，他溯源析流，分唐人七古为数体：

《大风》、《柏梁》，七言权舆也，自时厥后，魏、宋之间，时多杰作，唐人出而变态极焉。初唐风调可歌，气格未上；至王、李、高、岑四家，驰骋有余，安详合度，为一体；李供奉鞭挞海岳，驱走风霆，非人力可及，为一体；杜工部沉雄激壮，奔放险幻，如万宝杂陈，千军竞逐，天地浑奥之气，至此尽泄，为一体；钱、刘以降，渐趋薄弱，韩文公拔出于贞元、元和间，踔厉风发，又别为一体。

他的划分标准及对各体特征的描述，均能切中肯綮。其余如对

五、七律，五言排律和五、七言绝句体制特点的评价，也很精彩。

四、章法论

沈德潜大量探讨了诗歌章法、句法和对仗、用韵等方面问题。沈氏困于举业数十年，对试帖诗与时文的程式极其熟悉，这在一定程度上影响了他对诗歌章法的研究。他在《重订唐诗别裁集序》中说：

> 五言试帖，前选略见，今为制科所需，检择佳篇，垂示准则，为入春秋闱者导夫先路也。

试帖诗的首要标准不是诗歌的艺术性，而是要合乎规范，故《唐诗别裁集》选入相当数量的试帖诗，并有许多关于作诗规则、程式的论述。沈德潜还在《说诗晬语》中论五古、七古章法：

> 五言长篇，固须节次分明，一气连属。然而有意本连属，而转似不相连属者：叙事未了，忽然顿断，插入旁议，忽然联续，转接无象，莫测端倪，此运《左》、《史》法于韵语中，不以常格拘也。千古以来，且让少陵独步。（《说诗晬语》卷上）
>
> 歌行起步，宜高唱而入，有“黄河落天走东海”之势。以下随手波折，随步换形，苍苍莽莽中，自有灰线蛇踪，蛛丝马迹，使人眩其奇变，仍服其警严。至收结处，纡徐而来者，防其平衍，须作斗健语以止之；一往峭折者，防其气促，不妨作悠扬摇曳语以送之，不可以一格论。（《说诗晬语》卷上）

这两段话都有制艺技法的痕迹。他对杜甫七古章法的研究，尤见功力，他曾具体指出少陵歌行有“倒插法”、“反接法”、“透过一层法”、“突接法”（《说诗晬语》），所论均平实有理。当然，沈德潜毕竟是一位诗人，而非三家村学究，故他重“法”而不拘于死法，《说诗晬语》云：

> 诗贵性情，亦须论法，杂乱而无章，非诗也。然所谓法者，行所不得不行，止所不得不止，而起伏照应，承接转换，自神明变化于其中。若泥定此处应如何、彼处应如何（如碛沙僧解《三体唐诗》之类），不以意运法，转以意从法，则死法矣。试看天地间水流云在、月到风来，何处著得死法？（卷上）

沈氏此论，充满艺术辩证法精神，堪称历代“格调说”中最为宏通之论。关于音节韵律，沈氏也有一些不错的见解，他很注重声音对传达诗歌精神的作用：

> 诗以声为用者也，其微妙在抑扬抗坠之间。读者静气按节，密咏恬吟，觉前人声中难写、响外别传之妙，一齐俱出。朱子云：“讽咏以昌之，涵濡以体之。”真得读诗趣味。（《说诗晬语》卷上）

对声音感发人心之作用，说得十分精彩。他还对乐府诗的音节做了很中肯的分析：

> 乐府之妙，全在繁音促节，其来于于，其去徐徐，往往于回翔屈折处感人，是即“依永”、“和声”之遗意也。齐、梁以来，多以对偶行之，而又限以八句，岂复有咏歌嗟叹之意耶？（《说诗晬语》卷上）

概括地说，沈德潜论章法，既不废部分的、具体的技巧，更重浑成完整；论音节，既重视推敲锤炼，更重视回环往复、迂回曲折之妙。其立论是相当全面的。

五、风格论

沈德潜以宗旨、体制、音节、神韵四者并重，这里的“神韵”在主要意义上不同于王渔洋“神韵说”中“神韵”定义，而接近于所谓“风格”的涵义，其《七子诗选序》云：

> 予惟诗之为道，古今作者不一，然揽其大端，始则审宗旨，继则标风格，终则辨神韵，如是焉而已。予曩有古诗、唐诗、明诗诸选，今更甄综国朝诗，尝持此论，以为准的。窃谓宗旨者，原乎性情者也，风格者，本乎气骨者也；神韵者，流于才思之余，虚与委蛇，而莫寻其迹者也。

此语于义似有未安，因为“神韵”似为一种“风格”，指诗中“超逸而深远”的境界，不宜与“风格”并列，参照其《重订唐诗别裁集序》的观点，似可概括为：沈氏所谓“风格”指“体制”与“音节”二端，而其所谓“神韵”，则指诗歌的艺术风格，当然包括“超逸而深远”者在内。下面两段话为归愚“风格论”的要旨：

> 司空表圣云：“不著一字，尽得风流。”“采采流水，蓬蓬远春。”严沧浪云：“羚羊挂角，无迹可求。”苏东坡云：“空山无人，水流花开。”王阮亭本此数语，定《唐贤三昧集》。木玄虚云：“浮天无岸”，杜少陵云：“鲸鱼碧海”，韩昌黎云：“巨刃摩天”，惜无人本此定诗。（《说诗晬语》卷下）

这是他对无人重视豪壮之诗而发的感慨，到了重订《唐诗别裁集》时，他已化感慨为行动：

> 新城王阮亭尚书选《唐贤三昧集》,取司空表圣“不著一字,尽得风流”、严沧浪“羚羊挂角,无迹可求”之意,盖味在盐酸外也。而于杜少陵所云“鲸鱼碧海”、韩昌黎所云“巨刃摩天”,或未之及。余因取杜、韩语意,定《唐诗别裁集》,而新城所取,亦兼及焉。

以上两段话是针对唐诗的,推而广之,归愚论古诗及明诗、清诗,所持观点大致相同,可以说,其风格论的核心就是以杜、韩诗风为准则,兼取渔洋所标举的“神韵”一路。沈德潜对杜诗的评价,集中体现了他对“鲸鱼碧海”、“巨刃摩天”类诗风的重视。[①] 与此同时,他对“不著一字,尽得风流”一类的诗也很欣赏。他经常称引严羽、姜夔、特别是王渔洋的诗说,有时甚至直接以“神韵”论诗,对王,孟、韦、柳一派的山水田园诗,评价也很高。此类品评在《唐诗别裁集》中,几乎俯拾即是。沈德潜所标榜的“鲸鱼碧海”、“巨刃摩天”式的诗风,即严羽所谓“沉着痛快”者,此以李、杜为代表;“不著一字,尽得风流”式的诗风,即严氏所谓“优游不迫”者,此以王、孟、韦、柳为代表。从《唐诗别裁集》的评语来看,归愚对这两大诗风并未加轩轾,而是一视同仁,似乎要在一定程度上调和这两种诗风。

沈德潜论诗,一方面研究探讨宗旨、体制、音节、风格诸方面的特点,承认其变化发展;另一方面又十分重视与强调中正和平的和谐美,他讲“先审宗旨、继论体裁、继论音节、继论神韵,而一归于中正和平”,就是这个意思。中国古典美学均注重中和之美,沈德潜正是继承并发扬了这一学说的精华部分,完成了“格调”说,为中国古典主义诗学做

---

① 如《说诗晬语》评少陵七古:“少陵歌行如建章之宫,千门万户;如钜鹿之战,诸侯皆从壁上观,膝行而前,不敢仰视;如大海之水,长风鼓浪 ,扬泥沙而舞怪物,灵蠢毕集,与太白各不相似,而各造其极,后贤未易追逐。”对杜甫诗沉郁顿挫、海涵地负、千汇万状、至大至刚的艺术风格,做了尽情的礼赞,颇能代表沈德潜的美学趣味与倾向。

了总结。他的诗说，虽有保守乃至迂腐之处，但较少片面性，诚如张维屏所云：

> 沈文悫公论诗及所选《别裁》诸集，自好高爱奇者观之，或有嫌其近平熟者。抑知好高爱奇或出于独嗜而失之偏，或暂足惊人而不能久。平心而论，究不如文悫所见为出于中正和平，使学者有轨辙可循，而流弊尚少也。（《清诗纪事》引）

除沈德潜外，清代持“格调”说的还有薛雪《一瓢诗话》、钱良择《唐音审体》、吴雷发《说诗菅蒯》和李重华的《贞一斋诗说》等。

第三节　袁枚“性灵”说

继“格调”说风靡海内的是“性灵”说，其提倡者袁枚是乾隆年间最著名的诗人与诗论家，①他的《随园诗话》是继叶燮《原诗》之后清代最富学术价值的诗学理论著作。钱锺书《谈艺录》称赞《随园诗话》为：“直凑单微，隽谐可喜，不仅为当时之药石，亦足资后世之攻错。”

一、袁枚对“神韵”、“格调”、“肌理”三说的批评

袁枚所处的时代，正是清代诗学全面繁荣，“神韵”、“格调”、“肌理”三说先后形成并流行的时代，对于这三种诗说，袁枚均有所不满，但态度不尽相同。

① 袁枚，字子才，号简斋，晚年自号仓山居士、随园老人、仓山叟。生于清康熙五十五年（1716），卒于嘉庆二年（1797），浙江钱塘人。乾隆四年进士，曾任江苏溧水、江浦、沭阳、江宁等地知县。三十余岁即辞官归隐，居江宁（今南京）小仓山之随园以终老。

1. 批评“神韵”说

对于“一代正宗”的王渔洋诗，袁枚认为只不过是王、孟、韦、柳的路数，并对时人评渔洋的偏颇深致不满。对于渔洋风靡一世的“神韵”说诗论，袁枚有自己独特的看法，《随园诗话》卷八云：

> 严沧浪借禅喻诗，所谓“羚羊挂角，香象渡河”，“有神韵可味，无迹象可寻”。此说甚是。然不过诗中一格耳。阮亭奉为至论，冯钝吟笑为谬谈：皆非知诗者。诗不必首首如是，亦不可不知此种境界。如作近体短章，不是半吞半吐，超超元箸，断不能得弦外之音，甘余之味：沧浪之言，如何可诋？若作七古长篇、五言百韵，即以禅喻，自当天魔献舞，花雨弥空，虽造八万四千宝塔，不为多也；又何能一羊一象，显渡河、挂角之小神通哉？总在相题行事，能放能收，方称作手。（《随园诗话》卷八）

子才此论，明指沧浪，实指承袭沧浪之说的王渔洋“神韵”说。他认为“神韵”为诗中境界之一，且以为含蓄蕴藉的短章宜有“神韵”，而铺张扬厉的五、七言长篇古诗，则不应以“神韵”律之，是对渔洋“神韵”说的有益的补充。随园赞同司空图“味外味”之说，实亦与阮亭同调。① 然而对于阮亭流于玄秘的“以禅喻诗”，袁枚则持不同意见。② 批评“禅悟”说而肯定“味外味”之说，取舍还是较为合理的。因此，袁枚对王渔洋的诗学是有所吸取与扬弃的，他对渔洋创作成就评价不高，且较为公允，对于渔洋的“神韵”说，他则做了部分消化与吸收，并化朦胧为具体，使之融入自己的诗学体系。

---

① 《随园诗话》卷三论东坡诗，则援阮亭以证己说：“东坡近体诗，少酝酿烹炼之功，故言尽而意亦止，绝无弦外之音、味外之味，阮亭以为非其所长，后人不可为法，此言是也。”

② 《随园诗话·补遗》卷一：“阮亭以禅悟比诗，人奉为至论。余驳之曰：‘《毛诗》三百篇，岂非绝调？不知尔时，禅在何处，佛在何方？’人不能答。”

2. 批评“肌理”说

对于翁方纲提倡的“肌理”说，袁枚是完全反对的。翁方纲的“肌理”说提倡以儒家经义与考据之学入诗，且能做到肌理细密，合乎法度。这与重创独、讲性灵的袁枚诗学是水火不相容的。所以袁枚极力反对以注疏入诗，当系针对翁氏而发：

> 近日有巨公教人作诗，必须穷经读注疏，然后落笔，诗乃可传，余闻之，笑曰：且勿论建安、大历、开府、参军，其经学何如。只问“关关雎鸠”、“采采卷耳，”是穷何经、何注疏，得此不朽之作？陶诗独绝千古，而“读书不求甚解”，何不读此疏以解之？梁昭明太子《与湘东王书》云：“夫六典、三礼，所施有地，所用有宜。未闻吟咏情性，反拟《内则》之篇；操笔写志，更摹《酒诰》之作。‘迟迟春日’，翻学《归藏》；‘湛湛江水’，竟同《大诰》。”此数言，振聋发聩；想当时必有迂儒曲士，以经学谈诗者，故为此语以晓之。（《随园诗话·补遗》卷一）

简斋论诗以“性灵”为主，反对在诗中堆砌典故，甚或以考据之学“句句加注”的方式作诗。袁枚并非一味反对用典，而只是反对在诗中堆砌典故，他曾指出“今之诗流”的三种毛病，其一即为“填书塞典，满纸死气，自矜淹博”（《随园诗话·补遗》卷三）。同时，他又认为以考据入诗，有时是难免的，并对此类诗的作法提出了具体要求，态度比较客观：

> 考据之学，离诗最远；然诗中恰有考据题目，如《石鼓歌》、《铁券行》之类，不得不征文考典、以侈侈隆富为贵。但须一气呵成，有议论、波澜方妙，不可铢积寸累，徒作算博士也。（《随园诗话·补遗》卷三）

袁枚主张以人工济天巧，所以他认为读书、积学同样是作出好诗的必要条件。《续诗品》专立《博习》一章，以强调读书的重要性，他也承认“盖诗有从天籁来者，有从人巧得者，不可执一以求”（《随园诗话》卷四）。在他看来，作诗既须有学问根底，又能出以自然、有天籁，二者结合，方为佳诗。

3. 批评“格调”说

对于沈德潜的“格调”说，袁枚抨击得最为激烈。袁与沈虽为同榜进士，但沈为老名士，六十余岁中第后，以诗为乾隆皇帝所重，宠誉日加，老来得志，其“格调”说遂成为乾隆诗坛的主导思想；袁枚虽为少年才子，得第甚早，但仕途并不顺利，只做过几任县令之类的小官，且刚过而立之年，即辞官归隐。由于经历、年龄、性格诸方面的不同，袁枚对沈氏诗学攻击最力，其观点集中表现在《答沈大宗伯论诗书》、《再与沈大宗伯书》二文中，二人的对立可概括为两点：

第一，沈氏论诗重“温柔敦厚”，主张诗歌要“有关乎人伦日用”，袁枚认为“温柔敦厚”与“沉着痛快”不可偏废；与“人伦日用”有关者与无关者应并存，实为折衷之论。

第二，沈德潜论诗主复古，尊汉、魏与唐，贬宋诗；袁枚则重“工拙”之分，反对朝代之别。当时诗坛的基本状况是，王渔洋、沈归愚主“唐音”，以翁方纲为代表的“肌理”说和以厉鹗等人为代表的“浙派”则提倡杜、韩、苏、黄一路的“宋调”，袁枚站在“性灵”说的立场上看问题，认为只要能表现出真性情，且具有灵机，无论是“唐音”、“宋调”都可以。袁枚首先从“性情”的角度反对诗分唐、宋，指出：

> 夫诗无所谓唐、宋也。唐、宋，一代之国号耳，与诗无与也。诗者各人之性情耳，与唐、宋无与也。若拘拘焉持唐、宋以相敌，是子之胸中有已亡之国号，而无自得之性情，于诗之本旨已失矣。（《小仓山房文集》卷十七《与施兰垞论诗书》）

袁枚反对诗分唐、宋的另一个重要主张是诗“有工拙，而无古今”，他引徐嵩的话说：

> 须知论诗只论工拙，不论朝代。譬如金玉，出于今之土中，不可谓非宝也。败石瓦砾，传自洪荒，不可谓之宝也。（《随园诗话》卷十六）

袁枚论诗重“性情”而反对唐、宋之分，是从诗歌要抒发真实思想感情的角度着眼的，重“工拙”而反对界划唐、宋，则是从诗歌要有很强的艺术性角度着眼的。这表明他对诗歌艺术的本质有着较为自觉的的认识，其识力确实高出侪辈。由于不拘于朝代之分，所以袁枚论诗的态度较为宽容，在一定程度上可以说是欲熔铸古今，兼取唐、宋之长。根据重性情、重工拙而不分朝代的原则，袁枚又提出诗人各有家数的著名论断，于唐宋诸大家皆有所取，立论可谓宏通：

> 诗人家数甚多，不可硁硁然域一先生之言，自以为是，而妄薄前人。须知王、孟清幽，岂可施诸边塞？杜、韩排奡，未便播之管弦。沈、宋庄重，到山野则俗。卢仝险怪，登庙堂则野。韦、柳隽逸，不宜长篇。苏、黄瘦硬，短于言情。悱恻芬芳，非温、李、冬郎不可。属词比事，非元、白、梅村不可。古人各成一家，业已传名而去。后人不得不兼综条贯，相题行事。虽才力笔性，各有所宜，未容勉强；然宁藏拙而不为则可，若护其所短，而反讥人之所长，则不可。（《随园诗话》卷五）

“神韵”、“格调”、“肌理”三说中，“神韵”说流行较早，王士祯去世五年之后，袁枚才出世。后二说的提出均与“性灵”说大致同时，“格调”说稍早于“性灵”说，“肌理”说约与“性灵”说同时产生，袁枚的诗学理论，正是在与以上三说的对立与融合中，逐渐发展并成熟起来的。而袁枚与三家诗说的论争，构成了“性灵”说的有机组成部分。

二、“性灵”说的具体内涵

以“性灵”来作为作诗与论诗的核心标准，袁枚本人与旁人皆无异辞。[①] 那么，“性灵”说的主要内涵是什么呢？“性灵”一词，在随园的诗学语境中是并列复义词，“性”指性情，“灵”指灵机。统而言之，“其所谓性灵指诗人进行创作时那一片真情，一点灵犀”[②]。兹先论“性情”，次论“灵机”。

1. 关于“性情”

在袁枚的诗学体系中，“性情”即等于情，也就是个人发自内心，出乎本性的真情实感，简斋论诗重情，从远处说，是与儒家诗教的“言志”说相对抗，从近处看，是为了反对沈德潜的“格调”说。

中国古代的诗论家们，从汉儒到唐代的白居易，宋、明的理学家，直至与袁枚同时的沈德潜，皆注重诗歌的“言志”作用，强调诗歌的“教化”功能。另一方面，《诗大序》也讲情，向来以“守旧”著称的班固也赞美汉乐府“感于哀乐，缘事而发”（《汉书·艺文志·诗赋略论》）的优良传统。陆机《文赋》更明言“诗缘情而绮靡”。《文心雕龙·明诗》、锺嵘《诗品序》同样对诗的“性情”与作者的“心灵”十分重视。唐、宋、元三代，对“缘情说”的提倡者，仍不绝如缕，但似乎影响不大。明代公安派公开提出“独抒性灵，不拘格套”（袁中道《珂雪斋文集》卷

---

① 袁枚说“从《三百篇》至今日，诗之传者，都是性灵，不关堆垛”（《随园诗话》卷五）。又说“诗之为道，标举性灵，发舒怀抱”（《诗话》卷十二）。清人王豫《群雅集》云：“大令弱冠天藻独富，蜚声艺苑。性极警敏颖异，每一操翰，内无乏思，外无遗物。名人献老，皆相钦服。晚年论诗专以性灵为主，谓规尚古始为摹拟剽窃。”（《清诗纪事》引）周乐清《静远草堂诗话》亦云：“其所作诗专重性灵，不界画于唐宋。”（《清诗纪事》引）

② 袁行霈《中国文学概论》，第 137 页。

二《阮集之诗序》),上接陆机之说,下开袁枚的议论。

袁枚是一个任性自得、怡然自适的人,对宋学及清代复兴的汉学皆持批评态度。[①] 他论诗、作诗首重"性情",甚至对"诗言志"这一儒家神圣的信条做了故意的、随心所欲的曲解:

> 千古善言诗者,莫如虞、舜,教夔典乐曰:"诗言志",言诗之必本乎性情也。(《随园诗话》卷三)

这是成心将"言志"与"缘情"两种对立的诗说混为一谈。袁枚论诗中之情,很重视男女之情,《答蕺园论诗书》即云:

> 夫诗者由情生者也,有必不可解之情,而后有必不可朽之诗。情所最先,莫如男女。古之人屈平以美人比君,苏、李以夫妻喻友,由来尚矣。

袁枚还认为古来仁人志士皆深于情,特别是男女之情:

> 《关雎》一篇,文王辗转反侧,何以不忆王季、太王,而忆淑女耶?孔子厄于陈蔡,何以不思鲁君,而思及门耶?(《随园诗话》卷一)

正统士大夫对"情"之一字,莫不谈虎色变,讳莫如深,像这样敢于

---

① 如《随园诗话》卷二云:"明季以来,宋学太盛。于是近今之士,竞尊汉儒之学,排击宋儒,几乎南北皆是矣。豪健者尤争先焉。不知宋儒凿空,汉儒尤凿空也。康成臆说,如用麒麟皮作鼓郊天之类,不一而足。其时孔北海、虞仲翔早驳正之。孟子守先王之道,以待后之学者;尚且谓周室班爵禄之制,其详不可得而闻。又曰:'尽信书不如无书。'况后人哉?善乎杨用修之诗曰:'三代后无真理学,《六经》中有伪文章。'"

堂而皇之而且带着几分得意的神态来论“情诗”的，袁枚恐怕还是第一个，袁氏“性灵”说的价值，亦以此为最主要者，袁氏之说，颇类于欧洲文艺复兴时的爱情文艺观，而他对理学的否定，又与他同时的皖派大学者戴震的观点十分相近，东原学说的中心就是反对程、朱理学，主张讲“理欲之辨”，这恰与袁枚在文学上的重情反理互相呼应。袁枚对诗中“男女之情”的礼赞，已露出民主思想的萌芽，表明他对“男尊女卑”的传说观念的否定，而其对“女人亡国”的“祸水论”的抨击，尤能见出其进步的妇女观：

> 女宠虽自古为患，而地道无成，其过终在男子。使太宗不死，武氏何能为祸？李白云：“若教管仲身常在，宫内何妨更六人。”杨诚斋云：“但愿君王诛宰嚭，不愁宫里有西施。”唐人《咏明皇》云：“姚宋不亡妃子在，胡尘那得到中华？”《僖宗幸蜀》诗云：“地下阿瞒应有语，这回休更怨杨妃。”范同叔云：“吴国若教丞相在，越王空送美人来。”此数首，皆为美人开脱。余《咏陈宫》云：“若教褒妲逢君子，都是《周南》传里人。”亦此意也。唐人又有句云：“吴王事事都颠倒，未必西施胜六宫。”尤妙。（《随园诗话》卷三）

2. 关于“灵机”

袁枚“性灵”说的另一要旨是注重“灵机”。他曾以“性情”与“灵机”对举来批评当世诗人，可见二者正是“性灵”的基本要素：

> 今人浮慕诗名而强为之，既离性情，又乏灵机，转不若野氓击辕相杵，犹应风雅矣。（《小仓山房文集》卷二十八《钱玙沙先生诗序》）

“灵机”有两重涵义：

其一,“灵机”对创作主体的诗人来说,是机灵与灵思,即敏锐的审美感受和灵巧的想象构思,亦即诗人把握现实世界及其形象特征的资禀和敏悟。袁枚讲诗人的灵机与灵思,首重“天分”:

> 杨诚斋曰:“从来天分低拙之人,好谈格调,而不解风趣。何也?格调是空架子,有腔口易描;风趣专写性灵,非天才不办。”余深爱其言。(《随园诗话》卷一)

如何才算有“天分”呢?袁枚认为诗人首先要胸襟高洁脱俗:

> 王西庄光禄,为人作序云:“所谓诗人者,非必其能吟诗也。果能胸境超脱,相对温雅,虽一字不识,真诗人矣。如其胸境龌龊,相对尘俗,虽终日咬文嚼字,连篇累牍,乃非诗人矣。”余爱其言,深有得于诗之先者。(《随园诗话·补遗》卷九)

然则随园还强调天分与学力相结合,提出天分高的人亦必须虚心为学,博采众长,并指出受自然与别人之启迪,有时可作出好诗。《随园诗话》卷二记载:

> 随园担粪者,十月中,在梅树下喜报云:“有一身花矣!”余因有句云:“月映竹成千个字,霜高梅孕一身花。”余二月出门,有野僧送行,曰:“可惜园中梅花盛开,公带不去!”余因有句云:“只怜香雪梅千树,不得随身带上船。”

这是讲诗人受到下层百姓的启发而产生灵感。袁枚《遣兴》诗云:

> 但肯寻诗便有诗,灵犀一点是吾师,夕阳芳草寻常物,解用都

为绝妙词。

这是指出受大自然的启发也能产生灵机与诗兴，可见随园所谓天机，并非玄虚缥渺，凿空乱道。

其二，“灵机”对审美对象——诗歌作品来说，是指它的灵动活脱的具体表征，即诗中应该显现出来的灵气飞动、活机脱逸的美感特色。具体表现为：有味、有趣、意新、出色。先说“有味”，子才非常注重诗之“味”，也就是审美性：

诗如言也……又须言之有味，听之可爱，方妙。（《随园诗话》卷三）

他认为诗不但要有味，味还要“鲜”：

凡菱笋鱼虾，从水中采得，过半个时辰，则色味俱变。其为菱笋鱼虾之形质，有然尚在，而其天则已失矣。谚云：“死蛟龙不如活老鼠。”可悟作诗文之旨。（《随园诗话补遗》卷一）

味仅仅鲜还不是高层次，最好能做到丰富多彩：

味甜自悦口，然甜过则令人呕；味苦自螫口，然微苦恰耐人思，要知甘而能鲜，则不俗矣；苦能回甘，则不厌矣。

再进一步则须做到“淡而有味”：

伊尹论百味之本，以水为始。夫水，天下之至无味者也。何以治味者取以为先？盖其清冽然，其淡的然，然后可以调甘毳，加

群珍，引之于至鲜，而不病其庿腐。（《小仓山房文集》卷三十一《陶怡云诗序》）

如何才能做到“淡而有味”呢？袁枚仍归结为以性情为主：

诗之道亦然，性情者源也，词藻者流也。源之不清，流将焉附？（《小仓山房文集》卷三十一《陶怡云诗序》）

味的最高层次是有“味外味”：

余尝谓作诗之道难于作史，何也？作史三长，才、学、识而已。诗者三者宜兼，而尤贵于以情韵将之，所谓弦外之音、味外之味也。（《小仓山房文集》卷二十八《钱竹初诗序》）

“弦外之音、味外之味”的极诣，就是“神韵”：

足下论诗讲体格二字，固佳；仆意神韵二字尤为要紧。体格是后天空架子，可仿而能。神韵是先天真性情，不可强而至。木马泥龙皆有体格，其如死矣无所用何？（《再答李少鹤书》）

这样，子才便融合锺嵘的“滋味”说、司空图的“味外味”说与王渔洋“神韵”说为一炉，能两合其长而去其所短，有层次、有深浅地、较为全面地阐述了“味”的诗歌美学意义，具有较高的理论价值。

其次谈“趣”。子才论趣，实可溯源于严羽《沧浪诗话·诗辨》说诗之五法，其四曰“兴趣”。袁枚在《随园诗话》中结合实例，用“妙趣”、“天趣”、“风趣”、“生趣”评诗，比沧浪之论具体而切实一些。

其三说“意新”。在袁枚的诗学体系中，意大约相当于“性情”，其

《续诗品三十二首》首章便为“崇意”：

意似主人，辞如奴婢，主弱奴强，呼之不至。穿贯无绳，散钱委地，开千枝花，一本所系。（《小仓山房文集》卷二十）

他对意的主要要求是“新”字：

高青邱笑古人作诗，今人描诗。描诗者，像生花之类，所谓优孟衣冠，诗中之乡愿也……萧子显云“若无新变，不能代雄”。陆放翁曰：“文章切忌参死句。”黄山谷曰：“文章切忌随人后。”皆金针度人语。（《随园诗话》卷七）

这是主张创新，反对陈言的著名论断。所以袁枚对那些能写出他想说而未曾说出之意的诗特别欣赏：

余幼居杭州葵巷，十七岁而迁居。五十六岁从白下归，重经旧庐。记幼时游跃之场，极为宽展；而此时观之，则湫隘已甚：不知曩者何以居之恬然也。偶读陈处士古渔诗曰：“老经旧地都嫌小，昼忆儿时似觉长。”乃实获我心矣。（《随园诗话》卷十）

其四论“出色”。袁枚《答孙俌之》云：“诗文之道，总以出色为主。”这实际上是重视诗中的辞藻与文彩。

在袁枚的诗学体系中，师心、天分、自然等能自由抒发性灵的要素较受重视，同时他也注意到师心与学古、天分与学力、自然与雕饰、内容与形式，都是相反相成的，袁枚论诗注重创作实践，所论都较为具体、全面、实在，可以说他是一位集以往“性灵”说之长而又有重大创新的诗论家。

三、对“性灵”说的修正与批评

对于袁枚及其“性灵”说,时人及后人毁誉不一,评价悬殊,潘瑛、高岑《国初诗萃初集》分析较为中肯公允:

> 诗自汉、魏以下,迄于本朝,无所不窥,亦无所依傍。惊才绝艳,殊非株守绳墨者所能望其项背。晚年颓放不羁,后进依附门墙,妄希声誉者奔走恐后。谢世未久,则反唇而讥,百端攻击,良可悼叹。然斯人信其必传,千秋自有公论。(《清诗纪事》引)

1. 赵翼《瓯北诗话》

主“性灵”,反摹拟,与袁枚同调的是赵翼。① 他比袁枚小十一岁,两人过从甚密。袁枚曾为赵翼的《瓯北集》作序,称其诗有“天分”。《随园诗话》里也经常提到与赵的交流,并引其论诗之语。赵翼对袁枚更是非常尊敬。

赵翼有诗学名著《瓯北诗话》和几首著名的论诗诗。《瓯北诗话》的核心是注重“新”,在论述诗歌发展的趋势和评论历代诗人的过程中,都处处表现出其宏大的气度和创新的精神。其论诗绝句云:

> 满眼生机转化钧,天工人巧日争新。预支五百年新意,到了千年又觉陈。
>
> 李杜诗篇万口传,至今已觉不新鲜。江山代有才人出,各领风骚数百年。
>
> 词客争新角短长,迭开风气递登场。自身已有初中晚,安得千秋尚汉唐。

① 赵翼(1727—1814),字云崧,一字耘松,号瓯北,江苏常熟人,是乾隆朝著名的诗论家和诗人,与袁枚、蒋士铨并称“乾隆三大家”。

这三首诗的中心论旨都是主张诗歌要能"创新",而各首的侧重点又有所不同。"满眼生机"一诗,重在肯定诗的"天机"、"天工",同时又不废"人巧";"词客争新"首主张诗人要不断开风气,反对论唐诗讲"初、盛、中、晚"之分,这些都与袁枚的观点大致相同;"李杜诗篇"首则大胆地提出李、杜诗歌已经过时,今人应敢于超越他们,独领风骚,则比袁枚的观点还要激进,魄力还要大。

赵翼论诗主张"以性情为主","眼前景,口头语,自能沁人心脾","随笔抒写","风趣横生",都与袁枚的"性灵"说含义基本相同。并且他主张用平易的态度与技巧来表现,所以他反对奇险,重视白乐天诗,亦与随园如出一辙。

在重"性情"的基础上,赵翼提出重"新"的观点。提倡诗歌要有能出人意表的新意,是赵翼的一个重要论点。如评杜牧诗:

> 措辞必拗峭,立意必奇辟,多作翻案语,无一平正者。(《瓯北诗话》)

与"意新"相联系,赵翼又强调"语新",他论杜诗云:

> 其真本领仍在少陵诗中"语不惊人死不休"一句。盖其思力沉厚,他人不过说到七八分者,少陵必说到十分,甚至有十二三分者。其笔力之豪劲,又足以副其才思之所至,故深人无浅语。(《瓯北诗话》)

赵翼对诗歌中的创格、创体、创句,也颇为注意,如他倾倒于苏轼的博喻:

> 东坡大气旋转,虽不屑屑于句法、字法中别求新奇,而笔力所

到，自成创格。如《百步洪》诗：“有如兔走鹰隼落，骏马下注千丈坡，断弦离柱箭脱手，飞电过隙珠翻荷。”形容水流迅驶，连用七喻，实古所未有。(《瓯北诗话》)

瓯北还研究了杜甫、韩愈等人在句法方面的创新，并说其句法创新，同时又是“创体”。在重“性情”的基础上，赵翼又肯定这些技巧，同时还主张诗要平易近人，言简意深，要能“灵活”，而不可太过奇险。这些观点，多为袁枚诗说的发展。

但赵翼与袁枚侧重点有所不同，其表现有二，首先：《随园诗话》较芜杂，所论多为清人，且以教人作诗为主、评诗为辅；《瓯北诗话》所论以唐、宋诗人为主，间及明、清人，且以评论为主，以研究大家为主，所以钱锺书《谈艺录》说“随园诗学于名家深而于大家浅”，赵翼则深于大家。其次：随园评诗之语较简括而无系统，多为随感式语录，瓯北论诗较详细，多为条理分明、逻辑严谨之论。

2. 洪亮吉《北江诗话》

洪亮吉、潘德舆、钱泳，特别是章学诚，都曾从不同的角度批评过袁枚及其“性灵”说。这些批评者的观点，有的本于传统的“温柔敦厚”的“诗教”，看法未必公允，有的批评“性灵”说理论上的片面或创作上的轻佻与浮滑，则较为可取。

洪亮吉(1746—1808)，字稚存，号北江居士，袁枚曾批评他学杜、韩太重摹拟，不见自己真性情(袁枚《与稚存书》)。洪亮吉作《北江诗话》，申明自己的诗学观点，并对“神韵”、“格调”、“性灵”诸派诗人皆表示不满，其论诗宗旨如下：

诗文之可传者有五：一曰性，二曰情，三曰气，四曰趣，五曰格。诗文之以至性流露者，自六经四始而外，代殊不乏，然不数数觏也。其情之缠绵悱恻，令人可以生，可以死，可以哀，可以乐，则

《三百篇》及《楚骚》等皆无不然。“河梁”、“桐树”之于友朋，秦嘉、荀粲之于夫妇，其用情虽不同，而情之至则一也。至诗文之有真气者，秦、汉以降，孔北海、刘越石以迄有唐李、杜、韩、高、岑诸人，其尤著也。趣亦有三：有天趣，有生趣，有别趣。庄漆园、陶彭泽之作，可云有天趣者矣；元道州、韦苏州亦其次也。东方朔之《客难》，枚叔之《七发》，以及阮籍《咏怀》、郭璞《游仙》，可云有生趣者矣。《僮约》之作，《头责》之文，以及鲍明远、江文通之涉笔，可云有别趣者矣。至诗文讲格律，已入下乘。然一代必有数人，如王莽之摹《大诰》，苏绰之仿《尚书》，其流弊必至于此。明李空同、李于鳞辈，一字一句，必规仿汉、魏、三唐，甚至有窜易古人诗文一二十字，即名为己作者，此与苏绰等亦何以异！本朝邵子湘、方望溪之文，王文简之诗，亦不免有此病。则拘拘于格律之失也。(《北江诗话》卷二)

洪氏这段话，与袁枚论诗主张大致相同，他将“情”与“趣”做了具体分类，比袁枚进了一步，论诗重“气”，也是袁枚所不及的，其反对诗“拘于格律”的主张，也与袁枚旨趣相近。但是，洪亮吉生长在汉学盛行的乾、嘉时代，他本人在经学、史学、地理学等方面均有很深造诣，学识极为丰富，故对袁枚诗之空疏、浮滑、纤佻表示不满：

诗固忌拙，然亦不可太巧。近日袁大令枚《随园诗集》颇犯此病。(《北江诗话》卷一)

北江论诗还反对俗、滑，显然也是针对袁枚一派诗人。似乎可以这样说，洪亮吉对袁枚的诗学理论是基本同意，对其创作，则颇有微词。

3. 潘德舆《养一斋诗话》

潘德舆《养一斋诗话》论诗主“诗教”说，重“言志”与“思无邪”：

> “诗言志”、“思无邪”，诗之能事毕矣。……言志者必自得，无邪者不为人。是故古人之诗，本之于性天，养之以经籍，内无怵迫苟且之心，外无夸张浅露之状；天地之间，风云日月，人情物态，无往非吾诗之所自出，与之贯输于无穷。此即深造自得，居安资深，左右逢原之说也，不为人故也。（《养一斋诗话》卷一）

正因如此，潘氏对清代诸家诗说评价皆不高，而尤集矢于随园：

> 近人诗话之有名者，如愚山、渔洋、秋谷、竹垞、确士所著，不尽是发明第一义，然尚不至滋后学之惑。滋惑者，其随园乎，人纷纷訾之，吾可无论矣。（《养一斋诗话》卷一）

其批评的主要理由在于《随园诗话》使得“六义颓然付狭邪”（《清诗纪事》引潘德舆《夏日尘定轩中取近人诗集纵观之戏为绝句》）。但同时潘氏论诗又非常重视“神理意境”：

> 《三百篇》之神理意境，不可不学也。神理意境者何？有关系寄托，一也；直抒己见，二也；纯任天机，三也；言有尽而意无穷，四也。（《养一斋诗话》卷一）

“神理意境”的具体要求与袁枚诗论颇有暗合。可见潘德舆对袁枚的批评主要是针对其诗学主张恣肆过度之后流于肤廓的“纤佻”之病。当时对袁枚及其《随园诗话》的批评主要都出于此点，如黄培芳《香石诗话》说：

论诗主一“新”字，未尝不是，亦当有辨……一味以轻脆佻滑为新，子才倡之于前，雨村扬之于后，几何不率风气日流于卑薄，是可叹也。

重在批评袁枚的轻、滑之病。吴应和《浙西六家诗钞》云：

归愚宗伯以汉、魏、盛唐之诗唱率后进，为一时诗坛宗匠。随园起而一变其说，专主性灵，不必师古，初学立脚未定，莫不喜新厌旧，于是《小仓山房集》，人置一编，而汉、魏、盛唐之诗，绝无挂齿，盖有其轶群之才，腾空之笔，落想不凡，新奇眩目，诚足倾倒一世。唯是轻薄浮荡习气，与《三百篇》“无邪”之旨相悖。数年来，虽声誉折减，而诗犹脍炙人口，流弊正无底止。

一方面承认袁枚的诗才与号召力，另一方面又批评他违背了“思无邪”之旨，流弊无穷。

4. 章学诚《书妇学篇后》

对袁枚诗学抨击最为激烈的要数章学诚。他的《书妇学篇后》和《诗话》（载《文史通义》）二文，即专为袁枚而作。《书妇学篇后》云：

彼不学之徒，无端标为风趣之目，尽抹邪正、贞淫、是非、得失，而使人但求风趣；甚至言“采兰赠芍之诗有何关系，而夫子录之”，以证风趣之说。无知士女，顿忘廉检，从风波靡，是以《六经》为导欲宣淫之具，则非圣无法矣。……《国风》男女之辞，皆出诗人讽刺，而非蚩氓男女所能作也。是则风趣之说，不待攻而破，不待教而诛者也。……岂知千载而后，乃有不学之徒，创为风趣之说，遂使闺阁不安义分，慕贱士之趋名，其祸烈于洪水猛兽。

名义君子，能无世道忧哉！（《文史通义》内篇五）

此处虽未点名批评袁枚，而用意却很明显，因为“风趣”说是《随园诗话》开宗明义第一条，“采兰赠芍之诗有何关系”云云，也是袁枚的话，驳“风趣”说即是抨击袁枚诗学。章氏所批评的“遂使闺阁不安义分”，也是针对袁枚的，袁枚在《随园诗话》里广泛收录女性作品，又广招女弟子，这种风流自赏的态度与生活的放荡不羁，自然会招致正统派的批评。但实斋所说“《国风》男女之辞，皆出诗人讽刺，而非蚩氓男女所能作也”，在诗学观念上却比袁枚“劳人思妇”之说要退步得多了。

5. 刘熙载《艺概・诗概》

刘熙载《艺概・诗概》既较赞同袁枚之论，又对袁氏做了重要补充，态度较为公允，可以说对中国传统诗学做了一个言简意赅的总结。[①]

刘熙载支持袁枚“性灵”说，并为其找到了文本出处：

> 锺嵘谓阮步兵诗“可以陶写性灵”，此为“性灵”论诗者所本。杜诗亦云：“陶冶性灵存底物，新诗改罢自长吟。”（《艺概・诗概》）

他还为“性灵”说找出了理论渊源：

> 《诗纬・含神雾》曰：“诗者，天地之心。”文中子曰：“诗者，民之性情也。”此可见诗为天人之合。（《艺概・诗概》）

---

① 刘熙载（1813—1881），字融斋，江苏兴化人。道光二十四年（1844）进士，官至广东提学使，晚年主讲上海龙门书院。平生以治经为主，尤精声韵、算术，旁及子、史、诗、赋、词曲、书法，无不通晓。

诗是“天人之合”，即自然外物（天地之心）与人的主观性情（民之性情）有机结合的产物。刘熙载进而论及诗之“物情”与“我情”，总结了抒情写景的两种方式：由我及物和由物及我，这是对“性灵”说的发展。另外，刘熙载论“新”与“清新”，也与袁枚相似而更为全面：

> 少陵云：“诗清立意新”，又云“赋诗分气象”。作者本取意与气象相兼，而学者往往奉一以为宗派焉。（《艺概·诗概》）

认为诗要有“新意”，是袁枚“性灵”说的重要主张之一；认为诗要有“气象”，是宋人严羽《沧浪诗话》的重要命题，而将二者结合起来，则是刘熙载的创造。“意新”是对诗歌内容方面的要求，“气象”，则是对诗歌形式方面的要求。二者相辅相成，内外结合，即为刘氏理想中的诗歌作品。这一观点比较通达平允。

融斋论诗与袁枚的另一相似之处是重“趣”。袁枚论诗重“风趣”，刘熙载继承其说；袁枚反对理学而不废诗中“理趣”，刘熙载也说诗中理语未可全非，关键在于要有“理趣”，皆本于袁枚而又有所发挥、修正者。

当然，奠定刘熙载诗学理论在中国诗学史上之地位，其荦荦大者，另有二端：

（1）评论历代诗歌时，重内容、重人品。

刘熙载对诗歌内容的研究及诗与人关系的探讨，大多公允深刻。如：

> 诗品出于人品。人品悃款朴忠者最上；超然高举、诛茅力耕者次之；送往劳来、从俗富贵者无讥焉。（《艺概·诗概》）

所分三大类极具概括力。由哲学渊源来看，其分法似有重儒家，轻道家的倾向，这与当时儒学盛行的时代思潮及其经学家身份不无关系。刘熙载还从各个不同角度对诗歌内容做了分类研究，并颇多创获。他参照《诗经》中《风》、《雅》、《颂》的分法，将诗分为三类，“喻物情之微者”，指那些即景抒情，因物喻志之作；“明人治之大者”，指那些关系到国家民族兴废存亡大计的诗篇；“通天地鬼神之奥者”，指那些富有宇宙、人生哲理的诗作。其分类较有宏观视角，且较为允当。刘熙载又参照“四部”的分法论诗之内容，亦颇启人神智：

> 韦傅《讽谏诗》，经家之言。阮嗣宗《咏怀》，子家之言。颜延年《五君咏》，史家之言。张景阳《杂诗》，辞家之言。

中国诗学对诗歌内容的研究不能算少，但多局限于儒家教条，多为迂腐之见，像刘熙载《艺概·诗概》里对诗歌内容多方面的研究与揭示，有一定系统性，极为少见，对后人启发颇大。

(2)对诗歌风格研究做出了突出贡献。

历代诗学著作对诗歌美学风格问题做了许多有益的探讨，刘熙载更在这方面做出了杰出的贡献，其特色是用极其简括的语言，概括出历代著名诗人的风格特点，而且他为这些诗人所下的评语准确、深刻、公正，多为不刊之论，在中国诗学史上是前无古人的。

首先，刘熙载对历代著名诗人的风格均有提要勾玄的评论，且往往发前人所未发。其论《古诗》与苏、李诗，运用中国诗歌美学体系中“阳刚”与“阴柔”这一对范畴，颇有见地：

> 《古诗十九首》与苏、李，同一悲慨，然《古诗》兼有豪放旷达之意，与苏、李之委曲含蓄，有阳舒阴惨之不同。(《艺概·诗概》)

又如其评韩愈之诗云：

> 昌黎诗往往以丑为美。(《艺概·诗概》)

中国人比较温和中正，对那些过于奇怪与出格的东西往往看不惯，甚至不屑一顾，刘氏却能以独特的眼光，由丑中见出美来，是很不容易的。刘氏之论，与西方近代美学观念实不谋而合。李斯托威尔《近代美学史述评》说："丑与美不同，在艺术和自然中感知到丑，所引起的是一种不安甚至痛苦的感情。这种感情，立即和我们所能得到的满足混合在一起，形成一种混合的感情，一种带着苦味的愉快。"①同样是承认"丑"的审美价值。

其次，融斋能用辩证的眼光，看到历代诗人风格相反相成的特点，故少偏颇之病。如他说《雅》"质而文，直而婉"，说汉乐府"奇而正"，论律诗"不难于凝重，亦不难于流动，难在又凝重又流动耳"，所论均极富真知灼见。

第四节　梁启超《饮冰室诗话》与"诗界革命"

1840 年鸦片战争打开了中国通向世界的大门，使得封建制度迅速解体，中国遂沦为半殖民地半封建社会。这一社会巨变造成此期的诗歌创作与诗学理论呈现出崭新的风貌。

这一时期诗学理论的成熟，稍晚于诗。诗坛可分为新、旧两派。"旧派"有汉魏派、盛唐派，还有学宋人的"同光体"。在创作上较有成绩的，是以陈三立等人为代表的"同光体"，其理论核心就是恢复"宋

---

① 李斯托威尔撰，蒋孔阳译《近代美学史述评》，上海译文出版社 1980 年，第 233 页。

调”,用“以文为诗”之法来作诗,新见并不多。“新派诗”及其理论则由龚自珍启其端,至黄遵宪等人而蔚为大观,至梁启超《饮冰室诗话》集其大成。

一、“诗界革命”的先驱——龚自珍

“诗界革命”是近代资产阶级改良运动的必然产物,因此,欲明白“诗界革命”的来龙去脉与理论价值,必须对近代社会与文学的改良派先驱龚自珍的诗歌创作与诗论先做探讨。清朝后期,今文经学兴起,“常州学派”盛极一时。龚自珍曾从刘逢禄问《公羊》之学,又与宋翔凤等为好友,其思想基本上属于今文经学的体系。龚自珍治经学的明确政治目的,是利用公羊学“三世”、“三统”观念和“微言大义”来匡时经世,进行变革。这对后来康、梁诸人为首的资产阶级改良派具有极大的影响。

龚自珍胸怀大志,倡言改革,力图挽狂澜于既倒,但他的一片苦心却不为当权者所理解,反而屡遭陷害与打击,这是他人生道路上的主要矛盾。他的诗歌主张,也与此矛盾密不可分,形成两个主要观点:

1. 主张“不平则鸣”,要发泄胸中的愤懑

《送徐铁孙序》集中反映了他的“不平则鸣”观:

> 龚自珍曰:平原旷野,无诗也;沮洳,无诗也;硗确陋隘,无诗也;适市者,其声嚣;适鼠壤者,其声嘶;适女闾者,其声不诚。天下之山川,莫尊于辽东。辽俯中原,逶迤万余里,蛇行象奔,而稍稍泄之,乃卒恣意横溢,以达乎岭外。大海际南斗,竖亥不可复步,气脉所届,怒若未毕;要之山川首尾可言则尽此矣。诗有肖是者乎哉!诗人之所产,有禀是者乎哉!自珍又曰:有之。夫诗必有原焉,《易》、《书》、《诗》、《春秋》之肃若泬若,周秦间数子之缜

若崥若，而莽荡，而噌吰，若敛之唯恐其坻，揫之唯恐其隘，孕之唯恐其昌洋而敷腴，则夫辽之长白、兴安大岭也有然。审是，则诗人将毋拱手欲飒，肃拜植立，揖乎其不敢议，愿乎其不敢吴言乎哉！于是乃放之乎三千年青史氏之言，放之乎八儒、三墨、兵、刑、星气、五行，以及古人不欲明言、不忍卒言，而姑猖狂恢诡以言之之言，乃亦摭证之以并世见闻、当代故实、官牍、志地、计簿、客籍之言，合而以昌其诗，而诗之境乃极。则如岭之表、海之浒，磅礴浩汹，以受天下之瑰丽而泄天下之拗怒也亦自然。

定庵理想中的诗歌，应当是广泛吸取古代诸子百家之言及古人诗中“不欲明言、不忍卒言，而姑猖狂恢诡以言之之言”，即那些寄托高远，旨趣难求之作，并采摭当代见闻、故实、官牍、方志等材料，合古今于一炉，纳百家于一境，“合而以昌其诗，而诗之境乃极”。这才是诗的最高境界。有了这样丰富多彩、充实饱满的内容，加上如高山大海般“磅礴浩汹”的气势，即可达到定庵心目中诗的最高境界：“受天下之瑰丽而泄天下之拗怒。”定庵提出的这套诗歌美学标准，既继承了历代诗学的精华，又有鲜明的时代特色。它一方面继承了司马迁以来“发愤著书”的传统，另一方面又有自己的创见。历代诗论家主张“发愤著书”、“不平则鸣”，大都认为好诗多写苦难，诗人例多穷苦，最典型的是欧阳修、梅圣俞提出“欢愉之词难工，穷苦之言易好”之后，诗中只宜写怨恨悲愁，不能写欢欣愉悦的观念，遂为多数诗人和诗论家接受，这一理论从总体上说具有相当大的进步性，却也难免有偏颇狭隘之处，而龚自珍的诗论，恰恰对这一传统观念有所修正，他所说的诗歌可以“泄天下之拗怒”，无疑是“发愤”说的进一步发展，而他又说诗歌能够“受天下瑰丽”，则是认为诗歌也可以写自然与人生中美好欢乐的一面，在龚自珍看来，无论写哀写乐，只要出以真情，便是佳诗，故其《己亥杂诗》有云：“少年哀乐过于人，歌哭无端字字真。”

2. 提倡慷慨豪放的艺术风格

定庵诗学的另一要点是重视奇诡豪放之音。在对历代诗人的评论中,亦可见出他这一倾向性。《已亥杂诗》云:

> 陶潜诗喜说荆轲,想见《停云》发浩歌。吟到恩愁心事涌,江湖侠骨恐无多。
>
> 陶潜酷似卧龙豪,万古浔阳松菊高。莫信诗人竟平淡,二分梁甫一分骚。

定庵一反前人说陶诗“平淡”的观点,特意强调其“浩歌”、“侠骨”、“豪”,即“金刚怒目”的一面,认为陶诗接近屈原的《离骚》与诸葛亮的《梁甫吟》,意在抒发他的豪气与不平。定庵最崇拜的是李白的诗,《最录李白集》论述太白诗云:

> 庄、屈实二,不可以并;并之以为心,自白始。儒、仙、侠实三,不可以合,合之以为气,又自白始也。其斯以为白之真原也已。

事实上,合儒、仙、侠为一,形成一种发扬蹈厉、豪迈雄奇的诗风,正是龚自珍追求的目标。清人沈其光《瓶粟斋诗话》云:“定庵诗原本《风》、《雅》,极命《庄》、《骚》,有太白之才,昌黎之诣,温、李之性情,乃成此一家之言。”柳亚子说定庵诗是“三百年来第一流,飞仙剑侠古无俦”(《论诗三绝句·定庵集》)。都是从这一角度着眼的。我们读定庵的一些古诗,觉其笔势豪纵,天风海雨逼人,《已亥杂诗》三百余首,以七绝写尽自己一生所见所闻所感,精光闪烁,确为创制,能驱遣古今,自铸伟词,确实实践了儒、仙、侠合一的主张。

龚定庵的诗学理论如吉光片羽,不成体系,但对后世有一定影响,他对“诗界革命”诸子的影响，尤在于诗歌创作，钱仲联对龚诗有一段颇为精审的评价：“龚诗不仅表达启蒙思想之进步内容，而且在艺术形式上鲜明地表现其独创性，桀骜不驯，大歌大哭，犹如彗星划破夜空，狂风漫卷大地，打破传统之思想和写法，是真正具有独特面目的清诗。”（《清诗简论》）我们可以更为确切地说：龚诗是开启近代诗坛新风气的新派清诗。梁启超即曾将龚诗目为“新体”。定庵对近代诗坛影响至巨，徐世昌《晚晴簃诗汇·诗话》云：“龚、魏齐名，能开风气。光绪早年以后，其诗盛行，家置一编，竞事摹拟。自尚宋诗，群遂厌弃。”（《清诗纪事》第十四册）这里指出龚诗的开风气作用和在十九世纪末期的巨大影响。龚诗真正为诗界所重，自然是在“诗界革命”运动之中，梁启超《清代学术概论》云：“晚清思想之解放，自珍确与有功焉。光绪间所谓新学家者，大率人人皆经过崇拜龚氏之一时期。初读《定庵文集》，若受电然。”①总之，“但开风气不为师”的龚定庵，对“诗界革命”诸人从哲学思想、诗学理论到诗歌创作，均有直接影响，起到了“导夫先路”的作用。

二、黄遵宪对“诗界革命”理论的贡献

龚自珍的诗歌改良主张在其身后和者寥寥。十九世纪末期的诗坛，复古派仍有很大的势力，其主要流派有：模仿汉魏六朝的湖湘派，以邓辅纶、王闿运为代表；标榜唐人风格的，以张之洞为首，樊增祥、易顺鼎辅之；模仿“西昆体”的，以李希圣、曾广钧、曹元忠为首；而在此时独占上风的，则是以沈曾植、陈三立、陈衍为首、以学宋诗相号召的“同光体”。不过，面对当时风云激荡的社会现实，中西文化的猛烈撞击，一批志士仁人在进行变法维新的同时，又搞起了轰轰烈烈的“诗界革命”。

---

① 梁启超《论中国学术思想变迁之大势》一文对龚氏之思想与影响更有精详的分析，可以参看。

谈到“诗界革命”，不得不首先论及人所共推的“诗界革命”魁杰黄遵宪。一部《人境庐诗草》，风靡海内，其《人境庐诗草自序》则是“诗界革命”运动的理论纲领。从黄遵宪的生平简历看，自他步入仕途，一直关心国计民生，在日、美各国任外交官时，尤其注重研究西方改良维新的经验，留意西方物质文明与精神文明的新进展，归国后成为变法运动中的斗士。[①] 丰富的阅历，敏锐的头脑，加上对祖国与人民的深厚同情与热爱，以及古代文化的深厚修养，过人的气魄与笔力，遂使黄遵宪的诗歌在晚清诗坛大放异彩，获得时人及后人极高的评价。康有为《人境庐诗草序》说得较为全面，他指出公度自变法失败之后：

> 益肆其力于诗：上感国变，中伤种族，下哀生民，博以寰球之游历，浩渺肆恣，感激豪宕，情深而意远，益动于自然，而华严随现矣。

黄公度诗之卓越成就既与当时的现实、个人的阅历有关，更与其强烈的创新意识分不开。黄遵宪自称其诗为“新派诗”（《与邱炜萲

---

① 黄遵宪（1848—1905），字公度，广东嘉应州（今广东梅州市梅县区）人。先后至日本、美国、英国、新加坡等国为外交官，所到之处，均留意该国政坛大局及其变迁，力图从中找出中国图强革新可资借鉴之经验，他费九年之力写成的五十余万言的巨著《日本国志》，着重记述日本明治维新的历史，特别是日本学习西法的经验，目的是为中国人提供借鉴，这部书成为戊戌变法中重要的理论准备。1895 年奉调回国后，即主持洋务局，办理五省积存教案。次年到上海，参加康、梁主办的强学会上海分会，与康有为“朝夕过从，无所不语”，不久又与梁启超等创办《时务报》，至此，他已置身于变法维新斗争的前列。同年奉旨入京，受到新派“帝党”领袖光绪帝和帝师翁同龢的接见与重用，被命为出使英国大臣，又改为使德大臣，因故被阻。翁同龢阅公度《日本国志》，爱其才，任命为湖南盐法长宝道，署湖南观察使。到任后，即协助湖南巡抚陈宝箴（陈三立之父）厉行新政，创办时务学堂和南学会，聘梁启超为时务学堂总教习，同时提倡民治，整顿吏治，所以康有为说：“中国变法自行省之湖南起。”戊戌年奉使日本，因病滞留上海，变法失败，有人说康、梁藏匿在遵宪的上海寓所，遵宪几乎被逮，赖日本故相伊藤博文相救，才得幸免。在这之后，黄遵宪被放归，在忧愤疾病中度过他生命的最后几个年头。

书》），颇有前无古人的气概。真正能代表其论诗主张，并成为诗界革命理论纲领的，是他作于中年的《人境庐诗草自序》，这时他在伦敦任驻英参赞，公务之余，他将自己四十岁以前的诗做了删汰、整理，汇辑成《人境庐诗草》，并写下这篇著名的《自序》，回顾学诗经过，阐述诗歌主张：①

> 士生古人之后，古人之诗号专门名家者，无虑百数十家，欲弃去古人之糟粕，而不为古人所束缚，诚戛戛乎其难。虽然，仆尝以为诗之外有事，诗之中有人；今之世异于古，今之人亦何必与古人同？尝于胸中设一诗境：一曰复古人比兴之体；一曰以单行之神，运排偶之体；一曰取《离骚》、乐府之神理，而不袭其貌；一曰用古文家伸缩离合之法以入诗。其取材也，自群经、三史，逮于周、秦诸子之书，许、郑诸家之注，凡事名物名，切于今者，皆采取而假借之。其述事也，举今日之官书会典，方言俗谚，以及古人未有之物，未辟之境，耳目所历，皆笔而书之。其炼格也，自曹、鲍、陶、谢、李、杜、韩、苏，讫于晚近小家，不名一格，不专一体，要不失乎为我之诗。诚如是，未必遽跻古人，其亦足以自立矣。然余固有志焉，而未能逮也。《诗》有之曰："虽不能至，心向往之。"聊书于此，以俟他日。（《中国近代文论选》）

黄遵宪论诗的总纲是欲以古近体诗这一传统文学形式，来写新思想、新名词、新意境，也就是要熔铸古今，写当世之事，抒一己之情。具

① 这篇《自序》，《人境庐诗草》初刊本未收入，由吴宓得之于公度之孙延凯处，出自先生晚年手定之诗抄稿本，吴氏首先将其刊于《学衡》杂志，并云："其重要殆不下于威至威斯之《诗集再版自序》。不知当日《人境庐诗》刊印之时，此序何未列入？序中虽云有志未逮，然而先生之作此序，实在其逝世之前十五年，序中既明言作诗方法及旨趣，其诗自必遵照兹所言者作成。是诗与序，实相得而益彰。"（《〈人境庐诗草自序〉跋》）此序之重要性及与其创作实践的一致性，确如吴氏所云。

体说来，又可分为几个方面：

1.“欲求于古人之外，自树一帜”。

《自序》首先承认古代诗坛名家辈出，要想不为古人所束缚，确是难事，但他又极为自信地指出，时移世易，今人之诗不必同于古人，只要诗中能写出今人特有的思想感情，写出当代特有之事，具有激动人心的力量，自然会成为不朽之作。公度的创新气魄与现代意识，都是值得嘉许的。

2.“复古人比兴之体”。

龚氏友人、启蒙思想家魏源作《诗比兴笺序》更加强调比兴的重要作用，即颇重《楚辞》，指出《离骚》，《诗经》的比兴之义，说它们“皆仁圣贤人发愤之所作”，这对公度论诗有相当大的启发。公度生当清朝季世，目睹国家残破，民生凋敝，悲愤莫名，而又无法出以直言，故多用比兴。他的许多诗篇，都是寄托遥深之作。金楚青论其诗曰：“寄慨遥深，尤得《小雅》怨诽之旨。屈正则之想灵叫帝，愬首仇蘼，杜拾遗之困蜀哀江，听猿拜鸟，同此一副悲悯心肠。”（李之鼎《宜秋馆诗话》引）最得公度之心。公度论晋、宋以下诗云：“唯晋、宋以后，词人浅薄狭隘，失比兴之义，无兴观群怨之旨，均不足学。”①即以兴为标准。

3. 在取材用事方面，主张古今兼收，而偏重于今，尤重外洋各国新事物、新名词与风土人情。

他既不废古代的经、史、子书，主张“凡事名物名，切于今者，皆采取而假借之”，认为要对古籍做一番消化功夫，要能为我所用，而非泥古不化。他更重视的是今世之书与今日之方言俗谚，以及古代未有之物，未辟之境，认为这些才是诗中更好的材料，他早年的《杂感》诗说：

我手写吾口，古岂能拘牵？即今流俗语，我若登简编。五千

① 黄遵宪致梁启超的信，引自黄遵楷《先兄公度先生事实述略》。

年后人,惊为古斓斑。(《人境庐诗草笺注》卷一)

确有自我作古的气魄。晚年在给梁启超的信中说:

意欲扫除词章家一切陈陈相因之语,用今人所见之理、所用之器、所遭之时势,一寓之于诗。

贵今贱古之意十分明显。在创作方面,黄公度也在很大程度上实践了自己的主张,他游宦亚、美、欧各国近二十年,写下许多反映该地风情的杰出诗篇,如《日本杂事诗》一百五十四首、《西乡星歌》、《都踊歌》、《樱花歌》等均反映日本国事、人情、风俗、文艺等,《今别离》四章分咏轮船火车、电报、照相机、东西半球昼夜相反等域外新事物,陈三立推为千年杰作。《锡兰岛卧佛》、《香客篇》等皆学兼中西,贯穿古今,分咏印度历史及南洋华侨史,《新嘉坡杂事诗》十二首,写新加坡风土人情,皆用古人未见之语,写未辟之境,可惜黄遵宪在《自序》中未曾对这些诗歌创作的指导思想与方法进行理论概括,但他在离日本前作的留别诗,还是透露出个中消息:

海外偏留文字缘,新诗脱口每争传。草完明治维新史,吟到中华以外天。(《奉命为美国三富兰西士果总领事留别日本诸君子》)

4. 以单行之神注排偶之体、以古文家伸缩离合之法入诗。

这正是杜、韩、苏、黄以来宋诗派之法宝。所谓以单行运排偶,是宋诗派律诗之做法,公度《夜坐》、《到广州》、《酬曾重伯编修》等即属此类尝试。所谓以古文之法入诗,则是五、七古之作法。公度《西乡星歌》、《冯将军歌》、《降将军歌》、《度辽将军歌》等七古、《锡兰岛卧佛》

等五古均属此类，公度艺术创造性最大、为后人评价最高的正是其五、七古。在“以文为诗”这一点上，黄遵宪的“新派诗”与“同光体”之旧派诗，同学“宋调”，这也是时运使然。要在诗中反映波澜壮阔的十九世纪末期的重大社会现实及域外新境界，非用内涵深、容量大的“宋诗”不可。陈三立等人称许公度诗，也正是着眼于此。

5. 吸取曹、鲍、陶、谢、李、杜、韩、苏迄于晚近小家之艺术形式、技巧等，又须出以己意，“不失乎为我之诗”。

其大意是说要采用从曹植、鲍照到李白、杜甫乃至近代诗人采用的旧体诗这一形式，吸取他们的艺术技巧，而又“不名一格，不专一体”，博采众长，达到“自立”的目的，这主要是从艺术外在形式方面着眼的，在这一点上，公度也实践了自已的主张，他的诗确实不是对哪一家的简单摹仿，而是有其独特的艺术风格与魅力的。其五古尤为时人推许，七古与七绝亦不乏杰作。

黄遵宪自承为“新派诗”，又注重变与奇，开辟新世界的气魄绝大，在诗学理论与诗歌创作两方面都取得很大成绩，其理论与创作是同步发展的，尽管他自称“余固有志焉而未能逮也”，也曾被批评“胆量有余，而机组欠缺”（夏敬观《吷庵臆说》），但这不过是“诗界革命”进程中应有的现象，不足以为公度病。

三、“诗界革命”的代表著作——梁启超《饮冰室诗话》

真正能够总结黄遵宪等人“新派诗”的经验，提出相对系统、完整的“诗界革命”理论的，则为梁启超。他曾提出“诗界革命”、“文界革命”、“小说界革命”等口号，其鼓吹“诗界革命”则见于《饮冰室诗话》。①

梁启超对“诗界革命”的认识，也有一个发展过程。据其《饮冰室

① 1902年至1907年连载于《新民丛报》的第四期至第九十五期。

诗话》回忆，戊戌变法之前，尚无“诗界革命”之说，仅称为“新学之诗”。[1] 今天看来，梁启超、夏曾佑、谭嗣同诸人的“新学之诗”，不过是堆砌一些欧洲新名词，且多以耶、佛、回、孔诸教词语、概念入诗，创作成就既不高，处于摸索阶段，理论上也缺少系统的纲领，只能说是“诗界革命”创作与理论的尝试阶段。实际上，早在梁启超诸人写作“新学之诗”之前，黄遵宪的“新派诗”即已取得卓越的成就，可惜梁氏诸人对此尚认识不足。到了1899年底，梁启超才在《夏威夷游记》中，正式提出了“诗界革命”的口号，并开始推重黄遵宪诗[2]：

> 支那非有诗界革命，则诗运将绝。
>
> 余虽不能诗，然尝好论诗。以为诗之境界，被千余年来鹦鹉名士（余尝戏名词章家为鹦鹉名士，自觉过于尖刻）占尽矣，虽有佳章佳句，一读之，似在某集中曾相见者，是最可恨也。故今日不作诗则已，若作诗，必为诗界之哥伦布、玛赛郎然后可。犹欧洲之地力已尽，生产过度，不能不求新地于河米利亚及太平洋沿岸也。欲为诗界之哥伦布、玛赛郎，不可不备三长，第一要新意境，第二要新语句，而又须以古人之风格入之，然后成其为诗。……若三者具备，则可以为二十世纪支那之诗王矣。宋、明人善以印度之

---

① 梁启超《饮冰室诗话》：“盖当时所谓新诗者，颇喜挦撦新名词以自表异。丙申（1896）、丁酉（1897）间，吾党数子皆好作此体。提倡之者为夏穗卿，而复生（谭嗣同）亦綦嗜之。……其《金陵听说法》云：‘纲纶惨以喀私德，法会盛于巴力门。’喀私德即Caste之译音，盖指印度分人为等级之制也。巴力门即Parliament之译音，英国议院之名也。又赠余诗四章中，有‘三言不识乃鸡鸣，莫共龙蛙争寸土’等语，苟非当时同学者，断无从索解；盖所用者乃《新约全书》中故实也。其时夏穗卿尤好为此。……当时吾辈方沉醉于宗教，视数教主非与我辈同类者，崇拜迷信之极，乃至相约以作诗非经典语不用。所谓经典者普指佛、孔、耶三教之经。……至今思之，诚可发笑。然亦彼时一段因缘也。

② 关于“诗界革命”的发生时间及发展阶段，可参见陈建华《晚清“诗界革命”发生时间及其提倡者考辨》（《中国古典文学丛考》第一辑，复旦大学出版社1985年）、《晚清“诗界革命”盛衰史实考》（《福建论坛》1987年3期）等文。

意境语句入诗，有三长具备者，如东坡之“溪声便是广长舌，山色岂非清净身”，“夜来八万四千偈，他日如何举似人”之类，真觉可爱。然此境至今日又成旧世界。今欲易之，不可不求之于欧洲。欧洲之意境语句，其繁富而玮异，得之可以陵轹千古，涵盖一切，今尚未有其人也。时彦中能为诗人之诗，而锐意欲造新国者，莫如黄公度。其集中有《今别离》四首，又《吴太夫人寿诗》等，皆纯以欧洲意境行之。然新语句尚少，盖由新语句与古风格常相背驰，公度重风格者，故勉避之也。（《饮冰室专集》第二十二集）

这段话是“诗界革命”的理论纲领之一，不过尚未成熟。其理论意义在于：第一，对当时诗坛做了正确的基本估计，正式提出了“诗界革命”的口号。第二，指出要成为“诗界革命”的弄潮儿，要具备三长，即“新意境”、“新语句”而又“以古人之风格入之”，此处“古人之风格”显然指古近体诗的格式与技巧，而“新意境”、“新语句”则明确说是指欧洲的意境语句。第三：有保留地肯定黄遵宪诗，梁氏肯定公度某些诗篇“纯以欧洲意境行之”，同时又批评黄公度“新语句尚少”。其实，梁氏所谓“新意境”、“欧洲意境”，当指新近传入中国的欧洲物质文明与精神文明两方面的新事物、新思想；“新语句”，指表述上述新事物与新思想的具体词语，二者原是互为表里的，梁氏此时将其强分为二，实无必要，过分强调“新语句”，恰恰应了他自己“挦撦新名词”之讥，所以他此时对黄公度诗之认识，仍嫌肤浅。

直到《饮冰室诗话》陆续发表后，梁启超的“诗界革命”理论才告成熟。在《饮冰室诗话》中，梁氏将“诗界革命”之三长进一步提炼为两个方面，一言以蔽之：以旧风格含新意境（新理想）。也就是说思想、内容是欧洲式的，亦即资产阶级民主思想与物质文明，风格（形式）仍是传统中国式的，他将新意境与新语句合二而一，在理论上更为圆融、更为完善。他所列举的能体现“诗界革命”精神的诗篇，多为黄遵宪、谭嗣同、康有为、夏曾佑、蒋智由、严复、丘逢甲诸人的作品，这些人多是清末资产阶级改良运动的中坚分子，由此可见，所谓“诗界革命”，实际上是以“戊戌变法”为代表的资产阶级革命在诗歌领域内的回响，“诗界革命”不妨视为社会变革、文化改良的一个组成部分。下面一段文字比较集中地表述了“诗界革命”的理想：

> 过渡时代，必有革命。然革命者，当革其精神，非革其形式。吾党近好言诗界革命，虽然，若以堆积满纸新名词为革命，是又满洲政府变法维新之类也。能以旧风格含新意境，斯可以举革命之实矣。苟能尔尔，则虽间杂一二新名词，亦不为病。不尔则徒示人以俭而已。

梁氏这段话，是对前引《夏威夷游记》中关于“诗界革命”理论的重大修正。其总的理想是“革其精神，非革其形式”，“以旧风格含新意境”，而不是徒然“堆积满纸新名词为革命”，这比其《夏威夷游记》强调“新语句”的皮相之论，显然要进了一关。梁氏《饮冰室诗话》所阐发的诗学理论，即可按照“新意境”（偏重于内容）和“古风格”（偏重于艺术形式）两个方面来论述。

新意境主要指反映欧洲近代文明，宣扬变法维新思想的作品。《饮冰室诗话》所肯定的含有“新意境”的作品包括以下几类：

第一，在梁氏提倡的“新意境”中，直接表现欧洲新事物、新思想的作品，占有突出的地位。那个时代的一批知识分子，或办洋务，或留学异域，或出使各国，广泛地接触了西方文明，外面光怪陆离、五彩缤纷的新世界，使他们眼界大开，并将这些新鲜事物、新感受反映到诗中，为诗界打开了一片新天地，梁启超在《饮冰室诗话》中，以极大的热情，介绍评价了这一类作品。在众多写欧洲意境的诗人中，梁氏最推崇的当然是黄公度："公度之诗，独辟境界，卓然自立于二十纪诗界中，群推为大家，公论不容诬也。"(《饮冰室诗话》)

第二，关心国家兴亡大事，赞扬变法维新的作品。谭嗣同、康有为、梁启超等"诗界革命"的倡导者，之所以注重学习、宣传欧洲文明，其根本目的在于经世致用，借鉴西方文明来实施他们的改良方针，挽救多灾多难的祖国，著名的"戊戌变法"正是他们的一次大规模实践活动，变法虽以失败告终，但变法志士忧国忧民的情绪和改良的精神，却在《饮冰室诗话》中留下了深深的烙印。最值得注意的是《诗话》所录的康有为所作翁同龢哀词十四首，简洁而系统地总结了十九世纪末至二十世纪初新旧两派斗争的历史，记录了变法维新的全过程，反映了列强环伺，祖国积贫积弱的苦难现实。梁启超全录此组诗，其主要用意正是对"戊戌变法"的前因后果做一结算，故值得珍视。除了直接肯定"戊戌变法"之外，《诗话》还注意收录、评价那反对列强侵略、具有强烈爱国精神的诗篇，如全文录黄遵宪的《罢美国留学生感赋》、《朝鲜叹》、《琉球歌》、《越南篇》诸诗，称之为"诗史"。总之，宣扬"戊戌变法"，提倡爱国精神，是《饮冰室诗话》的主要理论导向之一。这时的爱国精神，主要表现在对列强侵略、掠夺的愤怒和对亡国灭种的忧虑，这也使得他们的爱国精神打上了强烈的时代印记，而与前辈诗人的爱国主义有所不同。

"古风格"偏重于对艺术形式、技巧的要求。梁启超认为理想的诗歌应当是以"新意境含古风格"，"古风格"并不是盲目推崇古人，而是想古为今用，并认为今人亦有胜过古人之处，他肯定五七言古、近体诗和词的形式价值，并试图在以上基础上有所改革，他对诗歌艺术形式与技巧的探讨，主要有以下三个方面：

第一,论诗重气魄,尤其重视长篇七古的气魄。梁启超的审美情趣偏于壮美一路,《诗话》所录亦多气魄宏远之长篇巨制,第八则对黄遵宪《锡兰岛卧佛》的评价,尤足以代表梁氏此一观点:

> 生平论诗,最倾倒黄公度,恨未能写其全集。顷南洋某报录其旧作一章,乃煌煌二千余言,真可谓空前之奇构矣。荷、莎、弥、田诸家之作,余未能读,不敢妄下比骘。若在震旦,吾敢谓有诗以来所未有也。……有诗如此,中国文学界足以豪矣。固亟录之,以饷诗界革命军之青年。

梁启超认为今人如黄遵宪之《锡兰岛卧佛》,为我国空前之杰构,已超过古人,因为古人所称的长篇杰作如杜之《北征》、韩之《南山》,"精深盘郁雄伟博丽之气"不足,也就是气魄不足;《孔雀东南飞》虽长达一千七百多字,但只写儿女私情,无关世运,而公度此诗,长达两千余字,为古所未有,气魄极大,且又关系到印度史、佛教史、宗教与政治的关系等大问题,所以说是我国"有诗以来所未有"的。这与他引陈三立称黄遵宪《拜曾祖母李太夫人墓》为"二千年来仅见之作",意思完全相同,都是认为在气魄方面,今人已超过古人,这种厚今薄古的态度,与他们变法维新的精神也是一致的。

第二,重视屈原、杜甫、李商隐以来的比兴之体。"比兴"本是前人论《诗经》的一个重要诗学概念,这一概念历代人多有新的阐释,梁启超所重的主要是屈原《离骚》这个系统的"美人香草"之法。梁启超论诗,于古人即特重屈、杜、李三人的比兴之体,也是认为比兴可以将忧国忧民之心借言外之意传达出来,既产生言有尽而意无穷的效果,又可避免某些忌讳,他所举的比兴之作,多为五、七言近体诗。

第三,提倡诗乐结合,创造出一种浅近平易、雅俗共赏的新诗体——歌词。梁启超认为,“欲改造国民之品质,则诗歌音乐为精神教育之一要件”。因此,他主张恢复《诗经》、《楚辞》以来诗乐结合的传统,创作出一批能够入乐歌唱的新歌词,用以教育国民,完成诗界革命的使命。梁氏指出,无论是中国古代(明代以前)还是西方各国,诗与乐之关系均十分密切,且乐教对于世运皆有莫大之影响。梁氏考察了中国诗乐发展的实际,认为古代以诗配乐,以声感人,近代(主要指清代)诗乐分家,诗歌已失去教育意义与作用。为了恢复古代儒家“乐教”的传统,梁启超极力推崇黄遵宪、康有为等人所作的歌词,自己也身体力行,写了一些较通俗的、合乐的歌词。他对黄遵宪的《军歌》评价极高,认为:

> 其精神之雄壮活泼沉浑深远不必论,即文藻亦二千年所未有也,诗界革命之能事至斯而极矣。吾为一言以蔽之曰:读此诗而不起舞者必非男子。

按照梁启超的想法,要恢复“乐教”的古道,固然可用旧词如岳飞《满江红》之类谱新曲,但是更主要的是提倡今人创作尽量通俗而有深意的新歌词,并作为中小学生的教科书,以此潜移默化,提高国民素质。梁氏对自己以俗乐为《班定远平西域》俗剧作的《从军乐》颇为自得,今引之如下,以见其“诗界革命”的创作实绩:

> 从军乐,告国民:世界上,国并立,竞生存,献身护国谁无份?好男儿,莫退让,发愿做军人。
>
> 从军乐,初进营。排乐队,唱万岁,送我行,爷娘慷慨申严明。弧矢悬,四方志,今日慰生平。
>
> ……
>
> 从军乐,前敌时。枪林立,硝云涌,弹星驰,我军一鼓进行矣。

望敌营，白一色，片片是降旗。

从军乐，乐如何？乘雪夜，追敌骑，渡交河，名王系颈帐前坐。下征鞍，了无事，呼酒唱军歌。（《饮冰室诗话拾遗》第十则）

歌词通俗易懂，情绪激昂，句式长短不齐，又无严格的音律束缚，确实独具特色，代表着“诗界革命”的方向。除了写新歌词之外，他对古代已有的便于入乐的诗歌形式如“新乐府”、《竹枝词》也十分赞赏，这当然与其诗、乐统一的观点是一致的。

第五节　清代词论

词起于唐，兴于五代，大盛于两宋，经历了元、明两代的“中衰”之后，到了清代又重新活跃起来。将近三百年的清代词坛，作家辈出，宗派林立，创作上成绩斐然，超越元、明而直逼两宋，词学研究上更是硕果累累，各种词话、词选及散见于各家文集中的词学论文，无论在数量上还是质量上，都能后来居上，超过宋、元、明各代，取得了辉煌的成就。清代词学理论的研究，与清词创作实践常常是互相渗透、互相交融的，它们的共同特点是阶段性强，宗派性明显。

清代词论的分期，前人论述不多，由于它与清词创作的分期大体上是一致的，所以我们弄清了清词的分期，也就掌握了清代词论发展的大致轨迹。谭献有“前后七家”的分期。[①] 谭献的弟子徐珂，承其师

① 清人谭献将清代词人分为“前七家”与“后七家”：“前七家，则辕文、葆汾、羡门、渔洋、梁汾、容若、遹声，又附舒章、去矜、其年为十家。后七家，则皋文、保绪、定庵、莲生、海秋、鹿潭、剑人，又附翰风、梅伯、少鹤为十家。词自南宋之际，几成绝响。元之张仲举，稍存比兴。明则陈卧子直接唐人，为天才。近代诸家，类能祧南宋而规北宋。”（谭献《复堂词话》）谭氏之着眼点，似乎偏重于年代的界划，而较忽略宗派、门户、风格的差异，科学性不够强，将浙西词派朱彝尊、厉鹗诸人置而不论，更是明显的疏漏。

说,又加细密,一是注意了明清之际的词坛变化情况,对清初词较为重视;[①]二是理清了浙西、常州两大词派的线索。[②]徐珂之论确能后出转精,然亦未臻完善。近人蔡桢《柯亭论词》又将清词分为三期,以“浙西派与阳羡派同时”为第一期;以“常州词派”为第二期;以近代王鹏运、郑文焯、况周颐、朱祖谋四人为第三期(今通称近代词坛“四大家”),并说“今世词学正宗,惟有此派”[③]。另外,吴梅对清词的认识极为精审,他将清词分为四期,符合清词创作与词学理论两方面的实际情况。[④]

---

① 徐珂《近词丛话·词学名家之类聚》:“明崇祯之际,诗余盛行,人沿竟陵一派。入国朝,合肥龚鼎孳、真定梁清标,皆负盛名。则太仓吴伟业尤为之冠,其词学屯田、淮海,高者直逼东坡,王士祯以为明黄门陈子龙之劲敌。”颇为有见。

② 《词话丛编》:“乾嘉之际,作词者约分为浙西、常州二派。浙西派始于厉鹗,常州派始于武进张惠言。鹗词宗彝尊,而数用新事,世多未见,故重其富,后生效之,每以捃摭为工,后遂浸淫,而及于大江南北,然钞撮堆砌,音节顿挫之妙,未免荡然。惠言乃起而振之,与其弟琦选唐、宋词四十四家,百六十首,为《词选》一书,阐意内言外之旨,推文微事著之原,比傅景物,张皇幽渺,约千编为一简,蹙万里于径寸,诚为乐府之揭橥,词林之津逮。故所撰作,亦触类修畅,悉臻正轨。……荆溪周济,友于士锡,尝谓词非寄托不入,专寄托不出,其所立论,实足推明张氏之说而广大之。所著《味隽斋词》及《止斋词》,堪与惠言之《茗柯词》把臂入林。盖自济而后,常州词派之基础,益以巩固。”

③ 蔡氏所推崇之“桂派”,实亦“常州词派”之后劲,似不宜单列一期。

④ 《词学通论》第九章《概论四·清人词略》:“词至清代,可谓极盛之期。惟门户派别,颇有不同。二百八十年中,各遵所尚,虽各不相合,而各具异采也。其始沿明季余习,以《花》《草》为宗。继则竹垞独取南宋,而分虎、符曾佐之,风气为之一变。至樊榭而浙中诸子,咸称彬彬焉。皋文、朗甫,独工寄托,去取之间,号为严密,于是毗陵遂树帜骚坛矣。鹿潭雄才,得白石之清,而俯仰身世,动多感喟,庾信萧瑟,所作愈工,别裁伪体,不附风气,骎骎入两宋之室。幼霞之与小坡,北南不相谋也。而幼霞之严,小坡之精,各抒称心之言,咸负出尘之誉,风尘澒洞,家国飘摇,读其词者,即可知其身世焉。一代才彦,迥出朱明之上。迨及季世,彊村、夔笙,称并瑜、亮。而新亭故国之感,尤非烟柳斜阳所可比拟矣。……盖尝总而论之,清初辇毂诸公,《尊前》《酒边》,借长短句以吐其胸中之气。始而微有寄托,久则务为谐俗。而吴越操觚家,闻风竞起,选者作者,妍媸糅杂。渔洋数载广陵,实为此道总持。迨纳兰容若,才华门地,直欲牢笼一世,享年不永,同声悲惋,此一时也。竹垞以出类之才,平生宗尚,独在乐笑。《江湖载酒》,尽扫陈言,而一时裙屐,亦知趋武姜、张,叫嚣奔放之风,变而为敦厚温柔之致。二李继轨,更畅宗风,又得太鸿羽翼,如(下接487页)

参考诸家的观点,我们认为清代之词学可分为三期,其中有的又可再细分为若干阶段。即:第一期:清初诸人(包括李渔、毛奇龄、王又华、刘体仁、沈谦、邹祇谟、王士祯、贺裳、彭孙遹、沈雄等),其基本特点是沿袭明代后期的词风,同时又有一定创新意识;第二期:浙西词派与阳羡派,浙派包括朱彝尊、厉鹗、郭麐等人,阳羡派包括陈维崧、蒋景祁、刘熙载等人;这一期的共同特点是反对明末清初的《草堂》词风,浙西与阳羡两派之间既互相融合又互相斗争;第三期:常州词派,张惠言为创始人,其后周济、陈廷焯、谭献、徐珂及清末民初之王鹏运、况周颐、郑文焯、朱祖谋皆属此派,这是清代词坛上最有影响的词学流派,他们的词学理论,经过本派几代人的不断发展、革新与修正,到后来已相当完善,可以说是中国传统词学理论的较为科学的总结。

一、清初词论

研究此期的词论,必须注意以下几点:一是清初词论家,大都生于明朝、长于清朝,故论词多沿袭明人绪余,吴梅论清词“其始沿明季余

(上接486页)万花谷中,杂以芳杜。扬州二马,太仓诸王,具臻妙品,而东坡词诗,稼轩词论,肮脏激扬之调,遂为世所诟病,此一时也。自樊榭之学盛行,一时作家,咸思拔帜于陈、朱之外,又遇大力者,负之以趋,窈曲幽深,词格又非昔比。武进张氏,别具论古之怀,大汰言情之作,词非寄托不入,皋文已揭橥于前;言非宛转不工,子远又联骖于后。而黄仲则、左仲甫、恽子居、张翰风辈,操翰铸辞,绝无饾饤之习。又有介存周子,接武毗陵,标赵宋为四家,合诸宗于一轨。其壮气毅力,有非同时哲匠可并者,此一时也。洪杨之乱,民苦锋镝,《水云》一卷,颇多伤乱之语,以南宋之规模,写江东之兵革。平生自负,接步《风》《骚》,论其所造,直得石帚神理。复堂雅制,品骨高骞,窥其胸中,殆将独秀。而艺非专嗜,难并鹿潭。《箧中词》品题所及,亦具巨眼,开比兴之端,结浙中之局。礼义不愆,根柢俱在。月坡樵风,无所不赅,持较半塘,未云才弱。其精到之处,雅近玉田。而《苕雅》一卷,又有《狡童》、《离黍》之悲焉,此又一时也。”微嫌不足的是,吴氏论词,毕竟仍有囿于传统的一面,故未能将融贯中西方学术的王国维之词学予以品骘,此外,吴氏所分的第四期(“近代四大词人”),原属常州词派之嫡脉,可以与第三期合并。王国维则是古典词学与西方诗学的融合者。

习，以《花》《草》为宗”，可谓知言；二是这些词论家，多受王士祯的影响，士祯作词论词，均未臻上乘，但他为康熙朝之诗坛盟主，“一代正宗”（袁枚语），此期诸人论词时，多将渔洋山人之语奉为金科玉律，渔洋在扬州和京师任职时，又曾和董以宁、邹祗谟、彭孙遹、刘体仁诸人作词倡和并切磋词学，而沈谦、毛先舒等又为彭孙遹的朋友，所以说清初词论家，大都是站在王士祯的旗帜之下，用现在的话说，王士祯周围团结起了一个词学创作与研究的社团；第三，这些人大都有较为成熟的词学专著，徐钪的《词苑丛谈》尤能博观约取，总其大成。[①] 他们在因袭明人词论的同时，也提出了一些较为可贵的、有价值的见解，为清代词学的繁荣开了个好头。清初词学家的理论主张，大致可归纳为以下诸端：

1. 对“婉约”与“豪放”这两种词派与词风的价值特点的讨论

（1）推崇《花间》、《草堂》词风，以“婉约”为正宗。

《草堂诗余》[②]在明代与《花间集》齐名并行，所收多为婉约柔媚之作，清初诸词论家，仍奉之为词家正鹄，王士祯的论词专著《花草蒙拾》，就是读《花间》、《草堂》二集时所作的读书笔记。[③]《花草蒙拾》中有“《花间》字法”、“飞卿妙语”诸条，均可见他对“婉约派”之

---

① 近人唐圭璋辑《词话丛编》，搜罗宏富，对词学贡献极大，该书 1986 年增订本收入清代初期词论家的著作近十种，可以作为研究清初词学的主要材料，它们是李渔《窥词管见》、毛奇龄《西河词话》、王又华《古今词论》、刘体仁《七颂堂词绎》、沈谦《填词杂说》、邹祗谟《远志斋词衷》、王士祯《花草蒙拾》、贺裳《皱水轩词筌》、彭孙遹《金粟词话》和沈雄《古今词话》等，而诸人之论最后基本上总汇于徐钪《词苑丛谈》。

② 《草堂诗余》是一部词选的名称，不著编辑者名氏，旧传南宋人所编，《四库全书总目》考证该书作于庆元之前，后来又经过增补，该书原选共四卷，其特点是首次划定小令、中调、长调之界限，后人奉此书各调字数为定式，“亦倚声之格律也”，“又诸词之后多附当时词话，汲古阁本皆无之。考所引黄升《花庵词选》、周密《绝妙好词》均在宋末，知为后来所附入，非其原本。然采摭尚不猥滥，亦颇足以资考证”（《四库全书总目》卷一百九十九，集部（词曲类二）《草堂诗余》“提要”）。

③ 王士祯自序其书云：“往读《花间》、《草堂》，偶有所触，辄以丹铅书之，积数十条。程村（按：邹祗谟字）强刻此集卷首，仆不能禁，题曰《花草蒙拾》。”（《词话丛编》第一册）

推重。刘体仁《七颂堂词绎》也重“婉约”词，称赞周邦彦“词体雅正”，李清照“真此道本色当行第一人也”。沈谦《填词杂说》则云：“男中李后主，女中李易安，极是当行本色。”贺裳《皱水轩词筌》一方面批评苏、辛的豪放词，另一方面又对二人的“闺情词”和“妍媚词”大唱赞歌。彭孙遹《金粟词话》则盛赞周邦彦词“玉艳珠鲜，政未可以其软媚而少之也”，说李清照词“用浅俗之语，发清新之思，词意并工，闺情绝调”。由此可见，论词主“婉约”，此时已蔚然成风。清初诸家论词宗“婉约”，除了讲究“含蓄”、“温柔”、“合律”、本色”这些传统说法，还明确地提出词要“艳丽”，彭孙遹下面这段话最有代表性：

> 词以艳丽为本色，要是体制使然。如韩魏公、寇莱公、赵忠简，非不冰心铁骨，勋德才望，照映千古。而所作小词，有“人远波空翠”，“柔情不断如春水”，“梦回鸳帐余香嫩”等语，皆极有情致，尽态极妍。乃知广平梅花，政自无碍。竖儒辄以为怪事耳。

(2)以“豪放”为“变体”，但又予以部分肯定。

清初诸论家均以“豪放词”为词之“变体”，有重“婉约”、轻“豪放”的倾向，但又给“豪放词”留下一席之地，至少承认它是与“婉约词”双峰并峙的词体之一。此点仍以王士祯为代表。他一方面同意王世贞“以苏、黄为变体”的观点，另一方面又说：

> 张南湖论词派有二：一曰婉约、一曰豪放。仆谓婉约以易安为宗，豪放唯幼安称首，皆吾济南人，难乎为继矣。

渔洋有时对苏、辛的豪放词颇为倾倒，曾云：

名家当行，固有二派。苏公自云："吾醉后作草书，觉酒气拂拂，从十指间出。"黄鲁(直)亦云："东坡书挟海上风涛之气。"读坡词当作如是观。琐琐与柳七较锱铢，无乃为髯公所笑。(《花草蒙拾》)

渔洋正面肯定苏、辛"豪放词"的"海上风涛之气"与"磊落"的气概，这就突破了"婉约派"词论家的旧看法，而与南宋初王灼的《碧鸡漫志》的观点相近。与渔洋同时诸家，论苏、辛时，亦多出入于这两种看法之间。

(3)在以上两个方面的基础之上，主张融合"婉约"与"豪放"，另创新体。

清初词论家最值得称道的观点，就是融"婉约"与"豪放"为一治，只讲正变而不分优劣，这比历代许多论家或偏主"婉约"，或偏重"豪放"的观点，都要通达得多。如王渔洋云：

词家绮丽、豪放二派，往往分左右袒。予谓：第当分正变，不当分优劣。

他对历代词风变化与词派特点的评论，尤具卓识：

温、和生而《花间》作，李、晏出而《草堂》兴，此诗之余而乐府之变也。诗余者，古诗之苗裔也。语其正，则南唐二主为之祖，至漱玉、淮海而极盛，高、史其嗣响也；语其变，则眉山导其源，至稼轩、放翁而尽变，陈、刘其余波也。有诗人之词，唐、蜀、五代诸人是也；有文人之词，晏、欧、秦、李诸君子是也；有词人之词，柳永、周美成、康与之之属是也；有英雄之词，苏、陆、辛、刘是也。(《渔洋山人文略》卷二《倚声集序》。)

大致说来,渔洋所谓《花间》、《草堂》体、词之“正体”、“文人之词”与“词人之词”等等,指的都是“婉约派”,而他所说的词之“变体”、“英雄之词”等等,则指“豪放派”;对这两派他未加轩轾,而是将二派相提并论。他的这一观点,在当时颇有影响。

词之为体,要眇宜修,其分为两大派是大致不差的,各派均有自己的代表人物与代表作品,这些代表人物多有自己创作的主导倾向。就历代词创作的实际况状而言,无论是“婉约”词还是“豪放”词,都有许多杰出的作品,并无高下之分。虽然历代文人常受传统观念之约束,将比较庄重、严肃的思想与事件写入诗、文中,而将儿女私情之类写入词中,因而形成了历代词集中“婉约”词多而“豪放”词少的局面,但文学作品成就的高低,决不能凭数量的多少来确定。而且,由于一位作家的创作风格,受到历史、地理、文化、现实及个人气质、生活环境等方面的影响,故经常呈现出多样化的色彩。因此,苏、辛豪放,不乏温柔之作,白石婉约,亦“以健笔写柔情”。若能去门户之见,重异量之美,词之创作定会彬彬大盛。由此可见,清初诸家对“婉约”、“豪放”词风的分析见识较高,持论较为平允。

2. 论词重自然本色,严诗、词、曲之界限

这是清初词论的又一共同特色。刘体仁等人即称许李后主、秦观、李清照诸人词“本色”,而批评稼轩词“非本色”。在此基础上,他们又提出词要自然天成。如李渔《窥词管见》颇重创新,但又认为创新须接近自然:

意新语新,而又字句皆新,是谓诸美皆备,由武而进于韶矣。然具八斗才者,亦不能在在如是。以鄙见论之,意之极新,反不妨词语稍旧,尤物衣敝衣,愈觉美好。且新奇未睹之语,务使一目了

然，不烦思绎。若夫追琢字句，而后出之，恐稍稍不近自然，反使玉宇琼楼，堕入云雾，非胜算也。

王士祯对"自然"更加重视，曾云：

> 前辈谓史梅溪之句法，吴梦窗之字面，固是确论。尤须雕组而不失天然，如"绿肥红瘦"、"宠柳娇花"，人工天巧，可称绝唱。若"柳腴花瘦，蝶凄蜂惨"，即工，亦巧匠琢山骨矣。(《花草蒙拾》)

渔洋重视自然天成，反对过分雕琢的主张，与其重"神韵"的诗论亦息息相关。贺裳论词，则甚重"化工之笔"，即那些真切自然、接近白描的作品，他所说的"俨然如在目前"，与后来王国维词论中所谓"语语如在目前"的"不隔"说，有相近之处。彭孙遹则认为词中之"自然"，必须是经过加工的"自然"：

> 词以自然为宗，但自然不从追琢中来，便率易无味。如所云绚烂之极，乃造平淡耳。若使语意谈远者，稍加刻画；镂金错绣者，渐近天然，则骎骎乎绝唱矣。(《金粟词话》)

彭氏将苏轼论散文所云"绚烂之极，乃造平谈"之语移来论词，并做了进一步发挥，这实际上涉及自然美与艺术美的关系问题，所论极是。彭氏又主张"淡远"与"刻画"相补充，"镂金错绣"与天然相结合，方为绝唱，对于文学艺术相反相成的辩证规律，认识也很深刻。

对诗、词、曲界限的划分，也是清初词论的一个热门话题，他们多抓住词本身的特点，在比较分析中对诗、词、曲的特质加以区分。较早提出这一问题的是李渔，其《窥词管见》云：

作词之难，难于上不似诗，下不类曲，不淄不磷，立于二者之中。大约空疏者作词，无意肖曲，而不觉仿佛乎曲。有学问人作词，尽力避诗，而究竟不离于诗。一则苦于习久难变，一则迫于舍此实无也。欲为天下词人去此二弊，当令浅者深之，高者下之，一俯一仰，而处于才不才之间，词之三昧得矣。

诗有诗之腔调，曲有曲之腔调，诗之腔调宜古雅，曲之腔调宜近俗，词之腔调，则在雅俗相和之间。（《窥词管见》）

笠翁认为，诗中宜铺陈学问，腔调宜雅；曲中可空疏无学，腔调宜俗；词则应取其中间，“在雅俗相和之间”，界限划得还是比较清楚的。有的词论家则以举例的形式，让读者从作品的神理上去区分诗词曲。根据作品字句的声情口吻来区分诗、词、曲，此法诚然能解决一部分问题，但此方法全凭个人体会，缺少科学分析，故难成为普遍法则。虽然如此，清初诸公毕竟对词的特质及其与诗、曲的界限，做了多方面的、有益的探讨。

3. 在词的创作论方面，清初词论家提出了一系列精到的见解

（1）对词中“情”的讨论。

词在中国所有的文学样式中，几乎可以说是最为“纯情”的，在诗、文中，写景叙事不乏名篇，在词中则很少见，所以说抒情性是词的第一生命。清初词论家对“情”词中的作用及表现方式，都进行了较为全面的探讨。他们非常重视“情”的作用，沈谦《填词杂说》云：“词不在大小浅深，贵于移情。”周在浚的一段话尤能代表当时人对词中“情”的重视：

宋人词调，确自乐府中来；时代既异，声调遂殊；然源流未始不同，亦各就其情之所近取法之耳。周、柳之纤丽，《子夜》、《懊侬》之遗也。欧、苏纯正，非《君马黄》、《出东门》之类欤？放而为

稼轩、后村，悲歌慷慨，傍若无人，则汉帝《大风》之歌，魏武“对酒”之什也。究其所以，何常不言情？亦各自道其情耳。（《词苑丛谈校笺》卷四）

他从词与乐府渊源关系的角度入手，指出词出于乐府，由于时代不同，各人又取其性之所近而为之，所以形成不同的风格，但无论是周、柳之“纤丽”，欧、苏“纯正”，还是稼轩、后村之“悲歌慷慨，”即无论属于“婉约派”还是属于“豪放派”，词中都在言“情”，不过是“各道其情”而已。对“情”在词中的地位，论述得很透辟。清初词论家还以词中是否作“情语”，作为评判词作高下的重要依据：

近人诗余，云间独盛。然能作景语，不能作情语。……言情之作，斯为优矣。（《金粟词话》）

同时，他们对词中言“情”的尺度，又做了相应的规定，即要求言情而不涉于淫。贺裳论康与之词云：

词虽宜于艳冶，亦不可流于秽亵。吾极喜康与之《满庭芳》寒夜一阕，真所谓乐而不淫。

如果违背了“乐而不淫”的古训，就会受到他们的批评，可见清初词论家对词的抒情性及其分寸，掌握得比较恰当。

（2）对词的创作规律和艺术技巧进行了较为广泛的探讨。

清初诸公能从宏观的角度探讨词的发展规律，刘体仁比照严羽、高棅等人对唐诗的分期方法，提出“词有初、盛、中、晚”（《七颂堂词绎》）的著名论断。尤侗为徐釚《词苑丛谈》作序，亦主张以“初、盛、中、晚”论词，但与刘体仁兼顾五代及明朝的“四分法”有所不同，其大略云：

> 词之系宋，犹诗之系唐也。唐诗有初、盛、中、晚，宋词亦有之，唐之诗由六朝乐府而变，宋之词由五代长短句而变。约而次之，小山、安陆其词之初乎；淮海、清真其词之盛乎；石帚、梦窗似得其中；碧山、玉田风斯晚矣。唐诗以李、杜为宗，而宋词苏、陆、辛、刘有太白之风，秦、黄、周、柳得少陵之体；此又画疆而理，联骑而驰者也。唐诗之后，《香奁》、《浣花》稍微矣，至有明而起其衰。宋词之后，遗山、蜕岩亦仅矣，及吾朝而恢其盛。

如果说他们论明代以前的词重在时代之别的话，那么他们论本朝词，则重派别之分。他们对清初各派词的个性与代表人物都有所品评，邹祗谟这方面的议论较多，如他提出“词有闲澹一派”（《远志斋词衷》），并对清代初期词之“澹派”的线索进行了勾勒；他还对“云间词派”和“柳洲词派”做了分析与研究，亦颇为精当。

对词调的起源与词的地位，渔洋等人也有较为合理的论述。明人论词，认为词名多从前人古近体诗句而来，如杨慎、都穆、沈天羽等皆持此说，其实多为猜测之辞，故邹祗谟“调名原起辨”驳斥“词调名源于诗”之说的谬误，其“辨词名本诗说”条，则进一步通过举例分析的形式，力辨“调名本诗”说之不尽可信，皆很有力。邹氏又折衷杨慎、胡应麟二家之论，辨析了古词调名与本意的关系，得出了相当有概括力的结论：

> 大率古人由词而制调，故命名多属本意。后人因调而填词，故赋寄率离原辞。（《远志斋词衷》）

他还指出词之工拙，并不在于是否符合本意。这一观点，即使以现在的眼光来看，也颇有道理。然而，宋代词调又确实有不少取自诗中，对此视而不见，则是邹氏持论偏颇之处。

对于词的作法与技巧，清初词论家也有许多值得称道的意见。李渔《窥词管见》中“词意贵新”、“词语贵自然”、“琢句炼字须合理”、“词忌有书本气”、“情景须分主客”、“词要可解”、“词语贵直”、“好词当一气如话”、“词须注重后篇”等条（《窥词管见》），对词的创作方面的基本问题都做了深入浅出的论述，能给学词者以切实可行的指导。沈谦论述了词中各调的作法：

> 小调要言短意长，忌尖弱。中调要骨肉停匀，忌平板。长调要操纵自如，忌粗率。能于豪爽中，著一二精致语，绵婉中著一二激厉语，尤见错综。（《填词杂说》）

所论亦平实得体，足为法式。贺裳论词家“三忌”，尤有针砭当时词风的作用：

> 小词须风流蕴藉，作者当知三忌：一不可入渔鼓中语言，二不可涉演义家腔调，三不可像优伶开场时叙述。偶类一端，即成俗劣。顾时贤犯此极多，其作俑者，白石、山樵也。（《皱水轩词筌》）

贺氏提出的“三忌”，分别是忌评书鼓词、演义小说和戏曲的语言，以维持词体“雅正”的身份，而反对以通俗文艺之“俗”入词，所论极是。

清初诸家论词，广泛地论述了由词之初起的唐五代直至清代，意在总结词的创作的艺术规律，并提出了一系列精彩的见解。由于清初词论家“集团”的结构较为松散，虽有相近之观点，却无旗帜鲜明的理论主张，故未提出能够影响后世的重大词学观点，然此有利有弊，利在较少宗派、门户之见，弊在持论模糊，时有予盾之处，故缺乏号召力。一言以蔽之，清初词论家的理论，如同当时词的创作情况一样，体现了由明词向清词过渡的明显痕迹。

二、“浙西派”与“阳羡派”词论

蔡嵩云说“浙西派与阳羡派同时”，并分别以朱彝尊与陈维崧作为二派的代表人物，颇有道理。朱、陈二人，年龄既相仿（朱生于1629年，陈生于1625年），又为词友，曾合刻《朱陈村词》，流传禁中，且二人同举康熙十八年之博学鸿词，诗文往还也较多。两派论词的核心主张，如蔡嵩云所说：浙西派“崇尚姜、张，以雅正为归”；阳羡派“效法苏、辛，惟才气是尚”（蔡嵩云《柯亭词论》）。两派词论均可分为前后二期：“浙西派”前期以朱彝尊、厉鹗为代表，后期以郭麐为代表；“阳羡派”前期以陈维崧、蒋景祁为代表，后期以刘熙载为代表。“浙西派”在清代词坛的影响大于“阳羡派”。

1.“浙西派”词学理论

（1）“浙西派”词论第一期：朱彝尊、汪森与厉鹗的词论。

“浙西派”领袖朱彝尊，在词学方面的主要成绩是选编了《词综》一书，全书共三十卷，前二十六卷系朱氏所编，后四卷系朱氏友人汪森所编，书中选录唐、五代、宋、金、元词2253首，作者659人，是一部规模较大的选集。《词综·发凡》（朱彝尊作）和《词综序》（汪森作），都是反映浙西派词学主张的重要文献，朱氏《曝书亭集》卷四十收录的十篇词序，也有较高价值。朱彝尊以及汪森的词论，有以下几点值得注意：

第一是尊南宋，反对推崇《草堂诗余》的婉约词风。

朱氏《词综·发凡》云：

世人言词，必称北宋。然词至南宋，始极其工，至宋季而始极其变，姜尧章氏最为杰出。（《词综·发凡》）

汪森作《词综序》，持论与朱彝尊大致相同，其论词之发展云：

西蜀、南唐而后，作者日盛。宣和君臣，转相矜尚。曲调愈多，流派因之亦别。短长互见，言情者或失之俚，使事者或失之伉。鄱阳姜夔出，句琢字炼，归于醇雅。于是史达祖、高观国羽翼之，张辑、吴文英师之于前，赵以夫、蒋捷、周密、陈允衡、王沂孙、张炎、张翥效之于后，譬之于乐，舞《箭》至于九变，而词之能事毕矣。世之论词者，惟《草堂》是规，白石、梅溪诸家，或未窥其集，辄高自矜诩。

此点比清初词论有很大变化，清初诸家不立宗派，南、北宋并提，婉约、豪放皆留意（虽然有重婉约、轻豪放的倾向），且以《花间》、《草堂》为宗。而浙派朱、汪二人论词，偏重南宋而轻视、甚至忽视北宋，重婉约而不提豪放，且批评《草堂》诸选本，除汪森之论外，朱氏也多次对《草堂》不满。[①] 宗派之说在浙派手中已经确立，这是他们与清初词论家最大的相异之处。

第二是推尊词体，认为词有“变《风》”、“变《雅》”之意。这方面最著名的意见见于汪森的《词综序》：

自有诗而长短句即寓焉，《南风》之操、《五子之歌》是已。周之《颂》三十一篇，长短句居十八；汉《郊祀歌》十九篇，长短句居其五；至《短箫铙歌》十八篇，篇皆长短句：谓非词之源

① 《孟彦林词序》即主张“去《花庵》、《草堂》之陈言，不为所役”（《曝书亭集》卷四十），甚至说《草堂诗余》的选编者“可谓无目”。

乎？迄于六代，《江南》、《采莲》诸曲，去倚声不远，其不即变为词者，四声犹未谐畅也。自古诗变为近体，而五、七言绝句传于伶官乐部，长短句无所依，则不得不更为词。当开元盛日，王之涣、高适、王昌龄诗句流播旗亭，而李白《菩萨蛮》等词亦被之歌曲。

古诗之于乐府，近体之于词，分镳并骋，非有先后；谓诗降为词，以词为诗之余，殆非通论矣。

词自产生以来，一直未登大雅之堂，即使在两宋词坛高度繁荣兴盛之时，多数人（包括词人在内）仍以词为小道，并恪守“诗言志，词言情”的戒律，甚至连主张“词别是一家”的李清照，作词也仅限于儿女之情，相思离别，而将“生当作人杰，死亦为鬼雄。至今思项羽，不肯过江东”那样豪壮的感情写入诗中。汪森此序，意在打破这一传统观念，从诗词同源的观点出发，反对“诗余”说，为词争得与诗同等的地位，这对提高词的地位、引起人们对词的创作与研究的重视，无疑是很有意义的。

朱彝尊认为词有“变《风》”、“变《雅》”之意，是失意者所为，《陈纬云红盐词序》云：

词虽小技，昔之通儒巨公，往往为之。盖有诗所难言者，委曲倚之于声，其辞愈微而其旨益远，善言词者，假闺房儿女之言，通于《离骚》、变《雅》之意，此尤不得志于时者所宜寄情焉耳。

在这篇序文中，朱氏将词提到与《离骚》同等的高度，说词也有变《风》、变《雅》之意，并认为词的性质最宜于“不得志于时者”所“寄情”，这实际上是说词最擅场的是写身世之悲，发不平之鸣，朱氏将词同于《诗》、《骚》，认为词善发不平之鸣，与后来常州词派雅尊词体、讲比兴寄托的说法，颇有相似之处，故不应将二派截然分开。①

第三是重雅反秽，重音律，反硬语。这也是"浙西派"的共同主张之一。《词综·凡例》云：

> 言情之作，易流于秽，此宋人选词，多以雅为目。

朱氏的一些文章还说宋仲牧、陈纬云诸人词"合律"。可见，浙派认为"雅"而"合律"者，即为佳作；"俗"、"秽"、"硬语"、不合律者，皆非好词。

总括以上三点，朱彝尊在《孟彦林词序》里为词的发展指出了方向：

> 去《花庵》、《草堂》之陈言，不为所役，俾滓窳涤濯，以孤技自拔于流俗。绮靡矣，而不戾乎情；镂琢矣，而不伤夫气，然后足与

① 这里就牵涉到朱彝尊的另外一个观点，其《紫云词序》云："昌黎子曰：'欢愉之词难工，愁苦之言易好。'斯亦善言诗矣。至于词或不然。大都欢愉之辞工者十九，而言愁苦者十一焉耳。故诗际兵戈俶扰、流离琐尾，而作者愈工。词则宜于宴嬉逸乐以歌咏太平，此学士大夫并存焉而不废也。"(《曝书亭集》)有人根据这段文字，认定朱彝尊主张词要写"宴嬉逸乐"、"歌咏太平"，似未能把握其论词主旨。在《陈纬云〈红盐词〉序》中，他重视"穷苦之音"与"不平之鸣"，序中谈及词友和自己的创作情况，态度真诚，语气较沉痛，当为肺腑之言，应作为其论词的中心观点来看。同时，朱氏《解佩令·自题词集》云："十年磨剑，五陵结客，把平生涕泪都飘尽。老去填词，一半是空中传恨，几曾围燕钗蝉鬓？"(《曝书亭集》)词中写出他青年时的恢复之志和晚年填词的真实用意——"空中传恨"，也是其心迹的表白，以他这种心情，是不会去为"歌咏太平"的词作大唱赞歌的。另外，朱彝尊所重视的南宋姜夔、张炎诸人的词，亦多"黍离之悲"或"故国之思"，并非"歌咏太平"之作。那么，作者在《紫云词序》里的意见，为何与自己一贯的主张格格不入呢？这主要是由《紫云词》作者丁雁水的身份及《紫云词》的内容决定的，换言之，《紫云词序》不过是朱彝尊应朋友之约写的一篇应景文章，并不能代表他的真实观点。按丁雁水名炜，时在赣南(今江西)为官，其本人既为朝廷官吏，《紫云词》中亦多和平之音，朱彝尊在序中已经明言《紫云词》不过是丁雁水与友人公余游乐时的应酬之作，有和平之音，所以朱彝尊才在序中说出词宜欢愉，不宜愁苦那番话来，这不过是就《紫云词》而言，而且是受"序"这种文体所限。

古人方驾焉。

简言之，重身世之慨与雅正、合律，是浙派前期词论的基本的主张。

继朱彝尊而起的浙派词人与词论家为厉鹗（1692—1752），鹗字太鸿，号樊榭，浙江钱塘人。[①] 他是清中期宋诗派的代表，其词远宗姜、史，近师竹垞，谭献论浙派，以朱、厉并称。樊榭的词论，主要见于其《论词绝句十二首》和一些词集的序文中，其大旨与竹垞相近，有三点较为重要：

第一，重比兴寄托。

竹垞论词，已提出词有《离骚》、变《风》、变《雅》之意，宜抒发失意之情。樊榭则承其说而进一步发挥之。《论词绝句》第一首即云："美人香草本《离骚》，俎豆青莲尚未遥。"《论词绝句》其六更明言：

头白遗民涕不禁，补题风物在山阴。残蝉身世香莼兴，一片冬青冢畔心。（《乐府补题》一卷，唐义士玉潜[珏]与焉。）[②]

---

① 郑方坤《厉君鹗小传》叙其生平云："康熙庚子举于乡，再上公车，不第，既以博学鸿词征，就试又不遇，遂绝意功名，不复作春明梦矣。家故贫，以诗古文辞教授乡里，老屋三楹，牙签插架，蓬蒿不剪，门无杂宾，法书名画而外，无储藏也；瀹茗焚香而外，无功课也。冒雨寻菊、踏雪采梅而外，无往还应接也。平生诸体皆工，而诗学尤邃，澄汰众虑，咳唾成珠，其旨温以厚，其音和以雅，其词丽以则，于新城、长水之后，别续一灯，是岂独天分之厚哉，盖其洗伐烹炼，日起而大有功矣"。（《清诗纪事》引）叙其生平出处颇生动，对其诗评价亦较高。《杭州府志·文苑传》说厉鹗诗文词甚有名于时："读者咸敛手慑服，数十年大江南北，所至皆设坛坫，皆奉为盟主焉。尤工长短句，入南宋诸家之胜。"（《清诗纪事》引）全祖望则说他"深于言情，故其擅长尤词。冥搜象物，流连光景，清妙轶群"（《清诗纪事》引）。

② 唐珏字玉潜，宋末著名爱国志士。宋亡后，元僧杨连真伽尽发宋帝在绍兴诸陵，唐珏潜拾遗骸，造了六个石函，葬于兰亭山，移宋故宫冬青树植其上，并作《冬青行》二首。谢翱感其事，奇其节，为作《冬青树引》，事详陶宗仪《辍耕录》。

厉鹗诗中“头白遗民”、“残蝉身世”、“冬青冢畔心”诸语，表明他对遗民的景仰，及对有家国之痛的词作的肯定态度。厉鹗《群雅词集序》，说集中诸人词“托兴乃在感时赋物登高送远之间”（《樊榭山房文集》）。厉氏此论，固出于竹垞，亦与其身世有关。[①] 朱、厉二人论词皆重“寄托”，其说虽不如后来“常州词派”那样系统，但一来提出较早，二来也较平允，不像张惠言那样偏颇。

第二，重晏几道、张先、贺铸、周邦彦、姜夔、张炎词，取径比竹垞稍宽，但仍不出“婉约”范围。

《论词绝句十二首》说张先词“格高韵胜”，称晏几道“小令擅清歌”，论姜白石“旧时月色最清妍，香影都从授简传”，评张炎词“玉田秀笔溯清空，净洗花香意匠中”。《陆南香白蕉词序》又说：“两宋词派，推吾乡周清真，婉约隐秀，律吕谐协，为倚声家所宗。”樊榭论词仍主张婉约，但兼取北宋与南宋，似乎是有意修正朱彝尊专重南宋姜、史一派的不足。

第三，以画家南宗、北宗之分法论词，认为南宗高于北宗。

《张今涪〈红螺词〉序》云：

> 尝以词譬之画，画家以南宗胜北宗。稼轩、后村诸人，词之北宗也；清真、白石诸人，词之南宗也。（《樊榭山房文集》卷四）

《论词绝句》其八也是此意：

> 《中州乐府》鉴裁别，略仿苏黄硬语为。若向词家论风雅，锦袍翻是让吴儿。

樊榭意在批评元好问及金代词风。金源一代，由于受到苏轼“文

① 厉鹗《张今涪〈红螺词〉序》自言：“仆少时索居湖山，抱伛偻之悲，每当初莺新雁，望远怀人，罗绮如云，芳菲似雪，辄不自已，伫兴为之。”

士之学”的影响，诗风、词风皆豪迈不羁，元好问为金代文坛领袖，更是深受苏轼影响，有“金源一代一坡仙”之称，元好问选金朝诗为《中州集》十卷，同时选《中州乐府》，合为一编（据《四库全书总目》说），所录多慷慨激昂之音。书编成后，元好问作《自题中州集后五首》其一即云：“邺下曹刘气尽豪，江东诸谢韵尤高。若从华实评诗品，未便吴侬得锦袍。”（《遗山先生文集》）这组诗曾引起王士禛的不满，因为王士禛论诗主“神韵”，论词重“婉约”，故对曹、刘、苏、黄以来的“豪放”之作颇有微词，而厉鹗作此绝句，更与元好问针锋相对，诗的前两句批评《中州乐府》所录皆苏、黄硬语，非词家本色，后两句直接翻元氏之案，元诗是说南人风格柔媚婉约的诗词未必胜于北人豪放之作。樊榭则说南人诗词为正宗。也就是说“南宗”胜于“北宗”，恰与他“词以南宗胜北宗”之说相一致。

（2）“浙西派”词论第二期：以郭麐为代表。

谭献《复堂词话》云：

> 南宋词敝，琐屑饾饤，朱、厉二家，学之者流为寒乞。枚庵高朗，频伽清疏，浙派为之一变。

郭麐（1767—1831），号频伽，著有《灵芬馆词话》和《词品》十二则，其自作词集名为《灵芬馆词》。由《花间》以达南宋诸家，正是他作词、论词的基本路径（见《灵芬馆词·自序》），这也是浙派词人共同的道路。

《灵芬馆词话》论词，一以朱彝尊为宗主，显然存在门户之见，为此过誉之词。郭麐对清初及“阳羡派”词皆有微词。其论词较有价值者有两条，一为“词有四派”：

> 词之为体，大略有四：风流华美，浑然天成，如美人临妆，却扇一顾，《花间》诸人是也。晏元献、欧阳永叔诸人继之。施朱傅粉，

学步习容，如宫女题红，含情幽艳，秦、周、贺、晁诸人是也。柳七则靡曼近俗矣。姜、张诸子，一洗华靡，独标清绮，如瘦石孤花，清笙幽磬，入其境者，疑有仙灵，闻其声者，人人自远。梦窗、竹屋，或扬或沿，皆有新隽，词之能事备矣。至东坡以横绝一代之才，凌厉一世之气，间作倚声，意若不屑，雄词高唱，别为一宗。辛、刘则粗豪太甚矣。其余幺弦孤韵，时亦可喜。溯其派别，不出四者。（《灵芬馆词话》卷二）

郭氏所分的四派，前三派属于“婉约派”，他将“婉约词”分为三个时期，即《花间》与宋初为第一期，北宋中后期为第二期，南宋为第三期，所举各期代表人物及各期词风之特点，均较为准确，所分三期，颇为详密而条理分明，对词风之概括摹仿宋人敖陶孙《诗评》之法，尤生动传神，他的分期，在“婉约词”研究的历史上，是一次较大的演进。此说更重要的特点是将苏轼为首的“豪放词派”单列一宗，且给苏轼以极高评价，这比竹垞不承认“豪放词”，樊榭“南宗胜北宗”之说，都要公允得多，微嫌不足者，仅以“粗豪”二字评稼轩诸人词，似太笼统。

另外，频伽对当时片面追求姜、张词风的做法，也提出了批评：

倚声家以姜、张为宗，是矣。然必得其胸中所欲言之意，与其不能尽言之意，而后缠绵委折，如往而复，皆有一唱三叹之致。近人莫不宗法雅词，厌弃浮艳，然多为可解不可解之语，借面装头，口吟舌言，令人求其意旨而不得。此何为者耶。昔人以鼠空鸟即为诗妖，若此者，亦词妖也。（《灵芬馆词话》卷二）

他指出，学姜、张者，必须有其心胸识见，然后才能言之有物，缠绵往复，一唱三叹，如果一味故作高深，“为可解不可解之语”，让人摸不着头脑，只能是“词妖”。频伽对“婉约派”末流的批评，极为痛快。从前词家多批评学“豪放派”者流于粗疏，对“婉约派”末流之失，较少论及，频伽此论，是从“婉约”词内行的角度看问题，所以能击中要害。

郭氏《词品》十二则，概括了词中所表现的各种审美境界。试举两品为例：

> 神韵
>
> 杂花欲放，细柳初丝。上有好鸟，微风拂之。明月未上，美人来迟。却扇一顾，群妍皆媸。其秀在骨，非铅非脂，眇眇若愁，依依相思。
>
> 雄放
>
> 海潮东来，气吞江湖。快马斫阵，登高一呼。如波轩然，蛟龙牙须。如怒鹘起，下盘浮图。千里万里，山崩电驱。元气不死，乃与之俱。

这两品基本相当于“婉约”与“豪放”二种词风。

2.“阳羡派”词学理论

陈维崧(1625—1682)为“阳羡词派”的代表人物，他和他的弟子蒋景祁的词论，代表了“阳羡词派”的词学观点。此派与“浙西词派”同时，朱彝尊、陈维崧以词齐名，又为好友，两派的声势在当时亦大略相当。

陈维崧词的创作道路可分为前后两期，其词论也包含着两方面的内容。王阮亭官扬州时，邹程村、董文友、陈维崧诸人与之游，此时陈维崧只是“广陵词坛”的词家之一，尚未能开宗创派，词风亦近“婉约”。中年以后，饱经忧患，作词方能自树一帜，创立“阳羡词派”。[①]

① 陈纬云为《湖海楼词集》作序说：“方伯兄少时，值家门鼎盛，意气横逸，谢郎捉鼻，麈尾时挥，不无声华裙屐之好，故其词多作旖旎语。迨中更颠沛，饥驱四方，或驴背清霜，孤蓬夜雨；或河梁送别，千里怀人；或酒旗歌板，须髯奋张，或月榭风廊，肝肠掩抑；一切诙谐狂啸，细泣幽吟，无不寓之于词。”这段话为研究陈其年创作道路与创作思想的演变，提供了可靠的依据。

陈维崧有几篇文章，如《浙西六家词序》、《金天石吴日千二子词稿序》，对婉约词评价颇高，显系在广陵（扬州）与王渔洋、邹程村、董文友诸人游时所作，到了作《词选序》时，其观点已发生很大变化：

开府《哀江南》一赋，仆射在河北诸书，奴仆《庄》、《骚》，出入《左》、《国》，即前此史迁、班掾诸史书，未见礼先一饭；而东坡、稼轩诸长调，又骎骎乎如杜甫之歌行与西京之乐府也。盖天之生才不尽，文章之体格亦不尽。（《湖海楼文集》卷二）

陈氏此序，第一个要点是大胆提出文各有体，将经、史、诗与词并列，提高了词的地位，又特意指出苏、辛之长调与杜甫的歌行和汉乐府命意相同，这在当时是石破天惊之论。第二个要点是在推尊苏、辛的同时，反对当时“极意《花间》、学步《兰畹》，[①]矜香弱为当家，以清真为本色”的柔媚词风。从陈其年词论的主导倾向及其词风来看，他是重“豪放”而轻“婉约”的，但对“婉约”词，他也能予以较为客观的评价，《今词选序》云：

夫体制靡乖，故性情不异。弦分燥湿，关乎风土之刚柔；薪是焦劳，无怪声音之辛苦。譬之诗体，高、岑、韩、杜，已分奇正之两家；至若词场，辛、陆、周、秦，讵必疾徐之一致。要其不窕而不瓠，仍是有伦而有脊。终难左袒，略可参观。（《陈迦陵文集》卷七）

重“豪放”而不废“婉约”，正是陈维崧以及“阳羡派”词学的过人之处。

维崧词论的继承者为其高足蒋景祁。景祁字京少，与陈维崧同

① 《兰畹》指《兰畹集》，又名《兰畹曲会》，北宋元祐间孔方平编集，收唐末宋初杜牧、韦庄、牛希济、李珣、寇准、晏殊、欧阳修、张先、晏几道诸家词，至少有五卷。

里,问学于陈,并通过陈结识了朱彝尊等著名词人。在词学方面,蒋景祁的重要贡献就是选编了大型词学选本《瑶华集》。此书编成于康熙二十五年(1686),比朱氏《词综》晚出八年,可能有与《词综》分庭抗礼之意,全书规较大,共二十二卷,选入明末清初507家词人的作品2467首。卷首《刻瑶华集述》叙述了他的选录标准和基本词学观点,有些意见较值得注意。如云:

今词家率分南、北宋为两宗,歧趋者易至角立,究之臻其堂奥,鲜不殊途同轨也。

明确反对门户之见。蒋景祁在词学理论方面的代表作当然要推其《陈检讨词钞序》:

文章之源流,古今同贯。而历览作者,其所造就,未尝不各擅一家,虽累百变而不相袭,故读之者,亦服习焉而不厌也。……然纵横变化,存乎其人。譬如游蓬壶者,耳目睹记,皆神仙窟宅,……倏忽变幻,不可方物。入之者,目玩意移,至不能举其数;若规格一定意境,无异如世摹画化入宫阙,虽极工丽,一览已尽,又况乎胶滞笔墨者耶!……学者苟有志于古之作者,而守其藩篱,即起温、韦、周、秦、苏、辛诸公于今日,其不能有所度越也已!

这篇序文要点有二:其一是说古今文章要"累百变而不相袭"。重视创新,是文艺及一切科学文化事业的关键,词之创作,自不能例外,蒋氏此说,丰富了"阳羡派"的词学理论。其二是说经、史百家、古文奇字皆可入于词,这实际上概括了苏、辛以来"豪放词"的特点。论词总的倾向仍为重"豪放"、轻"婉约",与其师陈维崧观点十分相似。

将"阳羡派"词学发扬光大者,为江苏兴化人刘熙载,其论词主张主要见于《艺概·词曲概》，其中理论价值较高的有两点：

第一，以“豪放”为本色、为正宗，以“婉约”为变体。

融斋作词，最喜豪放雄杰之作，《艺概·词曲概》明确提出了他全新的“正变说”：

> 太白《忆秦娥》，声情悲壮，晚唐、五代，唯趋婉丽，至东坡始能复古。后世论词者，转以东坡为变调，不知晚唐、五代乃变调也。

以晚唐、五代“婉约词”为正宗，以东坡一路的“豪放词”为变调，是陈师道《后山诗话》、李清照《词论》、张炎《词源》直至清代王士祯以及浙西论家的共同看法，可以说是词学界占压倒优势的观点，而给苏、辛“豪放词”高度评价的，在宋代仅有王灼、陆游、胡寅等寥寥数家，后世亦不甚多见，直到“阳羡派”诸论家，才提高了苏、辛一派“豪放词”的地位。刘融斋正是直接继承“阳羡派”的绪余，继续鼓吹苏、辛词风，而理论上更趋于细密。刘氏以李白《菩萨蛮》、《忆秦娥》二词为最早的文人词，视为词之正宗，认为苏轼词风与李白词相近，是复李白词之古。他以晚唐、五代“婉约词”为变调，意在彻底扭转历代轻视“豪放词”的看法，所论极富创见，虽然至今仍有人坚持认为《菩萨蛮》、《忆秦娥》二词不是李白所作，但多数人还是将二词归于李白的名下的。即使退一步说，不以李白词作为词源头，那么清末发现的敦煌民间词，亦多为慷慨豪放之作，与苏、辛词风近而与温、韦、秦、李词风远，不更可以作为苏、辛词是“复古”的绝好证据吗！可惜刘熙载无缘见到敦煌词，否则更可添一强有力的佐证。当然，融斋论词之“正变”，并不简单地注意时代之先后，而是着眼于词之内容，具体地说，就是认为思想内容深刻、具有忧国忧民情怀的“豪放词”为“正宗”，认为内容较肤浅，流于“绮怨”、品格不高的“婉约词”属“变调”，这与他经学家的身份和重“躬行”的态度不无关系。[①] 他对两派词之轩轾抑扬，即多从思想的角度着眼。

总之，融斋认为“豪放派”之词品高于“婉约派”，他称赞“豪放词”能表现较为重大的社会内容，文辞较雅，而批评“婉约词”之“绮语”、“旨荡而意贪”、“侧媚”、语言尘俗。对此，可从两方面来分析，就积极方面而言，融斋肯定了“豪放词”的思想价值，从较为切实的角度提高了词的地位与词的品格，而且观点较为中正，比之“常州词派”，其漏洞与偏颇之处较少；就不足之处而言，他将“婉约”中关于爱情方面的内容一概加以贬斥，则充分显示了他作为正统儒生的局限性与保守的一面。他对词中“情”字的解释最能代表其词学的长处与短处：

> 词家先要辨得情字。《诗序》言“发乎情”，《文赋》言“诗缘情”，所贵于情者，为得其正也。忠臣孝子，义夫节妇，皆世间极有情之人。流俗误以欲为情，欲长情消，患在世道。倚声一事，其小焉者也。（《艺概·词曲概》）

在这里融斋混淆了“言志”与“缘情”的界限，他对“情”字解说的狭隘偏颇是显而易见的。

第二，对词的艺术流变、具体特点、各家词之特色，提出了一系列具有较高价值的意见。

作为一位杰出的艺术鉴赏家与评论家，融斋未局限于个人的艺术趣味，而是能从较高的层次上对“婉约”、“豪放”两派词人、词作的艺术特征与风格流变，都做了简明扼要又精确不移的把握和揭示。他合论两派的言论颇值得玩味，如：

---

① 俞樾《春在堂杂文》四编《左春坊左中允刘君墓碑》说刘熙载“自六经、子、史外，凡天文，算术、字学、韵学及仙释家言，靡不通晓，而尤以躬行为重。尝曰：求学尽人道而已”。

词有阴阳,阴者采而匿,阳者疏而亮。本此以等诸家之词,莫之能外。(《艺概·词曲概》)

“阴”指“婉约词”,“阳”指“豪放词”,在这里,融斋将两派相提并论,未加轩轾。又如:

昔人论词要如娇女步春。余谓更当有以益之,曰:如异军特起,如天际真人。(《艺概·词曲概》)

刘熙载在“婉约派”之外,另举出“豪放派”和“骚雅派”。“娇女步春”,指“婉约词”;“异军特起”,指“豪放词”;“天际真人”,指姜、张等人的“骚雅词”。再如:

词要恰好,粗不得,纤不得,硬不得,软不得。不然,非伧父即儿女矣。(《艺概·词曲概》)

对两派末流之失均提出中肯的批评。从总体上看,融斋心目中自以“豪放”高于“婉约”,但毕竟承认了“婉约词”的地位,且以诗比词,对各名家词的特点,形容皆曲尽其妙,而又生动形象。

融斋对历代词人艺术特征及源流演变的揭示,对各家风格的把握,都能深中肯綮,极为精粹,多可视为定论。如说“冯延巳词,晏同叔得其俊,欧阳永叔得其深”,“耆卿词,细密而妥溜,明白而家常,善于叙事,有过前人”,秦观词“得《花间》、《尊前》遗韵,却能自出清新”,说稼轩词“龙腾虎掷,任古书中理语、廋语,一经运用,便得风流,天姿是何夐异!”评白石词云:“姜白石词幽韵冷香,令人挹之无尽。拟诸形容,在乐则琴,在花则梅也。”比较白石与稼轩词:“白石才子之词,稼轩豪杰之词。才子豪杰,各从其类爱之,强论得失,皆偏辞也。”持论极为公正。

同时，融斋对词的章法、句法、字法、技巧、咏物、寄托诸问题，也做了几近结论式的阐述。论章法、句法、字法云：

> 词要放得开，最忌步步相连；又要收得回，最忌行行愈远。必如天上人间，来去无迹，斯为入妙。
>
> 词以炼章法为隐，炼字句为秀。秀而不隐，是犹百琲明珠而无一线穿也。

所论皆深得词家三昧，而又平正通达，绝无门户之见，在历代词论中，罕有其匹。对于词中高远、超脱之境，融斋极为推崇，似乎将它视为“豪放”境界的调剂与补充：

> 词之妙莫妙于以不言言之，非不言也，寄言也。如寄深于浅，寄厚于轻，寄劲于婉，寄直于曲，寄实于虚，寄正于余，皆是。
>
> 司空表圣云：“梅止于酸，盐止于咸，而美在酸咸之外。”严沧浪云：“妙处透彻玲珑，不可凑泊，如水中之月，镜中之象。”此皆论诗也。词亦以得此境为超诣。

这实际上是将王士祯的“神韵说”诗论移之于词论，确实可以概南宋姜、张诸子词之境界，所论亦属创见。

总之，刘熙载《艺概·词曲概》篇幅虽不大，但思路极为缜密，论述极为精醇，并且多持平之论，无疑是中国古代词学传统理论研究中的一座高峰。他虽不以“阳羡词派”相标榜，然其持论多与陈、蒋诸家相近，“阳羡派”词学也因他得以发扬光大，遂可与“浙西派”词论并驾齐驱而毫无愧色矣。

三、“常州词派”的词学理论

“浙西”与“阳羡”二派，雄踞词坛达百年之久，风行既久，流弊渐滋，到了清仁宗嘉庆年间，以张惠言为首的“常州词派”崛起，在创作与理论上均取上二派而代之。

1. 常州词派第一期：张惠言

张惠言（1761—1802）字皋文，江苏武进人。张惠言之所以成为“常州词派”的领袖，在于他选了一部《词选》，在《词选》的序言及对一些词的品评中，宣扬了他的词学主张，且于《词选》之后附录他的词友黄景仁、左辅（阳湖人）、恽敬（武进人）、钱季重、李兆洛（阳湖人）、丁履恒（武进人）和陆继辂（阳湖人）七人的词作，遂成为宗派，经其后学的不断发展，成为词坛的新潮流，领袖词坛达一百余年。

《词选》一书，是张惠言与其弟张琦在安徽歙县金氏家授徒时而作。[①]《词选》一书去取甚严，仅选唐、五代、两宋词四十四家，一百一十六首，并且通过《词选》中对作家、作品的取舍与评论，特别是通过该书的序言，全面地体现了“常州词派”的词学观点。张惠言论词的主要观点有二：

（1）重比兴寄托。

这是“常州词派”理论的核心，也是后人争论的焦点。《词选序》前一部分较集中地阐述了张惠言对词之“比兴”的认识。他认为词的特质是：

> 其缘情造端，兴于微言，以相感动，极命风谣。里巷男女，哀乐以道。贤人君子幽约怨悱不能自言之情，低徊要眇，以喻其致。盖诗之比兴，变风之义，骚人之歌，则近之矣。

---

① 《词选》刊于嘉庆二年（1797），关于此书的写作缘起，张氏弟子金应珪《词选后叙》说，当世词坛上，存在着三种毛病：“淫词”、“鄙词”、“游词”。其原因在于历代词之选本，多精芜杂陈，不能给学词者指点迷津：“昔之选词者，蜀则《花间》，宋有《草堂》，下降元、明，种别十数，推其好尚，亦有优劣。然皆雅郑无别，朱紫同贯，是以乖方之士，罔识别裁，盖折杨、黄华，概而同悦，申椒、萧艾，杂而不芳。”因此，有必要为读者提供范例：“必且严其科律，此《词选》之所以止于一百十六首也。”

也就是说,“词”这种文体,往往以小见大。从表面上看,它近乎“风谣”,所写多为“里巷男女”的哀乐之情,而实际上是“贤人君子”们借这一形式来表达他们“幽约怨悱不能自言之情”,因此多用“比兴”之法,近乎《诗经》中的“变风”和《离骚》之意。这段话就是“常州词派”比兴寄托说的核心论点,《词选》对某些词作的评论,正是“比兴寄托说”的进一步发挥。此说对于反对“浙西词派”作品的空虚浮泛,在推尊词体,特别是在对词的内容研究等方面,都有较多新意。同时,这一观点又存在着明显的不足,这主要表现在评论历代词作的本事与含义时,多过于求深、求实,有牵强附会之病。[①] 对于“比兴寄托说”的学术渊源及其特点,钱锺书有过非常启人神思的分析。[②] 持此以论张惠言之词学,不难发现,由于张氏对部分意蕴“不显露”的词作之“本意”多妄加推测,甚至明显违背史实,故其词说之弊亦显而易见。只有当

---

① 如他将浪子词人温庭筠与屈原相比,说温词《菩萨蛮》(小山重叠金明灭)内容近似《感士不遇赋》,“照花前后镜,花面交相映。新贴绣罗襦,双双金鹧鸪”四句,“仿佛《离骚》‘初服’之意”,并将韦庄《菩萨蛮》、冯延巳《蝶恋花》、欧阳修《蝶恋花》诸词之“本事”坐实解释,均既违背史实,又不符合作者本意。

② 钱锺书《谈艺录》(补订本):“皋文《词选》自《序》曰:‘义有幽隐,并为指发’;观其所‘指发’者,或揣度作者本心,或附会作词本事,不出汉以来相承说《诗》、《骚》‘比兴’之法。如王叔师《离骚经序》所谓‘善鸟香草,以配忠贞,飘风云霓,以为小人’云云,或《诗·小序》以《汉广》为美周文王,《雄雉》为刺卫宣公等等。亦犹白香山《与元九书》所谓‘噫,风雪花草之物,《三百篇》岂舍之乎。假风以刺威虐也,因雪以悯征役也,感华以讽兄弟也,美草以乐有子也。皆兴发于此而义归于彼。’皆以为诗‘义’虽在言外,在‘彼’不在‘此’,然终可推论而得确解。其事大类西方心析学判梦境为‘显见之情事’与‘幽蕴之情事’,圆梦者据显以知幽。在‘此’之‘言’犹‘显见梦事’,在‘彼’之‘义’犹‘幽隐梦事’,而说诗几如圆梦焉。《春秋繁露·竹林》曰:‘诗无达诂’,《说苑·奉使》引《传》曰:‘诗无通故’,实兼涵两意,畅通一也,变通二也。诗之‘义’不显露,故非到眼即晓、出指能拈;顾诗之义亦不游移,故非随人异解、逐事更端。诗‘故’非一见便能豁露畅‘通’,必索乎隐;非复各说均可迁就变‘通’,必主于一。既通正解,余解杜绝。如皋文《词选》解欧阳永叔《蝶恋花》为影射朝士争讧,解姜尧章《疏影》为影射靖康之变,即谓柳絮、梨花、梅花乃词所言‘显见情事’,而范希文、韩稚圭、徽钦二帝本事则词所寓‘幽蕴情事,’是为词‘义’所在。西方‘托寓’释诗,洞‘言外’以究‘意内’,手眼大同,近人嘲曰:‘此举何异食苹婆者,不嗜其果脯而咀嚼其果中核乎。’”

对词人词作之本事、本心确已了解时，张氏之论才有其价值。

（2）对唐、宋词发展历程的研究。

皋文《词选序》将词分为两类，第一类是“放者为之，或跌荡靡丽，杂以昌狂俳优”，即流于浮荡、靡丽和叫嚣、俚俗。第二类是“恻隐盱愉，感物而发，触类条鬯，各有所归，非苟为雕琢曼辞而已”。此指大部分优秀的词作，其特点是思想深厚，有感而发，条理清晰，不流于雕章琢句，此类词显然是词之精华部分，唐代词人中，他列举了李白、韦应物、白居易、刘禹锡、皇甫松等人，而以温庭筠为最高，评其词为“深美宏约”。宋代词人，他列举了张先、苏轼、秦观、周邦彦、辛弃疾、姜夔、王沂孙、张炎诸人，说他们的词“渊渊乎文有其质焉”。他将“婉约”、“豪放”两派的代表性作家予以同样的尊重，比之浙派重“婉约”、阳羡派偏“豪放”，似乎都高出一筹。他在词选中对宋代某些词作之评论，亦多有创获，虽然不一定是定论，但均有新意，且有一定根据，不失为一家之言。

张氏之论，是“常州词派”第一代作者词学理论的代表。其词学理论以“比兴寄托”说为核心。此说既有较高的价值，又存在着明显偏颇，有待于“常州词派”的后劲们加以补充与修正。

2. 常州词派第二期：周济、谭献、陈廷焯

张氏卒后，其甥董毅有《续词选》之作，续选词 122 首，其中姜夔七首，张炎多达二十三首，这又回归到《词综》的老路，而失去“常州词派”为“浙派”救弊的本意了，故本书流传不广，影响不大。较有影响的是周济、谭献与陈廷焯，可视为“常州词派”的第二代作家，他们从不同角度丰富、发展了张惠言的理论，成为“常派”中重要的理论家。

周济（1781—1839），一字介存，晚号止庵，词学理论主要见于其《介存斋论词杂著》及《宋四家词选目录序论》中，而贯穿于《词辨》和《宋四家词选》两书之内。他对“常州派”词学的主要贡献是修正了张惠言的“比兴寄托”说，标举四位词人为宋词的领袖，以他们为中心，勾

勒出理解、阅读宋词的基本路数与方法,《宋四家词选目录序论》说:

> 清真,集大成者也。稼轩敛雄心,抗高调,变温婉,成悲凉。碧山厌心切理,言近指远,声容调度,一一可循。梦窗奇思壮采,腾天潜渊,返南宋之清泚,为北宋之秾挚。是为四家,领袖一代;余子荦荦,以方附庸。
>
> 夫词,非寄托不入,专寄托不出。一物一事,引而伸之,触类多通,驱心若游丝之罥飞英,含毫如郢斤之斫蝇翼。以无厚入有间,既习已,意感偶生,假类毕达,阅载千百,謦欬勿违,斯入矣。赋情独深,逐境必寤,酝酿日久,冥发妄中;虽铺叙平淡,摹缋浅近,而万感横集,五中无主,读其篇者,临渊窥鱼,意为鲂鲤,中宵惊电,罔识东西,赤子随母笑啼,乡人缘剧喜怒,抑可谓能出矣。问途碧山,历梦窗、稼轩以还清真之浑化。余所望于世之为词人者,盖如此。(《介存斋论词杂著》)

周济论词,首先肯定"寄托"之说,主张词"非寄托不入",并给"寄托"下了定义,大意是说词要能触类旁通,有引伸之义,自己偶然的感兴,能借助外物表达出来,千载之下,仍能引起读者丰富的联想,这样的词,即可称为有"寄托"。并认为有寄托的词,皆为由衷之言,可为知人论世的借鉴,具有以词存史的价值。也是对"寄托"说很好的解释。然而,周济论"寄托",又不像张惠言那样胶柱鼓瑟。在他看来,有"寄托"只是作词的第一步,第二步要求"无寄托",所谓"专寄托不出"。他曾联系宋词创作的实践,对"寄托"的具体应用做了较为科学的分析:

> 初学词求有寄托,有寄托,则表里相宣,斐然成章。既成格调、求无寄托,无寄托,则指事类情,仁者见仁,知者见知。北宋

词，下者在南宋下，以其不能空，且不知寄托也；高者在南宋上，以其能实，且能无寄托也。南宋则下不犯北宋拙率之病，高不到北宋浑涵之诣。（《介存斋论词杂著》）

所以，周济为当世词人指出的学词门径是："问途碧山，历梦窗、稼轩，以还清真之浑化。"周济提出："还清真之浑化。"这吸收了"浙派"的某些观点，周邦彦是浙江杭州人，"浙派"中厉鹗等人对他颇为重视，周济提出以清真作为词家极诣、"无寄托"之代表，与"常州词派"的门户之见相去甚远，而从这里正可看出周济词学的通达之处，它实际上是吸取、融汇了"常派"与"浙派"二家之长，而又加以扬弃，然后自成体系。

谭献（1832—1901），号复堂，浙江仁和人。他年辈晚于周济，也是"常州词派"比较著名的理论家。其词论观点本散见各处，弟子徐珂辑为《复堂词话》。"衍张茗柯、周介存之学"（《复堂词话》第四十五则），正是其论词的基本路数。

在词学理论的建树上，谭献的贡献是承张、周之绪余而有所发展，提出了"作者之用心未必然，而读者之用心何必不然"（《复堂词话》第一则）的著名论断。谭献《箧中词》评及苏轼《卜算子·雁》（缺月挂疏桐）词云：

皋文《词选》，以"考槃"为比，其言非河汉也。此亦鄙人所谓作者未必然，读者何必不然。（《复堂词话》第二十四则）

《考槃》是《诗经·卫风》中的一篇，《小序》认为《考槃》是讽刺卫庄公的。张惠言《词选》释东坡《卜算子·雁》词即本此立论：

此东坡在黄州作也。鲖阳居士云：缺月，刺微明也；漏断，暗时也；幽人，不得志也；独往来，无助也；惊鸿，贤人不安也；回头，爱君不忘也；无人省，君不察也；拣尽寒枝不肯栖，不偷安于高位也；寂寞沙洲冷，非所安也。此词与《考槃》诗极相似。

本来鲖阳居士和张惠言的解释不免牵强附会，可一旦理解为“作者未必然，读者何必不然”，就通达无碍了。谭献的词论，实为周济之论的进一步合理化。谭献对此高度推崇：“以有寄托入，以无寄托出，千古辞章之能事尽，岂独填词为然？”（《复堂词话》第四十三则）周济之“寄托”说，仍偏重于创作论，谭献之“作者未必然，读者何必不然”之论，一方面源于周氏，另一方面又更为明析痛快，且主要着眼于读者之理解与鉴赏，是一种鉴赏论。[①] 稍后于谭氏的，有冯煦（1842—1927）《蒿庵论词》、谭氏弟子徐珂《近词丛话》，持论与周、谭诸人相近，兹不赘述。

陈廷焯（1853—1892）字亦峰，江苏丹徒人，年辈晚于谭献，其《白雨斋词话》也是阐述“常州词派”理论的重要著作。他论词持论甚严，《白雨斋词话·自序》曾批评千余年来的词作有“六失”。因此，他撰此书，意在“尽扫陈言，独标真谛”，志向极为高远。陈氏词学，源出“常派”而有所发展。他说《白雨斋词话》的大旨是：

---

① 周、谭二人词论之价值，仍以钱锺书之分析最为贴切，其大略云：“闻皋文之风而起者，充极加厉，自在解脱。”其代表人物为周、谭二氏：“盖谓‘义’不显露亦可游移，‘诂’不‘通’、‘达’而亦无定准，如舍利珠之随人见色，如庐山之‘横看成岭侧成峰’。皋文缵汉代‘美人香草’之绪，而宋、周、谭三氏实衍先秦赋诗断章之法，犹禅人之‘参活句’。……诺瓦利斯尝言：‘书中缓急轻重处，悉凭读者之意而定。读者于书，随心施为。所谓公认准确之读法，初无其事。读书乃自由操业，无人能命我当何所读或如何读也。’瓦勒利现身说法，曰：‘诗中章句无正解真旨。作者本人亦无权定夺。’又曰：‘吾诗中之意，唯人所寓。吾所寓意，只为我设，他人异解，并行不悖。’足相比勘。其于当世西方显学所谓‘接受美学’‘读者与作者眼界溶化’，‘拆散结构主义’，亦如椎轮之有大辂焉。吴冲之省钦《白华前稿》卷十二《勉斋诗序》云：‘诗者，学之一端。有所言在此，所感在彼，如《晨风》之悟慈父，《鹿鸣》之感兄弟。同时也，所言在此，反若不必在此，则镜花水月，与夫羚羊挂角之喻也。古之诗人，原本性情，读者各为感触，其理在可解不可解之间。’意亦‘无寄托’之‘诗无通故达诂’，而取禅语为‘喻’也。”（《谈艺录》）

> 本诸《风》、《骚》，正其情性，温厚以为体，沉郁以为用，引以千端，衷诸壹是。

本诸《风》、《骚》诸语，乃老生常谈，值得注意的是“温厚以为体，沉郁以为用”二语，陈氏将中国哲学中“体用”的概念引入词学批评，“体”指形体、形质、实体；用指功能、作用、属性。“体”与“用”是同一事物的两面。在陈廷焯的词学体系中，“温厚”（或曰“深厚”）之“体”，与“沉郁”之“用”同样是相辅相成的。他说“非沉郁无以见深厚，唐宋诸名家词不可及者，正在此”，颇能见其用意。陈氏词学之核心，于下面一段话中揭橥无遗：

> 所谓沉郁者，意在笔先，神余言外。写怨夫思妇之怀，寓孽子孤臣之感。凡交情之冷淡，身世之飘零，皆可于一草一木发之。而发之又必若隐若见，欲露不露，反复缠绵，终不许一语道破。匪独体格之高，亦见性情之厚。飞卿词，如“懒起画蛾眉，弄妆梳洗迟”，无限伤心，溢于言表。又“春梦正关情，镜中蝉鬓轻”，凄凉哀怨，真有欲言难言之苦。又“花落子规啼，绿窗残梦迷”，又“鸾镜与花枝，此情谁得知”，皆含深意。此种词，第自写性情，不必求胜人，已成绝响。后人刻意争奇，愈趋愈下。（《白雨斋词话》卷一）

陈廷焯论“沉郁”之“用”，实际上是结合“温厚”之“体”而言的，他所谓“沉郁”，是指词有比兴寄托，能将家国之恨、身世之感借山川草木发出，同时又强调含蓄不露，以见“性情之厚”。他讲“寄托”，内涵比张惠言要广，主张“沉郁”、“温厚”、不许道破，也是对“常州词派”理论的发展和补充。

3. 常州词派第三期:“清末四大词人”

所谓“清末四大词人”王鹏运、况周颐、朱祖谋、郑文焯,[①]是“常州词派”的第三代理论家与词人。[②] 况周颐《蕙风词话》代表了“清末四大家”词论的主要成就,其要点有二:

(1)提倡“重、拙、大”。

> 作词有三要,曰重、拙、大。南渡诸贤不可及处在是。(《蕙风词话》卷一)
>
> 重者,沉著之谓,在气格,不在字句。于梦窗词庶几见之。即其芬菲铿丽之作,中间隽句艳字,莫不有沉挚之思,灏瀚之气,挟之以流转。令人玩索而不能尽,则其中之所存者厚。沉著者,厚之发见乎外者也。(《蕙风词话》卷二)

蕙风所标举之“重、拙、大”三要,以“重”为主,“拙”、“大”二者,似为“重”之补充。他释“重”为“沉著”,则又近于陈廷焯“沉郁”之说,蕙风以梦窗(吴文英)词为“重”、“沉著”之代表,说梦窗词字面艳丽,思想沉挚,格调流转,令人玩味无穷,而存忠厚之意,总的说来,是“厚之发见乎外者也”。这也就是以梦窗词作为词家极则,并从风度、气象方面对其加以品评。提倡“重、拙、大”与“沉著”,以吴梦窗为典范,是况蕙风与“清末四大家”论词的第一要义。

---

① 谭献弟子徐珂《近词丛话》“词学名家之类聚”条云:“光、宣间之倚声大家,则推临桂王鹏运、况周颐、归安朱祖谋、汉军郑文焯。”(《词话丛编》第五册)

② 四人之中,王鹏运年龄最大,声望最高,况、朱等人均受其影响,为此派当然领袖,然四人作词之家数,治词之重心皆不相同。其中王鹏运、朱孝臧以校词精审闻名于世,王之《四印斋所刻词》、朱之《彊村丛书》,各为其校勘方面之代表作。况周颐以评论见长,所著《蕙风词话》对常派词论颇有建树,龙沐勋广泛搜集郑文焯对唐宋以来各家词集批校之语,辑为《大鹤山人词话》(刊于龙氏主编之《词学季刊》,后收入《词话丛编》),亦披沙拣金,往往见宝。

(2)重视情真、景真。

> 真是词骨。情真,景真,所作必佳,且易脱稿。

至于如何做到情真,景真,蕙风提出要能情动于中而形于言,有不可不言者:

> 吾听风雨,吾览江山,常觉风雨、江山外有万不得已者在。此万不得已者,即词心也。而能以吾言写吾心,即吾词也。此万不得已者,由吾心酝酿而出,即吾词之真也。非可强为,亦无庸强求,视吾心之酝酿何如耳。吾心为主,而书卷其辅也。书卷多,吾言尤易出耳。(《蕙风词话》卷一)

蕙风在这里描绘的是词人创作中的"想象"这一心理活动过程,与刘勰《文心雕龙·神思》篇所描述的境界相似,他强调词人创作由自然外物起兴,然后在内心"酝酿而出",符合艺术思维由客观到主观的规律,所以他"真情"、"真景"的体认是相当正确的。"常州词派"后期的理论著作如《白雨斋词话》、《蕙风词话》之属,大都卷帙浩繁而纲领清晰,仅举其中心论点,读者自可举一反三。

第六节　中西诗学的融合与王国维"境界说"

意境是中国古典美学的重要范畴。在我国传统的文艺理论中,意境是指作者的主观情意与客观物境互相交融而成的艺术境界。艺术的意境绝不是"意"与"境"的简单相加,而是一个整体,是作者的情思与作品的形象体系完美统一的呈现。意境这一美学范畴是长期创作实践经验的总结。虽然"意境"说成熟于王国维之手,但它有一个漫长的积累与发展的过程。

一、“意境”辨始

1.“意境”说产生的前提与背景

“意境”说产生于唐代，这已成为学术界公认的事实，但它的产生少不了必要的前提与文化背景。

(1)意境说的产生，离不开创作实践所提供的“标本”。

自《诗经》、《楚辞》、汉乐府以来，尤其是盛唐诗人的杰出创造，大量的、丰富多彩的诗歌创作，已经在客观上为意境说的产生奠定了坚实的基础，这是不容置疑的首要前提条件，故不必赘论。

(2)在唐代意境说产生之前，魏晋以来的一些杰出的文艺理论家对文学创作中的主客观关系已有了较为深入的认识，这些认识为意境说的产生，提供了必要的理论前提。

陆机为了解决文学创作中“意不称物，文不逮意”的难题，就十分重视“意”与“物”之间的密切关系。《文赋》把文学创作的艺术构思分为两个步骤：首先是使心境进入一种类似于道家所说的“虚静”状态，但这种“虚静”并非空寂，而是寻求神思与物境相交融的最佳状态。所谓“精骛八极，心游万仞”，也就是在搜寻那些最能体现主观情思的客观物象。第二个步骤，当“情曈昽而弥鲜，物昭晰而互进”，即意境逐渐鲜明清晰之后，便进而寻找适当的语言和方法加以表现。陆机在这里所讲的是一般的构思过程，在诗歌创作中，意境的形成并不这样简单。刘勰《神思》篇中更为具体地论述了艺术构思的特征与方法：

> 古人云：“形在江海之上，心存魏阙之下。”神思之谓也。文之思也，其神远矣。故寂然凝虑，思接千载；悄焉动容，视通万里。吟咏之间，吐纳珠玉之声，眉睫之前，卷舒风云之色：其思理之致乎！故思理为妙，神与物游。神居胸臆，而志气统其关键；物沿耳

> 目，而辞令管其枢机。枢机方通，则物无隐貌；关键将塞，则神有遁心。是以陶钧文思，贵在虚静，疏瀹五藏，澡雪精神。……然后使玄解之宰，寻声律而定墨；独照之匠，窥意象而运斤。此盖驭文之首术，谋篇之大端。夫神思方运，万涂竞萌；规矩虚位，刻镂无形。登山则情满于山，观海则意溢于海；我才之多少，将与风云而并驱矣。

所谓“陶钧文思，贵在虚静”，同陆机所说：“收视反听”的道理是一致的，“虚静”是为了更好地进行审美感受与审美表现，作家精神专一，不受外扰，才能充分酝酿情感并捕捉和表现那些物象的内在特征。但作家所捕捉到的物象，已非纯客观的物象，而是融注了诗人丰富的情思。因为在观物之始，就伴随着浓烈的情思。在艺术想象与构思的过程中，“神”与“物”是互为交融契合的；所以写作之时，作家所写之境，既非纯主观的情思，亦非纯客观的物象，而是二者交融契合之后所具有的整体艺术美，所以说是“意象”；这种“意象”不仅充分体现了作家的情思，而且又带有鲜明的个性特征，所以说是“独照之匠”。可见从观物到构思再到写作，整个过程中“神”与“物”始终是契合交融的。尽管陆机和刘勰并没有专门论述意境的问题，但他们在谈论艺术构思与艺术创造的过程中，都十分重视主观情意与客观物象的契合交融，这显然已为后世“意境”说的产生提供了很有价值的理论基础。

(3)儒道佛中的有关学术思想，为意境理论提供了哲学的依据。

意境说的产生，与先前人们关于言、象、意关系的论述有着极为密切的关系。如《周易·系辞》所说“圣人立象以尽意，设卦以尽情伪”，老子所说“道之为物，惟恍惟惚。惚兮恍兮，其中有象。恍兮惚兮，其中有物”（《老子》二十一章），庄子所说“可以言论者，物之粗也；可以意致者，物之精也。言所不能论，意之所不能察致者，不期精粗焉”（《庄子·秋水》），荀粲所说“象外之意，系表之言”（《三国志·魏书·

荀彧传》裴注引《晋阳秋》)，王弼所说“夫象者出意者也，言者明象者也。尽意莫若象，尽象莫若言”，“故言者所以明象，得象而忘言；象者所以存意，得意而忘象”(《周易略例·明象》)，僧肇所说“独拔于言象之表，妙契于希夷之境”(《般若无知论》)，释慧琳所说“象者理之所假，执象则迷理”(《龙光寺竺道生法师诔》)等等，皆为“意境”说的产生提供了深刻的哲学理论基础与认识方法理论。[①] 由此可见，诗歌“意境”理论的提出，绝非偶然，它与前人及同时代的学术思想与哲学理论观念，都有着密不可分的渊源关系。

2.“意境”说的产生

从理论上明确提出诗歌“意境”的概念并对之加以探讨的，是中唐时代从大历到贞元、元和时期的一些作家和诗歌理论家。其中代表性的文字有署名为王昌龄的《诗格》和皎然的《诗式》，此外，戴叔伦、权德舆及刘禹锡等人也有一些零散的论述。他们对诗歌意境的有关论述或描述，才真正标志着我国诗歌美学中“意境”说的正式诞生。

(1)署名王昌龄的《诗格》。

今本署名为王昌龄的《诗格》，实非王昌龄所作，而出自后人之手。[②]《诗格》对于意境的论述，主要包括两个方面的内容：

其一是对意境构成的心与物之关系的论述。《文镜秘府论》地卷所论“十七势”，是传王昌龄《诗格》的内容，第九“感兴势”、第十“含思落句势”、第十六“景入理势”，所说心与物的相“感会”，意与景的“相

---

① 张文勋先生在《从佛学的“六根”“六境”说看艺术“境界”的审美心理因素》(《社会科学战线》1986年第2期)一文中，曾就佛学的“境界”说与艺术创造的“意境”说的关系做过深入系统的论述，证明了二者之间的关系是十分密切的。

② 此点前贤已有论辨，参见罗宗强《隋唐五代文学思想史》第五章第三节。又，其成书时间，据皎然在其成书于贞元五年的《诗式》卷二中对王昌龄之语的称引，同空海《文镜秘府论》的有关记述基本相同，此足以证明其成书当不晚于贞元之初。此外，《文镜秘府论》地卷“十七势”和南卷“论文意”所引“王氏论文云”各条，虽与今本《诗格》所论互有异同，但亦不妨互相参看(参见罗根泽《中国文学批评史》第四篇第二章)。

惬”、“相兼”，就强调了主客观因素在意境构成中互相交融、契合无间的关系。《诗格》将诗境区分为三种：

> 诗有三境。一曰物境：欲为山水诗，则张泉石云峰之境极丽绝秀者，神之于心，处身于境，视境于心，莹然掌中，然后用思，了然境象，故得形似。二曰情境：娱乐愁怨，皆张于意而处于身，然后驰思，深得其情。三曰意境：亦张之于意而思之于心，则得其真矣。

可见“情境”与“意境”的区别并不大，不过从“得其情”与“得其真”来看，前者偏重于表现喜怒哀乐之情，后者偏重于表现志意品格之真。两处所谓“张于意”，皆就艺术构思而言。至于“物境”，尽管是就山水诗而言，然其特征却更多地符合诗人之意境。以心观物，以境处心，故境象了然。[①]

不可否认，《诗格》十分重视“心”在意境构成中的作用，其观物之法也深受佛教理论的影响，但二者仍存在着根本的区别。诗人观物，首先要“目击其物”，此物当然是客观外在的具体之物，有了这个前提，才能进而“以心击之，深穿其境”，并且达到“心中了见”其“象”的目的。这个“象”，已非“目击其物”的象，而是前者的升华，它不仅超越了客观具体物象而得到了其本质特征，更重要的是它已经融入了诗人的主观情思，这也正是诗人意境形成的关键所在。后来司空图所强调的“象外之象”，苏轼所强调的“成竹在胸”等，就都进一步阐明了这个道理。正因为意境的产生离不开客观物象这一总的前提，所以《诗格》

---

① 《文镜秘府论》南卷“论文意”有一段文字可与此相参照：“夫置意作诗，即须凝心，目击其物，便以心击之，深穿其境。如登高山绝顶，下临万象，如在掌中。以此见象，心中有见，当此即用。如无有不似，仍以律调之定，然后书之于纸，会其题目。山林、日月、风景为真，以歌咏之。犹如水中见日月，文章是景，物色是本，照之须了见其象也。”

强调“物色”是本。这种认识是符合诗歌创作的实际的，这与佛家“惟识无境”、境由心造的境界说根本不同。

其二是论述了意境创造过程中思维活动的某些特点。《诗格》云：

> 诗思有三：搜求于象，心入于境，神会于物，因心而得，曰取思。久用精思，未契意象，力疲智竭，放安神思，心偶照境，率然而生，曰生思。寻味前言，吟讽古制，感而生思，曰感思。（《唐音癸签》卷二引）

这里讲了诗思产生的三种途径与过程。“取思”的意思已如上述，不过这里着重强调的是以主观精神积极地搜求客观物象，以期达到“心入于境，神会于物”。“感思”是受前人作品的启发而产生的诗思，这是一种间接的“感物”方式。[①] 至于“生思”，则触及了意境创造过程中的灵感问题。《文镜秘府论》中也有相似的记载：

> 夫作文章，但多立意。令左穿右穴，苦心竭智，必须忘身，不可拘束。思若不来，即须放情却宽之，令境生。然后以境照之，思则便来，来即作文。如其境思不来，不可作也。

这一见解从理论上看显然是受到刘勰“养气”论的影响。[②] 刘勰所说养气，是针对文学创作过程中思路是否“通”、文情是否“畅”而言

① 《文镜秘府论》南卷“论文意”载：“凡作诗之人，皆自抄古人诗语精妙之处，名为随身卷子，以防苦思。作文兴若不来，即须看随身卷子，以发兴也。”正是“感思”的本义。

② 《文心雕龙·养气》云：“心虑言辞，神之用也。率志委和，则理融而情畅；钻砺过分，则神疲而气衰”；“且夫思有利钝，时有通塞；沐则心覆，且或反常，神之方昏，再三愈黩。是以吐纳文艺，务在节宣，清和其心，调畅其气；烦而即舍，勿使壅滞。意得则舒怀以命笔，理伏则投笔以卷怀，逍遥以针劳，谈笑以药倦，常弄闲于才锋，贾余于文勇。使刃发如新，凑理无滞，虽非胎息之迈术，斯亦卫气之一方也。”

的;《诗格》则是移以论意境创造过程中最关键的灵感问题。所谓“久用精思,未契意象”,就是说,尽管诗人在“搜求于象”的过程中苦思冥想,但仍未搜求出情思与物象相契合的关键之点——这也就是诗人灵感之所在。此时,便有三种情况可能出现:或“放安神思,心偶照境,率然而生”,在苦心竭虑之后,放松一下精神,或可有灵感偶然出现,从而产生鲜明清晰的意境;或“放情却宽之,令境生。然后以境照之,思则便来”,在意(“情”)伏的情况下,即放而宽之,重新返回到物象之中,“令境生”,“以境照之”,即以物观心,这样也可呈现出具体形象的境界;或当境思皆不来时,便不可强作,即刘勰所谓“投笔以卷怀”。《诗格》所论及的意境创造过程思维活动的这些特点,应该说是符合于诗歌创作的形象思维实际的。由此可见《诗格》中关于意境的论述,已颇为详尽,既涉及意境构成的心与物之关系,也论及意境创造过程中思维活动之若干关系。这些理论和见解,为后世意境理论的进一步发展奠定了基础。

(2)皎然《诗式》。

继《诗格》之后,皎然在《诗式》中对意境的问题也做了较为集中的论述。首先,皎然在《诗式》中十分突出地强调了关于“取境”的问题:

> 夫诗人之思初发,取境偏高,则一首举体便高;取境偏逸,则一首举体便逸。才性等字亦然。体有所长,故各功归一字。偏高偏逸之例,直于诗体篇目风貌,不妨一字之下。风律外彰,体德内蕴,如车之有毂,众美归焉。(《诗式》卷一“辩体有一十九字”)

皎然所说的“取境”,与《诗格》“诗有三思”之“取思”相同,皆指诗人通过构思,于心中缔构出诗歌的艺术境界。在皎然看来,诗思的触发,就是一个取“境”的问题,这一点至关重要,因为取“境”如何,直接决定着整首诗的思想风貌与艺术风格。也就是说，诗的思想风貌与艺术风格不能离开诗“境”而存在，它只能寄寓在“境”中。值得注意的是，皎然在“辩体有一十九字”中对“情”体的解释说：“缘境不尽曰情。”在他看来，诗人是通过诗“境”来寄寓无限的情思；而对于读者来说，也同样是通过这个“境”来领悟诗人寄寓其中的无限情思。由此可见，“境”不仅是诗歌创作的关键，而且也是作者与读者之间的桥梁和中介。那么如何“取境”呢？皎然说：

> 取境之时，须至险至难，始见奇句。成篇之后，观其气貌，有似等闲不思而得，此高手也。有时意静神王，佳句纵横，若不可遏，宛如神助。不然。盖由先积精思，因神王而得乎？（《诗式》卷一“取境”）

皎然认为，“取境”并非不思而得，必须经过一番艰苦的构思。要进行至险至难的艺术构思，驰骋想象和联想，采撷不同寻常的艺术形象，既得“万象”之“巧”，亦写诗人“冥奥之思”，从而缔构出优美的诗歌艺术境界。对于那种认为诗“不要苦思”的观点，他从根本上加以否定，认为即使偶然出现“佳句纵横，若不可遏，宛如神助”的现象，也是由于“先积精思，因神王而得”的结果。

其次，皎然认为，好的诗境，应该能“状飞动”之趣，表现出艺术境界的动态美，这也就是皎然所反复强调的“势”。皎然认为自然美有静态、动态之别，两者都是诗境所要表现的对象。但是当诗境把这些自然美展现为艺术美时，就必须有“飞动”之趣，即要有一种动态的“势”的美感。“势”，就是诗歌内在的动态结构，即诗人规模诗境、曲尽情意而形成的文体开阖作用之势。在诗境中具体体现这个“势”的，就是“萦回盘礴，千变万态”，或“气腾势飞，合沓相属”，或“欻出高深重复之状”，总之要有动态的美感。

第三，皎然论意境，较多地侧重在禅悟之境。皎然身为佛徒，在认识论上带有佛教理论的色彩是十分自然的事情。他解释“静”境为“意中之静”；解释“远”境为“意中之远”（《诗式》卷一“辩体有一十九字”），就都是以禅境来论述诗境的。皎然在《答俞校书冬夜》诗中说：

> 夜闲禅用精，空界亦清迥。子真仙曹吏，好我如宗炳。一宿睹幽胜，形清烦虑屏。新声殊激楚，丽句同歌郢。遗此感予怀，沉吟忘夕永。月彩散瑶碧，示君禅中境。真思在杳冥，浮念寄形影。遥得四明心，何须蹈岑岭。诗情聊作用，空性唯寂静。

主观的情性，客观的物象，在皎然那里都被视为“禅中境”。皎然并不是像后来严羽那样以禅喻诗，而是直接以禅入诗，因而他所悟的禅境，也即是诗的意境。在皎然看来，不仅诗歌如此，即使高超的书法、绘画艺术，其表现出来的意境与禅境也是相通的。皎然在“辩体有一十九字”中解释“情”为“缘境不尽曰情”，不能一般地把它理解为真情实感，它是一种超尘脱俗的情性，也是一种空寂的佛性。所以皎然又说：

> 但见性情，不睹文字，盖诣道之极也。向使此道尊之于儒，则冠六经之首；贵之于道，则居众妙之门；精之于释，则彻空王之奥。（《诗式》卷一“重意诗例”）

显然，“性情”就是“道”，就是释家之佛性。这种“真情性”，也就构成了皎然对于诗歌意境的一种特殊的审美要求。皎然根据自己对禅境的领悟，认为意境有虚有实，虚中有实，实中见虚，难以判分。他有这样一段话：

> 夫境象不一，虚实难明，有可睹而不可取，景也；可闻而不可

见，风也；虽系乎我形，而妙用无体，心也；义贯众象而无定质，色也。（《文镜秘府论》南卷“论文意”引）

可见所谓“境象”，实质是一种心象，也就是佛家常说的“对境觉知”所获得的“境象”。这种虚实结合的特点，与严羽所说“空中之音，相中之色，水中之月，镜中之象”是一致的，而这也正符合诗歌意境的基本特征。戴叔伦曾经形容说：“诗家之景，如蓝田日暖，良玉生烟，可望而不可置于眉睫之前也。”（见《司空表圣文集》卷三《与极浦书》）把诗境的特点说得很传神，可望而不可即，就因为它已经不是纯客观的景物，而是融入了作者的情思，是经过改造的。形象可感，是其实的一面，但又含蕴更加丰富，象外有情，是其虚的一面，皎然所说“虚”与“实”的二重性，正与此同。

（3）司空图“象外”说。

中唐时期除传为王昌龄的《诗格》和皎然比较集中地论述了意境的问题之外，当时也还有不少人言及诗歌的“境”或“意境”。如高仲武《中兴间气集》评张奕棋“苦节学文，数载间，稍入诗境”；杜确《岑嘉州集序》评岑参诗“多入佳境”；权德舆《左武卫胄曹许君集序》评许诗“皆意与境会”；刘禹锡《董氏武陵集纪》云：“片言可以明百意，坐驰可以役万景，工于诗者能之。……境生于象外，故精而寡和。”吕温《联句诗序》说：“研情比象，造境皆会。”白居易也多次提到诗境的问题：“闲中得诗境，此境幽难说。”（《秋池二首》其二）“诗境忽来还自得，醉乡潜去与谁期。”（《将至东都先寄令狐留守》）这些言论，一方面说明，在主观上清醒地认识到诗歌意境及其重要性，这在中唐时期已经成为相当普遍的现象；另一方面说明，诗人们对诗歌意境的本质特征，有着较为一致的看法。但从理论上有系统地总结唐诗意境，并进一步发展了意境理论的，则是晚唐诗人司空图。

“象外之象，景外之景”，是司空图论诗境的宗旨。在儒、释、道的学术思想以及玄学理论之中,“象”与“象外”的概念已有着悠久的历史,它们为诗歌意境的产生提供了哲学的依据。同样,在画论和诗论之中,“象外”、“形外”之说也屡有提及。① 而司空图的“象外之象,景外之景”的认识正是对前人理论的继承和发展。他在《与极浦书》中说:

> 戴容州云:“诗家之景,如蓝田日暖,良玉生烟,可望而不可置于眉睫之前也。”象外之象,景外之景,岂容易可谭哉?

首先,司空图的“象外”之说,与他所倡导的“味外之旨”和“韵外之致”是相辅相成的。可以说“味外”、“韵外”是得之于“象外”;反之,达不到“象外之象”的要求,也就谈不上“味外”与“韵外”的效果。因而从理论上讲,“象外之象”与味外之味的道理是相通的。诗歌意境的创造,旨在体现一种完美的艺术境界,亦即司空图所说的“全美以为工”(《与李生论诗书》),但这种诗境的艺术美,是来源于自然和生活却又超越了自然和生活,因为它经过了诗人的提炼、加工和情感的熔铸,这正是司空图所强调的“思与境偕”的基本要求(《与王驾评诗书》)。王国维在《人间词话》中说:

> 诗人对宇宙人生,须入乎其内,又须出乎其外。入乎其内,故

① 如谢赫《古画品录》说:“若拘以体物,则未见精粹;若取之象外,方厌膏腴。”显然,“取之象外”比“拘以体物”更胜一筹。朱景玄《唐朝名画录序》给绘画艺术下的定义是:“盖以穷天地之不至,显日月之不照,挥纤毫之笔,则万类由心;展方寸之能,而千里在掌。至于移神定质,轻墨落素,有象因之以立,无形因之以生。”无论是有象的还是无形的,只要艺术家“展方寸之能”,便可“移神定质”,挥之而出。所强调的也正是艺术家对“象外”、“形外”的艺术境界的创造。张彦远《历代名画记叙论》也说:“古之画,或能移其形似而尚其骨气,以形似之外求其画,此难可与俗人道也。”指出艺术形象在“形似之外”。皎然针对诗境提出要“采奇于象外”;韩愈赞美孟郊的诗“冥观洞古今,象外逐幽好”(《荐士》);刘禹锡也说“境生于象外”。

能写之；出乎其外，故能观之。入乎其内，故有生气；出乎其外，故有高致。

实质上就是要求抓住物象的本质特征，反映出其具有普遍意义的内在规律，同时这种特征又契合于诗人的情思，这样才能创造出自然优美的诗歌意境。而这种意境对于原有的自然、生活或客观物象来说，就是“象外之象”了。这是“象外之象”所蕴含的最一般的含义。

其次，“象外之象”的更深一层的含义，是说明了诗境的空灵与多层次的特点。这就更多地体现出司空图对意境理论的进一步深化。前人论意境，多注重“取境”的问题和诗境的空灵与情境交融的特点，司空图则在此基础上进一步指出了诗境的多层次的特点，其中即包括诗境本身的丰富蕴含，同时也包括了对诗境的创造性的审美欣赏。司空图“象外之象，景外之景”的提出，直接受到戴叔伦的启发。戴叔伦形容“诗家之景，如蓝田日暖，良玉生烟，可望而不可置于眉睫之前”。这是用传神的方法，生动地描绘出他所领悟到的诗境特征：朦胧不清，飘忽不定，虚中有实，实中带虚，形象之外，又具有一种空灵，虽然可以感受到其“形”与“象”的存在，但又难以确认确指。司空图对戴叔伦所描绘的这种诗境，从理论上概括为“象外之象，景外之景”。“象外之象”的第一个象，是诗歌中所直接描写的形象，也是读者最易感受到的形象。这个形象有情思，也有物象，有形状，也有色彩，应该说是一个具体的、鲜明清晰的形象，它所表达的情思也比较易于把握。但优秀的诗歌，往往在这一层可感的、鲜明清晰的形象之外，还有多层没有明确画面、更为飘忽空灵的形象，这个象，就是“象外之象”。这个象往往不是直接诉诸于读者的形象，而是要借助于象喻、烘托、暗示等手段，和借助于读者的联想、补充而呈现出来的。司空图所强调的“味外之旨”和“韵外之致”，就正存在于这个“象外之象”当中，或者说是由“象外之象”而得来。由于“象外之象”具有空灵的、多层次的特点，因

而它的蕴含十分丰富,不同的读者便会从中得到不同的领悟与启示。如杜甫的《江南逢李龟年》一诗:

> 岐王宅里寻常见,崔九堂前几度闻。正是江南好风景,落花时节又逢君。

这首诗最表层的意思十分明了,无非就是故友重逢;其中最鲜明具体的形象是“落花时节”,这是点明重逢的时节。但这首诗的好处,绝不在这表“象”之间,而是在“象外之象”所蕴含着的多层次的丰富的情思。李龟年是盛唐时代红极一时的音乐家,经常出入于王公贵戚之门,如今他已流落江南,这对李龟年来说,是他的“落花时节”,暗喻着他不幸的身世。这是“象外”的第一层“意象”。杜甫当年在长安虽不得志,但也曾出入于岐王、崔九之门,在那盛世里无论如何也比他后来飘泊流离的生活要好得多。更何况那时他还年轻,而如今已是“老病有孤舟”,境况大不如前了。所以“落花时节”又暗指自己不幸的身世。这是“象外”的第二层“意象”。“正是江南好风景”的“落花时节”,在盛唐承平时代,也正是艺术家与诗人们做快意之游之时,可如今这落花流水的风光,却点缀着两位形容憔悴、皤然白首的老人。也许他们在“忆昔开元全盛日”,也许他们在互相倾诉别后的颠沛流离之苦,总之有无限的感慨。这是“象外”的第三层“意象”。对于唐王朝来说,经过了一场“安史之乱”,“开元全盛日”已成为历史的陈迹,这一时代沧桑的巨幅画卷,也好像是“落花时节”。这是“象外”的又一层“意象”。也许这首诗的象外之象还不止于此,但这些已足够说明司空图“象外之象”的理论含义了。这类诗歌在盛唐诗人笔下可谓俯拾即是,不胜枚举。尤其是在司空图所推崇的王、孟、韦、柳等人的诗作中,就更多地具有一种在表象的境界之外,弥漫飘忽着多层的更空灵、更深远的意蕴。由此可见司空图的“象外”之说,与他的“韵味”之说,乃是一个完整的理论体系。

事实上,《二十四诗品》中通过对不同诗境的描述来展示不同的风格类型,也正是对“象外”说的具体运用。因为对于某种诗歌风格来说,主要就是指某种意境的美的类型。人们对于风格的把握,也就是通过对意境的领悟而得到的一种总体的审美印象。如雄浑、冲淡、自然、高古、劲健、豪放、飘逸、旷达、精神、流动等等风格概念,就都是这种总体的审美印象。这些印象是既形象又抽象的,往往只能意会,难以言传。因此要想为某种风格概念做出明确具体的定义或义界来,其结果无疑是见仁见智、人言言殊的。然而《二十四诗品》不是用抽象的、概念式的方法去强为每种风格下定义,而是用形象的、传神的方法描绘出不同类型的意境,让人们从这些意境中去感会与领悟。但这些意境本身,却又是空灵的、多层次的;人们虽然可以感受到这些诗境的形象与神态,但它们却又带着朦胧的不确定性,这就为读者留下了许多可以想象、联想、补充与再创造的余地,从而构拟出自己心目中某种风格的境界。从这里也可见出司空图“象外”说的巨大理论意义。

二、王国维及其《人间词话》

王国维(1877—1927),字静安,又号观堂,浙江海宁人。[①] 学问渊博,且具诗人之气质,所作《人间词》颇有特色。事实上,王国维的贡献

① 王国维自幼受传统文化的教育,青年时代,深受康、梁新学的影响,1898 年来到上海,在梁启超主办的《时务报》馆工作,同时在罗振玉的东文学社学习,变法失败后,仍在东文学社学习并供职,1901 年得罗振玉资助,赴日本留学,因病于同年回国,任苏州和南通师范学堂教习。从 1901 年至 1905 年,王国维主要研究西方哲学与美学,对康德、叔本华之著尤其偏嗜。1906 年经罗振玉推荐,到北京任学部总务司行走,后至京师图书馆工作,直至辛亥革命爆发。这期间,他主要从事文学研究,著有《人间词话》(成书于 1908 年)和《宋元戏曲考》(1912 年)。辛亥革命后,随罗振玉至日本,1916 年回国,曾任清华大学研究院导师。1923 年受废帝溥仪征召,任南书房行走。辛亥之后,王国维转而研究甲骨文、金文及蒙古史,成绩卓著,成为一代大师,1927 年,因各方面的苦闷失意,自沉于颐和园之昆明湖,享年五十岁。

并不在其词，而在于在词学理论方面，其所著《人间词话》吸取了浙西派和常州派之长，较好地继承了中国古典传统的文艺理论，并参酌西方的美学理论，建立了自己的词学体系，成为中国古代诗学中的无上典范。《人间词话》的首要贡献就是提出了“境界”（亦即“意境”）说。

“境界”一词，首见于刘向《新序・杂事》：“字封疆，谨境界”，在这里指疆土的范围，与文学批评无关。“意境”这个词，首先出现于传为盛唐诗人王昌龄的《诗格》。明代朱承爵《存余堂诗话》说：“作诗之妙，全在意境融彻，出音声之外，乃得真味。”到了清代，以“意境”（或“境界”）论诗、词乃至古文、绘画者日渐增多，如金圣叹《第六才子书》批语即标举“境界”，沈德潜称韩愈七古“别开境界”，袁枚评沧浪“羚羊挂角、香象渡河”之语云：“诗不必首首如是，亦不可不知此种境界。”蒋士铨誉袁枚诗“境界起灭微乎微”。潘德舆说：“《三百篇》之神理意境不可不学。”刘熙载《艺概・诗概》云：“思字中境界无尽，唯所归则一耳。”况周颐《蕙风词话》亦以“意境”论诗，康、梁亦在“诗界革命”中标举“意境”。其余如管同评方东树古文“无不尽之意，无不达之辞，国朝名家无此境界”（方东树《仪卫轩文集》自序中引）。郑板桥论画：“一丘一壑之经堂，小草小花之渲染，亦有难处；大起造，大挥写，亦有易处：要在人之意境何如耳。”（郑燮《题画竹六十九则》之一）“意境”与“境界”用于文学批评时，意思完全相同。

王国维正是站在前人的肩上，同时又吸取西哲康德、叔本华诸人的学说，大力标举“境界”说，并对“境界”（意境）说做了深入的解说，其关于“境界”说的论述，主要见于《人间词话》。如：

词以境界为最上。有境界则自成高格，自有名句。五代北宋之词所以独绝者在此。

严沧浪《诗话》谓：“盛唐诸公，唯在兴趣。羚羊挂角，无迹可求。故其妙处，透澈玲珑，不可凑拍。如空中之音，相中之色，水中之影，镜中之象，言有尽而意无穷。”余谓：北宋以前之词，亦复如是。然沧浪所谓兴趣，阮亭所谓神韵，犹不过道其面目。不若鄙人拈出“境界”二字，为探其本也。

言气质，言神韵，不如言境界。有境界，本也。气质、神韵，末也。有境界而二者随之矣。

王国维这些话并非自夸，“中国古代诗论中影响较大的几家，如严羽的兴趣说，王士祯的神韵说，袁枚的性灵说，虽然各有其独到之处，但都只强调了诗人主观情意的一面。所谓兴趣，指诗人的创作冲动，兴致勃发时那种欣喜激动的感觉。所谓神韵，指诗人寄诸言外的风神气度。所谓性灵，指诗人进行创作时那一片真情，一点灵犀。而这些都是属于诗人主观精神方面的东西。王国维高出他们的地方，就在于他不仅注意到诗人主观情意的一面，同时又注意到客观物境的一面；二者必须交融才能产生意境。”①王国维的“意境”说可分为两个方面来探讨：第一是王国维对传统“意境”说的发展与贡献；第二是“意境”说之现代意义。

1. 王国维对传统“意境”说的发展与贡献

“意境”之说并非创自王国维，以“意境”论诗、词，也不自王国维始。欲弄清王氏“意境”说之具体含义及其对传统诗学的发展，最好的办法是从王氏对历代词人、词作的评价入手。王氏托名樊志厚作的《人间词》乙稿序，在对历代词的品评中，比较集中地阐述了“意境”说：

文学之事，其内足以摅己而外足以感人者，意与境二者而已。上焉者意与境浑，其次或以境胜，或以意胜。苟缺其一，不足以言

① 袁行霈《中国诗歌艺术研究·论意境》。

文学。原夫文学之所以有意境者，以其能观也。出于观我者，意余于境。而出于观物者，境多于意。然非物无以见我，而观我之时，又自有我在。故二者常互相错综，能有所偏重，而不能有所偏废也。文学之工不工，亦视其意境之有无与其深浅而已。……温、韦之精艳，所以不如正中者，意境有深浅也。珠玉所以逊六一，小山所以愧淮海者，意境异也。美成晚出，始以辞采擅长，然终不失为北宋人之词者，有意境也。南宋词人之有意境者，唯一稼轩，然亦若不欲以意境胜。白石之词，气体雅健耳。至于意境，则去北宋人远甚。及梦窗、玉田出，并不求诸气体，而惟文字之是务，于是词之道熄矣。自元迄明，益以不振。至于国朝，纳兰侍卫以天赋之才，崛起于方兴之族。其所为词悲凉顽艳，独有得于意境之深，可谓豪杰之士奋乎百世之下者矣。同时朱、陈，既非劲敌；后世项、蒋，尤难鼎足。至乾、嘉以降，审乎体格韵律之间者愈微，而意味之溢于字句之表者愈浅。岂非拘泥文字，而不求诸意境之失欤？抑观我观物之事自有天在，固难期诸流俗欤？余与静安，均夙持此论。静安之为词，真能以意境胜。夫古今人词之以意胜者，莫若欧阳公。以境胜者，莫若秦少游。至意境两浑，则惟太白、后主、正中数人足以当之。静安之词，大抵意深于欧，而境次之于秦。至其合作，如《甲稿》《浣溪沙》之“天末同云”、《蝶恋花》之“昨夜梦中”、《乙稿》《蝶恋花》之“百尺朱楼”等阕，皆意境两忘，物我一体。高蹈乎八荒之表，而抗心乎千秋之间。骎骎乎两汉之疆域，广于三代，贞观之政治，隆于武德矣。方之侍卫，岂徒伯仲。此固君所得于天者独深，抑岂非致力于意境之效也。至君词之体裁，亦与五代、北宋为近。（《人间词》乙稿序）

王静安以“意与境浑”作为词之极则，这是指作者的主观情意与客观物象在作品中恰到好处的融合，达到一种物我两忘的浑融境界。从有无意境或意境深浅的角度着眼，他重点肯定的是唐五代之李白、李煜、冯延巳，北宋之欧、秦、周，南宋之稼轩，清朝之纳兰性德，以及他自己的《人间词》。从他对上述词人词作的品评及这些词本身的特点着手，似可弄清其“意境”说的主要涵义。王氏认为，“意境两浑”的作品以李白、李煜（后主）、冯延巳（正中）三家为代表。这表明王氏最为欣赏的是气象浑厚而具有悲剧色彩的词作。他所说的李白词，指被宋人黄升称为“百代词曲之祖”的《菩萨蛮》、《忆秦娥》二词（这两首词是否李白所作，迄无定论），王氏《人间词话》卷上云：

太白纯以气象胜。“西风残照，汉家陵阙。”寥寥八字，遂关千古登临之口。后世唯范文正之《渔家傲》、夏英公之《喜迁莺》，差足继武，然气象已不逮矣！

李白的《菩萨蛮》词写的是游子思归，《忆秦娥》是思妇念远，题材虽不新鲜，然景物色调偏于悲凉，感情又极为沉至，“西风残照，汉家陵阙”八字，于极其阔大的自然景物中，寓有浓重的悲剧色彩，确为登临词的绝唱。

王国维推许的第二位“意与境浑”的词人是李后主，李后主的词，以降宋为界，分为前后两期。王国维在《人间词话》中说：

词至李后主而眼界始大，感慨遂深，遂变伶工之词为士大夫之词。周介存置诸温、韦之下，可谓颠倒黑白矣。“自是人生长恨水长东”，“流水落花春去也，天上人间”。《金荃》、《浣花》，能有此气象耶？

唐五代之词，有句而无篇。南宋名家之词，有篇而无句。有篇有句，唯李后主降宋后之作，及永叔、子瞻、少游、美成、稼轩数家而已。

简直推李煜为唐宋词史上的第一人，且重点强调其“降宋后之作”。可见，王氏所重视的，正是后主词中深沉的家国之恨与身世之悲。《人间词话》还说过：

> 尼采谓：“一切文学，余爱以血书者。”后主之词，真所谓以血书者也。宋道君皇帝燕山亭词亦略似之。然道君不过自道身世之戚，后主则俨有释迦、基督，担荷人类罪恶之意，其大小固不同矣。

也是强调后主词中的悲剧意味。王氏认为后主词高于宋徽宗（道君皇帝）《燕山亭》词，是因为后主词不仅写出由帝王变为囚徒的悲哀，而且写出了人类某些共同的悲哀情绪，内容涵盖得更为深广。王国维认为“意与境浑”的词人还有一位是冯延巳。冯延巳曾为中宗李璟朝宰相，面对后周朝日益扩张的威胁，延巳词中也充满了忧患意识。[①] 王国维评冯词云：

> 冯正中词，虽不失五代风格，而堂庑特大，开北宋一代风气。
>
> 正中词除《鹊踏枝》、《菩萨蛮》十数阕最煊赫外，如《醉花间》之“高树鹊衔巢，斜月明寒草”。余谓韦苏州之“流萤度高阁”、孟襄阳之“疏雨滴梧桐”不能过也。正中词品，若欲于其词句中求之，则“和泪试严妆”殆近之欤？

---

① 冯煦《四印斋刻阳春集序》评延巳词云：“翁俯仰身世，所怀万端，缪悠其辞，若显若晦，揆之六义，比兴为多。若《三台令》、《归国谣》、《蝶恋花》诸作，其旨隐，其词微，类劳人、思妇、羁臣、屏子郁伊怆怳之所为，翁何致而然耶？周师南侵，国势岌岌。中主既昧本图，汶闇不自强，强邻又鹰瞵而鹗睨之，而务高拱，溺浮采，芒乎芴乎，不知其将及也。翁负其才略，不能有所匡救，危苦烦乱之中，郁不自达者，一于词发之。其忧生念乱，意内而言外，迹之唐五季之交，韩致尧之于诗，翁之于词，其义一也。”评价极为准确。

足见冯词情调凄苦，感慨深沉，静安认为冯词之妙，即在于此。综观李白、李煜、冯延巳三家词，可见共同特点是眼界比较开阔，感慨相当深沉，抒情写景状物皆无琐屑卑靡之病，而能将家国之感、身世之悲、对宇宙人生的领悟与把握写入词中，境界寥阔高远，常常意在言外，而这“言外之意”又不甚具体，更无法坐实，同时，词中又带有浓郁的悲剧色彩。而这些特点，正是王国维存于心中而未曾明言的有“意境”之词的要质，换言之，王国维“意境”说的主要内涵即等同于以上三家词之特点，故王氏评之为“意与境浑”。

王氏赞许的北宋欧、秦、周词及南宋之稼轩词，亦以“有意境”见长，且诸人词之特点，亦与李白、冯延巳、李煜三家相近。欧阳修词多写相思离别之情，语近情遥，亦多悲苦，且常与冯延巳词相混。所以刘熙载说冯延巳之词，“欧阳永叔得其深”（《艺概·词曲概》）。冯煦说少游词寄慨身世、一往情深，直接后主。王国维评秦观词，观点与冯煦相近而更为鲜明：

> 少游词境，最为凄婉，至“可堪孤馆闭春寒，杜鹃声里斜阳暮”，则变而凄厉矣。
>
> “风雨如晦，鸡鸣不已”，“山峻高以蔽日兮，下幽晦以多雨。霰雪纷其无垠矣，云霏霏而承宇”，“树树皆秋色，山山尽落晖”，“可堪孤馆闭春寒，杜鹃声里斜阳暮”，气象皆相似。

王氏所列举的《诗经》、《楚辞》和王绩的诗句，皆以客观景物烘托悲苦、焦虑、失意之情，所以和秦观“可堪孤馆闭春寒，杜鹃声里斜阳暮”二句气象相似。对于周邦彦词，王国维的评价是有变化的。在《人间词话》中，他认为周词不如欧、秦。到了作《清真先生遗事》时，王氏又对周词予以相当高的评价：

北宋人如欧、苏、秦、黄，高则高矣，至精工博大，殊不逮先生。故以宋词比唐诗，则东坡似太白，欧、秦似摩诘，耆卿似乐天，方回、叔原则大历十子之流。南宋唯一稼轩可比昌黎。而词中老杜，则非先生不可。(《清真先生遗事·尚论三》)

尽管静安对周词的评价未必允当，但从他以杜甫比清真来看，他论词注重慷慨沉郁、忧愤深广之作的倾向，仍不难看出。对于北宋词，静安总的倾向是肯定的，但从评欧、秦词或以意胜、或以境胜的话来看，他显然认为北宋词略逊于唐五代词。在南宋词人中，静安只肯定一个辛弃疾，《人间词话》卷上云：

南宋词人，白石有格而无情，剑南有气而乏韵。其堪与北宋人颉颃者，唯一幼安耳。近人祖南宋而祧北宋，以南宋之词可学，北宋不可学也。学南宋者，不祖白石，则祖梦窗，以白石、梦窗可学，幼安不可学也。学幼安者，率祖其粗犷、滑稽，以其粗犷、滑稽处可学，佳处不可学也。其实……幼安词之佳者，如《摸鱼儿》、《贺新郎·送茂嘉》、《青玉案·元夕》、《祝英台近》等，俊伟幽咽固独有千古，其他豪放之处亦有"横素波干青云"之概，宁梦窗辈龌龊小生所可语耶？

可见静安对辛词的肯定是有保留的，对稼轩词之"粗犷、滑稽处"予以批评，对其"豪放之处"，认为并非稼轩词之精华，王氏认为稼轩词的代表作是《摸鱼儿》、《贺新郎·送茂嘉十二弟》、《青玉案·元夕》、《祝英台近》等词，称赞这些词"俊伟幽咽""独有千古"。从静安本人对这几首词的评价中，仍不难看出其态度。《人间词话》卷下云：

稼轩《贺新郎词送茂嘉十二弟》，章法绝妙，且语语有境界，此能品而几于神者。然非有意为之，故后人不能学也。

这几首词或有“怨”，或“伤心”，或怀“恨”，有的“别有怀抱”，有的“托兴深切”，均是稼轩壮志难酬、备受猜忌时侘傺抑郁之怀在词中的渲泄，故其风格，沉潜往复，一波三折，多近婉约，词中又常常含有人生的或社会的哲理，静安肯定稼轩词有“意境”，正是着眼于此。

除了评论具体的作家作品外，静安在通论唐、宋词时，也是重五代、北宋而贬南宋：

词以境界为最上，有境界则自成高格，自有名句。五代、北宋之词所以独绝者在此。

北宋风流，渡江遂绝，抑真有运会存乎其间耶？

唐五代北宋之词，可谓生香真色。

静安总论唐、宋诗词盛衰时，也是重北宋贬南宋：

诗至唐中叶以后，殆为羔雁之具矣。故五代北宋之诗，佳者绝少，而词则为其极盛时代。即诗词兼擅如永叔、少游者，词胜于诗远甚。以其写之于诗者，不若写之于词者之真也。至南宋以后，词亦为羔雁之具，而词亦替矣。此亦文学升降之一关键也。（《人间词话删稿》）

此又与其“一代有一代之文学”的说法相关。静安还综合清代词家的观点，较为集中而具体地论述了南宋不如北宋的原因：

词家时代之说，盛于国初。竹垞谓词至北宋而大，至南宋而深。后此词人,群奉其说。然其中亦非无具眼者。周保绪曰:"南宋下不犯北宋拙率之病,高不到北宋浑涵之诣。"又曰:"北宋词多就景叙情,故珠圆玉润,四照玲珑。至稼轩、白石,一变而为即事叙景,使深者反浅,曲者反直。"潘四农德舆曰:"词滥觞于唐,畅于五代,而意格之闳深曲挚,则莫盛于北宋。词之有北宋,犹诗之有盛唐。至南宋则稍衰矣。"刘融斋熙载曰:"北宋词用密亦疏,用隐亦亮,用沉亦快,用细亦阔,用精亦浑。南宋只是掉转过来。"可知此事自有公论。虽止庵词颇浅薄,潘、刘尤甚。然其推尊北宋,则与明季云间诸公,同一卓识也。(《人间词话删稿》)

王国维不但用"意境"说来品评历代词,更以之评其自作。如他在《人间词》乙稿序中所举的自己三首"意境两忘,物我一体"的词作。[①] 缪钺先生《王静安诗词述论》分析静安这三首"代表作"云:"《浣溪沙》说的是一只失行的孤雁在天空飞行时,被弹丸打落,做成嘉肴,供人欢宴,借以象征人生不由自主的悲惨命运。托喻新颖,其构思与手法与《蚕》诗相似。[②]《蝶恋花》(昨夜梦中)一首,则是写怀人之情。在一个夜梦中,曾经遇到并接近所怀念者的香车,怀着无限怜惜之情,无所顾忌地在众人群中前去搴帷相问,这时,忽然被路上车声惊醒,而方才相遇的情景乃是无可追寻的梦幻,惟有伴随蜡泪惆怅相思而已。借此象

---

① 分别是《浣溪沙》:"天末同云黯四垂,失行孤雁逆风飞。江湖寥落尔安归? 陌上金丸看落羽,闺中素手试调醯。今朝欢宴胜平时。"《蝶恋花》:"百尺朱楼临大道。楼外轻雷,不间昏和晓。独倚阑干人窈窕,闲中尽数行人小。 一霎车兰生树杪。陌上楼头,都向尘中老。薄晚西风吹雨到,明朝又是伤流潦。"《蝶恋花》:"昨夜梦中多少恨。细马香车,两两行相近。对面似怜人瘦损,众中不惜搴帷问。 陌上轻雷听隐辚。梦里难从,觉后那堪讯。蜡泪窗前堆一寸,人间只有相思分。"

② 《蚕》为王国维诗,缪钺云:"此诗用鲜明的形象描写蚕的一生受自然所赋予的生活之欲(即饮食与生育之欲)的支配,劳瘁终生,尽归幻灭,借以比喻人生亦有与此相似者。"

征人生对于理想固执的追求，以及难以企及的失望。《蝶恋花》（百尺朱楼）一首，则是写朱楼临大道，道上车辆日夕往来，楼上之人凭栏远望，数尽行人。一霎之间，车尘生于树杪，无论是路上或是楼中之人，都向尘中老去。到黄昏时，风吹雨打，明朝路上又将都是流潦了。此词之意是要说明，在人世中，无论是世俗中人或是自命为超世之人，当世变之来，均受其冲击而不能抵抗，而世变又是难以预测的。"①

在系统考察了王国维对历代词人词作（包括他自己）的评价之后，我们试为其"意境"说做一个大概的界定：

（1）要有真景物、真感情。

> 能写真景物，真感情者，谓之有境界，否则谓之无境界。
>
> 何以谓之有意境？曰：写情则沁人心脾，写景则在人耳目，述事则如出其口是也。古诗词之佳者，无不如是。元曲亦然。

王国维指出"意境"是诗歌作品中主观情感与客观景物（外物）的有机融合，而且情景皆须"真"，这个真字，包括真实、真切、真挚、真理诸义（从静安对历代词之评论可见），这就比王夫之论情景关系"妙合无垠"的说法进了一步。静安《文学小言》更清楚地指出：

> 文学中有二原质焉：曰景，曰情。前者以描写自然及人生之事实为主，后者则吾人对此种事实之精神的态度也。故前者客观的也，后者主观的也；前者知识的，后者感情的也。……要之，文学者不过知识与感情交代之结果而已。苟无敏锐之知识与深邃之感情者，不足与于文学之事。

① 吴泽主编《王国维学术研究论集》第一辑，第 341 页，华东师范大学出版社 1983 年。

总的说来，王氏认为凡是有“意境”的词皆须“真”：他说温、韦之词乃是为人代言、娱宾遣兴的“伶工之词”，南宋词又流于“画工”之类，于真情实感皆有所欠缺。真正的好词，应当是李后主之“血书”，唐五代北宋词之“生香真色”，纳兰容若之“真切”。他还说“一切景语皆情语也”，故对抒情绝妙之词大加赞赏：

> 词家多以景寓情。其专作情语而绝妙者，如牛峤之“须作一生拚，尽君今日欢”，顾敻之“换我心为你心，始知相忆深”，欧阳修之“衣带渐宽终不悔，为伊消得人憔悴”，美成之“许多烦恼，只为当时，一晌留情”。此等词，求之古今人词中，曾不多见。

足见他对词中感情的重视。具体地说，王氏反对在词中用代词、关于隔与不隔的论述，则是对“真景物、真感情”做了更为明确的规定。由于重真，反对矫揉造作，静安对词中用“代字”持批评态度。《人间词话》云：

> 词忌用替代字。美成《解语花》之“桂华流瓦”，境界极妙，惜以“桂华”二字代月耳。梦窗以下，则用代字更多。其所以然者，非意不足，则语不妙也。盖意足则不暇代，语妙则不必代。此少游之“小楼连苑”、“绣毂雕鞍”所以为东坡所讥也。

词宜用“代字”，是宋人沈义父《乐府指迷》所提倡的，静安批评云：“果以是为工，则古今类书具在，又安用词为耶。”与此相联系，他还反对在诗词中“隶事”，即运用典故。静安反对“代字”与“隶事”，是认为这些手段会影响词之“真”，会使词变得“隔”一层。《人间词话》论“隔与不隔”之别云：

> 白石写景之作,如“二十四桥仍在,波心荡,冷月无声”,“数峰清苦,商略黄昏雨”,“高树晚蝉,说西风消息”,虽格韵高绝,然如雾里看花,终隔一层。梅溪、梦窗诸家写景之病,皆在一“隔”字。北宋风流、渡江遂绝,抑真有运会存乎其间耶。
>
> 问隔与不隔之别,曰:陶谢之诗不隔,延年则稍隔矣。东坡之诗不隔,山谷则稍隔矣。“池塘生春草”、“空梁落燕泥”等二句,妙处唯在不隔。词亦如是。即以一人一词论,如欧阳公《少年游》咏春草上半阕云:“阑干十二独凭春。晴碧远连云。二月三月,千里万里,行色苦愁人。”语语都在目前,便是不隔。至云“谢家池上,江淹浦畔”,则隔矣。白石《翠楼吟》:“此地。宜有词仙,拥素云黄鹤,与君游戏。玉梯凝望久,叹芳草,萋萋千里。”便是不隔。至“酒祓清愁,花消英气”,则隔矣。

凡是静安认为“不隔”的作品,如古诗、陶诗、谢诗、欧阳修词、东坡诗、北宋词都是抒情明白如话,写景纯用白描,也就是“真”;反之,那些“隔”的作品,如颜延年诗、山谷诗,白石、梅溪、梦窗诸家词,都是多用故事,描写曲折,意思隐晦,不够真切。所以说,具有“真景物、真感情”,“抒情则沁人心脾,写景则豁人耳目”,是王国维“意境”说的第一要素。

(2)境界要深远,有言外之意,或有某种普遍性的哲理。

> 词之为体,要眇宜修。能言诗之所不能言,而不能尽言诗之所能言。诗之境阔,词之言长。

这表明王国维对词之特质有足够的认识。在论历代词时,他虽然也不废东坡之“旷”、稼轩之“豪”、纳兰容若词之“千古壮观”,但从总体上看,他仍以“婉约”为词家正宗。对于“婉约”词,他所肯定的,也只有冯正中、李后主、欧阳修、秦观、周邦彦等五代北宋词人，以及辛弃疾的某些"昵狎温柔"之作。在静安看来，词中固然可写儿女之情或个人情趣，但静安认为不可沉溺不返，要能写出一种深远的境界，这种境界又往往含有带有普遍意义的哲理。上述诸人的词虽写闺房风女之情，风格柔婉，但通过这柔弱的外表，常常可以感受到深刻的内涵。而同为"婉约"词，温、韦之自咏艳情，或代伶工立言，白石、梦窗、梅溪诸人之字句工巧，格律精严，意思隐晦，均为静安所不取。静安论古今成大事业、大学问之三种境界，即以宋人词句为例：

> 古今之成大事业大学问者，必经过三种之境界。"昨夜西风凋碧树，独上高楼，望尽天涯路"，此第一境也。"衣带渐宽终不悔，为伊消得人憔悴"，此第二境也。"众里寻他千百度，回头蓦见，那人却在，灯火阑珊处"，此第三境也。

近人蒲菁曾就这段话的含义请教过王国维。① 静安的解说，显然不符合原词之意，而是有意使之具有哲理意味。我们读李白、李煜、冯延巳、欧阳修、秦观、周邦彦诸人词，亦常常感到其内涵不仅仅局限于词内，而多有一种深远的意兴，蕴含着某种弦外之音与言外之意。而这层意思又只可意会，不可言传，不可坐实。

(3)词中所寓之情，要感慨沉郁，多有悲剧色彩。

王国维四岁丧母，家贫，性格忧郁，弱冠以后，又深受叔本华悲观哲学的影响，又值清末革故鼎新的社会大变革时代，他既曾向往新学，又曾拥护帝制，故尔徘徊歧路，苦闷抑郁，终至自沉而死。这种生活经历与哲学背景，使得他在论词中重"感慨"，重视那种有悲观情绪的作

① 蒲氏《人间词话补笺》云："江津吴碧柳芳吉曩教于西北大学，某举此节问之，碧柳未能对。嗣入都因请于先生。先生谓第一境即所谓世无明王、栖栖皇皇者。第二境是知其不可而为之。第三境非归与归与之叹与。"

品。我们上文列举了王氏对他所钟情的诸位唐五代、北宋词人及辛弃疾乃至他本人的词作，可见这些作品几乎都是感慨相当深沉，他们或写爱情之失意，个人仕途之不遇，或写国势之危殆，大都以“凄婉”甚至“凄厉”（《人间词话》评秦观语）的笔调出之，当然亦未流于绝望，有一种悲壮的意味，静安实际上主张词要能以柔婉之笔，表达沉郁之感慨，抒发贤人君子抑郁无聊的悲剧情怀。持此标准以论历代词，显然并不妥当，但是王国维由于其身世经历、哲学思想和社会思潮的影响，论“意境”时，显然以此类词为最高典范。静安说自己的词“则诚往复幽咽、动摇人心，快而能沉，直而能曲，不屑屑于言词之事，而名句间出，殆往往度越前人。……言近而旨远，意决而辞婉”，亦符合以上三个特点。

2.“意境”说与西学

王国维“意境”说植根于中国传统文化，将唐以来提出的“意境”说，发展到一个新的水平。与此同时，王氏早年受康、梁新思想熏陶，后又研究西哲康德、叔本华等人的著作，《人间词话》因此呈现出不同于古代诗论家的面目，即经常以康德、叔本华的学说来丰富、补充其“意境”说，显示出静安诗学的现代意识。这也可以分为几点：

（1）论“造境与写境”。

王国维《人间词话》云：

> 有造境，有写境，此理想与写实二派之所由分。然二者颇难分别。因大诗人所造之境，必合乎自然，所写之境，亦必邻于理想故也。
>
> 自然中之物，互相关系，互相限制，故不能有完全之美。然其写之于文学中也，必遗其关系限制之处，故虽写实家亦理想家也。又如何虚构之境，其材料必求之于自然，而其构造亦必从自然之法则，故虽理想家亦写实家也。

王国维认为意境的构成有两种方式，一是“写境”，指较为客观地描绘自然界，写景状物，是所谓“写实派”；二是“造境”，指用虚构、想象的方法作诗词，是所谓“理想派”。王氏认为二者是相互依存、密不可分的。王氏这一观点，许多学者认为出于叔本华，其《世界是意志和表象》说：

> 实际的物象几乎总是他们所表现的理念之极不完全的摹仿，所以天才就需要想象力以洞察事物。那不是说大自然确已创造出来的事物，而是说大自然企图去创造，但因为事物间自然形式的冲突而未能创造出来的东西。
>
> 有人会说，艺术摹仿自然而创造了美的东西。……这是多么固执而愚蠢的成见啊。……美的知识绝不可能是后天的，它总是先天的，至少有一部分是先天的。……只有依赖这种预料，我们才能认识美。……因为他得之于先验，至少有一半是先验的，所以它也是理念。而且它对于艺术具有实用意义，因为它符合并且补充我们通过自然后验地获得的东西。

在理想、自然这些术语的运用上，静安借鉴了叔本华的说法，但在思想体系上，王氏对叔氏之说又做了重大改造。叔氏反对“摹仿说”，强调“美的知识”不是得之于自然，而是先验的，是一种“理念”（他又说“至少有一半是先验的”，显得不能自圆其说），显得比较偏颇。而静安论“造境”与“写境”、“理想”与“自然”则较为严密，他认为二者密不可分。论自然（指客观外物）在诗词中的地位时，他认为自然界中的万事万物，虽然是美的，但不够完善。如果要将它们表现在诗词中，就必须经过艺术加工，打破自然界的种种界限，所以“写实”之中也含有诗人的“理想”（即诗人的艺术创造）。静安还指出艺术虚构必须来源于自然，艺术创造必须遵循自然的规律，所以理想家也是写实家。论自然美与艺术创造之关系，相当精辟。

(2)论“有我之境”与“无我之境”及“优美”与“壮美”。

《人间词话》云：

> 有有我之境，有无我之境。“泪眼问花花不语，乱红飞过秋千去”，“可堪孤馆闭春寒，杜鹃声里斜阳暮”，有我之境也。“采菊东篱下，悠然见南山”，“寒波淡淡起，白鸟悠悠下”，无我之境也。有我之境，以我观物，故物皆著我之色彩。无我之境，以物观物，故不知何者为我，何者为物。古人为词，写有我之境者为多，然未始不能写无我之境，此在豪杰之士能树立耳。①

静安的“有我之境”与“无我之境”也与叔本华的思想关系密切，叔本华说：在抒情诗中“诗人仅仅鲜明地意识到他自己的心理状态并且描写它”，“主观的心境，意志的影响，把它的色彩染上所见的环境。”此即王氏“有我之境……故物皆著我之色彩”。叔本华又说抒情

① 袁行霈《中国诗歌艺术研究·论意境》指出：“这个说法很精巧，但违反了创作与欣赏的一般经验。朱光潜先生认为他所用的名词似待商酌，王氏所谓‘有我之境’其实是‘无我之境’（即忘我之境）。他的‘无我之境’的实例……实是‘有我之境’。与其说‘有我之境’与‘无我之境’，似不如说‘超物之境’与‘同物之境’，因为严格地说，诗在任何境界中都必须有我，都必须为自我性格情趣和经验的反照。（《诗论》）名词问题姑且不论，朱先生指出任何境界中都必须有我，这是很精辟的。其实，在真正的艺术品里，‘无我之境’并不存在。‘有我之境’固然寓有诗人的个性，‘无我之境’也并非没有诗人主观的情趣在内，不过诗人已融入物境之中，成为物境的一部分，暂时忘却了自我而已。……王国维所举的‘无我之境’的例子，一见于陶渊明的《饮酒》诗：‘采菊东篱下，悠然见南山。山气日夕佳，飞鸟相与还。此中有真意，欲辨已忘言。’诗人当采菊之始心情原是很平静的，偶一举首，望见南山的日夕气象，悟出其中的真意。此时，南山归鸟仿佛就是陶渊明，陶渊明仿佛也进入了南山，和南山融成一片了。你说这是无我吗？其实是有我，只是我已与物融为一体了。王国维所举的另一个无我的例子，见于元好问的《颍亭留别》‘寒波澹澹起，白鸟悠悠下。怀归人自急，物志本闲暇。’诗人以寒波白鸟的悠闲反衬人事之仓卒。‘寒波’二句寄托了诗人的向往之情，他希望自己也化作寒波、白鸟，融入那画面中去。这意境中也有诗人自我的个性。”

诗可以表现诗人“心如明镜,无动于衷”,这种“宁静的观照”,“能够唤起一种幻觉,仿佛只有物而没有我存在,……物与我就完全溶合为一体”。这就是静安的“无我之境……不知何者为我,何者为物”(参见滕咸惠《略论王国维的美学思想》)。不过静安并未完全为叔本华所囿,其《人间词》乙稿序云:

原夫文学之所以有意境者,以其能观也。出于观我者,意余于境。而出于观物者,境多于意。然非物无以见我,而观我之时,又自有我在。故二者常互相错综,能有所偏重,而不能有所偏废。

这里“观我者”,即“有我之境”,故云“意余于境”,亦即以主观抒情为主。“观物者”,即“无我之境”,故云“境多于意”,亦即以客观描写取胜。王氏认为二者互相错综,能有所偏重而不能偏废,对主客观关系的认识还是很透彻的,其见识亦高于叔本华。这是他对《人间词话》的重要补充与修正。

王国维论“优美”与“壮美”,亦从“有我”、“无我”的角度立论:

无我之境,人唯于静中得之。有我之境,于由动之静时得之。故一优美,一宏壮也。

此说亦出于叔本华,静安《叔本华哲学及其教育学说》介绍说:“美之中又有优美与壮美之别。今有一物,因人忘利害之关系,而玩之不厌者,谓之优美之感情。若其物不利于吾人之意志,而意志为之破裂,唯由知识冥想其理念者,谓之曰壮美之感情。”[①]认为“无我之境”得自静观玩赏,所以属于优美的范围。“有我之境”是意志受到损害,

① 王国维《红楼梦评论》也有类似而更详细的说法,可参考。

故容易产生壮美(宏壮)的感情,则壮美似含有悲剧之意味。

(3)论诗人之境与常人之境。

《清真先生遗事·尚论三》:

> 山谷云:"天下清景,不择贤愚而与之,然吾特疑为我辈设。"诚哉是言!抑岂独清景而已,一切境界,无不为诗人设。世无诗人,即无此种境界。夫境界之呈于吾心而见于外物者,皆须臾之物。惟诗人能以此须臾之物,镌诸不朽之文字,使读者自得之。遂觉诗人之言,字字为我心中所欲言,而又非我之所能自言,此大诗人之秘妙也。境界有二,有诗人之境界,有常人之境界。诗人之境界,惟诗人能感之而能写之,故读其诗者,亦高举远慕,有遗世之意。而亦有得有不得,得之者亦各有深浅焉。若夫悲欢离合、羁旅行役之感,常人皆能感之,而惟诗人能写之。故其入于人者至深,而行于世也尤广。先生之词,属于第二种为多。

此段话亦与叔本华美学有关,叔本华说:

> 世界是我的表象。……只是和主体有关的客体,……通过主体而受到限制,并且只是为主体而存在。

王国维"一切境界,无不为诗人设。世无诗人,即无此种境界"之说与之相近。而王氏所云:"夫境界之呈于吾心而见于外物者,皆须臾之物",又与叔本华说的诗人"能把在心中飘忽的形象固定为经久的思想"如出一辙(参见滕咸惠《略论王国维的美学思想》)。这是静安诗学的不足之处。但是,静安的观点更有突破叔本华之处。他对"诗人之境界"与"常人之境界"的区分与解说,就很有意义,他认为有"诗人之境界"的诗作,读后让人有高举远慕的遗世之意,是指诗词中表现的道家思想。论“常人之境界”及其表现对“诗人”与“常人”的区别做了很透辟的分析，他认为“悲欢离合、羁旅行役之感，常人皆能感之，而惟诗人能写之”。并且认为在诗词中表现这种感情尤其重要，入人既深，行世尤广。王氏强调诗中应写穷苦之音，对诗中反映社会生活十分重视，曾云诗不但要反映自然，更应广之曰“描写自然及人生”（王国维《屈子文学之精神》）。由于强调诗词的抒情（抒现实生活之真情）作用，所以他反对在诗词中为“美刺投赠怀古咏史之篇”。他又十分重视诗人的艺术创造力，认为同样面对社会人生，有所感触，“常人皆能感之，而惟诗人能写之”。从常人的感觉来说，则是“遂觉诗人之言，字字为我心中所欲言，而又非我之所能自言”，诗人与常人的不同，被王氏恰到好处地区别开了。

(4)关于“赤子之心”。

王国维在论李后主词时，提出所谓“赤子之心”说：

> 词人者，不失其赤子之心者也。故生于深宫之中，长于妇人之手，是后主为人君所短处，亦即为词人所长处。
>
> 客观之诗人，不可不多阅世。阅世愈深，则材料愈丰富愈变化，《水浒传》、《红楼梦》之作者是也。主观之诗人不必多阅世。阅世愈浅，则性情愈真，李后主是也。

王国维《尼采与叔本华》引叔本华《世界是意志和表象》说：

> 天才者，不失其赤子之心者也。……赤子之能感也，能思也，能教也。其爱知识，较成人为深。而其受知识也，亦视成人为易。故自某方面视之，凡赤子皆天才也。又凡天才，自某点观之皆赤子也。

王国维的“赤子之心”说，承袭叔本华之论，他的反对诗人“阅世”之说，违背了诗歌创作必须来源于“自然与人生”（王国维语）的基本规律，他以李后主为“阅世浅”之代表诗人，又与他自己重视李后主降宋之后之作、所谓“血书”者相矛盾。[①] 当然，此说并非全无意义，因为他看到了抒情诗人与叙事诗人（包括小说与戏剧作家）之不同。一般地说，人在年轻时，爱幻想，好冲动，有时社会阅历不深，感觉敏锐如一面未蒙尘土的明镜，反而可以写出优秀的诗作。叙事诗及小说、戏剧则非阅世深不可，没有曹雪芹“披阅十载，增删五次”的功夫和丰富的阅历，是不可能产生《红楼梦》这样的杰作的。王国维所谓诗人要有赤子之心，如果理解为诗人要保持其敏锐明净的感受能力，以好奇的心情、新鲜的兴趣去感受生活，则有合理的成份。

总之，王国维在对历代诗词（特别是词）的评价中，大大发展了前人的“意境”说，对“意境”的含义给予了较为明确的界定。同时，他又运用康德、叔本华的学说，对“意境”的种种特点做了比较现代的解释，其中既有对康、叔学说负面的继承，又有高于二氏之处。王国维《人间词话》的出现，标志着旧的诗学理论的结束和新时代诗学的开始。不可否认，王国维根据自身的经历与创作为“意境”说下的定义显得狭窄，加之西学（康、叔学说）本身的理论弱点和他运用中的误差，使得其“意境”说仍不够完善，但王国维开一代新风的勇气是值得称赞的，其意义是深远的。当然，“意境”说的一些重大问题，如意与境交融的具体方式、意境的个性化、意境的深化与开拓、意境的创新、意与象的关系等均未展开论述，这些均有待于新一代学者去完成。

① 详见袁行霈《中国诗歌艺术研究·论意境》对这一问题的评价。

引用书目

《周易正义》,[魏]王弼、[晋]韩康伯注,[唐]孔颖达疏,阮元校刻《十三经注疏》,中华书局 1980 年影印本。

《尚书正义》,[汉]孔安国传,[唐]孔颖达疏,同上。

《古文尚书疏证》,[清]阎若璩撰清阎氏眷西堂刻本。

《毛诗正义》,[汉]郑玄笺,[唐]孔颖达疏,《十三经注疏》本。

《诗集传》,[宋]朱熹集传,文学古籍刊行社 1955 年影印本。

《诗广传》,[清]王夫之,民国本《船山遗书》。

《诗经直解》,陈子展译解,复旦大学出版社 1983 年版。

《周礼注疏》,[汉]郑玄注,[唐]贾公彦等疏,《十三经注疏》本。

《礼记正义》,[汉]郑玄注,[唐]孔颖达疏,同上。

《春秋左氏传正义》,[晋]杜预注,[唐]孔颖达疏,同上。

《论语注疏》,[魏]何晏注,[宋]邢昺疏,同上。

《论语正义》,[清]刘宝楠注,中华书局 1957 年版。

《论语传注》,[清]李塨注,清末民初铅印本。

《孟子注疏》,[汉]赵岐注,[宋]孙奭疏,《十三经注疏》本。

《孟子正义》,[清]焦循注,中华书局 1957 年版。

《史记》,[汉]司马迁撰,中华书局 1959 年点校本。

《汉书》,[汉]班固撰,中华书局 1962 年点校本。

《后汉书》,[刘宋]范晔撰,[唐]李贤等注,中华书局 1965 年点校本。

《后汉记》,[晋]袁宏撰,周天游校注,天津古籍出版社 1987 年版。

《三国志》,[晋]陈寿撰,中华书局 1963 年点校本。

《魏书》,[北齐]魏收撰,中华书局 1974 年点校本。

《晋书》,[唐]房玄龄等撰,中华书局 1974 年点校本。

《宋书》,[梁]沈约撰,中华书局 1974 年点校本。

《南齐书》,[梁]萧子显撰,中华书局 1972 年点校本。

《梁书》,[唐]姚思廉撰,中华书局 1973 年点校本。

《南史》,[唐]李延寿撰,中华书局 1975 年点校本。

《隋书》,[唐]魏徵等撰,中华书局 1973 年点校本。

《旧唐书》,[五代]刘昫等撰,中华书局 1975 年点校本。

《新唐书》,[宋]欧阳修等撰,中华书局 1975 年点校本。

《旧五代史》,[宋]薛居正等撰,中华书局 1976 年点校本。

《新五代史》,[宋]欧阳修撰,[宋]徐无党注,中华书局 1974 年点校本。

《宋史》,[元]脱脱等撰,中华书局 1985 年点校本。

《金史》,[元]脱脱等撰,中华书局 1974 年点校本。

《元史》,[明]宋濂撰,中华书局 1976 年点校本。

《明史》,[清]张廷玉等撰,中华书局 1974 年点校本。

《清史稿》,赵尔巽等撰,上海古籍出版社影印《二十五史》本。

《清史列传稿》,中华书局 1986 年点校本。

《资治通鉴》,[宋]司马光等撰,中华书局 1956 年版。

《续资治通鉴》,[清]毕沅编,上海古籍出版社 1987 年版。

《朝野佥载》,[唐]张鷟撰,中华书局 1979 年版。

《封氏闻见记》,[唐]封演撰,中华书局 1958 年版。

《唐国史补》,[唐]李肇撰,上海古籍出版社 1979 年版。

《玉泉子》,[唐]佚名撰,中华书局上海编辑所 1958 年版。

《大唐新语》,[唐]刘肃撰,中华书局 1984 年版。

《唐摭言》,[后周]王定保撰,上海古籍出版社 1978 年版。

《唐语林》,[宋]王谠撰,上海古籍出版社 1978 年版。

《湘山野录》,[宋]释文莹撰,文渊阁四库全书本。

《归田录》,[宋]欧阳修撰,中华书局 1981 年版。

《涑水纪闻》,[宋]司马光撰,文渊阁四库全书本。

《渑水燕谈录》,[宋]王辟之撰,中华书局 1981 年版。

《梦溪笔谈校证》,[宋]沈括撰,胡道静校注,古典文学出版社 1957 年版。

《容斋随笔》,[宋]洪迈撰,上海古籍出版社 1978 年版。

《能改斋漫录》,[宋]吴曾撰,中华书局上海编辑所 1960 年版。

《避暑录话》,[宋]叶梦得撰,文渊阁四库全书本。

《扪虱新话》,[宋]陈善撰,丛书集成初编本。

《云麓漫钞》,[宋]赵彦卫撰,古典文学出版社 1957 年版。

《宋人轶事汇编》,丁传靖辑,中华书局 1981 年版。

《归潜志》,[金]刘祁撰,文渊阁四库全书本。

《隐居通议》,[元]刘壎撰,文渊阁四库全书本。

《少室山房笔丛》,[明]胡应麟撰,中华书局上海编辑所 1958 年版。

《涌幢小品》,[明]朱国桢撰,中华书局上海编辑所 1958 年版。

《文史通义》,[清]章学诚撰,古籍出版社 1956 年版。

《清代碑传全集》,上海古籍出版社 1987 年版。

《中国通史简编》,范文澜撰,人民出版社 1953 年版。

《中国通史》,范文澜等撰,人民出版社 1994 年版。

《朱熹年谱》,[清]王懋竑撰,中华书局 1998 年版。

《王士祯年谱》,[清]王士祯撰,中华书局 1992 年版。

《老子注》,[晋]王弼注,诸子集成本,中华书局 1954 年版。

《庄子集解》,[清]王先谦集解,诸子集成本。

《庄子集释》,[清]郭庆藩辑,中华书局 1982 年版。

《墨子间诂》,[清]孙诒让撰,商务印书馆 1936 年版。

《管子校正》,[清]戴望校正,诸子集成本。

《吕氏春秋集释》,许维遹集释,文学古籍刊行社 1955 年版。

《荀子简释》,梁启雄释,古籍出版社 1956 年版。

《淮南子》,[汉]高诱注,诸子集成本。

《淮南鸿烈集解》,刘文典集解,中华书局 1986 年版。

《论衡》,[汉]王充撰,诸子集成本。

《法言》,[汉]扬雄撰,汪荣宝疏证百子全书本,浙江人民出版社 1984 年版。

《法言疏证》,[汉]扬雄撰,宣统三年金薤琳琅斋铅印本。

《新书》,[汉]贾谊撰,光绪三年三江书局据卢氏抱经堂本重刻。

《新辑本恒谭新论》,[汉]桓谭撰,朱谦之校辑,中华书局 2009 年版。

《申鉴》,[汉]荀悦撰,上海古籍出版社 1990 年“诸子百家丛书”影印本。

《抱朴子》,[东晋]葛洪撰,四部丛刊影明本。

《人物志》,[魏]刘劭撰,[凉]刘昞注,文学古籍刊行社 1955 年版。

《王弼集校释》,[魏]王弼撰,楼宇烈校释,中华书局 1980 年版。

《傅子》,[西晋]傅玄撰,上海古籍出版社 1990 年“诸子百家丛书”影印本。

《世说新语》,[刘宋]刘义庆撰,[梁]刘孝标注,上海古籍出版社 1982 年影印本。

《世说新语笺疏》,[刘宋]刘义庆撰,余嘉锡笺疏,中华书局 1983 年版。

《颜氏家训集解》,[北齐]颜之推撰,王利器集解,上海古籍出版社 1980 年版。

《弘明集·广弘明集》,[梁]僧佑撰,[唐]道宣撰,上海古籍出版社 1991 年版。

《高僧传》,[梁]释慧皎撰,大正新修《大藏经》第五十册。

《中说》,[隋]王通撰,[宋]阮逸注,清光绪十六年贵阳陈氏影印本。

《法苑珠林》,[唐]释道世撰,大正新修《大藏经》第五十三册。

《法华文句记》,[唐]释湛然撰,大正新修《大藏经》第三十四册。

《景德传灯录》,[宋]道原撰,大正新修《大藏经》第五十一册。

《朱子语类》,[宋]朱熹撰,黎靖德编,中华书局 1986 年版。

《宋元学案》,[清]黄宗羲撰,中华书局 1986 年版。

《明儒学案》,[清]黄宗羲撰,中华书局 1985 年版。

《中国思想通史》,侯外庐主编,人民出版社 1957 年版。

《魏晋玄学论稿》,汤用彤撰,中华书局 1962 年版。

《隋唐佛教史稿》,汤用彤撰,中华书局 1982 年版。

《中国哲学大纲》,张岱年撰,中国社会科学出版社 1982 年版。

《隋唐佛教》,郭朋撰,齐鲁书社 1980 年版。

《玄学与魏晋士人心态》，罗宗强撰，浙江人民出版社 1990 年版。

《中国哲学史》，冯友兰撰，人民出版社 1983 年版。

《中国哲学简史》，冯友兰撰，北京大学出版社 1985 年版。

《中国哲学史新编》，冯友兰撰，人民出版社 1998 年版。

《中国哲学史》，任继愈撰，人民出版社 1979 年版。

《清代哲学》，王茂、蒋国保等撰，安徽人民出版社 1992 年版。

《全上古三代秦汉三国六朝文》，[清]严可均校辑，中华书局 1958 年版。

《先秦汉魏晋南北朝诗》，逯钦立辑校，中华书局 1983 年版。

《楚辞》，四部丛刊影明翻宋本。

《楚辞章句》，[汉]王逸注，上海商务印书馆《万有文库》本。

《文选》，[梁]萧统编，[唐]李善注，中华书局 1977 年版。

《玉台新咏笺注》，[陈]徐陵编，[清]吴兆宜注、程琰删补，中华书局 1985 年版。

《全唐文》，[清]董诰等编，中华书局 1983 年影印本。

《河岳英灵集》，[唐]殷璠撰，《唐人选唐诗(十种)》本，上海古籍出版社 1978 年版。

《中兴间气集》，[唐]高仲武撰，同上。

《箧中集》，[唐]元结撰，同上。

《文苑英华》，[宋]李昉等编，中华书局 1966 年影印本。

《唐文粹》，[宋]姚铉编，四部丛刊影明嘉靖本。

《艺文类聚》，[唐]欧阳询撰，中华书局 1965 年版。

《乐府诗集》，[宋]郭茂倩撰，中华书局 1979 年版。

《万首唐人绝句》，[宋]洪迈辑，书目文献出版社 983 年版。

《瀛奎律髓刊误》，[元]方回撰，[清]纪昀评点，扫叶山房版。

《瀛奎律髓汇评》，[元]方回撰，李庆甲汇评，上海古籍出版社 1986 年版。

《中州集》，[金]元好问撰，四部丛刊本。

《唐诗品汇》，[明]高棅辑，上海古籍出版社 1982 年版。

《唐诗归》，[明]锺惺、谭元春选编，明刻本。

《古诗评选》，[清]王夫之撰，民国刊本《船山遗书》。

《唐诗评选》,[清]王夫之撰,同上。

《明诗评选》,[清]王夫之撰,同上。

《古诗笺》,[清]王士祯选,闻人倓笺,上海古籍出版社1980年版。

《唐贤三昧集》,[清]王士祯选,《王渔洋遗书》本。

《古诗源》,[清]沈德潜辑,中华书局1963年版。

《唐诗别裁集》,[清]沈德潜辑,中华书局1975年影印本。

《明诗别裁集》,[清]沈德潜辑,同上。

《清诗别裁集》,[清]沈德潜辑,同上。

《采菽堂古诗选》,[清]陈祚明评选,清康熙四十五年蒋氏刊本。

《宋诗精华录》,陈衍评选,江西人民出版社1984年版。

《宋诗选注》,钱锺书选注,人民文学出版社1958年版。

《词综》,[清]朱彝尊、汪森选编,上海古籍出版社1978年版。

《词选》,[清]张惠言选评,中州古籍出版社影印国学整理社1953年版。

《宋词三百首》,[清]朱祖谋选,唐圭璋注,上海古籍出版社1979年新1版。

《唐宋名家词选》,龙榆生选,上海古籍出版社1980年版。

《历代名篇赏析集成》,袁行霈主编,中国文联出版公司1988年版。

《唐宋诗举要》,高步瀛评注,上海古籍出版社1978年新1版。

《先秦文学史参考资料》,北京大学中文系主编,中华书局1962年版。

《两汉文学史参考资料》,北京大学中文系主编,中华书局1962年版。

《魏晋南北朝文学史参考资料》,北京大学中文系主编,中华书局1962年版。

《中国历代诗歌选》,林庚、冯沅君选注,人民文学出版社1964年版。

《魏武帝集》,[汉]曹操撰,丁福保辑《汉魏六朝名家集》本。

《魏武帝魏文帝诗注》,[汉]曹操、[魏]曹丕撰,黄节注,人民文学出版社1958年版。

《曹植集校注》,[魏]曹植撰,赵幼文校注,人民文学出版社1984年版。

《阮步兵咏怀诗注》,[魏]阮籍撰,黄节注,人民文学出版社1957年版。

《阮籍集》,[魏]阮籍撰,上海古籍出版社1978年版。

《嵇康集》,[魏]嵇康撰,鲁迅辑校,古典文学刊行社1956年影印鲁迅手抄本。

《嵇康集校注》,[魏]嵇康撰,戴明扬校注,人民文学出版社 962 年版。

《陆机集》,[西晋]陆机撰,金涛声点校,中华书局 1982 年版。

《陆士衡诗注》,[西晋]陆机撰,郝立权注,人民文学出版社 1958 年版。

《陆云集》,[西晋]陆云撰,黄葵点校,中华书局 1988 年版。

《靖节先生集》,[东晋]陶潜撰,[清]陶澍集注,文学古籍刊行社 1956 年版。

《陶渊明集》,[东晋]陶潜撰,逯钦立校注,中华书局 1979 年版。

《谢康乐诗注》,[刘宋]谢灵运撰,黄节注,人民文学出版社 1958 年版。

《谢灵运集校注》,[刘宋]谢灵运撰,顾绍柏校注,中州古籍出版社 1987 年版。

《鲍参军集注》,[刘宋]鲍照撰,钱仲联补校,上海古籍出版社 1980 年版。

《谢宣城诗集》,[南齐]谢朓撰,[清]吴骞辑《拜经楼丛书》本。

《江文通集汇注》,[萧梁]江淹撰,[明]胡之骥注,中华书局 1984 年版。

《庾子山集注》,[北周]庾信撰,[清]倪璠注,中华书局 1980 年版。

《初唐四杰文集》,[唐]王勃、杨炯、卢照邻、骆宾王撰,清同治间邹氏刊本。

《王子安集注》,[唐]王勃撰,[清]蒋清翊注,清光绪间刊本。

《幽忧子集》,[唐]卢照邻撰,四部丛刊影印明张燮辑本。

《杨炯集·卢照邻集》,[唐]杨炯、卢照邻撰,徐明霞点校,中华书局 1980 年版。

《骆临海集笺注》,[唐]骆宾王撰,[清]陈熙晋笺注,上海古籍出版社 1985 年版。

《陈伯玉文集》,[唐]陈子昂撰,四部丛刊影明本。

《孟浩然集》,[唐]孟浩然撰,文学古籍刊行社 1954 年版。

《王右丞集笺注》,[唐]王维撰,[清]赵殿成笺注,上海古籍出版社 1984 年新 1 版。

《岑参集校注》,[唐]岑参撰,陈铁民、侯忠义校注,上海古籍出版社 1981 年版。

《高适诗集编年笺注》,[唐]高适撰,刘开扬笺注,中华书局 1981 年版。

《李太白全集》,[唐]李白撰,[清]王琦注,中华书局 1977 年版。

《九家集注杜诗》,[唐]杜甫撰,[宋]郭知达等注,哈佛燕京学社《杜诗引得》本。

《杜诗琐证》,[唐]杜甫撰,[清]史炳注,上海书店1988年影印本。

《元次山集》,[唐]元结撰,中华书局1960年。

《颜鲁公文集》,[唐]颜真卿撰,明末颜胤祚重刻本。

《韦苏州集》,[唐]韦应物撰,四部丛刊影印明华云刻本。

《吴兴昼上人集》,[唐]释清昼撰,四部丛刊影印明华云刻本。

《杼山集》,[唐]释皎然撰,明崇祯间海虞毛氏汲古阁校刊本。

《华阳集》,[唐]顾况撰,文渊阁四库全书本。

《孟东野诗集》,[唐]孟郊撰,华忱之校订,人民文学出版社1959年版。

《韩昌黎诗系年集释》,[唐]韩愈撰,钱仲联集释,上海古籍出版社1984年版。

《昌黎先生诗集注》,[唐]韩愈撰,[清]顾嗣立注、朱彝尊等评,清道光十六年重刊顾氏本朱墨套印。

《韩昌黎全集》,[唐]韩愈撰,中国书店1991年据世界书局1935年影印本。

《柳宗元集》,[唐]柳宗元撰,中华书局1979年版。

《柳河东全集》,[唐]柳宗元撰,中国书店1991年据世界书局1935年影印本。

《刘禹锡集》,[唐]刘禹锡撰,上海人民出版社1957年版。

《白氏长庆集》,[唐]白居易撰,文学古籍刊行社1955年版。

《白居易集》,[唐]白居易撰,顾学颉校点,中华书局1979年版。

《白居易集笺校》,[唐]白居易撰,朱金城笺校,上海古籍出版社1986年版。

《元氏长庆集》,[唐]元稹撰,文学古籍刊行社1956年版。

《皇甫持正文集》,[唐]皇甫湜撰,民国七年江安傅氏双鉴楼影印宋本。

《贾长江集校注》,[唐]贾岛撰,李嘉言注,上海古籍出版社1983年版。

《李贺诗歌集注》,[唐]李贺撰,[清]王琦等注,上海古籍出版社1978年新1版。

《樊川文集》,[唐]杜牧撰,上海古籍出版社1978年版。

《樊川诗集注》,[唐]杜牧撰,[清]冯集梧注,上海古籍出版社1978年新1版。

《玉溪生诗集笺注》,[唐]李商隐撰,[清]冯浩注,上海古籍出版社1979年版。

《李商隐诗歌集解》,[唐]李商隐撰,刘学锴、余恕成集解,中华书局1988年版。

《樊南文集》,[唐]李商隐撰,[清]冯浩注,上海古籍出版社1988年版。

《皮子文薮》,[唐]皮日休撰,上海古籍出版社1981年版。

《司空表圣文集》,[唐]司空图撰,四部丛刊影旧钞本。

《司空表圣集》,[唐]司空图撰,民国三年嘉业堂丛书本。

《黄御史公集》,[唐]黄滔撰,四部丛刊本。

《禅月集》,[五代]贯休撰,四部丛刊本。

《温国文正司马公文集》,[宋]司马光撰,文渊阁四库全书本。

《梅尧臣集编年校注》,[宋]梅尧臣撰,朱东润校注,上海古籍出版社1980年版。

《伊川击壤集》,[宋]邵雍撰,四部丛刊影印明成化刻本。

《皇极经世书》,[宋]邵雍撰,文渊阁四库全书本。

《河南程氏遗书》,[宋]程颐、程颢撰,四部备要本。

《欧阳文忠集》,[宋]欧阳修撰,四部丛刊影印元刊本。

《苏轼诗集》,[宋]苏轼撰,[清]王文诰注,中华书局1982年版。

《苏轼文集》,[宋]苏轼撰,中华书局1986年版。

《豫章黄先生文集》,[宋]黄庭坚撰,四部丛刊本。

《后村先生大全集》,[宋]刘克庄撰,同上。

《朱文公集》,[宋]朱熹撰,同上。

《象山先生集》,[宋]陆九渊撰,同上。

《慈湖遗书》,[宋]杨简撰,同上。

《重校鹤山先生大全集》,[宋]魏了翁撰,同上。

《西山真文忠公全集》,[宋]真德秀撰,同上。

《白石道人诗集》,[宋]姜夔撰,四部备要本。

《闲闲老人滏水集》,[金]赵秉文撰,四部丛刊本。

《滹南遗老集》,[金]王若虚撰,四部丛刊、文渊阁四库全书本。

《遗山先生文集》,[金]元好问撰,四部丛刊本。

《遗山诗集》,[金]元好问撰,四部备要本。

《陵川集》,[元]郝经撰,文渊阁四库全书本。

《东山词》,[宋]贺铸撰,《彊村丛书》本。

《东坡乐府笺》,[宋]苏轼撰,龙榆生校笺,商务印书馆 1958 年版。

《稼轩词编年笺注》,[宋]辛弃疾撰,邓广铭笺注,上海古籍出版社 1978 年版。

《须溪集》,[宋]刘辰翁撰,豫章丛书本。

《桐江集》,[元]方回撰,上海商务印书馆影印《宛委别藏》本。

《桐江续集》,[元]方回撰,文渊阁四库全书本。

《养吾斋集》,[元]刘将孙撰,文渊阁四库全书本。

《剡源戴先生文集》,[元]戴表元撰,四部丛刊本。

《道园学古录》,[元]虞集撰,同上。

《金华黄先生文集》,[元]黄溍撰,同上。

《清容居士集》,[元]袁桷撰,同上。

《宋文宪公全集》,[明]宋濂撰,同上。

《逊志斋集》,[明]方孝孺撰,同上。

《李空同全集》,[明]李梦阳撰,明万历浙江思山堂本。

《何大复先生全集》,[明]何景明撰,赐策堂本。

《白苏斋类稿》,[明]袁宗道撰,明刻本。

《袁宏道集笺校》,[明]袁宏道撰,钱伯城笺校,上海古籍出版社 1981 年版。

《珂雪斋集》,[明]袁中道撰,上海古籍出版社 1989 年版。

《隐秀轩集》,[明]锺惺撰,明天启刻本。

《有学集》,[明]钱谦益撰,四部丛刊本。

《己畦集》,[清]叶燮撰,《郎园先生全书》本。

《船山遗书》,[清]王夫之撰,民国刊本《船山遗书》。

《带经堂集》,[清]王士祯撰,康熙年间刻本。

《渔洋精华录集注》,[清]王士祯撰,金荣、惠栋注,齐鲁书社 1992 年版。

《曝书亭集》,[清]朱彝尊撰,四部备要本。

《陈迦陵集》,[清]陈维崧撰,四部丛刊本。

《樊榭山房集》,[清]厉鹗撰,四部备要本。

《通志堂集》,[清]纳兰性德撰,中国书店影印本。

《归愚诗文钞》,[清]沈德潜撰,乾隆教忠堂刻本《沈归愚诗文全集》。

《小仓山房文集》,[清]袁枚撰,乾隆间刻本。

《复初斋文集》,[清]翁方纲撰,光绪刻本。

《龚自珍全集》,[清]龚自珍撰,上海人民出版社 1975 年版。

《人境庐诗草笺注》,[清]黄遵宪撰,钱仲联笺注,古典文学出版社 1957 年版。

《复堂类集》,[清]谭献撰,半厂丛书初编本。

《春在堂杂文》,[清]俞樾撰,光绪九年重定本《春在堂全书》。

《清人文集别录》,张舜徽撰,中华书局 1963 年版。

《文心雕龙辑注》,[梁]刘勰撰,[清]黄叔琳注,中华书局 1957 年版。

《文心雕龙札记》,黄侃著,中华书局 1962 年版。

《文心雕龙注》,[梁]刘勰撰,范文澜注,人民文学出版社 1958 年。

《文心雕龙校证》,[梁]刘勰撰,王利器校证,上海古籍出版社 1980 年版。

《文心雕龙注释》,[梁]刘勰撰,周振甫注,人民文学出版社 1981 年版。

《诗品》,[梁]锺嵘撰,何文焕编《历代诗话》本。

《诗品注》,[梁]锺嵘撰,陈延杰注,人民文学出版社 1961 年版。

《锺嵘诗品校释》,[梁]锺嵘撰,吕德申校释,北京大学出版社 1986 年版。

《锺嵘诗品讲疏》,许文雨讲疏,成都古籍书店 1983 年版。

《诗格》,署名[唐]王昌龄撰,清乾隆敦本堂本《诗学指南》。

《杜甫戏为六绝句集解》,[唐]杜甫撰,郭绍虞集解,人民文学出版社 1978 年版。

《诗式校注》,[唐]皎然撰,李壮鹰校注,齐鲁书社 1986 年版。

《文镜秘府论校注》,(日)弘法大师撰,王利器校注,中国社会科学出版社 1983 年版。

《诗人主客图》,[唐]张为撰,丁福保辑《历代诗话续编》本。

《诗品集解》,[唐]司空图撰,郭绍虞集解,人民文学出版社 1963 年版。

《廿四诗品浅解》,[唐]司空图撰,杨延芝释,山东人民出版社 1962 年版。

《本事诗》,[唐]孟启撰,古典文学出版社 1957 年版。

《六一诗话》,[宋]欧阳修撰,人民文学出版社 1962 年版。

《温公续诗话》,[宋]司马光撰,《历代诗话》本。

《中山诗话》,[宋]刘攽撰,同上。

《东坡题跋》,[宋]苏轼撰,丛书集成初编本。

《山谷题跋》,[宋]黄庭坚撰,丛书集成初编本。

《后山诗话》,[宋]陈师道撰,《历代诗话》本。

《诗苑类格》,[宋]李淑撰,此书已佚,见南宋王应麟《小学绀珠》卷四及《锦绣万花谷》卷二十一节引。

《临汉隐居诗话》,[宋]魏泰撰,《历代诗话》本。

《紫微诗话》,[宋]周紫芝撰,同上。

《彦周诗话》,[宋]许觊撰,同上。

《石林诗话》,[宋]叶梦得撰,同上。

《诚斋诗话》,[宋]杨万里撰,《历代诗话续编》本。

《优古堂诗话》,[宋]吴开撰,同上。

《艇斋诗话》,[宋]曾季狸撰,同上。

《全唐诗话》,[宋]尤袤撰,《历代诗话》本。

《唐诗纪事》,[宋]计有功撰,上海古籍出版社 1987 年版。

《唐诗纪事校笺》,[宋]计有功撰,王仲镛校笺,巴蜀书社 1992 年版。

《白石诗说》,[宋]姜夔撰,人民文学出版社 1962 年版。

《藏海诗话》,[宋]吴可撰,《历代诗话续编》本。

《砻溪诗话》[宋]黄彻撰,同上。

《对床夜语》,[宋]范晞文撰,同上。

《岁寒堂诗话》,[宋]张戒撰,同上。

《江西诗派小序》,[宋]刘克庄撰,同上。

《后村诗话》,[宋]刘克庄撰,四部丛刊本。

《苕溪渔隐丛话》前、后集,[宋]胡仔撰,人民文学出版社 1962 年版。

《诗人玉屑》,[宋]魏庆之撰,上海古籍出版社 1978 年版。

《宋诗话辑佚》,郭绍虞辑,中华书局 1980 年版。

《碧鸡漫志》,[宋]王灼撰,唐圭璋编《词话丛编》本。

《乐府指迷》,[宋]沈义父撰,同上。

《乐府指迷笺释》,[宋]沈义父撰,蔡嵩云笺释,人民文学出版社 1963 年版。

《词源》,[宋]张炎撰,《词话丛编》本。

《词源疏证》,[宋]张炎撰,蔡桢疏证,中国书店 1985 年影印本。

《词源注》,[宋]张炎撰,夏承焘校注,人民文学出版社 1963 年版。

《词林纪事》,[清]张宗橚辑,成都古籍书店 1982 年影印本。

《宋词纪事》,唐圭璋辑,上海古籍出版社 1982 年版。

《滹南诗话》,[金]王若虚撰,人民文学出版社 1983 年版。

《元好问论诗三十首小笺》,[金]元好问撰,郭绍虞笺,人民文学出版社 1978 年版。

《唐才子传校笺》,[元]辛文房撰,傅璇琮主编,中华书局 1987—1995 年版。

《梅涧诗话》,[元]韦居安撰,《历代诗话续编》本。

《吴礼部诗话》,[元]吴师道撰,同上。

《诗谱》,[元]陈绎曾撰,同上。

《山房随笔》,[元]蒋正子撰,《历代诗话》本。

《诗法家数》,[元]杨载撰,同上。

《木天禁语》,[元]范梈撰,同上。

《诗学禁脔》,[元]范梈撰,同上。

《吴礼部词话》,[元]吴师道撰,《词话丛编》本。

《词旨》,[元]陆辅之撰,[清]胡元仪原释,同上。

《升庵诗话》,[明]杨慎撰,《历代诗话续编》本。

《谈艺录》,[明]徐祯卿撰,《历代诗话》本。

《艺苑卮言》,[明]王世贞撰,《历代诗话续编》本。

《四溟诗话》,[明]谢榛撰,宛平校点,人民文学出版社 1961 年版。

《归田诗话》,[明]瞿佑撰,《历代诗话续编》本。

《逸老堂诗话》,[明]俞弁撰,同上。

《南濠诗话》,[明]都穆撰,同上。

《麓堂诗话》,[明]李梦阳撰,同上。

《诗镜总论》,[明]陆时雍撰,同上。

《诗薮》,[明]胡应麟撰,上海古籍出版社 1979 年新 1 版。

《唐音癸签》,[明]胡震亨撰,上海古籍出版社 1981 年版。

《诗源辩体》,[明]许学夷撰,人民文学出版社 1987 年新 1 版。

《渚山堂词话》,[明]陈霆撰,《词话丛编》本。

《爰园词话》,[明]俞彦撰,同上。

《词品》,[明]杨慎撰,同上。

《列朝诗集小传》,[明]钱谦益撰,上海古籍出版社 1983 年新 1 版。

《薑斋诗话笺注》,[清]王夫之撰,戴鸿森笺注,人民文学出版社 1981 年版。

《原诗》,[清]叶燮撰,人民文学出版社 1979 年版。

《带经堂诗话》,[清]王士禛撰,人民文学出版社 1963 年版。

《师友诗传录》,[清]王士禛撰,丁福保编《清诗话》本,上海古籍出版社 1978 年版。

《师友诗传续录》,[清]王士禛撰,同上。

《渔洋诗话》,[清]王士禛撰,同上。

《钝吟杂录》,[清]冯班撰,同上。

《谈龙录》,[清]赵执信撰,人民文学出版社 1981 年版。

《石洲诗话》,[清]翁方纲撰,人民文学出版社 1981 年版。

《七言诗三昧举隅》,[清]翁方纲撰,《清诗话》本。

《瓯北诗话》,[清]赵翼撰,人民文学出版社 1963 年版。

《围炉诗话》,[清]吴乔撰,郭绍虞编选《清诗话续编》本,上海古籍出版社 1983 年版。

《答万季野诗问》,[清]吴乔撰,《清诗话》本。

《西圃诗说》,[清]田同之撰,《清诗话续编》本。

《诗筏》,[清]贺贻孙撰,同上。

《说诗晬语》,[清]沈德潜撰,人民文学出版社 1979 年版。

《一瓢诗话》,[清]薛雪撰,人民文学出版社 1979 年版。

《随园诗话》,[清]袁枚撰,人民文学出版社 1960 年版。

《北江诗话》,[清]洪亮吉撰,人民文学出版社 1983 年版。

《养一斋诗话》,[清]潘德舆撰,《清诗话续编》本。

《艺概》,[清]刘熙载撰,上海古籍出版社 1978 年版。

《艺概笺注》,[清]刘熙载撰,王气中笺注,贵州人民出版社 1988 年版。

《诗比兴笺》,署名[清]陈沆撰,上海古籍出版社 1981 年版。

《昭昧詹言》,[清]方东树撰,人民文学出版社 1961 年版。

《诗法萃编》,[清]许印芳撰,云南丛书初编本。

《清诗纪事初编》,邓之诚撰,上海古籍出版社 1984 年版。

《清诗纪事》,钱仲联主编,江苏古籍出版社 1989 年版。

《饮冰室诗话》,梁启超撰,人民文学出版社 1959 年版。

《饮冰室诗话拾遗》,梁启超撰,张海珊辑,《古代文学理论研究》第七辑。

《窥词管见》,[清]李渔撰,《词话丛编》本。

《西河词话》,[清]毛奇龄撰,同上。

《古今词话》,[清]王文华撰,同上。

《七颂堂词绎》,[清]刘体仁撰,同上。

《填词杂说》,[清]沈谦撰,同上。

《远志斋词衷》,[清]邹祗谟撰,同上。

《花草蒙拾》,[清]王士祯撰,同上。

《皱水轩词筌》,[清]贺赏撰,同上。

《金粟词话》[清]彭孙遹撰,同上。

《古今词话》,[清]沈雄撰,同上。

《词苑丛谈校笺》,[清]徐釚撰,人民文学出版社 1988 年版。

《雨村词话》,[清]李调元撰,《词话丛编》本。

《西圃词说》,[清]田同之撰,同上。

《张惠言论词》,[清]张惠言撰,同上。

《灵芬馆词话》,[清]郭麐撰,同上。

《词品》,[清]郭麐撰,郭绍虞《诗品集解》附录,人民文学出版社 1963 年版。

《介存斋论词杂著》,[清]周济撰,人民文学出版社 1959 年版。

《宋四家词选目录序论》,[清]周济撰,《词话丛编》本。

《乐府余论》,[清]宋翔凤撰,同上。

《蒿庵论词》,[清]冯煦撰,人民文学出版社 1959 年版。

《白雨斋词话》,[清]陈廷焯撰,同上。

《复堂词话》,[清]谭献撰,同上。

《论词随笔》,[清]沈祥龙撰,《词话丛编》本。

《近词丛话》,[清]徐珂撰,同上。

《人间词话》,王国维撰,王幼安校订,人民文学出版社 1960 年版。

《人间词话》,王国维撰,靳德峻笺证,蒲菁补笺,四川人民出版社 1983 年版。

《人间词话讲疏》,许文雨讲疏,成都古籍出版社 1983 年版。

《人间词话新注》,滕咸惠注,齐鲁书社 1986 年版。

《人间词话译注》,施议对译注,广西教育出版社 1990 年版。

《蕙风词话》,[清]况周颐撰,人民文学出版社 1960 年版。

《柯亭词论》,蔡嵩云撰,《词话丛编》本。

《词论》,刘永济撰,上海古籍出版社 1981 年版。

《文学研究法》,姚永朴撰,黄山书社 1989 年版。

《古画品录》,[南齐]谢赫撰,文渊阁四库全书本。

《唐朝名画录》,[唐]朱景玄撰,四川美术出版社 1985 年版。

《历代名画记》,[唐]张彦远撰,人民美术出版社 1963 年版。

《法书要录》,[唐]张彦远辑,文渊阁四库全书本。

《宣和书谱》,[宋]撰人未详,丛书集成初编本。

《宣和画谱》,[宋]撰人未详,同上。

《续书断》,[宋]朱长文撰,上海书画出版社 1979 年《历代书法论文选》本。

《画史》,[宋]米芾撰,津逮秘书本。

《画继》,[宋]邓椿撰,同上。

《书史会要》,[元]陶宗仪撰,武进陶氏逸园影刊本。

《画史会要》,[明]朱谋垔撰,文渊阁四库全书本。

《书法雅言》,[明]项穆撰,同上。

《画说》,[明]莫是龙撰,人民美术出版社 1960 年《画论丛刊》本。

《画旨》,[明]董其昌撰,同上。

《雨窗漫笔》,[清]王原祁撰,同上。

《麓台题画稿》,[清]王原祁撰,同上。

《南田画跋》,[清]恽格撰,同上。

《佩文斋书画谱》,文渊阁四库全书本。

《广艺舟双楫》,康有为撰,上海书画出版社1979年《历代书法论文选》本。

《美术丛书》,黄宾虹、邓实编,江苏古籍出版社1986年版。

《中国画论类编》,俞剑华编,中国古典艺术出版社1957年版。

《宋辽金画家史料》,陈高华编,文物出版社1984年版。

《画品丛书》,于安澜编,上海人民美术出版社1982年版。

《画论丛刊》,于安澜编,人民美术出版社1962年版。

《画史丛书》,于安澜编,上海人民美术出版社1963年版。

《书画书录解题》,余绍宋撰,浙江人民出版社1982年版。

《四部总录艺术编》,丁福保等编,商务印书馆1957年版。

《中国书法简史》,钟明善撰,河北美术出版社1983年版。

《书法美学史》,萧元撰,河南美术出版社990年版。

《中国画论研究》,伍蠡甫撰,北京大学出版社1983年版。

《俞剑华美术论文选》,俞剑华撰,山东美术出版社1986年版。

《中国艺术精神》,徐复观撰,春风文艺出版社987年版。

《颜真卿的书法》,金开诚撰,《文物》1977年第10期。

《王国维遗书》,王国维撰,商务印书馆1940年版。

《鲁迅全集》,鲁迅撰,人民文学出版社1981年版。

《闻一多全集》,闻一多撰,三联书店1982年版。

《朱自清古典文学论文集》,朱自清撰,上海古籍出版社1981年版。

《唐代政治史述论稿》,陈寅恪撰,上海古籍出版社1980年版。

《金明馆丛稿初编》,陈寅恪撰,同上。

《金明馆丛稿二编》,陈寅恪撰,同上。

《元白诗笺证稿》,陈寅恪撰,同上。

《唐代文化史研究》,罗香林撰,商务印书馆1946年版。

《词学通论》,吴梅撰,上海古籍出版社2010年版。

《词曲概论》,龙榆生撰,上海古籍出版社 1980 年版。

《论诗词曲杂著》,俞平伯撰,上海古籍出版社 1983 年版。

《词学概论》,宛敏灏撰,上海古籍出版社 1987 年版。

《唐宋词通论》,吴熊和撰,浙江古籍出版社 1985 年版。

《韩愈志》,钱基博撰,商务印书馆 1935 年版。

《谈艺录》,钱锺书撰,中华书局 1984 年版。

《管锥编》,钱锺书撰,中华书局 1979 年版。

《旧文四篇》,钱锺书撰,上海古籍出版社 1979 年版。

《诗论》,朱光潜撰,安徽教育出版社 1996 年《朱光潜全集》本。

《美学散步》,宗白华撰,上海人民出版社 1981 年版。

《中国文学批评史》,郭绍虞撰,上海古籍出版社 1979 年版。

《中国文学批评史》,罗根泽撰,上海古籍出版社 1984 年新 1 版。

《中国文学理论批评史》,敏泽撰,人民文学出版社 1981 年版。

《中国文艺思想史论丛》一、二、三册,北京大学出版社 1984 - 1988 年版。

《中国文学研究》,郑振铎编,上海书店 1981 年版。

《照隅室古典文学论集》,郭绍虞撰,上海古籍出版社 1983 年版。

《宋诗话考》,郭绍虞撰,中华书局 1979 年版。

《中国文学论集》,朱东润撰,中华书局 983 年版。

《中古文学史论》,王瑶撰,北京大学出版社 1986 年版。

《唐诗综论》,林庚撰,人民文学出版社 1987 年版。

《唐诗论丛》,陈贻焮撰,湖南人民出版社 1980 年版。

《隋唐五代文学思想史》,罗宗强撰,上海古籍出版社 1986 年版。

《中国诗歌艺术研究》,袁行霈撰,北京大学出版社 1987 年版。

《中国文学概论》(彩图本),袁行霈撰,高等教育出版社 2006 年修订版。

《古典文艺美学论稿》,张少康撰,中国社会科学出版社 1988 年版。

《先秦诸子的文艺观》,张少康撰,上海文艺出版社 1981 年版。

《先秦诸子美学思想述评》,施昌东撰,中华书局 1979 年版。

《汉代美学思想述评》,施昌东撰,中华书局 1981 年版。

《美的历程》,李泽厚撰,中国社会科学出版社 1984 年版。

《中国美学史》，李泽厚、刘纲纪主编，中国社会科学出版社1984—1987年版。

《梦苕庵专著二种》，钱仲联撰，中国社会科学出版社1984年版。

《梦苕庵清代文学论集》，钱仲联撰，齐鲁书社1983年版。

《中国的文学理论》，（美）刘若愚撰，中州古籍出版社1986年版。

《中国诗学》，（美）刘若愚撰，台湾幼狮文化工业公司1979年版。

《中国诗学》，黄永武撰，新世界出版社2012年版。

《儒道佛美学思想探索》，张文勋撰，中国社会科学出版社1988年版。

《唐音佛教辨思录》，陈允吉撰，上海古籍出版社1988年版。

《论中国古典美学》，周来祥撰，齐鲁书社1987年版。

《近代美学史述评》，（英）李斯托威尔撰，蒋孔阳译，上海译文出版社1980年。

《中国诗歌原理》，（日）松浦友久撰，孙昌武等译，辽宁教育出版社1990年版。

《王国维及其文学批评》，（加拿大）叶嘉莹撰，广东人民出版社1982年版。

《迦陵论词丛稿》，（加拿大）叶嘉莹撰，上海古籍出版社1980年版。

《迦陵论诗丛稿》，（加拿大）叶嘉莹撰，上海古籍出版社1984年版。

《王国维学术研究论集》第一辑，吴泽主编，华东师范大学出版社1983年。

《王国维诗学研究》，佛雏撰，北京大学出版社1987年版。

《唐诗的魅力》，（美）高友工、梅祖麟撰，上海古籍出版社1984年版。

《中国文学批评》，方孝岳撰，三联书店1986年版。

《中国文学批评史》，王运熙、顾易生主编，上海古籍出版社1985年版。

《先秦两汉文学批评史》，顾易生、蒋凡撰，《中国文学批评通史》之一，上海古籍出版社1990年版。

《魏晋南北朝文学批评史》，王运熙、杨明撰，《中国文学批评通史》之二，上海古籍出版社1989年版。

《中国诗话史》，蔡镇楚撰，湖南文艺出版社1988年版。

《诗话概说》，刘德重、张寅彭撰，中华书局1990年版。

《中国历代诗词曲论专著提要》，张连第、林珂、梅运生等编著，北京师范学院出版社1991年版。

《中国古代文论类编》，贾文昭、程自信编，黄山书社 1982 年版。

《中国近代文论类编》，贾文昭编，黄山书社 1991 年版。

《中国美学史资料选编》，北京大学哲学系编，中华书局 1981 年版。

《中国古典美学丛编》，胡经之主编，中华书局 1988 年版。

《中国历代诗话选》，中国社会科学院文学研究所编，岳麓书社 1985 年版。

《汉魏六朝唐代文学论丛》，王运熙撰，上海古籍出版社 1981 年版。

《晚照楼论文集》，马茂元撰，上海古籍出版社 1981 年版。

《唐宋文学论集》，王水照撰，齐鲁书社 1984 年版。

《古诗考索》，程千帆撰，上海古籍出版社 1983 年版。

《清代文学评论史》，（日）青木正儿撰，杨铁婴译，中国社会科学出版社 1988 年版。

《中国文学概说》，（日）青木正儿撰，隋树森译，重庆出版社 1982 年新 1 版。

《诗与真·诗与真二集》，梁宗岱撰，外国文学出版社 1984 年版。

《中国诗学》，（美）叶维廉撰，三联书店 1992 年版。

《四库全书总目》，[清]纪昀等撰，中华书局 1965 年版。

《四库提要辨证》，余嘉锡撰，中华书局 1980 年版。

《中国大百科全书》“中国哲学、文学卷”，中国大百科全书出版社 1993 年版。

后　记

《中国诗学史》即将出版，我受袁行霈先生和曾祥波博士之托，并代表已经去世的作者孟二冬教授，执笔撰写这篇后记，略述此书成书之始末。

大约在 1990 年初，应出版社之约，袁行霈先生在我与好友孟二冬的请求下，同意率领我二人撰写《中国诗学通论》。1990 年 7 月中旬，乘暑假之便，袁先生和师母杨贺松教授、我以及安徽教育出版社的编辑朱欣欣，相约来到烟台大学，与二冬兄全家会合，讨论《中国诗学通论》的写作提纲，历时九天，全书的核心观点由袁先生提出，如他划定了中国诗学研究的对象、范围，提出以有划时代意义的诗学著作的出现作为中国诗学的分期依据，明确提出划分为六个时期，对每个时期（或曰阶段）要解决哪些中心问题，我们三位作者都进行了具体而周密的讨论，经讨论商定，袁先生执笔撰写全书绪论，为全书定下基调，具体章节则由二冬和我写出初稿，交袁先生修改，我与二冬也互相修改，每一章节写出后，都寄给袁先生，由他提出修改意见，我们再做进一步打磨，袁先生始终把握着全书的写作方向，在很大程度上保证了该书的学术水平。这一过程持续了约三年，这是一段令人难忘的艰辛而快乐的时光，在袁先生的指导下，我与二冬受到了很好的学术训练，学业上有较大进步。在此期间，孟二冬第三次进入北大，成为袁先生的博士生，我则在北大跟随袁先生访学一年，忝列袁门弟子。我们充分利用北大和国家图书馆丰富的图书资料，完成了全书的写作，并将其中的一些章节在袁先生主编的《国学研究》、《安徽大学学报》、《安徽师范大学学报》等刊物上发表。

《中国诗学通论》出版后，产生了很好的学术反响，荣获第二届国家图书奖提名奖、教育部普通高等学校人文社会科学研究成果奖二等奖，许多高校选用此书作为研究生教材或参考书。但是该书出版已经二十余年，书店早已售罄，近年来，袁先生提出重出此书，而且提出做重大修订后再出版，具体想法：一是将全书压缩到四十万字左右，即一本书的规模，原书共八十五万字，文字有些繁复，不便阅读；二是在压缩的同时，改写某些章节，适当增加注释，试图反映近二十年来海内外中国诗学研究的新进展，其三，增加“史”的论述。这个改写的艰巨任务，交给了中国人民大学文学院的副教授曾祥波博士，由袁先生和我再做进一步调整定稿。祥波是孟二冬兄指导的硕士，袁先生指导的博士，已在高校工作多年，主持过多项国家级项目，且年轻有为，好学深思，经过两代名师的指点和自己的努力，学业大进。祥波接受此项工作后，任劳任怨，克服种种困难，用了差不多两年的时间，完成了初稿，达到了袁先生提出的要求。经袁先生审阅后，交由人民文学出版社出版。作者署名为袁行霈、孟二冬、丁放、曾祥波。

感谢人民文学出版社副总编周绚隆先生为此书所做的贡献，感谢责任编辑李俊先生认真而细致的工作，愿本书的出版，能为中国诗学研究稍尽绵薄之力，也以此书纪念已故的孟二冬教授。

丁　放

2018 年 8 月记于合肥